# GEISHA

# ARTHUR GOLDEN

# GEISHA

Roman

*Traduit de l'américain par*
*Annie Hamel*

**JC Lattès**

Titre de l'édition originale
MEMOIRS OF GEISHA
publiée par Alfred A. Knopf, Inc.

*Pour ma femme, Trudy, et mes enfants, Hays et Tess*

# Prologue

Un soir du printemps 1936, je suis allé voir un spectacle de danse à Kyoto avec mon père. J'avais quatorze ans. Aujourd'hui, cette soirée évoque deux choses pour moi. D'une part, mon père et moi étions les seuls Occidentaux dans la salle. Nous étions arrivés de Hollande, notre pays d'origine, quelques semaines plus tôt, et cet exil culturel me pesait encore. Par ailleurs, j'étais enfin capable, après des mois d'étude intensive de la langue japonaise, de comprendre des bribes de conversations, entendues ici et là. Quant aux jeunes Japonaises qui dansaient sur scène, devant moi, je n'en ai gardé aucun souvenir, hormis une impression de kimonos très colorés. Je ne pouvais me douter que cinquante ans plus tard, à New York, l'une d'elles deviendrait mon amie, et me dicterait l'histoire extraordinaire de sa vie.

En ma qualité d'historien, j'ai toujours considéré les mémoires comme des textes de référence. Dans les mémoires, on ne découvre pas tant l'auteur que son univers. Des mémoires diffèrent d'une biographie, car la personne qui les rédige n'a jamais la distance que possède, à l'évidence, le biographe. L'autobiographie, si une telle chose existe, revient à demander à un lapin à quoi il ressemble, quand il fait des bonds dans l'herbe du pré. D'un autre côté, si nous voulons des détails sur ce pré, personne n'est mieux placé que lui pour nous en parler

— hormis toutes les choses qu'il n'est pas en mesure d'observer.

Je dis cela avec l'assurance de l'universitaire qui a bâti sa carrière sur de telles distinctions. Je dois cependant avouer que les mémoires de ma chère amie Nitta Sayuri m'ont incité à réviser mon point de vue. Elle nous fait pénétrer dans cet univers méconnu où elle a vécu — le champ vu par le lapin, si vous préférez. Il pourrait bien ne pas exister de meilleur témoignage que le sien sur la vie de geisha, existence ô combien étrange. Et puis Sayuri se livre ici totalement. Nous avons d'elle un tableau bien plus précis et irrésistible, que tout ce qu'on a pu lire dans ce chapitre interminable de « Joyaux Scintillants du Japon », ou dans divers magazines ayant publié des articles à son sujet, au fil des années. Et pour une fois, du moins sur un sujet d'une telle originalité, personne n'aura aussi bien connu le personnage principal que l'auteur elle-même.

C'est essentiellement une question de chance, si Sayuri a accédé à la célébrité. D'autres femmes ont mené des existences semblables. L'illustre Kato Yuki — une geisha qui conquit le cœur de George Morgan, neveu de J. Pierpont, et devint sa fiancée du bout du monde durant la première décennie de ce siècle — pourrait bien avoir eu une vie encore plus extraordinaire que Sayuri. Mais seule Sayuri nous a donné une saga aussi riche — la sienne. J'ai longtemps cru que c'était là le fruit du hasard. Si Sayuri était restée au Japon, sa vie eût été trop remplie pour qu'elle pût songer à rédiger ses mémoires. En 1956, cependant, Sayuri fut amenée à émigrer aux États-Unis, suite à divers événements dans sa vie. Durant les quarante années qui lui restaient à vivre, Sayuri résida dans les « tours Waldorf », à New York, où elle s'aménagea une élégante suite japonaise, au trente-deuxième étage. Là, elle continua à mener une existence trépidante. Sa suite vit défiler un nombre impressionnant d'artistes japonais, d'intellectuels, de célébrités du monde des affaires — et même des ministres et un ou deux gangsters. J'ai fait la connaissance de Sayuri en 1985, quand un ami commun nous a présentés. En tant que spécialiste du Japon, j'avais rencontré le nom de Sayuri, mais je ne savais presque rien d'elle. Au fil des années, nous avons établi de véritables rapports d'amitié, et elle m'a fait de plus en plus de confidences. Un jour, je lui ai demandé si elle accepterait jamais de raconter son histoire.

— Je pourrais y consentir, Jakob-san, si c'est vous qui la racontez, me dit-elle.

Ainsi nous avons entrepris notre tâche. Sayuri a préféré dicter ses mémoires, plutôt que les écrire elle-même. En effet, elle était tellement habituée au tête-à-tête, qu'elle eût été désemparée, sans personne dans la pièce pour l'écouter. Le manuscrit m'a été dicté sur une période de dix-huit mois. Sayuri parlait le dialecte de Kyoto — dans lequel les geishas se donnent souvent le nom de « geiko » et où l'on appelle parfois « obebe » le kimono. C'est en m'interrogeant sur la façon dont j'allais rendre ce dialecte dans ma traduction, que j'en saisis toutes les subtilités. Dès le départ, l'univers de Sayuri m'a captivé. A de rares exceptions près, nous nous retrouvions le soir. C'était, depuis toujours, le moment où Sayuri avait l'esprit le plus vif. Le plus souvent, elle préférait travailler dans sa suite des tours Waldorf, mais, de temps à autre, nous avions rendez-vous dans un salon privé d'un restaurant japonais de Park Avenue, dont elle était une habituée. Nos séances de travail duraient généralement deux ou trois heures. Nous les enregistrions. Cependant, la secrétaire de Sayuri était présente, afin de transcrire sa dictée, ce qu'elle faisait très fidèlement. Mais Sayuri ne parlait ni au magnétophone, ni à sa secrétaire. Elle s'adressait à moi. Quand elle était bloquée dans son récit, c'était moi qui la guidais. Je me considérais comme l'assise de l'entreprise, et j'avais le sentiment que son histoire n'aurait jamais été contée si je n'avais pas gagné sa confiance. A présent, j'en suis venu à penser que la vérité pourrait être tout autre. Sayuri m'a choisi comme copiste, sans nul doute, mais elle pouvait très bien avoir attendu le candidat idéal depuis toujours.

D'où la question : pourquoi Sayuri a-t-elle voulu qu'on raconte son histoire ? Si les geishas ne sont pas tenues au silence, elles n'existent qu'en vertu de cette convention singulièrement japonaise : les choses qui se passent le matin au bureau et celles qui ont lieu le soir, derrière des portes closes, sont sans rapport et doivent rester compartimentées. Les geishas ne témoignent pas de leurs expériences. Tout comme les prostituées, leurs homologues de moindre classe, les geishas connaissent des détails privés sur des personnages publics. Il y a donc une garantie de discrétion tacite, ce qui sans doute honore ces dames. La geisha qui trahit cette confiance se met dans une position impossible. Sayuri a pu raconter son histoire, car elle se trouvait dans une situation particulière. En effet, plus personne au Japon n'avait de pouvoir sur elle. Elle avait rompu tous liens avec son pays natal. Est-ce pour ça qu'elle ne s'est plus sentie tenue au silence ? Peut-être. Mais cela n'explique pas pourquoi elle a choisi de parler. J'ai préféré ne pas soulever la question en sa présence. Et si elle avait soudain des scrupules et changeait d'avis, me disais-je. Même une fois le manuscrit achevé, je n'ai pas osé lui poser la question. Quand elle a reçu son avance de l'éditeur, j'ai estimé que je ne risquais plus rien, et je l'ai interrogée : pourquoi avait-elle voulu faire de sa vie un document ?

— A quoi d'autre pourrais-je occuper mon temps, à présent ? a-t-elle répondu.

Que ses raisons aient été — ou non — aussi simples que cela, le lecteur en jugera.

Bien qu'elle fût très désireuse que sa biographie vît le jour, Sayuri posa certaines conditions à cette parution. Le manuscrit ne devait être publié qu'après sa mort, et après la disparition de plusieurs hommes ayant joué un rôle crucial dans sa vie. Il se trouva qu'ils la précédèrent tous dans la mort. Sayuri voulait éviter que ses révélations plongent quiconque dans l'embarras. Chaque fois que ç'a été possible, j'ai laissé les noms, même si Sayuri n'a pas révélé l'identité de certains protagonistes, y compris à moi, obéissant à cette convention, commune aux geishas, de se référer à leurs clients par le biais d'un sobriquet. Le lecteur croisera des personnages comme M. Chutes de Neige — qui doit son surnom à ses pellicules. Si ce même lecteur croit que Sayuri essaie seulement d'être drôle, il pourrait n'avoir pas saisi sa véritable intention.

Lorsque j'ai demandé à Sayuri la permission d'utiliser un magnétophone, je voulais seulement me prémunir contre toute éventuelle erreur de transcription de la part de sa secrétaire. Toutefois, depuis sa mort, l'année dernière, je me suis demandé si je n'aurais pas eu une autre raison : garder un enregistrement de sa voix, si expressive. Le plus souvent, elle parlait d'une voix douce, comme on pourrait s'y attendre chez une femme dont le métier était de s'entretenir avec des hommes. Mais lorsqu'elle me rejouait une scène de sa vie, sa voix me donnait l'illusion qu'il y avait sept ou huit personnes dans la pièce. Il m'arrive encore, le soir, de me repasser ses bandes dans mon bureau, et d'avoir réellement du mal à croire qu'elle n'est plus de ce monde.

Jakob Haarhuis
Arnold Rusoff professeur d'histoire du Japon
université de New York

*1*

Imaginez : nous serions assis, vous et moi, dans une pièce donnant sur un jardin, au calme, à bavarder, à siroter notre thé vert, nous évoquerions un événement du passé et je vous dirais : « L'après-midi où j'ai rencontré un tel... a été à la fois le plus beau et le pire après-midi de ma vie. » Sans doute poseriez-vous votre tasse et diriez-vous : « Enfin, il faudrait savoir. Le pire, ou le plus beau ? Car ça ne peut pas être les deux ! » Je devrais rire de moi et vous donner raison. Mais la vérité, c'est que l'après-midi où j'ai rencontré M. Tanaka Ichiro a réellement été le plus beau et le pire de ma vie. Je le trouvais si fascinant, même l'odeur de poisson sur ses mains était comme un parfum. Si je n'avais pas rencontré cet homme, je suis sûre que je ne serais jamais devenue geisha.

Mes origines et mon éducation ne me prédisposaient pas à devenir geisha à Kyoto. Je ne suis même pas née à Kyoto. Je suis la fille d'un pêcheur d'une petite ville du nom de Yoroido, sur la mer du Japon. Je n'ai parlé de tout cela qu'à très peu de gens : Yoroido, la maison de mon enfance, ma mère, mon père, ma sœur aînée. Et encore, je ne leur ai pas dit comment j'étais devenue geisha, ou ce que c'était que d'être geisha. La plupart des gens préféraient garder ce fantasme d'une petite fille dont la mère et la grand-mère étaient geishas, qui avait dû apprendre la danse dès son plus jeune âge, et cetera. En fait, il y a bien des années, je servais une tasse de saké à un homme qui me dit être allé à Yoroido la semaine d'avant. J'ai eu cette sensation que doit éprouver l'oiseau qui traverse l'océan et tombe sur une créature qui connaît son nid. J'étais si troublée que je ne cessais de répéter :

— Yoroido ! Mais c'est là que j'ai grandi !

Le pauvre homme ! Son visage passa par toute la gamme des expressions possibles. Il s'efforça de sourire, mais ça ne donna rien de très convaincant, parce qu'il était sidéré, et qu'il n'arrivait pas à le cacher.

— Yoroido ? dit-il. Ce n'est pas possible !

J'avais depuis longtemps mis au point un sourire très étudié, que j'appelle mon sourire « Nô », car il évoque un masque du théâtre Nô, dont les traits sont figés. L'avantage, c'est que les hommes peuvent l'interpréter comme ils veulent. Vous imaginez le nombre de fois où j'ai pu m'en servir — ce jour-là, par exemple, et ça a marché, évidemment. L'homme a soufflé un grand coup, il a bu la tasse de saké que je lui avais servie, puis il est parti d'un grand rire, un rire de soulagement, à mon avis.

— Quelle idée ! a-t-il dit, dans un nouvel éclat de rire. Toi, élevée dans un trou comme Yoroido. C'est comme faire du thé dans un pot de chambre !

Et quand il eut à nouveau ri, il a ajouté :

— C'est pour ça que je m'amuse autant avec toi, Sayuri-san. Parfois je me rends à peine compte que tu plaisantes.

Je n'aime pas trop me comparer à une tasse de thé fait dans un pot de chambre, mais d'une certaine façon ce doit être vrai. Après tout, j'ai vraiment grandi à Yoroido, et qui oserait dire qu'il s'agit d'un lieu prestigieux ? Pratiquement personne ne le visite. Quant aux gens qui y vivent, il n'ont jamais l'occasion de partir. Et moi, comment en suis-je venue à quitter cet endroit ? C'est là que commence mon histoire.

*
* *

Dans notre petit village de pêcheurs, à Yoroido, je vivais dans ce que j'appelais une « maison ivre ». Elle se trouvait près d'une falaise où le vent de l'océan soufflait en permanence. Enfant, j'avais l'impression que la mer avait attrapé un énorme rhume, parce qu'elle faisait des bruits sifflants. Il y avait même des moments où elle lâchait un gros éternuement — un coup de vent chargé d'embruns. J'en déduisis que notre petite maison avait dû s'offenser des éternuements que lui crachait l'océan en pleine face, et qu'elle s'était mise à pencher vers l'arrière parce qu'elle voulait s'en écarter. Elle se serait sans doute écroulée, si mon père n'avait pas taillé un madrier dans l'épave d'un bateau de pêche pour soutenir l'avant-toit. Ainsi, la maison ressemblait à un vieil homme éméché, qui s'appuie sur sa canne.

Dans cette maison ivre, je menais une vie un peu de guingois. Car dès mon plus jeune âge je ressemblais terriblement à ma mère, et très peu à mon père, ou à ma sœur aînée. D'après ma mère, c'était parce que nous étions faites pareilles, elle et moi — et effectivement, nous avions toutes les deux des yeux comme on n'en voit presque jamais au Japon. Au lieu d'être marron foncé, comme ceux des autres, les yeux de ma mère étaient d'un gris translucide, et les miens sont exactement pareils. Quand j'étais petite, je racontais à ma mère que quelqu'un avait dû percer un trou dans ses yeux, et que toute l'encre avait coulé, ce qu'elle trouvait très drôle. Les voyantes déclaraient que ses yeux étaient pâles parce qu'il y avait trop d'eau en elle, tellement d'eau que les quatre autres éléments étaient presque inexistants — et c'était pourquoi, selon elles, ma mère avait des traits aussi peu harmonieux. Les gens du village disaient souvent qu'elle aurait dû être très belle, parce que ses parents étaient très beaux. Une pêche a très bon goût, certes, de même qu'un champignon, mais on ne peut pas les associer. Or c'était le tour que la nature avait joué à ma mère. Elle avait une petite bouche pulpeuse, comme sa mère, mais la mâchoire osseuse de son père, ce qui donnait l'impression d'un tableau délicat dans un cadre beaucoup trop lourd. Et puis ses jolis yeux gris étaient bordés de cils épais, ce qui avait dû être saisissant chez son père, mais ne faisait que donner à ma mère un air ahuri.

Ma mère disait toujours qu'elle avait épousé mon père parce qu'elle avait trop d'eau en elle, et que lui avait trop de bois. Les gens qui connaissaient mon père voyaient immédiatement ce qu'elle voulait dire. L'eau coule rapidement d'un endroit à l'autre et trouve toujours une fissure par où s'échapper. Le bois, au contraire, prend vite racine dans la terre. Dans le cas de mon père, c'était une bonne chose, car il était pêcheur. Or un homme, pour qui l'élément dominant est le bois, se trouve bien sur l'eau. En fait, mon père se trouvait mieux sur l'eau que nulle part ailleurs, et ne s'en éloignait jamais beaucoup. Il sentait la mer même après avoir pris un bain d'eau douce.

Quand il ne pêchait pas, il s'asseyait à la petite table, dans notre entrée mal éclairée, et reprisait un filet. Si les filets avaient été des bêtes endormies, il ne les aurait pas réveillées, au rythme où il cousait. Il faisait tout avec une extrême lenteur. Même s'il s'agissait de prendre un air recueilli, vous aviez le temps de courir dehors et de vider l'eau du bain avant qu'il n'y parvienne. Son visage était très ridé, et dans chaque ride mon père avait logé un souci. De sorte que ce n'était plus vraiment son visage, mais un arbre avec des nids dans toutes les branches. Il devait s'évertuer à maintenir tout cela en place, ce qui lui donnait l'air constamment épuisé.

A sept ans, j'ai appris quelque chose sur mon père que j'avais toujours ignoré. Un jour, je lui ai demandé :

— Papa, pourquoi es-tu si vieux ?

En entendant cela, il a haussé les sourcils, qui ont formé comme deux petits parasols à moitié déployés au-dessus de ses yeux. Il a poussé un grand soupir, puis il a dit :

— Je ne sais pas.

Je me suis tournée vers ma mère, elle m'a lancé un

regard signifiant : je t'expliquerai plus tard. Le lendemain, sans dire un mot, elle m'a pris la main et nous
avons descendu la colline, en direction du village. Nous
avons pris un chemin conduisant à un cimetière, dans
les bois. Elle m'a conduite devant trois tombes, dans un
coin, avec trois pieux blancs couverts d'inscriptions. Ces
pieux, beaucoup plus grands que moi, portaient des
caractères d'un noir sévère, calligraphiés de haut en bas.
Toutefois je ne fréquentais pas l'école de notre petit village depuis assez longtemps pour être capable de savoir
où commençaient et où finissaient les mots. Ma mère
me les a montrés du doigt et a déclaré :
— « Natsu, épouse de Sakamoto Minoru. »
Sakamoto Minoru était le nom de mon père.
— « Morte à vingt-quatre ans, dans la dix-neuvième
année de l'ère Meiji. »
Elle m'a désigné le pieu suivant : « Jinichiro, fils de
Sakamoto Minoru, mort à l'âge de six ans, dans la dix
neuvième année de l'ère Meiji », puis le dernier pieu,
identique au précédent, hormis le nom, Masao, et l'âge,
trois ans. Il me fallut un petit moment pour comprendre
que mon père avait déjà été marié, il y avait de ça bien
longtemps, et que toute sa famille était décédée. Je
revins au cimetière peu après, et je découvris, debout
devant ces sépultures, que la tristesse est une chose qui
pèse infiniment. Mon corps était deux fois plus lourd
qu'une minute auparavant, comme si ces tombes me
tiraient vers le bas, vers elles.

\*
\* \*

Toute cette eau et tout ce bois auraient dû faire un
couple équilibré et engendrer des enfants chez qui les
cinq éléments étaient représentés dans des proportions
harmonieuses. Ce fut sans doute une surprise pour mes
parents de se retrouver avec une enfant de chaque. Car
non seulement je ressemblais à ma mère au point
d'avoir hérité de ses yeux étranges, mais ma sœur, Satsu,
était le portrait de mon père tout craché. Satsu avait six

ans de plus que moi, et bien entendu, étant l'aînée, elle pouvait faire des choses qui m'étaient interdites. Cependant, Satsu possédait une rare qualité : elle donnait l'impression de tout réussir sans aucun effort de volonté. Vous lui demandiez, par exemple, de prendre la casserole, sur la cuisinière, et de servir un bol de soupe. Elle le faisait, mais de telle façon qu'on pensait : c'est vraiment une chance que la soupe ait atterri dans le bol ! Un jour, elle s'est même coupée avec un poisson. Pas avec un couteau en nettoyant un poisson, non. Elle rapportait du village un poisson enveloppé dans du papier. Comme elle remontait la colline, le poisson a glissé : il est tombé sur sa jambe, et l'une de ses nageoires l'a blessée.

Nos parents auraient pu avoir d'autres enfants, outre Satsu et moi, d'autant plus que mon père aurait aimé avoir un fils, qui aurait pu pêcher avec lui. Mais, dans ma septième année, ma mère est tombée gravement malade — sans doute était-ce un cancer des os, bien qu'à l'époque je n'aie pas eu la moindre idée de ce qu'elle avait. Le seul palliatif de son malaise était le sommeil, dont elle commença à user comme un chat — constamment, donc, à peu de chose près. Au bout de quelques mois, elle dormait presque tout le temps, et ne tarda pas à geindre chaque fois qu'elle était réveillée. Je compris qu'un grand changement s'opérait en elle, mais avec autant d'eau dans sa personnalité, cela ne me parut pas alarmant. Parfois, elle maigrissait en l'espace de deux mois — pour regrossir dans le même laps de temps. Mais, dans ma neuvième année, les os de son visage ont commencé à saillir, et à partir de ce moment-là, elle n'a plus jamais repris de poids. Je n'ai pas compris qu'elle se vidait de son eau, à cause de sa maladie. Tout comme les algues, qui sont naturellement mouillées, mais qui deviennent friables en séchant, ma mère perdait chaque jour un peu de son essence vitale.

Puis, un après-midi, j'étais assise sur le sol inégal de notre petite salle à manger, dans la pénombre, je chantais pour un criquet que j'avais trouvé le matin, quand une voix lança, depuis la porte :

— Bonjour ! C'est le docteur Miura ! Ouvrez-moi !

Le docteur Miura venait une fois par semaine dans notre village de pêcheurs. Depuis que ma mère était malade, il se faisait un point d'honneur de grimper jusqu'en haut de la colline pour la voir. Mon père était à la maison ce jour-là, car un gros orage se préparait. Il était assis sur le sol, à sa place habituelle, les mains glissées dans un filet à poissons, telles deux grandes araignées. Mais il prit le temps de poser son regard sur moi et de lever un doigt : il voulait que j'aille ouvrir.

Le docteur Miura était un homme très important — c'est du moins ce que nous pensions, dans notre village. Il avait étudié à Tokyo et savait, disait-on, plus de caractères chinois qu'aucun d'entre nous. Il était bien trop fier pour remarquer une créature comme moi. Quand je lui eus ouvert la porte, il ôta ses chaussures et entra dans la maison sans même m'accorder un regard.

— Ah, Sakamoto-san, dit-il à mon père, j'aimerais bien mener une vie comme la vôtre : en mer toute la journée, à pêcher. C'est merveilleux ! Et les jours de mauvais temps, vous vous reposez. Je vois que votre femme dort encore, poursuivit-il. Quel dommage. Je pensais pouvoir l'examiner.

— Oh ? dit mon père.

— Je ne serai pas là la semaine prochaine. Peut-être pourriez-vous la réveiller ?

Il fallut un certain temps à mon père pour sortir ses mains du filet, mais finalement il se leva.

— Chiyo-chan, me dit-il, donne une tasse de thé au docteur.

Je m'appelais Chiyo, alors. On ne me connaîtrait sous le nom de Sayuri, mon nom de geisha, que bien des années plus tard.

Le docteur et mon père allèrent dans l'autre pièce, où ma mère dormait, étendue sur son futon. J'essayai d'écouter à la porte, mais j'entendis seulement ma mère geindre, et pas un mot de ce qu'ils disaient. Je m'occupai en faisant du thé, et bientôt le docteur revint en se frottant les mains, l'air sombre. Mon père sortit à son tour de la chambre. Les deux hommes s'assirent à la table, au centre de la pièce.

— Je ne peux plus vous cacher la vérité, Sakamoto-san, déclara le docteur Miura. Il faut que vous alliez voir l'une des femmes du village. Mme Sugi, par exemple. Vous lui demanderez de faire une belle robe neuve pour votre épouse.

— Je n'ai pas l'argent, docteur, dit mon père.

— Nous sommes tous très pauvres, ces temps-ci, je sais. Mais vous lui devez bien ça, à votre femme. Ce serait trop triste qu'elle meure dans cette robe en lambeaux.

— Alors elle va bientôt mourir ?

— Elle a peut-être encore quelques semaines à vivre. Mais elle souffre terriblement. La mort sera une délivrance pour elle.

A partir de ce moment-là, je n'ai plus entendu leurs voix, car dans mes oreilles battaient les ailes d'un oiseau affolé. Peut-être était-ce mon cœur, je ne sais pas. Avez-vous déjà vu un oiseau enfermé dans le hall d'un temple, cherchant désespérément une issue ? Eh bien c'était ainsi que réagissait mon esprit. J'avais cru que ma mère continuerait indéfiniment d'être malade. Je m'étais parfois demandé ce qui arriverait si elle mourait, je l'avoue. Mais cela restait du domaine de l'improbable, comme si un tremblement de terre engloutissait notre maison. La vie pouvait difficilement continuer après un tel événement.

— Je pensais que je mourrais le premier, dit mon père.

— Vous êtes vieux, Sakamoto-san. Mais vous êtes en bonne santé. Il pourrait bien vous rester quatre ou cinq ans à vivre. Je vais vous laisser des cachets, pour votre femme. Vous pouvez lui en donner deux à la fois, si besoin est.

Ils parlèrent encore un peu des cachets, puis le docteur Miura s'en alla. Mon père demeura assis un long moment, sans rien dire, le dos tourné vers moi. Il ne portait pas de chemise, il n'avait sur lui que sa peau, tout affaissée. Plus je le regardais, plus il me semblait former à lui seul un assemblage complexe de textures et de formes. Sa colonne vertébrale était un sentier plein de bosses. Sa tête, avec ses zones décolorées, un fruit gâté. Ses bras des bâtonnets enveloppés de vieux cuir, accrochés à deux boules. Si ma mère mourait, comment pourrais-je continuer à vivre ici avec lui ? Je ne voulais pas être séparée de mon père, mais qu'il fût là ou pas, la maison serait tout aussi vide, quand ma mère l'aurait quittée.

Finalement mon père prononça mon nom dans un murmure. Je vins m'agenouiller à côté de lui.

— Quelque chose de très important, dit-il.

Son visage semblait encore plus affaissé que d'habitude, ses yeux roulaient dans leurs orbites, comme s'il ne les contrôlait plus. Je crus qu'il faisait un effort terrible pour réussir à m'avouer que ma mère allait mourir, mais il me dit seulement :

— Descends au village. Ramène de l'encens pour l'autel.

Notre minuscule autel bouddhique était posé sur une vieille caisse, près de l'entrée de la cuisine. C'était le seul objet de valeur, dans notre maison ivre. Devant une sculpture approximative d'Amida, le Bouddha du Paradis de l'Ouest, se dressaient de minuscules plaques mortuaires noires, portant les noms bouddhiques de nos ancêtres.

— Mais, Père... il n'y avait pas autre chose ?

J'espérais qu'il répondrait, mais il fit seulement un geste de la main, me signifiant d'y aller.

*
* *

Le chemin qui partait de notre maison longeait le bord des falaises, avant de tourner dans les terres, vers le village. C'était difficile d'avancer sur ce sentier par un temps pareil. Cependant, je me souviens d'avoir éprouvé de la gratitude pour ce vent furieux, qui éloignait mes pensées des choses qui m'inquiétaient. La mer était mauvaise, avec des vagues telles des pierres taillées, assez tranchantes pour couper. Il me sembla que le monde était dans le même état que moi. La vie était-elle autre chose qu'une tempête qui sans cesse balayait ce qui se trouvait là l'instant d'avant, laissant derrière elle un paysage désolé et méconnaissable ? Je n'avais encore jamais eu de pensées de ce genre. Pour y échapper, je descendis le sentier en courant, jusqu'à ce que le village apparaisse, en contrebas. Yoroido était une toute petite ville, au creux d'un bras de mer. Habituellement, les pêcheurs formaient des petits points à la surface de l'eau, mais aujourd'hui je vis seulement quelques bateaux rentrer au port. Ils me firent penser, comme chaque fois, à des punaises gigotant sur l'océan. La tempête arrivait pour de bon, à présent. J'entendais son rugissement. Les pêcheurs, sur le bras de mer, commencèrent à s'estomper derrière le rideau de pluie, puis ils disparurent complètement. Je vis la tempête grimper la côte vers moi. Les premières gouttes me tombèrent dessus comme des œufs de caille. En quelques secondes, je fus aussi mouillée que si j'étais tombée dans la mer.

Il n'y avait qu'une rue, à Yoroido, qui conduisait directement à l'entrée de la « Société Japonaise des Fruits de Mer ». Dans les maisons, le long de cette rue, les pièces de devant servaient de boutiques. Je traversai la rue en courant. J'allais à la maison Okada, où l'on vendait du tissu. C'est alors qu'il m'arriva quelque chose — l'un de ces incidents anodins avec des conséquences énormes, comme trébucher et tomber sous le train. Il pleuvait, la rue de terre battue était glissante : soudain mes pieds se dérobèrent sous moi. Je tombai en avant, sur un côté du visage. Je dus plus ou moins m'assommer, car je me souviens d'une espèce de torpeur, avec l'envie de cracher quelque chose que j'avais dans la bouche. J'ai entendu des voix, et senti qu'on me retournait sur le dos. On m'a soulevée et emmenée. Je savais qu'on me portait à l'intérieur de la « Société Japonaise des Fruits de Mer », car l'odeur du poisson m'enveloppa tout entière. J'entendis un claquement, comme ils jetaient sur le sol, d'un geste, le produit d'une pêche posé sur une table en bois. Ils m'allongèrent sur la surface poisseuse. Je savais que j'étais dégoulinante de pluie, sanglante, sale, nu-pieds, que je portais des vêtements de paysanne. Mais j'ignorais que cet instant serait déterminant pour moi. L'instant où je levai les yeux sur M. Tanaka.

J'avais déjà vu M. Tanaka dans notre village, maintes fois. Il habitait une ville bien plus grande, dans les environs, mais il venait chaque jour à Yoroido, car sa famille était propriétaire de la « Société Japonaise des Fruits de Mer ». Il ne portait pas des vêtements de paysan, tels les pêcheurs, mais un kimono d'homme, avec un pantalon de kimono, comme dans certaines illustrations de samouraï. Sa peau était lisse et tendue comme celle d'un tambour. Ses pommettes étaient deux petites collines brillantes, comme la peau craquante du poisson grillé. Je l'avais toujours trouvé fascinant. Si j'étais dans la rue, en train de jouer à la balle avec les autres enfants, et que M. Tanaka sortît du hangar à poissons, je m'arrêtais toujours pour le regarder.

J'étais étendue là sur cette table poisseuse, pendant que M. Tanaka examinait ma lèvre. Il la tira vers le bas avec ses doigts, fit basculer ma tête d'un côté, puis de l'autre. Puis il vit mes yeux gris, mes yeux fixés sur lui avec fascination. Il comprit que je n'avais cessé de le dévisager. Mais il n'eut pas l'air méprisant, comme s'il me trouvait impudente. Il ne détourna pas non plus les yeux, l'air de dire : ce qu'elle regarde, ce qu'elle pense, n'a aucune importance. Nous nous dévisageâmes un long moment — si longtemps que j'en eus des frissons, bien qu'il fît lourd, dans ce hangar à poissons.

— Je te connais, finit-il par dire. Tu es la fille cadette du vieux Sakamoto.

J'avais beau n'être qu'une petite fille, je savais que M. Tanaka voyait la réalité sans fards. Il n'avait jamais l'air hébété, comme mon père. J'avais l'impression qu'il voyait la sève couler du tronc des pins, le halo lumineux du soleil derrière les nuages. Il vivait dans le monde visible, même s'il n'appréciait pas toujours de s'y trouver. Je savais qu'il remarquait la présence des arbres, et la boue, et les enfants dans la rue, mais je n'avais aucune raison de croire qu'il m'ait jamais remarquée, moi, Chiyo.

Est-ce pour ça que les larmes me montèrent aux yeux, brûlantes, quand il me parla ?

M. Tanaka me prit par les épaules et m'assit sur la table. Je crus qu'il allait me dire de partir, mais il déclara :

— N'avale pas ce sang, petite fille. A moins que tu n'aies envie de te retrouver avec une pierre dans l'estomac. Je le cracherais par terre, si j'étais toi.

— Le sang d'une fille, monsieur Tanaka ? dit l'un des hommes. Dans ce hangar à poissons ?

Les pêcheurs sont terriblement superstitieux. En premier lieu, ils détestent que les femmes se mêlent de près ou de loin à la pêche. Un matin, M. Yamamura, un homme de notre village, trouva sa fille en train de jouer dans son bateau. Il la frappa avec une canne, puis il récura son bateau avec du saké et de la lessive, si fort que ça décolora la peinture par endroits. Mais cela ne lui suffit pas. M. Yamamura fit venir le prêtre shintoïste pour bénir l'embarcation. Tout ça parce que sa fille avait joué sur une surface où l'on pose des poissons ! Et voilà que M. Tanaka me disait de cracher du sang sur le sol de la salle où l'on nettoyait les poissons.

— Si vous avez peur que son crachat ne gâte les entrailles de poissons, dit M. Tanaka, prenez-les. J'en ai plein d'autres.

— Ce n'est pas à cause des entrailles de poissons, monsieur.

— Pour moi, son sang sera la chose la plus propre qui soit entrée en contact avec ce sol depuis ma naissance, ou la vôtre. Vas-y, dit M. Tanaka, s'adressant à moi, cette fois. Crache ce sang.

J'étais assise là sur cette table poisseuse, ne sachant trop quoi faire. Désobéir à M. Tanaka me semblait difficile. Toutefois, je ne suis pas sûre que j'aurais trouvé le courage de cracher, si l'un des hommes n'avait pas penché la tête sur le côté et appuyé un doigt sur l'une de ses narines pour se moucher par terre. Après avoir vu ça, je ne pus supporter de rien garder dans la bouche, et je crachai le sang, comme M. Tanaka m'avait dit de le faire. Tous les hommes s'éloignèrent, dégoûtés, excepté l'assistant de M. Tanaka, un certain Sugi. M. Tanaka lui ordonna d'aller chercher le docteur Miura.

— Je ne sais pas où il est, protesta Sugi, qui en réalité voulait dire — enfin, d'après moi — qu'il n'avait pas envie de s'occuper de ça.

Je dis à M. Tanaka que le docteur était encore chez moi quelques minutes plus tôt.

— Où est ta maison ? me demanda M. Tanaka.

— C'est la petite maison ivre sur les falaises.

— Comment ça... la maison ivre ?

— Celle qui penche sur le côté, comme si elle avait trop bu.

Cette explication sembla laisser M. Tanaka perplexe.

— Bien, Sugi. Tu prends le chemin pour aller chez Sakamoto. Et tu cherches le docteur Miura. Tu n'auras pas de mal à le trouver. Tu n'as qu'à écouter les hurlements de ses patients.

Je pensais que M. Tanaka retournerait travailler quand Sugi serait parti, mais il resta debout près de la table un long moment, à me regarder. Le sang me monta aux joues. Finalement M. Tanaka dit une chose que je trouvai très intelligente.

— Tu as une aubergine sur la figure, fille cadette de Sakamoto.

Il alla prendre une petite glace dans un tiroir pour que je puisse me voir. Ma lèvre était bleue et gonflée, comme il l'avait dit.

— Mais ce que je veux savoir, poursuivit-il, c'est comment tu as fait pour avoir des yeux aussi extraordinaires, et pourquoi tu ne ressembles pas davantage à ton père.

— Ce sont les yeux de ma mère. Quant à mon père, il est tellement ridé, que je ne sais même pas quelle tête il a.

— Toi aussi tu seras ridée un jour.

— Mais certaines de ses rides font partie de ses traits. L'arrière de sa tête est lisse comme un œuf, et pourtant il est aussi vieux que le devant.

— Ce n'est pas très respectueux de dire ça de ton père, remarqua M.Tanaka. Mais j'imagine que c'est vrai.

Après quoi il dit une chose qui me fit tellement rougir, que mes lèvres durent pâlir, en comparaison.

— Comment un vieil homme ridé avec un crâne d'œuf a-t-il réussi à faire une belle petite fille comme toi ?

Je ne compte plus les fois où on m'a dit que j'étais belle, depuis.

Cependant, on dit toujours aux geishas qu'elles sont belles, même quand elles ne le sont pas. A cette époque-là, je n'avais même pas idée de ce qu'était une geisha. Aussi, quand M. Tanaka me fit ce compliment, je réussis presque à le croire.

*
* *

Quand le docteur Miura se fut occupé de ma lèvre et que j'eus acheté l'encens que mon père m'avait envoyée chercher, je rentrai à la maison dans un état d'agitation tel, qu'une fourmilière n'aurait pu être le siège d'une plus grande activité. Il eût été plus facile pour moi de ressentir des émotions du même ordre, mais les choses n'étaient pas aussi simples. J'avais l'impression d'être un fétu de paille ballotté par le vent. Il y avait divers sentiments concernant ma mère, la douleur due à ma lèvre. Et puis cette douce pensée, lovée à l'abri du reste, et que je m'efforçais d'identifier. Elle avait trait à M. Tanaka. Je m'arrêtai sur les falaises et regardai la mer. Les vagues ressemblaient toujours à des pierres taillées, même après la tempête, et le ciel avait pris une couleur de boue. Je m'assurai que personne ne me regardait, puis je serrai l'encens contre ma poitrine et prononçai le nom de M. Tanaka encore et encore dans le vent sifflant, jusqu'à ce que j'aie entendu chaque syllabe résonner à satiété. Je sais que ça paraît ridicule — et ça l'était. Mais je n'étais qu'une petite fille désorientée.

Quant nous eûmes terminé notre dîner et que mon père fut allé au village voir les autres pêcheurs jouer au go, Satsu et moi rangeâmes la cuisine sans dire un mot. J'essayai de retrouver l'état dans lequel m'avait plongée M. Tanaka, mais dans le silence et le froid de la maison je ne pus revivre cette sensation. Je ressentais comme une terreur glacée, en songeant à la maladie de ma mère. Je me surpris à m'interroger : combien de temps restait-il avant qu'on l'enterre au cimetière avec l'autre famille de mon père ? Qu'adviendrait-il de moi ensuite ? Ma mère morte, Satsu prendrait sa place, pensai-je. Je regardai ma sœur frotter la casserole en fonte où avait cuit notre soupe ; mais bien que la casserole fût juste devant elle — bien que Satsu eût les yeux fixés dessus — je savais qu'elle ne la voyait pas. Ma sœur continua à frotter la casserole bien après qu'elle fut propre. Je finis par lui dire :

— Satsu-san, je ne me sens pas bien.

— Va dehors, fais-toi chauffer un bain, me dit-elle, en repoussant ses mèches rebelles de ses yeux avec une main mouillée.

— Je ne veux pas prendre de bain. Satsu, maman va mourir.

— Cette casserole est fêlée. Regarde !

— Elle n'est pas fêlée. Cette ligne a toujours été là.

— Et l'eau qui vient de couler, comment elle a fait pour passer ?

— Tu l'as renversée. Je t'ai vue.

Pendant quelques instants, Satsu fut la proie d'une forte émotion, ce qui se traduisit sur ses traits par un air d'extrême perplexité, comme nombre de ses sentiments. Mais elle ne me dit rien de plus. Elle prit simplement la casserole sur la cuisinière et se dirigea vers la porte pour mettre cette casserole dehors.

# 2

Le lendemain matin, pour chasser mes idées noires, j'allai nager dans l'étang, près de chez nous. Cet étang était niché dans un petit bois de pins, vers l'intérieur des terres. Les enfants du village s'y rendaient le matin, quand le temps le permettait. Satsu y allait de temps à autre, dans un costume de bain tout rêche, qu'elle s'était fait avec de vieux vêtements de pêche de mon père. Ce maillot n'était pas très réussi. Il bâillait sur sa poitrine quand elle se penchait, et l'un des garçons criait : « Regarde ! On voit le mont Fuji ! » Mais elle le mettait tout de même.

Vers midi, je décidai de rentrer à la maison pour manger quelque chose.

Satsu était partie depuis un bon moment déjà, avec le jeune Sugi, le fils de l'assistant de M. Tanaka. Elle se conduisait comme un chien, avec lui. Dès qu'il s'en allait, il jetait un coup d'œil par-dessus son épaule, signifiant à Satsu qu'elle devait le suivre. Et elle le suivait. Je ne pensais pas la revoir avant l'heure du dîner, mais en approchant de la maison, je la vis, un peu plus loin, sur le chemin. Elle était adossée à un arbre. Vous, vous auriez tout de suite compris ce qui se passait. Mais moi je n'étais qu'une petite fille. Satsu avait remonté son maillot de bain sur ses épaules, et le jeune Sugi tripotait ses « Monts Fuji », comme les appelaient les garçons.

Dès le début de la maladie de notre mère, Satsu

avait pris des rondeurs. Ma sœur avait le cheveu rebelle, et le sein fougueux. Chose étrange, c'était ce côté débridé qui fascinait le jeune Sugi. Il fit sauter doucement ses seins dans sa main, les poussa sur le côté, pour les voir revenir à la même place, contre la poitrine de Satsu. Je savais que je n'aurais pas dû les espionner, mais je ne voyais pas quoi faire d'autre, car ils me bloquaient le passage. Soudain, j'entendis une voix d'homme, derrière moi :

— Chiyo-chan, qu'est-ce que tu fais là, accroupie derrière cet arbre ?

Étant une petite fille de neuf ans qui revenait d'une mare où elle avait nagé ; n'ayant encore ni formes, ni rien d'autre à cacher... Il est facile de deviner dans quelle tenue j'étais.

Je me retournai — toujours accroupie sur le chemin, cachant ma nudité avec mes bras du mieux que je pouvais — et vis M. Tanaka. Vous imaginez mon embarras.

— Ce doit être ta petite maison ivre, là-bas, déclara-t-il. Et là, on dirait le jeune Sugi. Qui m'a l'air très occupé ! Qui c'est cette fille, avec lui ?

— Ce pourrait être ma sœur, monsieur Tanaka. J'attends qu'ils s'en aillent pour pouvoir passer.

M. Tanaka mit ses mains autour de sa bouche, en porte-voix, et cria. Après quoi j'entendis détaler le jeune Sugi. Ma sœur devait s'être enfuie aussi, car M. Tanaka me dit que je pouvais rentrer chez moi m'habiller.

— Quand tu verras ta sœur, ajouta-t-il, tu lui donneras ça.

Il me tendit un paquet enveloppé dans du papier de riz, de la taille d'une tête de poisson.

— Ce sont des plantes chinoises, m'expliqua-t-il. Si le docteur Miura te dit que ça ne sert à rien, ne l'écoute pas. Demande à ta sœur de faire du thé à ta mère avec, pour soulager la douleur. Ces plantes sont très chères. Alors fais bien attention de ne pas les gaspiller.

— Il vaudrait mieux que je les prépare moi-même, dans ce cas, monsieur. Ma sœur ne sait pas très bien faire le thé.

— Ta mère est très malade, remarqua M. Tanaka.

Ton père est très vieux. Et tu me dis qu'on ne peut pas se fier à ta sœur, même pour faire du thé ! Que vas-tu devenir, Chiyo-chan ? Et même à présent, qui prend soin de toi ?

— Moi, je crois.

— Je vais te parler d'un homme que je connais. Il est plus âgé, maintenant, mais quand il avait ton âge, il a perdu son père. L'année d'après sa mère est morte, puis son frère aîné est parti à Osaka. Et il s'est retrouvé tout seul. Ça fait un peu penser à toi, non ?

M. Tanaka me lança un regard qui semblait signifier : j'espère que tu ne vas pas oser dire le contraire.

— Cet homme s'appelle Tanaka Ichiro, poursuivit-il. Oui, moi... quoique, à cette époque, j'avais un autre nom : Morihashi Ichiro. J'ai été recueilli par la famille Tanaka à douze ans. Quand j'ai été un peu plus vieux, on m'a marié à la fille, et adopté. Aujourd'hui, je les aide à gérer la Société des Fruits de Mer. Aussi les choses ont-elles finalement bien tourné, pour moi. Peut-être que toi aussi tu pourrais avoir cette chance.

Pendant quelques instants, je regardai les cheveux gris de M. Tanaka, et les rides, sur son front, tels des sillons dans l'écorce d'un arbre. Pour moi, il était l'homme le plus cultivé et le plus intelligent du monde. Je n'atteindrais jamais à ce niveau de connaissances, je n'aurais jamais cette élégance, pensais-je. Et puis jamais je ne porterais quelque chose d'aussi beau que son kimono bleu. J'étais accroupie, nue, devant lui, sur ce chemin de terre. J'avais les cheveux emmêlés, la figure sale. Je puais la vase.

— A mon avis personne ne voudra m'adopter, dis-je.

— Ah bon ? Tu es une fille intelligente, pourtant. Avoir trouvé ce nom de maison ivre ! Et puis dire que la tête de ton père ressemble à un œuf !

— Mais elle ressemble vraiment à un œuf.

— Ça n'aurait pas été une remarque intelligente, sinon. Maintenant file, Chiyo-chan. Tu as faim, n'est-ce pas ? Si ta sœur mange de la soupe, tu peux toujours t'allonger sous la table, et avaler ce qu'elle va renverser.

*
* *

Dès cet instant, j'ai caressé le rêve que M. Tanaka allait m'adopter. Parfois j'oublie combien j'ai souffert, durant cette période. Sans doute me serais-je raccrochée à n'importe quoi pour me rassurer. Souvent, quand j'étais triste, il me revenait une image de ma mère, toujours la même, bien avant qu'elle ne se mît à gémir, le matin, sous la douleur. J'avais quatre ans, c'était pendant le festival des « obon », dans notre village, l'époque de l'année où nous accueillons à nouveau parmi nous l'esprit des morts. Plusieurs soirs de suite, nous avons célébré la mémoire des morts au cimetière et placé des torches sur nos seuils pour aider les esprits à retrouver le chemin de la maison. Nous nous sommes réunis, le dernier soir du festival, dans notre sanctuaire shinto. Perché sur des rochers, ce sanctuaire surplombait le bras de mer. Il y avait une clairière juste après le portail, décorée ce soir-là avec des lanternes en papier coloré suspendues à des cordes, entre les arbres. Nous avons dansé, ma mère et moi, parmi les autres villageois, au son d'une flûte et de tambours. Mais j'ai fini par me fatiguer. Ma mère s'est alors assise au bord de la clairière, et je me suis nichée sur ses genoux. Soudain le vent s'est mis à souffler au-dessus des falaises. L'une des lanternes a pris feu. Nous avons vu la flamme ronger la corde, et la lanterne tomber tout doucement. Puis le vent l'a emportée. La lanterne a tournoyé et a volé dans notre direction, laissant une traînée dorée dans son sillage. Pour enfin se poser sur le sol, comme si elle avait fini sa course. Mais aussitôt le vent l'a happée et l'a envoyée droit sur nous. Ma mère m'a lâchée et s'est précipitée vers la boule de feu. Elle a mis les bras dans les flammes, pour les étouffer. Nous nous sommes retrouvées sous une pluie d'étincelles. Puis les morceaux de papier embrasés se sont dispersés dans les arbres, avant de s'éteindre. Et personne — pas même ma mère — n'a été blessé.

*
*   *

Une semaine plus tard environ, mes fantasmes d'adoption plus vivants que jamais, je rentrai à la maison, un après-midi, et trouvai M. Tanaka assis en face de mon père, à notre petite table. Je savais qu'ils discutaient d'un sujet grave, car ils ne me virent même pas franchir le seuil de la maison. Je restai figée sur place, j'écoutai leur conversation.

— Alors, Sakamoto, que pensez-vous de ma proposition ?

— Je ne sais pas, monsieur, dit mon père. Je ne puis imaginer mes filles vivant ailleurs.

— Je comprends, mais ce serait mieux pour elles, et pour vous. Arrangez-vous pour qu'elles descendent au village demain après-midi.

Là-dessus M. Tanaka se leva pour partir. Je feignis d'arriver à l'instant, afin de le croiser sur le seuil.

— Je parlais justement de toi avec ton père, Chiyo-chan, me dit-il. J'habite de l'autre côté de la colline, à Senzuru. C'est une ville plus grande que Yoroido. Je crois qu'elle te plaira. Satsu-san et toi, pourriez venir demain après-midi. Vous verriez ma maison et vous feriez la connaissance de ma fille. Vous resterez peut-être le soir. Juste une nuit, tu vois. Puis je vous ramènerais chez vous. Qu'est-ce que tu en dis ?

Je répondis que j'en serais ravie. Et je m'efforçai d'avoir l'air dégagé, comme si on ne m'avait rien proposé d'extraordinaire. Mais, en réalité, j'avais l'impression que mon cerveau venait d'exploser. Mes pensées n'étaient plus que des morceaux épars, que j'avais du mal à rassembler. Une part de moi-même ne souhaitait que ça : être adoptée par M. Tanaka après la mort de ma mère. Mais cette perspective me faisait également très peur. Et puis j'avais honte d'avoir seulement osé imaginer vivre ailleurs que dans ma maison ivre. Après le départ de M. Tanaka, j'essayai de m'occuper à la cuisine, mais je voyais à peine ce que je faisais, un peu comme ma sœur. Au bout d'un moment, j'ai entendu mon père renifler.

J'en ai déduit qu'il pleurait, et ça m'a fait rougir de honte. Quand j'ai enfin trouvé le courage de le regarder, j'ai vu qu'il avait déjà les doigts glissés dans l'un de ses filets de pêche, et qu'il reprisait. Mais il se tenait à l'entrée de la pièce du fond, où ma mère reposait, en plein soleil, le drap collé sur elle comme une seconde peau.

\*
\* \*

Le lendemain, je me préparai pour le rendez-vous au village avec M. Tanaka : je me lavai les chevilles et passai un moment dans notre baignoire — la chaudière d'une vieille locomotive à vapeur, abandonnée à Yoroido. On avait scié la partie supérieure, et tapissé de bois tout l'intérieur. Je restai assise dans mon bain un long moment, à regarder la mer. J'éprouvai un délicieux sentiment d'indépendance, car j'étais sur le point de voir autre chose que notre petit village, et ce pour la première fois de ma vie.

Quand Satsu et moi arrivâmes à la Société Japonaise des Fruits de Mer, nous observâmes les pêcheurs décharger leurs poissons sur la jetée. Mon père était parmi eux. Il saisissait les poissons de ses mains osseuses, puis il les jetait dans les paniers. A un moment donné il a regardé dans notre direction, et s'est épongé le visage avec la manche de sa chemise. Sa figure m'a paru plus marquée que d'habitude. Les hommes ont porté les paniers à la voiture de M. Tanaka — une voiture tirée par un cheval —, et les ont calés à l'arrière. J'ai grimpé sur la roue pour regarder. Dans l'ensemble, les poissons avaient l'œil fixe et vitreux, mais de temps à autre, l'un d'eux remuait la bouche, ce que j'interprétai comme un petit cri de détresse. Je tentai de les rassurer en leur disant :

— Vous allez à Senzuru, petits poissons ! Tout va bien se passer.

Je ne voyais pas ce que ça leur apporterait de leur avouer la vérité.

M. Tanaka a fini par sortir et nous dire de grimper sur la banquette de la voiture, à côté de lui. Je me suis assise au milieu, suffisamment près de M. Tanaka pour sentir le tissu de son kimono contre ma main. Ce qui m'a fait rougir. Satsu me regardait juste à ce moment-là, mais elle n'a rien remarqué. Elle avait seulement l'air perplexe, comme d'habitude.

Pendant presque tout le trajet, j'ai regardé les poissons s'agiter dans leurs paniers, à l'arrière. Quand nous avons approché du sommet de la côte, laissant Yoroido derrière nous, la roue de la voiture est passée sur une pierre. La carriole a penché sur le côté. L'un des bars a été éjecté de son panier. Il a atterri sur le sol avec une telle force qu'il est revenu à la vie. Ça m'a bouleversée, de le voir ainsi gigoter, haletant. Quand je me suis rassise face à la route, j'avais les larmes aux yeux. J'ai tenté de le cacher à M. Tanaka, mais il a tout de même vu que je pleurais. Il a ramassé le bar, et nous sommes repartis. Après quoi il m'a demandé ce que j'avais.

— Le pauvre poisson ! ai-je couiné.

— Tu es comme ma femme ! Ils sont généralement morts quand je les lui donne, mais si elle doit préparer un crabe, ou une bête encore vivante, elle en a les larmes aux yeux. Alors elle leur chante des chansons.

M. Tanaka m'a appris une petite chanson — presque une prière, en fait — que sa femme avait dû inventer. Elle la chantait aux crabes, mais nous l'avons adaptée, pour le bar :

> *Suzuki yo suzuki !*
> *Jobutsu shite kure !*

> Petit bar, oh, petit bar ! Dépêche-toi
> D'atteindre l'état de Bouddha !

Puis M. Tanaka m'a appris une autre chanson, une comptine que je ne connaissais pas. Nous l'avons chantée à un flet, qui gisait tout seul dans un panier à bords bas, à l'arrière de la voiture. Ses yeux en boutons de bottine roulaient comme des fous dans leurs orbites, de chaque côté de sa tête.

> *Nemure yo, ii karei yo !*
> *Niwa ya makiba ni*
> *Tori mo hitsuji mo*
> *Minna nemureba*
> *Hoshi wa mado kara*
> *Gin no hikari o*
> *Sosogu, kono yoru !*

> Dors, bon petit flet
> Tout le monde dort
> Même les oiseaux et les moutons
> Dans les jardins et dans les prés
> Ce soir les étoiles
> Diffuseront leur clarté dorée
> Dans la chambre.

Nous avons atteint le sommet de la colline quelques instants plus tard, et la ville de Senzuru nous est apparue, en contrebas. C'était une journée morne, déclinée dans les tons de gris. C'était la première fois que je sortais de Yoroido, la première fois que je voyais le monde. Et j'ai eu le sentiment de n'avoir pas raté grand-chose. Sur la découpe d'une anse, j'apercevais des maisons aux toits de chaume, cernées par de tristes collines. Au-delà des maisons l'océan, couleur de métal, creusé de blancs tessons. Dans les terres, le paysage aurait été beau, s'il n'avait été défiguré par des rails de chemin de fer.

Senzuru était une ville sale et puante. Même l'océan avait une horrible odeur, comme si tous les poissons qu'il contenait pourrissaient. Autour des pieux de la jetée flottaient des algues vertes, comme les méduses, dans notre petite anse. Les bateaux étaient éraflés. Parfois le bois de leur coque était fendu. J'eus l'impression qu'ils s'étaient battus.

Satsu et moi sommes demeurées un long moment assises sur la jetée, puis M. Tanaka nous a crié de venir

le rejoindre à la Société Japonaise des Fruits de Mer.
Nous avons descendu un long couloir. Ça sentait si fort
les entrailles de poissons qu'on se serait cru à l'intérieur
d'un poisson mort. Mais tout au bout, à ma grande surprise, il y avait un bureau. Que du haut de mes neuf ans
je trouvai beau. Satsu et moi sommes restées sur le seuil
de la pièce, nu-pieds sur le sol poisseux. Devant nous,
une marche conduisait à une plate-forme, où étaient
posés des tatami. Sans doute fut-ce la plate-forme qui
m'impressionna tant : le sol surélevé faisait tout paraître
plus grand. C'était, sans conteste, la plus belle pièce que
j'aie jamais vue — quoique ça me fasse rire, aujourd'hui,
de penser que le bureau d'un grossiste en poissons, dans
une toute petite ville de la mer du Japon, ait pu faire une
si grande impression à quiconque.

Sur la plate-forme était assise une vieille femme, sur
un coussin. Elle se leva quand elle nous vit et vint s'agenouiller au bord de l'estrade. Elle avait l'air revêche et
elle s'agitait sans arrêt. Quand elle ne lissait pas son
kimono, elle enlevait une saleté dans le coin de son œil,
ou se grattait le nez, soupirant sans cesse, comme si sa
propre agitation la fatiguait.

M. Tanaka lui dit :

— C'est Chiyo-chan, et sa sœur aînée, Satsu-san.

Je m'inclinai légèrement vers Mme Bougeotte, qui
répondit à mon salut par un petit hochement de tête.
Après quoi un grand soupir lui échappa, le plus profond
qu'elle ait poussé depuis notre arrivée. Elle se mit à arracher des petits bouts de peau desquamée, sur son cou.
J'aurais bien aimé regarder ailleurs, mais elle avait les
yeux fixés sur moi.

— Bien ! C'est toi Satsu-san, n'est-ce pas ? dit-elle.

Mais elle continuait à me regarder droit dans les
yeux.

— Oui, c'est moi, dit ma sœur.

— Quelle est ta date de naissance ?

Satsu semblait toujours ne pas savoir à laquelle
d'entre nous s'adressait Mme Bougeotte. Aussi répondis-
je à sa place.

— Elle est de l'année du bœuf.

La vieille femme tendit la main et me caressa avec ses doigts, d'une drôle de façon, toutefois : en me donnant des petits coups sur la mâchoire. Mais je savais qu'il s'agissait d'une caresse, parce qu'elle avait une expression très douce.

— Celle-ci est plutôt jolie, non ? Elle a des yeux incroyables ! Et puis on voit tout de suite qu'elle est intelligente. Regardez son front !

Là-dessus elle se tourna à nouveau vers ma sœur et dit :

— Voyons un peu. L'année du bœuf. Quinze ans. La planète Vénus. Six, blanc. Humm... Approche-toi un peu plus.

Satsu fit ce qu'on lui demandait. Mme Bougeotte se mit à examiner son visage, pas seulement des yeux, mais du bout des doigts. Elle passa un long moment à étudier son nez sous divers angles, puis ses oreilles. Elle en pinça les lobes un certain nombre de fois, puis elle émit un grognement pour indiquer qu'elle en avait fini avec Satsu. Après quoi elle se tourna vers moi.

— Toi, tu es de l'année du singe. Ça se voit sur ton visage. Toute cette eau ! Huit, blanc. La planète saturne. Et puis tu es très jolie. Approche-toi.

Elle procéda au même examen de ma personne, pinçant mes oreilles, et ainsi de suite. Je ne cessais de penser qu'elle avait gratté sa croûte avec ces mêmes doigts. Elle ne tarda pas à se lever et à descendre la marche pour nous rejoindre sur le sol de pierre. Il lui fallut un certain temps pour glisser ses pieds tout déformés dans ses zori, mais finalement elle se tourna vers M. Tanaka. Elle lui lança un regard dont il comprit immédiatement le sens, sembla-t-il, car il sortit de la pièce, refermant la porte derrière lui.

Mme Bougeotte ouvrit la chemise paysanne de Satsu et la lui enleva. Elle manipula les seins de Satsu pendant quelques instants, regarda sous ses bras. Après quoi elle la tourna et examina son dos. J'étais médusée, j'arrivai à peine à regarder. J'avais déjà vu ma sœur nue, bien entendu, mais la façon dont elle avait relevé son costume de bain pour le jeune Sugi m'avait paru moins indécente que ce tripotage auquel se livrait Mme Bougeotte. Et puis, comme si elle n'en avait pas déjà assez fait, Mme Bougeotte baissa d'un coup le pantalon de Satsu jusque sur ses chevilles, la toisa de haut en bas, puis la tourna pour l'examiner à nouveau de face.

— Enlève tes pieds de ce pantalon, dit-elle.

Il y avait bien longtemps que je n'avais vu à Satsu un air aussi déconcerté, mais elle abandonna son pantalon sur le sol de pierre poisseux. Mme Bougeotte la saisit par les épaules et la fit asseoir sur la plate-forme. Satsu était complètement nue. Elle ne comprenait sans doute pas plus que moi pourquoi elle devait s'asseoir là. Mais elle n'eut pas le temps de se poser la question, car en un éclair Mme Bougeotte lui avait écarté les genoux. Sans un instant d'hésitation, elle plongea la main entre les jambes de Satsu. Après quoi je ne pus me résoudre à regarder. Satsu dut résister, car Mme Bougeotte lui cria après. J'entendis un bruit de claque — la vieille femme avait frappé Satsu à la jambe, comme l'indiquait la marque rouge que je vis ensuite sur sa peau. En une minute, Mme Bougeotte en eut fini avec Satsu, et lui dit de se rhabiller. En enfilant ses vêtements, Satsu renifla très fort. Peut-être pleurait-elle. Je n'osai pas la regarder.

Mme Bougeotte s'attaqua ensuite à moi. En deux secondes elle avait baissé mon pantalon sur mes genoux et ôté ma chemise, comme elle l'avait fait avec Satsu. Je n'avais pas de seins que la vieille femme pût tournicoter, mais elle regarda sous mes bras, comme elle avait inspecté les aisselles de ma sœur. Puis elle me retourna, moi aussi, avant de me faire asseoir sur la plate-forme et de m'ôter mon pantalon. J'avais affreusement peur de la suite. Lorsqu'elle tenta d'écarter mes genoux, elle dut me donner une claque sur la jambe, à moi aussi. Je retins mes larmes, je sentis ma gorge me brûler. Elle mit un doigt entre mes jambes, et je ressentis comme un pincement, si fort que je criai. Lorsqu'elle me dit de me rhabiller, j'étais comme un barrage qui retient un fleuve entier. Mais j'avais peur que M. Tanaka ait une mauvaise opinion de nous, si nous nous mettions à pleurer comme des bébés.

— Les filles sont saines, dit-elle à M. Tanaka, quand il revint dans la pièce. Elles pourraient tout à fait convenir. Elles sont toutes les deux intactes. La plus âgée a beaucoup trop de bois, mais la plus jeune a pas mal d'eau. Et puis elle est jolie, vous ne trouvez pas ? Sa sœur aînée a l'air d'une paysanne à côté d'elle !

— Je trouve qu'elles sont mignonnes toutes les deux, chacune dans son genre, répliqua M. Tanaka. Mais on pourrait parler de ça pendant que je vous raccompagne. Les filles vont m'attendre ici.

M. Tanaka sortit, referma la porte derrière lui. Je me retournai. Ma sœur était assise au bord de la plate-forme, elle regardait au plafond. Vu la structure de son visage, ses larmes formaient de petites mares à la base de ses narines. La voyant bouleversée, j'éclatai moi-même en sanglots. Je me sentais responsable de ce qui s'était passé. Je séchai son visage avec le coin de ma chemise paysanne.

— Qui était cette horrible femme ? me dit-elle.

— Sans doute une diseuse de bonne aventure. M. Tanaka veut probablement en apprendre le plus possible sur nous...

— Mais pourquoi a-t-il fallu qu'elle nous examine de cette façon ?

— Satsu-san, tu ne comprends donc pas ? M. Tanaka a l'intention de nous adopter.

En entendant cela, Satsu se mit à cligner les yeux, comme si un insecte lui était entré dans l'œil.

— Qu'est-ce que tu racontes ? dit-elle. M. Tanaka ne peut pas nous adopter.

— Père est si vieux... et puis mère est malade. Je crois que M. Tanaka s'inquiète pour nous. Il se demande ce que nous allons devenir.

En apprenant cela, Satsu fut prise d'agitation et dut se lever. Je la vis plisser très fort les yeux et compris ce qui se passait en elle : elle tentait de se persuader que rien n'allait nous arracher à notre maison ivre. Comme on presse l'eau d'une éponge, elle essorait son cœur de toutes ces choses que je lui avais dites. Ses traits finirent par se détendre, elle se rassit au bord de la plate-forme. Quelques instants plus tard, elle parcourait la pièce des yeux, détachée, comme si nous n'avions jamais eu cette conversation.

*
*  *

La maison de M. Tanaka se trouvait au bout d'un chemin, à la sortie de la ville. Elle se dressait au milieu d'une clairière plantée de pins à l'odeur prenante. Cela me rappela notre maison, sur les falaises, et l'odeur forte de l'océan. L'océan ! Je réalisai que j'allais troquer son odeur pour une autre. Et j'en ressentis un vide terrible, auquel je dus m'arracher, comme on s'écarte du bord d'une falaise, après avoir regardé en bas. La maison de M. Tanaka était magnifique. Il n'y en avait pas une seule comme ça à Yoroido. Elle avait d'énormes avant-toits, comme le sanctuaire de notre village. M. Tanaka franchit le seuil de sa demeure, ôta ses chaussures, et laissa une servante les ranger sur une étagère. Satsu et moi ne portions pas de chaussures.

Juste au moment où j'allais entrer dans la maison, je reçus quelque chose sur une fesse. Une pomme de pin tomba sur le plancher, entre mes pieds. Je me retournai. Une fillette de mon âge, avec des cheveux très courts, fila se cacher derrière un arbre. Elle pencha un instant la tête sur le côté et me sourit. Je vis un trou triangulaire entre ses dents de devant. Après quoi elle détala, jetant un rapide coup d'œil par-dessus son épaule pour s'assurer que j'allais lui courir après. Cela peut paraître étrange, mais c'était la première petite fille que je rencontrais. Certes, je connaissais les filles de mon village, mais nous avions grandi ensemble, et je n'avais jamais « rencontré » l'une d'elles à proprement parler. Kuniko — c'était le nom de la fille de M. Tanaka — se montra si engageante d'emblée, que cela me redonna du courage : peut-être pourrais-je, finalement, passer d'un univers à l'autre sans trop de déchirements.

Les vêtements de Kuniko étaient bien plus beaux que les miens. Et puis elle portait des zori. Mais moi, petite fille du village, je la coursai nu-pieds dans les bois. Je finis par la rattraper devant une espèce de cabane, construite avec les branches d'un arbre mort. Kuniko avait disposé des galets et des pommes de pin sur le sol, pour délimiter les différentes pièces. Dans l'une de ces pièces, elle joua à me servir le thé dans une tasse ébréchée. Dans une autre, nous berçâmes à tour de rôle un sac en toile rempli de terre — sa poupée, un garçonnet nommé Taro. Taro adorait les étrangers, dit Kuniko, mais il avait très peur des vers de terre. Coïncidence étrange, Kuniko en avait peur aussi. Quand on en voyait un, Kuniko attendait que je le prenne entre deux doigts et que je le jette dehors, avant d'autoriser le pauvre Taro à éclater en sanglots.

La perspective d'avoir Kuniko pour sœur me ravissait. A côté d'elle, les arbres majestueux, l'odeur des pins — même M. Tanaka — me paraissaient soudain insignifiants. La différence entre la vie chez les Tanaka et la vie à Yoroido était énorme. Un peu comme si l'on comparait l'odeur d'un plat qui mitonne à une bouchée d'un mets délicat.

A la tombée de la nuit, nous nous lavâmes les mains et les pieds au puits. Puis nous rentrâmes à la maison et nous nous assîmes, par terre, autour d'une table carrée. Les plats disposés devant nous dégageaient de la vapeur. Je la voyais monter, puis s'estomper sur les chevrons d'un plafond très haut. Des lustres éclairaient vivement la pièce. Ce qui me stupéfia : l'électricité était une chose nouvelle pour moi. Les servantes ne tardèrent pas à nous apporter notre dîner : bars grillés, petits légumes macérés dans du vinaigre, soupe, et riz cuit à la vapeur. Mais au moment où nous attaquions notre repas, les lumières s'éteignirent. M. Tanaka se mit à rire. Cela arrivait souvent, de toute évidence. Les servantes allumèrent des lampes à pétrole un peu partout dans la pièce, lampes accrochées à des trépieds de bois.

Le repas fut assez silencieux. J'avais imaginé une Mme Tanaka pleine de charme, sophistiquée, mais elle n'était qu'une version plus âgée de Satsu — sauf qu'elle souriait beaucoup. Après dîner, elle entama une partie de go avec ma sœur. M. Tanaka se leva, réclama sa veste de kimono à une servante. Peu après, M. Tanaka sortit. Une minute plus tard, Kuniko me fit signe de la rejoindre à la porte. Elle mit des zori en paille, m'en prêta une paire. Je lui demandai où nous allions.

— Chut ! dit-elle. On va suivre mon papa. Je le suis chaque fois qu'il sort. C'est un secret.

Nous longeâmes le chemin. Puis nous prîmes la grande route, celle de Senzuru. Nous suivions M. Tanaka à distance raisonnable. Quelques minutes plus tard nous étions en ville, au milieu des maisons. Kuniko me prit le bras et me tira dans une ruelle. Nous enfilâmes une voie pavée entre deux maisons. Arrivées au bout du passage, nous nous arrêtâmes devant une fenêtre. Les stores en papier étaient tirés. La lumière filtrait de l'intérieur. Kuniko colla son œil contre une déchirure à notre hauteur, dans l'un des stores. Comme elle regardait dans la maison, j'entendis les échos de rires et de conversations. Quelqu'un chantait, au son d'un shamisen. Kuniko finit par me laisser la place. Un paravent pliant me cachait la moitié de la pièce, mais je vis M. Tanaka, assis sur les tatamis, avec plusieurs autres hommes. Un vieillard, à côté de lui, racontait l'histoire d'un homme qui tenait l'échelle à une jeune femme et lorgnait ses dessous. Tout le monde rit, sauf M. Tanaka. Il avait les yeux braqués sur un coin de la pièce que je ne pouvais voir. Une femme assez âgée, en kimono, lui apporta un verre, lui servit de la bière. M. Tanaka m'apparut telle une île perdue au milieu de l'océan. En effet, cette histoire amusait tout le monde — même la vieille dame qui servait la bière — mais M. Tanaka continuait à fixer l'autre extrémité de la table. Je cessai de regarder dans le trou pour demander à Kuniko ce qu'était cette maison.

— C'est une maison de thé, me dit-elle, c'est là que les geishas reçoivent. Mon papa vient là presque tous les soirs. Je ne sais pas pourquoi ça lui plaît tant que ça. Les femmes servent à boire, et les hommes racontent des histoires — ou chantent des chansons. Tout le monde termine la soirée fin soûl.

Je regardai à nouveau dans le trou, et vis une ombre passer sur le mur. Après quoi apparut une femme. Une fine branche de saule avec de jolies feuilles vertes ornait son chignon. Elle portait un kimono rose pâle avec un motif de fleurs blanches, qui avaient l'air en relief. Le large obi noué autour de sa taille était orange et jaune. Je n'avais jamais vu tenue plus élégante. A Yoroido, le summum de la sophistication, c'était un kimono en coton, ou en lin, avec un motif simple de couleur indigo. Mais la femme, contrairement à son kimono, n'était pas belle du tout. Ses dents avançaient tellement, que ses lèvres ne pouvaient les masquer totalement. Et vu l'étroitesse de sa tête, je me demandai si on la lui avait serrée entre deux planches, à la naissance. Cette description va peut-être vous paraître cruelle. Mais je trouvais bizarre que M. Tanaka garde les yeux fixés sur ce laideron, telle une lavette sur un crochet. Il restait perdu dans la contemplation de cette femme, alors que tous les autres riaient. Elle s'agenouilla près de lui pour verser encore quelques gouttes de bière dans son verre. Puis elle leva la tête et le couva d'un regard trahissant une réelle complicité.

Kuniko prit son tour derrière le paravent troué. Après quoi nous retournâmes chez elle et nous assîmes ensemble dans le bain, à l'orée de la forêt de pins. Le ciel miroitait d'étoiles, sauf dans la moitié masquée par des branches d'arbres, au-dessus de ma tête. Je serais volontiers restée plus longtemps dans le bain, à considérer les divers événements de cette journée et les changements auxquels j'allais devoir faire face. Mais Kuniko faillit s'endormir dans l'eau chaude, et les servantes ne tardèrent pas à nous sortir du bain.

Quand Kuniko et moi nous allongeâmes sur nos futons, nos petits corps nichés l'un contre l'autre, nos bras glissés l'un sous l'autre, Satsu ronflait déjà. Une impression de chaleur, de bonheur, monta en moi. Je dis tout bas à Kuniko : « Tu savais que j'allais venir habiter avec toi ? » J'avais cru qu'elle serait ébahie,

qu'elle ouvrirait les yeux. Voire qu'elle s'assiérait sur
son futon. Mais elle ne se réveilla pas. Elle émit un
grognement. Quelques instants plus tard, je sentis son
souffle chaud, humide, au rythme régulier, celui du
sommeil.

## 3

En rentrant à la maison, j'eus l'impression que l'état de ma mère s'était aggravé durant la journée où j'avais été absente. Mais peut-être avais-je seulement réussi à oublier à quel point elle était malade. Si la maison de M. Tanaka sentait les pins et la fumée, la nôtre sentait la maladie de façon telle, que je préfère n'en rien dire. Satsu travaillait au village, l'après-midi. Aussi Mme Sugi vint-elle m'aider à baigner ma mère. Nous la portâmes dehors. Sa cage thoracique saillait horriblement, et le blanc de ses yeux était devenu gris. Je ne pus supporter de la voir dans cet état qu'en me souvenant des bains que nous prenions ensemble, à l'époque où elle avait encore force et santé. Quand nous sortions du bain, nos corps pâles dégageaient de la vapeur, tels deux morceaux de radis bouillis. J'avais du mal à imaginer que cette femme, à qui j'avais frotté le dos avec une pierre, et dont la chair m'avait toujours paru plus ferme et plus douce que celle de Satsu, pourrait bien être morte avant la fin de l'été.

Ce soir-là, allongée sur mon futon, j'essayai d'envisager cette situation affreuse sous tous les angles, pour me persuader que les choses finiraient par s'arranger. Comment allions-nous continuer à vivre sans ma mère ? Si nous survivions et que M. Tanaka nous adoptât, ma famille cesserait-elle d'exister pour autant ? J'arrivai à la conclusion que M. Tanaka allait nous adopter tous les trois : mon père, ma sœur et moi. Il ne pensait tout de même pas que mon père allait vivre seul ! Il était bien rare que je m'endorme sans m'être persuadée du bien-fondé de ma théorie. Aussi ai-je peu dormi, ces semaines-là. Le matin, j'étais complètement abrutie.

Par l'un de ces matins comateux, au plus fort de l'été, je rentrais du village où j'avais acheté un paquet de thé, quand j'entendis un bruit derrière moi. Je me retournai, et vis M. Sugi — l'assistant de M. Tanaka — monter la côte en courant. Il lui fallut un certain temps pour reprendre sa respiration, après qu'il m'eut rejointe. Il soufflait comme un bœuf et se tenait les côtes, comme s'il avait couru depuis Senzuru sans s'arrêter. Il était rouge et luisant comme une écrevisse, bien que le soleil ne fût pas encore très haut dans le ciel. Il finit par me dire :

— M. Tanaka veut que tu viennes... avec ta sœur au village... le plus vite possible.

J'avais trouvé bizarre que mon père n'aille pas pêcher ce matin-là. A présent je comprenais pourquoi : c'était aujourd'hui qu'on partait.

— Et mon père ? m'enquis-je. M. Tanaka a dit quelque chose à son sujet ?

— Tu viens, c'est tout, Chiyo-chan. Va chercher ta sœur.

Cela ne me dit rien de bon, mais je courus jusqu'à la maison. Je trouvai mon père assis à table, en train de gratter la saleté dans une rainure du bois, avec ses doigts. Satsu mettait des boulets de charbon dans la cuisinière. On avait l'impression qu'ils attendaient tous deux quelque événement affreux.

— Père, murmurai-je, M. Tanaka veut que je descende au village avec Satsu-san.

Satsu ôta son tablier, l'accrocha à un clou, puis sortit. Mon père ne dit pas un mot. Il cligna les yeux plusieurs fois, puis il fixa le seuil de la maison, qu'elle venait de franchir. Après quoi il baissa lentement les yeux vers le sol et acquiesça d'un hochement de tête. J'entendis ma mère crier dans son sommeil, dans la pièce du fond.

Quand je rattrapai Satsu, elle était presque parvenue au village. Ça faisait des semaines que j'imaginais ce fameux jour, mais jamais je n'aurais pensé que j'aurais aussi peur. Quant à Satsu, elle semblait ne pas réaliser ce qui nous arrivait. Elle descendait au village avec la même désinvolture que d'habitude.

Elle n'avait même pas pris la peine de laver ses mains noires de charbon. En chassant une mèche de cheveux de son visage, elle laissa une traînée sombre sur sa joue. Je ne voulais pas que M. Tanaka la vît dans cet état. Je tentai de nettoyer sa joue, comme ma mère aurait pu le faire, mais Satsu repoussa ma main avec son poing.

Devant la Société Japonaise des Fruits de Mer, j'inclinai la tête et saluai M. Tanaka. Je m'attendais à ce qu'il soit heureux de nous retrouver. Mais il se montra étonnamment froid. J'aurais dû voir là le premier indice que les choses n'allaient pas se passer comme je l'avais imaginé. Il nous conduisit à sa voiture. J'en déduisis qu'il voulait nous emmener chez lui, pour que sa femme et sa fille soient présentes quand il nous dirait son intention de nous adopter.

— M. Sugi va monter devant avec moi, dit-il. Alors tu ferais bien de passer derrière avec Shizu-san.

Il dit : Shizu-san. Je le trouvai grossier d'écorcher à ce point le nom de ma sœur, mais Satsu sembla ne rien remarquer. Elle monta à l'arrière de la voiture, s'assit au milieu des paniers à poissons vides. Elle posa une main à plat sur le plancher poisseux. Puis, avec la même main, elle chassa une mouche de devant ses yeux, laissant une tache brillante sur sa joue. Contrairement à elle, je préférais ne pas toucher ce dépôt gluant. Je pensais à l'odeur qu'il dégageait, et j'aurais aimé pouvoir me laver les mains. Peut-être même voudrais-je laver mes vêtements, en arrivant chez M. Tanaka.

Durant le trajet, Satsu se tut. Je ne dis pas un mot non plus. Mais quand nous atteignîmes le sommet de la colline surplombant Senzuru, Satsu dit :

— Un train.

Je cherchai ce train des yeux, et le repérai, dans le

lointain. Il se dirigeait vers la ville. La fumée s'enroulait au-dessus du toit, telle la mue d'un serpent. Je trouvai mon image brillante et voulus l'expliquer à Satsu, mais ça ne sembla pas l'intéresser. M. Tanaka aurait goûté cette métaphore, me dis-je. Kuniko aussi. Je décidai de leur en faire part quand nous arriverions à la maison Tanaka.

Puis je réalisai que nous ne prenions pas le chemin de la maison Tanaka.

Quelques minutes plus tard, la voiture s'arrêtait sur un carré de terre battue, à côté des rails de chemin de fer, à la sortie de la ville. Une foule de gens attendaient le train, des sacs et des cageots posés à côté d'eux. A une extrémité du quai, je vis Mme Bougeotte, debout à côté d'un homme extrêmement menu, vêtu d'un kimono épais. Ses cheveux étaient noirs et fins comme des poils de chat. Il avait un sac en toile à la main, fermé par un cordonnet. Il me sembla détonner parmi tous ces gens. Il y avait là des fermiers, des poissonniers avec leur cageots, une vieille femme voûtée, avec un sac plein d'ignames sur le dos. Mme Bougeotte dit quelque chose à l'homme au kimono. Il tourna la tête, nous regarda. Et aussitôt il me fit peur.

M. Tanaka nous le présenta. Il s'appelait Bekku. M. Bekku ne dit pas un mot. Il m'observa avec soin, et parut déconcerté par Satsu.

M. Tanaka lui dit :

— J'ai amené Sugi, de Yoroido. Voulez-vous qu'il vous accompagne ? Il connaît les filles, et je peux me passer de lui pendant un jour ou deux.

— Non, non, répliqua M. Bekku, en faisant un geste de la main, comme pour chasser un importun.

Je ne m'étais vraiment pas attendue à cela. Je demandai où nous allions, mais personne ne sembla m'entendre. Aussi trouvais-je moi-même une réponse à ma question : M. Tanaka n'avait pas aimé les remarques de Mme Bougeotte à notre sujet. Cet homme si menu, ce M. Bekku, projetait de nous emmener en un lieu où l'on nous dirait notre avenir de façon plus détaillée. Après quoi on nous rendrait à M. Tanaka.

Je tentai ainsi de me rassurer. Mme Bougeotte, qui souriait de façon charmante, nous entraîna à l'écart, Satsu et moi. Quand nous fûmes suffisamment loin pour que les autres ne puissent nous entendre, son sourire s'envola et elle déclara :

— Maintenant, écoutez-moi. Vous êtes de vilaines filles !

Elle jeta un coup d'œil alentour, pour s'assurer que personne ne regardait. Après quoi elle nous frappa sur le dessus de la tête. Elle ne me fit pas mal, mais je criai, surprise.

— Si vous faites quoi que ce soit qui me plonge dans l'embarras, poursuivit-elle, je vous le ferai payer ! M. Bekku est un homme très dur. Vous devrez écouter ce qu'il vous dit. S'il vous demande de vous glisser sous la banquette du train, vous devrez obéir. Compris ?

Vu l'expression de Mme Bougeotte, je sentais que j'avais intérêt à lui répondre. Sinon, elle risquait de me frapper. Mais j'étais stupéfiée, je n'arrivais pas à articuler. Mes craintes se confirmèrent : Mme Bougeotte tendit la main et me pinça le creux du cou. La douleur fut terrible : j'eus l'impression d'être tombée dans une baignoire remplie de créatures qui me mordaient partout. Je me mis à pleurer. Aussitôt, M. Tanaka apparut à nos côtés.

— Que se passe-t-il ? dit-il. Si vous avez autre chose à dire à ces filles, dites-le maintenant, devant moi. Il n'y a aucune raison que vous les traitiez de cette façon.

— Nous avons encore beaucoup de choses à nous dire, j'en suis certaine, rétorqua Mme Bougeotte. Mais le train arrive.

C'était vrai. La locomotive débouchait d'un tournant, quelques centaines de mètres plus loin.

M. Tanaka nous escorta jusque sur le quai. Les fermiers et les vieilles femmes ramassaient leurs affaires. Le train ne tarda pas à s'arrêter devant nous. M. Bekku se glissa entre Satsu et moi. Il nous prit par le coude, et nous fit monter dans le wagon. J'entendis M. Tanaka parler, mais j'étais trop désorientée pour comprendre ce

qu'il disait. Je n'étais pas sûre d'avoir bien entendu. Il se
peut qu'il ait dit :
— *Mata yo !* : on se reverra !
Ou encore :
— *Matte yo !* : attendez !
Voire :
— *Ma... deyo !* : Eh bien allons-y !
Je regardai par la vitre. M. Tanaka repartait vers sa
voiture. Mme Bougeotte essuyait ses mains sur son
kimono.
Au bout d'un moment, ma sœur s'écria :
— Chiyo-chan !
J'enfouis mon visage dans mes mains. J'étais terrori-
sée. Si j'avais pu, j'aurais plongé à travers le plancher du
train. La façon dont ma sœur avait prononcé mon nom
suffisait. Elle n'avait nul besoin d'en dire plus.
— Tu sais où on va ? s'enquit-elle.
Tout ce qu'elle voulait, c'était un oui ou un non.
Notre destination lui importait peu, j'imagine — tant que
je savais ce qui se passait. Mais, bien entendu, je l'ignorais. Je posai la question à M. Bekku. Il ne me prêta
aucune attention. Il continuait à fixer Satsu, comme s'il
n'avait jamais vu de fille comme elle. Finalement, tout
son visage se plissa d'un air de dégoût, et il déclara :
— Le poisson ! Qu'est-ce que vous puez, toutes les
deux !
Il prit un peigne dans son sac, et entreprit de le passer dans les cheveux de Satsu, tirant comme un fou. Il
devait lui faire mal, mais le plus douloureux, pour elle,
c'était de regarder la campagne défiler par la vitre. Ma
sœur eut une moue de bébé et se mit à pleurer. Son
visage se crispa, sous les sanglots. Et cela me fit mal.
Plus que si elle m'avait frappé, ou crié après. Tout était
de ma faute. Une vieille paysanne, dont le sourire découvrait les gencives, s'approcha de Satsu avec une carotte.
Après la lui avoir donnée, elle lui demanda où elle allait.
— Kyoto, répondit M. Bekku.
Je fus prise de panique. Je n'arrivai même plus à
regarder Satsu dans les yeux. Déjà, Senzuru, c'était le
bout du monde pour moi. Alors Kyoto... Autant dire New

York, ou Hong Kong — j'avais entendu le docteur Miura parler de New York, une fois. A Kyoto, pour ce que j'en savais, ils engraissaient les enfants pour les donner à manger aux chiens.

Nous sommes restés des heures dans ce train, sans rien manger. Finalement, M. Bekku sortit une feuille de lotus pliée de son sac et l'ouvrit. A l'intérieur, il y avait une boule de riz piquetée de graines de sésame. Il la prit entre ses doigts osseux, puis il l'introduisit, avec quelque difficulté, dans sa petite bouche mesquine. C'en fut presque trop pour moi ! Le train finit par s'immobiliser dans une grande ville. Nous descendîmes. Je crus que nous étions à Kyoto. Mais, après quelques minutes, nous prîmes un autre train, qui s'arrêta sur le même quai. Ce train-là nous emmena à Kyoto. Il était tellement bondé que nous dûmes rester debout pendant tout le trajet. A notre arrivée, au crépuscule, j'étais rompue comme un rocher où s'est jetée l'eau d'une cascade toute la journée.

Je ne vis pas grand-chose de la ville, comme nous approchions de la gare de Kyoto. Et soudain, à mon grand étonnement, j'aperçus des toits, jusqu'au pied des collines, dans le lointain. Jamais je n'aurais imaginé qu'il existât des villes aussi grandes. Encore aujourd'hui, quand je vois des immeubles et des rues par la vitre d'un train, je me souviens de la peur et de cette sensation de vide immense que j'éprouvai en ce jour singulier où pour la première fois je quittai mon foyer.

A cette époque, vers 1930, il y avait encore beaucoup de rickshaws à Kyoto. J'en vis toute une file devant la gare, et je crus que tout le monde, dans cette ville, se déplaçait en rickshaw — rien n'était plus faux. Une ving-taine de ces véhicules reposaient sur leurs bras. Leurs conducteurs, accroupis à proximité, fumaient, ou man-geaient. Certains dormaient, enroulés sur eux-mêmes, dans la rue crasseuse.

M. Bekku nous prit à nouveau par les coudes, comme s'il ramenait deux seaux du puits. Sans doute pensait-il que je m'enfuirais, s'il me lâchait quelques ins-tants. Il avait tort. Je préférais encore aller là où il nous emmenait, où que ce fût, plutôt que de me retrouver catapultée au milieu de tous ces immeubles et de toutes ces rues, qui m'étaient aussi peu familiers que le fond de la mer.

Nous grimpâmes dans un rickshaw, M. Bekku serré entre nous deux sur la banquette. Sous ce kimono, il y avait un homme encore plus squelettique que je ne l'avais imaginé. Légère secousse vers l'arrière : le conducteur venait de relever les bras du rickshaw.

— Tominaga-cho, à Gion, lui dis M. Bekku.

Le chauffeur ne répondit rien. Il imprima une impulsion au rickshaw pour le faire démarrer. Après quoi il alla au petit trot. Au bout de quelques centaines de mètres, je rassemblai tout mon courage et dis à M. Bekku :

— Vous voulez bien nous dire où nous allons ?

Vu sa tête, je crus qu'il n'allait pas me répondre, mais au bout d'un moment il dit :

— Dans votre nouvelle maison.

Quand j'entendis ça, mes yeux se remplirent de larmes. Assise à droite de M. Bekku, Satsu pleurait. J'allais moi-même laisser échapper un sanglot, quand M. Bekku la frappa. Ce qui la fit suffoquer. Je me mordis la lèvre et interrompis mes pleurs si rapidement, que les larmes qui coulaient le long de mes joues durent s'arrêter net.

Bientôt nous tournâmes dans une avenue qui me parut aussi large que mon village. Je voyais à peine l'autre côté, tant il y avait de gens, de bicyclettes, de voitures, de camions. Je n'avais encore jamais vu de voitures — excepté en photo. Toutefois, je me souviens d'avoir été surprise de les trouver aussi... « cruelles ». J'avais si peur, que je leur trouvai un air cruel. Comme si elles avaient été conçues pour blesser l'homme, et non pour lui être utiles. Tous mes sens étaient agressés. Des camions passaient près de nous en rugissant, si près que je sentais l'odeur du caoutchouc brûlé. J'entendis un horrible crissement : un tramway freinait, au milieu de l'avenue.

La nuit tombait, j'étais terrifiée. Toutefois, les lumières de la ville me laissèrent bouche bée. Rien,

dans ma vie, ne devait m'éblouir autant que cette première vision d'une ville illuminée. Je n'avais jamais vu
d'éclairages à l'électricité, sauf au début du dîner chez
M. Tanaka. Là je vis des rangées de fenêtres éclairées,
aux étages et au rez-de-chaussée des maisons. Sur les
trottoirs, les gens stationnaient dans des cercles de
lumière jaune. Je voyais d'infimes scintillements jusqu' au
bout de l'avenue. Nous tournâmes dans une autre rue,
et je vis le théâtre Minamiza pour la première fois, de
l'autre côté d'un pont, quelques centaines de mètres
plus loin. Le toit de tuiles, si beau, évoqua pour moi
un palais.

Finalement, le rickshaw tourna dans une ruelle. Les
maisons en bois, de chaque côté, étaient si rapprochées
qu'elles semblaient former une seule et même façade —
ce qui, une fois de plus, me donna l'impression affreuse
d'être perdue. Des femmes en kimono sillonnaient la
ruelle, visiblement pressées.

Je les trouvai très élégantes, bien que, pour la plupart, il s'agît de servantes, comme je l'appris par la suite.

Nous nous arrêtâmes devant la porte d'une maison.
M. Bekku me dit de descendre, avant de me suivre sur
le trottoir. Et puis, comme si la journée n'avait pas été
assez dure comme ça, la pire des choses se produisit :
lorsque Satsu tenta de descendre à son tour, M. Bekku
se retourna et la repoussa dans le rickshaw de son long
bras.

— Reste là ! lui dit-il. Tu vas ailleurs, toi.

Je regardai Satsu, et Satsu me regarda. C'était peut-
être la première fois que nous nous comprenions réellement. Mais cela ne dura qu'un instant, car j'eus bientôt
les yeux noyés de larmes, et ne vis quasiment plus rien.
Je me sentis tirée en arrière par M. Bekku, j'entendis des
voix de femmes, et tout un brouhaha. J'allai me jeter
dans la rue, quand Satsu ouvrit la bouche, éberluée. Elle
venait de voir quelque chose, derrière moi.

J'étais dans la petite allée d'une maison. Il y avait
un vieux puits d'un côté, et quelques plantes de l'autre.
M. Bekku m'avait tirée jusque sous le porche. Il me remit
debout. Et là, sur la marche de l'entrée, glissant ses pieds

dans ses zoris laqués, m'apparut une femme d'une exquise beauté. Elle portait un kimono somptueux. Je n'aurais jamais pu imaginer quelque chose d'aussi beau. Déjà, le kimono de la geisha au physique ingrat, dans le village de M. Tanaka, m'avait impressionnée. Mais celui-là était d'un bleu céruléen, avec des spirales ivoirines, figurant les tourbillons d'une rivière. Des truites scintillantes filaient dans le courant. Des arbres bordaient l'onde. Il y avait un petit cercle doré à chaque point de contact entre les feuilles vert tendre et l'eau. Je ne doutais pas que ce kimono fût en soie, ainsi que l'obi, brodé dans des tons pastel, jaune et vert. Ce kimono était extraordinaire, tout comme la femme qui le portait. Elle avait le visage maquillé en blanc, un blanc éclatant, comme le flanc d'un nuage éclaboussé de soleil. Sa coiffure, deux lobes noirs brillant du même éclat sombre que la laque, était ornée de diverses parures d'ambre sculpté et d'une barrette, où pendillaient de minuscules lamelles argentées, miroitant au moindre mouvement.

Ce fut la première image que j'eus d'Hatsumomo. A l'époque, elle était l'une des geishas les plus connues de Gion. Ce que bien sûr j'ignorais. Hatsumomo était une toute petite femme. Le haut de sa coiffure s'arrêtait à l'épaule de M. Bekku. Je fus si éberluée à sa vue que j'en oubliai toutes manières — si tant est que j'eusse des manières — et la dévisageai. Elle me souriait, mais pas de façon aimable. Elle finit par dire :

— Monsieur Bekku, pourriez-vous vous occuper des ordures plus tard ? J'aimerais sortir.

Il n'y avait pas d'ordures dans l'entrée. Elle parlait donc de moi. M. Bekku lui rétorqua qu'elle avait la place de passer.

— Peut-être que « vous », ça ne vous dérange pas de vous approcher d'elles, dit Hatsumomo. Mais moi, quand je vois des saletés d'un côté de la rue, je traverse.

Une femme plus âgée, grande et noueuse comme une tige de bambou, apparut dans l'entrée, derrière elle.

— Je me demande comment les gens font pour te supporter, Hatsumomo-san, déclara la femme.

Malgré tout, elle fit signe à M. Bekku de retourner dans la rue avec moi. Il s'exécuta. Après quoi la femme fit quelques pas dans l'entrée en claudiquant — l'une de ses hanches saillait horriblement, ce qui la gênait pour marcher. Elle s'arrêta devant un petit meuble de rangement. Elle en sortit une espèce de silex, et une pierre rectangulaire, comme celles qu'utilisent les pêcheurs pour aiguiser leurs couteaux. Après quoi, elle se plaça derrière la belle jeune femme et frotta le silex contre la pierre. Cela fit des étincelles, qui voletèrent sur le dos d'Hatsumomo. Je ne compris rien à ce rituel. Mais voyez-vous, les geishas sont encore plus superstitieuses que les pêcheurs. Une geisha ne sortira pas le soir sans qu'on ait fait jaillir des étincelles dans son dos pour lui porter chance.

Après cela Hatsumomo s'en alla, à si petits pas qu'elle semblait glisser sur la chaussée. Le bas de son kimono voletait légèrement derrière elle. J'ignorais alors qu'elle était geisha, car il y avait un monde, entre elle et la créature que j'avais vue à Senzuru, quelques semaines plus tôt. Elle doit être actrice, me dis-je, ou chanteuse. Nous la regardâmes s'éloigner, flottant sur les pavés. Après quoi M. Bekku me confia à la dame plus âgée, qui était restée dans l'entrée. Il remonta dans le rickshaw où attendait ma sœur. Le conducteur souleva les bras du véhicule. Mais je ne les vis pas partir, car je pleurais à chaudes larmes, recroquevillée sur le sol.

La femme âgée dut avoir pitié de moi, car je restai écroulée là un bon moment, à pleurer ma misère sans que personne me dérange. La dame demanda même à une servante qui vint la voir de parler moins fort.

Finalement, elle m'aida à me relever. Puis elle sécha ma figure avec un mouchoir qu'elle tira d'une manche de son kimono, un vêtement gris tout simple.

— Allons, petite fille. Ce n'est pas la peine de te mettre dans cet état. Personne ne va te manger.

Elle avait le même accent que M. Bekku et Hatsumomo. Les gens de mon village parlaient un japonais très différent, et j'eus un mal fou à la comprendre. Cependant, personne ne m'avait rien dit d'aussi gentil de la journée. Je décidai donc de suivre son conseil. Elle me dit de l'appeler Tatie. Puis elle me dévisagea et déclara, d'une voix gutturale :

— Mon Dieu ! Quels yeux ! Tu es drôlement jolie. Mère va être ravie.

Je pensai aussitôt que la mère de cette femme, qui que ce fût, devait être très vieille. En effet, les cheveux de Tatie, serrés en un petit chignon au-dessus de sa nuque, étaient presque tous gris.

Tatie et moi franchîmes le seuil de la maison. Je me retrouvai dans un étroit passage en terre battue débouchant sur une cour, entre deux édifices. L'une de ces constructions, une petite bicoque comme la mienne, à Yoroido — deux pièces avec un sol en terre battue — s'avéra être le quartier des servantes ; l'autre bâtisse, une petite maison élégante, reposait sur des pierres, de sorte qu'un chat aurait pu se glisser en dessous. Le passage entre ces deux édifices était à ciel ouvert. En regardant ce ciel de nuit, j'eus l'impression de me trouver dans un minuscule village, plutôt que dans une maison. D'autant plus que j'apercevais d'autres bâtiments, dans la cour. Il s'agissait là d'une résidence typique de cette partie de Kyoto, ce que j'ignorais alors. Quant aux petites maisons, au fond de la cour, ce n'étaient pas des lieux d'habitation, comme je le pensais, mais une remise de deux étages — avec une échelle extérieure — et une petite cabane pour les toilettes. L'ensemble de ces constructions occupaient une superficie plus petite que la maison de M. Tanaka, et n'abritaient que huit personnes. Ou plutôt neuf, maintenant que j'étais là.

Après avoir observé l'agencement particulier de toutes ces bâtisses, je notai l'élégance de la demeure principale. A Yoroido, les constructions en bois étaient plus grises que marron, et rongées par le sel présent dans l'air. Mais ici, les poutres et les planchers brillaient sous la lumière jaune des lampes électriques. Sur un côté du vestibule, des portes coulissantes ouvraient sur un escalier, qui montait directement à l'étage, semblait-il. L'une de ces portes était ouverte : j'aperçus un petit meuble en bois avec un autel bouddhique. Cette belle maison était réservée à la famille — et à Hatsumomo, même si, comme j'allais bientôt m'en apercevoir, elle n'était pas de la famille. Pour aller dans la cour, les membres de la famille n'empruntaient pas le passage en terre battue, comme les servantes, mais une galerie en bois poli, qui courait sur tout un côté de la maison. Il y avait même des toilettes séparées — un WC à l'étage, pour la famille, un autre en bas pour les domestiques.

Toutefois, je ne découvrirais la plupart de ces choses que d'ici à un jour ou deux. Je restai un certain temps dans ce passage, absolument terrorisée, ne sachant pas où j'avais atterri. Tatie avait disparu dans la cuisine. Je l'entendis parler à quelqu'un d'une voix rauque. Finalement ce quelqu'un sortit. Et se révéla être une fille de mon âge. Elle portait un seau d'eau si lourd qu'elle en renversait la moitié par terre. Elle avait un corps très menu, tout en longueur, et un visage rond, formant un cercle presque parfait. Elle me fit aussitôt penser à un melon sur un bâton. Elle faisait des efforts terribles pour porter le seau, et sa langue pointait entre ses lèvres, exactement comme une tige, sur un potiron. Je découvris bientôt que c'était une habitude chez elle. Elle sortait un bout de langue quand elle touillait sa soupe au miso, quand elle se servait du riz, ou qu'elle nouait la ceinture de son kimono. Son visage était si potelé, si lisse, avec cette langue recourbée comme une tige de potiron, qu'après quelques jours je l'avais surnommée « Pumpkin ». Tout le monde finit par l'appeler comme ça — y compris ses clients, bien des années plus tard, quand elle fut devenue geisha à Gion.

Lorsqu'elle eut posé le seau à côté de moi, Pumpkin rentra sa langue. Puis elle glissa une mèche de cheveux rebelle derrière son oreille, tout en me toisant de la tête aux pieds. Je pensai qu'elle allait me parler, mais elle continua simplement à me regarder, comme si j'étais un gros gâteau dont elle aurait volontiers pris une bouchée. Car elle paraissait réellement affamée. Elle finit par se pencher vers moi et par me murmurer à l'oreille :

— D'où tu viens ?

Allais-je dire que je venais de Yoroido ? Non. Vu

qu'elle avait le même accent que les autres, elle ne reconnaîtrait sans doute pas le nom de mon village. Je lui dis que je venais juste d'arriver.

— J'avais cru que je ne verrais jamais plus une fille de mon âge, répliqua-t-elle. Mais qu'est-ce qu'ils ont, tes yeux ?

Là-dessus Tatie sortit de la cuisine et chassa Pumpkin. Elle prit le seau, une lavette, et m'emmena dans la cour — une jolie cour avec de la mousse et des dalles, qui menaient à l'entrée d'une remise. Hélas, ça sentait affreusement mauvais : il y avait des toilettes, dans une petite cabane, d'un côté de la cour. Tatie me dit de me déshabiller. Je craignis qu'elle ne m'inflige la même humiliation que Mme Bougeotte, mais elle se contenta de me verser de l'eau sur les épaules et de me frotter avec sa lavette. Après quoi elle me donna un kimono en coton ordinaire, avec un motif tout simple, de couleur bleu marine. Je n'avais jamais rien porté d'aussi élégant. Une vieille femme — j'allais bientôt découvrir qu'il s'agissait de la cuisinière — apparut dans le passage avec plusieurs servantes vieillissantes. Elles se mirent toutes à me regarder. Tatie leur dit qu'elles pourraient m'observer à leur gré un autre jour, et les renvoya d'où elles étaient venues.

— Maintenant écoute-moi bien, petite fille, me déclara Tatie, quand je me retrouvai seule avec elle. Je ne veux même pas savoir ton nom, pour le moment. Mère et Granny n'ont pas aimé la dernière fille, elle n'est restée qu'un mois. Je suis trop vieille pour apprendre sans cesse de nouveaux noms. Je connaîtrai le tien si elles décident de te garder.

— Que se passera-t-il si elles ne me gardent pas ? m'enquis-je.

— Il serait préférable qu'elles te gardent.

— Puis-je vous demander, madame... quel est cet endroit ?

— C'est une okiya. C'est là que vivent les geishas. Si tu travailles très dur, tu deviendras toi-même geisha. Mais tu n'iras pas au-delà d'une semaine, si tu n'écoutes pas très attentivement ce que je vais te dire.

Mère et Granny ne vont pas tarder à descendre pour te voir. Et mieux vaut que tu leur plaises. Tu leur feras une révérence, en t'inclinant le plus bas possible. Tu ne les regarderas pas dans les yeux. La plus vieille, celle que nous appelons Granny, n'a jamais aimé personne, alors ne tiens pas compte de ce qu'elle dit. Si elle te pose une question, ne réponds pas, pour l'amour du ciel ! Laisse-moi répondre à ta place. Celle que tu dois impressionner, c'est Mère. Ce n'est pas une méchante femme, mais pour elle, il y a une chose qui compte plus que tout.

Je ne pus savoir de quoi il s'agissait car le plancher craqua, dans le vestibule, et les deux femmes ne tardèrent pas à paraître sur la galerie, progressant à petits pas, comme si elles glissaient sur le sol. Je n'osai pas les regarder franchement. Seulement du coin de l'œil. Et ce que je vis me fit aussitôt songer à deux jolies balles de soie, flottant sur une rivière. Deux secondes plus tard, elles tanguaient légèrement devant moi et s'agenouillaient sur la galerie, lissant leur kimono sur leur giron.

— Umeko-san ! cria Tatie — c'était le nom de la cuisinière. Apporte du thé pour Granny.

— Je ne veux pas de thé, dit une voix hargneuse.

— Granny, dit une voix plus rauque — celle de Mère, pensai-je. Vous n'êtes pas obligée de le boire. Tatie veut seulement s'assurer que vous ne manquez de rien, et que vous êtes bien installée.

— Comment veux-tu que je sois bien installée, avec mes rhumatismes ! grommela la vieille femme.

Elle prit une inspiration pour dire autre chose, mais Tatie l'interrompit.

— C'est la nouvelle fille, Mère.

Puis elle me poussa doucement. Le signal de la révérence, sans doute. Je m'agenouillai et me penchai si bas, que je sentis l'odeur de moisi qui venait de sous la maison. Puis j'entendis à nouveau la voix de Mère.

— Lève-toi, et approche-toi. Que je te voie un peu mieux.

Je m'approchai, certaine qu'elle allait me dire autre chose, mais elle prit une pipe dans son obi, avec un fourneau en métal de forme cylindrique, et un long tuyau en bambou. Mère posa sa pipe à côté d'elle, sur la galerie. Puis elle sortit de sa manche un petit sac en soie, fermé par un cordonnet, dans lequel elle piocha une grosse pincée de tabac. Elle tassa le tabac avec son petit doigt taché, orange foncé comme un igname rôti. Elle glissa la pipe entre ses lèvres et l'alluma avec une allumette, qu'elle prit dans une minuscule boîte en métal.

Après quoi elle m'observa attentivement pour la première fois, tout en tirant sur sa pipe. A côté d'elle, la vieille femme soupirait. Je savais que je ne devais pas regarder Mère, mais j'avais l'impression que la fumée s'échappait de son visage comme de la vapeur d'un gouffre profond. J'étais si curieuse de voir sa tête, que mes yeux se mirent à fureter partout, comme animés d'une volonté propre. Plus j'avançais dans mon examen, plus j'étais fascinée. Mère portait un kimono jaune, avec un motif de fines branches d'arbres, où s'épanouissaient des feuilles vert et orange. Ce kimono était en gaze de soie, d'une texture aussi délicate qu'une toile d'araignée. Son obi m'émerveillait tout autant. Il était du même tissu que le kimono, quoiqu'un peu moins fin, dans des tons brun-roux, et tissé de fils dorés. Plus je regardais son habit, moins j'avais conscience d'être là, dans ce passage en terre battue, moins je m'inquiétais de ma sœur, de mes parents, de mon avenir. Chaque détail du kimono de cette femme était assez prenant pour que j'oublie tous mes soucis. Puis je faillis pousser un cri : le visage de Mère était si peu en harmonie avec sa parure ! Une image s'imposa à moi, celle d'un chat à tête de bulldog. Mère était une femme d'une laideur extrême, quoique beaucoup plus jeune que Tatie, chose qui me surprit. Il s'avéra que Mère était la sœur cadette de Tatie — bien qu'entre elles elles s'appelassent « Mère » et « Tatie », comme tout le monde dans l'okiya. En réalité, elles n'étaient pas vraiment sœurs, comme Satsu et moi. Elles n'étaient pas nées dans la même famille, Granny les avait adoptées.

J'étais abasourdie. Tant de pensées affluaient dans mon esprit, que je fis la seule chose que Tatie m'avait dit de ne pas faire : je regardai Mère dans les yeux. Ce faisant, je vis Mère sortir sa pipe d'une bouche qui s'ouvrit comme une trappe. Et bien que j'aie su qu'il me fallait à tout prix baisser la tête, je trouvai ses yeux d'une hideur si frappante, que je n'arrivai plus à en détacher mon regard. Au lieu d'être clair et bleuté, le blanc de ses yeux était horriblement jaune, comme des toilettes dans lesquelles on vient d'uriner. Mère avait le bord des paupières à vif. Dans le bas de ses yeux stagnait un liquide grisâtre. Enfin, le contour de ses yeux était tout fripé.

Je regardai sa bouche, toujours ouverte. Quel étrange assemblage de couleurs sur ce visage ! Le bord des paupières rouge sang, les gencives et la langue grises. Et pour aggraver le tableau, chacune des dents de Mère semblait plantée dans une petite mare de sang — conséquence d'une carence alimentaire dont elle avait souffert dans sa jeunesse, je l'appris par la suite.

Toutefois, je ne pus m'empêcher de la comparer à un arbre qui commençait à perdre ses feuilles. Je fus si éberluée par ce spectacle, que je dus reculer d'un pas, ou pousser une exclamation de surprise, car aussitôt elle me dit, de sa voix rauque :

— Qu'est-ce que tu regardes ?

— Excusez-moi, madame, répondis-je. Je regardais votre kimono. Je crois n'avoir jamais rien vu d'aussi beau.

Ce devait être la bonne réponse — si toutefois il y avait une bonne réponse — car Mère eut une espèce de rire, qui sonna comme une toux.

— Alors il te plaît, hein ? dit-elle, continuant à tousser — ou à rire. Tu as une idée de ce qu'il peut coûter ?

— Non, madame.

— Plus cher que toi, en tout cas.

Une servante apparut avec le thé. Pendant qu'on le servait, j'en profitai pour jeter un coup d'œil furtif à Granny. Si Mère était plutôt grasse, avec des doigts boudinés et un cou épais, Granny était toute ratatinée. Elle était aussi âgée que mon père, voire plus âgée. Et puis elle donnait l'impression d'avoir passé ses jours à mariner dans un bocal de méchanceté concentrée. Ses cheveux gris me firent penser à des fils de soie emmêlés, car je voyais son cuir chevelu à travers. Et même ce cuir chevelu avait l'air méchant, à cause des taches de vieillesse rouges et brunes. Granny ne fronçait pas réellement les sourcils, mais sa bouche semblait s'être définitivement figée dans une expression de désapprobation.

Elle prit une grande inspiration, s'apprêtant à parler. Puis elle souffla son air et marmonna :

— N'ai-je pas dit que je ne voulais pas de thé ?

Après quoi elle soupira, secoua la tête, et me demanda :

— Quel âge as-tu, petite fille ?

— Elle est de l'année du singe, répondit Tatie, à ma place.

— Cette idiote de cuisinière est singe, constata Granny.

— Neuf ans, dit Mère. Que penses-tu d'elle, Tatie ?

Tatie vint se placer devant moi et renversa ma tête en arrière pour voir mon visage.

— Elle a beaucoup d'eau.

— Quels yeux ! dit Mère. Vous les avez vus, Granny ?

— Moi je trouve qu'elle a l'air idiote, s'exclama Granny. De toute façon, on a assez d'un singe à la maison.

— Vous avez sans doute raison, dit Tatie. Vous l'avez probablement bien jugée. Mais moi, je trouve qu'elle a l'air intelligente, et souple de caractère. Ça se voit à la forme de ses oreilles.

— Avec autant d'eau dans son thème, rétorqua Mère, elle serait sûrement capable de sentir l'odeur du feu avant même qu'il n'ait pris. Ce serait bien, Granny, vous ne trouvez pas ? Vous ne seriez pas sans cesse en train de penser que notre remise pourrait brûler, avec tous les kimonos à l'intérieur.

Granny, j'allais bientôt l'apprendre, vivait dans la crainte d'un incendie.

— Quoi qu'il en soit, elle est plutôt jolie, non ? ajouta Mère.

— Il y a trop de jolies filles à Gion, dit Granny. Ce qu'il nous faut, c'est une fille intelligente, pas une jolie fille. Cette Hatsumomo est jolie, et vois comme elle est sotte !

Là-dessus Granny se leva, avec l'aide de Tatie, et reprit le chemin de la maison, en longeant la galerie. Vu la claudication de Tatie — à cause de cette hanche, qui saillait terriblement — il était difficile de dire laquelle des deux femmes avait le plus de mal à marcher. J'entendis une porte coulissante s'ouvrir dans le vestibule, puis se refermer. Tatie revint.

— Tu as des poux, petite fille ? s'enquit Mère.

— Non.

— Tu vas devoir apprendre à parler plus poliment que ça. Tatie, sois gentille de lui couper un peu les cheveux, qu'on soit tranquilles.

Tatie appela une servante, à qui elle demanda de grands ciseaux.

— Bien, petite fille, me dit Mère. Tu es à Kyoto, maintenant. Tu vas apprendre à bien te tenir, sinon tu recevras une correction. Or c'est Granny qui donne les corrections ici, et tu comprendras ton malheur. Voilà les conseils que je te donne : travaille dur, ne sors jamais de l'okiya sans permission. Fais ce qu'on te dit. Ne sois pas une source de problèmes. Et d'ici à deux ou trois mois, tu pourras peut-être commencer à apprendre les arts qu'on enseigne aux geishas. Je ne t'ai pas fait venir ici pour que tu sois servante. Si ça revient à ça, je te mettrai à la porte.

Mère tira sur sa pipe et garda les yeux fixés sur moi. Je n'osai pas bouger avant qu'elle m'en donne l'autorisation. Je me demandai si ma sœur se trouvait elle aussi devant une vieille femme cruelle, dans une autre maison, quelque part dans cette horrible ville. Et j'eus soudain la vision de ma pauvre mère malade, se hissant sur un coude, sur son futon, et regardant autour d'elle, pour essayer de voir où nous étions passées. Je ne voulais pas que Mère me voie pleurer, mais les larmes me montèrent aux yeux sans que je puisse les endiguer. A travers ma vision brouillée, le kimono jaune de Mère devint de plus en plus pâle, jusqu'au moment où le tissu me parut scintiller. Puis elle souffla une bouffée de fumée, et son kimono disparut à ma vue.

# 4

Après avoir passé quelques jours en ce lieu singulier, je fus prise d'un désespoir profond. Au point de me dire : ça n'aurait pas été pire, si on m'avait amputée des jambes et des bras, au lieu de m'arracher à ma famille et à mon foyer. Ma vie ne serait plus jamais la même, je le savais. Ma douleur m'obsédait. Je me demandais quand j'allais revoir Satsu. Je n'avais plus de père, plus de mère — et même plus les vêtements que j'avais toujours portés. Toutefois, au bout de deux semaines, je fus stupéfiée de constater que j'avais survécu. Je me souviens d'un moment où j'essuyais des bols pour le riz, dans la cuisine. Tout à coup, je me suis sentie tellement déboussolée, que j'ai dû interrompre ce que je faisais et fixer mes mains pendant plusieurs minutes. J'avais du mal à croire que cette fille, qui essuyait les bols, c'était réellement moi.

Si je travaillais dur et que je me conduise bien, je pourrais commencer ma formation d'ici à quelques mois, m'avait dit Mère. J'irais à l'école dans une autre partie de Gion, m'expliqua Pumpkin. Je prendrais des leçons de musique, de danse, j'apprendrais les subtilités de la cérémonie du thé. Les filles qui suivaient une formation de geishas fréquentaient toutes cette école. Où j'allais retrouver Satsu, je n'en doutais pas. Mais il faudrait d'abord qu'on m'autorise à y aller. Aussi, dès la fin de la première semaine, m'étais-je résolue à me montrer docile comme un agneau, dans l'espoir que Mère m'enverrait tout de suite à l'école.

La plupart des tâches qui m'incombaient étaient simples. Le matin, je rangeais les futons, je nettoyais les différentes pièces de la maison, je balayais le passage en terre battue, et cetera. On m'envoyait parfois chez le pharmacien, chercher de la pommade pour la gale de la cuisinière, ou dans les magasins de Shijo Avenue, acheter ces biscuits au riz dont raffolait Tatie. Heureusement, les tâches les plus ingrates — nettoyer les toilettes, par exemple — incombaient à l'une des vieilles servantes. Mais j'avais beau travailler comme une forcenée, dans le dessein de faire bonne impression, ça ne marchait jamais. En effet, il n'était pas humainement possible d'achever tous ces travaux dont on me chargeait. Et puis Granny me rendait la tâche encore plus difficile.

S'occuper de Granny ne faisait pas réellement partie de mes fonctions — du moins telles que Tatie me les avait décrites. Mais quand Granny me convoquait, je ne pouvais décemment l'ignorer, puisqu'elle était la plus âgée et occupait le rang le plus élevé dans l'okiya. Un jour, par exemple, j'allais monter le thé de Mère, quand j'entendis Granny crier :

— Où est cette fille ! Envoyez-la-moi !

Je dus reposer le plateau de Mère et me précipiter dans la pièce où Granny déjeunait.

— Tu ne vois donc pas qu'il fait trop chaud ici ? me dit-elle, après que je me fus prosternée à genoux devant elle. Tu aurais dû ouvrir cette fenêtre !

— Pardonnez-moi, Granny. Je ne savais pas que vous aviez trop chaud.

— N'ai-je pas l'air d'avoir trop chaud ?

Elle mangeait du riz. Quelques grains étaient restés collés à sa lèvre inférieure. Je trouvai qu'elle avait davantage la tête d'une méchante femme que d'une femme qui a chaud. J'allai cependant ouvrir la fenêtre. Aussitôt une mouche entra et se mit à bourdonner autour du bol de Granny.

— Qu'est-ce qui ne va pas chez toi ? s'exclama-t-elle, en chassant la mouche avec ses baguettes. Les autres servantes ne laissent pas les mouches rentrer quand elles ouvrent les fenêtres !

Je m'excusai et lui dis que j'allais chercher une tapette.

— Et faire tomber la mouche dans mon bol en la tuant ? Certainement pas ! Tu vas rester là pendant que je mange, et l'empêcher de s'approcher de moi !

Aussi dus-je rester debout à côté de Granny, pendant tout son repas, et l'écouter parler d'Ichimura Uzaemon XIV, le célèbre acteur de kabuki, qui lui avait pris la main pendant une fête de la pleine lune — quand elle avait quatorze ans. Lorsque enfin elle m'autorisa à partir, le thé de Mère avait tellement refroidi, que je ne pus le lui apporter. Je mécontentai Mère — et la cuisinière.

Si Granny m'accaparait tant, c'est qu'elle n'aimait pas demeurer seule. Même quand elle allait aux toilettes, elle obligeait Tatie à attendre devant la porte, et à lui tenir les mains pour l'aider à trouver son équilibre en position accroupie. L'odeur était si suffocante, que la pauvre Tatie manquait chaque fois se rompre le cou, en tendant la tête en arrière, afin de ne pas trop sentir ces pestilences. Je n'avais rien d'aussi pénible à faire. Toutefois, Granny me demandait souvent de venir la masser pendant qu'elle se curait les oreilles avec une minuscule cuiller. Or le fait de la masser était une tâche bien plus pénible que vous ne pourriez l'imaginer. Je faillis vomir, la première fois qu'elle dénoua son kimono et dénuda ses épaules : sa peau, en dessous, était jaune et bosselée comme celle d'un poulet qu'on vient de plumer. J'appris pourquoi par la suite. A l'époque où elle était geisha, Granny avait utilisé une crème de maquillage blanche à base de plomb, appelée « Argile de Chine ». L'argile de Chine se révéla toxique, ce qui expliquait sans doute en partie le naturel peu amène de Granny. Plus jeune, elle s'était souvent baignée dans les sources chaudes, au nord de Kyoto. Cela n'aurait eu aucune incidence notable sur l'état de sa peau, si le maquillage à base de plomb n'avait pas été si difficile à enlever. Des restes de cette crème, associée à quelque composé chimique des eaux, colorèrent sa peau et la gâchèrent. Granny n'était pas la seule à avoir pâti de ce phénomène. Jusqu'au début de la Seconde Guerre mondiale, on voyait encore des vieilles femmes au cou jaune fripé, dans les rues de Gion.

\*

\*   \*

Un jour, environ trois semaines après mon arrivée à l'okiya, je montai à l'étage beaucoup plus tard que d'habitude pour ranger la chambre d'Hatsumomo. La geisha me terrifiait. Pourtant, je la croisais rarement, vu son emploi du temps chargé. Je préférais éviter qu'elle me trouve seule chez elle. Aussi essayai-je toujours de faire sa chambre après qu'elle fut partie à ses cours de danse. Ce matin-là, malheureusement, Granny m'avait retenue jusqu'à midi.

La chambre d'Hatsumomo était la plus spacieuse de l'okiya — plus grande que ma maison, à Yoroido. Je ne comprenais pas pourquoi elle occupait un aussi grand espace à elle toute seule. L'une des vieilles servantes me l'expliqua. Hatsumomo, dit-elle, était actuellement la seule geisha de l'okiya. Dans le passé, elles avaient été trois, puis quatre, et dormaient toutes dans la chambre occupée aujourd'hui par Hatsumomo. Laquelle faisait du désordre pour quatre, bien qu'elle fût seule. Ce jour-là, outre les éternels magazines étalés partout et les brosses abandonnées sur le tatami, près de la petite table de maquillage, je trouvai dans sa chambre un trognon de pomme, ainsi qu'une bouteille de whisky vide, sous la table. La fenêtre était ouverte, et le vent avait dû faire tomber le cadre de bois sur lequel elle avait suspendu son kimono la veille — à moins qu'elle ne l'ait elle-même renversé avant de se coucher, fin soûle, et n'ait pas pris la peine de le redresser. Tatie aurait dû avoir ramassé ce kimono. C'était elle qui se chargeait de l'entretien des vêtements, à l'okiya. Cependant, pour une raison ou pour une autre, elle ne l'avait pas fait. Je relevai le cadre de bois, quand la porte coulissa d'un coup. Je me retournai, et vis Hatsumomo debout sur le seuil de la chambre.

— Oh, c'est toi, dit-elle. J'avais cru entendre une petite souris. Je vois que tu as rangé ma chambre ! C'est toi qui changes tout le temps mes pots de crème de place ? Pourquoi tu persistes à faire ça ?

— Excusez-moi, madame, rétorquai-je. Je ne fais qu'enlever la poussière en dessous.

— Mais si tu les touches, ils vont finir par prendre ton odeur. Et alors les hommes me diront : « Hatsumomo-san, pourquoi tu pues comme une petite ignorante, tout droit sortie d'un village de pêcheurs ? » Tu comprends ce que je te dis, là ? Répète-le-moi, que j'en sois bien sûre. Pourquoi je ne veux pas que tu touches à mon maquillage ?

J'eus du mal à le dire mais finalement je m'exécutai.

— Parce qu'ils vont finir par prendre mon odeur.

— Très bien. Et que diront les hommes ?

— Oh, Hatsumomo-san, tu sens comme une fille de pêcheurs.

— Hmm... Je n'aime pas la façon dont tu dis ça. Mais je vais m'en contenter. Je ne sais pas pourquoi les filles qui viennent de villages de pêcheurs sentent aussi mauvais. Ton horrible sœur est venue, l'autre jour. Elle te cherchait. Elle puait presque autant que toi.

Jusque-là j'avais gardé les yeux baissés. Mais quand j'entendis Hatsumomo parler de ma sœur, je la regardai droit dans les yeux pour voir si elle disait la vérité.

— Tu as vraiment l'air surprise ! s'exclama-t-elle. Tu ne savais pas qu'elle était venue ? Elle voulait que je te donne son adresse. Sans doute pour que tu ailles la voir, et que vous puissiez vous enfuir ensemble.

— Hatsumomo-san.

— Tu veux que je te révèle où elle est ? Parfait. Mais tu seras en dette avec moi. Quand j'aurai trouvé comment tu peux me revaloir ça, je te le dirai. Maintenant, va-t'en.

Je n'osai pas lui désobéir, mais juste avant de sortir de la pièce je m'arrêtai, espérant la convaincre.

— Hatsumomo-san, je sais que vous ne m'aimez pas. Mais si vous me dites ce que je veux savoir, je vous promets de ne plus jamais vous importuner.

A ces mots, Hatsumomo sourit. Elle s'approcha de moi, le visage radieux. Une fois de plus, sa beauté m'éblouit. Il arrivait que des hommes, dans la rue, s'arrêtent pour la regarder, après avoir pris entre deux doigts la cigarette qu'ils étaient en train de fumer. Je crus qu'elle allait se pencher vers moi, me murmurer quelque chose à l'oreille, mais elle continua simplement à me sourire. Puis sa main partit en arrière et elle me gifla.

— Je t'avais dit de sortir de ma chambre, non ? grinça-t-elle.

J'étais trop éberluée pour réagir. Je dus trébucher en sortant de la pièce, car je me retrouvai par terre, sur le plancher du couloir, la main collée sur ma joue. Au bout de quelques instants, la porte de Mère s'ouvrit en coulissant.

— Hatsumomo ! lança Mère, en m'aidant à me relever. Qu'as-tu fait à Chiyo ?

— Elle parlait de s'enfuir, Mère. J'ai jugé bon de la gifler. J'ai pensé que vous étiez trop occupée pour le faire.

Mère appela une servante, à qui elle demanda plusieurs tranches de gingembre frais. Après quoi elle m'emmena dans sa chambre et me fit asseoir à table, le temps de terminer sa conversation téléphonique. Le seul téléphone de l'okiya permettant d'appeler à l'extérieur de Gion était fixé au mur de sa chambre, et personne d'autre n'avait le droit de s'en servir. Elle avait laissé l'écouteur sur l'étagère. Elle le porta à nouveau à son oreille et le serra si fort entre ses doigts boudinés, que je craignis de voir des humeurs couler sur le tatami.

— Excusez-moi, dit-elle, dans le micro, de sa voix rauque. Mais Hatsumomo recommence à gifler les servantes.

Durant les premières semaines que je vécus à l'okiya, j'eus un sentiment de reconnaissance absurde à l'égard de Mère — ce que doit éprouver le poisson pour le pêcheur qui lui retire l'hameçon de la gueule. Sans doute parce que je ne la voyais que quelques minutes par jour, quand je faisais sa chambre. Elle passait sa vie dans cette pièce, assise à la table, généralement avec un livre de comptes. Elle rangeait ces petits livres dans une bibliothèque qui se trouvait devant elle, et dont les portes demeuraient ouvertes. Elle se servait de son abaque, faisait glisser les perles d'ivoire d'une chiquenaude. Peut-être tenait-elle bien ses comptes, mais dans tous les autres domaines, Mère était encore plus désordonnée et sale qu'Hatsumomo. Chaque fois qu'elle posait sa pipe sur la table, elle faisait tomber des cendres et des brins de tabac, qui restaient là, car elle ne les nettoyait pas. Par ailleurs, Mère n'aimait pas qu'on touche à son futon, si bien que toute la pièce sentait le linge sale. Et puis les stores en papier avaient pris une teinte jaunâtre, tellement elle fumait, ce qui donnait un côté glauque à la chambre.

Pendant que Mère parlait au téléphone, l'une des vieilles servantes arriva avec plusieurs tranches de gingembre frais. Je les appliquai sur mon visage, à l'endroit où Hatsumomo m'avait giflée. Le bruit que fit la bonne en ouvrant la porte, puis en la refermant, réveilla Taku, le petit chien de Mère, créature d'un mauvais naturel à la gueule écrasée. Il semblait n'avoir que trois passions dans la vie — aboyer, ronfler, et mordre les gens qui tentaient de le caresser. Après que la bonne fut sortie, Taku vint s'allonger derrière moi. C'était l'une de ses petites ruses. Il adorait se mettre à un endroit où je risquais de lui marcher dessus sans le faire exprès, puis me mordre dès que je posais le pied sur lui. Ainsi prise entre Mère et Taku, j'eus l'impression d'être une souris coincée dans une porte coulissante. Finalement Mère raccrocha et revint s'asseoir à table. Elle me fixa de ses yeux jaunes, et finit par dire :

— Maintenant écoute-moi, petite fille. Peut-être as-tu déjà entendu Hatsumomo mentir. Et si c'est sans conséquences pour elle, il n'en est pas de même pour toi. Je veux savoir... pourquoi t'a-t-elle giflée ?

— Elle voulait que je sorte de sa chambre, Mère, dis-je. Je suis vraiment navrée.

Mère me fit répéter cela avec l'accent de Kyoto. J'eus un mal fou à y arriver. Quand finalement ma prononciation la satisfit, Mère poursuivit :

— Je ne pense pas que tu comprennes ton rôle ici, dans l'okiya. Notre plus grand souci est d'aider Hatsumomo dans sa carrière de geisha. Même Granny s'y emploie. Tu peux penser que c'est une vieille femme difficile, mais elle passe réellement ses journées à trouver divers moyens d'être utile à Hatsumomo.

Je ne voyais vraiment pas ce que Mère voulait dire. De toute façon, elle n'aurait pas convaincu un vieux chiffon que Granny pouvait être utile à qui que ce soit.

— Si quelqu'un d'aussi âgé que Granny s'efforce, du matin au soir, de rendre la tâche plus facile à Hatsumomo, songe à tous les efforts que toi, tu devrais faire.

— Oui, Mère. Je continuerai à travailler très dur.

— Je ne veux plus que tu ennuies Hatsumomo. L'autre petite fille s'arrange pour ne pas l'importuner. Toi aussi, tu devrais pouvoir y arriver.

— Oui, Mère... mais avant que je sorte, puis-je vous poser une question ? Je me suis demandé si quelqu'un savait où était ma sœur. J'avais espéré pouvoir lui envoyer un petit mot, vous voyez.

Mère avait une bouche très particulière, bien trop grande pour son visage, et presque toujours ouverte, car sa mâchoire inférieure pendait. Mais là, elle eut une mimique que je ne lui avais jamais vue : elle me montra les dents. C'était sa façon de sourire — même si je ne m'en aperçus qu'au moment où elle toussa, ce qui était sa façon de rire.

— Pourquoi devrais-je te dire ça ? s'exclama-t-elle.

Après quoi elle eut encore quelques accès de ce rire grasseyant, avant de me faire signe de sortir, d'un geste de la main.

Tatie m'attendait dans le vestibule, à l'étage. Elle me donna un seau. Puis elle me fit monter sur le toit, par une échelle glissée dans l'ouverture d'une trappe. Une fois en haut, je vis un réservoir d'eau de pluie. Il servait de chasse au petit WC, près de la chambre de Mère. En effet, nous n'avions pas de plomberie à cette époque, même dans la cuisine. Il n'avait pas plu, ces derniers temps, et les toilettes avaient commencé à puer. Je devais donc verser l'eau dans le réservoir, pour que Tatie puisse les nettoyer en tirant la chasse deux ou trois fois.

Sous le soleil de midi, les tuiles étaient brûlantes comme des poêlons. Pendant que je vidais le seau, je pensai à l'eau fraîche de l'étang où nous nagions, dans notre village du bord de mer. Je m'y étais baignée seulement quelques semaines plus tôt. Mais là, perchée sur le toit de l'okiya, j'eus l'impression que ça appartenait à un lointain passé. Tatie me cria d'arracher les mauvaises herbes entre les tuiles avant de resdescendre. Je regardai la brume de chaleur qui pesait sur la ville, et sur ces collines qui nous entouraient comme les murs d'une prison. Quelque part, sous l'un de ces toits, ma sœur était sans doute en train de travailler, tout comme moi. Je songeai à elle en cognant le réservoir sans le vouloir. L'eau éclaboussa le toit, avant de tomber dans la rue.

*
* *

Environ un mois après mon arrivée à l'okiya, Mère me dit que le moment était venu pour moi d'entamer mes études. J'irais à l'école le lendemain matin avec Pumpkin, et on me présenterait les professeurs. Puis Hatsumomo m'emmènerait dans un endroit appelé « le Bureau d'Enregistrement » — je ne voyais pas du tout ce que ça pouvait être. Après quoi, en fin d'après-midi, je regarderais Hatsumomo se maquiller, puis s'habiller en kimono. Le jour où une petite fille commençait ses cours, elle devait assister aux préparatifs de la geisha la plus âgée de l'okiya. Ainsi le voulait la tradition.

Quand Pumpkin apprit qu'elle devrait m'emmener à l'école le lendemain, elle parut soudain très agitée.

— Il faudra que tu sois prête à partir dès ton réveil, m'expliqua-t-elle. Si on est en retard, autant aller tout de suite se noyer dans l'égout...

J'avais vu Pumpkin se précipiter dehors aux aurores, les yeux tout sablonneux. Elle semblait souvent au bord des larmes, en partant. Quand elle passait devant la fenêtre de la cuisine, clopin-clopan dans ses chaussures en bois, je croyais parfois l'entendre pleurer. Ça ne marchait pas très bien pour elle, à l'école — pas bien du tout, même. On l'avait prise à l'okiya un semestre avant moi, mais elle n'avait commencé les cours qu'une ou deux semaines après mon arrivée. La plupart du temps, quand elle rentrait, vers midi, elle filait directement dans la pièce des servantes. Elle ne voulait pas qu'on la voie triste et angoissée.

Le lendemain matin, je me réveillai encore plus tôt que d'habitude. Je mis pour la première fois ce kimono bleu et blanc des étudiantes. C'était un simple habit de coton non doublé, avec un motif géométrique enfantin. Sans doute n'étais-je pas plus élégante que la cliente d'une auberge qui va au bain. Mais jamais je n'avais porté de vêtement aussi sophistiqué.

Pumpkin m'attendait dans l'entrée, visiblement inquiète. J'allais glisser mes pieds dans mes chaussures, quand Granny m'appela. Elle voulait que je vienne dans sa chambre.

— Oh non ! souffla Pumpkin, dont le visage se décomposa comme de la cire qui fond. Je vais encore être en retard. Faisons semblant de n'avoir rien entendu et allons-y !

J'aurais bien aimé suivre ce conseil, mais déjà Granny était dans l'embrasure de sa porte, me fixant d'un air mauvais. Elle ne me retint qu'un petit quart d'heure, mais ce fut suffisant pour faire pleurer Pumpkin. Quand finalement nous partîmes, Pumpkin se mit à marcher si vite que j'eus peine à la suivre.

— Cette vieille femme est vraiment cruelle ! dit-elle. N'oublie jamais de plonger tes mains dans le sel, après lui avoir frotté le cou.

— Pourquoi ?

— Ma mère me disait toujours : « Le mal se propage dans le monde par le toucher. » Et je sais que c'est vrai, parce que ma mère a frôlé un démon sur la route, un matin, et qu'elle en est morte. Si tu ne purifies pas tes mains, tu deviendras un vieux radis tout ratatiné, comme Granny.

Vu que Pumpkin et moi avions le même âge et nous trouvions dans la même situation, sans doute aurions-nous souvent parlé, si nous en avions eu l'occasion. Mais nos tâches nous occupaient tellement que nous avions à peine le temps de manger — et puis Pumpkin prenait ses repas avant moi, vu son ancienneté dans l'okiya. Je savais qu'elle était arrivée un semestre avant moi, je l'ai dit. Mais je ne savais pas grand-chose d'autre sur elle. Aussi lui demandai-je :

— Tu es de Kyoto, Pumpkin ? C'est l'impression qu'on a, d'après ton accent.

— Je suis née à Sapporo. Mais j'ai perdu ma mère à cinq ans, et mon père m'a envoyée ici, chez un oncle. L'année dernière, l'affaire de mon oncle a périclité, et je me suis retrouvée à l'okiya.

— Pourquoi tu ne t'enfuis pas ? Tu pourrais retourner à Sapporo.

— Mon père a été victime d'une malédiction. Il est mort l'année dernière. Je ne peux pas m'enfuir. Je n'ai aucun endroit où aller.

— Quand j'aurai rejoint ma sœur, dis-je, tu pourras venir avec nous. Nous partirons ensemble.

Vu les difficultés que Pumpkin avait à l'école, je pensais que ma proposition la ravirait. Mais elle n'y répondit pas. Nous atteignîmes Shijo Avenue, que nous traversâmes en silence. C'était l'avenue que j'avais trouvée si encombrée, le jour où nous étions arrivées, Satsu et moi, avec M. Bekku. Mais là, en une heure aussi matinale, je ne vis que deux ou trois cyclistes, et un tramway. Une fois de l'autre côté de Shijo Avenue, nous enfilâmes une petite rue. Puis Pumpkin s'arrêta — c'était la première fois, depuis que nous avions quitté l'okiya.

— Mon oncle était très gentil, déclara-t-elle. Voilà la dernière chose qu'il m'ait dite, avant de m'envoyer à l'okiya : « Certaines filles sont intelligentes, d'autres sont bêtes. Tu es une gentille fille, mais tu es bête. Tu ne t'en sortiras pas toute seule, en ce monde. Je t'envoie dans un endroit où des gens te diront quoi faire. Obéis-leur, et on s'occupera toujours de toi. » Alors si tu veux partir, Chiyo-san, libre à toi. Mais moi, j'ai trouvé un endroit où passer ma vie. Je travaillerai aussi dur qu'il faudra pour qu'ils me gardent. Mais je préférerais me jeter d'une falaise, plutôt que de gâcher l'opportunité de devenir geisha, comme Hatsumomo.

Là-dessus Pumpkin s'interrompit. Elle regardait quelque chose par terre, derrière moi.

— Oh mon Dieu, Chiyo-chan, dit-elle. Ça ne te donne pas faim ?

Je me retournai. Nous étions devant l'entrée d'une okiya. Sous la porte, sur une étagère, se dressait un temple shinto miniature, avec une offrande — un gâteau de riz. Je me demandai si c'était ce gâteau que lorgnait Pumpkin. Mais elle avait les yeux baissés vers le sol. Il y avait des fougères et des touffes de mousse le long du passage dallé qui menait à la porte de la maison. Je ne vis rien d'autre. Et soudain mes yeux tombèrent sur lui : au début de l'allée, à la limite de la rue, un reste de calamar grillé, tout carbonisé, piqué sur une brochette. Des vendeurs ambulants en vendaient le soir. L'odeur sucrée de la sauce fut pour moi une torture, car les servantes comme nous ne mangeaient que du riz et des légumes marinés dans du vinaigre, ainsi qu'un bol de soupe une fois par jour, et de petites portions de poisson séché deux fois par mois. Malgré cela, je ne trouvai pas appétissant ce morceau d'encornet qui traînait par terre. Deux mouches tournaient autour, désinvoltes, comme si elles se promenaient dans le parc.

Pumpkin était de ces filles qui grossissent facilement, pour peu qu'elles mangent bien. Quand elle avait faim, son estomac faisait des bruits qui rappelaient ceux d'une porte coulissante. Toutefois, je ne pensai pas qu'elle eût réellement l'intention de manger cet encornet. Puis je la vis regarder des deux côtés de la rue, pour s'assurer que personne ne venait.

— Pumpkin, dis-je, si tu as faim, prends le gâteau de riz sur l'étagère, pour l'amour du ciel. Les mouches se sont déjà approprié l'encornet !

— Je suis plus grosse qu'elles, dit-elle. Et puis ce serait sacrilège de manger le gâteau de riz. C'est une offrande.

Là-dessus elle se pencha pour ramasser le calamar.

J'ai grandi en un lieu où les enfants mangeaient des petites bêtes, par curiosité. J'admets avoir un jour mangé un criquet, quand j'avais quatre ou cinq ans, parce qu'on m'avait piégée. Mais voir Pumpkin avec ce morceau de calamar à la main, sur sa brochette, des gravillons collés dessus et des mouches tournant autour... Elle souffla sur l'encornet pour les chasser, mais les mouches se contentèrent de bouger, pour ne pas perdre l'équilibre.

— Pumpkin, tu ne peux pas manger ça, dis-je. Ce serait comme si tu léchais les pavés !

— Qu'ont-ils de si terrible, ces pavés ? rétorqua-t-elle.

Puis elle se mit à genoux — je ne l'aurais pas cru, si je ne l'avais pas vu de mes propres yeux —, tira la langue, et la passa longuement sur le sol. J'en restai bouche bée. Lorsque Pumpkin se releva, elle semblait elle-même étonnée de son exploit. Elle essuya tout de même sa langue sur la paume de sa main, cracha deux ou trois fois. Après quoi elle mordit dans le calamar et l'arracha à sa brochette.

Ce devait être un calamar récalcitrant, car Pumpkin le mâcha tout le long du chemin, jusqu'en haut de la colline. Elle ne l'avala qu'arrivée devant le portail en bois de l'école. J'entrai — le jardin était si beau ! J'en eus la gorge nouée. Des buissons à feuilles persistantes et des pins au tronc tourmenté entouraient un bassin ornemental où nageaient des carpes. De l'autre côté du bassin, dans sa partie la plus étroite, il y avait une grande pierre rectangulaire. Deux vieilles femmes en kimono se tenaient sur cette pierre, leur ombrelle laquée les protégeant du soleil de ce début de matinée. Quant aux bâtiments, j'ignorais à quoi ils servaient, mais je sais à présent qu'une petite partie seulement de ce complexe abritait notre école. La grande bâtisse, au fond, c'était le théâtre Kaburenjo — où les geishas de Gion donnaient un spectacle chaque printemps : « Les Danses de l'Ancienne Capitale ».

Pumpkin se dirigea à la hâte vers l'entrée d'un long édifice en bois, que je pris pour le quartier des servantes, mais qui s'avéra être notre école. Dès l'instant où j'y pénétrai, je reconnus l'odeur caractéristique des feuilles de thé fermenté, séchées au charbon de bois. Encore aujourd'hui, mon estomac se contracte quand je sens cette odeur, comme si j'allais une fois de plus entrer en classe. J'ôtai mes chaussures et je les rangeai dans le casier le plus proche. Pumpkin me dit de les reprendre. Il existait une règle tacite selon laquelle les dernières arrivées rangeaient leurs chaussures en haut. Pumpkin dut grimper le long de ces casiers comme sur une échelle, pour mettre ses chaussures tout en haut. Vu que c'était ma première journée, et que Pumpkin avait une certaine ancienneté par rapport à moi, j'utilisai le casier au-dessus du sien.

— Fais attention de ne pas marcher sur les autres chaussures quand tu grimpes, me dit-elle, bien qu'il n'y en eût que quelques paires. Si jamais tu marchais dessus et qu'une des filles te voie, tu te ferais si bien frotter les oreilles que tu en aurais des ampoules.

L'intérieur de l'école me parut aussi vieux et poussiéreux qu'une maison abandonnée. Au bout d'un long couloir, j'aperçus un groupe de cinq ou six filles. J'éprouvai une vive émotion en m'approchant d'elles : l'une de ces étudiantes pouvait être Satsu. Mais lorsqu'elles se tournèrent pour nous regarder, je fus très déçue. Elles avaient toutes la même coiffure — le « wareshinobu » des apprenties geishas — et me parurent très affranchies, par rapport à moi et mon amie.

Nous entrâmes dans une salle de classe située à mi-hauteur du couloir. Cette pièce, de style japonais traditionnel, était assez vaste. Le long d'un mur, un grand tableau avec des crochets, auxquels étaient suspendues maintes petites plaques en bois. Sur chacune de ces plaques, un nom calligraphié à la peinture noire, en traits épais. Je n'avais pas encore maîtrisé tous les secrets de la lecture et de l'écriture. A Yoroido, j'allais à l'école le matin, et depuis que j'étais à Kyoto, j'avais passé une heure, chaque après-midi, à étudier avec Tatie. Cependant, parmi tous ces noms, je ne pus en déchiffrer que quelques-uns. Pumpkin alla au tableau, prit une plaque portant son nom dans une boîte posée sur les tatamis, et l'accrocha sur le premier crochet libre. Ce tableau nous servait de pointeuse.

Nous nous rendîmes ensuite dans plusieurs autres classes où Pumpkin avait des leçons, et pointâmes de la même façon. Elle avait quatre cours ce matin : shamisen, danse, cérémonie du thé, et chant — une forme de chant appelée « nagauta ». Il nous fallait à présent quitter l'école, pour aller prendre notre petit déjeuner à l'okiya. Pumpkin, inquiète à l'idée d'être la dernière arrivée à chacun de ses cours, triturait la ceinture de son kimono. Mais juste au moment où nous glissions nos pieds dans nos chaussures, une autre petite fille de notre âge traversa le jardin en courant, tout échevelée. Pumpkin fut plus calme, après avoir vu la retardataire.

*
* *

Nous avalâmes un bol de soupe et retournâmes à l'école le plus vite possible, que Pumpkin puisse s'agenouiller au fond de la classe et assembler son shamisen. Si vous n'avez jamais vu de shamisen, cet instrument pourrait vous paraître étrange. On l'appelle parfois la guitare japonaise, mais en fait, le shamisen est bien plus petit qu'une guitare. Cet instrument a un manche en bois, assez étroit, avec trois chevilles à l'extrémité. Le corps du shamisen est un petit coffre en bois, avec de la peau de chat tendue sur le dessus, comme un tambour. On peut démonter un shamisen, puis le glisser dans un sac, ou dans une boîte. C'est d'ailleurs ainsi qu'on le transporte. Pumpkin assembla son shamisen et se mit à l'accorder, avec un bout de langue pointé entre ses lèvres. Hélas, elle avait très peu d'oreille. Les notes montaient et descendaient comme un bateau caracolant sur les vagues, jamais justes. La classe fut bientôt remplie de filles avec leur shamisen, placées à égale distance les unes des autres, tels des chocolats dans une boîte. Je gardai l'œil sur la porte, dans l'espoir que Satsu allait apparaître. Mais elle ne vint pas.

Quelques instants plus tard, le professeur entra. C'était une minuscule vieille dame, avec une voix pointue. Elle se nommait Mizumi, et c'était ainsi que nous l'appelions en sa présence. Mais ce nom, Mizumi, a une sonorité très proche de « nezumi » — « souris ». Aussi l'appelions-nous Mme Nezumi — Mme Souris — dans son dos.

Mme Souris s'agenouilla sur un coussin, face à la classe, et ne fit aucun effort pour paraître aimable. Les étudiantes s'inclinèrent devant elle à l'unisson et lui dirent bonjour. Mme Souris leur lança un regard mauvais, sans prononcer un mot. Finalement, elle regarda le tableau et appela la première étudiante.

Cette fille semblait avoir une haute opinion d'elle-même. Après qu'elle eut avancé tel un cygne jusqu'au premier rang, elle s'inclina devant le professeur et se mit à jouer. Au bout d'une minute, Mme Souris lui dit d'arrêter. Elle lui fit toute une série de critiques sur sa façon de jouer. Puis elle ferma son éventail d'un coup sec, et l'agita à l'adresse de la fille pour la congédier. L'étudiante la remercia, fit une nouvelle révérence, et retourna à sa place. Mme Souris appela une autre élève.

Ça continua ainsi pendant un peu plus d'une heure, jusqu'au moment où on appela Pumpkin. Elle était nerveuse. Dès l'instant où elle se mit à jouer tout alla de travers. Mme Souris commença par lui faire signe d'arrêter. Elle prit son shamisen pour le réaccorder correctement. Après quoi Pumpkin fit une nouvelle tentative. Toutes les étudiantes se regardèrent. Personne ne comprenait quel morceau elle s'évertuait à jouer. Mme Souris donna une grande claque sur la table du plat de la main, et dit aux étudiantes de regarder devant elles. Puis elle marqua le rythme avec son éventail plié, pour aider Pumpkin à jouer. Mais cela ne servit à rien. Aussi Mme Souris lui montra-t-elle comment tenir son plectre.

J'eus l'impression qu'elle lui tordait les doigts les uns après les autres, pour l'obliger à tenir correctement son médiateur. Finalement, Mme Souris renonça. Elle lâcha l'écaille sur le tatami, écœurée. Pumpkin le ramassa et revint à sa place, les larmes aux yeux.

Quand la fille que nous avions vue courir, les cheveux en bataille, se présenta au professeur et fit sa révérence, je compris pourquoi Pumpkin avait eu si peur d'être la dernière arrivée.

— Ne perds pas ton temps à essayer de me faire des politesses ! coassa Mme Souris à son adresse. Si tu n'avais pas dormi aussi tard ce matin, tu serais peut-être arrivée à l'heure, et tu aurais peut-être appris quelque chose.

La fille s'excusa et se mit à jouer, mais le professeur ne l'écouta pas. Elle se contenta de lui dire :

— Tu te réveilles trop tard, le matin. Comment veux-tu que je t'enseigne quoi que ce soit, si tu ne prends même pas la peine de pointer à une heure décente, comme les autres filles ? Retourne à ta place. Je ne veux pas te voir.

Là-dessus la classe se termina. Pumpkin m'emmena auprès de Mme Souris, devant laquelle nous nous inclinâmes.

— Puis-je me permettre de vous présenter Chiyo, professeur, dit Pumpkin, et vous demander d'être indulgente à son égard, car ses dons sont très limités.

Pumpkin ne m'insultait pas en disant cela. C'était simplement une façon de se montrer poli, à cette époque. Ma propre mère n'aurait pas formulé sa requête autrement.

Mme Souris me dévisagea longuement, puis elle déclara :

— Tu es une fille intelligente. Ça se voit tout de suite. Tu pourras peut-être aider ta grande sœur à s'entraîner au shamisen.

Elle parlait de Pumpkin, bien sûr.

— Essaie de mettre ton nom au tableau le plus tôt possible, le matin, me dit-elle. Ne parle pas pendant les cours. Je ne tolère aucun bavardage ! Et regarde toujours devant toi. Si tu fais tout ça, je t'apprendrai le shamisen du mieux que je pourrai.

Là-dessus, elle nous libéra.

Dans les couloirs, entre les cours, je continuai à ouvrir l'œil, cherchant Satsu. Je ne la trouvai pas. Je commençai à m'inquiéter, à me dire que je ne la reverrais peut-être jamais. J'avais l'air si préoccupé, que l'un des professeurs exigea le silence avant de commencer son cours, et me dit :

— Toi, là-bas ! Qu'est-ce qui ne va pas ?

— Tout va bien, madame, répliquai-je. Je me suis seulement mordu la lèvre sans le faire exprès.

Et parce que les filles, autour de moi, me regardaient, je me mordis la lèvre jusqu'au sang.

Heureusement, les cours suivants se déroulèrent sans incident. En classe de danse, par exemple, les étudiantes arrivaient à se mouvoir avec un assez bel ensemble. Ainsi, aucune fille n'attirait l'attention sur elle. Pumpkin était loin d'être la plus mauvaise danseuse, elle avait même une espèce de grâce, dans sa façon un peu maladroite de bouger. Le cours de chant, en fin de matinée, fut plus problématique pour elle, car elle n'avait pas d'oreille. Mais comme les étudiantes chantaient à l'unisson, Pumpkin pouvait masquer ses fausses notes en remuant beaucoup les lèvres et en chantant bas.

A la fin de chaque cours, elle me présentait le professeur. L'un d'eux, une femme, me dit :

— Tu vis dans la même okiya que Pumpkin, n'est-ce pas ?

— Oui, madame, dis-je, l'okiya Nitta.

Nitta était le nom de famille de Granny, de Mère et de Tatie.

— Donc tu habites avec Hatsumomo-san.

— Oui, madame Hatsumomo est la seule geisha de notre okiya, pour le moment.

— Je ferai de mon mieux pour t'enseigner le chant, dit-elle. Enfin tant que tu réussis à rester en vie !

Là-dessus le professeur éclata de rire, comme si elle venait de faire une plaisanterie très fine. Après quoi elle nous congédia.

# 5

Cet après-midi-là, Hatsumomo m'emmena au Bureau d'Enregistrement de Gion. Je m'attendais à quelque chose de grandiose, mais cet endroit se révéla compter seulement quelques pièces sombres, au deuxième étage de notre école. Il y avait là des tatamis, des bureaux, des livres de comptes. Une affreuse odeur de cigarettes planait sur les lieux. Un employé leva les yeux vers nous à travers un nuage de fumée, et nous fit signe d'entrer dans la petite pièce du fond. Là, devant une table couverte de papiers, était assis l'homme le plus gros que j'eusse jamais vu. J'ignorais qu'il avait été sumo. S'il était sorti pour se jeter de tout son poids contre l'immeuble, tous ces bureaux se seraient probablement écroulés sur les tatami. Il n'avait pas été un assez bon sumo pour changer de nom en prenant sa retraite, comme certains. Mais il aimait bien qu'on continue à l'appeler par son nom de sumo : Awajiumi. Certaines geishas, facétieuses, l'appelaient Awaji.

Dès que nous entrâmes, Hatsumomo se fit charmeuse. C'était la première fois que je la voyais se comporter ainsi.

— « Awaaa-jii-saaaannnnnnnn » ! dit-elle.

Je fus surprise qu'elle arrive à dire son nom en entier sans s'essouffler. On avait l'impression qu'elle le grondait. En entendant sa voix, Awajiumi posa son crayon, et ses grosses joues remontèrent vers ses oreilles, ce qui était sa façon de sourire.

— Mmm... Hatsumomo-san, dit-il, tu es de plus en plus belle. Attention à toi !

Sa voix était un murmure sonore, car les lutteurs de sumo s'abîment souvent la trachée-artère, en se jetant de tout leur poids contre la gorge de leur adversaire.

Awajiumi avait peut-être une carrure d'hippopotame, mais il était très élégant. Il portait un kimono à fines rayures, et un pantalon de kimono. Awajiumi réglait la circulation de l'argent dans Gion, afin qu'il n'atterrisse pas dans n'importe quelles poches. Une petite part de cet argent finissait dans la sienne. Non pas qu'il fût malhonnête, mais le système fonctionnait ainsi. Vu le pouvoir imparti à Awajiumi, chaque geisha avait intérêt à s'en faire un ami. Aussi le sumo avait-il la réputation de passer autant de temps dévêtu que dans ses jolis vêtements.

Hatsumomo et Awajiumi parlèrent un long moment. Finalement Hatsumomo lui dit qu'elle était venue m'inscrire à l'école de geishas. Awajiumi, qui ne m'avait pas encore vraiment regardée, tourna vers moi sa tête de titan. Après quelques instants, il se leva et ouvrit l'un des stores de papier pour avoir plus de clarté.

— Je croyais avoir mal vu, s'exclama-t-il. Tu aurais dû me dire plus tôt que tu m'amenais une jolie fille. Ses yeux... ils sont de la couleur d'un miroir !

— Un miroir ? dit Hatsumomo. Un miroir n'a pas de couleur, Awaji-san.

— Bien sûr que si ! Les miroirs sont d'un gris scintillant. Quand tu regardes un miroir, tu ne vois que toi, mais moi je sais reconnaître une belle couleur quand j'en vois une.

— Ah oui ! Eh bien moi je ne la trouve pas si jolie. Un jour, j'ai vu un cadavre, qu'on avait repêché dans le fleuve : sa langue était de la même couleur que les yeux de Chiyo.

— Peut-être es-tu trop jolie pour voir la beauté chez les autres, dit Awajiumi, qui ouvrait un livre de comptes et prit son crayon. Enfin, inscrivons cette petite fille.

Voyons... Chiyo, c'est ça ? Dis-moi ton nom en entier, Chiyo, et dis-moi où tu es née.

Dès que j'entendis ces mots, j'imaginai Satsu levant les yeux vers Awajiumi, effrayée, troublée. Elle devait être venue ici à un moment ou à un autre. Si je devais m'inscrire, sans doute avait-elle dû s'inscrire aussi.

— Mon nom de famille est Sakamoto, dis-je. Je suis née à Yoroido. Vous en avez peut-être entendu parler, monsieur, par Satsu, ma sœur aînée ?

Je pensai qu'Hatsumomo serait furieuse après moi. Mais, à ma grande surprise, elle sembla presque ravie de me voir poser cette question.

— Si elle est plus âgée que toi, elle se sera déjà inscrite, dit Awajiumi. Mais je ne l'ai pas vue. Je ne pense pas qu'elle soit à Gion.

Je compris pourquoi Hatsumomo avait souri. Elle savait qu'Awajiumi me ferait cette réponse. Aussi ne doutai-je plus qu'elle ait vu ma sœur. Il existait d'autres quartiers de geishas à Kyoto, bien que j'eusse peu de détails à ce sujet. Satsu était dans l'un de ces quartiers, et j'étais bien décidée à la retrouver.

*
* *

Quand je rentrai à l'okiya, Tatie m'attendait pour m'emmener aux bains, en bas de la rue. J'y étais déjà allée, mais seulement avec les vieilles servantes. Elles me remettaient généralement une serviette, un petit morceau de savon, puis elles s'accroupissaient sur le sol carrelé pour se laver, pendant que je faisais de même. Tatie fut plus attentionnée. Elle s'agenouilla derrière moi pour me frotter le dos. Je fus surprise qu'elle n'ait pas davantage de pudeur, qu'elle balançât ses seins à gauche à droite, telles des gourdes vides. Elle m'en donna même un coup sur l'épaule à plusieurs reprises, par inadvertance.

Après quoi elle me ramena à l'okiya et m'habilla d'un kimono de soie, le premier de ma vie. Il était d'un bleu brillant, avec des touffes d'herbe sur l'ourlet du bas, des fleurs jaune vif sur les manches et sur la poitrine. Tatie m'emmena ensuite au premier étage, dans la chambre d'Hatsumomo. Avant de m'y introduire, elle me lança un regard sévère : je ne devais distraire Hatsumomo d'aucune façon, ni faire quoi que ce soit qui la mît en colère. Sur le moment, je ne compris pas cette mise en garde. A présent je vois très bien pourquoi Tatie était inquiète. Quand une geisha se réveille le matin, elle peut avoir le visage bouffi, ou mauvaise haleine, comme n'importe quelle autre femme. Elle a gardé sa belle coiffure de la veille, mais sinon, c'est une femme comme une autre, plus du tout une geisha. Ce n'est qu'en s'asseyant devant son miroir pour appliquer son maquillage qu'elle devient une geisha. Je ne veux pas dire qu'elle commence à ressembler à une geisha, mais qu'elle se met à penser comme une geisha.

Une fois dans la chambre, on me dit de m'asseoir derrière Hatsumomo, à cinquante centimètres d'elle environ, afin de voir son visage dans le miroir de la petite table de maquillage. Elle était agenouillée sur un coussin, elle portait un peignoir en coton, bien ajusté sur les épaules. Elle avait dans les mains une demi-douzaine de brosses de différentes tailles. Certaines étaient de forme trapézoïdale, tels des éventails, d'autres ressemblaient à des baguettes, avec une petite touffe de poils au bout. Finalement elle se tourna et me les montra.

— Ce sont mes brosses, dit-elle. Et tu te souviens de ça ?

Elle sortit du tiroir de la table un pot en verre contenant un produit de maquillage d'un blanc brillant, et l'agita au bout de son bras pour me le montrer.

— C'est le produit auquel je t'ai dit de ne jamais toucher.

— Je n'y ai pas touché.

Elle renifla plusieurs fois le pot fermé.

— Non, effectivement, dit-elle, tu n'as pas dû y toucher.

Elle mit le pot sur la table et prit trois bâtonnets de pigments, qu'elle posa sur la paume de sa main pour me les montrer.

— C'est pour faire des ombres. Tu peux les regarder.

Je saisis l'un des bâtonnets de pigments. Il avait à peu près la taille d'un doigt de bébé, mais il était dur et lisse comme une pierre, de sorte qu'il ne laissa aucune trace sur ma peau. L'une des extrémités était enveloppée d'un fin papier argenté, qui commençait à se détacher, à force d'être manipulé.

Hatsumomo récupéra ses bâtonnets de pigments, puis elle me tendit une brindille de bois, brûlée à une extrémité.

— C'est un beau bâtonnet de paulownia séché, dit-elle, pour dessiner mes sourcils. Et ça, c'est de la cire.

Elle prit deux barres de cire entamées dans leur papier, et me les tendit pour que je les voie.

— A ton avis, pourquoi t'ai-je montré toutes ces choses ?

— Pour que je comprenne comment vous vous maquillez, répondis-je.

— Grand Dieu, non ! Pour que tu voies qu'il n'y a rien de magique. C'est triste pour toi, car ça veut dire que le maquillage seul ne suffira pas à faire de la pauvre Chiyo une jolie geisha !

Hatsumomo se tourna à nouveau face à son miroir. Elle fredonna, tout en ouvrant un pot de crème jaune pâle à base de déjections de rossignol — étrange, mais vrai. A cette époque, maintes geishas utilisaient ce mélange comme crème pour le visage, car c'était censé régénérer la peau. Toutefois, ce produit coûtait très cher. Hatsumomo en mit un soupçon autour de sa bouche et de ses yeux. Elle arracha un petit morceau de cire sur l'une des deux barres, qu'elle malaxa du bout des doigts pour l'assouplir. Elle l'appliqua sur son visage, sur son cou et sur sa poitrine. Elle s'essuya ensuite les mains avec un chiffon propre. Elle mouilla l'une de ses brosses plates dans un récipient rempli d'eau, puis elle la tourna dans son pot de maquillage, jusqu'à obtenir une pâte à l'aspect crayeux. Elle appliqua cette crème blanche sur son visage et son cou, sans toucher à ses yeux, ni aux contour de ses lèvres et de son nez. Si vous avez déjà vu un enfant découper une feuille de papier pour s'en faire un masque, vous aurez une idée de la tête qu'avait Hatsumomo. Mais cela ne dura pas. Elle plongea plusieurs petites brosses dans le produit blanc et fit ses raccords. On avait l'impression qu'elle venait de tomber tête la première dans une bassine de farine de riz. Son visage ovale était d'une blancheur spectrale. Elle ressemblait à une démone — ce qu'elle était. Toutefois, je crevais de honte et de jalousie. Car je savais que d'ici à une heure, des hommes allaient contempler ce visage avec ravissement. Et moi je serais toujours là, dans l'okiya, avec ma bouille de petite fille en sueur.

Hatsumomo humidifia ses bâtonnets de pigments, et s'en servit pour appliquer du rouge sur ses joues. Je l'avais vue maquillée dès mon premier mois à l'okiya. Je ne manquais pas une occasion de la regarder, sans toutefois paraître importune. J'avais noté qu'elle utilisait toute une variété de fards à joues, en harmonie avec les couleurs de son kimono. Cela n'avait rien d'extraordinaire. Mais, bien des années plus tard, j'appris qu'Hatsumomo utilisait toujours un fard à joues plus rouge que les autres geishas. Je ne voyais qu'une raison à cela : rappeler aux gens la couleur du sang. Mais Hatsumomo n'était pas sotte. Elle savait mettre sa beauté en valeur.

Elle avait mis son fard à joues, mais ses lèvres et ses sourcils n'étaient toujours pas faits. Cependant, elle ne toucha plus à son visage, cet étrange masque blanc. Elle demanda à Tatie de décorer sa nuque. Au Japon, un cou dénudé est très érotique. Si le mâle occidental fait une fixation sur les jambes des femmes, le Japonais regarde d'abord leur gorge et leur cou. Aussi les geishas portent-elles des kimonos décolletés dans le dos — on voit l'arête de leurs premières vertèbres dorsales. Une Japonaise qui découvre sa nuque, c'est un peu comme une Parisienne en minijupe. Tatie peignit un motif appelé « sanbon-ashi » — trois jambes — sur la nuque d'Hatsumomo. C'est très spectaculaire : on a l'impression de regarder la peau nue à travers les pointes effilées d'une clôture blanche. Plus tard, je compris l'effet érotique de la chose, mais en un sens, c'est comme une femme qui regarde entre ses doigts écartés. Une geisha laisse toujours un liséré de peau nue à la naissance des cheveux, accentuant le côté artificiel de son maquillage, ce qui rappelle les masques du théâtre Nô. Si dans son maquillage l'homme assis à côté d'elle voit un masque, il pensera d'autant plus à la peau nue qu'il y a dessous.

En rinçant ses brosses, Hatsumomo regarda plusieurs fois mon reflet dans son miroir et finit par déclarer :

— Je sais ce que tu penses. Tu te dis que tu ne seras jamais aussi belle que moi. Eh bien tu as raison de penser ça.

— Je te signale, rétorqua Tatie, que certaines personnes trouvent Chiyo-chan adorable.

— Certaines personnes aiment l'odeur du poisson pourri, dit Hatsumomo.

Là-dessus elle nous invita à sortir, qu'elle puisse enfiler sa combinaison.

Tatie et moi sortîmes sur le palier. M. Bekku était là, près du miroir sur pied. Il n'avait pas changé, depuis le jour où il nous avait arrachées à notre foyer, Satsu et moi. Mais sa véritable occupation ne consistait pas à séparer des petites filles de leur famille, comme je l'appris durant ma première semaine à Kyoto. M. Bekku était habilleur. Il venait chaque jour à l'okiya, aider Hatsumomo à enfiler son kimono, ce vêtement si sophistiqué.

Celui qu'Hatsumomo allait porter ce soir était accroché à un portemanteau, près du miroir. Tatie le lissa du plat de la main, jusqu'au moment où Hatsumomo apparut dans une jolie combinaison brun-roux, avec un motif de fleurs jaune foncé. Ce qui se passa ensuite me parut incompréhensible. Le kimono est un costume mystérieux et déroutant, pour ceux qui n'en ont ni l'usage ni la pratique. Mais la façon de porter le kimono est très logique. Il suffit qu'on vous l'explique.

Tout d'abord, sachez qu'une femme au foyer et une geisha ne portent pas le kimono de la même manière. Quand une ménagère revêt un kimono, elle utilise toutes sortes de rembourrages pour qu'il ne rebique pas à la taille de façon disgracieuse. Et elle finit par ressembler à un cylindre, un peu comme une colonne de bois à l'entrée d'un temple. La ménagère et la geisha commenceront par ôter leurs peignoirs de maquillage et par se nouer une bande de soie autour des hanches ou « koshi-maki » — « couvre-hanches ». Elles mettront ensuite une chemise à manches courtes, bien ajustée à la taille, puis des rembourrages ressemblant à de petits oreillers aux angles arrondis, avec des cordonnets, pour les fixer. Hatsumomo n'utilisait pas de rembourrages, car elle était fine et svelte, et portait le kimono depuis maintes années.

Jusqu'ici, la Japonaise n'a mis que des choses qui resteront cachées par son kimono. Mais l'élément suivant, la combinaison, n'est pas réellement un sous-vêtement. Quand une geisha danse sur scène ou marche dans la rue, il lui arrive de soulever légèrement le bas de son kimono de la main gauche, pour se mouvoir plus facilement. Sa combinaison apparaît, dans la partie comprise entre sa cheville et le dessous de ses genoux. Aussi le motif et le tissu de la combinaison doivent-ils rappeler ceux du kimono. Le col de la combinaison dépasse, comme le col de chemise d'un homme qui porte un costume. Il incombait à Tatie, entre autres choses, de coudre chaque jour un col de soie sur la combinaison qu'Hatsumomo avait l'intention de porter, puis de le découdre le lendemain matin pour le laver. Les apprenties geishas portaient un col rouge, mais Hatsumomo n'était pas une apprentie. Son col était blanc.

Lorsqu'elle sortit de sa chambre, Hatsumomo portait tous les vêtements que j'ai décrits — bien qu'on vît seulement sa combinaison, serrée à la taille par un cordonnet. Elle avait également des chaussettes blanches appelées « tabi ». Ces chaussettes se boutonnent sur le côté de la cheville, dont elles épousent parfaitement la forme. M. Bekku n'avait plus qu'à lui enfiler son kimono. Si vous l'aviez vu opérer, vous auriez tout de suite compris pourquoi son aide était nécessaire. Tous les kimonos sont de la même longueur, quelle que soit la femme qui les porte. Aussi doit-on replier le tissu sous l'obi — excepté pour les très grandes femmes. M. Bekku remonta le tissu à la taille et le fixa avec une cordelette, sans faire le moindre pli. Pour gommer tout éventuel renflement, M. Bekku tira sur le tissu de-ci de-là, et l'habit reprit un tombé parfait. Lorsqu'il eut terminé son ajustage, le kimono épousait les formes du corps d'Hatsumomo de façon idoine.

Mais la tâche principale de M. Bekku, en tant qu'habilleur, était d'attacher l'obi, chose plus compliquée qu'il n'y paraît. Un obi comme celui que portait Hatsumomo faisait environ trois mètres cinquante de long, sur cinquante centimètres de large. Enroulé autour de la taille, ce genre d'obi va du sternum au nombril. Les néophytes croient généralement que l'obi s'attache dans le dos, comme une ficelle. Rien n'est plus faux. Une demi-douzaine de cordonnets et d'agrafes sont nécessaires pour le maintenir en place. De même que divers rembourrages sont indispensables pour donner au nœud la forme adéquate. M. Bekku mit plusieurs minutes à attacher l'obi d'Hatsumomo. Quand il eut fini, le tissu, lourd et épais, ne formait pratiquement pas de pli.

Ce jour-là, une grande part du rituel m'échappa. M. Bekku noua les cordonnets et fixa le tissu à une vitesse frénétique, me sembla-t-il. Hatsumomo, les bras écartés, observait son reflet dans le miroir. Ce reflet aiguisait ma jalousie. Elle portait un kimono de brocart, dans des tons brun et doré. Sous la taille, des daims brun-roux se frottaient le museau. En arrière-plan, des taches roux et or figuraient des feuilles tombées sur le sol d'une forêt. L'obi était de couleur prune, veiné de fils d'argent. Je l'ignorais, à l'époque, mais le costume d'Hatsumomo devait atteindre un prix équivalant aux revenus annuels d'un policier ou d'un commerçant. Et pourtant, en voyant Hatsumomo devant ce miroir, on pouvait penser que tout l'argent du monde n'aurait pas suffi à faire une femme aussi belle.

Il ne restait qu'à apporter les touches finales à son maquillage, à poser des ornements dans sa coiffure. Tatie et moi retournâmes avec Hatsumomo dans sa chambre. La geisha s'agenouilla devant sa coiffeuse et sortit une minuscule boîte laquée contenant le rouge pour ses lèvres. Elle utilisa un petit pinceau pour l'appliquer. La mode, à cette époque, était de maquiller seulement la lèvre inférieure, qui ainsi paraissait plus pulpeuse. Les maquillages blancs produisent toutes sortes d'illusions. Si une geisha s'était mis du rouge sur toute la bouche, ses lèvres auraient vite ressemblé à deux tranches de thon. Aussi la plupart des geishas préféraient-elles le genre boudeur, qui rappelle une violette en fleur. A moins qu'une geisha n'ait des lèvres boudeuses — et c'est rarement le cas — elle s'arrangeait pour donner à sa bouche une forme plus ronde. Mais comme je l'ai dit, la mode, à cette époque, était de se maquiller seulement la lèvre inférieure. Ce que fit Hatsumomo.

Elle prit ensuite le bâtonnet de paulownia qu'elle m'avait montré et y mit le feu, avec une allumette. Après qu'il eut brûlé quelques secondes, Hatsumomo souffla la flamme, puis refroidit l'extrémité du bâtonnet du bout des doigts. Elle se tourna ensuite vers son miroir, et se dessina des sourcils avec le charbon de bois : deux traits obliques d'un gris très doux. Après quoi elle alla choisir, dans un placard, plusieurs ornements pour ses cheveux, dont une longue aiguille avec une grappe de perles à son extrémité et une parure en écaille de tortue. Quand elle eut fixé ces ornements à sa coiffure, Hatsumomo mit quelques gouttes de parfum à la base de son cou, sur sa peau nue, puis elle fourra le petit flacon de bois dans son obi, au cas où elle en aurait encore besoin. Elle glissa également un mouchoir dans sa manche droite. Après quoi elle se retourna et me regarda. Elle avait ce petit sourire énigmatique que je lui avais déjà vu. Même Tatie ne put s'empêcher de soupirer : Hatsumomo était si belle !

# 6

Hatsumomo, quoi que nous ayons pu penser d'elle les unes et les autres, était une espèce d'impératrice dans l'okiya : nous vivions toutes sur ses revenus. Étant une impératrice, elle n'aurait pas aimé, rentrant tard le soir, trouver son palais éteint et ses serviteurs endormis. Ainsi, lorsqu'elle rentrait trop soûle pour déboutonner ses chaussettes, quelqu'un le faisait à sa place. Si elle avait faim, elle n'allait certainement pas se préparer quelque chose à la cuisine — un « umeboshi ochazuke », par exemple, l'un de ses petits en-cas préférés : des restes de riz et de prunes marinées dans du vinaigre, qu'on trempe dans du thé chaud. Ce n'était pas là une coutume particulière à notre okiya. Les plus jeunes « cocons » — les élèves geishas — devaient attendre leurs aînées, et s'incliner devant elles quand elles rentraient le soir. Dès que je commençai ma formation de geisha, je devins le plus jeune cocon de notre okiya. Pumpkin et les deux vieilles servantes se couchaient très tôt. A minuit, elles dormaient profondément sur leurs futons, à un mètre de l'entrée. Quant à moi, je devais rester agenouillée devant la porte, à moitié endormie, parfois jusqu'à deux heures du matin. Granny, dont la chambre était près de l'entrée, dormait avec la lumière allumée et la porte entrebâillée.

Ce soir-là, en voyant un rai de lumière traverser mon futon, un souvenir me revint. Un jour, à Yoroido, peu de temps avant qu'on nous arrache à notre foyer, ma sœur et moi, j'avais jeté un coup d'œil dans la pièce du fond, pour voir ma mère endormie. Mon père avait drapé des filets de pêche en travers des stores en papier pour mieux protéger ma mère du soleil. Ça m'avait paru lugubre, j'avais ouvert une des fenêtres. Un rayon de soleil tomba en diagonale sur le futon de ma mère et éclaira sa main, si pâle, si osseuse. A présent, en voyant ce rayon jaune sur mon futon... je me demandai si ma mère était toujours vivante. Sans doute l'aurais-je senti si elle était morte, puisque j'étais sa réplique parfaite. Mais, bien entendu, je n'avais aucun pressentiment, ni dans un sens ni dans l'autre.

Par un soir assez froid, vers la fin de l'automne, je venais de m'assoupir contre le mur, quand j'entendis la porte extérieure coulisser et s'ouvrir. Hatsumomo allait être furieuse si elle me trouvait endormie. Aussi fis-je de mon mieux pour paraître alerte. Mais oh, surprise ! la porte s'ouvrit et un homme entra. Il portait une veste d'ouvrier, qui se fermait sur la hanche, et un pantalon de paysan — bien qu'il ne ressemblât ni à un ouvrier, ni à un paysan. Ses cheveux étaient huilés et coiffés en arrière, à la mode du moment. Il avait un fin collier, ce qui lui donnait l'air d'un intellectuel. Il se pencha vers moi et prit ma tête entre ses mains pour me regarder.

— Tu es très jolie, me dit-il, à voix basse. Comment tu t'appelles ?

J'étais certaine qu'il s'agissait d'un ouvrier, mais je ne comprenais pas pourquoi il arrivait en pleine nuit. J'avais peur de lui parler, mais je réussis tout de même à lui dire mon nom. Après quoi il mouilla le bout de son doigt avec sa langue et me toucha la joue — pour enlever un cil, s'avéra-t-il.

— Yoko est toujours là ? demanda-t-il.

Yoko était la jeune femme qui passait ses après-midi et ses soirées dans la pièce des servantes. A cette époque, les okiyas et les maisons de thé de Gion étaient reliées par un réseau téléphonique privé. Yoko était probablement la personne la plus occupée de notre okiya : elle répondait au téléphone, prenait les rendez-vous d'Hatsumomo — parfois invitée à des banquets et des réceptions six mois ou un an à l'avance. Généralement, l'emploi du temps d'Hatsumomo n'était bouclé que le matin. Ainsi, le soir, Yoko recevait-elle des appels des maisons de thé, dont les clients souhaitaient voir Hatsumomo, si elle en avait le temps. Mais ce soir, le téléphone n'avait pas beaucoup sonné. Yoko avait dû s'endormir, comme moi. L'homme n'attendit pas ma réponse, mais me fit signe de me taire. Après quoi il se glissa dans le passage qui menait au quartier des servantes.

J'entendis Yoko s'excuser — elle s'était effectivement endormie —, puis parler longuement avec l'opératrice. Il lui fallut appeler plusieurs maisons de thé, avant de localiser Hatsumomo, et de laisser le message suivant : l'acteur de kabuki Onoe Shikan était en ville. J'ignorais alors qu'il s'agissait d'un code et qu'Onoe Shikan n'existait pas.

Là-dessus Yoko s'en fut. Sans s'inquiéter de laisser un homme seul dans le quartier des servantes. Aussi décidai-je de n'en parler à personne. Ce fut une bonne intuition, car lorsque Hatsumomo parut, vingt minutes plus tard, elle s'arrêta dans l'entrée et me dit :

— Je n'ai pas encore été vraiment dure avec toi. Mais si jamais tu avoues à quiconque qu'un homme est venu ici ou que je suis passée avant la fin de la soirée, tu risques de le regretter.

Hatsumomo s'était penchée vers moi en disant cela. Elle fouilla dans sa manche pour en retirer quelque chose. Et bien qu'il fît sombre dans l'entrée, je vis que ses avant-bras avaient rougi. Elle alla dans la pièce des servantes, tira la porte derrière elle. J'entendis une brève conversation à voix basse, puis l'okiya fut à nouveau plongée dans le silence. De temps à autre, il me sembla percevoir un gémissement ou un grognement, mais ces bruits étaient si légers, que je n'aurais pu en jurer. Je ne savais pas vraiment ce qu'ils faisaient, dans cette pièce, mais l'image de ma sœur relevant son costume de bain pour que le jeune Sugi lui touche les seins me traversa l'esprit. J'éprouvai de la curiosité, teintée de dégoût. Et je ne serais pas allée voir, même si j'en avais eu la possibilité.

*\
* *

Une fois par semaine environ, Hatsumomo amenait son amant à l'okiya — chef cuisinier dans un petit restaurant du quartier — et s'enfermait avec lui dans la pièce des servantes. Il leur arrivait de se voir ailleurs, à d'autres moments. Je le sais, car on demandait souvent à Yoko de transmettre des messages, dont je surprenais la teneur. Toutes les servantes savaient ce que faisait Hatsumomo. Le fait que personne ne l'ait dit à Mère, Granny, ou Tatie, était révélateur : la geisha avait un réel pouvoir sur nous toutes. A l'évidence, Hatsumomo aurait eu des problèmes si sa liaison s'était ébruitée. Et puis elle amenait l'homme à l'okiya, ce qui aggravait son cas. Cet homme ne la payait pas. Pis, il l'empêchait d'aller aux fêtes organisées par les maisons de thé, où elle aurait pu gagner de l'argent. Par ailleurs, tout homme riche envisageant une liaison à long terme avec elle, ce qui représentait beaucoup d'argent, aurait probablement changé d'avis en apprenant qu'elle fréquentait le chef d'un petit restaurant.

Un soir, comme je revenais de prendre un verre d'eau au puits, dans la cour, j'entendis la porte d'entrée s'ouvrir, puis se refermer en claquant contre son montant.

— Hatsumomo-san, dit une voix grave, tu vas réveiller tout le monde !

Je n'ai jamais vraiment compris pourquoi Hatsumomo prenait le risque d'amener son amant à l'okiya — quoique ce fût précisément le risque qui l'excitait, à mon avis. Mais, habituellement, elle veillait à ne pas faire de bruit. Je m'empressai de m'agenouiller. Quelques instants plus tard, Hatsumomo pénétrait dans le vestibule. Elle avait deux paquets enveloppés de papier de soie dans les bras. Une autre geisha ne tarda pas à se montrer, une fille si grande qu'elle dut se baisser pour passer dans l'embrasure de la porte, qui était assez basse. L'inconnue se redressa, posa les yeux sur moi. Elle n'avait rien d'une beauté. Sa bouche était trop grande, trop charnue, dans ce visage tout en longueur.

— C'est notre idiote de petite bonne, la plus jeune, dit Hatsumomo. Elle a un nom, j'imagine, mais tu n'as qu'à l'appeler « Petite Sotte ».

— Eh bien, Petite Sotte, si tu allais nous chercher quelque chose à boire, dit l'autre geisha.

Je reconnus la voix grave que j'avais entendue à la porte. Ce n'était donc pas celle du petit ami d'Hatsumomo.

Hatsumomo aimait boire de l'« amakuchi », un saké doux et léger. Mais on n'en fabriquait qu'en hiver, et nous n'en avions plus. Je leur servis de la bière. Hatsumomo et son amie approchaient déjà de la cour. Elles avançaient dans le passage en terre battue, aussi soûles l'une que l'autre. L'amie d'Hatsumomo avait des pieds bien trop grands pour les petits socques de bois qu'Hatsumomo lui avait prêtés. Aussi pouvait-elle à peine faire un pas sans qu'elles éclatent de rire. Hatsumomo venait de poser ses paquets sur la galerie, qui courait sur un côté de la maison. Elle allait en ouvrir un quand j'arrivai avec la bière.

— Je n'ai pas envie de bière, dit-elle.

Elle se pencha et vida les deux verres sous la maison.

— Moi j'en aurais bien bu, murmure son amie. Pourquoi as-tu vidé mon verre ?

— Oh, la ferme, Korin ! dit Hatsumomo. Tu as assez bu comme ça. Regarde bien ce qu'il y a là-dedans. Tu vas sauter de joie quand tu vas voir ce que c'est !

Hatsumomo défit les cordonnets qui fermaient le premier paquet, et déplia sur la galerie un magnifique kimono dans des tons de vert poudreux, avec un motif de feuilles de vigne rouges. C'était une gaze de soie somptueuse — mais fine, bien trop légère pour cette fraîcheur automnale. Korin, l'amie d'Hatsumomo, le trouva si beau, qu'elle eut une exclamation de surprise et s'étouffa avec sa salive — ce qui les fit à nouveau pouffer de rire. Là-dessus je voulus faire une révérence et prendre congé. Mais Hatsumomo déclara :

— Ne pars pas, Petite Sotte.

Elle se tourna vers son amie et lui dit :

— C'est le moment de s'amuser un peu, Korin-san. Devine à qui appartient ce kimono !

Korin toussait toujours. Quand elle réussit enfin à parler, elle dit :

— J'aimerais qu'il soit à moi !

— Eh bien, ce n'est pas le tien. Mais celui de la geisha que nous détestons le plus au monde.

— Oh, Hatsumomo.... Tu es géniale ! Mais comment as-tu fait pour t'emparer du kimono de Satoka ?

— Je ne parle pas de Satoka ! Mais de... miss Perfection !

— Qui ça ?

— Miss « Je — Suis — Tellement — Mieux — Que — Toi »... Voilà qui !

Après un long silence, Korin s'exclama :

— Mameha ! Oh, mon Dieu, c'est le kimono de Mameha. Et dire que je ne l'ai pas reconnu ! Comment as-tu fait pour le chiper ?

— Il y a deux trois jours, j'ai oublié des affaires au théâtre Kaburenjo, où nous répétons, dit Hatsumomo. Quand je suis allée les rechercher, j'ai cru entendre des gémissements, en bas de l'escalier. Et je me suis dit : « Non, ce n'est pas possible ! Ce serait trop drôle ! » Alors je suis descendue sur la pointe des pieds, j'ai allumé la lumière, et devine qui j'ai trouvé, couchés là, comme deux grains de riz collés l'un sur l'autre ?

— Je ne peux pas le croire ! Mameha ? !

— Ne dis pas de sottises. Elle est bien trop bégueule pour ça. C'était sa servante, avec le gardien de nuit. Je savais qu'elle ferait n'importe quoi pour que je ne parle pas. Alors je suis allée la voir, un peu plus tard, et je lui ai dit que je voulais un kimono de Mameha. Quand elle a compris lequel c'était, elle s'est mise à pleurer.

— Et celui-là, c'est quoi ? demanda Korin, le doigt pointé sur le second paquet posé sur la galerie, toujours fermé.

— Celui-là, j'ai dit à la fille de l'acheter avec son propre argent. Et maintenant il est à moi.

— Son propre argent ? dit Korin. Quelle servante aurait assez d'argent pour acheter un kimono ?

— Si elle ne l'a pas acheté, je ne veux pas savoir comment elle se l'est procuré. Quoi qu'il en soit, la Petite Sotte va aller me le ranger dans la remise.

— Hatsumomo-san, je n'ai pas le droit d'entrer dans la remise, m'empressai-je de répliquer.

— Si tu veux savoir où est ta sœur aînée, ne m'oblige pas à tout répéter deux fois. J'ai des projets pour toi. Après, tu auras le droit de me poser une question, et j'y répondrai.

Je ne la crus pas. Toutefois, Hatsumomo avait le pouvoir de me rendre la vie impossible, en faisant appel à toutes les ressources de son imagination. Je dus obéir. Je n'avais pas le choix.

Elle me mit le kimono enveloppé de son papier de soie dans les bras, et m'accompagna jusqu'à la remise, dans la cour. Elle ouvrit la porte, actionna un petit interrupteur d'un coup sec. Je vis des étagères, où étaient empilés des draps et des oreillers. Il y avait aussi plusieurs coffres fermés à clé et des futons. Hatsumomo m'attrapa par le bras et me montra une échelle, le long du mur extérieur.

— Les kimonos sont là-haut, dit-elle.

Une fois en haut, j'ouvris une porte coulissante. Ici, sous le toit, il n'y avait pas d'étagères, comme au rez-de-chaussée. Des boîtes en laque rouge étaient empilées le long des murs, jusqu'au plafond, formant deux remparts entre lesquels on avait juste la place de passer. A chaque extrémité du grenier, il y avait des bouches d'aération, avec des lattes très fines. L'éclairage était encore plus violent qu'au rez-de-chaussée. Aussi je pus lire les caractères noirs, gravés sur le devant des boîtes : « Kata-Komon, Ro » — Motifs au pochoir, Gaze de Soie, Trame Apparente ; et « Kuromont-suki, Awase » — « Kimono Traditionnels avec Armoiries Noires et Doublure ». Je ne réussis pas à déchiffrer tous ces kanji, mais je parvins à trouver la boîte portant

le nom d'Hatsumomo. Elle était rangée tout en haut.
J'eus un peu de mal à la descendre, mais finalement,
je déposai le nouveau kimono sur quelques autres,
également enveloppés dans du papier de soie. Je repla-
çai ensuite la boîte où je l'avais trouvée. Par curiosité,
j'ouvris d'autres boîtes, soulevant le couvercle un bref
instant. Chaque fois je vis une quinzaine de kimonos
empilés les uns sur les autres. Vu l'importance du
stock, je compris pourquoi Granny avait la phobie des
incendies. Cette collection à elle seule devait atteindre
une valeur deux fois supérieure à celle des maisons
de Senzuru et Yoroido réunies. J'appris par la suite que
les kimonos les plus précieux étaient stockés ailleurs
— et réservés aux apprenties geishas. Vu qu'Hatsumomo ne les portait plus, on les avait déposés dans
un coffre, à la banque. On les ressortirait quand on en
aurait à nouveau l'utilité.

Le temps que je revienne dans la cour, Hatsumomo
était montée dans sa chambre chercher une pierre à
encrer, un bâton d'encre, et un pinceau pour la calligraphie. Elle voulait peut-être écrire un mot, puis le glisser
dans la manche du kimono avant de replier celui-ci. Elle
avait mis un peu d'eau du puits sur sa pierre à encrer.
Elle était assise sur la galerie, et frottait son bâton d'encre
dans l'eau. Lorsque l'encre fut suffisamment noire, Hatsumomo plongea un pinceau dedans, puis en lissa l'extrémité contre la pierre — afin que le pinceau absorbe
toute l'encre, et ne goutte pas. Elle me mit le pinceau
dans la main, guida cette main au-dessus du joli kimono,
et me dit :

— Entraîne-toi à la calligraphie, petite Chiyo.

Le kimono de Mameha — dame dont j'ignorais tout,
à l'époque — était une œuvre d'art, avec un magnifique
motif de vigne vierge, depuis l'ourlet du bas jusqu'à la
taille. C'était un motif en fils brillants, tressés en tout
petits cordonnets, cousus sur le tissu. Toutefois, cette
vigne paraissait tellement réelle, qu'il me semblait pouvoir la détacher du tissu comme on arrache une herbe
du sol. Les feuilles semblaient avoir perdu de leur cou-

leur et s'être un peu recroquevillées, telles des feuilles d'automne. Elles semblaient même avoir jauni.

— Je ne peux pas, Hatsumomo-san ! m'écriai-je.

— Quelle tristesse, mon petit cœur, me dit son amie. Parce que si tu obliges Hatsumomo à répéter ce qu'elle t'a dit, tu ne sauras jamais où est ta sœur.

— Oh, la ferme, Korin. Chiyo sait très bien qu'elle doit m'obéir. Ecris quelque chose sur le tissu, Petite Sotte. Ce que tu veux, ça m'est égal.

Korin était si excitée, qu'à la seconde même où le pinceau entra en contact avec le kimono, elle laissa échapper un cri qui réveilla l'une des vieilles servantes. Celle-ci passa la tête dans la cour, un tissu noué sur la tête, nageant dans sa chemise de nuit. Hatsumomo frappa du pied sur le sol, et fit un brusque mouvement vers l'avant, tel un chat. Cela suffit à chasser la bonne, qui regagna son futon. Les quelques traits indécis dont j'avais maculé la soie vert pâle ne semblèrent pas satisfaire Korin. Aussi Hatsumomo me dit-elle où imprimer des marques sur le tissu, et quoi écrire. L'ensemble ne voulait rien dire. Hatsumomo faisait de l'art à sa façon. Quand ce fut fini, elle replaça le kimono dans son papier de soie et noua le cordonnet autour. Je raccompagnai les geishas à la porte. Elles remirent leurs zori laqués. Au moment de sortir, Hatsumomo me dit de venir.

— Hatsumomo-san, si je sors de l'okiya sans permission, Mère va être furieuse.

— Je te donne la permission, m'interrompit Hatsumomo. Il faut que nous ramenions ce kimono à sa propriétaire, non ? Tu n'as tout de même pas l'intention de me faire attendre.

Aussi n'eus-je pas le choix. Je mis mes chaussures et je la suivis dans la ruelle, puis dans une rue qui longeait la petite rivière Shirakawa. A cette époque, les rues et ruelles de Gion étaient encore pavées de très belles pierres. Nous marchâmes sur une distance de cinq cents mètres, au clair de lune, près des cerisiers pleureurs, dont les branches frôlaient l'eau, qui brillait d'un éclat noir. Puis nous traversâmes un pont en bois, de forme convexe, qui menait dans une partie de Gion que je ne connaissais pas. La berge de la rivière était en pierre, couverte de mousse verte. Au bord de la rive, l'arrière des okiyas et des maisons de thé, contiguës, formaient comme un long mur. Des stores en roseau dessinaient des stries sur la lumière jaune des fenêtres. Je pensai aussitôt à un radis jaune mariné, que la cuisinière avait tranché ce jour-là. J'entendis des rires d'hommes et de geishas. On devait beaucoup s'amuser dans l'une des maisons de thé, car l'assemblée riait de plus en plus fort. L'hilarité finit par retomber, et on n'entendit plus que le son cristallin d'un shamisen, dans une autre fête. Visiblement, certains prenaient du bon temps. Je me demandai si Satsu était parmi eux, bien qu'Awajiumi, au Bureau d'Enregistrement, m'ait dit qu'elle n'était pas à Gion.

Korin et Hatsumomo s'arrêtèrent bientôt devant une porte en bois.

— Tu vas monter l'escalier et donner le kimono à la servante, me dit Hatsumomo. Si miss Perfection vient ouvrir elle-même, tu le lui donnes. Ne dis rien. Donne-le-lui, c'est tout. On reste là. On te regarde.

Elle me mit le kimono dans les bras. Korin ouvrit la porte coulissante. Des marches en bois poli montaient dans l'obscurité. J'avais tellement peur, que je m'arrêtai au milieu de l'escalier. Korin me lança, à voix basse :

— Continue, petite fille ! Personne ne va te manger, à moins que tu ne redescendes avec le kimono. Là on pourrait bien te manger, n'est-ce pas, Hatsumomo-san ?

Hatsumomo poussa un soupir en guise de réponse. Korin plissait les yeux dans l'obscurité, s'efforçant de me voir. Hatsumomo, qui ne lui arrivait qu'à l'épaule, se mordillait un ongle sans me prêter la moindre attention. Et même en cet instant où je tremblais de peur, la beauté d'Hatsumomo me frappa. Elle était peut-être aussi cruelle qu'une araignée, mais elle était plus belle au clair de lune, en train de se mordiller un ongle, que bien des geishas souriant pour un photographe. Entre elle et son amie Korin, il y avait à peu près la même différence qu'entre un caillou et une pierre précieuse. Korin n'était pas à l'aise avec cette coiffure traditionnelle et ses maints ornements. Son kimono semblait gêner ses mouvements, alors qu'Hatsumomo portait son kimono comme une seconde peau.

Une fois sur le palier, en haut de l'escalier, je m'agenouillai dans le noir et lançai :

— Il y a quelqu'un ?

J'attendis, mais il ne se passa rien.

— Plus fort, dit Korin. Elles n'attendent pas ta visite.

Aussi lançai-je à nouveau :

— Il y a quelqu'un ?

— Un moment ! dit une voix étouffée.

La porte coulissante s'ouvrit quelques secondes plus tard. La fille agenouillée de l'autre côté, sans doute pas plus âgée que Satsu, était mince et vive comme un oiseau. Je lui tendis le kimono dans son papier de soie. Elle parut à la fois surprise et affolée. Elle me prit le paquet des mains à la hâte.

— Qui est-ce, Asami-san ? lança une voix, à l'intérieur.

Par la porte ouverte, je voyais une lanterne en papier posée sur une petite table ancienne, près d'un futon tout propre — celui de la geisha Mameha, car les draps étaient amidonnés, la couverture en soie, et l'oreiller un oreiller de geisha, ou « takamakura ». Le « takamakura » ne ressemble pas vraiment à un oreiller, mais à un petit banc, avec un support rembourré pour le cou. C'était le seul moyen, pour une geisha, de garder sa coiffure intacte en dormant.

La servante ne répondit pas à la question. Elle ouvrit le papier de soie enveloppant le kimono, le plus discrètement possible, elle inclina le vêtement plié pour qu'il capte la lumière. Quand elle vit les traces d'encre, elle suffoqua, se mit une main sur la bouche. Ses yeux se remplirent de larmes. Une voix lança :

— Asami-san ! Qui est-ce ?

— Oh, personne, mademoiselle ! dit la bonne.

Elle sécha vite ses larmes contre l'une de ses manches. Elle me faisait pitié. Lorsqu'elle se leva pour refermer la porte, j'aperçus un instant sa maîtresse. Je compris aussitôt pourquoi Hatsumomo appelait Mameha « miss Perfection ». Son visage était d'un ovale parfait, comme celui d'une poupée. Sa peau paraissait aussi douce et délicate qu'un objet en fine porcelaine, même sans maquillage. Mameha fit quelques pas vers la porte, essaya de voir dans l'escalier. Puis elle disparut à ma vue, car sa servante tira la porte.

*
* *

Le lendemain matin, après mes cours, je trouvai Granny, Mère et Tatie enfermées dans le salon du premier étage. Je savais qu'elles parlaient du kimono. Dès qu'Hatsumomo rentra à l'okiya, l'une des servantes dut aller prévenir Mère, car celle-ci descendit aussitôt. Elle arrêta la geisha qui s'apprêtait à monter l'escalier.

— Nous avons eu la visite de Mameha et de sa bonne, ce matin, dit-elle.

— Oh, Mère, je sais ce que vous allez dire. Vous allez me parler du kimono ! Je suis vraiment navrée. J'ai essayé d'arrêter Chiyo avant qu'elle ne mette de l'encre dessus, mais c'était trop tard. Elle a dû penser que c'était le mien ! Cette petite m'a toujours détestée. Je ne sais pas pourquoi. Abîmer un aussi beau kimono, uniquement pour me blesser !

Tatie sortit dans le couloir en claudiquant.

— *Matte mashita !* cria-t-elle.

Ce qui signifiait : « Nous t'avons attendue ! » Mais je ne voyais pas ce que Tatie voulait dire par là. Toutefois, c'était une remarque opportune : c'est parfois ce que crie la foule, quand un grand acteur fait son entrée, dans une pièce de Kabuki.

— Insinuez-vous que je pourrais avoir une responsabilité dans cette affaire, Tatie ? dit Hatsumomo. Pourquoi ferais-je une chose pareille ?

— Tout le monde sait que tu détestes Mameha, dit Tatie. Tu ne supportes pas les femmes qui réussissent mieux que toi.

— Est-ce à dire que je devrais vous adorer, parce que vous êtes une ratée ?

— Ça suffit, Hatsumomo, dit Mère. Et maintenant

écoute-moi. Tu n'imagines tout de même pas qu'on est assez sottes pour croire ta petite histoire. Une telle attitude est inadmissible, même de ta part. J'ai un grand respect pour Mameha. Je ne veux pas que ce genre de choses se reproduise. Quant au kimono, il va falloir que quelqu'un le rembourse. Je ne sais pas ce qui s'est passé hier soir, mais il n'y a aucun doute quant à l'identité de la personne qui tenait le pinceau. La servante a vu la petite écrire dessus. La petite paiera.

Là-dessus elle fourra à nouveau sa pipe dans sa bouche. Granny sortit du salon et appela une servante, à qui elle demanda d'aller chercher le bâton de bambou.

— Chiyo a assez de dettes comme ça, dit Tatie. Je ne vois pas pourquoi elle devrait en plus payer celles d'Hatsumomo.

— Le débat est clos, dit Granny. Il faut corriger cette petite. Et l'obliger à rembourser le kimono. Où est le bâton de bambou ?

— Je vais la corriger moi-même, dit Tatie. Je ne voudrais pas que vos articulations recommencent à enfler, Granny. Viens ici, Chiyo.

Tatie attendit que la bonne apporte le bâton, puis elle m'emmena dans la cour. Elle était si fâchée qu'elle avait les narines dilatées, les pupilles resserrées comme des poings miniatures. J'avais bien pris garde, depuis mon arrivée à l'okiya, de ne commettre aucun impair qui puisse me valoir une correction. J'eus soudain très chaud. Je regardai les pierres sur lesquelles je marchais, et je vis flou, tout à coup. Mais, au lieu de me battre, Tatie posa le bâton contre le mur de la réserve, se pencha vers moi et me dit, d'une voix douce :

— Qu'as-tu fait à Hatsumomo ? Elle essaie de te détruire. Il doit y avoir une raison. Je veux savoir laquelle.

— Elle me traite comme ça depuis que je suis arrivée à l'okiya. Je ne sais vraiment pas ce que j'ai pu lui faire !

— Peut-être que Granny la traite d'idiote, mais Hatsumomo n'est pas sotte, crois-moi. Si elle veut ruiner ta carrière, elle y arrivera. Quoi que tu aies fait qui l'ait énervée, tu ne dois pas recommencer.

— Je n'ai rien fait, Tatie, je vous le promets.

— Ne te fie jamais à Hatsumomo, même si elle te propose son aide. Elle t'a déjà rendue débitrice d'une somme telle, que tu pourrais bien ne jamais réussir à la rembourser.

— Je ne comprends pas..., dis-je. Qu'est-ce que ça veut dire, débitrice ?

— Hatsumomo t'a joué un tour, avec ce kimono. Tu n'imagines pas ce que ça va te coûter.

— Mais... comment vais-je payer ?

— Quand tu commenceras à travailler en tant que geisha, tu rembourseras ce kimono à l'okiya, avec toutes tes autres dettes : tes repas, tes cours, tes frais de médecin, si tu tombes malade. C'est toi qui paieras tout ça. Pourquoi Mère passe-t-elle ses journées à inscrire des chiffres dans des petits livres, d'après toi ? Tu devras même rembourser l'argent que nous avons dépensé pour faire ton acquisition.

Durant ces mois passés à Gion, j'avais réfléchi à cela. Je m'étais dit que quelques yen avaient dû changer de mains avant qu'on nous arrache, Satsu et moi, à notre foyer. Je me souvenais de cette conversation entre mon père et M. Tanaka. Et puis Mme Bougeotte avait dit que Satsu et moi pouvions « convenir ». Je me demandai avec horreur si M. Tanaka avait gagné de l'argent en aidant mon père à nous vendre, et combien nous avions coûté. Mais je n'avais jamais imaginé que je devrais rembourser moi-même cette somme.

— Tu ne pourras rembourser tout cela avant d'avoir travaillé maintes années comme geisha, poursuivit Tatie. Et tu ne pourras jamais rembourser ce kimono si tu rates ta carrière, comme moi. Est-ce ainsi que tu vois ton avenir ?

A ce moment-là, mon avenir m'importait peu.

— Si tu veux gâcher ta carrière à Gion, il existe une dizaine de façons d'y arriver. Tu peux essayer de t'enfuir. Si tu fais ça, Mère verra en toi un mauvais investissement. Elle ne misera plus un yen sur une fille qui peut disparaître à tout instant. Cela signerait l'arrêt immédiat de tes cours. Or, sans formation, tu ne pourrais pas être geisha.

Tu peux aussi te rendre impopulaire auprès de tes professeurs, qui cesseront alors de s'occuper de toi. Et puis tu peux devenir une jeune fille au physique ingrat, comme moi. Je n'étais pas laide, quand Granny m'a achetée à mes parents. Mais je le suis devenue en grandissant. Et à cause de ça, Granny s'est mise à me haïr. Un jour, elle m'a battue si fort pour une bêtise que j'avais faite, qu'elle m'a cassé une hanche. C'est à ce moment-là que j'ai cessé d'être geisha. Voilà pourquoi je vais te donner des coups de bâton moi-même. Je ne veux pas que Granny lève la main sur toi.

Elle me conduisit sur la galerie, me dit de me coucher sur le ventre. Cela m'importait peu qu'elle me batte ou pas. Je ne voyais pas ce qui pouvait encore aggraver ma situation. Chaque fois que mon corps se contractait sous un coup de bâton, je gémissais, sans trop exagérer, et me représentais une Hatsumomo ricanante, penchée sur moi. Quand elle eut fini de me battre, Tatie me laissa pleurer sur la galerie. Je sentis bientôt le sol trembler sous des pas. Je m'assis. Hatsumomo était devant moi.

— Chiyo, je te serais tellement reconnaissante de t'écarter de mon chemin.

— Vous m'avez promis de me dire où était ma sœur, Hatsumomo, lui rappelai-je.

— Effectivement !

Elle se pencha vers moi, son visage fut tout près du mien. Elle va me dire que je n'en ai pas encore assez fait, pensai-je. Je me trompais.

— Ta sœur est dans un « jorou-ya », le Tatsuyo, dit-elle, dans le quartier de Miyagawa-cho, au sud de Gion.

Après m'avoir révélé cela, Hatsumomo me donna un petit coup de pied. Je m'écartai de son chemin.

# 7

Je ne connaissais pas ce mot : « jorou-ya ». Le lendemain matin, je dus aider Tatie à nettoyer un nécessaire
de couture, qu'elle avait posé sur le sol de l'entrée. J'en
profitai pour lui demander :

— Tatie, qu'est-ce qu'un « jourou-ya » ?

Elle continua à enrouler du fil sur une bobine, sans
répondre.

— Tatie ? dis-je de nouveau.

— C'est le genre d'endroit où finira Hatsumomo si
elle a ce qu'elle mérite, répliqua Tatie.

Elle ne semblait pas disposée à m'en dire plus pour
le moment. Et je ne pouvais me permettre d'insister.

Tatie ne m'avait pas répondu. Toutefois, je sentais
que ma sœur souffrait encore plus que moi. Il me faudrait trouver le Tatsuyo, dès que l'occasion se présenterait. Mais comment allais-je m'y prendre ? La question ne
se posa pas, car on m'interdit de sortir de l'okiya pendant
cinquante jours, pour avoir abîmé le kimono de
Mameha. Je pouvais aller à l'école, si Pumpkin m'accompagnait, mais je n'avais plus le droit de faire les
courses. J'aurais sans doute pu sortir n'importe quand,
mais je jugeai plus prudent de m'en abstenir. Pour
commencer, j'ignorais où se trouvait le Tatsuyo. Pire, dès
qu'on s'apercevrait de mon absence, on enverrait
M. Bekku ou quelqu'un d'autre à ma recherche. Une

jeune servante s'était enfuie de l'okiya voisine, il y avait deux mois de ça. Ils l'avaient ramenée dès le lendemain. Pendant trois jours, ils l'avaient cruellement battue. Elle avait poussé des cris affreux. Il m'était arrivé de me boucher les oreilles pour ne pas l'entendre hurler.

Je décidai d'attendre cinquante jours. Au-delà de cette date, je serais à nouveau autorisée à sortir. Dans l'intervalle, je m'efforçai de trouver divers moyens de me venger de la cruauté de Granny et d'Hatsumomo. Cette dernière vit sa crème pour le visage additionnée de déjections de pigeon, que je ramassai sur les dalles de la cour chaque fois qu'on m'envoyait les nettoyer. Cette crème contenait déjà des excréments de rossignol, je l'ai dit. Aussi ne lui faisais-je peut-être aucun mal. Cela me procurait néanmoins une certaine satisfaction. Quant à Granny, je me vengeai d'elle en passant le balai des toilettes sur l'intérieur de sa chemise de nuit. Et j'étais ravie de la voir renifler ce vêtement, perplexe, sans toutefois en changer. Je ne tardai pas à découvrir que la cuisinière avait jugé ma punition trop douce : elle réduisit ma ration bimensuelle de poisson salé, cela sur sa propre initiative. Je ne trouvai aucun moyen de le lui faire payer, jusqu'au jour où je la vis chasser une souris dans le couloir avec un maillet. Eût-elle été un chat, elle n'eût pas davantage détesté les souris. Aussi allai-je chercher des crottes de souris sous la grande maison et les éparpillai-je dans la cuisine. Une fois, j'allai même jusqu'à trouer le bas d'un sac de riz avec une baguette. Ainsi, la cuisinière serait-elle obligée de vider tous ses placards, pour voir si les rongeurs avaient sévi ailleurs.

\*
\* \*

Un soir où je veillais, attendant le retour d'Hatsumomo, j'entendis le téléphone sonner. Peu après, Yoko monta à l'étage. Elle redescendit avec la boîte en laque servant à transporter le shamisen d'Hatsumomo. A l'intérieur se trouvait l'instrument démonté.

— Tu vas devoir apporter cela à la maison de thé

Mizuki, me dit-elle. Hatsumomo a perdu un pari et doit jouer un air au shamisen. La maison Mizuki a voulu lui en prêter un, mais Hatsumomo a refusé. Je ne sais pas ce qui lui prend. Elle retarde le moment de jouer, j'imagine, vu qu'elle n'a pas touché cet instrument depuis des années.

Visiblement, Yoko ne savait pas que j'étais consignée à l'okija. Ce qui ne me surprit pas. On la laissait rarement sortir du quartier des servantes, de crainte qu'elle ne rate un coup de téléphone important. Elle ne participait pas à la vie de l'okiya. Je pris le shamisen qu'elle me tendait. Yoko enfila son manteau, prête à partir. Elle m'expliqua où se trouvait la maison de thé Mizuki. Je mis mes chaussures, inquiète à l'idée qu'on pourrait me surprendre. Tout le monde dormait — les servantes, Pumpkin, Granny, Mère, et Tatie. Yoko allait partir d'ici à quelques minutes. J'avais le sentiment que je tenais enfin ma chance. Je pouvais aller à la recherche de ma sœur.

J'entendis tonner. L'air sentait la pluie. Aussi me hâtai-je à travers les rues, passant devant des groupes d'hommes et de geishas. Plusieurs personnes me regardèrent d'un drôle d'air, car il y avait encore des porteurs de shamisen, à cette époque — des gens âgés, jamais des enfants. Certains de ces noctambules ont dû penser que j'avais volé le shamisen, et que je m'enfuyais avec.

Lorsque j'arrivai à la maison de thé Mizuki, la pluie commençait à tomber. L'entrée était si élégante, que j'osai à peine y poser le pied. Il y avait un petit rideau, dans l'embrasure de la porte. Derrière, j'aperçus des murs orangés, avec des lambris de bois sombre. Au bout d'un passage pavé de pierres lisses, un très grand vase, avec des branches d'érable tourmentées. Ces branches avaient encore leurs feuilles d'automne, d'un rouge éclatant. Je pris mon courage à deux mains, franchis la limite du petit rideau. Sur la droite du bouquet, s'ouvrait un grand vestibule au sol de granit brut. Le passage que j'avais trouvé si somptueux n'était pas l'entrée de la maison de thé, mais seulement le chemin y conduisant ! Ce vestibule était d'un raffinement exquis — ce qui n'avait rien d'étonnant, car je venais de pénétrer, sans le savoir, dans l'une des plus grandes maisons de thé du Japon. Or une maison de thé n'est pas un endroit où l'on vient boire du thé. Les hommes viennent s'y divertir, au milieu des geishas.

Dès que je posai le pied dans l'entrée, la porte coulissante s'ouvrit devant moi. Une jeune servante, agenouillée sur le plancher surélevé, baissa les yeux vers moi. Elle devait avoir entendu mes chaussures en bois résonner sur le sol de pierre. Elle portait un magnifique kimono bleu foncé, avec un motif simple de couleur grise. Un an plus tôt, je l'aurais prise pour la jeune maîtresse de ce luxueux établissement. Mais à présent, après plusieurs mois passés à Gion, je vis que son kimono n'était pas aussi beau que ceux des geishas, ou des maîtresses de maison de thé. Sa coiffure non plus n'avait rien de recherché. Toutefois, elle était bien plus élégante que moi, et elle me regarda de haut.

— Passe par la porte de derrière, dit-elle.

— Hatsumomo a demandé que...

— Passe par-derrière ! répéta-t-elle.

Puis elle me tira la porte coulissante sous le nez sans me laisser le temps de répondre.

La pluie tombait plus fort à présent. Aussi je courus dans l'étroit passage, le long de la maison de thé. La porte de derrière s'ouvrit en coulissant quand j'arrivai. Je retrouvai la même servante agenouillée là, qui m'attendait. Elle ne dit pas un mot. Elle se contenta de prendre la boîte que j'avais dans les bras.

— Mademoiselle, murmurai-je, puis-je vous demander ?... Pouvez-vous me dire où se trouve le quartier de Miyagawa-cho ?

— Pourquoi veux-tu aller là-bas ?

— J'ai quelque chose à récupérer.

Elle me lança un drôle de regard, puis elle me dit de longer le fleuve. Quand j'aurais dépassé le théâtre Minamiza, je serais dans Miyagawa-cho.

Je décidai de rester sous les avant-toits de la maison de thé jusqu'à ce que la pluie s'arrête. Comme j'étais là, scrutant les alentours, j'aperçus une aile de la maison à travers la clôture, sur ma gauche. Je collai un œil contre la claire-voie. Je vis un jardin magnifique. Et au fond du jardin une fenêtre illuminée. A l'intérieur, une très belle pièce avec des tatamis, baignée d'une lumière orange. Autour d'une table couverte de tasses de saké et de verres de bière, étaient assis des hommes et des geishas. Hatsumomo était là, ainsi qu'un vieil homme aux yeux chassieux, qui semblait raconter une histoire. Hatsumomo s'amusait de quelque chose, mais visiblement pas des propos du vieillard. Elle avait les yeux fixés sur une autre geisha, dont je ne voyais que le dos. Je me souvins de la fois où j'avais espionné les occupants d'une maison de thé, avec Kuniko, la fille de M. Tanaka. Et je ressentis cette impression de lourdeur qui m'avait saisie le jour où je m'étais retrouvée devant les tombes de la première femme de mon père et de leurs enfants, comme si la terre essayait de m'aspirer. Une pensée s'imposa à moi avec une telle force, que je ne pus la chasser, tout comme le vent ne peut s'empêcher de souffler. Je reculai, m'écroulai sur la marche de pierre de l'entrée, dos à la porte, et me mis à pleurer. Je ne pouvais m'empêcher de songer à M. Tanaka. Il m'avait arrachée à mon père et à ma mère, il m'avait vendue comme une esclave, il avait vendu ma sœur à des fins encore plus noires. Moi qui l'avais pris pour un homme gentil, raffiné, cultivé. Quelle idiote j'avais été ! Je décidai ne jamais retourner à Yoroido, et si j'y retournai, ce serait seulement pour dire à M. Tanaka combien je le haïssais.

Lorsque enfin je me levai et essuyai mes yeux avec mon kimono mouillé, la pluie s'était muée en une petite bruine. Les pavés de la ruelle brillaient d'un éclat doré, sous la lumière des lanternes. Je revins sur mes pas, traversai le quartier de Tominaga-cho. Je marchai jusqu'au théâtre Minamiza. Je reconnus le toit de tuiles, gigantesque, qui m'avait fait penser à un palais, le jour où M. Bekku nous avait amenées à Gion, Satsu et moi. La servante de la maison de thé Mizuki m'avait dit de longer le fleuve au-delà du Minamiza. Cependant, la route qui bordait le fleuve s'arrêtait au niveau du théâtre. Aussi pris-je la rue derrière le Minamiza. Après quelques centaines de mètres, je me retrouvai dans une zone sans éclairage, presque déserte. Je l'ignorais, à ce moment-là, mais les rues étaient vides à cause de la dépression des années trente. A n'importe quelle autre époque, le quartier de Miyagawa-cho aurait été animé, peut-être même plus que Gion. Mais ce soir-là, je trouvai ce quartier affreusement triste — il l'a toujours été, je pense. Les façades en bois ressemblaient à celles des maisons de Gion, mais il n'y avait ni arbres, ni belles entrées. Et puis le Shirakawa, ce joli cours d'eau, ne traversait pas Miyagawa-cho. Les seules lumières venaient d'ampoules électriques, à l'entrée des maisons, dont les portes étaient ouvertes. De vieilles dames étaient assises sur des tabourets, sous les porches, souvent en compagnie de deux ou trois femmes, debout dans la rue. Je pris ces dames pour des geishas. Elles portaient des kimonos, elles avaient des ornements dans les cheveux. Toutefois, elles attachaient leur obi devant, et non dans le dos. Chose que je n'avais encore jamais vue, et dont je ne compris pas la signification, mais qui était le signe distinctif des prostituées. Une femme, qui doit ôter puis remettre son obi toute la soirée, ne peut prendre le temps de le rattacher chaque fois dans son dos.

L'une de ces femmes m'expliqua comment aller au Tatsuyo, qui se trouvait dans une ruelle sans issue, comptant seulement trois autres bâtisses. Chaque maison avait une pancarte près de la porte, indiquant son nom. Ce que j'éprouvai en lisant le mot « Tatsuyo », gravé sur l'une de ces pancartes, est inexprimable. J'eus des fourmillements dans tout le corps, comme si j'allais exploser. A l'entrée du Tatsuyo, une vieille dame était assise sur un tabouret. Elle discutait avec une femme beaucoup plus jeune qu'elle, également assise sur un tabouret, de l'autre côté de la ruelle. Enfin, elle monologuait devant elle. La vieille femme était adossée au montant de la porte, son kimono gris en partie ouvert, ses pieds sortis de ses zoris. C'étaient des zoris en paille grossièrement tissée, comme on aurait pu en voir à Yoroido, sans rapport avec les superbes zoris laqués d'Hatsumomo. Et puis la vieille femme était nu-pieds. Elle ne portait pas de « tabi » en soie. Malgré cela elle montrait ses pieds aux ongles mal coupés, comme si elle en était fière et voulait être sûre que vous les remarquiez.

— Plus que trois semaines. Après j'arrête, dit-elle. La maîtresse pense que je vais continuer, mais elle se fait des illusions. La femme de mon fils va bien s'occuper de moi. Elle est un peu sotte, mais le travail ne lui fait pas peur. Tu l'as rencontrée ?

— Je ne me souviens pas, dit la jeune femme, de l'autre côté de la rue. Il y a une petite fille qui veut te parler. Tu ne la vois donc pas ?

Pour la première fois, la vieille femme me regarda. Elle ne dit rien, mais elle hocha la tête, me signifiant qu'elle était prête à m'écouter.

— S'il vous plaît, madame, dis-je, vous avez une fille, ici, qui s'appelle Satsu ?

— Nous n'avons pas de Satsu ici.

Cette réponse me laissa muette de stupéfaction. Mais la vieille femme sembla soudain se réveiller, car un homme passait devant moi et entrait dans la maison. Elle se leva et s'inclina vers lui plusieurs fois, les mains sur les genoux.

— Soyez le bienvenu, lui dit-elle.

Après qu'il fut entré, elle se rassit sur le tabouret et sortit à nouveau ses pieds.

— Pourquoi tu restes là ? s'exclama la vieille femme. Je t'ai dit que nous n'avions pas de Satsu, dans cette maison.

— Mais si, il y a une Satsu chez vous, dit la jeune femme, de l'autre côté de la ruelle. Votre Yukiyo. Elle s'appelle Satsu, je m'en souviens.

— Possible que nous ayons une Satsu, répliqua la vieille. Mais pas pour cette petite fille, en tout cas. Je ne vais pas m'attirer des ennuis pour rien.

Je ne vis pas tout de suite ce qu'elle entendait par là. Puis la jeune femme dit que je n'avais sans doute pas un sen sur moi — ce qui était vrai. Et là je compris. Le sen — un centième de yen — était encore en circulation à l'époque, même si un sen n'eût pas suffi à acheter une tasse de thé vide à un vendeur ambulant. Depuis mon arrivée à Kyoto, je n'avais pas eu la moindre petite pièce en main. Quand je faisais des courses, je demandais qu'on mît la note sur le compte de l'okiya Nitta.

— Si c'est de l'argent que vous voulez, dis-je, Satsu vous paiera.

— Pourquoi devrait-elle payer pour parler à une fille comme toi ?

— Je suis sa petite sœur.

La vieille me fit signe d'approcher. Puis elle me prit par les bras, et me fit pivoter sur moi-même.

— Tu as vu cette fille, dit-elle, à la femme, de l'autre côté de la ruelle. Est-ce qu'elle a l'air d'être la petite sœur de Yukiyo ? Si notre Yukiyo était aussi belle, nous serions la maison la plus courue de la ville ! Tu es une menteuse, voilà ce que tu es.

Là-dessus, elle me poussa doucement dans la ruelle.

J'avoue que j'avais peur. Mais j'étais plus déterminée qu'effrayée. J'étais venue jusqu'ici. Je n'allais sûrement pas repartir parce que cette femme ne me croyait pas ! Aussi me retournai-je, lui fis-je une révérence, et lui dis-je :

— Pardonnez-moi si j'ai l'air de mentir, madame. Mais je dis la vérité. Yukijo est ma sœur. Si vous êtes assez gentille pour lui indiquer que sa Chiyo est là, elle vous donnera tout l'argent que vous voudrez.

Ce devait être la chose à dire, car finalement elle se tourna vers la jeune femme, de l'autre côté de la ruelle.

— Tu n'as qu'à monter à ma place. Tu ne fais pas grand-chose, ce soir. En plus, mon cou me fait mal. Je vais rester ici, et garder l'œil sur cette fille.

La jeune femme se leva de son tabouret, traversa la ruelle, et entra dans le Tatsuyo. Je l'entendis monter des escaliers. Finalement elle redescendit et déclara :

— Yukijo a un client. Quand elle aura fini, quelqu'un lui dira de descendre.

La vieille femme m'ordonna de m'accroupir de l'autre côté de la porte, dans l'ombre, afin qu'on ne me voie pas. J'ignore combien de temps je restai là, mais j'avais très peur qu'on ne découvre mon absence, à l'okiya. J'avais une raison pour avoir quitté la maison, mais je n'avais aucune excuse pour être restée aussi longtemps dehors. Aussi Mère serait-elle fâchée contre moi. Finalement un homme apparut, se curant les dents avec une petite pique en bois. La vieille femme se leva pour le saluer. Elle le remercia d'être venu. Là-dessus j'entendis la chose la plus agréable que j'eusse entendue depuis mon arrivée à Kyoto.

— Vous vouliez me voir, madame ?

C'était la voix de Satsu.

Je bondis et courus vers ma sœur. Elle se tenait dans l'embrasure de la porte. Sa peau me parut grise — ou bien était-ce le contraste avec son kimono, un vêtement dans des tons de rouge et jaune criard ? Elle avait un rouge à lèvres très vif, comme Mère. Elle attachait son obi, sur le devant, comme les femmes que j'avais croisées en venant. J'éprouvai un tel soulagement et une telle excitation à sa vue ! Je dus me brider pour ne pas me jeter dans ses bras. Satsu poussa un cri et mit sa main sur sa bouche.

— La maîtresse va se fâcher après moi, déclara la vieille femme.

— Je reviens tout de suite, lui dit Satsu.

Elle redisparut à l'intérieur du Tatsuyo. Une minute plus tard, elle redescendait. Elle laissa tomber quelques pièces dans la main de la femme, qui lui dit de m'emmener dans la chambre vide du premier.

— Et si tu m'entends tousser, ajouta la femme, ça voudra dire que la maîtresse arrive. Maintenant, file.

Je suivis Satsu dans l'entrée glauque du Tatsuyo. La lumière était plus marron que jaune, l'air sentait la sueur. Sous l'escalier, il y avait une porte coulissante sortie de son rail. Satsu tira dessus pour l'ouvrir. Puis elle passa un certain temps à la refermer. Nous étions dans une petite pièce avec des tatamis et une seule fenêtre, dotée d'un store en papier. L'éclairage du dehors me permit de discerner la silhouette de Satsu mais pas son visage.

— Oh, Chiyo, dit-elle.

Elle porta la main à son visage pour se gratter. Ou du moins, je crus qu'elle se grattait, car je ne voyais pas grand-chose. Je finis par comprendre qu'elle pleurait. Je n'eus alors plus la force de retenir mes larmes.

— Pardonne-moi, Satsu ! lui dis-je. Tout est ma faute.

Nous titubâmes l'une vers l'autre, dans le noir. Nous nous étreignîmes. Je la trouvai très maigre. Elle me caressa les cheveux comme le faisait ma mère. Et cela fit monter en moi un geyser de larmes. J'avais les yeux noyés d'eau salée, comme si j'avais plongé dans l'océan.

— Chut, Chiyo-chan, me souffla-t-elle.

Son visage fut soudain si près du mien que je sentis son haleine — une haleine fétide — quand elle me parla.

— On va me battre, si la maîtresse apprend que tu es venue. Pourquoi tu as mis si longtemps ?

— Oh, Satsu, pardonne-moi ! Je sais que tu es venue à l'okiya...

— Il y a des mois de ça.

— La femme que tu as vue est un monstre. Elle a attendu des semaines avant de me donner ton message.

— Je vais m'enfuir, Chiyo. Je ne supporte plus cet endroit.

— Je vais venir avec toi !

— J'ai un horaire de train caché sous le tatami, en haut. J'ai volé de l'argent chaque fois que j'ai pu. J'en ai assez pour rembourser Mme Kishino. Ils la battent, chaque fois qu'une fille s'enfui. Elle ne me laissera pas partir, si je ne lui donne pas d'argent.

— Mme Kishino... qui est-ce ?

— La vieille femme, à la porte. Elle va partir. Je ne sais pas qui va la remplacer. Je ne peux plus attendre ! C'est horrible, ici. Ne finis jamais dans un endroit comme ça, Chiyo ! Et maintenant pars. La maîtresse peut arriver d'une minute à l'autre.

— Attends. Quand est-ce qu'on s'enfuit ?

— Ne bouge pas. Ne fais pas de bruit. Il faut que je monte un petit moment.

Je fis ce qu'elle me dit. Pendant qu'elle était partie, j'entendis la vieille femme saluer un homme, à l'entrée. Puis j'entendis les pas lourds de cet homme qui montait l'escalier, au-dessus de ma tête. Quelqu'un ne tarda pas à redescendre. La porte s'ouvrit. J'eus un moment de panique, mais ce n'était que Satsu. Elle était toute pâle.

— Mardi. On va s'enfuir mardi, tard le soir. C'est dans cinq jours. Il faut que je retourne là-haut, Chiyo. Un homme vient d'arriver. Pour moi.

— Attends, Satsu. Où est-ce qu'on se retrouve ? A quelle heure ?

— Je ne sais pas... une heure du matin. Mais je ne sais pas où.

Je proposai le théâtre Minamiza. Satsu jugea que c'était risqué : on pouvait nous repérer. Nous décidâmes de nous retrouver juste en face, sur l'autre rive du fleuve.

— Il faut que j'y aille, maintenant, dit-elle.

— Mais, Satsu... si je ne peux pas sortir ? Ou si on ne se retrouve pas ?

— Sois là, Chiyo ! Je n'aurai pas d'autre occasion. Et je n'aurai pas le courage d'attendre plus longtemps. Vas-y, maintenant, avant que la maîtresse ne revienne. Si elle te surprend ici avec moi, il se peut que je ne puisse plus jamais m'enfuir.

J'avais tant de choses à lui dire, mais elle m'entraîna avec elle dans le couloir. Satsu referma la porte, tirant violemment dessus. Je l'aurais bien regardée monter l'escalier, mais aussitôt la vieille femme m'attrapa par le bras et me renvoya dans la rue sombre.

\*
\* \*

Je courus tout le long du chemin. Quel soulagement de retrouver l'okiya aussi calme que tout à l'heure ! Je me glissai subrepticement à l'intérieur, et m'agenouillai dans l'entrée faiblement éclairée. Je tapotai ma manche de kimono sur mon cou et mon front pour éponger ma sueur, tout en m'efforçant de retrouver mon souffle. Mon escapade étant passée inaperçue, je commençais à me calmer, quand je vis la porte du quartier des servantes entrebâillée. Assez pour y glisser un bras. Mon sang se figea. Nous laissions toujours cette porte fermée. Excepté en été. Je crus entendre un bruissement à l'intérieur.

C'était soit un rat, soit à nouveau Hatsumomo et son amant. Je regrettai d'être allée à Miyagawa-cho. Et ce avec une telle force, que j'aurais sans doute inversé le cours du temps, si ç'avait été faisable. Je me levai, puis je longeai le passage, à pas de loup, folle d'inquiétude, la gorge sèche comme un vieux parchemin. J'arrivai finalement devant la porte du quartier des servantes, et collai mon œil dans l'entrebâillement. Je ne vis pas grand-chose. En début de soirée, Yoko avait fait un feu dans le brasero, pour chasser l'humidité. Les charbons ne donnaient plus qu'une faible lueur. Et, dans cette pénombre, s'agitait une petite chose pâle. Je faillis pousser un cri quand je la vis. C'était un rat, sans nul doute. Sa tête allait et venait, comme s'il grignotait quelque chose. Pis : je l'entendais faire des bruits mouillés. Il était un peu au-dessus du sol, mais je n'aurais su dire sur quoi il avait grimpé. Tendus vers moi, deux gros tubes. Sans doute des rouleaux de tissu. Le rat avait dû se frayer un passage en grignotant le drap entre les deux rouleaux, les écartant au passage. Il mangeait un reste de nourriture, que Yoko avait dû laisser traîner. J'allais fermer la porte, de peur que le rat ne me suive dans le passage, quand j'entendis une femme gémir. Une tête se dressa derrière le rat, et Hatsumomo me regarda droit dans les yeux. Je sursautai, reculai d'un pas. Les rouleaux de tissu, c'étaient ses jambes. Quant au rat, c'était la main pâle de son petit ami, sortant de sa manche.

— Qu'est-ce que c'est ? dit la voix du petit ami. Il y a quelqu'un ?

— Ce n'est rien, souffla Hatsumomo.

— Si, il y a quelqu'un.

— Mais non, il n'y a personne. Moi aussi, j'ai cru entendre quelque chose, mais je me suis trompée.

Hatsumomo m'avait vue, aucun doute là-dessus. Mais elle ne voulait pas que son amant le sache. A la hâte, je retournai m'agenouiller dans l'entrée, aussi secouée que si j'avais manqué me faire renverser par un tramway. Pendant quelques minutes, j'entendis des grognements et des gémissements dans le quartier des servantes, puis les bruits cessèrent. Le couple finit par

sortir. Une fois dans le passage, le petit ami d'Hatsumomo braqua son regard sur moi.

— La fille, dans l'entrée, dit-il, elle n'était pas là
quand je suis arrivé.

— Oh, ne fais pas attention à elle. Elle s'est mal
conduite, ce soir. Elle est sortie de l'okiya alors qu'elle
n'avait pas le droit. Je réglerai ça avec elle plus tard.

— Il y avait donc bien quelqu'un qui nous espion-
nait. Pourquoi m'as-tu menti ?

— Koichi-san, dit-elle, tu es de si mauvaise humeur,
ce soir !

— Tu n'es pas du tout surprise de la voir. Tu savais
depuis le début qu'elle était là !

Le petit ami d'Hatsumomo se dirigea vers l'entrée à
grands pas. Il s'arrêta devant moi, me lança un regard
mauvais. Je gardai les yeux baissés, mais je me sentis
rougir. Hatsumomo passa devant moi en toute hâte. Elle
se précipita pour aider son amant à mettre ses chaussures. Je l'entendis lui parler sur un ton que je ne lui
connaissais pas, un ton presque plaintif.

— Koichi-san, s'il te plaît, calme-toi, dit-elle. Je ne
sais pas ce que tu as ce soir ! Reviens demain...

— Non.

— Je n'aime pas que tu me fasses attendre longtemps. Je te retrouverai où tu voudras, même au fond du
fleuve !

— Je n'ai aucun endroit où te retrouver. Ma femme
me surveille déjà bien assez comme ça.

— Alors reviens ici. On a la pièce des servantes.

— Oui, si tu aimes t'introduire dans les maisons
clandestinement et te faire mater ! Laisse-moi partir, Hatsumomo. Je veux rentrer chez moi.

— Ne sois pas fâché après moi, Koichi-san. Je ne
sais pas pourquoi tu te mets dans cet état ! Dis-moi que
tu vas revenir, même si ce n'est pas demain.

— Un jour, je ne vais plus revenir. Je te l'ai dit
depuis le début.

J'entendis la porte extérieure s'ouvrir, se refermer.
Au bout d'un moment, Hatsumomo revint dans l'entrée

et resta là, à fixer le passage, devant elle. Finalement, elle se tourna vers moi et s'essuya les yeux.

— Bien, petite Chiyo, dit-elle. Tu es allée voir ton horrible sœur, n'est-ce pas ?

— Hatsumomo-san, je vous en prie.

— Et puis tu es revenue ici m'espionner ! dit Hatsumomo.

Elle avait parlé si fort qu'elle réveilla l'une des vieilles servantes, qui se haussa sur un coude pour nous regarder.

— Rendors-toi, espèce de vieille sotte ! lui cria Hatsumomo.

La bonne secoua la tête, se rallongea sur sa couche.

— Hatsumomo-san, je ferai tout ce que vous voudrez, dis-je. Je ne veux pas avoir de problèmes avec Mère.

— Evidemment que tu feras ce que je voudrai ! La question ne se pose même pas. Tu es déjà en mauvaise posture.

— J'ai dû sortir pour vous apporter le shamisen.

— C'était il y a plus d'une heure. Tu es allée voir ta sœur, vous avez décidé d'une stratégie pour vous enfuir. Tu me prends pour une idiote ? Et puis tu es revenue ici m'espionner !

— Pardonnez-moi, je vous en prie. Je ne savais pas que c'était vous qui étiez là ! Je pensais que c'était...

Un rat, aurais-je voulu ajouter. Mais sans doute l'eût-elle mal pris.

Elle me toisa d'un air dubitatif pendant quelques instants, puis elle monta dans sa chambre. Quand elle redescendit, elle serrait quelque chose dans son poing.

— Tu veux t'enfuir avec ta sœur, n'est-ce pas ? dit-elle. Je crois que c'est une bonne idée. Plus vite tu quitteras l'okiya, mieux ce sera pour moi. Certains pensent que je n'ai pas de cœur, mais ils se trompent. C'est touchant de vous imaginer, toi et cette grosse vache, essayant de survivre, seules en ce bas monde ! Plus tôt tu t'en vas, mieux c'est pour moi. Lève-toi.

Je me levai, tout en me demandant ce qu'elle allait me faire. Qu'avait-elle dans la main ? Quoi que ce fût, elle voulait le glisser sous ma ceinture. Elle avança vers moi. Je reculai d'un pas.

— Regarde, dit-elle.

Elle ouvrit la main. Apparurent des billets pliés. Je n'aurais su dire la somme exacte, mais je n'avais jamais vu autant d'argent.

— Je suis allée chercher ça pour toi dans ma chambre. Tu n'as pas besoin de me remercier. Prends-le. Et quitte Kyoto. Que je ne te revoie jamais. Ce sera ta façon de me rembourser.

Ne te fie jamais à Hatsumomo, m'avait dit Tatie, même si elle te propose son aide. Puis je me souvins à quel point Hatsumomo me haïssait, et je compris qu'elle ne m'aidait pas, en fait. Elle s'aidait elle-même, en se débarrassant de moi. Elle tendit la main vers moi. Je ne bougeai pas. Elle glissa les billets sous ma ceinture. Je sentis ses ongles laqués frôler ma peau. Elle me fit pivoter sur moi-même et resserra mon habit, pour que l'argent ne glisse pas. Après quoi elle fit une chose invraisemblable. Elle me tourna à nouveau face à elle, et se mit à me caresser la joue, avec une expression presque maternelle. L'idée qu'Hatsumomo puisse se conduire gentiment avec moi était grotesque ! J'avais l'impression qu'un serpent venimeux s'était dressé sur sa queue pour se frotter contre moi, tel un chat. Et soudain elle serra les dents, telle une furie, saisit une grosse poignée de mes cheveux, et tira dessus avec une telle violence que je tombai à genoux et hurlai. Je ne comprenais pas ce qui se passait. Mais déjà Hatsumomo m'avait remise debout. Elle m'entraînait vers l'escalier en tirant mes cheveux dans un sens, puis dans l'autre. Elle me criait après, furieuse, et moi je hurlais si fort, qu'on devait réveiller toute la rue.

Une fois en haut, Hatsumomo tambourina à la porte de Mère et lui cria d'ouvrir. Mère ouvrit très vite, nouant sa ceinture autour de sa taille, l'air ulcéré.

— Qu'est-ce que vous avez, toutes les deux ! dit-elle.

— Mes bijoux ! s'écria Hatsumomo. Cette idiote, cette idiote de fille !

Elle se mit à me taper dessus. Je me réfugiai sur le plancher, roulée en boule, je lui criai d'arrêter. Finalement, Mère réussit à refréner quelque peu ses ardeurs assassines. Entre-temps, Tatie l'avait rejointe sur le palier.

— Oh, Mère ! dit Hatsumomo. En rentrant à l'okiya, ce soir, j'ai cru voir la petite Chiyo parler à un homme, au bout de la rue. Cela ne m'a pas inquiétée, car je savais que ça ne pouvait pas être elle. Elle n'a pas le droit de sortir de l'okiya. Puis je suis montée dans ma chambre, et j'ai trouvé mon coffret à bijoux sens dessus dessous. Je suis redescendue à temps pour voir Chiyo donner quelque chose à l'homme. Elle a essayé de s'enfuir, mais je l'ai rattrapée !

Mère resta silencieuse un long moment, à me regarder.

— L'homme a filé, poursuivit Hatsumomo, mais Chiyo a dû vendre certains de mes bijoux pour se faire de l'argent. Elle veut s'enfuir de l'okiya, Mère. Après tout ce que nous avons fait pour elle !

— Très bien, Hatsumomo, dit Mère. Ça suffit. Va dans ta chambre avec Tatie, et voyez ce qu'il manque.

J'étais restée assise par terre. Dès que je me retrouvai seule avec Mère, je levai les yeux vers elle et lui soufflai :

— Ce n'est pas vrai, Mère ! Hatsumomo était dans le quartier des servantes avec son petit ami. Quelque chose l'a mise en colère, et elle s'en prend à moi. Je ne lui ai rien volé !

Mère ne répondit pas. Je ne suis même pas sûre qu'elle m'entendît. Hatsumomo ne tarda pas à ressortir. Elle annonça qu'il lui manquait une broche, qu'elle avait l'habitude de mettre sur son obi.

— Ma broche d'émeraudes, Mère ! dit-elle, plusieurs fois, pleurnichant comme une bonne comédienne. Elle a vendu ma broche d'émeraudes à cet horrible type ! C'était « ma broche » ! Comment a-t-elle osé me voler une chose pareille !

— Fouille-la, dit Mère.

Un jour, à cinq ou six ans, je me souviens d'avoir regardé une araignée tisser sa toile dans un coin de la maison. Avant même qu'elle ne l'ait achevée, un moustique s'est pris dedans. Au début, l'araignée ne lui a prêté aucune attention, poursuivant tranquillement sa besogne. Elle a attendu d'avoir fini pour s'approcher subrepticement, sur ses pattes pointues, et injecter son venin au pauvre moustique. Assise là, sur le plancher, je regardai Hatsumomo tendre vers moi ses doigts délicats, et je me vis prise dans la toile qu'elle avait tissée pour moi. Comment expliquer d'où venait l'argent caché sous ma ceinture ? Hatsumomo récupéra les billets. Mère les lui prit des mains et les compta.

— Tu es vraiment bête d'avoir vendu une broche en émeraude pour une aussi petite somme, me dit-elle, surtout que ça va te coûter bien plus cher de la remplacer.

Mère glissa l'argent sous sa ceinture. Puis elle dit à Hatsumomo :

— Tu as laissé rentrer ton petit ami dans l'okiya, ce soir.

Hatsumomo en resta interdite, mais elle s'écria :

— Qu'est-ce qui a pu vous donner une idée pareille, Mère ?

Il y eut un long silence, puis Mère dit à Tatie :

— Tiens-lui les bras.

Tatie se plaça derrière Hatsumomo et lui tint les bras dans le dos, pour l'immobiliser. Mère défit le kimono d'Hatsumomo au niveau de la cuisse. Je pensai que la geisha allait résister, mais elle se laissa faire. Elle me lança un regard glacial, quand Mère remonta le « koshi-maki », puis lui écarta les genoux. Mère glissa une main entre les jambes d'Hatsumomo, et quand elle la retira, ses doigts étaient mouillés. Pendant un moment, elle fit glisser son pouce sur le bout de ses doigts, puis elle les sentit. Après quoi sa main partit en arrière, et elle gifla Hatsumomo, laissant une traînée humide sur sa joue.

# 8

Le lendemain matin, Hatsumomo n'était pas la seule à être en colère après moi. Je dus également subir la rancune des servantes. En effet, Mère les priva de poisson séché pendant six semaines, pour avoir toléré la présence du petit ami d'Hatsumomo dans l'okiya. Je ne pense pas que les servantes m'en auraient voulu davantage si je leur avais pris du riz dans leur bol. Quant à Pumpkin, elle se mit à pleurer, en apprenant la punition ordonnée par Mère. On me lançait des regards noirs. Et puis j'allais devoir rembourser une broche en émeraudes que je n'avais jamais eue entre les mains, que je n'avais même jamais vue. Sans parler de mes autres dettes. Toutefois, cela m'atteignait bien moins que vous ne pourriez le penser. Tout événement qui me rendait la vie plus difficile ne faisait que renforcer ma détermination à m'enfuir.

Mère me croyait-elle réellement coupable de ce larcin ? Sans doute pas. Néanmoins, elle se réjouit d'acheter une nouvelle broche à Hatsumomo sur mes deniers, afin de calmer la geisha. En revanche, Mère ne doutait pas que je fus sortie de l'okiya : Yoko le lui avait confirmé. Quand j'appris que Mère avait donné l'ordre de verrouiller la porte d'entrée pour m'empêcher de sortir, je me sentis dépérir. Comment allais-je m'échapper, à présent ? Seule Tatie avait une clé, et elle la gardait autour du cou, même la nuit. En outre, Pumpkin se vit confier la tâche d'attendre le soir dans le vestibule, et de réveiller Tatie quand Hatsumomo rentrait.

Allongée sur mon futon, le soir, j'essayais de forger des plans. Mais le lundi, la veille du jour où Satsu et moi devions nous enfuir, je n'avais toujours pas trouvé le moyen de sortir de l'okiya. J'étais tellement abattue, que je n'avais plus la moindre énergie pour travailler. Les servantes me houspillaient, car je passais la serpillière sur le parquet que j'étais censée cirer, je balayais le couloir que j'étais censée laver. Lundi après-midi, je restai un long moment dans la cour, feignant d'arracher les mauvaises herbes. En réalité, j'étais accroupie là à broyer du noir. Puis une servante me demanda de laver le plancher dans leur quartier, et il se produisit une chose étonnante. J'essorai la serpillière au-dessus du sol, mais au lieu de couler en filet vers la porte, comme je m'y attendais, l'eau dériva jusque dans un coin de la pièce.

— Yoko, regarde, dis-je. L'eau monte !

Elle ne montait pas vraiment, bien entendu. C'était une impression. Ce phénomène me stupéfia. J'essorai à nouveau ma serpillière, rien que pour voir l'eau couler dans le même coin. Et par association d'idées, je me vis « couler », moi aussi, jusque sur le palier du deuxième étage. Et de là, en haut de l'échelle, par l'ouverture de la trappe, puis sur le toit, à côté du réservoir d'eau de pluie.

Le toit ! Cette idée me stupéfia, au point que j'en oubliai complètement mon environnement. Lorsque le téléphone sonna, sur la table de Yoko, je faillis pousser un cri. Je ne savais pas trop ce que je ferais, une fois sur le toit, mais si je réussissais à redescendre de là-haut, peut-être arriverais-je à temps à mon rendez-vous avec Satsu.

*
* *

Le lendemain soir, en me couchant, je bâillai tant que je pus, et me jetai lourdement sur mon futon, comme si j'étais un sac de riz. Quiconque m'aurait vue aurait cru que j'allais m'endormir dans la minute, alors que j'étais parfaitement réveillée. Je restai étendue là un long moment. Je pensai à ma maison ivre. Je me demandai quelle tête ferait mon père, quand il lèverait les yeux de la table et me verrait debout sur le seuil. Les poches sous ses yeux s'affaisseraient, et il se mettrait à pleurer. Ou bien sa bouche prendrait cette forme étrange qu'elle prenait quand il souriait. Je ne m'autorisai pas à me représenter ma mère avec une telle acuité. Rien qu'à l'idée de la revoir, j'en avais les larmes aux yeux.

Finalement, les servantes se couchèrent sur leurs futons à côté de moi. Pumpkin s'agenouilla dans l'entrée, où elle attendrait qu'Hatsumomo rentre. J'écoutai Granny psalmodier des sutras, ce qu'elle faisait tous les soirs avant de se mettre au lit. Je la regardai se déshabiller par la porte entrebâillée. Debout à côté de son futon, elle ôta son kimono. Je ne l'avais encore jamais vue complètement nue, et cela m'horrifia. Pas seulement à cause de cette peau jaune et bosselée, sur son cou et sur ses épaules, qui rappelait celle d'un poulet plumé, mais parce que tout son corps ressemblait à un vêtement fripé. Je la vis tâtonner pour déplier la chemise de nuit qu'elle avait prise sur la table. Et, tout à coup, je la trouvai pitoyable. Sur son corps tout dégringolait, même ses mamelons, qui pendouillaient comme des bouts de doigt. Plus je la regardais, plus je me disais qu'elle devait se débattre, dans son esprit embrumé de vieille dame, avec des pensées ayant trait à ses parents. Sans doute l'avaient-ils vendue en esclavage quand elle était petite. Peut-être avait-elle perdu une sœur, elle aussi. C'était la première fois que j'éprouvais de la compassion pour Granny. Je me surpris à me demander si son enfance avait ressemblé à la mienne. Le fait qu'elle fût une vieille femme méchante et moi une petite fille qui luttait pour s'en sortir ne changeait rien à l'affaire. Est-ce qu'une vie trop dure finit immanquablement par vous rendre méchant ? Je me souvins qu'un jour, à Yoroido, un garçon m'avait poussée dans un buisson d'épines, près de l'étang. Quand je lui échappai, après l'avoir griffé, j'avais accumulé assez de rage en moi pour mordre un arbre.

Si quelques minutes de douleur avaient suffi à me rendre aussi mauvaise, qu'en serait-il après des années de souffrances réitérées ? Même les pierres finissent par céder, sous les assauts répétés de la pluie.

Si je n'avais pas déjà décidé de m'enfuir, j'aurais été terrifiée à l'idée des souffrances qui m'attendaient à Gion. Cette vie-là ferait de moi une vieille femme méchante comme Granny, sans aucun doute. Heureusement, dès le lendemain, je pourrais commencer à oublier ma vie à Gion. Je savais déjà comment arriver sur le toit. Quant à redescendre dans la rue... rien n'était joué. J'allais devoir tenter ma chance dans l'obscurité. Même si j'arrivais en bas sans me blesser, à partir de là, mes ennuis ne feraient que commencer. La vie à l'okiya avait beau être difficile, qu'allais-je trouver, une fois dehors ? Le monde était trop brutal. Comment allais-je survivre ? Je restai allongée sur mon futon pendant un moment, morte d'angoisse, me demandant si j'avais réellement le courage de tenter ma chance ailleurs... Mais Satsu m'attendait. Elle saurait quoi faire.

Il s'écoula un certain temps avant que Granny ne se couche. Les servantes ronflaient très fort, à présent. Je feignis de me retourner sur mon futon, pour jeter un coup d'œil à Pumpkin, agenouillée sur le sol, non loin de là. Je ne voyais pas bien son visage, mais j'eus l'impression qu'elle s'assoupissait. J'avais décidé d'attendre qu'elle soit endormie pour partir, mais je n'avais plus la moindre idée de l'heure qu'il était. Et puis Hatsumomo pouvait rentrer à n'importe quel moment. Je m'assis sur mon futon le plus silencieusement possible. Si on me voyait me lever, je pourrais toujours aller aux toilettes, puis revenir me coucher. Mais personne ne me prêta la moindre attention. Un kimono propre, et plié, était posé sur le sol, à côté de mon futon. Je le ramassai et me dirigeai droit vers l'escalier.

Une fois en haut, je m'arrêtai devant la porte de Mère et tendis l'oreille. Elle ne ronflait pas, généralement. Aussi ce silence ne m'apprit rien d'intéressant. Hormis le fait qu'elle ne circulait pas dans sa chambre et qu'elle ne parlait pas au téléphone. Toutefois, la pièce n'était pas plongée dans un silence complet, car son petit chien, Taku, avait une respiration sifflante. Plus je l'écoutai, plus j'eus l'impression d'entendre mon nom, dans ce souffle asthmatique : « CHI-yo ! CHI-yo ! ». Mais je ne voulais pas quitter l'okiya sans avoir la certitude absolue que Mère dormait. Aussi décidai-je de tirer un peu la porte et de jeter un coup d'œil à l'intérieur. Si Mère était réveillée, je dirais que j'avais cru l'entendre appeler. Mère dormait avec sa lampe de chevet allumée, comme Granny. J'entrebâillai légèrement la porte. Je vis ses plantes de pied toutes desséchées dépasser du futon. Taku était couché entre ses pieds. La poitrine du chien montait, descendait, et faisait ce bruit sifflant qui rappelait les deux syllabes de mon nom.

Je refermai la porte. Après quoi je me changeai dans le couloir. Il me fallait encore des chaussures — je n'avais jamais envisagé de m'enfuir sans chaussures, preuve que j'avais réellement changé, depuis l'été. Si Pumpkin n'avait pas été agenouillée dans l'entrée, j'aurais pris une paire de socques de bois — ceux qu'on mettait pour traverser le passage en terre battue. A la place, je pris les chaussures qu'on utilisait dans les toilettes du haut. Elles étaient de très mauvaise qualité, avec une simple lanière de cuir sur le dessus pour les maintenir en place. Et puis elles étaient bien trop grandes pour moi. Mais je n'avais pas le choix.

Après avoir refermé la trappe sans bruit derrière moi, je glissai ma chemise de nuit sous le réservoir d'eau. Je m'arrangeai pour grimper sur le faîte du toit, et pour m'asseoir dessus à califourchon. J'avais peur. Les voix des gens, dans la rue, semblaient venir de très loin. Mais il me fallait dominer ma peur, car à tout moment, Mère, Tatie, ou l'une des servantes, pouvait apparaître dans l'ouverture de la trappe. Je glissai mes mains dans les chaussures, pour éviter de les lâcher. Puis je me mis à avancer sur l'arête du toit, ce qui se révéla plus difficile que je ne l'avais cru. Les tuiles étaient très épaisses. Elles formaient comme une petite marche, à l'endroit où elles se chevauchaient. Et puis elles s'entrechoquaient avec un bruit cristallin à chacun de mes mouvements, à moins que je ne me déplace très lentement. Tous les bruits que je faisais résonnaient sur les toits voisins. Il me fallut plusieurs minutes pour arriver à l'autre extrémité de l'okiya. Le toit de la maison d'à côté faisait vingt centimètres de moins que le nôtre. Je me glissai dessus, puis je m'arrêtai un moment afin de chercher une issue vers la rue. Je ne vis qu'une étendue d'un noir d'encre, malgré le clair de lune. Le toit était bien trop haut et abrupt pour que je prenne le risque de me laisser glisser dessus. Je n'étais pas du tout sûre que le toit suivant serait plus praticable. Et je commençai à paniquer. Je continuai toutefois à avancer de toit en toit. J'étais presque au bout du pâté de maisons, quand j'aperçus une cour, en contrebas. Si je pouvais atteindre la gouttière, je me laisserais glisser tout du long, jusque sur le toit d'une petite remise, qui me sembla être une salle de bains. Une fois là, je pourrais aisément descendre dans la cour.

L'idée d'atterrir dans la cour d'une autre maison ne me séduisait pas particulièment. C'était une okiya, sans nul doute — il n'y avait que des okiyas, dans le voisinage. La personne qui attendait le retour des geishas, dans l'entrée, m'empêcherait de passer. Et puis la porte d'entrée serait peut-être fermée à clé, comme la nôtre. Si j'avais eu le choix, je n'aurais jamais envisagé de passer par là. Mais, pour la première fois depuis le début de mon escapade, je pensai avoir trouvé un chemin praticable.

Je restai assise un long moment sur l'arête du toit, à l'affût d'un bruit dans la cour. Des gens riaient et parlaient, dans la rue, en contrebas. Je ne savais pas où j'allais atterrir, mais je jugeai préférable d'agir avant qu'on ne remarque mon absence à l'okiya. Si j'avais su par avance les conséquences de mon acte, j'aurais immédiatement fait demi-tour. Mais je ne savais rien des enjeux en présence. Je n'étais qu'une enfant, lancée dans une grande aventure.

Je m'accrochai tant bien que mal à l'arête du toit, passai une deuxième jambe par-dessus le faîte de la maison, et me retrouvai suspendue, face à la paroi pentue. Je tentai de remonter, mais la pente était plus raide que je ne l'avais cru. Avec les chaussures des toilettes dans les mains, je ne pouvais m'accrocher à l'arête du toit, seulement coincer mes avant-bras derrière. Mon sort était scellé, je ne pouvais plus revenir en arrière. Si je lâchais prise, je glisserais sans plus pouvoir m'arrêter. Toutes ces pensées me hantaient.

Toutefois, je n'eus pas le loisir de lâcher l'arête du toit. Ce fut elle qui me lâcha. Je me mis à glisser, mais moins vite que je ne l'avais imaginé. Cela me donna l'espoir de pouvoir m'arrêter un peu plus bas, contre les avant-toits. Puis mon pied délogea une tuile, qui glissa avec une espèce de cliquetis, avant de se fracasser dans la cour, en bas. Aussitôt après l'une des chaussures m'échappa, passa près de moi, et atterrit en bas avec un bruit sourd. Et puis, chose bien plus inquiétante : j'entendis des pas, sur le plancher d'une galerie. Quelqu'un se dirigeait vers la cour.

J'avais souvent vu des mouches immobiles sur un mur, ou sur un plafond. Je me demandais comment un tel phénomène était possible. Leurs pattes adhéraient-elles à la paroi, ou bien les mouches étaient-elles si légères qu'elles ne tombaient pas ? Quand j'entendis un bruit de pas dans la cour, je décidai de trouver le moyen de rester collée au toit comme une mouche, et pas plus tard que maintenant. Sinon, j'allais m'écraser en bas. Je tentai de caler mes orteils contre le toit, puis mes coudes, puis mes genoux. Dans une ultime tentative de rester collée au toit, je fis une chose très bête : je sortis ma deuxième main de la chaussure, et tentai de stopper ma descente. Hélas, je devais avoir les mains moites, car au lieu de me freiner, cette manœuvre accéléra ma chute. Je m'entendis déraper avec un bruit sifflant. Et il n'y eut plus de toit sous mes doigts.

Pendant quelques instants, je me retrouvai plongée dans un silence effarant. Comme je tombai dans le vide, une image se forma dans mon esprit : une femme sortait dans la cour, baissait la tête pour voir la tuile cassée sur le sol, puis levait les yeux vers le toit, juste à temps pour me voir tomber du ciel en plein sur elle. Mais, bien entendu, ce ne fut pas cela qui arriva. Mon corps tourna sur lui-même en chutant, et j'atterris sur le flanc. J'eus le réflexe de lever le bras pour me protéger la tête. Mais malgré cela, je tombai si lourdement que je m'assommai. Je ne sais pas où était cette femme, ni même si elle se trouvait dans la cour au moment où je chus. Mais elle dut me voir glisser du toit, car je l'entendis déclarer, comme je gisais là, sur le sol, complètement sonnée :

— Mais ma parole, il pleut des petites filles !

J'aurais bien aimé m'enfuir, mais je ne pouvais pas me relever. Tout un côté de mon corps n'était plus que douleur. Je finis par réaliser que deux femmes étaient agenouillées et penchées sur moi. L'une d'elles répétait quelque chose que je n'arrivais pas à saisir. Elles continuèrent à parler entre elles, puis elles me soulevèrent de la plaque de mousse sur laquelle j'étais tombée et m'assirent sur le plancher de la galerie. Je ne me souviens que d'une partie de leur conversation.

— Je vous assure, madame, elle est tombée du toit.

— Mais pourquoi avait-elle les chaussures des toilettes à la main ? Tu es montée là-haut pour utiliser les toilettes, petite fille ? Tu m'entends ? C'est très dangereux de faire ça ! Tu as de la chance d'être entière !

— Elle ne vous entend pas, madame. Regardez ses yeux.

— Mais bien sûr qu'elle m'entend. Dis quelque chose, petite fille !

Mais j'étais incapable de prononcer un mot car une pensée m'obsédait : Satsu allait m'attendre, au bord du fleuve. Elle allait m'attendre en vain.

\*
\* \*

On envoya la servante frapper aux portes des okiyas de la rue, jusqu'à ce qu'elle trouve d'où j'étais venue. Pendant ce temps-là, je restai roulée en boule par terre, en état de choc. Je pleurais sans verser de larmes et je me tenais le bras, qui me faisait affreusement mal. Soudain on me mit debout et on me gifla.

— Espèce d'idiote, petite idiote ! dit une voix.

Tatie était là, devant moi, folle de rage. Elle me traîna hors de cette okiya, puis dans la rue, derrière elle. Lorsque nous arrivâmes dans notre okiya, elle m'adossa contre la porte en bois et me gifla encore une fois.

— Tu sais ce que tu as fait ? me dit-elle.

J'étais incapable de répondre.

— Qu'est-ce que tu croyais ? poursuivit-elle. Tu viens de gâcher tout ton avenir... Tu n'aurais rien pu faire de pire, pauvre idiote !

Je n'avais jamais imaginé que Tatie pouvait se mettre ainsi en colère. Elle me tira dans la cour et me jeta sur la galerie, sur le ventre. Je me mis à pleurer, pour de bon à présent, car je savais ce qui m'attendait. Mais cette fois, au lieu de me frapper sans conviction, Tatie versa un seau d'eau sur mon kimono, pour que je sente davantage les coups de bâton. Puis elle me frappa si fort, que je n'arrivai même plus à respirer. Quand elle eut fini de me taper dessus, elle jeta le bâton par terre, puis me tourna sur le dos.

— Tu ne pourras plus jamais être geisha, cria-t-elle. Je t'avais dit de ne pas faire cette erreur-là ! Car maintenant, personne ne peut plus rien pour toi, même moi !

Je n'entendis pas ce qu'elle dit ensuite, car Granny battait Pumpkin pour n'avoir pas mieux surveillé la porte, et la pauvre petite hurlait.

*
*  *

Il s'avéra que je m'étais cassé le bras en atterrissant dans la cour. Le lendemain matin, un médecin vint me voir et m'emmena dans une clinique, près de l'okiya. Il ne me ramena qu'en fin d'après-midi, avec un plâtre sur le bras. J'avais encore affreusement mal. Cependant, Mère me convoqua aussitôt dans sa chambre. Elle resta un long moment assise à me regarder. D'une main, elle caressait Taku. De l'autre, elle tenait la pipe qu'elle avait dans la bouche.

— Tu sais combien j'ai payé pour t'avoir ? finit-elle par dire.

— Non, madame, rétorquai-je. Mais vous allez sans doute me dire que je ne vaux pas le prix que je vous ai coûté.

Ce n'était pas une réponse polie. Je crus même que Mère allait me gifler pour mon insolence, mais cela m'indifférait. Il me semblait que désormais tout irait mal pour moi. Mère serra les dents et rit, ou plutôt toussa deux trois fois.

— Tu as raison ! Tu ne vaux même pas un demi-yen. J'avais pourtant cru que tu étais intelligente. Mais tu ne l'es pas suffisamment pour voir où est ton intérêt.

Elle continua de tirer sur sa pipe un moment, puis elle dit :

— Tu m'as coûté soixante-quinze yen, si tu veux savoir. Puis tu as rendu un kimono inutilisable, tu as volé une broche, et maintenant tu te casses le bras. Je vais donc devoir ajouter des frais médicaux à tes dettes. Il y a tes repas, tes leçons, et ce matin, la maîtresse du Tatsuyo, à Miyagawa-cho, m'a dit que ta grande sœur s'était enfuie. La maîtresse ne m'a pas encore payé ce qu'elle me doit. Et voilà qu'elle m'annonce qu'elle ne le fera pas. Je vais donc ajouter ça aussi à ta dette. Quand tu dois déjà plus d'argent que tu ne pourras jamais en rembourser !

Ainsi Satsu s'était enfuie. J'avais passé la journée à me poser la question, et j'avais enfin la réponse. J'aurais aimé me réjouir pour elle, mais j'en étais incapable.

— Je suppose que tu arriverais à rembourser tes dettes après avoir travaillé dix ou quinze ans comme geisha, poursuivit Mère. Et encore, il faudrait que tu aies du succès. Mais qui investirait un yen de plus sur une fille qui a tenté de s'enfuir ?

Je ne voyais pas très bien quoi répondre à cela. Aussi présentai-je mes excuses à Mère. Elle m'avait parlé avec une certaine amabilité jusque-là, mais après que je me fus excusée, elle posa sa pipe sur la table et propulsa sa mâchoire en avant de façon si impressionnante, qu'elle me fit penser à un animal prêt à frapper. Sans doute était-elle très en colère.

— Tu t'excuses, hein ? J'ai été stupide d'investir

autant d'argent sur toi. Tu es probablement la servante la plus chère de Gion ! Si je pouvais vendre ton squelette pour rembourser une part de tes dettes, je n'hésiterais pas à te désosser !

Là-dessus, elle m'ordonna de sortir de sa chambre et remit sa pipe dans sa bouche.

J'étais au bord des larmes, en sortant de sa chambre. Mais je me retins de pleurer, car Hatsumomo était sur le palier. M. Bekku attendait de pouvoir attacher son obi. Tatie, un mouchoir à la main, se tenait devant elle et regardait ses yeux.

— Ça a complètement coulé, dit Tatie. Je ne peux rien faire de mieux. Tu vas devoir finir de pleurer, puis refaire ton maquillage.

Je savais très bien pourquoi Hatsumomo pleurait. Son petit ami ne venait plus la voir, depuis qu'on lui avait interdit de l'amener à l'okiya. J'avais appris ça la veille au matin, et j'étais certaine qu'Hatsumomo allait me rendre responsable de ses malheurs. Je voulais absolument redescendre avant qu'elle me voie, mais c'était déjà trop tard. Elle arracha son mouchoir de la main de Tatie et me fit signe d'approcher. Je n'avais nulle envie d'obtempérer, mais je n'avais pas le choix.

— Laisse Chiyo tranquille, conseilla Tatie. Va dans ta chambre et finis de te maquiller.

Hatsumomo ne répondit pas. Elle me tira dans sa chambre et ferma la porte derrière nous.

— J'ai longtemps cherché le moyen de gâcher ton avenir, me déclara-t-elle. Mais tu viens de t'en charger, puisque tu as tenté de t'enfuir ! Je ne sais pas si je dois m'en réjouir. Je voulais te briser moi-même.

Je fis alors une chose très insultante : je m'inclinai devant Hatsumomo. Puis j'ouvris la porte et sortis sans répondre. Elle aurait pu me frapper, mais elle se contenta de me suivre dans le couloir et de me dire :

— Si tu es curieuse de savoir ce que ça fait de rester servante toute sa vie, demande à Tatie ! Vous vous ressemblez déjà comme les deux extrémités d'une ficelle. Elle a sa hanche cassée. Tu viens de te casser le bras. Et tu finiras peut-être par ressembler à un homme, comme elle !

— Encore, Hatsumomo, dit Tatie. Je reconnais bien là son charme légendaire. On ne s'en lasse pas.

*

\* \*

A cinq ou six ans, je connaissais un petit garçon nommé Noburu. Il habitait Yoroïdo. C'était un gentil gamin, mais il sentait très mauvais, raison pour laquelle on le fuyait. Quand il parlait, les autres enfants l'ignoraient, tel le crapaud coassant. Et bien souvent, le pauvre Noburu s'asseyait par terre et pleurait. Dans les mois qui suivirent ma tentative de fuite, je compris ce qu'il avait dû ressentir. Car personne ne me parlait, sauf pour me donner un ordre. Mère m'avait toujours traitée avec mépris, car elle avait des choses plus importantes en tête. Mais à présent les servantes, la cuisinière, et Granny faisaient de même.

Durant cet hiver froid et cruel, je me demandai ce qu'était devenue Satsu, et puis mon père, et ma mère. Quand je m'allongeais sur mon futon, le soir, j'étais généralement prise d'angoisse. Je ressentais en moi un vide immense, comme si le monde entier n'avait été qu'un grand hall désert. Pour me rassurer, je fermais les yeux et j'imaginais que je marchais sur le sentier, au bord des falaises de Yoroido. Je n'avais aucun mal à me projeter là-bas en pensée, car je connaissais très bien ce chemin. J'avais réellement l'impression d'avoir fui avec Satsu, et d'être de retour chez nous. Je me voyais courir vers notre maison ivre avec ma sœur, en lui tenant la main — bien qu'elle ne m'ait jamais pris la main. Je savais que nous allions retrouver nos parents d'ici à quelques instants. Mais, dans mon rêve, je n'arrivais jamais jusqu'à la maison. Peut-être avais-je trop peur de ce qui m'attendait, à l'intérieur. Et puis c'était avant tout le fait de longer le chemin qui me réconfortait. Mais un bruit finissait toujours par m'arracher à ma rêverie : une servante toussait, ou bien, chose embarrassante, Granny avait des vents et grognait. J'avais alors fini de humer l'air marin, je sentais à nouveau les draps du futon sous mes pieds, et plus le chemin. Je me retrouvai au point de départ, dépourvue de tout, plongée dans ma solitude.

*<br>*  *

Le printemps arriva. Les cerisiers fleurirent dans le parc de Maruyama, et à Kyoto on ne parla plus que de ça. Hatsumomo sortait souvent dans la journée : elle était invitée à des fêtes, où l'on admirait les cerisiers en fleurs. Je la voyais se préparer, et je lui enviais sa vie trépidante. J'avais désormais abandonné tout espoir de voir Satsu se glisser dans l'okiya, un soir, et m'arracher à mon enfer. Je n'espérais même plus avoir des nouvelles de ma famille. Jusqu'au jour où je descendis l'escalier, un matin, et trouvai un paquet sur le sol de l'entrée. C'était une boîte aussi longue que mon bras, enveloppée de papier épais, avec une ficelle effilochée autour. Vu qu'il n'y avait personne dans les parages, j'allai lire le nom et l'adresse, calligraphiés sur le dessus du paquet en gros caractères. Il y avait écrit :

> *Sakamoto Chiyo*
> *Chez Nitta Kakoyo*
> *Gion Tominaga-cho*
> *Ville de Kyoto, Préfecture de Kyoto*

Je restai plantée là, une main sur la bouche, les yeux écarquillés. L'adresse de l'expéditeur était celle de M. Tanaka. J'ignorais ce qu'il y avait à l'intérieur du paquet. Toutefois, en voyant le nom de M. Tanaka — vous allez sans doute trouver ça absurde —, j'espérai qu'il se repentait, et m'envoyait quelque chose qui me permettrait de retrouver ma liberté. Je ne vois pas quel genre de colis pourrait libérer une petite fille de l'esclavage — j'eus également du mal à l'imaginer à ce moment-là. Mais je crus sincèrement qu'une fois ce colis ouvert, ma vie ne serait plus jamais la même.

Avant que j'aie eu le temps de réfléchir plus avant, Tatie descendit l'escalier et me dit de laisser ce colis, bien qu'il y eût mon nom écrit dessus. J'aurais aimé l'ouvrir moi-même, mais elle demanda un couteau pour couper la ficelle. Après quoi elle prit son temps pour enlever le papier d'emballage, sous lequel il y avait de la toile à sac, cousue avec du fil de pêcheur. Une lettre était cousue au sac par deux de ses coins, avec une enveloppe portant mon nom. Tatie détacha la lettre, puis déchira la toile. Apparut une boîte en bois sombre. Je fus d'abord tout excitée à l'idée de ce que je pourrais trouver à l'intérieur, mais quand Tatie souleva le couvercle, j'eus aussitôt une impression de lourdeur. Car dans cette boîte, nichées dans les replis d'un tissu de lin blanc, je reconnus les minuscules tablettes mortuaires que j'avais toujours vues sur l'autel de mes parents, dans notre maison ivre. Il y en avait deux nouvelles, apparemment très récentes. Elles portaient des noms bouddhiques qui ne me disaient rien, et que je n'arrivai pas à déchiffrer. Le simple fait de me demander pourquoi M. Tanaka les avait envoyées me terrorisait.

Tatie laissa la boîte par terre, avec ses tablettes parfaitement alignées à l'intérieur. Elle sortit la lettre de l'enveloppe et la lut. Debout devant elle, j'attendais qu'elle eut fini. J'étais morte de peur, je m'interdisais de penser.

J'eus l'impression que le temps s'était arrêté. Finalement, Tatie poussa un profond soupir, me prit par le bras, et m'emmena au salon. Je m'agenouillai à table, posai sur mes genoux mes mains tremblantes — sans doute tremblais-je à force de lutter pour refouler d'affreuses pensées. Je tentai de me rassurer : et si c'était bon signe que M. Tanaka m'ait envoyé ces tablettes mortuaires. Et si ma famille venait s'installer à Kyoto... Peut-être irions-nous acheter un nouvel autel ensemble, devant lequel nous installerions les tablettes ? Et si Satsu avait demandé qu'on me les envoie, car elle revenait à Kyoto... Tatie interrompit brusquement le cours de mes pensées.

— Chiyo, je vais te lire une lettre que t'envoie un

M. Tanaka Ichiro, dit-elle, d'une voix étonnamment lente et grave.

Je retins mon souffle tout le temps qu'elle déplia la feuille de papier sur la table.

*Chère Chiyo,*

*Deux saisons ont passé, depuis que tu as quitté Yoroïdo. Bientôt de nouvelles fleurs vont éclore sur les arbres. Ces fleurs s'ouvrent, et remplacent celles de la saison précédente. Elles nous rappellent que nous allons tous mourir un jour.*

*Ayant moi-même été orphelin très tôt, je suis navré de devoir t'annoncer une terrible nouvelle. Six semaines après que tu es partie vivre une nouvelle vie à Kyoto, les souffrances de ta mère ont pris fin, et seulement quelques semaines plus tard, ton père, ce cher homme, a lui aussi quitté ce monde. Ce deuil qui t'est imposé m'attriste profondément, mais sois assurée que les dépouilles de tes chers parents sont ensevelies au cimetière du village. Chacun d'eux a eu un service religieux, au temple Hoko-ji de Senzuru, et les femmes de Yoroïdo ont chanté des sutras. L'humble personne que je suis ne doute pas que tes parents soient à présent au paradis.*

*Le métier de geisha requiert une formation ardue. Toutefois, l'humble personne que je suis est remplie d'admiration pour ceux qui savent transmuter leur souffrance en actes créateurs et devenir de grands artistes. Il y a quelques années, en visitant Gion, j'ai eu l'honneur de voir les « danses du printemps » et d'assister ensuite à une fête dans une maison de thé. J'ai gardé de cette expérience un souvenir impérissable. Dans une certaine mesure, cela me rassure que tu aies trouvé un foyer. Tu es ainsi à l'abri de ce monde cruel. L'humble personne que je suis a vécu suffisamment longtemps pour avoir vu grandir ses petits enfants.*

*Elle sait combien il est rare que de banals oiseaux donnent naissance à un cygne. Le cygne qui reste dans l'arbre de ses parents finit par mourir. Voilà pourquoi ceux qui sont beaux et talentueux doivent aller leur chemin.*

*Ta sœur Satsu est passée à Yoroïdo l'année dernière, à la fin de l'automne. Elle n'a pas tardé à s'enfuir à nouveau, cette fois avec le fils de M. Sugi. M. Sugi espère ardemment revoir son fils chéri, et te demande de l'avertir immédiatement si tu recevais des nouvelles de ta sœur.*

*Bien à toi,*
*Tanaka Ichiro.*

Bien avant que Tatie eût fini de lire cette lettre, je pleurais à chaudes larmes. C'eût été déjà très dur d'apprendre la mort d'un de mes parents. Mais découvrir d'un coup que ma mère et mon père étaient décédés, que j'étais seule au monde et que ma sœur avait disparu pour toujours... Je m'effondrai en une fraction de seconde, tel un vase qui se brise. Je me sentis perdue, même dans ce salon.

Vous devez me trouver bien naïve d'avoir gardé l'espoir que ma mère était encore en vie. Mais j'avais si peu de choses dans lesquelles espérer, que j'aurais pu me raccrocher à n'importe quoi. Je luttai pour me ressaisir. Tatie fut très compréhensive. « Ne te laisse pas abattre, Chiyo, ne cessait-elle de me répéter. Il faut résister. Nous n'avons pas le choix, en ce monde. »

Quand je fus enfin capable de parler, je demandai à Tatie de mettre les tablettes dans un endroit où je ne les verrais pas, et de prier à ma place. J'avais trop de chagrin pour le faire moi-même. Mais elle refusa.

— Tu devrais avoir honte, de vouloir oublier tes ancêtres, me dit-elle.

Elle m'aida à placer les tablettes sur une étagère, dans le bas de l'escalier, que je puisse prier devant elles chaque matin.

— Ne les oublie jamais, Chiyo-chan, me dit-elle. Ces gens sont tout ce qui reste de ton enfance.

# 9

Peu après mon soixante-cinquième anniversaire, une amie m'envoya un article intitulé « Les Vingt Plus Grandes Geishas de Gion ». Ou peut-être étaient-ce les trente plus grandes geishas, je ne me souviens pas. Mais j'étais sur la liste. Il y avait même un petit paragraphe sur moi. On disait notamment que j'étais née à Kyoto — ce qui bien sûr était faux. Je n'ai pas non plus été l'une des vingt plus grandes geishas de Gion. D'aucuns ont tendance à enjoliver. Cela dit, avant que M. Tanaka ne m'écrive que mes parents étaient morts et que je ne reverrais probablement jamais ma sœur, je m'acheminais vers une carrière de geisha — geisha médiocre, et malheureuse, sans doute, mais c'était déjà une situation privilégiée.

L'après-midi où j'ai rencontré M. Tanaka a été à la fois le plus beau et le pire de ma vie, je l'ai dit. Dois-je préciser pourquoi ç'a été le pire ? Sans doute pas. Mais comment ai-je pu m'imaginer que cette rencontre pourrait avoir des conséquences heureuses ? Jusqu'à présent, M. Tanaka avait été pour moi la source de beaucoup de souffrance. Mais il m'avait aussi catapultée dans un autre univers. Nos vies s'écoulent comme des rivières à flanc de colline : nous allons dans la même direction, jusqu'au moment où un obstacle nous fait exploser en mille gouttelettes et nous oblige à changer de cours. Si je n'avais pas rencontré M. Tanaka, ma vie n'aurait été qu'un simple ruisselet, descendant de notre maison ivre jusque dans l'océan. M. Tanaka changea tout cela. Non seulement il m'arracha à mon foyer, mais il me largua dans le vaste monde. J'étais à Gion depuis plus de six mois, quand je reçus sa lettre. Mais j'avais toujours cru qu'une existence plus clémente m'attendait ailleurs, avec une partie de ma famille. Je ne vivais à Gion que la moitié de ma vie. Le reste du temps, je rêvais que je rentrais chez moi. C'est pourquoi les rêves peuvent être si pernicieux : ils couvent, comme un feu, et parfois ils vous consument totalement.

Pendant la fin du printemps et durant l'été qui suivit la réception de la lettre, j'eus l'impression d'être un enfant perdu sur un lac un jour de brouillard. Les jours se suivaient, indifférenciés. Je me souviens seulement de petites bribes d'événements, sous-tendus par un sentiment permanent de peur et de douleur. Un soir d'hiver très froid, je restai un long moment assise dans le quartier des servantes à regarder la neige tomber en silence dans la cour de l'okiya. J'imaginai mon père en train de tousser, seul à table, dans cette maison vide, et ma mère étendue sur son futon, si frêle que son corps imprimait à peine sa marque sur les draps. Je titubai dans la cour pour tenter d'échapper à ma douleur, mais on n'échappe pas à la douleur qu'on porte en soi.

Puis au début du printemps, un an après que j'eus appris cette terrible nouvelle sur ma famille, il se produisit un événement inattendu. Nous étions en avril, époque où les cerisiers refleurissent. Peut-être un an après que j'ai reçu la lettre de M. Tanaka, au jour près. J'avais presque douze ans, et je commençais à ressembler à une femme, bien que Pumpkin eût toujours des allures de petite fille. J'avais presque atteint ma taille adulte. Mon corps resterait fin et noueux comme une brindille pendant encore un an ou deux, mais mon visage avait déjà perdu sa rondeur enfantine. Il était plus large. Le menton, les pommettes étaient plus marqués, mes yeux avaient désormais la forme de deux amandes. Jusqu'à présent, les hommes qui me croisaient dans la rue ne faisaient pas plus attention à moi qu'à un pigeon. Mais depuis peu ils me regardaient, quand je passais. Je trouvai étrange d'être un objet d'intérêt après avoir été si longtemps ignorée.

Un matin d'avril, je me réveillai tôt, après avoir rêvé d'un homme barbu. Drôle de rêve. La barbe de cet inconnu était si épaisse que ses traits m'apparaissaient flous, comme si on les avait censurés à l'image. L'homme se tenait devant moi, il me disait quelque chose — dont je ne pus me souvenir à mon réveil. Puis il ouvrait un store, sur une fenêtre, avec un « clac » sonore. Je me réveillai, croyant avoir entendu un bruit dans la pièce. Les servantes soupiraient dans leur sommeil. Pumpkin dormait paisiblement, son visage rond reposant sur l'oreiller. Autour de moi, rien n'avait changé. J'avais pourtant l'impression de découvrir un monde différent de celui de la veille — de regarder par la fenêtre qui s'était ouverte dans mon rêve.

J'aurais été incapable d'interpréter ce rêve, mais il continua de m'obséder, comme je balayais les dalles de la cour, ce matin-là. Ce qui finit par me donner des bourdonnements d'oreilles : cette pensée me tournait dans la tête comme une abeille dans un bocal. Je posai mon balai, j'allai m'asseoir dans le passage en terre battue. J'avais chaud. J'appréciai le petit courant d'air frais qui venait de sous la maison et me rafraîchissait le dos. Et soudain je me souvins d'une chose à laquelle je n'avais plus pensé depuis mon arrivée à Kyoto.

C'est deux jours après qu'on m'a séparée de ma sœur, l'après-midi. On m'envoie laver des chiffons dans la cour. Une phalène se pose sur mon bras. Je la chasse d'une chiquenaude, pensant qu'elle va s'envoler, mais elle tombe sur le sol, tel un gravillon. Puis elle ne bouge plus.

Avais-je tué ce papillon, ou était-il déjà mort en tombant du ciel ? Peu importait. Sa fin me touchait. J'admirai les arabesques, sur ses ailes, puis je l'enveloppai dans un chiffon et le cachai sous la maison, derrière une grosse pierre.

Cette histoire m'était complètement sortie de la tête.

Mais dès l'instant où je me souvins de ce papillon, j'allai regarder sous la maison. Et je le retrouvai. Tant de choses avaient changé dans ma vie ! Je n'étais plus une petite fille. Mais quand je sortis ce papillon de son linceul, je retrouvai l'adorable créature que j'avais cachée là, un an plus tôt. J'eus l'impression qu'il était vêtu d'un kimono, dans des tons de brun et de gris assourdi, comme celui que portait Mère, pour aller jouer au mahjong, le soir. Tout, dans cet être, me parut beau, parfait, inchangé. Il y avait donc une chose qui était restée la même, depuis mon arrivée à Kyoto... A cette pensée, mon cerveau se mit à tourner en accéléré. Ce papillon et moi étions deux extrêmes. Mon existence était aussi peu stable que le cours d'une rivière. Ce papillon était immuable, telle une pierre. J'approchai mon doigt de l'insecte, pour tâter sa surface duvetée. Mais dès que je le touchai, le papillon se désintégra en un tas de cendres, sans que j'aie rien pu voir de sa métamorphose. Je poussai un cri, stupéfaite. Ma gamberge s'arrêta net. J'eus l'impression d'avoir pénétré dans l'œil d'un cyclone. Je laissai le minuscule linceul et son petit tas de cendres tomber doucement sur le sol. Je comprenais enfin ce qui m'avait troublée toute la matinée : un vent frais avait soufflé sur l'air vicié. Le passé s'était délité. Mon père et ma mère étaient morts et je ne pouvais rien y changer. Mais sans doute étais-je morte moi aussi depuis un an, d'une certaine façon. Quant à ma sœur... elle était partie, oui. Mais moi j'étais toujours là. Je ne sais pas si vous me suivez, mais j'avais l'impression de regarder dans une direction nouvelle, non plus en arrière, vers le passé, mais devant moi, vers l'avenir. Et je m'interrogeai : quel serait cet avenir ?

A l'instant même où je me posai cette question, je sus de façon certaine que j'allais recevoir un signe du destin avant la fin de la journée. Voilà pourquoi le barbu avait ouvert la fenêtre dans mon rêve. Il me disait : « Regarde bien ce qui va t'apparaître, car c'est ton avenir. »

Je n'eus pas le temps de poursuivre ma réflexion, car Tatie m'appela :

— Chiyo, viens ici !

*
* *

Je remontai le passage en terre battue dans un état
second. Cela ne m'aurait pas surprise que Tatie me dise :
« Tu veux savoir quel sera ton avenir ? Alors écoute... »
Mais elle me tendit deux ornements — que les geishas
se mettent dans les cheveux —, posés sur un carré de
soie blanc.

— Tiens, me dit-elle. Dieu seul sait ce qu'a fait Hatsumomo hier soir. Elle est rentrée à l'okiya avec les ornements d'une autre fille dans sa coiffure. Elle a dû boire
trop de saké. Va la voir à l'école, demande-lui à qui sont
ces ornements, et rends-les à leur propriétaire.

Tatie me donna une liste de courses, et me dit de
revenir à l'okiya dès que j'aurais fait ces emplettes et
rendu les ornements.

Le fait qu'Hatsumomo soit rentrée à l'okiya avec les
ornements d'une autre dans sa coiffure peut paraître
anodin. Cependant, c'est un peu comme si elle avait
échangé sa culotte avec une amie. Les geishas ne se
lavent pas les cheveux tous les jours, car elles ne peuvent
se recoiffer elles-mêmes. Aussi les ornements qu'elles
mettent dans leurs cheveux sont-ils des objets intimes.
Tatie ne voulait même pas y toucher — elle avait posé
ces choses sur un carré de soie. Elle les enveloppa avant
de me les donner. Et le paquet ressembla au papillon
caché dans son linceul improvisé, que j'avais encore
dans la main quelques minutes plus tôt. Bien entendu,
un signe n'a de sens que si on sait l'interpréter. Je restai
là à regarder le petit paquet de soie que Tatie avait dans
la main, jusqu'à ce qu'elle me dise : « Prends-le, pour
l'amour du ciel ! »

Quelques minutes plus tard, sur le chemin de
l'école, je dépliai le carré de soie pour regarder les ornements encore une fois. Il y avait là un peigne en laque
noire, en forme de soleil couchant, avec un motif de
fleurs dorées sur le pourtour. L'autre ornement était un
bâtonnet de bois blond avec deux perles à une extré-

mité, entre lesquelles était fichée une minuscule sphère d'ambre.

Debout devant la grille de l'école, j'attendais la sonnerie annonçant la fin des cours. Bientôt des filles se hâtèrent vers la sortie, dans leur kimono bleu et blanc. Hatsumomo me repéra avant même que je la voie. Elle vint vers moi, avec une autre geisha. On pourrait se demander ce qu'elle faisait à l'école. En effet, elle était une danseuse accomplie et savait tout ce qu'il y avait à savoir sur le métier de geisha. Sachez que les geishas étudient la danse durant toute leur carrière, même les plus grandes d'entre elles. Elles prennent des cours de perfectionnement jusqu'à cinquante, voire soixante ans.

— Regarde, dit Hatsumomo à son amie. Ce doit être une mauvaise herbe. Une mauvaise herbe trop vite poussée.

C'était sa façon de se moquer de ma taille. En effet, je faisais à présent deux centimètres de plus qu'elle.

— C'est Tatie qui m'envoie, madame, dis-je. Pour savoir à qui vous avez volé ces ornements, hier soir.

Le sourire d'Hatsumomo s'envola. Elle griffa le petit paquet posé sur la paume de ma main et l'ouvrit.

— Ce ne sont pas les miens..., dit-elle. Où les as-tu trouvés ?

— Oh, Hatsumomo-san ! dit l'autre geisha. Tu ne te souviens pas ? Kanako et toi avez retiré vos ornements de vos cheveux, en jouant à ce jeu idiot avec le juge Uwazumi. Kanako sera rentrée chez elle avec tes ornements, et toi avec les siens.

— C'est dégoûtant, dit Hatsumomo. Quand Kanako s'est-elle lavé les cheveux pour la dernière fois, à ton avis ? Mais son okiya est juste à côté de la tienne. Tu veux bien y aller à ma place ? Annonce-lui que je viendrai récupérer mes ornements plus tard, et qu'elle aura intérêt à me les rendre.

L'autre geisha prit les ornements et s'en fut.

— Ne pars pas, Chiyo, me dit Hatsumomo. Tu vois la petite fille, là-bas, qui se dirige vers la grille ? Elle s'appelle Ichikimi.

Je regardai Ichikimi, mais Hatsumomo n'avait plus rien à en dire, semblait-il.

— Je ne la connais pas, murmurai-je.

— Evidemment que tu ne la connais pas. Elle n'a rien d'exceptionnel. Elle est bête, et aussi peu gracieuse qu'une infirme. Mais je voulais que tu saches qu'elle allait devenir geisha, contrairement à toi.

Hatsumomo aurait-elle pu trouver chose plus cruelle à me dire ? Ça faisait un an et demi que j'étais servante, condamnée à un travail fastidieux. J'avais l'impression que ma vie s'étirait devant moi comme un long chemin qui ne menait nulle part. Voulais-je devenir geisha ? Non. Mais je ne voulais pas rester servante. Pendant plusieurs minutes, je regardai les filles de mon âge sortir de l'école en bavardant. Peut-être rentraient-elles seulement déjeuner, mais elles me semblaient mener une vie passionnante. Alors que moi j'allais seulement retourner à l'okiya, laver les dalles de la cour. Le jardin se vida, je ne bougeai pas. Peut-être était-ce le signe que j'avais attendu : d'autres filles, à Gion, iraient leur chemin, et moi je resterais servante. Cette pensée m'effraya, je quittai aussitôt ce jardin. Je descendis Shijo Avenue et tournai en direction du fleuve Kamo. Cet après-midi-là, les bannières géantes du théâtre Minamiza annonçaient un spectacle de Kabuki, intitulé « Shibaraku ». C'était l'une des plus célèbres pièces du genre, bien que je ne connaisse rien au Kabuki, à l'époque. Une foule de gens montaient les marches du théâtre. Sur la toile de fond des complets vestons, — sombres, de style occidental —, se détachaient plusieurs geishas dans leurs kimonos colorés, telles des feuilles d'automne sur l'eau trouble d'une rivière. Encore une fois, j'assistai au spectacle d'une vie excitante dont j'étais exclue. Je me hâtai de quitter l'avenue. Je pris une ruelle transversale, qui conduisait à la rivière Shirakawa. Mais, chose cruelle, même la rivière scintillait, ravie, car elle avait un but, elle aussi : rejoindre le fleuve Kamo, la baie d'Osaka, puis la mer intérieure. Il semblait que le même message me fût donné, partout où j'allais. Je courus jusqu'au petit mur de pierre, au bord de la rivière, puis j'éclatai en sanglots.

J'étais une île abandonnée au milieu de l'océan, sans passé, sans avenir. Je me sentis bientôt coupée de tout être humain, quand j'entendis une voix d'homme me dire :

— Pleurer comme ça par une aussi belle journée !

Les hommes, dans les rues de Gion, ne regardaient pas les filles comme moi. A fortiori quand elles se donnaient ainsi en spectacle. Et dans l'hypothèse où un homme m'aurait remarquée, jamais il ne m'aurait parlé, sauf pour exiger que je m'écarte de son chemin. Or cet homme-là s'était adressé à moi, gentiment de surcroît. Comme si j'étais une jeune fille d'une position sociale élevée — la fille d'un ami, par exemple. L'espace d'un instant, j'imaginai un monde totalement différent du mien, où l'on me traiterait avec justice, voire avec bonté — un monde dans lequel les pères ne vendaient pas leurs filles. Le brouhaha de ces vies trépidantes s'arrêta. Ou du moins cessai-je de l'entendre. Je me redressai pour regarder l'homme qui m'avait parlé et j'eus l'impression de laisser tous mes malheurs derrière moi, sur ce mur de pierre.

Je voudrais vous le décrire, et je ne vois qu'une façon de le faire : vous parler d'un arbre, au bord des falaises, à Yoroido, un arbre devenu doux comme du bois flotté sous les assauts du vent. Un jour — j'avais cinq ou six ans —, un visage d'homme m'apparut sur le tronc. Plus précisément, je vis une zone lisse, du diamètre d'une assiette, avec deux protubérances anguleuses sur les côtés, figurant les pommettes. Ces saillies projetaient des ombres, qui rappelaient des orbites. Sous ces ombres, une bosse d'un relief plus doux évoquait le nez. Ce visage, légèrement penché sur le côté, me regardait d'un air interrogateur. C'était le visage d'un homme qui a trouvé sa place en ce monde, tel un arbre. Il dégageait une telle sérénité ! J'avais devant moi le visage d'un bouddha.

L'homme qui s'était adressé à moi, dans cette rue, avait ce genre de visage : détendu, ouvert. Des traits réguliers, empreints d'une grande sérénité. J'eus le sentiment qu'il allait rester là, devant moi, jusqu'à ce que ma tristesse s'envole. Il avait environ quarante-cinq ans. Ses cheveux étaient gris, coiffés en arrière. Mais je ne pus le regarder très longtemps. Il me parut si élégant que je rougis, et détournai les yeux.

A sa droite, il y avait deux hommes plus jeunes que lui. Et à sa gauche une geisha. J'entendis la geisha lui dire, à voix basse :

— Enfin, ce n'est qu'une servante ! Elle a dû se cogner un orteil. Quelqu'un va lui venir en aide, ne vous inquiétez pas.

— J'aimerais avoir la même foi que vous dans l'être humain, Izuko-san, dit l'homme.

— Le spectacle va bientôt commencer, président. Vous ne devriez pas vous attarder davantage, à mon avis...

J'avais croisé des « directeurs », et des « vice-présidents », dans Gion. Les présidents étaient plus rares, et généralement chauves. Ils descendaient la rue, l'air important, avec une suite de jeunes assistants. Cet homme-là devait diriger une entreprise de moindre envergure, car il était très différent des autres présidents. Je sentais cela intuitivement, bien que je fusse une petite fille sans aucune expérience du monde. Le directeur d'une grande firme ne se serait jamais arrêté dans la rue pour me parler.

— Vous pensez que c'est une perte de temps de rester ici et de l'aider, dit le président.

— Oh, non ! répliqua la geisha. C'est plutôt que nous sommes en retard. Nous avons peut-être déjà raté le début du spectacle.

— Oh, Izuko-san, je suis sûr que toi aussi, tu as connu des moments de désespoir. Les geishas n'ont pas toujours la vie facile, tu ne vas pas dire le contraire. J'aurais pensé que toi, plus que tout autre...

— J'aurais été, « moi », dans cet état ? Vous voulez dire, président, que je me serais donnée en spectacle dans la rue ?

Le président ne répondit pas. Il se tourna vers ses assistants et leur demanda de partir devant avec Izuko. Ils s'inclinèrent et poursuivirent leur chemin. Le président demeura près de moi. Il me dévisagea un long moment. Je n'osais pas le regarder. Finalement je murmurai :

— Excusez-moi, monsieur, mais ce qu'elle dit est vrai. Je suis ridicule... ne vous mettez pas en retard à cause de moi, je vous en prie.

— Redresse la tête, me dit-il.

Je n'osai pas lui désobéir, bien que je n'aie pas compris ce qu'il voulait. Il sortit un mouchoir de sa poche, pour enlever les gravillons qui étaient restés collés sur mon front. Debout près de lui, je sentis l'odeur du talc sur sa peau satinée. Cela me rappela le jour où le neveu de l'empereur Taisho était venu dans notre village de pêcheurs. Il n'avait fait que sortir de sa voiture, marcher jusqu'au bout de la presqu'île, puis revenir. Ce faisant, il saluait les villageois agenouillés devant lui d'un hochement de tête. Il portait un costume de style occidental, le premier que je voyais. Et puis il avait une moustache bien taillée, contrairement aux hommes de notre village, dont les barbes, jamais entretenues, rappelaient des herbes folles le long d'un chemin. C'était la première fois qu'un éminent personnage venait dans notre village. Nous avons tous été impressionnés par cette aura de noblesse et de grandeur, j'imagine.

Dans la vie, il arrive que des choses dépassent notre entendement, simplement parce qu'elles nous sont inconnues. Le neveu de l'empereur me fit cet effet. Le président aussi. Quand il eut séché mes larmes et enlevé les gravillons sur mes joues, il mit la main sous mon menton et me redressa la tête.

— Ça y est, je te vois... Tu es belle, tu n'as aucune raison d'avoir honte, me dit-il. Et pourtant tu as peur de me regarder. Quelqu'un s'est montré cruel avec toi... ou bien le destin a été cruel.

— Je ne sais pas, monsieur, mentis-je.

— Aucun humain ne trouve beaucoup de gentillesse en ce monde, remarqua-t-il.

Puis il plissa légèrement les yeux, comme pour m'inciter à réfléchir à la question.

J'aurais tant voulu contempler ce visage à la peau satinée, ce grand front, ces paupières, tels deux fourreaux de marbre sur ces yeux si doux. Mais il y avait une telle différence sociale entre nous ! Je finis par oser le regarder. Pour détourner la tête aussitôt, rougissante. Aussi n'a-t-il peut-être jamais su que j'avais posé les yeux sur lui. Et comment décrire ce que je vis en cet instant ? Le président me regardait, comme un musicien regarde son instrument avant de jouer, comme s'il comprenait celui-ci, et en avait une parfaite maîtrise. J'avais l'impression qu'il pouvait voir en moi, comme si j'étais une part de lui-même. Comme j'aurais aimé être l'instrument dont il jouait !

Il plongea la main dans sa poche et en sortit quelque chose.

— Tu aimes les prunes, ou les cerises ? dit-il.

— Si j'aime en manger, vous voulez dire ?

— J'ai vu un marchand ambulant il y a deux minutes. Il vendait des granités. On ne m'en donnait pas quand j'étais petit, mais je suis sûr que j'aurais aimé ça. Prends cette pièce et va-t'en acheter un. Prends aussi mon mouchoir, comme ça tu pourras t'essuyer le visage après.

Il mit la pièce au milieu du mouchoir, l'enveloppa dedans, et me la tendit.

Dès l'instant où le président m'avait adressé la parole, j'avais oublié que j'attendais un signe du destin. Puis je vis ce mouchoir plié, sur la paume de sa main, et je pensai au papillon dans son linceul. C'était ça, le signe du destin ! Je pris le mouchoir, je m'inclinai devant le président pour le remercier. Puis je tentai de lui exprimer ma gratitude, même si mes mots ne pouvaient refléter la force de mes sentiments. Pourquoi lui étais-je reconnaissante ? Pour le granité, pour s'être arrêté et m'avoir parlé ? Non. Je l'ai remercié d'une chose que je ne suis pas sûre de pouvoir expliquer, même aujourd'hui. Sans doute pour m'avoir montré qu'il y avait aussi de la gentillesse en ce monde.

Je le regardai s'éloigner, le cœur lourd — bien que ce fût une lourdeur plaisante. A quoi comparer cela ? Vous avez passé une merveilleuse soirée. Vous êtes triste qu'elle touche à sa fin, mais heureux qu'elle ait eu lieu.

Après ma rencontre avec le président, je cessai d'être une enfant abandonnée, à l'existence absurde, pour devenir une fille qui a un but dans la vie. Il peut sembler étrange qu'un bref contact dans la rue, avec un inconnu, ait pu amener un tel changement dans mon existence. Mais il en est parfois ainsi. Si vous aviez été dans cette rue à ma place, si vous aviez vu ce que j'ai vu, et ressenti ce que j'ai ressenti, il aurait très bien pu vous arriver la même chose.

Quand le président eut disparu à ma vue, je remontai la rue à la hâte, cherchant le marchand de granités. Il ne faisait pas particulièrement chaud, et je n'avais pas spécialement envie de granité. Mais le fait d'en manger un prolongerait ma rencontre avec le président. Aussi j'achetai un cône de papier, avec de la glace pilée et du sirop de cerise, et j'allai m'asseoir sur le mur de pierre. Je léchai le sirop et lui trouvai un goût étonnant, nouveau, sans doute parce que la présence de cet homme avait aiguisé mes sens. Si j'avais été geisha, comme Izuko, le président aurait pu passer du temps avec moi. Je n'aurais jamais pensé envier une geisha. On m'avait amenée à Kyoto dans le but de faire de moi une geisha, soit. Mais jusqu'ici je me serais enfuie sans hésiter à la première occasion. J'eus soudain une révélation : l'idée n'était pas de devenir geisha, mais d'« être » geisha... Pour accéder à autre chose. Si je ne me trompais pas sur l'âge du président, il n'avait probablement pas plus de quarante-cinq ans. Or maintes geishas sont célèbres dès vingt ans. Izuko devait elle-même avoir dans les vingt-cinq ans. Moi j'étais encore une enfant, j'avais à peine douze ans... Encore douze ans, et je pourrais être geisha. Quant au président, il ne serait pas plus âgé que ne l'était aujourd'hui M. Tanaka, et donc pas si vieux que ça.

Le président m'avait donné plus d'argent qu'il n'en fallait pour acheter un granité. Il me restait de la monnaie : trois pièces de tailles différentes. J'avais pensé garder ces pièces, puis je réalisai qu'elles pouvaient servir un autre but, essentiel.

Je rejoignis Shijo Avenue à la hâte, puis je courus jusqu'à l'est de Gion, où se trouvait le temple shinto. Je

montai les marches. Je fus trop intimidée pour passer
sous le grand portail, avec son toit à pignons, et le
contournai. Je traversai la cour gravillonnée, montai une
autre volée de marches, passai la grille « torii » et pénétrai à l'intérieur du temple. Je jetai les pièces dans la
boîte réservée aux offrandes — une somme qui m'eût
peut-être suffi pour quitter Gion. Puis j'attirai sur moi l'attention des dieux en frappant trois fois dans mes mains,
et en m'inclinant. Je fermai les yeux, pressai mes mains
l'une contre l'autre, et priai pour qu'on me permît de
devenir geisha. Je souffrirais n'importe quel enseignement, si pénible fût-il, je supporterais n'importe quelles
privations, dans l'espoir de susciter à nouveau l'intérêt
d'un homme comme le président.

Je rouvris les yeux. J'entendais toujours le bruit de la
circulation sur Higashi-Oji Avenue. Les arbres bruissaient
dans le vent, comme tout à l'heure. Rien n'avait changé.
Les dieux m'avaient-ils entendue ? Impossible à savoir.
Je glissai le mouchoir du président dans la manche de
mon kimono et rentrai à l'okiya.

# 10

Quelques mois plus tard, un matin, nous rangions les combinaisons « ro » — en gaze de soie légère, pour l'été — et sortions les « hitoe » — non doublées, pour l'automne — quand une horrible odeur envahit l'entrée. Je laissai tomber les combinaisons que j'avais dans les bras, suffoquée. Cette puanteur venait de la chambre de Granny. Je courus à l'étage prévenir Tatie — je sentais qu'il s'était passé quelque chose de grave. Tatie descendit l'escalier aussi vite que sa claudication le lui permit. Elle entra dans la chambre et trouva Granny étalée par terre, inanimée. La vieille dame était morte d'étrange façon.

A l'okiya, elle était la seule à posséder un radiateur électrique. Elle l'allumait tous les soirs, excepté en été. Nous étions début septembre. Aussi Granny recommençait-elle à se servir de son radiateur. Ce qui ne veut pas dire que le temps était frais. Nous nous fondions sur le calendrier pour changer de vêtements, non sur la température extérieure. Granny tenait à son appareil de chauffage, sans doute parce qu'elle avait beaucoup souffert du froid, dans sa vie.

Le matin, elle enroulait le fil autour du radiateur, puis elle poussait celui-ci contre le mur. Avec le temps, le métal chaud avait brûlé la gaine de protection du fil, de sorte qu'il était entré en contact avec l'appareil et l'avait rendu conducteur. Selon la police, Granny avait été électrocutée en touchant le radiateur, ce matin-là. Elle était probablement morte sur le coup. Elle avait glissé sur le sol. Son visage était entré en contact avec le métal brûlant, d'où l'affreuse odeur. Heureusement, je ne la vis pas après sa mort. J'aperçus seulement ses jambes, en passant devant sa chambre. Elles ressemblaient à de fines branches d'arbre, enveloppées dans de la soie froissée.

*
*  *

Durant les deux semaines qui suivirent la mort de Granny, nous fûmes très occupées. Et pas seulement à nettoyer la maison de fond en comble — dans la religion shintoïste, la mort est la chose la plus impure qui soit. Nous avons allumé des bougies, préparé des plateaux d'offrandes, accroché des lanternes à l'entrée de l'okiya. Nous avons installé des tables avec du thé pour les visiteurs, et des plateaux où ces mêmes visiteurs pouvaient laisser de l'argent. Nous nous sommes tellement agitées qu'un matin la cuisinière est tombée malade. Nous avons appelé le docteur. Il s'avéra que la cuisinière avait dormi seulement deux heures la nuit d'avant, ne s'était pas assise une minute de la journée, et n'avait mangé qu'un bol de bouillon depuis vingt-quatre heures. Je fus surprise de voir Mère dépenser sans compter, prendre des dispositions pour qu'on lise des sutras pour Granny au temple Chionin, acheter des compositions florales de boutons de lotus à l'entrepreneur de pompes funèbres — tout cela en pleine Dépression. Je m'interrogeai : était-ce la preuve de son attachement pour Granny ? Puis je compris la vraie raison de ce dévouement : tous les habitants de Gion viendraient à l'okiya présenter leurs condoléances, puis assisteraient aux funérailles, à la fin de la semaine. Mère se devait de faire les choses royalement.

Pendant plusieurs jours, tout Gion passa à l'okiya. Nous offrîmes du thé et des gâteaux à nos visiteurs. Mère et Tatie reçurent les maîtresses des diverses maisons de thé et okiyas, ainsi qu'un certain nombre de servantes qui connaissaient Granny. Nous accueillîmes les commerçants, les perruquiers, les coiffeurs — des hommes, pour la plupart. Et aussi des dizaines de geishas. Les plus âgées avaient connu Granny à l'époque où elle travaillait, mais les plus jeunes n'avaient jamais entendu parler d'elle. Elles vinrent par respect pour Mère — ou parce qu'elles étaient liées à Hatsumomo d'une façon ou d'une autre.

Durant ces journées, je fus chargée d'introduire les visiteurs au salon, où Mère et Tatie les recevaient. Le salon était à quelques pas de l'entrée, mais il fallait tout de même accompagner ces gens. Je devais garder en mémoire un visage pour chaque paire de souliers, emporter ceux-ci dans le quartier des servantes afin de ne pas encombrer l'entrée, puis les rapporter le moment venu. Ce qui me posa quelques problèmes, au début. Je ne pouvais dévisager nos visiteurs trop longtemps sans paraître impolie. Par ailleurs, un simple coup d'œil ne suffisait pas pour mémoriser leurs visages. J'appris très vite à me repérer d'après les kimonos.

Le deuxième après-midi, j'ouvris la porte sur le plus beau des kimonos. Vu les circonstances il était noir, avec des armoiries, et un joli motif d'herbes vertes et dorées sur l'ourlet du bas. J'imaginai la stupéfaction des femmes et des filles de pêcheurs de Yoroido devant un tel kimono ! La dame qui nous rendait visite était accompagnée d'une servante. Selon moi, c'était la maîtresse d'une maison de thé ou d'une okiya, car très peu de geishas pouvaient s'offrir le luxe d'avoir une servante. Comme elle regardait le minuscule autel shinto de notre entrée, j'en profitai pour lui jeter un coup d'œil à la dérobée. Son visage était d'un ovale parfait, qui me rappela une courtisane de la période Heian, sur un rouleau, dans la chambre de Tatie — un dessin à l'encre datant du IXe siècle. Cette femme n'était pas d'une beauté époustouflante, comme Hatsumomo, mais elle avait des traits si parfaits ! A sa vue, je me sentis plus insignifiante que jamais. Puis je réalisai qui elle était.

Mameha, la geisha à qui appartenait le kimono qu'Hatsumomo m'avait forcée à abîmer.

Je n'étais pas réellement responsable de cet acte destructeur. Toutefois, j'aurais donné n'importe quoi pour ne pas me retrouver face à Mameha. J'escortai les deux femmes au salon en baissant légèrement la tête, pour que Mameha ne voie pas mon visage. Il était toutefois peu probable qu'elle me reconnaisse : c'était sa bonne qui m'avait ouvert, quand j'avais rapporté le kimono. Et même si Mameha avait vu mon visage, cette histoire datait de deux ans. En outre, la servante qui l'accompagnait n'était pas celle qui avait réceptionné le kimono ce soir-là, affolée. Cependant, quand vint le moment de m'incliner et de les laisser au salon, j'éprouvai un réel soulagement.

Vingt minutes plus tard, Mameha et sa bonne reparurent dans l'entrée. J'allai chercher leurs souliers et les posai devant la porte. Je baissai la tête, à nouveau inquiète. La servante de Mameha ouvrit la porte. Je pensai que mon calvaire touchait à sa fin. Hélas, au lieu de sortir, Mameha resta sur le seuil. Je paniquai et levai un instant les yeux vers elle. Elle me regardait !

— Comment t'appelles-tu, petite fille ? s'enquit-elle, sur un ton que je trouvai sévère.

Je lui dis que je m'appelais Chiyo.

— Redresse-toi, Chiyo. J'aimerais te voir un peu mieux.

Je me haussai sur la pointe des pieds comme elle me le demandait, mais si j'avais pu rentrer ma tête dans mon cou, comme une tortue, je crois que je l'aurais fait.

— Lève la tête, que je te voie ! dit-elle. On dirait que tu comptes les orteils que tu as aux pieds !

Je levai la tête, mais gardai les yeux baissés. Mameha poussa un grand soupir, et m'ordonna de la regarder.

— Quels yeux ! s'exclama-t-elle. Je n'ai donc pas rêvé. Tu dirais qu'ils sont de quelle couleur, Tatsumi ?

Sa servante revint dans l'entrée et me regarda.

— Bleu-gris, madame, répliqua-t-elle.

— C'est ce que j'aurais dit. Combien de filles, à Gion, ont des yeux comme ceux-là ?

Je ne savais pas si Mameha s'adressait à moi ou à Tatsumi, mais aucune d'entre nous ne répondit. Elle me dévisagea d'un air songeur. Après quoi, à mon grand soulagement, elle prit congé et s'en fut.

*
* *

Les funérailles de Granny eurent lieu une semaine plus tard, un matin — une voyante avait décidé de la date. Après quoi nous remîmes l'okiya en ordre, mais en opérant quelques changements. Tatie s'installa au rez-de-chaussée, dans la chambre de Granny. Pumpkin — qui serait bientôt apprentie geisha — prit la chambre du deuxième étage, occupée jusqu'ici par Tatie. Deux nouvelles bonnes arrivèrent la semaine suivante, la quarantaine, dynamiques. Il pourrait sembler étrange que Mère ait engagé de nouvelles servantes, alors que nous étions à présent moins nombreuses. Mais en fait, l'okiya avait toujours manqué de personnel, car Granny ne supportait pas d'avoir trop de monde autour d'elle.

Dernier changement : on déchargea Pumpkin de toutes tâches ménagères, afin qu'elle puisse pratiquer les arts que doit maîtriser une geisha. Généralement, les apprenties disposent de peu de temps pour s'entraîner, mais la pauvre Pumpkin apprenait lentement. Cela me faisait pitié de la voir s'asseoir chaque après-midi sur la galerie et pratiquer le shamisen pendant des heures. Sa langue pointait dans un coin de sa bouche, on avait l'impression qu'elle essayait de se lécher la joue. Chaque fois que nos regards se croisaient, elle m'adressait un petit sourire. Elle était charmante. Toutefois, je devais déjà me montrer patiente, attendre une occasion — qui peut-être ne se présenterait pas, ou bien serait ma seule et unique chance de m'en sortir. Et voilà qu'à présent je voyais le sésame s'ouvrir pour une autre que moi. Certains soirs, dans mon lit, je prenais le mouchoir du président et je humais sa bonne odeur de talc. L'image de cet homme m'apparaissait. Je me replongeais dans deux sensations : la chaleur du soleil sur mon visage, la dureté du mur de pierre où j'avais posé mon front le jour où je l'avais rencontré. Le président était mon bodhisattva aux mille bras, l'homme qui allait m'aider. Comment ? Je l'ignorais. Mais je priai pour qu'il intervienne dans ma destinée.

Un jour, environ un mois après la mort de Granny, l'une des nouvelles servantes m'annonça que j'avais une visiteuse. Il faisait étonnamment chaud pour un mois d'octobre, je transpirais. Je venais de nettoyer les tatamis de la nouvelle chambre de Pumpkin, au deuxième, avec notre vieil aspirateur à main. Pumpkin montait des crackers au riz dans sa chambre, en cachette. Il me fallait donc nettoyer fréquemment les tatamis. Je me passai une serviette humide sur la figure, puis je courus au rez-de-chaussée. Je trouvai une jeune femme dans l'entrée, vêtue d'un kimono de servante. Je m'agenouillai et m'inclinai devant elle. Puis je la regardai mieux, et vis que c'était la servante de Mameha. Je ne me réjouis pas de la voir là. Elle n'était pas porteuse d'une bonne nouvelle, selon moi. Elle me fit signe de sortir. J'enfilai mes chaussures et la suivis dans la rue.

— Est-ce qu'on t'envoie parfois en courses, Chiyo ? s'enquit-elle.

Ma tentative d'évasion remontait à plus de six mois. Aussi n'étais-je plus assignée à résidence à l'okiya. Je ne voyais pas pourquoi cette jeune femme me demandait ça, mais je lui dis qu'effectivement, on m'envoyait parfois en courses.

— Bien, dit-elle. Arrange-toi pour sortir demain à trois heures, et pour me retrouver sur le petit pont au-dessus de la rivière Shirakawa.

— Oui, madame, dis-je. Mais puis-je savoir pourquoi ?

— Tu comprendras demain. D'accord ? dit-elle, en fronçant légèrement le nez, comme si elle me taquinait.

*
* *

Je n'avais nulle envie de suivre la bonne de Mameha où elle voulait m'emmener — sans doute chez sa maîtresse, qui allait me réprimander pour ce que j'avais fait. Le lendemain, toutefois, je demandai à Pumpkin de trouver un prétexte pour m'envoyer en courses. Elle craignit de s'attirer des ennuis, mais je lui promis de lui revaloir ça. Aussi à trois heures m'appela-t-elle, depuis la cour :

— Chiyo-san, pourrais-tu aller m'acheter des cordes de shamisen et des magazines de Kabuki ?

On lui avait conseillé de lire des magazines de Kabuki pour se cultiver.

Puis elle lança, plus fort cette fois :

— Vous êtes d'accord, Tatie ?

Mais Tatie ne répondit pas : elle faisait la sieste à l'étage.

Je quittai l'okiya puis longeai la rivière Shirakawa jusqu'au pont en arc qui menait à Motoyoshi-cho, une autre partie de Gion. Il faisait très beau. Nombre d'hommes et de geishas se promenaient, admirant les cerisiers pleureurs, dont les vrilles tombaient sur l'eau. Comme j'attendais sur le pont, je vis un groupe de touristes étrangers venus visiter le célèbre quartier de Gion. Ce n'étaient pas les premiers étrangers que je voyais dans Kyoto, mais je les trouvai étonnants : ces dames au grand nez, aux cheveux flamboyants, vêtues de longues robes ; ces messieurs si grands, si sûrs d'eux, dont les talons claquaient sur le trottoir. L'un des hommes me montra du doigt, chuchota dans une langue étrangère, et ils se tournèrent tous vers moi pour me regarder. Je me sentis tellement gênée, que je feignis de chercher quelque chose sur le sol. Ainsi je pus m'accroupir, échapper à leurs regards.

Là-dessus la bonne de Mameha arriva. Elle me fit traverser le pont, puis longer la rivière jusque chez sa maîtresse, comme je l'avais craint. Je reconnus la maison devant laquelle Hatsumomo et Korin m'avaient remis le kimono, avant de m'obliger à monter l'escalier. Je trouvai injuste que cette mésaventure dût à nouveau me causer des désagréments, après si longtemps. La bonne ouvrit la porte coulissante. Je gravis les marches dans la pénombre. Une fois en haut, nous ôtâmes l'une et l'autre nos chaussures, puis nous entrâmes dans l'appartement.

— Chiyo est là, madame ! lança la servante.

J'entendis Mameha répondre, depuis la pièce du fond :

— Très bien, merci, Tatsumi !

La jeune femme me conduisit à une table, près d'une fenêtre ouverte. Je m'agenouillai sur l'un des coussins, m'efforçai d'avoir l'air calme. Peu après, une autre servante arriva avec une tasse de thé, qu'elle posa devant moi — car il s'avéra que Mameha n'avait pas une servante, mais deux. Je ne m'attendais pas à ce qu'on me serve du thé. On ne m'avait pas traitée ainsi depuis le dîner chez M. Tanaka, il y avait des années de ça. Je m'inclinai pour remercier la servante, et bus quelques gorgées — je ne voulais pas paraître impolie. Après quoi je restai assise un long moment, sans rien d'autre à faire que tourner la tête vers la fenêtre et regarder couler la rivière Shirakawa.

L'appartement de Mameha était petit, mais coquet. Il y avait des tatamis neufs — ils étaient jaune-vert, et sentaient bon la paille. Si vous avez jamais regardé un tatami de près, vous aurez vu qu'il est gansé, généralement de coton foncé, ou de lin. Mais ces tatamis-là avaient une ganse de soie, avec un motif vert et or. Dans une alcôve, près de la fenêtre, était accroché un rouleau superbement calligraphié, qui se révéla être un cadeau du célèbre calligraphe Matsudaira Koichi à Mameha. Sur la tablette de l'alcôve, il y avait une composition florale : des branches de cornouiller dans un vase étrange, d'un noir profond, au vernis craquelé. Ce vase était un présent de Yoshida Sakuhei à Mameha. Sakuhei était un grand maître dans l'art de la céramique « setoguro ». Cet homme devint une gloire nationale de son vivant, dans les années qui suivirent la Seconde Guerre mondiale.

Mameha sortit de la pièce du fond, exquise, dans un kimono crème, avec un motif de vaguelettes sur l'ourlet du bas. Je me tournai vers elle et m'inclinai sur le tatami, comme elle glissait à petits pas vers la table. Elle s'agenouilla en face de moi, prit une gorgée du thé que lui apporta la servante, puis me dit :

— Bien... Chiyo, c'est cela ? Et si tu m'expliquais comment tu as fait pour sortir de ton okiya ? Je suis sûre que Mme Nitta n'apprécie pas que ses servantes aillent vaquer à leurs affaires l'après-midi !

Je ne m'étais pas attendue à ce genre de question. Et je ne trouvai rien à dire, bien que je sache qu'il serait impoli de ne pas répondre. Mameha sirota son thé, tout en me regardant. Ce visage à l'ovale parfait avait une expression bienveillante. Finalement elle dit :

— Ne crois pas que ce soit un reproche. Je veux seulement m'assurer que tu ne t'es pas attiré d'ennuis en venant ici.

Cette précision me rassura.

— Non, madame, affirmai-je. Je suis censée être en train d'acheter des magazines de Kabuki et des cordes de shamisen.

— Oh, j'ai plein de magazines de ce genre.

Puis elle appela sa servante. Elle lui ordonna d'aller chercher des magazines de Kabuki et de les poser sur la table, devant moi.

— Tu les emporteras en partant, déclara-t-elle. Ainsi, personne ne se demandera où tu étais. Maintenant dis-moi. Quand je suis venue à ton okiya présenter mes condoléances, j'ai vu une autre fille de ton âge.

— Ce doit être Pumpkin. Avec un visage rond ?

Mameha voulut savoir pourquoi je l'appelais Pumpkin. Elle rit quand je le lui dis.

— Cette Pumpkin, continua Mameha, elle s'entend bien avec Hatsumomo ?

— D'après moi, madame, Hatsumomo ne lui prête pas plus d'attention qu'à une feuille qui se serait posée dans la cour.

— Comme c'est poétique... une feuille qui s'est posée dans la cour. Hatsumomo te traite aussi de cette façon ?

J'ouvris la bouche pour parler, mais j'hésitai : devais-je dire la vérité ? Je connaissais très peu Mameha. Et puis il eût été inconvenant de parler en mal d'Hatsumomo à quelqu'un d'extérieur à l'okiya. Mameha parut deviner mes pensées, car elle me dit :

— Tu n'es pas obligée de répondre. Je sais très bien comment Hatsumomo te traite : comme un serpent prêt à se jeter sur sa proie.

— Si je puis me permettre, qui vous l'a dit ?

— La psychologie d'Hatsumomo n'a rien de bien compliqué : elle réagit un peu comme un chat. Le chat est heureux tant qu'il est étendu au soleil, tout seul. Mais s'il vient à penser qu'un autre chat pourrait lorgner son repas... On ne t'a jamais raconté comment Hatsumomo a chassé la jeune Hatsuoki de Gion ?

Je lui dis que non.

— Hatsuoki était très jolie, commença Mameha. Nous étions amies. Elle était la sœur d'Hatsumomo, car elle avait été formée par la même geisha — la grande Tomihatsu, déjà une vieille dame, à l'époque. Ton Hatsumomo n'a jamais aimé Hatsuoki, et quand elles sont devenues toutes les deux apprenties geishas, Hatsumomo n'a pu supporter de voir en Hatsuoki une rivale possible. Aussi a-t-elle fait courir le bruit qu'on avait surpris Hatsuoki dans une situation compromettante avec un jeune policier, un soir, dans une ruelle. Evidemment, c'était faux. Mais voilà comment procéda Hatsumomo : chaque fois qu'elle se trouvait en présence de quelqu'un qui avait trop bu — une geisha, une servante, ou un homme visitant Gion — elle lui soufflait l'histoire d'Hatsuoki. Et de telle façon que le lendemain, la personne en question eût oublié qui la lui avait racontée. Cela ne tarda pas à ruiner la réputation d'Hatsuoki. Encore quelques malveillances, et Hatsumomo avait évincé la jeune geisha, qui dut quitter Gion.

J'éprouvai un étrange soulagement : Hatsumomo s'était attaquée à une autre que moi.

— Elle ne supporte pas d'avoir des rivales, poursuivit Mameha. C'est pourquoi elle te traite de cette façon.

— Hatsumomo ne peut me considérer comme une rivale, madame, dis-je. L'océan n'a rien à craindre d'une simple flaque !

— Peut-être pas dans les maisons de thé de Gion,

mais dans votre okiya. Ne trouves-tu pas bizarre que Mme Nitta n'ait jamais adopté Hatsumomo ? Parmi les riches maisons de Gion, l'okiya Nitta doit être la seule qui n'ait pas choisi d'héritière. En adoptant Hatsumomo, non seulement Mme Nitta résoudrait le problème, mais tous les gains de la geisha iraient à l'okiya. Et puis Hatsumomo a une carrière florissante. On aurait pu penser que Mme Nitta, que l'argent ne laisse pas indifférente, l'aurait adoptée rapidement. Si elle ne l'a pas fait, c'est qu'elle a une bonne raison, ne crois-tu pas ?

Je n'avais jamais réfléchi à cela, mais maintenant que j'y pensais, j'étais sûre d'avoir la réponse à cette question.

— Adopter Hatsumomo, dis-je, ce serait laisser le tigre sortir de sa cage.

— Oui, sans nul doute. Mme Nitta doit savoir quel genre de fille adoptive serait Hatsumomo — de celles qui s'évertuent à chasser leur Mère. De toute façon, Hatsumomo n'a pas plus de patience qu'un enfant. Elle ne serait même pas capable de garder un criquet dans une cage en osier. Au bout d'un an ou deux, elle vendrait les kimonos de l'okiya et prendrait sa retraite. Voilà pourquoi, petite Chiyo, Hatsumomo te déteste autant. Alors qu'elle ne craint pas que Mme Nitta adopte Pumpkin, d'après moi.

— Mameha-san, dis-je, je suis certaine que vous vous souvenez de ce kimono qu'on vous a rendu taché d'encre...

— C'est toi qui as écrit dessus.

— Euh... oui, madame. C'est Hatsumomo qui a tout manigancé, vous vous en doutez. Mais j'aimerais un jour avoir l'occasion de vous prouver à quel point je regrette.

Mameha me dévisagea longuement. Je ne voyais pas ce qu'elle pouvait penser, jusqu'à ce qu'elle dise :

— Tu peux t'excuser, si tu veux.

Je reculai de la table et m'inclinai très bas sur les tatamis. Mais avant que j'aie pu dire quoi que ce soit, Mameha m'interrompit.

— Ce serait là une charmante révérence, si tu étais une paysanne, et que tu viennes à Kyoto pour la première fois, me dit-elle. Mais si tu veux paraître sophistiquée, c'est ainsi que tu dois procéder. Regarde-moi. Tu t'éloignes davantage de la table. Très bien. Tu tends les bras devant toi et tu poses le bout des doigts sur le tatami. Le bout des doigts, pas toute la main ! Et n'écarte pas les doigts. Oui, très bien. Voilà ! C'est charmant, ça. Incline-toi aussi bas que possible, mais garde le cou bien droit. Ne baisse pas la tête comme ça. Et, pour l'amour du ciel, ne prends pas appui sur tes mains, ce n'est pas très féminin ! C'est bien. Essaie encore une fois.

Je m'inclinai à nouveau devant elle, et lui dis combien j'étais navrée d'avoir abîmé son beau kimono.

— Il était beau, hein ? s'écria-t-elle. Enfin, oublions ça. Je veux savoir pourquoi tu ne vas plus à l'école. Tes professeurs m'ont dit que tu étais très douée. Tu devrais être sur le point de commencer une belle carrière de geisha. Pourquoi Mme Nitta a-t-elle interrompu ta formation ?

Je lui parlai de mes dettes — le kimono, entre autres, et la broche qu'Hatsumomo m'avait accusée d'avoir volée. Quand j'eus fini, Mameha continua à me regarder froidement. Finalement elle déclara :

— Il y a quelque chose que tu ne me dis pas. Vu l'importance de tes dettes, Mme Nitta devrait être d'autant plus désireuse de te voir devenir geisha. Tu ne la rembourseras jamais en restant servante.

En entendant cela, je dus baisser les yeux, honteuse, sans même m'en apercevoir, car Mameha devina mes pensées sur-le-champ.

— Tu as essayé de t'enfuir, n'est-ce pas ?

— Oui, madame, dis-je. J'avais une sœur. On nous avait séparées, mais nous avions fini par nous retrouver. Nous nous étions donné rendez-vous, un soir, pour nous enfuir... Mais je suis tombée du toit et je me suis cassé le bras.

— Tu es tombée du toit ! C'est une plaisanterie ! Tu étais montée là-haut pour voir Kyoto une dernière fois ? !

Je lui expliquai pourquoi j'avais fait cela.

— Je sais que c'était idiot de ma part, dis-je. Mère n'investira plus un yen dans mon éducation, de peur que je m'enfuie à nouveau.

— Il n'y a pas que ça. Une fille qui s'enfuie donne une mauvaise image de la maîtresse de l'okiya. « Elle n'arrive même pas à garder ses servantes ! » Voilà ce que disent les gens. Mais que vas-tu devenir, Chiyo ? Je ne te vois pas servante toute sa vie.

— Oh, madame... je ferais n'importe quoi pour réparer mes erreurs ! dis-je. Ça fait plus de deux ans, maintenant. J'ai attendu si patiemment qu'une occasion se présente !

— Attendre patiemment n'est pas dans ta nature. Je vois que tu as beaucoup d'eau en toi. L'eau ne patiente pas. Elle change de forme, contourne les obstacles, trouve des itinéraires auxquels personne n'avait songé — le trou dans le toit, ou au fond de la boîte. L'eau est le plus changeant des cinq éléments. Elle peut tout balayer sur son passage, éteindre le feu, ronger un morceau de métal et l'emporter par le fond. Même le bois, son élément complémentaire, a besoin d'eau pour rester vivant. Et pourtant, tu n'as pas profité de ces atouts pour progresser, n'est-ce pas ?

— En fait, madame, c'est en voyant couler de l'eau que j'ai eu l'idée de m'évader par les toits.

— Tu es une fille intelligente, Chiyo. Mais je ne suis pas sûre que cette tentative de fuite ait été l'une de tes plus brillantes initiatives. Ceux qui comme nous ont de l'eau dans leur thème ne choisissent pas d'aller dans une direction plutôt qu'une autre. Ils vont là où leur vie les entraîne, tel le fleuve, dont le cours se modèle sur le paysage qu'il traverse.

— Je dois être un fleuve bloqué par un barrage, alors. Un barrage appelé Hatsumomo.

— C'est une façon de voir les choses, dit Mameha, tout en me regardant. Mais parfois les fleuves font sauter les barrages.

En allant chez Mameha, je m'étais demandé pourquoi elle m'avait fait venir. J'avais vite compris que ce n'était pas à cause du kimono. Enfin mes yeux se dessillaient : Mameha voulait se servir de moi pour se venger d'Hatsumomo ! C'étaient des rivales. Sinon, pourquoi Hatsumomo aurait-elle abîmé le kimono de Mameha, deux ans plus tôt ? Celle-ci devait avoir attendu son heure. Elle allait se servir de moi comme d'une mauvaise herbe, qui finit par tuer toute végétation alentour. Elle ne désirait pas seulement se venger, mais se débarrasser d'Hatsumomo, si je devinais bien.

— En tout cas, dit Mameha, la situation n'évoluera pas tant que Mme Nitta ne te laissera pas reprendre tes cours.

— Ça m'étonnerait que ça arrive, dis-je. J'ai peu d'espoir de la convaincre en ce sens.

— Ne t'inquiète pas de la convaincre, mais du moment opportun où la solliciter.

La vie m'avait donné quelques grandes leçons, mais la patience n'était pas ma principale qualité. Je ne voyais même pas ce que Mameha entendait par « le moment opportun ». Je lui dis que si elle pouvait me souffler mon texte, je serai ravie de parler à Mère dès le lendemain.

— Tu sais, Chiyo, aller dans la vie en trébuchant n'est pas le meilleur moyen d'avancer. Tu dois savoir agir au bon moment. Une souris qui veut duper un chat ne sort pas de son trou n'importe quand. Tu sais lire ton almanach ?

Avez-vous déjà vu un almanach ? Ces livres sont remplis de caractères obscurs, de tableaux compliqués. Les geishas sont très superstitieuses, je l'ai dit. Mère, Tatie, la cuisinière, les servantes, prenaient rarement une décision sans consulter leur almanach, même s'il s'agissait d'un acte aussi banal que l'achat d'une paire de chaussures. Quant à moi, je n'avais jamais utilisé d'almanach.

— Ça ne m'étonne pas qu'il te soit arrivé autant de malheurs, me dit Mameha. Tu as essayé de t'enfuir sans voir si le jour était propice ou pas, exact ?

Je lui racontai que ma sœur avait décidé du jour de notre évasion. Mameha voulut savoir si je me souvenais de la date. Je finis par m'en souvenir en regardant l'almanach avec elle. C'était en 1929, le dernier mardi d'octobre, quelques mois après qu'on nous eut arrachées à notre foyer, Satsu et moi.

Mameha dit à sa servante d'apporter un almanach

de cette année-là. Après m'avoir demandé mon signe — singe — elle passa un certain temps à vérifier, puis à revérifier des données sur divers tableaux, de même que les aspects généraux concernant mon signe pour le mois en question. Finalement elle me lut les prévisions :

— « Période particulièrement peu favorable. Ne pas utiliser d'aiguillles, ne consommer que les aliments habituels, ne pas voyager. »

Elle s'interrompit pour me regarder.

— Tu as vu ? Voyager. Ensuite il y a la liste des choses que tu dois éviter... Voyons... prendre un bain pendant l'heure du coq, acheter des vêtements, « se lancer dans de nouvelles entreprises » et puis, écoute ça : « changer de lieu de résidence ».

Là-dessus Mameha referma le livre et me regarda.

— As-tu pris garde à une seule de ces choses ?

La plupart des gens ne croient pas à ce genre de prévisions. Mais si j'avais moi-même eu des doutes, ceux-ci eussent été balayés par l'horoscope de Satsu pour la même période. Après m'avoir demandé le signe de ma sœur, Mameha étudia les prévisions la concernant.

— Bien, dit-elle, au bout d'un petit moment. Voilà ce qu'il y a écrit : « Jour propice à des changements mineurs. » Ce n'est peut-être pas le jour rêvé pour s'évader, mais c'est tout de même la date la plus favorable de cette semaine-là et de la suivante.

Ensuite venait une nouvelle surprenante.

— « Un bon jour pour voyager dans le sens de la Chèvre », m'annonça Mameha.

Elle alla chercher une carte, trouva Yoroido. Mon village était au nord-est de Kyoto, orientation correspondant au signe de la Chèvre. Satsu avait consulté son almanach ! — sans doute pendant les quelques minutes où elle m'avait laissée seule, dans cette pièce, sous l'escalier du Tatsuyo. Elle avait eu raison de le faire, car elle s'était évadée, et moi pas.

Je réalisai à quel point j'avais été inconsciente — en tout, pas uniquement dans ma tentative d'évasion. Je comprenais enfin l'interdépendance des choses, outre l'influence des planètes sur le destin. Nous, les humains, sommes une part infime d'un grand tout. En posant le pied par terre, nous pouvons écraser un scarabée, ou provoquer un léger courant d'air qui modifiera la trajectoire d'une mouche. Maintenant considérons que nous sommes ce scarabée, et donnons à l'univers le rôle que nous venons de jouer. Il est évident que nous sommes affectés chaque jour par des forces qui nous dépassent, tout comme le pauvre scarabée voit notre pied géant s'écraser sur lui, impuissant. Que faire, alors ? Utiliser toutes les méthodes possibles pour comprendre les forces de l'univers, et nous y soumettre, au lieu d'aller à contre-courant.

Mameha consulta à nouveau l'almanach à mon bénéfice. Elle sélectionna plusieurs dates, durant les semaines à venir, propices à des changements notables. Devais-je parler à Mère, et que devais-je lui dire, d'après elle ?

— Je ne pense pas que tu doives parler toi-même à Mme Nitta, dit Mameha. Elle refuserait ta demande d'emblée. A sa place, je t'éconduirais sur-le-champ ! Car il n'y a pas une geisha, à Gion, qui ait envie d'être ta grande sœur.

Cette nouvelle m'attrista.

— Dans ce cas, que vais-je faire, Mameha-san ?

— Tu vas retourner dans ton okiya, Chiyo, conseilla-t-elle, et ne dire à personne que nous avons parlé.

Là-dessus elle me lança un regard me signifiant de m'incliner et de prendre congé. Ce que je fis. J'étais si troublée que je partis en oubliant les magazines de Kabuki et les cordes de shamisen que Mameha avait préparés pour moi. Sa servante dut me rattraper dans la rue pour me les donner.

# *11*

Il me faut expliquer ce que Mameha entendait par
« grande sœur », même si, à l'époque, j'avais assez peu
d'informations sur le sujet. Quand une fille est finalement
prête à devenir apprentie geisha, elle doit avoir noué une
relation avec une geisha plus expérimentée. Mameha
avait mentionné la grande sœur d'Hatsumomo, la
célèbre Tomihatsu, qui était déjà bien vieille quand elle
forma Hatsumomo. Mais les grandes sœurs ne sont pas
forcément plus âgées que les geishas dont elles assurent
la formation. N'importe quelle geisha peut être la grande
sœur d'une geisha plus jeune. Il suffit pour cela qu'elle
soit son aînée d'un jour.

Lorsque deux filles deviennent sœurs, elles procè-
dent à une cérémonie qui ressemble à celle du mariage.
Après quoi elles se considèrent comme parentes, s'appellent « Grande Sœur » et « Petite Sœur », comme dans
une vraie famille. Certaines geishas peuvent ne pas s'acquitter de leur tâche aussi bien qu'elles le devraient,
mais celles qui remplissent leur rôle deviennent la figure
majeure dans la vie d'une jeune geisha. La grande sœur
apprend à sa cadette comment réagir à une plaisanterie
graveleuse : avec un subtil mélange de plaisir et d'embarras, lui dit quelle cire choisir comme base de maquillage. Mais son rôle va bien au-delà. Elle doit s'assurer
que la novice saura attirer l'attention des gens qu'il lui

serait utile de connaître. Ainsi, la grande sœur emmène sa cadette dans Gion. Elle la présente aux maîtresses des maisons de thé qu'il lui serait bon de fréquenter, aux perruquiers, aux chefs des grands restaurants, et cetera.

Cela représente beaucoup de travail. Mais une grande sœur ne se contente pas de faire le tour de Gion dans la journée avec sa protégée. Gion est un astre qui brille surtout la nuit. Le soir, la grande sœur emmènera sa cadette dans les maisons de thé, pour la présenter à ses clients et autres protecteurs. Elle leur dira : « Vous connaissez Une Telle, ma petite sœur ? Souvenez-vous bien de son nom, car elle fera parler d'elle ! Et soyez assez aimable pour la laisser vous voir la prochaine fois que vous viendrez à Gion. » Bien entendu, peu d'hommes paient des sommes prodigieuses pour passer la soirée à bavarder avec une fille de quatorze ans. Ce client ne demandera probablement pas à revoir la jeune fille, la prochaine fois qu'il viendra en ville. Mais la grande sœur et la maîtresse de la maison de thé continueront à vanter les qualités de l'apprentie, jusqu'à ce que le client demande à la voir. S'il s'avère qu'elle ne lui plaît pas, pour une raison quelconque, c'est une autre histoire. Mais sinon, il finira probablement par devenir l'un de ses protecteurs, et par apprécier vivement sa compagnie — tout comme il apprécie celle de sa grande sœur.

Une grande sœur a souvent l'impression de trimbaler un sac de riz à travers la ville. Car non seulement la petite sœur dépend de son aînée comme un voyageur du train dans lequel il est monté, mais si la petite sœur se conduit mal, la responsabilité retombe sur sa grande sœur. Une geisha célèbre et très occupée supportera tous ces aléas, car lorsqu'une apprentie geisha réussit, toute la communauté en profite. L'apprentie en bénéficie, car elle peut payer ses dettes. Et avec un peu de chance, elle deviendra la maîtresse d'un homme riche. Quant à la sœur aînée, elle touche une part des honoraires de sa cadette — de même que les maîtresses des différentes maisons de thé que fréquente la jeune apprentie. Même le perruquier profite du succès d'une jeune geisha. Et la boutique où l'on vend les ornements que les geishas mettent dans leurs cheveux. Et le magasin de douceurs, où la geisha achète parfois des cadeaux pour ses protecteurs. Ces commerçants ne perçoivent aucun pourcentage sur les gains de la jeune femme, mais celle-ci amène de nouveaux clients à Gion, qui font prospérer leurs affaires.

La destinée de toute future geisha est entre les mains de sa grande sœur. Toutefois, rares sont les filles qui peuvent choisir leur grande sœur. Une geisha connue ne mettra pas sa réputation en péril en prenant une petite sœur qu'elle juge obtuse, ou susceptible de déplaire à ses protecteurs. D'un autre côté, la maîtresse d'une okiya, qui a investi des sommes importantes dans la formation d'une apprentie, ne la confiera pas à une geisha sans éclat. Les geishas renommées sont souvent sollicitées. Elles peuvent refuser certaines demandes, mais elles doivent en accepter d'autres. Ce qui m'amène à vous expliquer pourquoi je n'étais pas une candidate recherchée.

A l'époque où j'arrivai à l'okiya, Mère pensait sans doute qu'Hatsumomo deviendrait ma grande sœur. Celle-ci avait beau être cruelle, toute apprentie eût été ravie de devenir sa petite sœur. A Gion, Hatsumomo avait déjà formé au moins deux geishas renommées. Elle me maltraitait, soit, mais elle se conduisait bien avec ses petites sœurs. Elle avait choisi de les former. Elle le faisait par intérêt. De là à compter sur elle pour s'occuper de moi et se contenter des quelques yen supplémentaires que ça lui rapporterait... Autant demander à un chien d'accompagner un chat au coin de la rue sans le mordre en chemin. Mère aurait sans doute pu obliger Hatsumomo à devenir ma grande sœur. Non seulement la geisha habitait l'okiya, mais elle possédait peu de kimonos — elle était donc dépendante de la collection de la maison. Toutefois, rien n'aurait pu obliger Hatsumomo à être une grande sœur consciencieuse, selon moi. Le jour où on lui aurait demandé de m'emmener à la maison de thé Mizuki pour me présenter à la maîtresse, elle m'aurait entraînée sur la rive du fleuve Kamo. « Fleuve Kamo, aurait-elle dit, tu connais ma petite sœur ? », puis elle m'aurait poussée à l'eau.

Quant à imaginer qu'une autre geisha pourrait s'occuper de moi... c'eût été défier Hatsumomo. Peu de geishas, à Gion, étaient assez courageuses pour ça.

*
* *

Un jour, en fin de matinée, quelques semaines après mon entrevue avec Mameha, je servais le thé à Mère et à une invitée, au salon, quand Tatie ouvrit la porte.

— Excusez-moi de vous déranger, Kakoyo-san, dit-elle.

Kakoyo était le vrai nom de Mère, mais on l'utilisait rarement.

— Je me demandais si vous pourriez vous excuser auprès de votre invitée et l'abandonner quelques instants, poursuivit Tatie. Nous avons une visiteuse.

En entendant cela, Mère eut un rire grasseyant.

— Tu dois t'ennuyer, Tatie, dit-elle, pour annoncer les visiteurs toi-même. On ne peut pas dire que les servantes se fatiguent beaucoup, mais si en plus tu fais leur travail !

— J'ai pensé que vous préféreriez que je vous le dise moi-même, répondit Tatie. La visiteuse, c'est Mameha.

Je commençais à croire qu'il ne sortirait rien de mon entrevue avec Mameha. Mais en apprenant qu'elle était là... je rougis affreusement — comme si j'étais une ampoule qu'on venait d'allumer. Après un long moment de silence, l'invitée de Mère déclara :

— Mameha-san... Rien que ça ! Je file, mais vous promettez de tout me raconter !

Je profitai du départ de cette dame pour m'éclipser. Puis Mère dit une chose qui me sidéra. Elle vida sa pipe dans un cendrier qu'elle avait rapporté du salon, me tendit ce cendrier, puis déclara :

— Tatie, viens arranger ma coiffure, s'il te plaît.

Je ne l'avais encore jamais vue se préoccuper de

son apparence. Elle était toujours élégante, certes. Mais elle pouvait se parer des plus belles étoffes, ses yeux suintaient tel un morceau de poisson pourri. C'était comme sa chambre : elle avait beau être pleine de jolis objets, elle n'en restait pas moins glauque. Et puis Mère attachait aussi peu d'importance à ses cheveux qu'un train à sa cheminée. Cette chose était sur le dessus, rien de plus.

Pendant que Mère introduisait notre visiteuse, je restai dans le quartier des servantes, à nettoyer le cendrier. Je m'évertuai à capter leurs propos avec une telle force, que je n'aurais pas été surprise d'avoir des bourdonnements d'oreille.

Mère commença ainsi :

— Je m'excuse de vous avoir fait attendre, Mameha-san. Votre visite nous honore !

Mameha répondit :

— J'espère que vous me pardonnerez cette visite impromptue, madame Nitta.

La conversation se poursuivit sur ce registre pendant quelques minutes. J'étais frustrée, tel un homme qui finit par hisser un coffre en haut d'une colline avec des efforts considérables, pour s'apercevoir qu'il y a des pierres à l'intérieur.

Elles quittèrent le vestibule pour le salon. Je voulais absolument savoir ce qu'elles allaient se dire. Je pris un chiffon dans le quartier des servantes, et me mis à briquer le parquet de l'entrée. Un autre jour, Tatie ne m'aurait pas permis d'astiquer le plancher alors que nous avions une visiteuse, mais elle était aussi curieuse que moi de cette conversation. La servante qui avait servi le thé sortit du salon. Tatie se plaça dans un angle discret, et s'assura que la porte restait légèrement entrebâillée. Nouvel échange de propos anodins. J'écoutais avec une concentration telle, que j'en oubliai ce qui se passait autour de moi. Quelle ne fut pas ma surprise, en redressant la tête, de me retrouver nez à nez avec Pumpkin ! Elle était à genoux, elle briquait le parquet, bien que je fusse déjà en train de le faire et qu'on l'eût déchargée de toutes tâches ménagères.

— Qui est Mameha ? me souffla-t-elle.

A l'évidence, elle avait surpris une conversation entre les servantes. Celles-ci étaient rassemblées à l'orée du passage, non loin de la galerie.

— C'est une rivale d'Hatsumomo, murmurai-je. C'est sur son kimono qu'Hatsumomo m'a obligée à mettre de l'encre.

Pumpkin sembla sur le point de dire autre chose, puis nous entendîmes Mameha déclarer :

— Madame Nitta, j'espère que vous me pardonnerez cette intrusion, mais j'aimerais vous parler brièvement de votre servante, Chiyo.

— Oh, non, fit Pumpkin.

Elle avait l'air navrée pour moi.

— Notre Chiyo est parfois agaçante. J'espère qu'elle ne vous a pas importunée.

— Non, non, ne vous inquiétez pas, dit Mameha. Mais elle ne vient plus à l'école, depuis quelque temps. J'avais tellement l'habitude de la voir dans les couloirs ! J'ai fini par penser qu'elle était gravement malade ! Je connais un très bon médecin. Voulez-vous que je lui demande de passer ?

— C'est très aimable à vous, dit Mère, mais vous devez confondre avec une autre fille. Vous ne pouvez avoir croisé Chiyo dans les couloirs de l'école. Ça fait deux ans qu'elle ne va plus aux cours.

— Parlons-nous de la même jeune fille ? Très mignonne, avec de jolis yeux bleu-gris ?

— Elle a des yeux extraordinaires, oui. Il y a donc à Gion une autre fille aux yeux bleu-gris. Qui l'eût dit !

— Ça ferait deux ans que je ne l'ai pas vue ? dit Mameha. J'ai du mal à le croire. Sans doute parce qu'elle m'a fait une forte impression. Si je puis me permettre, madame Nitta... est-elle en bonne santé ?

— Oh oui ! Elle est robuste comme un jeune chêne, et elle a autant besoin d'un tuteur, si je puis dire.

— Cependant elle ne va plus à l'école. C'est étonnant.

— Vous êtes jeune, vous avez du succès. Vous devez penser que la vie est facile, à Gion. Mais les temps sont durs. Je ne puis me permettre d'investir de l'argent sur n'importe qui. Quand j'ai réalisé le peu d'atouts qu'avait Chiyo...

— Nous ne parlons donc pas de la même fille, dit Mameha. Je ne puis croire qu'une femme d'affaires comme vous, madame Nitta, dise de Chiyo qu'elle a peu d'atouts...

— Vous êtes sûre qu'elle s'appelle Chiyo ? demanda Mère.

Aucune d'entre nous ne vit que Mère, en disant ces mots, avait quitté la table et traversé le salon. Deux secondes plus tard, elle ouvrait la porte. Sur l'oreille de Tatie. Laquelle fit un pas de côté comme si de rien n'était. Mère feignit de n'avoir rien vu. Elle se tourna vers moi et me dit :

— Chiyo-chan, viens un moment au salon.

Le temps que je referme la porte derrière moi et m'agenouille sur le tatami pour saluer Mameha, Mère avait regagné sa place à table.

— Voilà notre Chiyo, dit Mère.

— La jeune fille dont je parlais ! s'exclama Mameha. Comment ça va, Chiyo-chan ? Je suis ravie que tu aies l'air en aussi bonne santé ! J'étais juste en train de dire à Mme Nitta que je commençais à m'inquiéter à ton sujet. Mais tu sembles très bien te porter.

— Oui, madame, ça va très bien, répliquai-je.

— Merci, Chiyo, me dit Mère.

Je m'inclinai. J'allais me retirer. Mais avant que j'aie pu me relever, Mameha déclara :

— Vous savez, madame Nitta, elle est vraiment mignonne. J'ai souvent pensé vous demander la permission d'en faire ma petite sœur. Mais vu qu'elle a interrompu ses cours...

Cette nouvelle laissa Mère pantoise. Elle resta figée, sa tasse de thé à la main. Elle ne réussit à la porter à ses lèvres qu'au moment où je sortis de la pièce. M'agenouillant à nouveau dans l'entrée, je l'entendis déclarer :

— Une geisha comme vous, Mameha-san... vous

pourriez choisir qui vous voulez parmi les apprenties geishas de Gion.

— Je suis assez sollicitée, c'est vrai. Mais ça fait plus d'un an que je n'ai pas pris de petite sœur. On pourrait croire qu'avec la crise les clients se font rares, mais en fait, je n'ai jamais autant travaillé. Je suppose que l'argent va où il y a l'argent, même dans les temps difficiles.

— Ils ont d'autant plus besoin de s'amuser, dit Mère. Mais vous disiez...

— Oui, qu'est-ce que je disais ? Oh, peu importe. Je ne voudrais pas vous importuner plus longtemps. Je suis contente que Chiyo soit en bonne santé.

— En très bonne santé, oui. Mais restez encore un peu, Mameha-san, je vous en prie. Vous envisageriez de prendre Chiyo comme petite sœur ?

— Eh bien, vu qu'elle ne va plus à l'école depuis plus d'un an..., dit Mameha. Quoi qu'il en soit, madame Nitta, vous devez avoir une excellente raison pour avoir pris cette décision. Je ne me permettrais pas de contester votre jugement.

— C'est terrible, les choix qu'on est obligé de faire, par les temps qui courent, c'est déchirant ! Je n'avais plus les moyens de payer ses leçons ! Cependant, Mameha-san, si vous estimez qu'elle a un potentiel, n'hésitez pas à investir sur elle. Vous ne le regretterez pas.

Mère tentait de profiter de Mameha. Une geisha ne paie jamais les leçons de sa petite sœur.

— J'aimerais qu'une telle chose soit possible, dit Mameha, mais avec la crise...

— Peut-être pourrais-je malgré tout m'arranger, dit Mère. Bien que Chiyo soit un peu tête de mule et que ses dettes soient considérables. A mon avis, elle n'arrivera jamais à les rembourser.

— Une belle fille comme elle ? Ce qui me surprendrait, ce serait qu'elle ne les rembourse pas.

— De toute façon, il n'y a pas que l'argent, dans la vie, n'est-ce pas ? dit Mère. Une fille comme Chiyo mérite qu'on fasse le maximum pour elle. Peut-être pourrais-je voir à investir un peu plus sur elle... juste pour ses leçons, voyez. Mais où cela nous mènerait-il ?

— Je ne doute pas que les dettes de Chiyo soient considérables, dit Mameha. Toutefois, je suis certaine qu'elle les aura remboursées avant son vingtième anniversaire.

— Avant ses vingt ans ! s'écria Mère. D'après moi, il n'y a pas une fille, à Gion, qui ait accompli un tel exploit. Et puis si vous devenez la grande sœur de Chiyo, ses dettes ne feront qu'augmenter.

Mère ne parlait pas seulement de mes frais d'études, mais de l'argent qu'elle devrait reverser à Mameha. Les geishas de la classe de Mameha prenaient sur les gains de leur petite sœur un pourcentage plus important que les autres.

— Mameha-san, si vous aviez encore un peu de temps, poursuivit Mère, je me permettrais de vous faire une proposition. Si la grande Mameha dit que Chiyo peut rembourser ses dettes avant son vingtième anniversaire, pourquoi en douterais-je ? Chiyo ne réussira qu'avec une grande sœur comme vous, c'est certain. Malheureusement, ces temps-ci, notre okiya ne dispose pas de fonds illimités. Je ne pourrais traiter avec vous dans les conditions qui sont habituellement les vôtres. Le mieux que je puisse faire, c'est vous proposer la moitié de ce que vous êtes en droit d'attendre.

— On m'a fait plusieurs propositions, récemment, dit Mameha. Des offres très généreuses. Si je décide de prendre une petite sœur, je ne puis renoncer à la moitié de mes gains.

— Je n'ai pas tout à fait fini, Mameha-san, dit Mère. Voilà ma proposition. Je ne puis vous offrir que la moitié de ce que vous pourriez espérer, soit. Mais si Chiyo a remboursé ses dettes avant son vingtième anniversaire, comme vous le pensez, je vous reverserai les cinquante pour cent restant, plus trente pour cent. A terme, vous aurez gagné plus d'argent.

— Et si à vingt ans Chiyo n'a pas remboursé ses dettes ? s'enquit Mameha.

— Pardonnez-moi d'être franche, dit Mère, mais dans ce cas, nous aurons fait un mauvais investissement l'une et l'autre. L'okiya ne pourrait alors vous rembourser ce qu'elle vous devrait.

Il y eut un silence. Mameha soupira.

— Je ne suis pas très douée pour les chiffres, madame Nitta. Mais si j'ai bien compris, vous voudriez me charger d'une tâche qui pourrait se révéler irréalisable, pour une rémunération deux fois moindre que la rémunération habituelle. Je crains de devoir décliner votre offre.

— Vous avez raison, dit Mère. Trente pour cent, c'est peu. Si vous réussissez, je vous offre le double.

— Mais rien si j'échoue.

— Rien n'est pas tout à fait le mot. Vous aurez perçu une part des gains de Chiyo jusqu'à ses vingt ans. Simplement, l'okiya ne pourrait vous reverser les cinquante pour cent restant.

J'étais certaine que Mameha allait refuser. Finalement elle dit :

— J'aimerais en savoir un peu plus sur la dette de Chiyo.

— Je vais vous chercher les livres de comptes, dit Mère.

*
\* \*

Je n'appris rien de plus. Tatie se lassa de me voir écouter aux portes, et m'envoya en courses. Durant tout l'après-midi, je fus agitée comme un tas de pierres, lors d'un tremblement de terre. Car bien entendu, je n'avais pas la moindre idée de la façon dont les choses allaient tourner. Si Mère et Mameha n'arrivaient pas à un accord, je resterais servante toute ma vie, aucun doute là-dessus.

Quand je rentrai à l'okiya, Pumpkin était agenouillée sur la galerie, face à la cour. Elle tirait des sons affreusement nasillards de son shamisen. Elle parut ravie de me voir, et me héla.

— Trouve une excuse pour aller chez Mère, dit-elle. Elle est restée enfermée dans sa chambre tout l'après-midi avec son abaque. Elle a une nouvelle à t'annoncer, j'en suis sûre. Après tu redescends vite me raconter !

Je trouvai que c'était là une très bonne idée. En faisant les courses, j'aurais dû acheter de la pommade pour la gale de la cuisinière, mais le pharmacien en manquait. J'allais monter chez Mère, m'excuser d'être revenue sans la crème. Ce qui l'indifférerait — sans doute ignorait-elle qu'on m'avait envoyée en chercher. Mais j'aurais un prétexte pour pénétrer dans sa chambre.

Mère écoutait une comédie à la radio. Habituellement, quand je la dérangeais en pareil moment, elle me faisait signe d'entrer et se remettait aussitôt à écouter la radio — tout en étudiant ses livres de comptes et en tirant sur sa pipe. Mais aujourd'hui, à ma grande surprise, elle éteignit la radio et ferma son livre de comptes d'un coup sec dès qu'elle me vit. Je m'inclinai devant elle et allai m'asseoir à sa table.

— Je t'ai vue dans l'entrée, pendant que Mameha était là, dit-elle. Tu briquais le parquet. Tu écoutais ce qu'on disait ?

— Non, madame. Il y avait une rayure sur le plancher. Pumpkin et moi, on essayait de la faire disparaître.

— Tu es une piètre menteuse, mais j'espère que tu feras une bonne geisha !

Puis elle rit, mais sans ôter sa pipe de sa bouche, si bien qu'elle souffla dans le tuyau. Des cendres s'envolèrent du fourneau. Des brins de tabac incandescents tombèrent sur son kimono. Mère posa sa pipe sur la table et se donna de grandes tapes jusqu'à ce qu'elle ait tout éteint.

— Ça va faire un peu plus d'un an que tu es à l'okiya, Chiyo, dit-elle.

— Un peu plus de deux ans, madame.

— Durant tout ce temps, c'est tout juste si j'ai remarqué ta présence. Et voilà qu'une geisha comme Mameha veut faire de toi sa petite sœur ! Va comprendre quelque chose à ça !

Selon moi, Mameha avait davantage envie de nuire à Hatsumomo que de me venir en aide. Mais je ne pouvais m'en ouvrir à Mère. J'allais lui dire que je ne voyais pas pourquoi Mameha s'intéressait à moi, quand la porte s'ouvrit. Hatsumomo parut.

— Excusez-moi, Mère, dit-elle. J'ignorais que vous étiez en train de tancer la servante !

— Elle a fini d'être servante, dit Mère. Nous avons eu aujourd'hui une visite que tu pourrais juger intéressante.

— Oui, j'ai cru comprendre que Mameha était venue tirer le petit vairon du ruisseau, rétorqua Hatsumomo.

Elle avança à pas feutrés sur le parquet et s'assit à table. Elle se serra entre Mère et moi, m'obligeant à me pousser.

— Mameha semble penser que Chiyo aura remboursé ses dettes avant son vingtième anniversaire, annonça Mère.

Hatsumomo avait le visage tourné vers moi. On aurait cru une mère regardant son enfant avec ravissement. Mais elle déclara :

— Peut-être, Mère, que si vous la vendiez à un bordel...

— Tais-toi, Hatsumomo. Je ne veux pas entendre ce genre de choses. Dis-moi seulement ce que tu as fait pour provoquer Mameha, ces derniers temps.

— Sans doute ai-je gâché la journée de miss Bégueule, en passant à côté d'elle dans la rue. Mais sinon je ne vois pas.

— Elle a une idée derrière la tête. J'aimerais savoir quoi.

— Ce n'est pas compliqué, Mère. Elle croit pouvoir m'atteindre en se servant de la Petite Sotte.

Mère ne répondit pas. Elle sembla réfléchir aux propos d'Hatsumomo.

— Peut-être pense-t-elle que Chiyo fera une meilleure geisha que Pumpkin et veut-elle se faire un peu d'argent grâce à elle. Qui pourrait l'en blâmer ?

— Enfin, Mère, Mameha n'a pas besoin de Chiyo pour gagner de l'argent ! Est-ce un hasard, si elle a choisi de perdre son temps avec une fille qui habite la même okiya que moi ? Mameha établirait une relation avec votre petit chien, si elle pensait que ça peut me faire quitter Gion.

— Allons, Hatsumomo. Pourquoi voudrait-elle te faire quitter Gion ?

— Parce que je suis plus belle qu'elle ! N'est-ce pas la meilleure des raisons ? Elle veut m'humilier en disant à tout le monde : « Je vous présente ma nouvelle petite sœur. Elle vit dans l'okiya d'Hatsumomo, mais c'est une telle perle que c'est à "moi" qu'ils ont confié son éducation. »

— Jamais Mameha ne se conduirait de cette façon-là, dit Mère, presque dans un souffle.

— Si elle croit pouvoir faire de Chiyo une geisha plus appréciée que Pumpkin, elle va tomber de haut, poursuivit Hatsumomo. Mais je suis ravie qu'on habille Chiyo en kimono et qu'on la promène partout. C'est une belle opportunité pour Pumpkin. Avez-vous déjà vu un chaton s'attaquer à une pelote de ficelle ? Pumpkin sera une bien meilleure geisha, quand elle se sera fait les dents sur cette pelote-là.

Cette idée sembla plaire à Mère, qui eut une espèce de sourire.

— Je n'avais jamais imaginé que la journée finirait comme ça, dit-elle. Ce matin, quand je me suis réveillée, j'avais deux filles inutiles, dans cette okiya. Maintenant j'ai deux apprenties en passe de réussir, et cela avec l'appui de deux des meilleures geishas de Gion !

# 12

Le lendemain après-midi, Mameha me convoqua chez elle. Cette fois elle était assise à table et m'attendait, quand sa bonne ouvrit la porte. Je m'appliquai à faire une révérence correcte avant d'entrer dans la pièce. Puis j'allai jusqu'à la table, et saluai à nouveau.

— Mameha-san, j'ignore pourquoi vous avez pris une telle décision..., murmurai-je, mais je ne puis vous dire à quel point je vous suis reconnaissante-

— Attends un peu pour être reconnaissante, me coupa-t-elle. Il ne s'est encore rien passé. Tu ferais mieux de me dire quels commentaires a faits Mme Nitta après ma visite, hier.

— Mère a été surprise que vous m'ayez remarquée. Moi aussi, je dois avouer.

J'espérais que Mameha dirait quelque chose, mais elle se tut.

— Quant à Hatsumomo...

— Ne perds pas ton temps à seulement penser à ce qu'elle dit. Tu sais très bien qu'elle serait ravie de te voir échouer. Tout comme Mme Nitta.

— Je ne vois pas pourquoi Mère voudrait que j'échoue. Elle gagnera plus d'argent si je réussis !

— Soit. Mais si tu as remboursé tes dettes avant ton vingtième anniversaire, elle me devra une grosse somme d'argent. J'ai fait un pari avec elle hier, dit Mameha, comme une bonne nous servait le thé. Or je n'aurais pas fait ce pari si je n'avais pas été sûre de ton succès. Cela dit, si je deviens ta grande sœur, sache que j'ai des principes très stricts.

J'attendis qu'elle me les expose, mais elle me lança un regard noir et me dit :

— Vraiment, Chiyo, il faut que tu arrêtes de souffler sur ton thé comme ça. On croirait une paysanne ! Laisse-le sur la table jusqu'à ce qu'il ait suffisamment refroidi.

— Excusez-moi. Je n'en ai pas conscience.

— Il est temps que tu en prennes conscience. Une geisha doit soigner son image. Et puis j'ai des principes très stricts, je te l'ai dit. Pour commencer, je veux que tu fasses ce que je te demande sans poser de questions. Je sais que tu as parfois désobéi à Hatsumomo et à Mme Nitta. Peut-être vas-tu me dire que tu avais de bonnes raisons pour ça. Mais à mon avis, si tu avais été plus obéissante, ça t'aurait épargné bien des malheurs.

Mameha avait raison. Les choses ont changé, mais dans mon enfance, une fille qui désobéissait à ses aînées se voyait vite remise à sa place.

— Il y a quelques années, j'ai pris deux petites sœurs, poursuivit Mameha. L'une d'elles était consciencieuse, mais l'autre se laissait vivre. Je l'ai fait venir ici un jour, et je l'ai avertie que je n'allais pas tolérer ce genre d'attitude très longtemps. Cet avertissement est resté sans effet. Le mois d'après, je lui disais de se trouver une autre grande sœur.

— Vous n'aurez pas ce problème avec moi, Mameha-san, je vous le promets. Grâce à vous je revis. Je ne me pardonnerais pas de vous décevoir !

— Bien, mais il ne suffira pas de travailler dur. Il te faudra aussi déjouer les pièges d'Hatsumomo. Et puis ne fais rien qui vienne alourdir ta dette. Tu ne peux même pas te permettre de casser une tasse à thé !

Je promis de ne rien casser. Quant à savoir déjouer les pièges d'Hatsumomo, c'était une autre histoire.

— Une dernière chose, ajouta Mameha. Tout ce que nous disons doit rester secret. Même si nous parlons de

la pluie et du beau temps. Tu ne dois rien répéter à Hatsumomo. Si elle te demande de quoi j'ai parlé, dis-lui :
« Mameha-san ne raconte rien d'intéressant ! C'est la
personne la plus ennuyeuse que je connaisse ! »

J'assurai à Mameha qu'elle pouvait compter sur moi.

— Hatsumomo est très fine, continua Mameha. Tu
serais surprise de voir ce qu'elle saurait déduire d'un
détail insignifiant.

Mameha se tourna vers moi et me dit, d'une voix
mauvaise :

— De quoi parliez-vous, hier, dans la rue ? Je vous
ai vues !

— De rien, madame !

Mameha me regardait d'un air méchant. J'étais si
bouleversée que je ne trouvai rien à dire pour me dis-
culper.

— Comment ça, de rien ? Tu ferais mieux de me
répondre, Petite Sotte, sinon cette nuit, pendant que tu
dormiras, je te verserai de l'encre dans l'oreille !

Il me fallut un certain temps pour comprendre que
Mameha essayait d'imiter Hatsumomo. C'était une piètre
imitation, mais comme j'avais saisi son intention, je lui
répondis :

— Je vous assure, Hatsumomo-san, Mameha-san ne
dit que des choses sans intérêt ! Je n'arrive jamais à m'en
souvenir. Ses paroles s'envolent avec le vent. Vous êtes
sûre de nous avoir vues ensemble, hier ? Parce que je ne
me souviens pas de lui avoir parlé...

Nous poursuivîmes notre jeu de rôles pendant
quelques minutes. Puis Mameha se déclara contente de
moi. Je ne partageais pas son optimisme. Etre interrogée
par Mameha imitant Hatsumomo était une chose. Une
confrontation directe avec la geisha en était une autre.

\*
\* \*

Durant ces deux ans où j'avais cessé de fréquenter
l'école, j'avais oublié l'essentiel de ce que j'avais appris.
Et vu mon état d'esprit de l'époque, je n'avais pas appris

grand-chose. Aussi eus-je l'impression, en reprenant mes cours, d'aller à l'école pour la première fois.

A douze ans, j'étais presque aussi grande que Mameha. Le fait d'être plus âgée que les autres n'était pas un avantage, contrairement à ce qu'on pourrait croire. La plupart des filles avaient commencé les cours très jeunes — dans certains cas à l'âge requis : trois ans et trois jours. Celles-ci étaient généralement filles de geishas. La danse et la cérémonie du thé avaient toujours fait partie de leur vie. Comme pour moi le fait de nager dans l'étang.

J'ai parlé du cours de shamisen, avec Mme Souris. Toutefois, une geisha doit apprendre d'autres arts. Le « gei » de geisha signifie « arts », le mot geisha artisan, ou artiste. Je commençais la matinée par un cours de « tsutsumi » — un petit tambour. Pourquoi une geisha doit-elle apprendre à jouer du tambour, direz-vous ? En effet, dans les banquets, ou dans n'importe quelle soirée, à Gion, les geishas dansent au son d'un shamisen. Elles sont parfois accompagnées par une chanteuse. Mais lors de spectacles comme « Les Danses de l'Ancienne Capitale », chaque printemps, l'orchestre se compose d'une demi-douzaine de shamisens, de différents tambours, et d'une flûte japonaise appelée « fue ». Aussi une geisha doit-elle savoir jouer de ces divers instruments, même si elle finit par se spécialiser dans un seul, voire deux d'entre eux.

Le matin, j'apprenais le « tsutsumi » — un tambour dont on joue à genoux, comme tous les instruments que nous étudiions. Le « tsutsumi » est différent des autres tambours : on le tient contre l'épaule et on le frappe avec la main. L'« okawa », plus gros que le « tsutsumi », se pose sur la cuisse. Quant au « taïko », notre plus grand tambour, on le place sur un support, à côté de soi. On le frappe avec de grosses baguettes. A l'école, je m'entraînais à la pratique de ces divers instruments. Il peut paraître simple de jouer du tambour, voire enfantin, or il n'en est rien. On ne frappe pas tous les tambours de la même façon. Vous placerez le taïko à côté de vous, vous le frapperez avec une baguette, du revers de la main — une technique appelée « uchikomi ». Ou bien vous baisserez un bras pour frapper, tout en levant l'autre bras, ce que l'on appelle « sarashi ». Il existe de nombreuses techniques. Chacune donne un son différent, mais ce après un long entraînement. L'orchestre joue face au public. Aussi devez-vous avoir des gestes gracieux, tout en restant en harmonie avec les autres musiciens. Il convient d'obtenir le son désiré. Mais aussi d'exécuter le geste correctement.

Après ma leçon de tambour, je prenais un cours de flûte japonaise, puis un cours de shamisen. La méthode d'enseignement était à peu près la même pour ces trois instruments. Le professeur jouait un morceau, que les étudiantes tentaient de rejouer. Le résultat était parfois lamentable. Le plus souvent, les professeurs veillaient à commencer par des choses simples. Par exemple, lors de ma première leçon de flûte, le professeur joua une seule note, puis demanda aux élèves de rejouer cette note, chacune à son tour. Cet exercice, quoique simple, généra maints commentaires de la part du professeur.

— Une Telle, tu ne dois pas lever le petit doigt. Et toi, Chose, est-ce que ta flûte sent mauvais ? Non ? Alors pourquoi tu fronces le nez comme ça !

Cette dame était très sévère, comme la plupart de nos professeurs. Nous avions peur de lui déplaire. Il arrivait qu'elle prenne la flûte d'une élève, et lui en donne un coup sur l'épaule.

Après le tambour, la flûte et le shamisen, je prenais une leçon de chant. Nous chantons beaucoup, dans les fêtes, au Japon — les hommes viennent à Gion pour ses fêtes. Une fille qui n'a pas d'oreille continuera à étudier le chant, même si elle ne doit jamais se produire en public. En effet, l'étude du chant l'aidera à maîtriser l'art de la danse. Toutes les danses sont associées à un morceau de musique particulier — souvent exécuté par une chanteuse qui s'accompagne elle-même au shamisen.

Nous étudiions cinq genres de chants différents — il en existe des dizaines. Il y a des chansons populaires, de longs morceaux chantés extraits du théâtre Kabuki, et de courts poèmes musicaux. Je ne pourrais tous les décrire.

Mais je trouve la plupart de ces pièces musicales enchan-
teresses, même si les étrangers ont davantage l'impression d'entendre des chats miauler dans la cour d'un
temple que d'assister à un concert. Les chants traditionnels japonais sont très « gazouillants » — des sons de
gorge, généralement émis par le nez. Cela dit, tout
dépend à quoi est habituée votre oreille.

La musique et la danse représentaient seulement
une part de notre enseignement. Une fille qui maîtrise
les arts précités ne fera pas grande impression dans une
fête si elle n'a pas l'attitude souhaitée. Voilà pourquoi les
professeurs insistent toujours sur les bonnes manières et
sur le maintien — une fille ne doit pas se précipiter aux
toilettes, par exemple. Dans un cours de shamisen, on
vous demandera de parler avec élégance — avec l'accent de Kyoto —, et de ne pas traîner les pieds. Une fille
qui a les ongles sales ou qui manque de respect à ses
camarades sera plus sévèrement grondée qu'une étudiante qui joue mal du shamisen ou qui a oublié les
paroles d'une chanson.

Lorsque je parlais de ma formation de geisha à des
étrangers, il leur arrivait de me demander : « Quand étu-
diiez-vous l'art floral ? » Réponse : je n'ai jamais étudié
l'art floral. Si vous composez un bouquet devant un
homme pour le distraire, vous risquez de le voir s'endormir. N'oublions pas qu'une geisha est avant tout une
artiste, capable de se produire en public. Nous servons
du saké aux hommes, jamais nous n'allons leur chercher
à manger. Nos servantes nous soignent si bien, que nous
savons à peine nous habiller seules ou ranger notre
chambre. A fortiori décorer une pièce, ou composer un
bouquet.

Pour clore la matinée, j'étudiais la cérémonie du
thé. On a écrit maints ouvrages sur le sujet, aussi ne vais-
je pas entrer dans les détails. Pour l'essentiel, sachez que
la cérémonie du thé est célébrée par une ou deux offi-
ciantes. Assises devant leurs invités, elles préparent le
thé de façon traditionnelle. Elles utilisent de jolies tasses,
des fouets en bambou. Même les invités s'intègrent au
rituel, car il y a une façon de tenir sa tasse, et une façon

de boire le thé. Ne pensez pas qu'on s'assoie pour boire une bonne tasse de thé. Il s'agit davantage d'une danse, d'une méditation, qui se pratique assis sur ses talons. Le thé — des feuilles réduites en poudre — sera battu dans l'eau bouillante jusqu'à former un breuvage vert et mousseux, ou « matcha », très peu apprécié des étrangers. Ce thé ressemble à de l'eau savonneuse de couleur verte. Il a un goût amer, auquel il faut s'habituer.

Dans la formation d'une geisha, la cérémonie du thé a une grande importance. Il n'est pas rare qu'une réception chez un particulier commence par une brève cérémonie du thé. Les hommes qui assistent aux danses du printemps, à Gion, se voient servir le thé par des geishas avant le spectacle.

La femme qui m'a enseigné la cérémonie du thé avait dans les vingt-cinq ans et n'était pas une très bonne geisha. Mais la cérémonie du thé était sa passion, et prenait une dimension sacrée. Ainsi je ne tardai pas à m'intéresser à cette matière. C'était d'ailleurs la leçon idéale à la fin d'une longue matinée. Il régnait durant ce cours une telle sérénité ! Encore aujourd'hui, la cérémonie du thé me procure le même plaisir qu'une bonne nuit de sommeil.

Une apprentie geisha doit maîtriser la pratique de plusieurs arts, ce qui n'est pas simple. En outre, elle mène une vie trépidante. Elle passe la matinée en cours, elle travaille l'après-midi et le soir à l'okiya. Elle ne dort que quatre ou cinq heures par nuit. Si j'avais eu le don d'ubiquité, durant ces années de formation, j'aurais tout de même été très occupée. J'aurais apprécié qu'on me décharge des tâches ménagères, comme Pumpkin. Mais vu le pari engagé entre Mère et Mameha, je doute que celle-là y ait jamais songé. Certaines de mes tâches furent confiées aux servantes. Néanmoins, il me restait trop de choses à faire. En outre, j'étais censée pratiquer le shamisen une ou deux heures l'après-midi. En hiver, Pumpkin et moi nous entraînions contre le trac en plongeant nos mains dans l'eau glacée — jusqu'à en pleurer de douleur. Cela peut sembler cruel, mais c'était l'usage, à l'époque. Et cette méthode nous aidait réellement à mieux jouer. Le trac vous prive de toute sensibilité dans les mains. Aussi ses effets seront-ils moindres, si vous avez l'habitude de pincer les cordes d'un shamisen avec des doigts gourds.

Pumpkin et moi pratiquions le shamisen ensemble chaque après-midi, après une heure de lecture et de calligraphie avec Tatie. Nous étudiions le japonais avec elle depuis mon arrivée à l'okiya, et elle exigeait de nous une certaine tenue. Pendant l'heure de shamisen, en revanche, Pumpkin et moi prenions du bon temps. Lorsqu'on riait trop, Tatie ou une servante intervenaient. Mais quand nous bavardions calmement, tout en jouant de notre instrument, nous passions une heure délicieuse. C'était le moment de la journée que je préférais.

Un après-midi, comme Pumpkin m'apprenait à enchaîner les notes selon une technique particulière, Hatsumomo parut devant la galerie. Nous ne l'avions même pas entendue rentrer.

— Mais c'est la future petite sœur de Mameha ! dit-elle.

Elle avait dit « future », car Mameha et moi serions officiellement sœurs quand je serais apprentie geisha.

— J'aurais pu t'appeler Petite Sotte, continua-t-elle, mais après ce que je viens de voir, c'est Pumpkin la petite sotte.

La pauvre Pumpkin posa son shamisen sur ses genoux, comme un chien rentre la queue entre ses pattes.

— Qu'ai-je fait de mal ? demanda-t-elle.

Hatsumomo était rouge de colère. Je le savais, sans avoir besoin de la regarder. J'avais affreusement peur de ce qui allait suivre.

— Rien du tout ! dit Hatsumomo. Je n'avais pas réalisé que tu étais si altruiste, c'est tout.

— Pardonnez-moi, Hatsumomo, dit Pumpkin. J'essayais d'aider Chiyo en...

— Chiyo n'a pas besoin de ton aide. Si elle a besoin de conseils, elle va voir son professeur. Tu as un petit pois à la place du cerveau ou quoi ?

Là-dessus Hatsumomo pinça très fort la lèvre de

Pumpkin. Son shamisen glissa sur la galerie, où elle était assise, puis tomba sur la terre battue, un peu plus bas.

— Il faut qu'on ait une petite conversation toutes les deux, lui dit Hatsumomo. Va ranger ton shamisen. Je vais t'attendre ici, que tu ne fasses plus de bêtises.

Hatsumomo lâcha Pumpkin, qui ramassa son shamisen, et entreprit de le démonter. Elle me lança un regard pathétique, je crus qu'elle allait se calmer. Mais sa lèvre se mit à trembler. Puis tout son visage trembla, comme le sol avant un séisme. Elle laissa tomber les diverses parties de son shamisen sur la galerie et porta la main à sa lèvre — qui enflait déjà. Des larmes coulèrent sur ses joues. L'expression d'Hatsumomo s'adoucit, comme le ciel après la pluie. Elle se tourna vers moi avec un sourire satisfait.

— Tu vas devoir te trouver une autre petite camarade, me dit-elle. Quand j'aurais parlé à Pumpkin, elle sera trop avisée pour t'adresser à nouveau la parole. N'est-ce pas, Pumpkin ?

Pumpkin acquiesça d'un hochement de tête — elle n'avait pas le choix. Mais je voyais combien elle était triste. Nous n'avons plus jamais pratiqué le shamisen ensemble.

*
* *

Dès que je vis Mameha, je lui relatai l'incident.

— J'espère que tu as pris Hatsumomo au sérieux, me dit-elle. Si Pumpkin ne te parle pas, tu ne lui adresses plus la parole. Tu ne ferais que lui attirer des ennuis. En outre, elle serait obligée de rapporter tes propos à Hatsumomo. Si cette pauvre fille était digne de confiance, considère qu'elle ne l'est plus.

Cette déclaration m'attrista tellement que je fus incapable de parler pendant plusieurs minutes.

— Comment survivre dans la même okiya qu'Hatsumomo ? dis-je. Comment un petit cochon peut-il espérer survivre dans un abattoir ?

Je pensais à Pumpkin en disant cela, mais Mameha dut croire que je parlais de moi.

— Tu es lucide, dit-elle. Ta seule parade, c'est de réussir mieux qu'elle, pour la chasser de l'okiya.

— Mais c'est l'une des geishas les plus en vue, paraît-il. Je vois pas comment je pourrais la surpasser.

— Je ne te dis pas de devenir célèbre, mais de réussir mieux qu'elle, rectifia Mameha. Il ne suffit pas d'être de toutes les fêtes. J'ai un appartement, deux servantes, alors qu'Hatsumomo — qu'on voit aussi souvent que moi dans les fêtes — vit toujours à l'okiya Nitta. Quand je parle de réussir, je pense à une geisha devenue indépendante. Si une geisha ne s'est pas constitué sa propre collection de kimonos — ou si elle n'a pas été adoptée par l'okiya — elle ne sera jamais libre. Tu as vu certains de mes kimonos. Comment se fait-il que j'en aie de si beaux, d'après toi ?

— Vous avez été adoptée par une okiya, avant de vous installer dans cet appartement ?

— Il y a cinq ans, j'ai quitté l'okiya où j'ai grandi. Mais la maîtresse de cette okiya a une fille naturelle. Elle n'était donc pas en position d'adopter qui que ce soit.

— C'est donc vous qui avez acheté cette collection de kimonos ?

— D'après toi, Chiyo, combien gagne une geisha ? Une vraie garde-robe, ce n'est pas trois kimonos par saison. Certains hommes passent leur vie à Gion. Ils se lasseraient, s'ils te voyaient tous les soirs dans le même kimono.

Sans doute eus-je l'air perplexe. Mameha rit, en voyant ma tête.

— Rassure-toi, Chiyo-chan, dit-elle, il y a une solution à cette énigme. Mon « danna » est très généreux. C'est lui qui m'a offert la plupart de mes kimonos. Voilà pourquoi j'ai plus de succès qu'Hatsumomo. J'ai un riche « danna ». Ça fait des années qu'Hatsumomo n'en a pas.

*
* *

J'étais à Gion depuis assez longtemps pour avoir une vague idée de ce qu'était un « danna ». C'est ainsi que les femmes appellent leur mari — du moins était-ce le terme consacré à l'époque. Les geishas ne se marient pas. Ou, lorsqu'elles se marient, elles abandonnent le métier de geisha.

Parfois, à la fin d'une fête, les hommes qui ont flirté avec les geishas restent sur leur faim. Certains iront dans des quartiers comme Miyagawa-cho, imprimer l'odeur de leur sueur en de vilains lieux comme celui où j'avais retrouvé Satsu. D'autres messieurs trouvent le courage de poser sur la geisha leurs yeux chassieux et de s'enquérir de ses « tarifs ». Une geisha de bas étage peut accepter un tel arrangement. Pour elle, toute occasion est bonne. Ce genre de femme peut se dire geisha et s'inscrire au Bureau d'Enregistrement de Gion. Mais voyez comment elle danse et joue du shamisen, voyez ce qu'elle sait de la cérémonie du thé, avant de décider si elle mérite le titre de geisha. Une vraie geisha n'entachera pas sa réputation en passant un arrangement avec un homme pour la nuit.

Cela dit, il arrive qu'une geisha cède à un homme qu'elle trouve séduisant. Mais elle restera discrète. Les geishas vivent des passions et font les mêmes erreurs que les autres. Une geisha qui prend un tel risque peut seulement espérer que son incartade ne s'ébruitera pas — sa réputation est en jeu ; mais aussi son aisance financière, si elle a un « danna ». Et puis elle encourt la colère de la maîtresse de l'okiya. Une geisha décidée à suivre son inclination prendra peut-être ce risque, mais elle ne le fera pas par intérêt : elle peut facilement gagner de l'argent.

Aussi, à Gion, ne peut-on se payer une geisha de grande classe pour la nuit. Toutefois, si un homme a pour elle un intérêt plus sérieux — s'il veut s'engager dans une longue liaison — et s'il est prêt à faire une proposition honnête, la geisha acceptera un tel arrangement avec joie. Les fêtes, et le reste, c'est bien. Mais on ne gagne vraiment de l'argent à Gion qu'en ayant un « danna ». Une geisha sans « danna » — comme Hatsumomo

— n'est qu'un chat de gouttière sans maître pour le nourrir.

On pourrait penser qu'une belle femme comme Hatsumomo aurait eu maintes propositions. Et sans doute beaucoup d'hommes ont-ils voulu devenir son « danna ». Mais pour une raison ou pour une autre, elle s'était mis à dos la maîtresse du Mizuki — la maison de thé où elle passait l'essentiel de ses soirées. Ainsi, les hommes qui offraient de devenir son « danna » se voyaient répondre qu'elle n'était pas libre. Ils en déduisaient qu'elle avait déjà un « danna », bien que ce ne fût pas le cas. En gâchant sa relation avec la maîtresse de la maison de thé, Hatsumomo s'était fait un tort considérable. Geisha recherchée, elle gagnait assez d'argent pour satisfaire Mère. Geisha sans « danna », elle n'avait pas des revenus suffisants pour être indépendante et quitter l'okiya une fois pour toutes. En outre, elle ne pouvait fréquenter une autre maison de thé, dont la maîtresse se montrerait plus accommodante, et pourrait l'aider à trouver un « danna ». Les maîtresses des maisons de thé de Gion désiraient rester en bons termes avec le Mizuki.

Mais, généralement, les geishas sont plus futées que ça. Elles passent leur temps à charmer des hommes, dans l'espoir que l'un d'eux se proposera comme « danna » — par l'intermédiaire de la maison de thé. Maintes demandes n'aboutissent pas. L'homme peut se révéler trop pauvre, après qu'on a enquêté sur lui. Ou regimber si on le prie de montrer de la bonne volonté — offrir un kimono, par exemple. En revanche, si on aboutit à un accord satisfaisant à l'issue des négociations — qui durent des semaines —, la geisha et son nouveau « danna » se lient par une cérémonie — comme deux geishas, quand elles deviennent sœurs. Dans la plupart des cas, ce lien dure six mois, parfois davantage — bien que les hommes se lassent rapidement d'une seule et même femme. Les termes de l'accord obligeront le « danna » à régler une part des dettes de la geisha, et à couvrir l'essentiel de ses dépenses — son maquillage, une part du coût de ses leçons, voire ses frais médicaux. Outre son entretien, qui lui coûtera des sommes folles, le « danna » continuera à payer la geisha à son tarif horaire — comme le font ses autres clients — chaque fois qu'il passera du temps avec elle. Mais il a également droit à certains « privilèges ».

Tel serait l'arrangement pour une geisha de classe moyenne. Mais une geisha de grande classe — il y en avait trente ou quarante à Gion — est en droit d'espérer autre chose. Pour commencer, elle n'envisagera même pas de ternir sa réputation avec toute une série de « dannas ». Elle n'en aura que deux ou trois dans sa vie. Non seulement son « danna » couvrira ses dépenses : sa taxe d'enregistrement, ses cours, ses repas. Mais il lui donnera de l'argent, sponsorisera pour elle des spectacles de danse, lui offrira des bijoux et des kimonos. Et quand il passera du temps avec elle, il paiera davantage que le tarif habituel, afin de montrer sa bonne volonté.

Mameha était une geisha de grande classe. Mieux : elle était l'une des deux ou trois geishas les plus célèbres du Japon. Peut-être avez-vous entendu parler de Mametsuki. Cette illustre geisha eut une liaison avec le Premier ministre du Japon, avant la Première Guerre mondiale, histoire qui fit scandale. Mametsuki était la grande sœur de Mameha — voilà pourquoi elles avaient toutes deux la racine « Mame » dans leur nom. Il n'est pas rare que le nom d'une jeune geisha dérive de celui de sa grande sœur.

Le fait d'avoir une grande sœur comme Mametsuki suffisait à assurer une brillante carrière à Mameha. Qui devait bénéficier d'une autre opportunité. Au début des années vingt, le « Japan Travel Bureau » organisa sa première campagne publicitaire à l'échelle mondiale. Sur les affiches, on voyait la pagode du temple Toji, au sud-est de Kyoto, un cerisier, et une jolie apprentie geisha. Celle-ci souriait, timide et gracieuse. Elle avait des traits délicats. Cette apprentie geisha, c'était Mameha.

Mameha devint une célébrité mondiale. On vit cette affiche dans toutes les grandes capitales, avec le slogan : « Venez visiter le Pays du Soleil Levant », en anglais, en allemand, en français, en russe ; et dans d'autres langues que je ne connais pas. Mameha n'avait que seize ans, à l'époque, mais elle se vit sollicitée par tous les hommes d'État en visite au Japon, par des aristocrates anglais et allemands, par des milliardaires américains. Elle servit du saké au grand écrivain allemand Thomas Mann, qui lui conta une longue histoire très ennuyeuse par l'intermédiaire d'un interprète. Elle servit également à boire à Charlie Chaplin, à Sun Yat-sen, et à Hemingway. Ce dernier se soûla et dit à Mameha : « Vos lèvres rouges dans ce visage blanc me rappelent le sang sur la neige. » Dans les années qui suivirent, Mameha dansa maintes fois au théâtre Kabukiza de Tokyo. Le Premier ministre, ainsi qu'un grand nombre de dignitaires, assistaient à ses spectacles. Sa célébrité ne fit que grandir.

Quand Mameha avait émis le désir de m'avoir comme petite sœur, j'ignorais tout cela. Ce qui est préférable, car elle m'aurait fait perdre mes moyens.

\*
\* \*

Ce jour-là, dans son appartement, Mameha me parla de son passé, du métier de geisha, puis elle me déclara :

— Tu seras apprentie geisha jusqu'à dix-huit ans. Après quoi il te faudra un « danna », si tu dois payer tes dettes. Un riche « danna ». Ma tâche consiste à te faire connaître avant la fin de ton apprentissage. Mais à toi de travailler sans relâche, pour devenir une danseuse accomplie. Si tu n'as pas atteint le cinquième degré à seize ans, je ne pourrais plus rien pour toi, et Mme Nitta sera ravie d'avoir gagné son pari.

— Mais, Mameha-san, je ne vois pas ce que la danse vient faire là-dedans !

— La danse est la clé de ta réussite, me dit-elle. Regarde autour de toi, tu verras que les plus grandes geishas de Gion sont toutes des danseuses émérites.

\*
\* \*

De tous les arts que pratiquent les geishas, la danse est le plus révéré. On incite les plus belles et les plus douées d'entre elles à devenir danseuses. La danse et la cérémonie du thé sont des traditions d'une richesse incomparable. La danse de l'école Inoué, pratiquée par les geishas de Gion, a son origine dans le théâtre Nô. Le Nô, art très ancien, a toujours été prisé à la cour impériale. Aussi les danseuses de Gion considèrent-elles leur art comme supérieur au style de ballets enseigné dans le district de Pontocho, de l'autre côté du fleuve, car ceux-ci dérivent du Kabuki. Cela dit, j'aime beaucoup le Kabuki. Plusieurs des grands acteurs de Kabuki de ce siècle ont été mes amis. Mais le Kabuki est un art relativement récent : il date du début du XVIII<sup>e</sup> siècle. Et puis ç'a toujours été un genre théâtral plus populaire que le Nô. L'art du ballet enseigné à Pontocho est sans rapport avec la danse de l'école Inoué.

Toutes les apprenties geishas doivent étudier la danse, mais seules les plus douées et les plus belles d'entre elles, je l'ai dit, se verront encouragées à se spécialiser dans cet art, plutôt que dans celui du shamisen ou du chant. Pumpkin passait un temps fou à s'entraîner au shamisen, car elle n'avait pas été sélectionnée pour devenir danseuse. Quant à moi, je n'étais pas d'une exquise beauté, comme Hatsumomo, et donc vouée à danser. Le meilleur moyen de devenir danseuse, me semblait-il, était de montrer une assiduité sans faille à mes professeurs.

Je pris toutefois un mauvais départ, cela à cause d'Hatsumomo. Ma maîtresse de danse était une femme d'environ cinquante ans, que nous appelions Mme Cul, car son double menton avait la forme d'un petit cul. Mme Cul détestait Hatsumomo, comme tout le monde à Gion. Hatsumomo le savait fort bien. Et que fit-elle, à votre avis ? Elle rendit visite à mon professeur — qui me l'avoua quelques années plus tard — et lui dit :

— Puis-je vous demander une faveur, professeur ? J'ai repéré une fille, dans votre cours, qui me paraît très douée. Je vous serais reconnaissante de me dire ce que vous pensez d'elle. Elle s'appelle Chiyo, je lui suis très attachée. Toute l'aide que vous pourriez lui apporter fera de moi votre éternelle débitrice.

Cela suffit. Hatsumomo n'eut pas à intervenir plus avant. Mme Cul m'apporta toute « l'aide » requise. Je n'étais pas une mauvaise élève, mais ce professeur me prit d'emblée comme bouc émissaire : je devins l'exemple de ce qu'il ne fallait pas faire. Un matin, elle nous montra le mouvement suivant : vous tendez le bras gauche vers la droite, puis vous frappez le sol du pied. Nous étions censées exécuter ce mouvement à l'unisson. Mais nous débutions. Nous frappâmes le sol du pied : ce fut comme si un tas de balles lestées venaient de dégringoler sur le plancher ! Absence totale de synchronicité. Je n'avais pas fait pire que les autres. Toutefois, Mme Cul vint se planter devant moi, son petit derrière pendouillant sous le menton. Elle tapota son éventail fermé sur sa cuisse trois ou quatre fois, puis elle prit son élan et me frappa avec sur le côté de la tête.

— On ne tape pas du pied à n'importe quel moment, et on ne remue pas le menton ! grinça-t-elle.

Dans les danses de l'école Inoué, le visage doit rester parfaitement inexpressif, pour imiter les masques du théâtre Nô. Mais me reprocher de bouger le menton quand le sien tremblotait sous l'effet de la colère ! J'étais au bord des larmes, car elle m'avait frappée, mais les autres filles éclatèrent de rire. Mme Cul me jugea responsable de ce chahut et m'ordonna de quitter la salle sur-le-champ.

Je ne sais pas ce qu'il serait advenu de moi si Mameha n'était finalement allée lui parler. Cet incident ne fit que décupler la haine que Mme Cul vouait à Hatsumomo. La maîtresse de danse fut si honteuse de m'avoir mal traitée, que je ne tardai pas à devenir l'une de ses élèves préférées.

*
* *

Je n'avais pas un talent inné pour danser, ou jouer du shamisen. Mais j'étais aussi déterminée qu'une autre à travailler sans relâche pour atteindre mon but. Depuis ma rencontre avec le président, dans cette rue, ce printemps, je n'espérais plus qu'une chose : devenir geisha, et me faire une place en ce monde. Mameha me donnait ma chance, j'étais bien décidée à en profiter. Mais, au bout de six mois, je me retrouvai débordée de travail. Tous ces cours, ces tâches ménagères, ces ambitions à satisfaire ! Je découvris alors des astuces pour ménager mes forces. Je pratiquai le shamisen en faisant les courses, par exemple. Je fredonnais une chanson dans ma tête, tout en visualisant ma main gauche sur le manche du shamisen, et ma main droite grattant les cordes avec le médiateur. Ainsi, quand j'essayais avec l'instrument, j'arrivais parfois à jouer un air dès la deuxième fois. D'aucuns pensaient que je pouvais jouer sans m'entraîner — alors que je pratiquais le shamisen à tout instant dans les ruelles de Gion.

J'utilisais une autre astuce pour mémoriser les ballades et les chants que nous apprenions à l'école. Toute petite déjà, j'arrivais à me souvenir d'un morceau de musique entendu la veille. Aussi pris-je l'habitude de noter les paroles d'une chanson sur une feuille de papier avant de m'endormir. A mon réveil, l'esprit frais et dispos, je lisais la chanson avant même de m'asseoir sur mon futon. Cela suffisait, généralement. Avec la musique, j'avais un peu plus de mal. Aussi inventais-je des images pour me souvenir des notes. Une branche tombant d'un arbre me rappelait le son d'un tambour. Un ruisseau filant sur un rocher évoquait une note aiguë que j'obtiendrais en pinçant une corde du shamisen. La musique devenait promenade dans un paysage imaginaire.

Mais le plus important, pour moi, c'était la danse. Pendant des mois, j'essayai d'user des « trucs » que j'avais inventés, mais ils me furent d'une aide limitée. Puis un jour je renversai du thé sur le magazine que Tatie était en train de lire. Ce qui la mit en colère. Or j'avais de douces pensées à son égard quand elle s'en prit à moi. Cet incident m'attrista. Je songeai à ma sœur, qui vivait quelque part dans ce pays, sans moi. Puis à ma mère. J'espérais qu'elle était en paix, au paradis. Enfin, je pensai à mon père. Il avait été si pressé de nous vendre et de finir sa vie seul. Ces pensées générèrent en moi une impression de lourdeur. Je montai dans la chambre que je partageais avec Pumpkin — Mère m'avait installée là après la visite de Mameha. Toutefois, au lieu de m'allonger sur les tatamis et de pleurer, je fis un geste assez ample avec mon bras, en passant ma main contre ma poitrine. Nous avions étudié ce mouvement le matin même, et je le trouvais empreint d'une immense tristesse. En le faisant, je songeai au président. Ma vie eût été bien plus douce si j'avais pu m'appuyer sur un homme comme lui. Il y avait dans ce mouvement de la tristesse et du désir. De la dignité aussi, comme un paquebot qui glisse sur l'eau. La certitude qu'une vague, ou un coup de vent, resteraient sans effet.

Je fis cet après-midi-là une découverte : quand j'éprouvais une sensation de lourdeur, je dansais avec dignité. Et si j'imaginais que le président me regardait, mes mouvements prenaient une telle intensité expressive, qu'il m'arrivait de tous les lui dédier. Si je tournais sur moi-même, la tête inclinée sur le côté, ça signifiait : « Où allons-nous passer la journée, président ? » Tendais-je le bras et ouvrais-je mon éventail ? Je le remerciais de m'avoir honorée de sa présence. Et quand je refermais mon éventail, un peu plus tard, dans ma danse, je lui disais : rien ne m'importe autant que de vous plaire.

# *13*

Au printemps 1934 — je fréquentais l'école depuis deux ans — Hatsumomo et Mère décidèrent que Pumpkin allait faire ses débuts d'apprentie geisha. Bien entendu, personne ne m'en parla. Pumpkin avait ordre de ne rien dire. Quant à Mère et Hatsumomo, elles n'auraient même pas songé à m'en informer. Un soir, Pumpkin rentra coiffée comme une apprentie geisha, ce qui me rendit malade de jalousie. Elle osa à peine me regarder. Devinait-elle ce que je ressentais ? Avec son « momoware », un gros chignon en forme de « pêche fendue », elle avait soudain l'air d'une femme, malgré son visage poupin. Pendant des années, nous avions envié les coiffures de nos aînées. A présent Pumpkin allait devenir geisha, et moi pas. En outre, je ne pourrais même pas lui poser de questions sur sa nouvelle vie.

Vint le jour où Pumpkin s'habilla en apprentie geisha pour la première fois, et se rendit avec Hatsumomo à la maison de thé Mizuki, célébrer ce rituel qui ferait d'elles deux sœurs. Mère et Tatie les accompagnèrent. Je ne fus pas conviée. Mais j'attendis avec elles, dans l'entrée, de voir Pumpkin descendre, avec l'aide des servantes. Pumpkin portait un superbe kimono noir, avec les armoiries de l'okiya Nitta, et un obi de couleur prune et or. Son visage était maquillé en blanc pour la première fois. Ses lèvres étaient rouge vif. Elle avait des ornements dans les cheveux. On se serait attendu à la voir rayonnante et fière, mais elle paraissait plus inquiète qu'autre chose. Elle avait du mal à se mouvoir. Les atours d'une apprentie geisha sont si encombrants ! Mère mit un appareil photo dans les mains de Tatie. Elle lui demanda de sortir et de photographier Pumpkin, quand on ferait jaillir des étincelles dans son dos pour la première fois. Nous nous serrâmes dans l'entrée, hors de vue. Pumpkin s'appuya sur les servantes pour mettre ses « okobos » — chaussures à talons en bois des apprenties geishas. Mère vint se placer derrière elle et prit la pose, comme si elle allait frotter la pierre à feu, alors que c'était toujours Tatie ou une servante qui s'en chargeaient. Quand la photo fut prise, Pumpkin fit quelques pas dehors, d'une démarche mal assurée, puis elle se retourna. Les autres s'apprêtaient à la suivre, mais ce fut moi qu'elle regarda. Elle semblait me dire qu'elle regrettait la façon dont les choses avaient tourné.

A la fin de la journée, Pumpkin adopta officiellement son nom de geisha : Hatsumiyo, avec le « Hatsu » d'Hatsumomo. Ce qui aurait pu être un atout, car sa grande sœur était célèbre, à Gion. Mais à terme il n'en fut rien. Rares furent ceux qui la connurent sous son nom de geisha. Les gens l'appelèrent Pumpkin, comme nous l'avions toujours fait.

*
* *

J'étais impatiente de parler des débuts de Pumpkin à Mameha. Mais elle avait été très occupée, ces derniers temps, si bien que je ne l'avais pas vue depuis six mois. Il s'écoula encore trois semaines avant qu'elle ne trouve le temps de me convoquer chez elle. Quand j'entrai, la bonne poussa une exclamation de surprise. De même que Mameha, quand elle sortit de sa chambre, quelques instants plus tard. Je ne comprenais pas ce qui se passait. Je m'agenouillai, puis je m'inclinai vers Mameha. Je lui dis combien j'étais honorée de la revoir. Elle ne me prêta aucune attention.

— Mon Dieu, ça fait si longtemps, Tatsumi ? dit-elle à sa bonne. Je la reconnais à peine !

— Je suis contente de vous l'entendre dire, madame, répondit Tatsumi. Je croyais avoir mal vu.

Sur le moment, je me demandai ce qu'elles racontaient. Mais j'avais beaucoup changé en six mois, sans m'en rendre compte. Mameha me regarda de profil, de trois quart, tout en répétant : « Mon Dieu, c'est une jeune fille, à présent ! » Tatsumi me dit de me lever. Elle mesura ma taille et mes hanches avec ses mains. Après quoi elle déclara, l'air bienveillant : « Tu devrais porter le kimono, ça t'irait comme un gant. »

Mameha dit à Tatsumi de m'emmener dans la pièce du fond et de me mettre un kimono. J'étais arrivée dans le kimono de coton bleu et blanc que je portais le matin, pour aller à l'école. Tatsumi m'en donna un en soie bleu marine, avec un motif représentant de minuscules roues de calèche, dans des tons de jaune et de rouge. Je me regardais dans le miroir en pied. Ce n'était pas le plus beau des kimonos. Mais en voyant Tatsumi attacher un obi vert clair autour de ma taille, je fus assez fière de moi : hormis ma coiffure toute simple, j'aurais très bien pu être une apprentie geisha se rendant à une fête. Je m'attendais, en sortant de la chambre, à voir Mameha pousser une exclamation de surprise. Il n'en fut rien. Elle se leva, glissa un mouchoir dans sa manche, et se dirigea vers la porte. Elle mit des zoris vert laqué, puis elle se retourna.

— Eh bien ? me dit-elle. Tu viens ?

Je ne savais pas où nous allions, mais j'étais tout excitée à l'idée de marcher dans la rue avec Mameha. La bonne avait sorti des zoris gris clair pour moi. Je les mis et suivis Mameha dans l'escalier mal éclairé. Nous sortîmes. Une vieille femme ralentit le pas pour saluer Mameha, puis, dans le même mouvement, s'inclina vers moi. Je ne savais trop comment interpréter cela, car les passants ne me prêtaient généralement aucune attention. J'avais le soleil dans les yeux. Je ne pus discerner les traits de cette dame, et voir si je la connaissais. Je lui rendis son salut. Après quoi elle continua sa route. Peut-être est-ce l'un de mes professeurs, pensai-je. Mais quelques instants plus tard, la chose se reproduisit, cette fois avec une jeune geisha que j'avais toujours trouvée belle, et qui ne m'avait jamais accordé un regard.

Nous remontâmes la rue. Chaque personne que nous croisions échangeait quelques mots avec Mameha, ou la saluait, avant de hocher la tête à mon adresse, ou de s'incliner brièvement vers moi. A plusieurs reprises, je m'arrêtai pour répondre à ces saluts. Ainsi, je me laissai distancer par Mameha. Voyant que j'avais du mal à la suivre, elle m'emmena dans une ruelle tranquille et m'expliqua comment procéder. Je n'étais pas obligée de m'arrêter pour saluer chaque fois que nous croisions quelqu'un.

— Ralentir sa marche est une preuve de respect, dit Mameha. Plus tu ralentis, plus tu marques ton respect. Tu peux t'arrêter pour saluer un professeur, par exemple. Pour les autres, ne ralentis pas trop, sinon la moindre course te prendra des heures. Essaie de marcher sur un rythme régulier, de faire des petits pas pour que le bas de ton kimono volette. La démarche d'une femme, dans la rue, devrait évoquer le clapotis des vagues sur un banc de sable.

Je m'entraînai à descendre, puis à remonter la ruelle, les yeux fixés sur mes pieds, pour voir si mon kimono voletait. Nous repartîmes quand Mameha fut satisfaite du résultat.

Il y avait deux façons de saluer. Les jeunes geishas ralentissaient le pas, ou bien s'arrêtaient, avant de s'incliner assez bas vers Mameha. Celle-ci leur disait quelques mots aimables, leur adressait un bref hochement de tête. La jeune geisha me lançait un regard perplexe, s'inclinait vers moi, un peu hésitante. Je lui rendais son salut en m'inclinant plus bas : toutes les femmes que nous croisions étaient plus âgées que moi. Quand venait une femme d'une quarantaine d'années, ou une vieille dame, Mameha était presque toujours la première à saluer. La femme lui rendait son salut, mais sans s'incliner aussi bas. Puis elle me toisait de la tête aux pieds, avant de m'adresser un bref hochement de tête. Auquel je répon-

dais par une profonde inclination, sans toutefois m'arrêter.

Cet après-midi-là, j'annonçai à Mameha que Pumpkin avait fait ses débuts. Pendant les mois qui suivirent,
j'espérai ardemment entendre ces mots : « Tu vas
commencer ton apprentissage. » Le printemps, l'été passèrent, sans qu'elle évoque la question. Pumpkin menait
désormais une vie excitante. Quant à moi, je n'avais que
mes cours et mes tâches ménagères. Plusieurs fois par
semaine, l'après-midi, je passai une demi-heure avec
Mameha. Il lui arrivait de me donner des conseils pratiques sur le métier de geisha. Mais, le plus souvent, elle
m'habillait en kimono et me promenait dans Gion. Nous
faisions des emplettes, nous rendions visite à son voyant,
ou à son perruquier. Même lorsqu'il pleuvait et que
Mameha n'avait pas de courses à faire, nous marchions,
sous nos parapluies laqués. Nous allions d'une boutique
à l'autre, nous enquérir de diverses choses. Les nouveaux parfums étaient-ils arrivés d'Italie ? La retouche sur
tel kimono était-elle faite ? — bien qu'elle fût prévue pour
la semaine suivante.

Au début, je crus que Mameha m'emmenait avec
elle pour m'apprendre les bonnes manières et la façon
de marcher — elle passait son temps à me donner des
coups d'éventail dans le dos pour que je me tienne
droite. Mameha semblait connaître tout le monde. Elle
souriait, ou disait un mot aimable aux gens que nous
croisions — y compris aux jeunes servantes — car elle
se devait de soigner son image. Puis un jour, comme
nous sortions d'une boutique, je compris sa stratégie.
Elle n'avait pas réellement envie d'aller chez le libraire,
le perruquier, ou le papetier. Ces courses n'étaient pas
vraiment utiles. Elle aurait très bien pu envoyer l'une de
ses bonnes chez les commerçants. Mameha faisait ces
emplettes dans un but précis : qu'on nous voie ensemble
dans les rues de Gion. Elle retardait mes débuts sciemment. Elle voulait qu'on me remarque.

*
* *

Un après-midi ensoleillé d'octobre, nous sortîmes de chez Mameha et longeâmes la rive du Shirakawa, en regardant les feuilles de cerisier dériver dans le courant. Un grand nombre de gens étaient dehors pour la même raison. Tous saluaient Mameha, comme on pouvait s'y attendre. Chaque fois, ou presque, ils me saluaient, après s'être inclinés vers Mameha.

— Les gens commencent à te reconnaître, me dit-elle.

— Les gens s'inclineraient devant un mouton, pour peu qu'il accompagne Mameha-san.

— Surtout un mouton, oui, c'est tellement insolite. Mais tu sais, les gens parlent beaucoup de la fille aux yeux gris. Ils ne savent pas ton nom, mais cela n'a aucune importance. On ne va plus t'appeler Chiyo bien longtemps, de toute façon.

— Mameha-san veut dire que...

— J'ai vu Waza-san, dit-elle.

Waza était son voyant.

— D'après lui, le 3 novembre serait une bonne date pour tes débuts, ajouta-t-elle.

Mameha s'arrêta pour me regarder. J'étais figée sur place, les yeux écarquillés. J'étais tellement heureuse que je n'arrivais plus à parler. Je finis par m'incliner vers Mameha et par la remercier.

— Tu feras une bonne geisha, dit-elle. Tu pourrais même être très bonne, si tu apprenais à te servir de tes yeux.

— Comment ça ?

— Il n'y a pas plus expressif que le regard. Surtout dans ton cas. Reste là. Je vais te montrer.

Mameha disparut au coin de la rue, me laissant seule dans la ruelle. Quelques instants plus tard, elle reparut. Elle passa devant moi, me lança un regard de côté. J'eus l'impression qu'elle avait peur de me regarder.

— Si tu étais un homme, dit-elle, que penserais-tu ?

— Je penserais que vous vouliez m'éviter.

— Mais j'aurais pu regarder l'eau jaillir des gouttières.

— Même dans ce cas, j'aurais pensé que vous évitiez de me regarder.

— C'est ce que j'essaie de te faire comprendre. Une fille avec un très beau profil s'en servira sciemment. Les hommes vont remarquer tes yeux, et y lire des invites fantasmées. Regarde-moi encore une fois.

Mameha disparut à nouveau au coin de la rue. Elle revint en fixant les pavés, l'air rêveur. Elle arriva à ma hauteur, me regarda un bref instant, puis détourna très vite les yeux. Je ressentis comme une décharge électrique. Si j'avais été un homme, j'aurais pensé qu'elle venait de trahir, l'espace d'un instant, des sentiments profonds qu'elle s'efforçait de cacher.

— Si j'arrive à faire passer de tels messages avec mes yeux, qui n'ont pourtant rien d'exceptionnel, dit-elle, imagine ce que toi, tu pourrais exprimer. Je ne serais pas surprise que tu réussisses à faire s'évanouir un homme en pleine rue.

— Mameha-san ! m'exclamai-je. Si j'avais le pouvoir de faire évanouir un homme, il y a longtemps que je le saurais !

— Ce qui m'étonne, c'est que tu ne l'aies pas encore réalisé. Je te propose une chose : tu feras tes débuts quand il te suffira d'un battement de cils pour qu'un homme s'arrête dans la rue.

J'étais si impatiente de faire mes débuts ! Mameha m'aurait dit : fais tomber un arbre rien qu'en le regardant, j'aurais essayé. Voudrait-elle bien m'accompagner, comme je testerais mon regard sur les hommes ? Elle accepta avec joie. Le premier qui passa était un maigre vieillard. On aurait dit un kimono rempli d'os. Il remontait la rue à pas lents, à l'aide d'une canne. Ses lunettes étaient si crasseuses, que cela ne m'eût pas surprise de le voir rentrer dans un mur. Il ne me remarqua pas. Nous continuâmes vers Shijo Avenue. Bientôt parurent deux hommes d'affaires en complet veston, mais je n'eus pas plus d'effet sur eux. Ils durent reconnaître Mameha, ou juger qu'elle était plus jolie que moi, car ils ne la quittèrent pas des yeux.

J'allais renoncer, quand j'aperçus un garçon livreur

d'une vingtaine d'années. Il portait un plateau avec des boîtes en bambou empilées dessus. A cette époque, maints restaurants de Gion livraient des repas. L'après-midi, ils envoyaient un garçon récupérer les boîtes vides. Habituellement, le livreur mettait les boîtes dans une caisse, qu'il portait sous le bras, ou amarrait sur le porte-bagages de sa bicyclette. Je me demandai pourquoi ce jeune homme trimbalait ses boîtes sur un plateau.

Il était à une centaine de mètres de moi. Mameha le regardait. Elle me dit :

— Fais-lui renverser son plateau.

Avant que j'aie pu savoir si elle plaisantait ou pas, elle avait disparu dans une rue transversale.

Je ne pense pas qu'une fille de quatorze ans — ni même une femme — puisse faire renverser quelque chose à un jeune homme rien qu'en le regardant. On voit ce genre de scène au cinéma, et dans les romans. J'aurais renoncé d'emblée, si je n'avais pas remarqué deux choses. D'une part, le jeune homme était déjà en train de me reluquer, comme un chat affamé regarde une souris. Et puis cette rue, contrairement à la plupart des rues de Gion, avait un trottoir. Le livreur marchait sur la chaussée, près du trottoir. Si je réussissais à le faire dévier de sa trajectoire, il pourrait trébucher sur le trottoir et faire tomber son plateau. Je commençai par baisser les yeux. Puis j'essayai de refaire ce regard furtif que Mameha avait testé sur moi. Je levai les yeux un bref instant sur le jeune homme, pour les détourner aussitôt. A présent, le livreur me regardait avec une telle concupiscence qu'il en avait probablement oublié son plateau, et le trottoir. Quand nous fûmes à quelques mètres l'un de l'autre, je déviai légèrement vers lui. Il ne pouvait plus passer à côté de moi sans monter sur le trottoir. Je le regardai droit dans les yeux. Il s'écarta pour me laisser le passage. Ses pieds butèrent contre le bord du trottoir, comme je l'avais espéré. Il s'écroula par terre. Les boîtes s'éparpillèrent sur le trottoir. Je ne pus m'empêcher de rire ! Le jeune homme rit aussi, ce qui me ravit. Je l'aidai à ramasser ses boîtes, lui fis un petit sourire. Il me salua

— aucun homme ne s'était jamais incliné si bas devant moi — puis il passa son chemin.

Je retrouvai Mameha quelques instants plus tard. Elle avait tout vu.

— Je crois que tu es prête à faire tes débuts, dit-elle.

Là-dessus, nous traversâmes l'avenue. Elle m'emmena chez Waza-san, son voyant. Elle lui demanda de trouver les dates favorables aux divers événements de mes débuts : aller au temple shinto, annoncer mes intentions aux dieux, me faire coiffer pour la première fois, me lier à Mameha par une cérémonie.

\*
\*  \*

Je ne dormis pas, cette nuit-là. Ce que j'espérais depuis si longemps se réalisait enfin ! J'en avais l'estomac noué, les mains moites. J'allais pénétrer dans un salon où il y aurait des hommes, vêtue d'un beau kimono ! Chaque fois que j'y pensais, je ressentais des picotements dans tout le corps. Je me voyais dans une maison de thé. J'ouvrais la porte d'un salon. Des hommes assis sur des tatamis tournaient la tête pour me regarder. Le président était parmi eux. Parfois, je l'imaginais vêtu d'un kimono japonais, comme les hommes en portaient le soir, chez eux. Il était seul dans la pièce. Entre ses doigts, doux comme du bois flotté, il tenait une tasse de saké. Comme j'aurais voulu lui servir du saké et sentir ses yeux sur moi !

A quatorze ans, j'avais l'impression d'avoir déjà eu deux vies. Ma nouvelle existence commençait à peine, alors que ma vie précédente s'était achevée il y avait déjà quelque temps. Plusieurs années avaient passé, depuis que j'avais appris ces tristes nouvelles concernant mes parents. Mon état d'esprit avait changé, de façon radicale. Nous savons qu'un paysage d'hiver, avec des arbres couverts de neige, sera méconnaissable au printemps. Toutefois, je n'avais jamais pensé qu'il pouvait en être de même pour nous, humains. Quand j'appris que mes parents étaient morts, ce fut comme si j'avais été ensevelie sous une grosse couche de neige. Mais avec le temps, la neige avait fondu. A la place apparaissait un paysage que je n'avais jamais vu, ni même imaginé. A la veille de mes débuts, j'étais comme un jardin où de jeunes pousses commençaient à percer. On ne savait pas encore à quoi elles allaient ressembler. Je débordais d'excitation. Au milieu de mon jardin imaginaire se dressait une statue : celle de la geisha que je voulais devenir.

# 14

Une jeune fille qui va faire ses débuts d'apprentie geisha, c'est un peu une chenille qui devient papillon, raconte-t-on. L'idée est belle. Cela dit, je me demande qui a osé une telle métaphore. La chenille n'a qu'à s'enrouler dans son cocon, et s'assoupir quelque temps. Moi, en revanche, je vécus une semaine exténuante. Je dus d'abord me faire coiffer. J'allais porter le gros chignon des apprenties geishas, ou « pêche fendue ». A cette époque, il y avait beaucoup de coiffeurs à Gion. Celui de Mameha officiait dans une petite pièce pleine de monde, au-dessus d'un restaurant qui servait des anguilles. Je dus attendre presque deux heures, avant qu'il s'occupe de moi. Il y avait des geishas partout, y compris sur le palier. La franchise m'oblige à dire qu'une odeur de cheveux sales imprégnait les lieux. Les geishas, à cette époque, avaient des coiffures très élaborées. Cela représentait des dépenses, du temps, des efforts. Aussi n'allaient-elles se faire coiffer qu'une fois par semaine. Or, au bout de huit jours, même les parfums qu'elles se mettaient dans les cheveux ne masquaient plus les mauvaises odeurs.

Quand enfin arriva mon tour, le coiffeur m'installa au-dessus d'un grand évier dans une position angoissante : je crus qu'il allait me décapiter ! Il versa un seau d'eau chaude sur mes cheveux, et se mit à les frotter avec du savon. « Frotter » n'est pas le terme exact. Il s'attaqua à mon cuir chevelu avec ses doigts, tel le paysan qui bine son champ. Avec le recul, je comprends pourquoi. Pour les geishas, les pellicules sont un réel problème. C'est repoussant, ça donne l'impression que les cheveux sont sales. Peut-être le coiffeur avait-il les meilleures raisons du monde pour s'acharner ainsi sur moi, mais je finis par avoir le cuir chevelu à vif. J'en aurais pleuré, tellement j'avais mal. Enfin l'homme daigna me parler :

— Vas-y, pleure, si tu veux. Pourquoi crois-tu que je t'ai mise au-dessus d'un évier ?

Sans doute l'homme crut-il faire de l'humour, car il éclata de rire.

Quand il se lassa de gratter mon cuir chevelu avec ses ongles, le coiffeur m'assit sur les tatamis, et passa un peigne en bois dans mes cheveux, en tirant très fort. Je finis par avoir la nuque douloureuse, à force de résister à ses tractions. Après avoir fait disparaître tous les nœuds de mes cheveux, le coiffeur les graissa avec de l'huile de camélia, ce qui leur donna un bel éclat. Je me dis que le pire était passé, quand il sortit une barre de cire. On a beau utiliser de l'huile de camélia comme lubrifiant et ramollir la cire avec un fer à repasser brûlant, la cire et les cheveux n'ont jamais fait bon ménage. Cela en dit long sur notre qualité de civilisés, qu'une jeune fille puisse laisser un homme lui passer de la cire dans les cheveux, sans protester autrement qu'en poussant de rares gémissements. Essayez avec un chien. Il vous mordra si bien que vous aurez les mains trouées comme des passoires.

Quand ma chevelure fut « cirée » de manière uniforme, le coiffeur en fit un gros chignon, de la forme d'une pelote à épingles. Sur l'arrière, cette pelote est fendue en deux parties égales. D'où le nom de « pêche fendue », donné à cette coiffure.

J'ai été coiffée ainsi pendant des années, sans voir la symbolique de la chose. Un homme me l'expliqua,

quand je fus devenue geisha. Pour faire le chignon —
que j'ai comparé à une « pelote à épingles » — on
enroule les cheveux autour d'un morceau de tissu. Sur
l'arrière, à l'endroit où le chignon est fendu, on voit le
tissu. Ce peut être n'importe quelle étoffe, de n'importe
quelle couleur. Mais pour une apprentie geisha — du
moins après certaine étape, dans sa vie — c'est de la
soie rouge. Un soir, un homme me dit :

— La plupart de ces innocentes n'ont pas idée de
la façon dont ces coiffures en « pêches fendues » sont
provocantes ! Imaginez ! Vous marchez dans la rue, derrière une jeune geisha, vous pensez à toutes les choses
inconvenantes que vous pourriez lui faire, et tout à coup,
vous voyez cette pêche sur sa tête, avec cette fente
rouge... Qu'est-ce qui vous viendrait à l'esprit ?

Cela n'évoqua rien pour moi, et je le lui dis.

— Allons, vous ne vous servez pas de votre imagination ! s'exclama-t-il.

Je finis par comprendre. Je rougis tellement qu'il
éclata de rire.

*
* *

Je sortis de chez le coiffeur, le cuir chevelu telle une
boule d'argile entaillée par le couteau d'un sculpteur.
Mais cela m'indifférait, car chaque fois que j'apercevais
mon reflet dans une vitrine, je me sentais importante. Je
n'étais plus une petite fille, mais une jeune fille. J'arrivai
à l'okiya. Tatie me fit prendre des poses, pour voir ma
coiffure sous divers angles, et ne tarit plus d'éloges.
Même Pumpkin ne put résister à l'envie de me regarder
sur toutes les coutures, admirative — quoique Hatsumomo eût été furieuse si elle l'avait su. Quelle fut la réaction de Mère, à votre avis ? Elle se dressa sur ses pointes
de pied pour mieux voir — ce qui ne servit pas à grand-
chose, car j'étais déjà plus grande qu'elle — puis elle
râla. J'aurais dû aller chez le coiffeur d'Hatsumomo,
d'après elle.

La jeune geisha finit par détester cette coiffure qui a

tout d'abord fait sa fierté. Et cela au bout de deux ou trois jours. Si elle rentre épuisée de chez le coiffeur et fait la sieste, sa coiffure sera tout aplatie à son réveil. Il lui faudra alors retourner chez le coiffeur. Aussi l'apprentie doit-elle apprendre à dormir dans une position particulière, avec ce chignon en « pêche fendue ». Elle abandonne son oreiller habituel pour un « takamakura » — dont j'ai parlé. Ce n'est pas tant un oreiller qu'un support pour la nuque. La plupart des « takamakura » sont rembourrés avec de la balle de blé, mais on a tout de même l'impression de poser la nuque sur une pierre. Vous êtes étendue sur votre futon, le cou sur le takamakura, la tête dans le vide. Vous vous endormez. Jusqu'ici tout va bien. Puis vous vous réveillez le matin, la tête sur la natte, les cheveux tout aplatis ! Tatie m'apprit à éviter cela en posant un plateau couvert de farine de riz près de mes cheveux. Chaque fois que ma tête glissait du takamakura, je récoltais de la farine de riz. Qui restait collée à mes cheveux, vu qu'ils étaient enduits de cire. Ma coiffure était à refaire. J'avais vu Pumpkin subir cette épreuve. A présent c'était mon tour. Pendant un temps, je me réveillais le matin avec les cheveux tout blancs. Il me fallait alors retourner chez le coiffeur, et attendre qu'il daigne me faire souffrir.

*
* *

Chaque après-midi, durant la semaine qui précéda mes débuts, Tatie me vêtit de la panoplie complète de l'apprentie geisha. Elle me fit arpenter le passage en terre battue, pour que je m'entraîne à marcher avec ce costume. Au début, j'y arrivais à peine. J'avais peur de basculer en arrière. Les jeunes filles s'habillent de façon plus sophistiquée que les femmes : des couleurs plus vives, des tissus plus voyants, un obi plus long. Une femme mûre portera son obi noué dans le dos en « nœud de tambour » — un nœud en forme de boîte, qu'on réalise avec une petite longueur de tissu. Une fille de moins de vingt ans, en revanche, portera un obi spectaculaire. Et une apprentie geisha un obi en « traîne » ou « darari obi », noué au niveau des omoplates et dont les extrémités traînent presque par terre. Quand une apprentie geisha marche dans la rue, devant vous, vous ne verrez que son obi — il est éblouissant, il couvre la majeure partie de son dos. Pour réussir cet effet de traîne, il faut un obi de la longueur d'un immense salon. Toutefois, ce n'est pas sa longueur qui rend l'obi difficile à porter, mais son poids. Les obis sont presque toujours coupés dans du brocart lourd. Le seul fait de monter les escaliers avec est épuisant. Alors imaginez ce que c'est de le porter toute la journée ! Ce gros ruban vous enserre la taille comme un serpent, ce brocart pesant vous déséquilibre vers l'arrière, vous avez l'impression de vous promener avec une malle cabine dans le dos.

Pis : le kimono est lui-même très lourd, avec de longues manches qui pendent. Et je ne parle pas de ces manches à l'ouverture si large qu'elles frôlent le sol. Quand une femme en kimono tend les bras, le tissu de sa manche forme une grande poche sous son poignet. C'est cette poche, ou « furi », qui est si longue sur le kimono d'une apprentie geisha. Elle peut traîner par terre, si la fille n'y prend garde. Et quand elle danse, la jeune geisha trébuchera sur ses manches, si elle ne les a pas enroulées plusieurs fois autour de ses avant-bras.

Des années plus tard, un savant renommé de l'université de Kyoto me fit cette remarque, un soir qu'il était très ivre : « On dit que le mandrill d'Afrique tropicale est le plus bariolé des primates. Mais pour moi, il n'y a pas plus haut en couleurs qu'une apprentie geisha de Gion ! »

*
* *

Arriva le jour où Mameha et moi dûmes sacrifier à ce rituel qui ferait de nous des sœurs. Je pris un bain de très bonne heure, et passai le reste de la matinée à m'habiller. Tatie m'aida à poser les dernières touches à

mon maquillage, et les derniers ornements dans ma coiffure. Cette cire et ce blanc sur ma peau me donnaient
l'impression de ne plus sentir mon visage, même quand
j'appuyais mes doigts dessus. Je répétai ce geste tant de
fois que Tatie dut refaire mon maquillage. Puis je me
regardai dans le miroir et j'eus une impression bizarre.
La fille agenouillée devant la table de maquillage et
l'étrangère que je voyais dans la glace n'étaient-elles
réellement qu'une seule et même personne ? Je tendis
la main pour toucher cette étrange jeune femme. Elle
était superbement maquillée, comme une geisha. Le
rouge carminé de ses lèvres tranchait sur son visage
blanc. Ses joues étaient légèrement teintées de rose.
Dans ses cheveux, des fleurs en soie et des épis de riz
sauvage. Elle portait un kimono classique, de couleur
noire, avec les armoiries de l'okiya Nitta. Je me levai et
j'allai me voir dans le miroir du couloir. Un dragon était
brodé sur mon kimono. Sa queue s'enroulait depuis
l'ourlet du bas jusqu'à mi-cuisse. Sa crinière était en fils
laqués rouges. Ses griffes et ses crocs argentés, ses yeux
d'or — en or véritable. Je sentis mes yeux s'embuer. Je
dus regarder au plafond pour empêcher mes larmes de
couler. Avant de quitter l'okiya, je glissai le mouchoir du
président dans mon obi, comme porte-bonheur.

Tatie m'accompagna chez Mameha, à qui j'exprimai
toute ma gratitude. Je promis de toujours l'honorer et la
respecter. Puis nous allâmes toutes les trois au temple
de Gion. Mameha et moi frappâmes dans nos mains et
annonçâmes aux dieux notre intention de devenir sœurs.
Je priai pour bénéficier de la faveur des dieux dans l'avenir, puis je fermai les yeux et les remerciai d'avoir exaucé
le vœu que j'avais fait, trois ans et demi plus tôt — devenir geisha.

La cérémonie devait avoir lieu à la maison de thé
Ichiriki, la plus célèbre du Japon. Cette maison a toute
une histoire. Un samouraï y trouva refuge, au début du
XVIIIᵉ siècle. Peut-être avez-vous entendu parler des qua-
rante-sept ronins, qui vengèrent la mort de leur maître,
puis se tuèrent en se faisant « seppuku ». C'est leur chef,
qui se réfugia dans la maison de thé Ichiriki, où il

fomenta un complot pour venger son maître. A Gion, la plupart des maisons de thé de grande classe ont une entrée discrète. L'Ichiriki, en revanche, ne passe pas inaperçue. Elle se trouve à un coin très passant de Shijo Avenue. Ses murs extérieurs sont sans défauts, peints de couleur abricot. Cette maison a un joli toit de tuiles. J'eus l'impression de pénétrer dans un palais.

Deux anciennes petites sœurs de Mameha nous rejoignirent à l'Ichiriki, ainsi que Mère. Nous nous retrouvâmes dans le jardin. Après quoi une servante nous escorta jusque dans l'entrée, puis dans une petite pièce avec des tatamis, sur l'arrière de la maison. Je n'avais encore jamais pénétré en un lieu aussi élégant. Chaque meuble en bois brillait d'un éclat magnifique. Le plâtre des murs était d'un blanc immaculé. L'odeur très douce du « kuroyaki » — ou charbon noir — planait dans la pièce. Le kuroyaki est un parfum à base de poudre de charbon de bois. C'est un parfum démodé, et même Mameha, qui était une geisha des plus traditionnelles, préférait les parfums occidentaux. Le kuroyaki porté par des générations de geishas imprégnait les lieux. J'ai toujours une petite fiole de kuroyaki. Chaque fois que je la respire, cela me replonge dans l'ambiance de cette journée particulière.

La cérémonie, à laquelle assista la maîtresse de l'Ichiriki, ne dura que dix minutes. Une servante apporta un plateau avec plusieurs tasses de saké. Je pris trois gorgées dans une tasse, puis je la passai à Mameha, qui but à son tour trois gorgées. Nous répétâmes ce rituel avec trois tasses de saké. Et ce fut tout. Je cessai dès lors de m'appeler Chiyo. Pour devenir Sayuri, geisha novice. Durant le premier mois d'apprentissage, la jeune geisha est « novice » — elle ne peut danser en public, ni divertir des clients hors de la présence de sa grande sœur. Elle ne fait pas grand-chose d'autre qu'observer et apprendre. Quant à mon nom, Sayuri, Mameha avait mis un temps fou à le choisir, avec l'aide de son voyant. La sonorité d'un nom n'est pas l'essentiel. Le sens des caractères a une grande importance, de même que le nombre de coups de pinceau nécessaires pour les former — certains nombres portent bonheur ; d'autres sont néfastes. Mon nouveau nom se décomposait ainsi : « sa », qui signifie « ensemble » ; « yu », le signe du coq, dans le zodiaque chinois — afin d'équilibrer les divers éléments de mon thème — ; et « ri », qui signifie compréhension. Le voyant avait jugé néfastes toutes les combinaisons possibles incluant un élément du nom de Mameha.

J'aimais bien mon nouveau nom, mais je trouvais étrange qu'on ne m'appelle plus Chiyo. Après la cérémonie, nous allâmes dans une autre pièce, prendre un déjeuner de « riz rouge », mélange de riz et de haricots rouges. Je picorai quelques grains. J'étais troublée, je n'avais nulle envie de fêter l'événement. La maîtresse de la maison de thé me posa une question, je l'entendis m'appeler Sayuri, et compris la raison de mon malaise. C'était comme si la petite fille prénommée Chiyo, qui courait nu-pieds de l'étang à sa maison ivre, avait cessé d'exister. J'avais l'impression que cette jeune personne, Sayuri, avec son visage blanc brillant et ses lèvres rouges, l'avait anéantie.

Mameha voulait passer le début de l'après-midi à faire le tour des maisons de thé et des okiyas qu'elle connaissait, pour me présenter. Mais, au lieu de partir après le déjeuner, nous allâmes nous asseoir dans un salon de l'Ichiriki. Plus précisément, nous nous assîmes sur nos talons. Mameha me regarda faire, eut une moue dubitative, et me dit de recommencer. Ma tenue était si encombrante ! Je ne réussis à me poser sur le sol avec grâce qu'après plusieurs tentatives. Mameha me donna un petit ornement en forme de gourde, et me montra comment le fixer à mon obi. La gourde, vide et légère, est censée libérer le corps de sa pesanteur, et maintes apprenties en portent une pour éviter de tomber.

Mameha et moi devisâmes quelques minutes. Au moment de partir, elle me demanda de lui servir une tasse de thé. La théière était vide, mais Mameha me dit de faire semblant — pour voir comment j'allais m'arranger de ma manche. Je crus savoir ce que Mameha attendait de moi — je fis de mon mieux, mais elle ne fut pas satisfaite.

— Première chose, dit-elle. Tu sers du thé à qui ?

— A vous !

— Ce n'est pas intéressant. Avec moi tu n'as rien à prouver. Imagine que tu sers le thé à quelqu'un d'autre. Un homme ou une femme ?

— Un homme.

— Très bien. Sers-moi une tasse de thé.

Je m'exécutai. Mameha se tordit le cou pour voir ma manche, pendant que je versais le thé dans sa tasse.

— Tu as vu comment je me tenais ? C'est ça qui va se passer avec les hommes, si tu lèves autant le bras.

J'essayai à nouveau, en baissant un peu plus le bras. Cette fois, Mameha étouffa un bâillement, avant de tourner la tête et d'entamer une conversation avec une geisha imaginaire, à sa droite.

— Je vous ennuie, déclarai-je. Mais comment puis-je être ennuyeuse en servant une tasse de thé ?

— Tu peux ne pas vouloir que je voie ton bras, mais ce n'est pas une raison pour avoir l'air prude ! Les hommes ne s'intéressent qu'à une chose, tu t'en apercevras vite. Cela dit, rien ne t'empêche de flatter un monsieur en lui laissant croire qu'il voit des parties de ton corps que les autres ne voient pas. Quand une apprentie sert le thé comme tu viens de le faire, et comme le ferait une servante, les hommes perdent espoir. Essaie encore, mais d'abord montre-moi ton bras.

Je laissai ma manche glisser jusque sur mon coude, et tendis mon bras pour que Mameha le voie. Elle le prit, l'examina de haut en bas.

— Tu as une belle peau, un joli bras. Fais en sorte que les hommes qui s'assoiront à côté de toi le voient au moins une fois.

Aussi continuai-je à servir du thé, jusqu'au moment où Mameha estima que j'exposais mon bras avec le naturel requis. Il ne s'agissait pas de remonter ma manche jusqu'au coude, c'eût été ridicule, mais d'écarter cette manche avec désinvolture, et de profiter de l'occasion pour montrer quelques centimètres de chair supplémentaires. D'après Mameha, la partie interne de l'avant-bras étant la plus émouvante, j'allais devoir m'arranger pour que les hommes la voient.

Elle me demanda de recommencer, en imaginant que je servais le thé à la maîtresse de l'Ichiriki. Je découvris mon bras de la même façon que tout à l'heure. Mameha fit la grimace.

— Enfin Sayuri, je suis une femme ! dit-elle. Pourquoi exhibes-tu ton bras comme ça ? Tu essaies probablement de me rendre jalouse.

— De vous rendre jalouse ?

— Que pourrais-je penser d'autre ? Tu me montres combien tu es jeune et belle, alors que je suis déjà vieille et décrépite. A moins que tu n'aies voulu être obscène...

— Obscène ?

— Pourquoi aurais-tu exposé le dessous de ton bras avec une telle ostentation ? Tu pourrais aussi bien me montrer la plante de ton pied ou l'intérieur de ta cuisse. Si je vois un bout de chair par hasard, ça va. Mais me montrer ton bras de façon si ostentatoire !

Aussi recommençai-je deux ou trois fois, jusqu'à paraître suffisamment réservée. Là-dessus Mameha m'annonça que nous allions faire un tour dans Gion.

Je portais ma tenue d'apprentie geisha depuis plusieurs heures. A présent j'allais devoir marcher dans Gion avec les fameux « okobos ». Ce sont des chaussures en bois, assez hautes, avec des lanières laquées. Elles sont pointues, ce que la plupart des gens trouvent très élégant. Mais j'avais un mal fou à marcher avec. J'avais l'impression qu'on m'avait attaché des tuiles aux pieds.

Mameha et moi nous arrêtâmes dans une vingtaine de maisons de thé et okiyas — quelques minutes chaque fois. C'était souvent une servante qui ouvrait la porte. Mameha demandait poliment la maîtresse. Quand celle-ci arrivait, Mameha lui disait : « J'aimerais vous présenter ma nouvelle petite sœur, Sayuri. » Puis elle s'inclinait très bas et déclarait : « J'espère que vous serez indulgente avec elle. » La maîtresse des lieux bavardait un petit moment avec Mameha. Puis nous repartions. Dans deux ou trois maisons, on nous invita à boire le thé, et nous restâmes un peu plus longtemps. Mais je préférais éviter de boire du thé. Je me contentais de tremper mes lèvres dedans. Il est difficile d'utiliser les toilettes, quand on porte un kimono. Or je n'étais pas certaine d'avoir maîtrisé toutes les subtilités de cet exercice.

Après une heure de pérégrinations, j'étais totalement épuisée. Je pouvais à peine me retenir de râler. Mais nous continuâmes sur le même rythme. A l'époque, il y avait à Gion une quarantaine de maisons de thé de première catégorie, et une centaine d'autres de moindre classe. Ne pouvant toutes les visiter, nous allâmes dans une quinzaine de maisons que Mameha fréquentait. Puis nous passâmes dans une demi-douzaine d'okiyas, dont Mameha connaissait les maîtresses — il y avait des centaines d'okiyas à Gion.

Vers trois heures, nous avions fini nos visites. Je n'avais plus qu'une envie : aller dormir. Mais Mameha avait des projets pour moi. Je devais honorer mon premier engagement en tant que novice. Pas plus tard que ce soir.

— Va prendre un bain, me dit-elle. Tu as beaucoup transpiré, et ton maquillage n'a pas tenu.

C'était une chaude journée d'automne, et je m'étais beaucoup agitée.

\*
\* \*

A l'okiya, Tatie m'aida à me déshabiller. Puis elle eut pitié de moi et me laissa faire la sieste une demi-heure. J'étais à nouveau dans ses bonnes grâces : mes sottises étaient oubliées, et mon avenir paraissait encore plus radieux que celui de Pumpkin. Tatie me réveilla à la fin de ma sieste. Je me précipitai aux bains. Vers cinq heures, j'étais habillée, et remaquillée. J'étais très excitée, comme vous pouvez l'imaginer. Depuis des années, je voyais Hatsumomo sortir l'après-midi et le soir, superbement parée. Ces derniers mois, Pumpkin l'accompagnait. A présent, c'était mon tour. La soirée qui m'attendait, ma première soirée, était un banquet au Kansai International Hotel. Les banquets sont des dîners assez guindés. Installés dans une salle avec des tatamis, les dîneurs forment un grand « U ». Devant eux, des plats avec divers mets, posés sur de petits supports. Les geishas, conviées pour distraire l'assemblée, se déplacent à l'intérieur du U formé par les invités. Elles passent quelques minutes, assises face à chaque convive, à bavarder, à servir du saké. Rien de très passionnant. En tant que novice, mon rôle était encore moins excitant que celui de Mameha. Je restais assise à sa droite, comme son ombre. Chaque fois qu'elle se présentait, je faisais de même. « Je m'appelle Sayuri, disais-je. Je suis novice et vous prie d'être indulgent. » Puis je ne disais plus rien, et plus personne ne m'adressait la parole.

Vers la fin du banquet, on ouvrit les portes à glissières sur un côté de la salle. Mameha et une autre geisha dansèrent. Cette pièce dansée s'intitulait : « Chiyo no Tomo » — Eternelles Amies. C'est un très joli ballet. Deux femmes se retrouvent après avoir été longtemps séparées. La plupart des dîneurs se curèrent les dents pendant qu'elles dansaient. Ces hommes, cadres dans une grande entreprise fabriquant des soupapes en caoutchouc, étaient venus à Kyoto pour le banquet annuel de leur société. A mon avis, pas un seul d'entre eux n'aurait su distinguer une danseuse d'un somnambule. Quant à moi, j'étais extasiée. Dans leurs danses, les geishas de Gion utilisent un éventail, pour mettre l'accent sur certains mouvements. Mameha était experte en la matière. Elle commença par fermer son éventail. Puis elle l'agita doucement en tournant sur elle-même, pour évoquer l'eau qui court. Après quoi elle ouvrit son éventail, qui devint une tasse, dans laquelle son amie versa du saké. C'était une très jolie danse. La musique aussi était belle, jouée au shamisen par une geisha d'une minceur extrême, avec de petits yeux délavés.

Un banquet traditionnel ne dure généralement pas plus de deux heures. A vingt heures, nous étions à nouveau dehors. Je me tournai vers Mameha pour lui souhaiter une bonne nuit, quand elle me dit :

— J'avais pensé t'envoyer te coucher, mais tu m'as

l'air pleine d'énergie. Je vais à la maison de thé Komoriya. Viens avec moi. Tu verras ce que c'est qu'une soirée décontractée. Et puis autant commencer à te montrer le plus vite possible.

Je ne pouvais lui dire que j'étais trop épuisée pour y aller. Je ravalai donc ma fatigue et la suivis dans la rue.

C'était le directeur du théâtre national de Tokyo qui donnait cette fête, m'expliqua Mameha. Il connaissait les plus grandes geishas du Japon. Sans doute serait-il aimable avec moi. Il était toutefois peu probable qu'il engage la conversation. Cela dit, on me demandait d'être belle et d'avoir l'esprit alerte.

— Arrange-toi pour faire bonne impression, me dit Mameha.

Nous arrivâmes à la maison de thé. Une servante nous escorta jusque dans un salon, au deuxième étage. Quand Mameha s'assit et ouvrit la porte, j'osai à peine regarder à l'intérieur. J'aperçus toutefois sept ou huit hommes assis sur des coussins, autour de la table, et quatre geishas. Nous nous inclinâmes, puis nous entrâmes. Nous nous agenouillâmes sur les tatamis pour refermer la porte derrière nous — c'est ainsi qu'une geisha entre dans une pièce. Nous saluâmes d'abord les autres geishas, puis l'hôte, assis à une extrémité de la table. Enfin nous saluâmes les invités.

— Mameha-san ! dit l'une des geishas. Vous arrivez au bon moment. Vous allez nous raconter l'histoire de Konda-san, le perruquier.

— Oh, mon Dieu, je ne m'en souviens pas ! dit Mameha.

Tout le monde rit. Je ne compris pas pourquoi. Mameha m'entraîna à l'autre bout de la table et s'assit devant notre hôte. Je la suivis, m'assis à côté d'elle.

— Monsieur le directeur, permettez-moi de vous présenter ma nouvelle petite sœur, dit-elle.

A moi de jouer. J'allais m'incliner devant ce monsieur, lui demander d'être indulgent avec moi, et cetera. C'était un homme très nerveux, aux yeux protubérants, à l'ossature frêle. Il ne m'accorda pas un regard. Il secoua sa cigarette dans un cendrier presque plein, devant lui, et dit :

— Qui c'est, ce perruquier ? Les filles n'ont pas arrêté d'en parler toute la soirée, mais il n'y en a pas une qui ait voulu raconter l'histoire.

— Je n'en sais vraiment rien, dit Mameha.

— Entendez que ça la gêne de raconter l'histoire, dit une geisha. Aussi vais-je le faire à sa place.

L'homme sembla approuver cette initiative. Mameha soupira.

— Pendant ce temps-là, je vais donner une tasse de saké à Mameha pour la détendre, dit-il.

Il y avait un saladier rempli d'eau au milieu de la table, pour laver les tasses à saké. Le directeur y plongea la sienne, puis la tendit à Mameha.

— Ce Konda-san est le meilleur perruquier de Gion, déclara la geisha qui avait pris l'initiative de raconter l'histoire. C'est du moins ce que tout le monde dit. Pendant des années, Mameha-san a fait appel à ses services. Elle prend toujours ce qu'il y a mieux. Il suffit de la regarder pour s'en convaincre.

Mameha prit un air faussement choqué.

— C'est la meilleure comédienne que je connaisse, en tout cas, dit l'un des invités.

— Pendant les spectacles, poursuivit la jeune femme, les perruquiers restent dans les coulisses, pour aider les geishas à se changer. Souvent, au moment d'un changement de costume, un vêtement glisse, un sein apparaît, ou une touffe de poils. Ces choses-là arrivent. Et de toute façon.

— Dire que je travaille dans une banque depuis des années, dit l'un des hommes. Je veux être perruquier !

— Vous ne feriez pas que lorgner des femmes nues, dit la geisha. Quoi qu'il en soit, Mameha-san est collet monté. Elle se met toujours derrière un paravent pour se changer...

— Je vais raconter l'histoire, dit Mameha, autrement vous allez donner une fausse image de moi. Je ne suis pas collet monté. Konda-san ne cessait de me reluquer, comme s'il n'attendait que le prochain changement de

costume. Aussi ai-je demandé un paravent. C'est étonnant que Konda-san n'ait pas fait un trou dedans, à force
de le percer du regard.

— Pourquoi ne lui laissiez-vous pas entrevoir un
petit bout de chair de temps à autre, dit le directeur. Quel
mal y a-t-il à ça ? Vous ne voulez pas nous montrer un
grain de beauté caché ?

Tout le monde éclata de rire. Quand les choses
commencèrent à se calmer, le directeur relança le jeu.
Il se leva et se mit à défaire la ceinture de son kimono.

— Je ne fais ça, dit-il à Mameha, que si vous me
laissez regarder sous votre kimono.

— Je ne vous ai jamais rien proposé de tel, rétorqua
Mameha.

— Ce n'est pas très généreux de votre part.

— Ce ne sont pas les geishas qui sont généreuses,
mais leurs clients, dit Mameha.

— Dommage, répliqua le directeur.

Puis il se rassit. Je fus soulagée qu'il ait renoncé. Les
autres avaient beau s'amuser de la situation, j'étais très
gênée.

— Où en étais-je ? dit Mameha. Ah oui. Je réclamai
un paravent, et je pensai que cela suffirait à me prémunir
des ardeurs de Konda-san. Mais un jour, en revenant des
toilettes, je ne le trouvai nulle part. Je paniquai, car j'avais
besoin d'une perruque pour le prochain tableau. Nous le
découvrîmes bientôt assis sur un coffre. Il paraissait avoir
chaud, et semblait très faible. Je crus qu'il avait un problème cardiaque ! Je vis ma perruque, posée à côté de
lui. Il s'excusa, et m'aida à la mettre. En fin d'après-midi,
il me tendit un petit mot qu'il m'avait écrit...

Mameha laissa sa phrase en suspens. Finalement,
l'un des hommes demanda :

— Eh bien ? Qu'avait-il écrit ?

Mameha se mit une main sur les yeux. Elle était trop
gênée pour continuer. Toute l'assemblée éclata de rire.

— Je vais vous dire ce qu'il avait écrit, déclara la
geisha qui avait raconté la première partie de l'histoire.
C'était quelque chose du genre : « Ma très chère
Mameha. Vous êtes la plus belle geisha de Gion. » Suivait

toute une série de compliments. « Quand vous avez porté une perruque, je la chéris, j'enfouis mon visage dedans, je respire l'odeur de vos cheveux plusieurs fois par jour. Mais aujourd'hui, quand vous êtes allée aux toilettes, vous m'avez fait vivre le moment le plus intense de mon existence. Pendant que vous étiez dans la cabine, je suis resté derrière la porte, et le doux clapotis, plus joli qu'une cascade... »

Les hommes riaient tellement que la geisha dut attendre qu'ils se calment avant de poursuivre.

— « ... et le doux clapotis, plus joli qu'une cascade, m'a fait durcir, à l'endroit où moi-même je clapote... »

— Il n'a pas dit cela comme ça, l'interrompit Mameha. Il a écrit : « le doux clapotis, plus joli qu'une cascade, m'a fait palpiter d'émotion, à l'idée de votre nudité... »

— Ensuite, dit l'autre geisha, il n'a pas pu se lever, tellement il était excité. La missive s'achevait sur ces mots : « J'espère qu'il me sera donné de revivre un moment pareil, une fois dans ma vie. »

Tout le monde riait. Je feignis de rire. J'avais du mal à croire que ces hommes — qui avaient payé si cher pour être ici, parmi des femmes vêtues des plus beaux kimonos — avaient réellement envie d'entendre des histoires aussi infantiles. J'avais craint de tomber sur une conversation trop intellectuelle pour moi — sur la littérature, ou le kabuki — car il y avait des soirées de ce genre, à Gion. Il se trouva que ma première soirée fut d'un genre léger.

Pendant que Mameha racontait sa mésaventure, l'homme assis à côté de moi se frotta la figure avec ses mains, sans rien écouter. Puis il me regarda un long moment, et me demanda :

— Qu'est-ce qu'ils ont, vos yeux ? Ou bien ai-je trop bu ?

Il avait trop bu. Mais il me sembla peu opportun de le lui dire. Avant que j'aie pu répondre, ses sourcils bougèrent, comme sous l'effet d'un tic nerveux, puis il se gratta si fort la tête qu'un petit dépôt blanc apparut sur ses épaules. On le connaissait à Gion sous le sobriquet de « M. Chutes de Neige » — à cause de ses pellicules, je l'appris par la suite. Il semblait avoir oublié la question qu'il m'avait posée — ou peut-être ne s'était-il jamais attendu à une réponse — car il me demanda mon âge. Quatorze ans, lui dis-je.

— Je n'ai jamais vu une fille de quatorze ans aussi grande que toi, constata-t-il. Tiens, prends ça.

Il me tendit sa tasse de saké vide.

— Oh non, merci, monsieur, dis-je. Je ne suis qu'une novice...

Je ne faisais que répéter ce que Mameha m'avait conseillé de dire, mais M. Chutes de Neige n'écoutait pas. Il brandit sa tasse sous mon nez, jusqu'à ce que je la prenne. Puis il se saisit d'un flacon de saké pour me servir.

Je n'étais pas censée boire du saké, car une apprentie geisha, a fortiori une novice, doit garder un côté enfantin. Toutefois, je ne pouvais désobéir à ce monsieur. Je tendis la tasse. L'homme se gratta une nouvelle fois la tête avant de me servir. Horrifiée, je vis que des pellicules étaient tombées dans la tasse. M. Chutes de Neige remplit celle-ci de saké et me dit :

— Bois maintenant. Vas-y. Ce sera la première d'une longue série.

Je lui souris. Je portai la tasse à mes lèvres — ne sachant pas quoi faire d'autre — quand Mameha vola à mon secours.

— C'est ton premier jour à Gion, Sayuri. Ce ne serait pas bien que tu te soûles, dit-elle, s'adressant à M. Chutes de Neige. Trempe tes lèvres dedans, ça suffira.

Aussi lui obéis-je, et trempai-je mes lèvres dans le saké. Je les serrai si fort sur le bord de la tasse, que je me fis mal. Puis j'inclinai la tasse, jusqu'à ce que le liquide entre en contact avec ma peau. Je reposai aussitôt le saké sur la table et déclarai : « Mumm, c'est délicieux ! », tout en sortant mon mouchoir de ma manche. Je me sentis mieux après m'être séché les lèvres avec — ce que M. Chutes de Neige ne vit pas, car il avait les yeux fixés sur la tasse posée devant lui. Au bout d'un moment, il la souleva entre deux doigts et la but d'un trait. Puis il se leva et s'excusa pour aller aux toilettes.

Une apprentie geisha est censée accompagner un homme aux toilettes. Mais on ne demande jamais cela à une novice. S'il n'y a pas d'apprentie dans la pièce, l'homme ira aux toilettes tout seul, ou bien une geisha l'accompagnera. Mais M. Chutes de Neige resta planté devant moi, à me regarder. Je finis par comprendre qu'il voulait que je me lève.

Je ne connaissais pas la maison de thé Komoriya. M. Chutes de Neige, en revanche, y était comme chez lui. Je le suivis dans un long couloir. Arrivé au bout, il tourna à droite. Il s'écarta de la porte, pour que je la lui ouvre. Quand j'eus refermé la porte derrière lui, j'entendis quelqu'un monter l'escalier. M. Chutes de Neige ne tarda pas à reparaître. Nous refîmes le chemin à l'envers, rejoignîmes l'assemblée. Une geisha venait d'arriver, avec une apprentie. Elles tournaient le dos à la porte. Je vis leurs visages seulement après avoir fait le tour de la table et m'être assise à côté de M. Chutes de Neige. Quel choc de les trouver là, en face de moi ! Hatsumomo me souriait, Pumpkin à sa droite.

# 15

Hatsumomo souriait quand elle était contente, comme tout le monde. Or elle n'était jamais aussi heureuse que lorsqu'elle était sur le point de faire du mal à quelqu'un. Voilà pourquoi elle souriait si aimablement quand elle dit :

— Oh, mon Dieu ! Quelle coïncidence. Une novice ! Je ne puis raconter la suite de l'histoire sans faire rougir la pauvre petite.

J'espérais que Mameha s'excuserait et m'emmènerait. Mais elle me jeta un regard anxieux. Elle dut avoir un pressentiment : laisser Hatsumomo seule avec ces hommes eût équivalu à abandonner une maison en feu. Autant rester, pour maîtriser la progression du désastre.

— Rien n'est plus difficile que d'être novice, dit Hatsumomo. N'est-ce pas, Pumpkin ?

Pumpkin était maintenant une apprentie aguerrie. Elle avait été novice six mois plus tôt. Je lui jetai un coup d'œil, quêtant sa compassion, mais elle regardait fixement la table, les mains sur ses genoux. La connaissant bien, je savais qu'elle était gênée : une petite ride verticale était apparue entre ses sourcils.

— Oui, madame, dit-elle.

— C'est un moment difficile, dans la vie d'une geisha, continua Hatsumomo. Je m'en souviens encore ! Comment t'appelles-tu, petite novice ?

Je n'eus pas à répondre : Mameha prit la parole.

— Vous avez raison, Hatsumomo, c'est une période difficile. Surtout pour certaines filles. Vous étiez vous-même assez maladroite, je crois.

— Je veux entendre la suite de l'histoire, dit l'un des hommes.

— Et faire rougir la pauvre novice qui vient d'arriver ? dit Hatsumomo. Promettez-moi de ne pas penser à elle, quand je vais la raconter.

Hatsumomo était diabolique. A présent ces hommes allaient faire le rapprochement entre la protagoniste de l'histoire et moi.

— Voyons, où en étais-je ? dit Hatsumomo. Ah oui. La novice de l'histoire... je n'arrive pas à me souvenir de son nom. Or il faut que je lui donne un nom, pour ne pas qu'on l'associe à cette pauvre fille. Dis-moi, comment t'appelles-tu, petite novice... ?

— Sayuri, madame, dis-je.

J'étais si nerveuse, j'avais les joues si chaudes, que cela ne m'eût pas surprise de voir mon maquillage fondre, puis goutter sur mes genoux.

— Sayuri. C'est joli, mais ça ne te va pas très bien. Enfin. Appelons ma novice Mayuri. Un jour, donc, je marchais sur Shijo Avenue avec Mayuri. Nous allions voir sa grande sœur, dans son okiya. Il y avait un vent terrible, à déraciner un arbre. La pauvre Mayuri était légère comme une plume, et elle n'avait pas l'habitude de porter le kimono. Ces longues manches peuvent prendre le vent, telles des voiles. Nous allions traverser l'avenue, quand elle disparut. J'entendis un petit bruit derrière moi. Oh, un tout petit bruit : « Ah... ah... »

Hatsumomo se tourna vers moi.

— Je n'ai plus la voix assez haut pointue, dit-elle. Dis-le à ma place. « Ah.... ah.... »

Que pouvais-je faire ? Je m'efforçai d'imiter ce bruit.

— Non, un son bien plus aigu... Oh, peu importe !

Hatsumomo se tourna vers l'homme assis à côté d'elle et dit, plus bas : « Elle n'est pas très intelligente, hein ? »

Elle secoua la tête, puis elle poursuivit.

— Quand je me retournai, je vis la pauvre Mayuri sur le dos, les quatre fers en l'air, au moins cinquante mètres derrière moi. Le vent l'avait emportée ! Elle agitait ses jambes et ses bras, tel un insecte qui ne parvient pas à se remettre sur ses pattes. J'ai tellement ri ! J'ai failli déchirer mon obi. Puis elle glisse du trottoir, et se retrouve au milieu du carrefour ! Juste au moment où une voiture arrive en trombe. Heureusement, le vent l'a propulsée sur le capot. Elle s'est retrouvée les jambes en l'air... Le vent s'est engouffré dans son kimono... Je n'ai pas besoin de vous dire ce qui s'est passé.

— Si, si, il faut nous le dire ! protesta l'un des hommes.

— Vous n'avez donc aucune imagination ? Son kimono s'est soulevé, la découvrant jusqu'à la taille. Pour se préserver des regards indiscrets, elle s'est retournée. Et elle s'est retrouvée les jambes écartées, ses parties intimes collées contre le pare-brise, sous le nez du conducteur...

Les hommes riaient comme des fous, y compris le directeur, qui frappait la table avec sa tasse de saké sur un rythme de mitrailleuse.

— Pourquoi il ne m'arrive jamais des histoires comme ça, à moi ? dit-il.

— Vous savez, directeur, répliqua Hatsumomo, la fille n'était qu'une novice. Il n'y avait rien à voir. Vous imaginez les parties intimes de Sayuri ? Elles doivent ressembler à celles d'un bébé !

— Les filles ont parfois des poils dès onze ans, dit l'un des hommes.

— Quel âge as-tu, petite Sayuri-san ? me demanda Hatsumomo.

— J'ai quatorze ans, madame, dis-je, m'efforçant à un ton poli. Mais je suis assez mûre pour mon âge.

Cette réponse plut aux hommes. Le sourire d'Hatsumomo se figea quelque peu.

— Quatorze ans ? dit-elle. Comme c'est charmant ! Et bien entendu, tu n'as pas de poils...

— Mais j'ai des cheveux. Plein de cheveux !

Je portai la main à ma coiffure, et la tapotai.

Sans doute avais-je trouvé une bonne parade, car je fis rire les hommes plus fort qu'Hatsumomo. Elle rit aussi, probablement pour ne pas avoir l'air de se sentir visée.

Comme les rires s'apaisaient, Mameha et moi prîmes congé. Nous n'avions pas refermé la porte, que nous entendîmes Hatsumomo s'excuser et se retirer. Elle et Pumpkin nous suivirent dans l'escalier.

— On s'est vraiment bien amusées, Mameha-san ! dit Hatsumomo. Dommage qu'on ne travaille pas plus souvent ensemble !

— Oui, c'était drôle, dit Mameha. Je me réjouis d'avance en pensant à ce qui nous attend !

Mameha me regarda d'un air satisfait. Elle imaginait sa rivale anéantie, ce qui la réjouissait.

*
* *

Ce soir-là, après m'être baignée et démaquillée, je racontais ma journée à Tatie, dans l'entrée, quand Hatsumomo arriva du dehors et se planta devant moi. Elle ne rentrait pas si tôt, habituellement. Dès que je vis sa tête, je compris qu'elle était venue régler ses comptes. Elle n'avait même plus son sourire cruel. Elle serrait les lèvres de façon presque repoussante. Elle resta quelques instants devant moi, puis elle me gifla. Avant de me frapper, elle retroussa les lèvres et je vis ses dents.

Cette gifle m'assomma. Je ne me souviens pas de ce qui se passa ensuite. Hatsumomo et Tatie durent se disputer, car bientôt la geisha déclara :

— Si cette fille se moque à nouveau de moi en public, je me ferai un plaisir de la gifler sur l'autre joue !

— « Moi », je me suis moquée de « vous » ? dis-je.

— Tu m'as rendue ridicule ! C'est un prêté pour un rendu, Chiyo. Ne t'inquiète pas. Tu n'auras pas longtemps à attendre.

La colère d'Hatsumomo sembla retomber. La geisha ressortit de l'okiya. Pumpkin l'attendait dans la rue. Elle s'inclina en voyant Hatsumomo approcher.

*
* *

Je rapportai l'incident à Mameha le lendemain après-midi. Elle ne s'offusqua pas.

— Où est le problème ? dit-elle. Cette gifle n'a laissé aucune marque sur ta joue. Tu ne pensais tout de même pas qu'Hatsumomo allait te remercier ?

— Je m'inquiète seulement de ce qui peut se passer la prochaine fois qu'on va tomber sur elle.

— Je vais te dire ce qui va se passer. On fera demi-tour et on partira. Notre hôte s'étonnera peut-être de nous voir quitter une fête au bout de cinq minutes. Mais mieux vaut cela que de donner à Hatsumomo une nouvelle occasion de t'humilier. De toute façon, si nous la croisons, ce sera une bénédiction.

— Une bénédiction ?!

— Si elle nous oblige à crapahuter d'une fête à l'autre, les gens te connaîtront d'autant plus vite.

La sérénité de Mameha me rassura. Je vis soudain les choses avec optimisme. La soirée s'annonçait bien. Nous passâmes tout d'abord dans une fête en l'honneur d'un jeune acteur de cinéma. Il ne paraissait pas plus de dix-huit ans, mais il n'avait ni cheveux, ni cils, ni sourcils. Les circonstances de sa mort allaient le rendre célèbre, quelques années plus tard : il se fit seppuku, après avoir assassiné une jeune serveuse, à Tokyo. Je le trouvai bizarre, puis je vis qu'il me regardait. J'avais vécu si recluse, à l'okiya, que j'appréciai cette marque d'intérêt. Nous restâmes plus d'une heure dans cette fête, mais Hatsumomone ne se montra pas. Peut-être allais-je réellement passer une bonne soirée.

Deuxième étape : une réception que donnait le recteur de l'université de Kyoto. Mameha engagea la conversation avec un homme qu'elle n'avait pas vu depuis un certain temps, m'abandonnant à mon propre sort. Je finis par trouver une place, à côté d'un vieillard. Il portait une chemise blanche tachée, et semblait très assoiffé. Il ne cessait de porter une chope de bière à ses lèvres, ne s'arrêtant de boire que pour roter. Je m'assis à côté de lui. J'allais me présenter, quand la porte s'ouvrit. Je pensai qu'une servante arrivait avec du saké, et je vis Hatsumomo et Pumpkin, agenouillées dans l'entrée.

— Oh, mon Dieu ! dit Mameha, à son interlocuteur. Votre montre est à l'heure ?

— Absolument, dit l'homme. Je la règle tous les après-midi sur l'horloge de la gare.

— Dans ce cas, Sayuri et moi allons être impolies et nous retirer. On nous attend dans une autre réception depuis une demi-heure !

Nous quittâmes la fête au moment même où Hatsumomo et Pumpkin entraient dans la salle.

Au rez-de-chaussée, Mameha m'entraîna dans une pièce vide avec des tatamis. Je ne voyais pas ses traits, seulement l'ovale parfait de son visage, et son gros chignon. Je profitai de la pénombre pour faire la moue, découragée. Echapperais-je jamais à Hatsumomo ?

— Qu'as-tu raconté à cette horrible femme ? me dit Mameha.

— Rien, madame !

— Alors comment a-t-elle su qu'elle nous trouverait ici ?

— J'ignorais moi-même que nous viendrions dans cette maison. Comment aurais-je pu le lui dire ?

— Ma bonne sait où je suis, mais je ne puis imaginer que... Enfin, il reste cette fête. Pratiquement personne ne sait qu'elle a lieu. Naga Teruomi vient d'être nommé chef de l'orchestre philharmonique de Tokyo. Il est arrivé en ville cet après-midi, pour se faire aduler. Je n'ai pas très envie d'y aller, mais enfin, Hatsumomo n'y sera pas.

Nous traversâmes Shijo Avenue. Puis nous tournâmes dans une ruelle qui sentait le saké et les patates douces rôties. Des éclats de rire jaillirent d'une fenêtre vivement éclairée. Une jeune servante nous escorta jusqu'au deuxième étage de la maison de thé. Nous entrâmes dans un grand salon. Le chef d'orchestre était là, assis sur un tatami, ses cheveux noirs brillantinés, coiffés en arrière. Il caressait sa tasse de saké, l'air de s'ennuyer. Les autres hommes jouaient à « qui boiera le plus » avec deux geishas — le chef d'orchestre n'avait pas voulu participer. L'hôte parla un moment avec Mameha, puis il lui demanda de danser. Il n'avait pas réellement envie de la voir danser, selon moi. C'était seulement un moyen de mettre fin à ce jeu et d'attirer à nouveau sur lui l'attention des invités. La servante donna un shamisen à l'une des geishas. Mameha prit la pose. La porte à glissières s'ouvrit... Hatsumomo et Pumpkin parurent, telles deux chiennes qui nous suivaient à la trace.

La façon dont Mameha et Hatsumomo se sourirent ! On aurait pu croire qu'elles partageaient une vraie complicité — alors qu'Hatsumomo jouissait de sa petite victoire. Quant à Mameha... Son sourire masquait sa colère. Elle dansa la mâchoire crispée, les narines frémissantes. A la fin, elle ne revint même pas s'asseoir.

— Je vous remercie de nous avoir invitées, dit-elle au chef d'orchestre. Mais je crains qu'il ne soit très tard... Sayuri et moi devons à présent nous excuser...

Oh, l'air réjoui d'Hatsumomo quand nous quittâmes cette fête !

Nous descendîmes l'escalier. Arrivée sur la dernière marche, Mameha s'arrêta et attendit. Une jeune servante se précipita dans l'entrée pour nous raccompagner jusqu'à la sortie — c'était celle qui nous avait escortées tout à l'heure.

— C'est dur d'être servante, lui dit Mameha. Tellement d'envies, et si peu d'argent à dépenser ! Mais dis-moi, que vas-tu faire du petit bonus que tu viens de gagner ?

— Quel bonus, madame ? dit la servante.

Je la vis déglutir, nerveuse : elle mentait.

— Combien Hatsumomo t'a-t-elle donné ?

La servante baissa les yeux. Je compris alors les craintes de Mameha. Nous allions découvrir qu'Hatsumomo avait soudoyé au moins une servante dans chaque maison de thé de Gion. Elles appelaient Yoko — la fille qui répondait au téléphone, dans notre okiya — chaque fois que Mameha et moi arrivions dans une fête. Nous ignorions tout de la complicité de Yoko, à ce moment-là. Toutefois, Mameha ne se trompait pas : la

servante de cette maison de thé avait prévenu Hatsumomo de notre arrivée.

La jeune femme ne put se résoudre à regarder
Mameha. Celle-ci lui releva le menton, mais la fille continua de fixer le sol, les yeux lourds comme deux billes de
plomb. Nous sortîmes. La voix d'Hatsumomo nous par-
vint par la fenêtre ouverte — les bruits résonnaient dans
la ruelle.

— Oui, comment s'appelle-t-elle ? disait Hatsumomo.

— Sayuko, dit l'un des hommes.

— Pas Sayuko, Sayuri, dit un autre.

— Je crois bien que c'est la fille en question, dit Hatsumomo. Mais c'est très gênant pour elle... Je ne devrais
pas vous le dire ! Elle a l'air si gentille...

— Elle ne m'a pas fait grande impression, dit l'un
des hommes. Mais elle est très jolie.

— Elle a des yeux extraordinaires ! dit une geisha.

— Vous savez ce qu'a dit un homme, l'autre jour,
à propos de ses yeux ? ! s'exclama Hatsumomo. Qu'ils
avaient une couleur de vers écrasés.

— De vers écrasés... Quelle étrange comparaison.

— Bien, je vais vous dire son secret, reprit Hatsumomo. Mais vous me promettez de ne pas le répéter.
Elle a une maladie, son derrière ressemble à celui d'une
vieille femme. Il est tout fripé. C'est horrible ! Je l'ai vue
aux bains, l'autre jour...

Mameha et moi nous étions arrêtées pour écouter,
mais en entendant cela, Mameha me poussa doucement
vers l'avant. Nous quittâmes la ruelle. Une fois dans la
rue, Mameha regarda d'un côté, puis de l'autre, et
déclara :

— J'essaie de réfléchir à un endroit où nous pourrions aller, dit-elle, mais je ne vois pas. Si cette femme
nous a trouvées ici, elle nous trouvera n'importe où. Tu
ferais mieux de retourner dans ton okiya, Sayuri, jusqu'à
ce que j'aie une stratégie.

*
* *

Un après-midi, pendant la Seconde Guerre mondiale, quelques années après les événements dont je vous parle, j'étais assise sous un érable, avec un officier japonais. Nous assistions à une réception. L'officier sortit son pistolet de son holster et le posa sur la natte en paille, pour m'impressionner. Je me souviens d'avoir été frappée par la beauté de l'arme : ses courbes harmonieuses, l'éclat assourdi du métal gris, le grain du bois, sur la crosse. Puis l'homme me raconta des histoires de guerre, je songeai au véritable usage du pistolet, et le trouvai soudain plus monstrueux que beau.

Comme Hatsumomo, après qu'elle eut interrompu mes débuts. Ce n'était pas la première fois que je la trouvais monstrueuse, mais j'avais toujours envié sa beauté. A présent je ne l'enviais plus. J'aurais dû assister chaque soir à un banquet, aller dans une quinzaine de fêtes. Or je restais à l'okiya, à pratiquer la danse et le shamisen, comme avant mon noviciat. Je croisais Hatsumomo dans le couloir, parée pour sortir : visage blanc brillant et kimono sombre, telle la lune scintillant au firmament. Même un aveugle l'eût trouvée belle. Mais je ne ressentais plus que de la haine pour elle, à son approche mon sang battait dans mes oreilles.

Mameha me convoqua plusieurs fois chez elle dans les jours qui suivirent. J'espérais chaque fois l'entendre dire qu'elle avait trouvé le moyen de circonvenir Hatsumomo. Or elle m'envoyait faire les courses qu'elle n'osait pas confier à sa bonne. Un après-midi, je lui demandai si elle avait une idée de ce que j'allais devenir.

— Tu es en exil pour le moment, Sayuri-san. J'espère que tu es bien déterminée à détruire cette femme. Mais tant que je n'ai pas trouvé de parade à son petit jeu, il n'est pas dans ton intérêt de sortir.

Je fus très déçue en entendant cela, mais Mameha avait raison. Les fourberies d'Hatsumomo me feraient du tort auprès des hommes — et des femmes — de Gion. Le mieux était donc de rester à la maison.

Cela dit, ma grande sœur était pleine de ressources : elle trouvait parfois des engagements que je pouvais honorer sans risques. Hatsumomo m'avait peut-être fermé la porte de Gion, mais elle ne pouvait me couper du monde alentour. Quand Mameha avait des engagements hors de Gion, elle m'emmenait souvent avec elle. Nous passâmes une journée à Kobe, où Mameha inaugura une nouvelle usine. Un autre jour, nous fîmes le tour de Kyoto en limousine avec l'ancien président de « Nippon Telephone & Telegraph ». Cette balade m'impressionna vivement : c'était la première fois que je sortais de Gion. Et la première fois que je montais dans une voiture. Je vis qu'une partie de la population vivait dans une misère noire : des femmes toutes sales berçaient leur bébé sous les arbres de la voie ferrée, des hommes étaient accroupis dans les mauvaises herbes, de vieilles sandales aux pieds. Nous voyions des pauvres, à Gion, mais pas des gens sous-alimentés et trop démunis pour aller aux bains, comme ces paysans. Cette sortie fut l'occasion d'une prise de conscience : bien qu'étant la victime d'Hatsumomo, j'avais vécu une existence clémente, pendant la Dépression.

*
* *

Un jour, en rentrant de l'école, je trouvai un mot de Mameha : je devais foncer chez elle, avec mon maquillage. Quand j'arrivai, je trouvai M. Itchoda — habilleur comme M. Bekku —, dans la pièce du fond. Il attachait l'obi de Mameha, devant le grand miroir.

— Dépêche-toi de te maquiller, me dit-elle. J'ai préparé un kimono pour toi dans l'autre pièce.

L'appartement de Mameha était immense, pour Gion. Outre la pièce principale, d'une longueur de six tatamis, Mameha avait une chambre et un grand dressing, où dormaient les servantes. Dans sa chambre, on venait de changer les draps du futon. Sa bonne avait posé un kimono et un obi sur le futon, à mon intention. Je me déshabillai, puis j'enfilai mon peignoir en coton — je l'avais apporté pour me maquiller. Ce faisant, je repensai au futon : les draps, tout frais lavés, d'une blancheur immaculée, n'étaient visiblement pas ceux dans lesquels

Mameha avait dormi la nuit d'avant. Cela m'intriguait. J'allai me maquiller. Mameha m'expliqua alors pourquoi elle m'avait fait venir.

— Le Baron est en ville, dit-elle. Il vient déjeuner. Je veux que tu fasses sa connaissance.

Je n'ai pas encore eu l'occasion de mentionner le Baron. Il s'agissait du baron Matsunaga Tsuneyoshi — le « danna » de Mameha. Nous n'avons plus ni barons ni comtes, au Japon, mais il y avait des aristocrates avant la Seconde Guerre mondiale. Le baron Matsunaga était l'un des nobles les plus riches du pays. Sa famille, qui possédait l'une des plus grandes banques du Japon, était très influente dans les milieux de la finance. A l'origine, c'était son frère qui avait hérité du titre de baron. Puis il avait été assassiné — à l'époque où il était ministre des Finances dans le gouvernement d'Inukai. Le « danna » de Mameha, qui avait déjà trente ans passés à la mort de son frère, avait non seulement hérité du titre de baron, mais de tous les biens de son aîné, dont une immense propriété à Kyoto, près de Gion. Ses affaires le retenaient à Tokyo la majeure partie de l'année, mais pas uniquement ses affaires — il avait une autre maîtresse, dans le quartier de geishas d'Akasaka, je l'appris des années plus tard. Peu d'hommes sont assez fortunés pour se permettre d'avoir une geisha pour maîtresse. Le baron Matsunaga en avait deux.

Mameha allait passer l'après-midi avec son « danna ». Voilà pourquoi on avait changé ses draps.

Je mis rapidement les vêtements que la bonne de Mameha avait préparés pour moi — une combinaison vert pâle, un kimono jaune et rouille, avec un motif de pins sur l'ourlet du bas. L'une des servantes de Mameha revint d'un restaurant tout proche. Elle portait une grande boîte laquée, contenant le déjeuner du baron. Les plats, dans des bols et sur des assiettes, étaient prêts à être servis, comme au restaurant. Le plat principal, posé en équilibre, sur une grande assiette en laque, était composé de deux « ayu » salés, « debout », en équilibre, comme s'ils descendaient une rivière. Sur un côté du plat, deux minuscules crabes cuits à la vapeur, qui se mangent entiers ; un ruban de sel figurait un banc de sable, où apparaissaient leurs traces supposées.

Le Baron arriva quelques minutes plus tard. Je l'observai à travers la jointure de la porte à glissières. Debout sur le palier, il attendait que Mameha défasse ses chaussures. Il me fit penser à une noix : il était petit et gras. Il dégageait une impression de pesanteur, il avait l'œil las. La barbe étant à la mode, à l'époque, le Baron avait sur les joues de longs poils très fins, qui ressemblaient davantage à ces filaments d'algues, qu'on pose parfois sur les bols de riz, qu'à un collier.

— Oh, Mameha... je suis épuisé, déclara-t-il. Je déteste ces longs trajets en train.

Il finit par sortir ses pieds de ses chaussures. Il traversa la pièce à petits pas nerveux. Ce matin, l'habilleur de Mameha était allé chercher un fauteuil capitonné et un tapis persan dans un placard de l'entrée, et les avait disposés près de la fenêtre. Le Baron se posa dans le fauteuil. Quant à la suite des événements, je n'y assistai pas, car la servante de Mameha s'approcha de moi, s'inclina pour s'excuser, puis poussa doucement la porte pour la fermer — complètement, cette fois.

Je restai au moins une heure dans le dressing de Mameha, tandis que la bonne servait le déjeuner du Baron. J'entendais parfois la voix de ma grande sœur — ou plutôt son murmure —, mais pour l'essentiel, ce fut le Baron qui parla. A un moment donné, je crus qu'il était furieux après Mameha. En fait il se plaignait d'un homme rencontré la veille, qui lui avait posé des questions indiscrètes, ce qui l'avait énervé. Quand le repas fut enfin achevé, la bonne apporta du thé, et Mameha requit ma présence. J'allai m'agenouiller devant le Baron, très nerveuse — je n'avais encore jamais rencontré d'aristocrates. Je m'inclinai et le priai d'être indulgent avec moi. Je pensai qu'il allait me dire quelque chose, mais il inspectait l'appartement du regard, remarquant à peine ma présence.

— Mameha, dit-il, qu'est devenu le rouleau qui était dans l'alcôve ? Le dessin à l'encre. Un paysage, je crois. C'était beaucoup mieux que la chose qui le remplace.

— Le rouleau que vous voyez là, Baron, est un poème calligraphié de la main de Matsudaira Koichi. Il est dans cette alcôve depuis presque quatre ans.

— Quatre ans ? Il n'y avait pas un dessin à l'encre, quand je suis venu, le mois dernier ?

— Non... mais quoi qu'il en soit, le Baron ne m'a pas honorée de sa présence depuis presque trois mois.

— Pas étonnant que je sois si épuisé ! Je dis toujours que je devrais passer plus de temps à Kyoto, mais... une chose en entraîne une autre. Montre-moi ce rouleau dont je te parle. Je ne puis croire que ça fait quatre ans que je ne l'ai pas vu.

Mameha appela sa servante et lui demanda d'aller chercher le rouleau dans le placard. Puis elle me demanda de le dérouler. Mes mains tremblaient. Je faillis le laisser tomber.

— Fais attention, ma fille ! dit le Baron.

J'étais affreusement gênée. Je m'inclinai, je m'excusai. Je ne pus m'empêcher de regarder Baron à la dérobée, pour voir s'il était fâché. Je lui montrai le rouleau, qu'il ne regarda pas : il avait les yeux fixés sur moi. Ce n'était pas un regard de reproche, plutôt de la curiosité, ce qui m'intimida.

— Ce rouleau est bien plus joli que celui que tu as mis dans l'alcôve, Mameha, dit le Baron.

Il continuait à me regarder. Je lui jetai un regard furtif. Il ne détourna pas les yeux.

— La calligraphie est tellement démodée, poursuivit-il. Tu devrais décrocher cette chose de l'alcôve, et remettre le paysage à la place.

Mameha n'avait pas le choix : elle dut suivre la suggestion du Baron. Elle réussit même à lui faire croire qu'elle approuvait son idée. Lorsque la servante et moi eûmes accroché le dessin, puis roulé la calligraphie, Mameha me demanda de servir du thé au Baron. Vus d'en haut, nous formions un triangle : Mameha, le Baron, et moi. Mais c'étaient Mameha et le Baron qui faisaient la conversation. J'étais seulement assise avec eux. Je me sentais aussi peu à ma place qu'un pigeon dans un nid de faucons. Pourtant, je m'étais crue capable de divertir

les clients de Mameha — de grands aristocrates, comme
le Baron, mais aussi le président. Quant au directeur du
théâtre, dans cette fête, il m'avait à peine regardée. Je
n'irais pas jusqu'à dire que j'étais digne de la compagnie
du Baron. Mais, encore une fois, l'évidence s'imposait à
moi : je n'étais qu'une ignorante sortie d'un village de
pêcheurs. Avec un peu d'habileté, Hatsumomo pourrait
bien m'empêcher de briller aux yeux des hommes de
Gion. Je pouvais ne jamais revoir le Baron, ne plus jamais
croiser le président. Et si Mameha jugeait ma cause
désespérée, et si elle se lassait de moi, comme d'un
kimono porté deux ou trois fois, qui pourtant semblait si
beau, dans la vitrine du marchand ? Le Baron — homme
nerveux, je m'en aperçus assez vite — se pencha pour
gratter une tache, sur la table de Mameha. Il me rappela
mon père, la dernière fois que je l'avais vu, en train de
gratter la saleté dans une fissure du bois avec ses ongles.
Je me demandai ce qu'il aurait pensé, s'il avait pu me
voir, dans ce kimono d'un luxe inouï, un baron en face
de moi, l'une des plus grandes geishas du Japon à ma
droite. Je ne méritais pas un tel écrin. Je me vis habillée
de soie magnifique. La peur me prit. Et si j'allais disparaître, annihilée par tant de beauté ? Il y a quelque chose
de douloureux, de pathétique dans la beauté.

# 16

Un après-midi, Mameha et moi allâmes acheter des ornements pour les cheveux dans le quartier de Ponto-cho — Mameha n'aimait pas ceux qu'on trouvait dans les boutiques de Gion. Nous traversions le pont de Shijo Avenue, quand elle s'arrêta. Un vieux remorqueur hoquetait sur le fleuve. Je crus que Mameha s'inquiétait de la fumée noire qu'il crachait, mais au bout d'un moment, elle se tourna vers moi avec une expression que je n'arrivai pas à déchiffrer.

— Qu'y a-t-il, Mameha-san ? m'enquis-je.

— Autant que je te le dise moi-même. Ta petite amie Pumpkin a gagné la palme des apprenties. Et elle pourrait bien la gagner une deuxième fois, semble-t-il.

Il s'agissait d'un prix décerné à l'apprentie qui avait totalisé les meilleurs gains du mois. Un usage qui peut paraître bizarre, mais qui s'explique aisément. Le fait d'inciter de jeunes apprenties à réaliser des gains impor-tants les conditionne à devenir des geishas qui gagneront beaucoup d'argent — les plus appréciées, à Gion, car leur bonne fortune profite à tout le monde.

Mameha m'avait souvent dit que Pumpkin allait s'échiner à devenir l'une de ces geishas qui compte deux ou trois clients fidèles — mais peu fortunés. Triste tableau. Aussi fus-je heureuse d'apprendre que Pumpkin s'en sortait mieux que prévu. Mais je m'inquiétais pour moi-même. Pumpkin était devenue l'une des apprenties geishas les plus connues de Gion, quand je stagnais dans l'ombre. Songeant aux conséquences que cela pouvait avoir sur mon avenir, j'eus réellement l'impression de voir le paysage s'assombrir.

Je réfléchissais au succès de Pumpkin, debout sur ce pont. Le plus étonnant était qu'elle avait réussi à supplanter Raiha, adorable jeune fille, qui avait gagné le prix ces derniers mois. La mère de Raiha avait été une geisha renommée. Quant à son père, il appartenait à l'une des plus grandes et riches familles du Japon. Chaque fois que je croisais Raiha, je ressentais ce que doit éprouver le goujon, quand un saumon passe à côté de lui. Comment Pumpkin avait-elle réussi à la surclasser ? Hatsumomo l'avait beaucoup poussée, et cela dès le premier jour. Elle la faisait tellement travailler que la pauvre Pumpkin s'était mise à maigrir — elle avait perdu sa bouille ronde. Pumpkin avait fourni des efforts, soit. Mais comment pouvait-elle avoir surpassé Raiha ?

— Oh non ! dit Mameha. N'aie pas l'air aussi triste. Tu devrais te réjouir !

— Oui, c'est très égoïste de ma part.

— Ce n'était pas ça que je voulais dire. Hatsumomo et Pumpkin vont payer cette palme très cher. Dans cinq ans, tout le monde aura oublié Pumpkin.

— Tout le monde se souviendra d'elle comme de la fille qui a surpassé Raiha, oui !

— Elle n'a pas surpassé Raiha. Pumpkin a beau être la fille qui a gagné le plus d'argent le mois dernier, Raiha n'en reste pas moins l'apprentie geisha la plus en vue à Gion. Viens, je vais t'expliquer.

Mameha m'emmena dans un salon de thé de Pontocho. Nous nous assîmes à une table.

*
* *

A Gion, dit Mameha, une geisha renommée peut toujours s'arranger pour que sa petite sœur gagne plus d'argent que les autres apprenties — si elle est prête à mettre en péril sa propre réputation. Cela est lié à la façon dont les « ohana », les « honoraires de fleurs », sont facturés. Au siècle dernier, quand une geisha arrivait dans une fête, la maîtresse de la maison de thé allumait un bâton d'encens qui mettait une heure à se consumer — on appelle ça une « ohana », ou « fleur ». Les honoraires de la geisha étaient calculés sur le nombre de bâtons d'encens consumés au moment de son départ.

Le prix d'une « ohana » a toujours été fixé par le Bureau d'Enregistrement de Gion. A l'époque où j'étais apprentie, l'« ohana » coûtait trois yen — environ le prix de deux bouteilles de saké. Cela peut paraître énorme, mais une geisha peu connue, qui gagne une « ohana » de l'heure, aura une vie difficile. Elle passera probablement la soirée assise devant le brasero, attendant un engagement. Même lorsqu'elle travaille, elle pourra ne gagner que dix yen par soirée, ce qui ne suffira pas à rembourser ses dettes. Vu les flots d'argent qui circulent dans Gion, cette geisha ne sera qu'un insecte grappillant des lambeaux de chair sur le cadavre — comparée à Hatsumomo ou Mameha, lionnes magnifiques festoyant sur la bête : non seulement elles ont des engagements chaque soir, mais encore leurs tarifs sont bien plus élevés.

Hatsumomo demandait une « ohana » tous les quarts d'heure. Quant à Mameha, elle était la plus chère de toutes : elle prenait une « ohana » toutes les cinq minutes.

Bien entendu, les geishas ne conservent pas la totalité de leurs gains. Les maisons de thé où elles travaillent prennent un pourcentage. Un pourcentage bien moindre va à l'association des geishas. Elles reversent également une dîme à leur habilleur. Enfin, elles peuvent payer une petite somme à une okiya, qui met leurs livres de comptes à jour et consigne tous leurs engagements. Finalement, il reste à la geisha en vue à peine plus de la moitié de ce qu'elle gagne. C'est malgré tout une somme énorme, comparée aux revenus d'une geisha peu connue, qui chaque jour sombre un peu plus dans la misère.

Cela dit, une geisha comme Hatsumomo peut donner l'illusion que sa petite sœur a un succès fou, alors qu'il n'en est rien.

Pour commencer, une geisha renommée sera la bienvenue dans presque toutes les fêtes. Dans nombre d'entre elles, elle ne restera que cinq minutes. Ses clients seront heureux de lui payer des honoraires, même si elle passe seulement dire bonjour. En effet, la prochaine fois qu'ils viendront à Gion, la geisha s'assoira un moment avec eux, ils pourront jouir de sa compagnie. Une apprentie, en revanche, ne peut se permettre d'avoir un tel comportement. Son but est de se faire des relations. Jusqu'à dix-huit ans, tant qu'elle n'est pas geisha, elle évitera d'aller d'une fête à l'autre. Elle reste dans chaque maison de thé au moins une heure. Après quoi elle téléphone à son okiya, pour savoir où est sa grande sœur. Elle peut ainsi aller dans une autre maison de thé, et rencontrer d'autres hommes. Sa grande sœur passe dans une vingtaine de fêtes. Mais on verra l'apprentie dans seulement quatre ou cinq maisons de thé. Hatsumomo procédait différemment : elle emmenait Pumpkin partout avec elle.

Jusqu'à seize ans, une apprentie geisha prend une demi-« ohana » de l'heure. Quand Pumpkin passait cinq minutes dans une fête, l'hôte payait aussi cher que si elle était restée une heure. Personne ne pensait que Pumpkin partirait au bout de cinq minutes. Les hommes n'y voyaient sans doute pas d'inconvénient pour un soir, voire deux. Mais, après un temps, ils risquaient de s'interroger : pourquoi était-elle si pressée de partir, et pourquoi sa petite sœur ne restait-elle pas, comme c'était la coutume ? Les gains de Pumpkin étaient élevés — elle gagnait probablement trois ou quatre « ohanna » de l'heure. Mais elle allait le payer de sa réputation, ainsi qu'Hatsumomo.

*
* *

— L'attitude d'Hatsumomo prouve qu'elle est désespérée, conclut Mameha. Elle fera n'importe quoi pour donner l'illusion que Pumpkin réussit. Et tu sais pourquoi, n'est-ce pas ?

— Non je ne sais pas, Mameha.

— Elle veut que Pumpkin ait l'air de réussir, pour que Mme Nitta l'adopte. Si Pumpkin devient la fille de l'okiya, son avenir est assuré, ainsi que celui d'Hatsumomo. Après tout, Hatsumomo est la sœur de Pumpkin. Mme Nitta ne pourrait plus la mettre dehors. Si elle adopte Pumpkin, tu ne seras jamais débarrassée d'Hatsumomo...

Je ressentis ce que doit éprouver l'océan, quand de gros nuages le privent de la chaleur du soleil.

— J'avais espéré que tu ferais vite ton chemin, dit Mameha, mais Hatsumomo nous a mis des bâtons dans les roues.

— Oui, c'est certain !

— Au moins tu apprends à divertir les hommes comme il se doit. C'est une chance que tu aies rencontré le Baron. Je n'aurais sans doute rien trouvé pour contrer Hatsumomo dans les semaines qui viennent si...

Elle s'interrompit.

— Madame ?

— Oh, peu importe, Sayuri. Je serais vraiment bête de te faire part de mes pensées.

Cela me blessa. Mameha dut s'en apercevoir, car elle ajouta :

— Tu vis sous le même toit qu'Hatsumomo, n'est-ce pas ? Tout ce que je te dis pourrait lui revenir.

— Je ne vois pas ce que j'ai pu faire pour mériter un tel jugement de votre part, Mameha-san. Mais quoi qu'il en soit, je m'en excuse. Toutefois, croyez-vous réellement que j'irais tout répéter à Hatsumomo ?

— Je ne m'inquiète pas de toi. Les souris ne se font pas manger parce qu'elles réveillent le chat en venant courir sous son nez. Hatsumomo a de la ressource, tu le sais bien. Il faut juste que tu me fasses confiance, Sayuri.

— Oui, madame, dis-je, car je ne voyais pas quoi dire d'autre.

— Je vais te confier un secret, murmura Mameha, en se penchant vers moi. Nous allons honorer un engagement ensemble dans deux semaines, en un lieu où Hatsumomo ne nous trouvera pas.

— Puis-je savoir où ?

— Certainement pas ! Je ne te dirai même pas quand. Sois prête, c'est tout. Tu sauras ce qu'il y a à savoir le moment venu.

\*
\* \*

En rentrant à l'okiya, cet après-midi-là, j'allai consulter mon almanach en cachette, dans ma chambre. Il y avait plusieurs dates possibles dans les deux semaines à venir : le mercredi suivant, jour favorable pour voyager vers l'ouest. Peut-être Mameha avait-elle l'intention de m'emmener à l'extérieur de Kyoto. Autre jour possible : le lundi de la semaine d'après, qui était également « taian » — le jour le plus favorable de la semaine bouddhique — qui en compte six. Enfin, les augures pour le dimanche de la deuxième semaine étaient des plus bizarres : « Un mélange de bonnes et de mauvaises influences peuvent infléchir le cours de votre destinée. » Cette prévision-là m'intrigua au plus haut point.

Le mercredi, je n'eus pas de nouvelles de Mameha. Quelques jours plus tard, l'après-midi, elle me convoqua chez elle — un jour dit néfaste, d'après mon almanach — mais seulement pour discuter d'un changement dans mon cours de cérémonie du thé. Une semaine passa sans nouvelles d'elle. Puis un dimanche, vers midi, j'entendis la porte de l'okiya s'ouvrir. Je posai mon shamisen sur la galerie, où je pratiquais depuis une heure, et me précipitai dans l'entrée. Je m'attendais à voir l'une des servantes de Mameha, mais ce n'était qu'un commis du pharmacien, venu livrer des plantes pour l'arthrite de

Tatie. L'une des vieilles servantes vint chercher le
paquet. J'allais retourner à mon shamisen, quand le
commis tenta d'attirer mon attention. Il me montra discrètement un bout de papier qu'il tenait dans sa main.
Notre servante allait refermer la porte, mais il me dit :
« Excusez-moi de vous déranger, mademoiselle, mais
pourriez-vous jeter ce papier ? » La bonne trouva cela
bizarre, mais je pris le papier et feignis de le jeter dans
le quartier des servantes. C'était un billet, signé par
Mameha.

« Demande à Tatie la permission de sortir. Dis-lui
que j'ai besoin de toi, et viens à une heure, au plus tard.
Que personne d'autre ne sache où tu vas. »

Mameha avait sans doute eu raison de prendre
autant de précautions. Cela dit, Mère déjeunait avec une
amie. Hatsumomo et Pumpkin étaient à une réception.
A l'okiya, il n'y avait plus que Tatie, les servantes, et moi.
Je montai directement chez Tatie. Elle mettait une
épaisse couverture en coton sur son futon, se préparant
à faire la sieste. Elle m'écouta, toute frissonnante dans
sa chemise de nuit. Quand elle apprit que Mameha récla-
mait ma présence, cela lui suffit. Elle me fit signe d'y
aller, d'un geste de la main, puis elle se glissa sous sa
couverture, pressée de s'endormir.

*
* *

Mameha avait travaillé, ce matin. Quand j'arrivai,
elle n'était pas encore rentrée. Sa servante m'emmena
dans le dressing, pour m'aider à me maquiller. Puis elle
m'apporta le kimono et l'obi que Mameha avait préparés
pour moi. J'avais fini par trouver normal de porter les
kimonos de Mameha. Toutefois, il est rare qu'une geisha
prête les kimonos de sa collection personnelle. Deux
amies, à Gion, peuvent échanger un kimono pour un
soir, mais peu de geishas montrent autant de gentillesse
à l'égard d'une jeune fille. Mameha me consacrait du
temps, de l'énergie. Elle ne portait plus ces kimonos à
longues manches, et devait chaque fois les sortir de son

stock. Espérait-elle une compensation ? Je me posais souvent la question.

Mameha ne m'avait encore jamais prêté un aussi beau kimono. Il était en soie orange, avec un motif de chutes d'eau, se jetant dans une mer bleu ardoise. Sous ces chutes d'eau, qui allaient des genoux à l'ourlet du bas, apparaissaient des rochers bruns. Au niveau des chevilles, on voyait du bois flotté, brodé en fils laqués. J'ignorais alors que les habitants de Gion connaissaient ce kimono. Les gens qui me verraient penseraient aussitôt à Mameha. En m'autorisant à le porter, elle partageait avec moi une part de son aura.

Après que M. Itchoda eut attaché l'obi — en soie rouille et marron, veinée de fils dorés —, je mis les dernières touches à mon maquillage et posai les derniers ornements dans ma coiffure. Je glissai le mouchoir du président dans mon obi, comme souvent. Je me regardai dans le grand miroir et restai bouche bée. Mameha avait tout fait pour qu'on me remarque. Chose encore plus surprenante, elle mit elle-même un kimono assez discret — jaune foncé, avec des hachures gris pâle. L'obi avait un motif de diamants noirs, sur fond bleu marine. Mameha avait l'éclat subtil d'une perle. Toutefois, quand les femmes nous saluaient, dans la rue, c'était moi qu'elles regardaient.

Nous prîmes un rickshaw au temple de Gion. Il nous conduisit en une demi-heure dans une partie de Kyoto que je ne connaissais pas. En chemin, Mameha m'avait dit que nous allions assister à un tournoi de sumo, en tant qu'invitées d'Iwamura Ken, le fondateur d'Iwamura Electric, à Osaka — par un curieux hasard, c'était le fabricant de l'appareil de chauffage qui avait tué Granny. Le bras droit d'Iwamura, Nobu Toshikazu, directeur de la firme, serait également présent. Nobu était un fervent amateur de sumo. Il avait participé à l'organisation du tournoi d'aujourd'hui.

— Sache que Nobu a une apparence qui peut choquer, me dit Mameha. Tu feras grande impression sur lui en prétendant ne rien remarquer.

Là-dessus, elle me lança un regard signifiant qu'elle n'en attendait pas moins de moi.

Quant à Hatsumomo, aucun risque de la voir arriver : les billets étaient vendus depuis des semaines.

Nous descendîmes du rickshaw devant le campus de l'université de Kyoto. Nous longeâmes une allée de terre battue, bordée de pins. De chaque côté du chemin, des bâtiments de style occidental, avec des fenêtres à petits carreaux, aux croisées de bois peint. Pour la première fois, je réalisai que Gion était mon quartier. En effet, je ne me sentais pas à ma place à l'université. Tout autour de nous, des jeunes gens à la peau satinée, coiffés avec la raie au milieu et portant des bretelles. Nous dûmes leur paraître exotiques, car ils s'arrêtaient sur notre passage. Certains échangèrent des plaisanteries. Nous passâmes une grille en fer, où se massaient des hommes âgés et quelques femmes, dont des geishas. Il y avait peu d'endroits, à Kyoto, où organiser un tournoi de sumo en intérieur. L'un de ces lieux était l'ancienne salle des expositions de l'université. Ce bâtiment a été détruit depuis. Mais à l'époque, il était autant à sa place parmi ces bâtisses de style occidental qu'un vieillard en kimono dans un groupe d'hommes d'affaires fringants. C'était un édifice en forme de boîte, avec un toit qui ne semblait pas assez épais, telle une casserole avec un couvercle dépareillé. Les portes, énormes, étaient gauchies, bombées contre leurs armatures d'acier. Ce côté de guingois me rappela ma maison ivre, ce qui m'attrista pendant quelques minutes.

En montant l'escalier de pierre du bâtiment, je repérai deux geishas qui traversaient la cour gravillonnée, et hochai la tête à leur adresse. Elles me rendirent mon salut. L'une d'elles dit quelque chose à sa voisine. Je trouvai cela étrange, et les regardai plus attentivement. Mon cœur descendit d'un cran. J'avais reconnu l'une de ces femmes. C'était Korin, l'amie d'Hatsumomo ! Je la saluai à nouveau, m'efforçai de lui sourire. Les deux geishas tournèrent la tête. Je soufflai à Mameha :

— Mameha-san ! Je viens de voir une amie d'Hatsumomo !

— J'ignorais qu'Hatsumomo avait des amies.

— C'est Korin. Elle est là-bas... enfin elle était là-bas il y a une minute, avec une autre geisha !

— Je connais Korin. Pourquoi sa présence t'inquiète tellement ? Que pourrait-elle faire ?

Je ne voyais pas quoi répondre à cela. Mais puisque Mameha n'était pas inquiète, je cessai de l'être.

La salle des expositions était très haute de plafond. Une vive lumière inondait les lieux. Je levais les yeux et vis des fenêtres, en hauteur, dont les stores étaient ouverts. Dans cet espace immense résonnait la rumeur de la foule. Dehors, sur des grils, on cuisait des gâteaux de riz au miso. On sentait la fumée jusque dans la salle. Au centre du hall, une estrade carrée où les lutteurs allaient s'affronter. Cette estrade était surmontée d'un toit dans le style de ceux des sanctuaires shinto. Un prêtre marchait tout autour du ring, psalmodiant des bénédictions et agitant son bâton sacré, orné de bandes de papier plié.

Nous nous arrêtâmes au niveau de la troisième rangée. Nous ôtâmes nos chaussures, puis longeâmes les tatamis dans nos tabis, sur un étroit passage en bois. Nos hôtes étaient dans cette rangée, mais ne les connaissant pas, je ne pus les repérer. Un homme fit un signe de la main à Mameha. Nobu ! Je compris pourquoi Mameha m'avait mise en garde : même à cette distance, la peau de sa figure ressemblait à de la cire fondue. Nobu avait dû subir d'atroces brûlures. Je préférais ne pas imaginer les souffrances qu'il avait endurées. Je trouvais déjà bizarre d'être tombée sur Korin. Je craignais à présent de faire un impair quand on me présenterait Nobu. Je suivais Mameha, concentrant mon attention sur l'homme assis à côté de Nobu, sur le même tatami. Cet homme était très élégant, dans son kimono à fines rayures. Dès que je posai les yeux sur lui, je ressentis un grand calme intérieur. Il parlait avec quelqu'un, dans une autre rangée. Je ne voyais que l'arrière de sa tête, mais cet homme m'était familier. Je savais qu'il n'était pas à sa place dans cette salle des expositions. Et soudain je le

revis, tournant la tête vers moi dans les rues de notre
petit village...

M. Tanaka !

Il avait changé de façon indescriptible. Il lissa ses
cheveux gris. L'élégance de son geste me frappa. Pourquoi trouvais-je si apaisant de le regarder ? Le fait de le
revoir devait me perturber : je ne savais plus ce que je
ressentais. Si je détestais quelqu'un, c'était lui ! Je ne
devais pas oublier cela. Je n'allais pas m'agenouiller à
côté de lui et m'exclamer : « Oh, monsieur Tanaka, je
suis honorée de vous revoir ! Qu'est-ce qui vous amène
à Kyoto ? » J'allais lui montrer mes vrais sentiments, au
diable les convenances. En réalité, j'avais très peu pensé
à M. Tanaka, ces dernières années. Mais je me devais à
moi-même d'être désagréable avec lui, de faire déborder
sa tasse, en lui servant du saké. J'étais obligée de lui sourire, soit. Mais je lui sourirais comme Hatsumomo. Puis
je lui dirais : « Oh, monsieur Tanaka, cette odeur de poisson me rappelle mon enfance ! » Ou bien : « Monsieur Tanaka, vous avez l'air presque distingué ! » Je le
choquerais. Cela dit, en approchant des tatamis où il était
assis, je dus me rendre à l'évidence : il avait réellement
l'air distingué. Mameha arriva devant nos hôtes, s'agenouilla pour saluer. L'homme tourna la tête, et pour la
première fois je vis son visage : un visage large, des pommettes saillantes, des paupières si joliment jointes au
coin des yeux ! J'eus l'impression que tout se taisait
autour de moi, comme s'il était le vent, et moi un léger
nuage porté par son souffle.

Cet homme m'était familier, sans nul doute — à bien
des égards plus familier que ma propre image. Ce n'était
pas M. Tanaka. C'était le président !

## 17

J'avais vu le président quelques minutes, dans ma vie. Mais depuis, j'avais passé des heures à me le remémorer. Cet homme était une chanson dont j'aurais entendu seulement des extraits — que j'avais fini par connaître par cœur, à force de me les répéter. Toutefois, les notes avaient quelque peu varié, au fil des années : dans mon souvenir, il avait un plus grand front, des cheveux gris plus fins. En le voyant, j'eus un instant d'hésitation. Était-ce réellement le président ? Mais je me sentais si apaisée ! Je ne pouvais plus douter de l'avoir trouvé.

Mameha salua les deux hommes, j'attendis de faire ma révérence. Et si ma voix s'éraillait, quand j'allais lui parler ? Nobu, l'homme au visage de cire, me regardait, mais je n'étais pas certaine que le président ait remarqué ma présence. Mameha s'assit, lissa son kimono sur ses genoux. Je vis que le président m'observait avec curiosité. Mon sang reflua vers ma tête. J'en eus les pieds glacés !

— Président Iwamura... directeur général Nobu, dit Mameha, je vous présente ma petite sœur, Sayuri.

Sans doute avez-vous entendu parler d'Iwamura Ken, fondateur d'Iwamura Electric. Et de Nobu Toshikazu. Jamais partenariat ne fut plus célèbre que le leur. Nobu et Iwamura, c'était l'arbre et ses racines, le temple et son portail. Moi-même, jeune fille de quatorze ans, j'avais entendu parler d'eux. Mais je n'aurais jamais pensé qu'Iwamura Ken était l'homme que j'avais rencontré au bord de la rivière Shirakawa. Je m'agenouillai et m'inclinai vers eux, leur dis mon couplet habituel sur mon noviciat, l'indulgence que j'attendais d'eux, et cetera. Quand j'eus fini, j'allai m'asseoir entre eux. Nobu engagea la conversation avec son voisin. Quant au président, il avait la main autour de sa tasse vide, posée sur un petit plateau, à côté de lui. Mameha lui parla. Je pris la petite théière, laissai ma manche glisser vers mon coude avant de servir. A mon grand étonnement, le président regarda mon bras. Je fus curieuse de voir ce qu'il voyait. Je trouvai à mon bras, sur sa face cachée, la brillance et la texture d'une perle — peut-être était-ce l'éclairage, assez faible dans ce grand hall. Pour la première fois de ma vie, je m'extasiais sur une partie de mon corps. Le président gardait les yeux fixés sur mon bras. Et tant que ça durait, je n'allais pas le dérober à son regard ! Mameha se tut. Parce que le président avait cessé de l'écouter et regardait mon bras, pensai-je. Puis je compris.

La théière était vide ! Pire : elle était déjà vide quand je l'avais prise sur le plateau.

Et moi qui avais failli me prendre pour une star ! Je marmonnai des excuses et reposai la théière aussi vite que possible. Mameha rit.

— Voyez à quel point cette jeune fille est déterminée, président. S'il y avait eu la moindre goutte de thé dans cette théière, elle aurait réussi à l'en extirper !

— Votre petite sœur a un kimono magnifique, Mameha, dit le président. Mais je vous ai vue dans ce kimono, à l'époque où vous étiez apprentie.

Si j'avais encore eu un doute quant à l'identité de cet homme, je l'aurais reconnu à cet instant-là. Ah, cette gentillesse, dans sa voix !

— C'est possible, dit Mameha. Mais le président m'a vue porter tant de kimonos, au fil des années. Je ne puis croire qu'il se souvienne de chacun d'eux.

— Je ne suis pas comme les autres, vous savez, répliqua le président. La beauté me frappe. Quand il s'agit de sumotoris, évidemment, je ne fais pas la différence.

Mameha se pencha vers moi, le président entre nous deux, et me dit, tout bas :

— Le président veut simplement dire qu'il n'aime pas le sumo.

— Mameha, dit-il, si vous essayez de me brouiller avec Nobu...

— Président ! Nobu-san le sait depuis des années !

— Il n'empêche. Sayuri, est-ce votre premier contact avec le monde des sumos ?

Je n'attendais qu'une occasion de lui parler. Mais avant que j'aie ouvert la bouche, un grand « boom » fit trembler les murs du bâtiment. Nous tournâmes la tête, surpris. La foule se tut. C'était seulement la fermeture de l'une de ces portes immenses. Nous entendîmes grincer des gonds : la seconde porte se ferma lentement en décrivant un arc, poussée par deux lutteurs. Nobu ne regardait pas de mon côté. J'en profitai pour observer les horribles marques de brûlure sur sa joue, son cou, son oreille — qui n'avait plus sa forme originelle. Puis je vis que la manche de sa veste était vide — le président ayant accaparé mon attention, je m'en apercevais seulement maintenant. La manche de Nobu était pliée en deux, attachée au niveau de l'épaule par une longue épingle d'argent.

Quand il était jeune, et lieutenant dans la marine japonaise, Nobu avait été grièvement blessé lors d'un bombardement. C'était en 1910, près de Séoul, à l'époque où la Corée était sous domination japonaise. Quand je le rencontrai, j'ignorais tout de son passé héroïque — bien que l'histoire fût connue dans tout le Japon. Si Nobu ne s'était pas associé au président, pour finalement devenir directeur général d'Iwamura Electric, on aurait probablement oublié ses hauts faits de guerre. Ses affreuses blessures rendaient d'autant plus remarquables ses succès en affaires.

Je ne suis pas très férue d'histoire — on nous enseignait seulement les arts, dans notre école — mais je crois que le Japon a pris le contrôle du territoire coréen à la fin de la guerre russo-japonaise. Quelques années plus tard, le Japon décida d'intégrer la Corée dans l'empire en pleine expansion. Ce qui n'a pas dû plaire aux Coréens, à mon avis. Nobu se rendit sur place avec des effectifs réduits pour contrôler le pays. Un jour, en fin d'après-midi, son commandant et lui firent une inspection dans un village, près de Séoul. Ils revenaient vers l'endroit où ils avaient laissé leurs chevaux, quand leur patrouille tomba dans une embuscade. Un obus siffla. Le commandant voulut descendre dans le fossé, mais il était vieux, il avançait à la vitesse d'une bernacle sur un rocher. Deux secondes avant que l'obus n'éclate, l'homme cherchait encore un point d'appui pour descendre dans le fossé. Nobu se jeta sur le commandant dans le but de le sauver, mais le vieil homme interpréta ce geste de travers et voulut ressortir du fossé. Il réussit à redresser la tête. Nobu tenta de la lui rabattre, mais l'obus éclata, tuant le commandant et blessant gravement Nobu. A la fin de cette année-là, Nobu avait été amputé du bras gauche.

La première fois que je vis sa manche fermée par une épingle, je détournai les yeux malgré moi. C'était la première fois que je voyais une personne amputée — bien que, dans mon enfance, un assistant de M. Tanaka se fût tranché le bout du doigt, un matin, en nettoyant un poisson. Dans le cas de Nobu, la plupart des gens n'attachaient pas trop d'importance à ce bras manquant, eu égard à ses autres blessures. Il est difficile de décrire l'aspect de sa peau, et sans doute serait-il cruel d'essayer de le faire. Je me contenterai de répéter les propos d'une geisha à son sujet. « Chaque fois que je regarde ce visage, je pense à une patate douce cuite sur des braises et couverte de cloques. »

Après la fermeture des portes, je me tournai vers le président pour répondre à sa question. En tant qu'apprentie, j'avais le droit de rester muette comme une carpe. Mais comment laisser passer une telle occasion ! Si je ne l'impressionnais que modestement, tel un pied d'enfant qui laisse une marque légère dans la poussière, ce serait mieux que rien.

— Le président me demande si j'ai déjà vu un tournoi de sumos, dis-je. Non, c'est la première fois, et je serais reconnaissante au président pour toutes les explications qu'il aura la bonté de me donner.

— Si vous voulez comprendre ce qui se passe, dit Nobu, vous feriez mieux de me demander à moi. Quel est votre nom, apprentie ? Je n'ai pas bien entendu, à cause du bruit.

Je me détournai du président avec autant de difficulté qu'un enfant contraint d'abandonner son dessert.

— Je m'appelle Sayuri, monsieur.

— Vous êtes la petite sœur de Mameha, dit-il. Alors pourquoi ne vous appelez-vous pas Mame-quelque chose ? N'est-ce pas là l'une de vos traditions absurdes ?

— Si, monsieur. Mais le voyant a jugé tous les noms avec « Mame » néfastes pour moi.

— Le voyant ! dit Nobu, avec mépris. C'est lui qui choisit vos noms ?

— C'est moi qui l'ai choisi, dit Mameha. Le voyant ne choisit pas les noms. Il nous dit seulement s'ils peuvent convenir.

— Un jour il va falloir que vous grandissiez, Mameha, et que vous cessiez d'écouter ces charlatans, dit Nobu.

— Allons, allons, Nobu-san, dit le président. Quiconque vous écouterait penserait qu'il n'y a pas plus moderne que vous, or je n'ai jamais rencontré un homme qui croit autant au destin.

— Chaque homme a son destin, dit Nobu. Mais pourquoi aller voir un devin pour qu'il vous le révèle ? Vais-je voir le chef d'un restaurant pour savoir si j'ai faim ? Quoi qu'il en soit, Sayuri est un très joli nom — mais qui dit joli nom ne dit pas forcément jolie fille.

Cela annonçait-il un commentaire du genre : « Quelle vilaine petite sœur vous avez prise, Mameha ! » Mais Nobu déclara, à mon grand soulagement :

— Voilà un cas où le nom et la fille vont bien ensemble. Je crois qu'elle est encore plus jolie que vous, Mameha !

— Nobu-san ! Aucune femme n'aime entendre dire qu'il y a plus belle qu'elle !

— Surtout vous, n'est-ce pas ? Eh bien, vous feriez

mieux de vous y habituer. Elle a des yeux magnifiques. Tourne-toi vers moi, Sayuri, que je les voie mieux.

Je pouvais difficilement fixer le tatami, vu que Nobu voulait voir mes yeux. Et si je le regardais franchement, j'allais paraître provocante. Aussi laissai-je mon regard errer un moment, comme un pied qui hésite avant de se poser sur la glace, et m'arrêtai-je dans la région de son cou. Si j'avais pu empêcher mes yeux de voir, je n'aurais pas hésité, car la tête de Nobu avait l'aspect d'un buste en argile raté. J'ignorais encore comment il avait été défiguré, mais quand je me posais la question, j'éprouvais une sensation de lourdeur.

— J'ai rarement vu regard aussi étincelant, dit Nobu.

A ce moment-là, une porte s'ouvrit et un homme arriva du dehors. Il portait un kimono traditionnel, et une coiffe noire carrée, tel un personnage tout droit sorti d'une peinture de la cour impériale. Il descendit l'allée centrale, suivi par une procession de lutteurs si énormes, qu'ils durent s'accroupir pour passer la porte.

— Que savez-vous du sumo, jeune fille ? me demanda Nobu.

— Je sais que les lutteurs sont gros comme des baleines. Il y a un homme, à Gion, qui était sumotori, dans sa jeunesse.

— Tu veux sans doute parler d'Awajiumi. Il est assis là-bas.

D'un geste de la main, Nobu me désigna la rangée où était assis Awajiumi. Il riait, Korin assise à côté de lui. Elle devait m'avoir repérée, car elle me fit un petit sourire. Puis elle se pencha vers Awajiumi pour lui parler. L'ancien sumo regarda dans notre direction.

— Ça n'a jamais été un très bon lutteur, dit Nobu. Il aimait se jeter sur ses adversaires, l'épaule la première. Le pauvre sot ! Ça ne marchait jamais, mais ça lui a cassé la clavicule un grand nombre de fois.

A présent, les sumos étaient tous dans la salle. Ils se tenaient autour de l'estrade. On dit leurs noms. Un par un, ils grimpèrent sur le ring, formant un cercle face au public. Quelques minutes plus tard, comme ils quittaient la salle pour laisser entrer les lutteurs de l'équipe adverse, Nobu me dit :

— La corde en cercle sur le sol indique les limites du ring. Le premier lutteur qui sort de la corde, ou qui touche l'estrade autrement qu'avec ses pieds, perd le tournoi. Ça paraît simple, mais essayez de pousser l'un de ces géants par-dessus la corde !

— Je pourrais arriver derrière lui avec des claquoirs en bois. Il aurait tellement peur qu'il sortirait du ring.

— Soyez sérieuse, dit Nobu.

Mon humour était balbutiant — c'était la première fois que j'essayais de faire rire un homme. Je me sentis ridicule et ne trouvai rien d'autre à dire. Puis le président se pencha vers moi.

— Le sumo n'est pas un sujet de plaisanterie pour Nobu-san, dit-il, tout bas.

— Il y a trois choses sur lesquelles je ne plaisante pas : le sumo, la guerre et les affaires.

— Vous venez de faire de l'humour, là, dit Mameha. Vous vous contredites, Nobu-san !

— Si vous étiez au milieu d'un champ de bataille, reprit Nobu, ou dans une réunion d'affaires, comprendriez-vous ce qui se passe ?

Je ne voyais pas où il voulait en venir. Mais je savais, d'après le ton de sa voix, qu'il s'attendait à m'entendre dire non.

— Non, absolument pas, répliquai-je.

— Eh bien voilà ! Ne vous attendez pas non plus à comprendre un tournoi de sumo. Vous pouvez rire des plaisanteries de Mameha, ou bien m'écouter, et suivre le tournoi.

— Ça fait des années qu'il essaie de m'expliquer les règles de ce sport, me dit le président, à voix basse, mais je suis un piètre disciple.

— Le président est un homme intelligent, continua Nobu. S'il n'arrive pas à retenir les règles du sumo, c'est que ça ne l'intéresse pas. Et s'il n'avait pas sponsorisé cette manifestation, il ne serait même pas là. Il s'est montré très généreux.

Les équipes ayant défilé sur le ring, deux autres

rituels suivirent, un pour chaque « yokozuna ». Le « yokozuna » est le rang le plus élevé, dans le sumo — équivalant à la position qu'avait Mameha à Gion, m'expliqua
Nobu. Je n'avais aucune raison d'en douter. Toutefois, si
Mameha avait mis autant de temps à faire son entrée
dans une fête que ces « yokozuna » mettaient à pénétrer
sur le ring, on ne l'aurait jamais réinvitée. Le deuxième
« yokozuna » était de petite taille et avait un visage étonnant — pas du tout bouffi, mais ciselé, comme sculpté
dans la pierre, avec une mâchoire carrée, tel l'avant d'un
bateau de pêche. Le public lui fit une ovation si sonore,
que je dus me boucher les oreilles. Il s'appelait
Miyagiyama. Si vous connaissez le sumo, vous comprendrez pourquoi on l'ovationna.

— Je n'ai jamais vu pareil lutteur, me dit Nobu.

Avant que commence le tournoi, le présentateur
énuméra les prix que recevrait le vainqueur. L'un de ces
prix était une énorme somme d'argent offerte par Nobu
Toshikazu, directeur général d'Iwamura Electric. Nobu
parut très contrarié en entendant cela.

— Quel imbécile ! s'exclama-t-il. Ce n'est pas mon
argent, mais celui d'Iwamura Electric ! Acceptez mes
excuses, président. Je vais appeler quelqu'un, que le présentateur rectifie son erreur.

— Il n'y a pas d'erreur, Nobu. Vu la dette immense
que j'ai envers vous c'est le moins que je puisse faire.

— Le président est trop généreux, dit Nobu. Je lui
suis très reconnaissant.

Là-dessus il tendit une tasse à saké au président et
la lui remplit. Les deux hommes burent de concert.

Les premiers lutteurs entrèrent sur le ring. Je crus
que le tournoi allait commencer. Mais ils procédèrent à
divers rituels pendant au moins cinq minutes. Ils jetèrent
du sel sur l'estrade, s'accroupirent, se penchèrent d'un
côté, puis levèrent une jambe en l'air pour la faire retomber bruyamment sur le sol. De temps à autre ils se faisaient face, toujours à croupetons, se lançaient des
regards mauvais. A plusieurs reprises, je crus qu'ils
allaient charger. Mais chaque fois l'un d'eux se levait et
allait ramasser une poignée de sel.

Ça arriva à l'instant où je m'y attendais le moins. Ils se jetèrent l'un sur l'autre de tout leur poids, s'agrippant à leurs petits pagnes en tissu. En l'espace d'une seconde un sumo avait poussé l'autre, qui avait perdu l'équilibre. Ainsi le tournoi s'achevait. Le public applaudissait, criait. Nobu secouait la tête et disait : « Déplorable, comme technique. »

Durant les tournois qui suivirent, j'eus souvent l'impression que l'une de mes oreilles était branchée sur mon cerveau, et l'autre sur mon cœur : côté cerveau Nobu, qui me disait des choses intéressantes ; côté cœur le président, qui parlait avec Mameha et dont la voix finissait toujours par me faire rêver.

Une heure passa. Je vis bouger quelque chose de très coloré, du côté d'Awajiumi : une fleur en soie orange, dans les cheveux d'une femme qui s'agenouillait. Je crus qu'il s'agissait de Korin, et qu'elle avait changé de kimono. Puis je vis que ce n'était pas Korin, mais Hatsumomo !

Le fait de la voir au moment où je m'y attendais le moins fut pour moi comme une décharge électrique ! Sans doute allait-elle trouver un moyen de m'humilier, même dans cette salle gigantesque, parmi des centaines de gens. Ce n'était qu'une question de temps. Cela m'indifférait qu'elle me tourne en ridicule devant une foule de gens, mais de grâce, pas devant le président ! Ma gorge me brûla, je ne pus même pas feindre d'écouter Nobu — il me faisait une remarque sur les lutteurs qui grimpaient sur le ring. Je regardai Mameha. Elle jeta un bref coup d'œil à Hatsumomo et dit :

— Veuillez m'excusez, président, je dois m'absenter un moment. Sayuri aussi.

Elle attendit que Nobu ait terminé son histoire, puis nous sortîmes de la salle.

— Oh, Mameha-san, cette femme est diabolique ! dis-je.

— Korin est partie il y a plus d'une heure. Elle a dû aller voir Hatsumomo et lui dire de venir. Tu devrais être flattée qu'Hatsumomo se donne autant de peine, uniquement pour te tourmenter.

— Je ne pourrais supporter qu'elle me ridiculise devant... devant autant de gens.

— Mais si tu fais quelque chose qu'elle juge risible, elle te laissera en paix, ne crois-tu pas ?

— Mameha-san, ne m'obligez pas à me rendre ridicule, je vous en prie !

Nous avions traversé une cour. Nous allions monter les marches du bâtiment où se trouvaient les toilettes, mais Mameha m'entraîna plus loin. Nous longeâmes un passage couvert. Quand nous fûmes loin de toute oreille indiscrète, elle me dit :

— Nobu-san et le président sont de très bons clients à moi, et ce depuis des années. Dieu sait que Nobu peut se montrer dur avec les gens qu'il n'aime pas, mais il est aussi loyal envers ses amis qu'un serviteur du Moyen Age envers son seigneur. C'est un homme réellement digne de confiance. Et tu crois qu'Hatsumomo apprécie de telles qualités ? Non ! Elle a baptisé Nobu « M. Lézard ». « Mameha-san, je vous ai vue avec M. Lézard, hier soir ! Oh, vous avez des ampoules partout. Il a dû se frotter contre vous. » Je ne veux pas savoir ce que tu penses de Nobu-san pour le moment. Avec le temps, tu verras que cet homme est la bonté même. Si Hatsumomo croit qu'il te plaît, elle pourrait bien te laisser en paix.

Je ne voyais pas quoi répondre à cela. Je n'étais même pas certaine de comprendre ce que Mameha attendait de moi.

— Nobu-san t'a parlé de sumo tout l'après-midi, dit-elle. Aux yeux d'un observateur extérieur, vous êtes les meilleurs amis du monde. Mais tu vas devoir montrer un intérêt plus marqué, qu'Hatsumomo te croie sous le charme. Ça va l'amuser. Sans doute voudra-t-elle te voir rester à Gion, rien que pour connaître la suite des événements.

— Mais, Mameha-san, comment faire croire à Hatsumomo qu'il me plaît ?

— Si tu n'y arrives pas, c'est que j'ai été un mauvais professeur.

Nous retournâmes dans la salle. Nobu avait de nouveau engagé la conversation avec l'un de ses voisins. Je ne pouvais l'interrompre. Aussi feignis-je d'observer les sumos qui s'apprêtaient à combattre. Le public commençait à s'agiter. Nobu n'était pas le seul à parler. J'avais tellement envie de me tourner vers le président et de lui dire : « Vous vous souvenez d'avoir offert un granité à une adolescente en larmes, il y a des années ? » Mais bien entendu, je ne pouvais lui dire ça. Et si Hatsumomo me voyait lui parler avec émotion, cela risquait d'avoir des conséquences tragiques pour moi.

Nobu ne tarda pas à m'adresser la parole.

— Ces tournois sont d'une platitude consternante, déclara-t-il. Quand Miyagiyama va arriver, ça va prendre un autre tour.

Je tenais l'occasion de lui montrer mon intérêt.

— Pourtant, dis-je, ces combats m'ont impressionnée. Et les explications de Nobu-san m'ont beaucoup intéressée ! Je pensais que nous avions vu les plus beaux tournois.

— Ne soyez pas ridicule, dit Nobu. Aucun de ces lutteurs ne mérite d'être sur le ring en même temps que Miyagiyama !

Je regardai par-dessus l'épaule de Nobu et aperçus Hatsumomo, une quinzaine de rangs derrière, sur la droite. Elle papotait avec Awajiumi et ne semblait pas me prêter la moindre attention.

— Je vais peut-être poser une question idiote, dis-je, mais comment un lutteur aussi petit que Miyagiyama peut-il battre les autres ?

A voir mon expression, on aurait pu croire que jamais un sujet ne m'avait autant intéressée. Je me sentais ridicule, de paraître ainsi fascinée par un sport aussi vulgaire. Mais tout observateur extérieur aurait pu croire que Nobu et moi échangions nos secrets. Heureux hasard : Hatsumomo tourna la tête vers moi à cet instant-là.

— Miyagiyama a l'air gringalet parce que les autres sont énormes, dit Nobu. Il est d'ailleurs très susceptible sur le sujet. Il y a quelques années, sa taille et son poids ont été publiés dans le journal. Sans la moindre erreur.

Il s'est toutefois senti si offensé, qu'il a demandé à un ami de lui donner un coup de planche sur la tête ! Puis il s'est gavé de patates douces et gorgé d'eau. Après quoi il est allé au journal, leur prouver qu'ils s'étaient trompés !

Nobu aurait pu me raconter n'importe quelle histoire : j'aurais ri — pour qu'Hatsumomo me voie rire. Mais c'était réellement drôle d'imaginer Miyagiyama les yeux plissés, attendant que la planche lui tombe sur la tête. Je m'attardai sur cette image, puis je ris. Nobu se mit à rire aussi. On dut nous prendre pour les meilleurs amis du monde. Hatsumomo battit des mains, ravie.

Après quoi j'imaginai que Nobu était le président. Chaque fois qu'il me parlait, j'oubliais son côté bourru et m'efforçai de le trouver gentil. Peu à peu, je parvins à regarder ses lèvres, à occulter ces zones décolorées sur sa peau.

Je me persuadai que c'étaient les lèvres du président, que chacune de ses intonations reflétait son amour pour moi. Je réussis à me convaincre que je n'étais pas dans la salle des expositions, mais dans un salon, assise à côté du président. Je n'avais encore jamais connu pareille félicité ! Telle une balle lancée en l'air qui semble s'immobiliser avant de retomber, je me sentais planer dans un instant d'éternité. Autour de moi, je ne voyais plus que de jolis lambris, je ne sentais plus que le doux arôme des gâteaux de riz. Je crus que cet état pourrait durer toujours. Puis je fis une remarque dont je ne me souviens pas, et Nobu déclara :

— Qu'est-ce que vous racontez ? Il faut vraiment être ignorante pour dire une chose pareille !

Mon sourire s'évanouit. Comme si on venait de couper les ficelles qui le retenaient. Nobu me regardait droit dans les yeux. Hatsumomo était assise plus loin, mais elle nous observait, sans nul doute. Une idée s'imposa à moi : si elle me voyait pleurer devant Nobu, elle penserait que je lui étais attachée. J'aurais pu m'excuser. Au lieu de ça, j'imaginai que c'était le président qui m'avait parlé durement. Ma lèvre se mit à trembler. Je baissai la tête comme une petite fille.

A ma grande surprise, Nobu dit :

— Je vous ai blessée ?

Je n'eus aucun mal à renifler de façon théâtrale. Nobu continua de me regarder un long moment, puis il dit : « Vous êtes une fille adorable. » Il allait poursuivre, mais Miyagiyama fit son entrée. Une grande rumeur monta de la foule.

Pendant plusieurs minutes, Miyagiyama et son adversaire, un certain Saiho, paradèrent autour du ring. Ils prenaient du sel, le jetaient sur le ring, ou frappaient le sol du pied, comme le font les sumotoris. Chaque fois qu'ils s'accroupissaient l'un en face de l'autre, ils me faisaient penser à deux rochers sur le point de basculer dans le vide. Miyagiyama semblait toujours se pencher davantage que Saiho, plus grand, et bien plus lourd que lui. Quand ils vont charger, pensai-je, le pauvre Miyagiyama va reculer. Je ne pouvais imaginer quiconque réussissant à chasser Saiho du ring. Ils se mirent en position huit ou neuf fois, mais ni l'un ni l'autre n'attaqua. Nobu me souffla :

— « Hataki komi ! » Il va faire « hataki komi ». Voyez ses yeux !

Miyagiyama ne regardait jamais Saiho. Lequel ne devait pas apprécier d'être ignoré : il lançait des œillades féroces à son adversaire, telle une bête. Ses mâchoires étaient énormes ! Sa tête avait la forme d'une montagne. Saiho était en colère : il avait la figure toute rouge. Miyagiyama continuait à faire comme s'il n'existait pas.

— Ça ne va plus être long, me souffla Nobu.

Et effectivement, dès qu'ils se remirent en position, Saiho chargea.

Miyagiyama se pencha en avant, comme s'il allait se jeter sur Saiho de tout son poids. Mais il utilisa la force de Saiho pour se relever. En un éclair, il avait décrit un arc de cercle, telle une porte battante, et abattu sa main sur la nuque de Saiho. Saiho était à présent penché en avant, comme un homme qui tombe dans l'escalier. Miyagiyama le poussa violemment. Saiho vola par-dessus la corde. A mon grand étonnement, cette montagne de chair bascula par-dessus le ring et s'étala au premier rang. Les spectateurs s'écartèrent, mais après la chute du sumo, un homme se releva, haletant : il avait pris l'épaule de Saiho en pleine poitrine.

La rencontre avait duré à peine une seconde. Saiho dut se sentir humilié par sa défaite : il fit un salut plus bref que tous les perdants du jour. Puis il sortit de la salle, comme la foule acclamait le vainqueur.

— Cette parade s'appelle « hataki komi », me dit Nobu.

— C'est fascinant, dit Mameha, comme dans un état second.

Elle ne développa même pas son idée.

— Qu'est-ce qui est fascinant ? lui demanda le président.

— Ce que vient de faire Miyagiyama. Je n'ai jamais rien vu de tel.

— Mais si. Les lutteurs font ça tout le temps.

— En tout cas, ça me fait réfléchir..., dit Mameha.

*
*　*

Dans le rickshaw, en rentrant à Gion, Mameha se tourna vers moi, tout excitée.

— Ce sumotori m'a donné une idée ! dit-elle. Hatsumomo va voler par-dessus la corde, elle aussi. Et sans rien voir venir.

— Vous avez un plan ? Oh, Mameha-san, dites-le-moi, je vous en prie !

— Tu crois vraiment que je pourrais te le dire ? s'exclama-t-elle. Je ne vais même pas le dire à ma propre servante ! Arrange-toi seulement pour que Nobu-san continue à s'intéresser à toi. Tout dépend de lui, et d'un autre homme.

— Quel autre homme ?

— Tu ne l'as pas encore rencontré. Mais arrêtons de parler de ça ! J'en ai probablement déjà trop dit. C'est une chance que tu aies fait la connaissance de Nobu-san. Il pourrait devenir ton sauveur.

Je ressentis comme un malaise. Si je devais avoir un sauveur, ce serait le président, personne d'autre.

# 18

Ayant découvert l'identité du président, je cherchai des articles sur lui dans de vieux magazines. En une semaine, j'avais accumulé des centaines de journaux. Tatie me lança un coup d'œil, l'air de dire : « Tu as perdu l'esprit, ma pauvre petite. » Je trouvai peu d'informations sur le président. Je continuai cependant à récupérer les magazines que je voyais dépasser des poubelles. Un jour, je ramassai une liasse de vieux journaux derrière une maison de thé. Victoire ! Dans l'une de ces revues, vieilles de deux ans on parlait d'Iwamura Electric.

Iwamura Electric avait fêté son vingtième anniversaire en avril 1931. La coïncidence continue de me frapper : j'ai rencontré le président en avril 1931. Si j'avais lu la presse à cette époque, j'aurais vu sa photo dans tous les magazines ! Maintenant que j'avais une date précise, je cherchai, et trouvai, de nombreux articles sur cet anniversaire — pour la plupart dans de vieilles affaires jetées après la mort d'une Granny, qui habitait en face de notre okiya.

Le président était né en 1890. Il avait donc à peine dépassé la quarantaine, au moment de notre rencontre. Ce jour-là j'avais pensé — à tort — qu'il dirigeait une entreprise de moindre envergure. Iwamura Electric n'avait pas l'importance d'Osaka Electric — sa principale concurrente dans l'ouest du Japon. Cependant, le président et Nobu, association célèbre dans tout Japon, étaient bien plus connus que les dirigeants de certaines grandes firmes. Iwamura Electric avait la réputation d'être à la fois plus innovatrice et plus fiable.

Le président était arrivé à Osaka à dix-sept ans. Il avait travaillé pour une petite compagnie d'appareillages électriques. Il ne tarda pas à superviser l'installation de l'électricité dans des usines de la région. Dans les maisons et les bureaux, on s'éclairait de plus en plus à l'électricité. Le soir, le président travaillait sur ses propres inventions. Il mit au point un dispositif permettant d'insérer deux ampoules dans la même douille. Son patron refusa de commercialiser son invention. Peu après son mariage, le président quitta cette société pour fonder sa propre entreprise. Il avait vingt-deux ans.

Les premières années, il réalisa de maigres profits. Puis, en 1914, sa société décrocha un gros contrat : l'électrification d'un nouveau bâtiment sur une base militaire d'Osaka. Nobu était resté dans l'armée — ses blessures de guerre l'empêchaient de trouver un emploi ailleurs. Chargé de superviser les travaux effectués par Iwamura Electric, il se lia d'amitié avec le président, qui lui proposa de travailler pour lui. Nobu accepta.

Plus j'apprenais de choses sur leur partenariat, plus je comprenais à quel point ils étaient complémentaires. On voyait la même photo d'eux dans presque tous les articles : le président, dans un élégant costume trois pièces, sa fameuse douille à la main. On avait l'impression qu'il se demandait à quoi ça servait ! Il fixait l'objectif d'un air menaçant, comme s'il allait balancer la douille dessus. Le contraste avec Nobu était frappant. L'homme était plus petit, il se tenait à la droite du président, un poing sur la hanche. Il portait une jaquette, un pantalon à fines rayures. Il avait le visage couvert de cicatrices, l'air ensommeillé. Le président, à cause de ses cheveux prématurément gris et de la différence de taille entre son associé et lui, aurait pu être le père de Nobu — or il n'avait que deux ans de plus que lui. D'après les articles, le président dirigeait l'entreprise et œuvrait à son développement. Nobu s'occupait des finances, tâche ingrate dont il s'acquittait fort bien. « Notre entreprise est passée par des moments difficiles. Sans le génie de Nobu, nous aurions fait faillite plusieurs fois », disait souvent le président, dans les interviews. Au début des années vingt, Nobu avait trouvé un groupe d'investisseurs et sauvé la compagnie de la ruine. « J'ai une dette envers Nobu dont je ne pourrai jamais m'acquitter », déclara plus d'une fois le président.

*
* *

Il s'écoula plusieurs semaines. Puis je reçus un mot de Mameha me demandant de passer chez elle le lendemain après-midi. J'avais pris l'habitude de porter les kimonos somptueux que Mameha me prêtait. Ce jour-là, elle avait choisi pour moi un kimono en soie rouge et jaune, avec un motif de feuilles d'automne. J'allais l'enfiler, quand je vis une déchirure derrière, sous la fesse, un trou assez large pour y passer deux doigts. Mameha n'était pas encore rentrée. J'allai montrer le kimono à la servante.

— Tatsumi-san, dis-je, c'est ennuyeux... ce kimono n'est plus mettable.

— Il a seulement besoin d'être raccommodé, mademoiselle. La maîtresse l'a emprunté ce matin à une okiya du quartier.

— Elle ne devait pas savoir qu'il était déchiré, dis-je. Et avec la réputation que j'ai, elle va sans doute penser...

— Oh, elle sait qu'il est déchiré ! m'interrompit Tatsumi. En fait, la combinaison est déchirée aussi, au même endroit.

J'avais déjà enfilé la combinaison crème. Je passai ma main derrière, sur le haut de ma cuisse, et découvris un trou.

— Une apprentie geisha a fait un accroc l'année dernière, me dit Tatsumi. Le tissu s'est pris dans un clou. Mais la maîtresse veut que vous le portiez.

Je trouvais cela absurde, mais je mis le kimono. Mameha rentra. Elle semblait pressée de ressortir.

Comme elle refaisait son maquillage, je lui demandai des explications.

— Deux hommes vont compter dans ta vie, je te l'ai dit. Tu as rencontré Nobu, il y a trois semaines. Tu vas rencontrer l'autre cet après-midi. Pour faire sa connaissance, il te faut un kimono déchiré. Ce lutteur de sumo m'a donné une idée géniale ! J'ai hâte de voir la tête d'Hatsumomo, quand tu vas resurgir de chez les morts ! Tu sais ce qu'elle m'a dit, l'autre jour ? Qu'elle ne me remercierait jamais assez de t'avoir emmenée à ce tournoi. Ça valait le déplacement, dit-elle, de te voir faire les yeux doux à M. Lézard. Tu vas pouvoir t'occuper de lui sans qu'elle t'ennuie. Peut-être viendra-t-elle parfois dans ces soirées, mais seulement jeter un coup d'œil. Par curiosité. Plus tu parleras de Nobu en présence d'Hatsumomo, mieux ce sera. Cela dit, tu ne dois jamais mentionner l'homme que tu vas rencontrer cet après-midi.

Cette nouvelle me déprima, même si je m'efforçai d'avoir l'air ravie. Un homme n'aura jamais de liaison avec une geisha qui a été la maîtresse de son associé. Une après-midi, aux bains, il y avait quelques mois de ça, j'avais surpris une conversation entre deux geishas. L'une d'elles tentait de consoler son amie : la jeune femme avait appris que son nouveau « danna » s'associait en affaires avec l'homme de ses rêves. Je n'aurais jamais pensé qu'une telle chose pouvait m'arriver.

— Madame, dis-je, vous voulez que Nobu devienne mon « danna » ?

Mameha posa son pinceau à maquillage et me lança un regard à stopper un train en pleine vitesse.

— Nobu-san est un homme bien. Aurais-tu honte de l'avoir pour « danna » ?

— Non, madame. Ce n'est pas ce que je voulais dire. Je me demandais seulement...

— Très bien. Dans ce cas j'ai deux choses à te dire. D'une part, tu es une fille de quatorze ans que personne ne connaît. Tu auras beaucoup de chance, si tu deviens une geisha suffisamment recherchée pour qu'un homme comme Nobu envisage de s'occuper de toi. D'autre part,

jamais une geisha ne lui a paru digne de devenir sa maîtresse. Si tu es la première, j'espère que tu seras flattée.

Je sentis mes joues chauffer. Mameha avait raison :
j'aurais beaucoup de chance d'attirer ne fût-ce que l'attention d'un homme comme Nobu. Et s'il m'était inac-
cessible, que dire du président ! Depuis que je l'avais
retrouvé, à ce tournoi de sumo, je ne touchais plus terre.
Mameha venait de me ramener dans la dure réalité.

*
* *

Je m'habillai à la hâte. Mameha m'emmena en haut
de la rue, dans l'okiya où elle avait vécu. Elle avait quitté
cette maison pour devenir indépendante, il y avait six
ans de ça. Une vieille servante nous ouvrit la porte, l'air
perplexe.

— Nous avons téléphoné à l'hôpital, dit-elle. Le docteur quitte son travail à quatre heures, aujourd'hui. Il est
presque trois heures et demie.

— Nous l'appellerons avant de partir, Kazuko-san,
dit Mameha. Je suis sûre qu'il m'attendra.

— Je l'espère. Ce serait trop horrible de laisser saigner cette pauvre fille !

— Qui est-ce qui saigne ? m'enquis-je, alarmée.

La servante me regarda, poussa un soupir. Elle nous
conduisit au deuxième étage, dans un couloir, où étaient
assises trois jeunes femmes et une cuisinière grande et
maigre, avec un tablier amidonné. Elles me contemplè-
rent toutes avec circonspection, excepté la cuisinière,
qui se mit un torchon sur l'épaule, et entreprit d'affûter
un couteau — de ceux qu'on utilise pour couper la tête
aux poissons. J'eus l'impression d'être une grosse
tranche de thon que venait de livrer l'épicier. C'était moi
qui allais saigner.

— Mameha-san..., murmurai-je.

— Sayuri, je sais ce que tu vas dire, déclara-t-elle,
ce qui était intéressant, car je n'en avais moi-même
aucune idée. Ne m'as-tu pas promis de m'obéir en tout
en devenant ma petite sœur ?

— Si j'avais su qu'on m'arracherait le foie...

— Il n'est pas question de t'arracher le foie, dit la cuisinière, ce qui ne me tranquillisa pas.

— Nous allons te faire une petite coupure, Sayuri, dit Mameha. Une toute petite coupure, que tu puisses aller à l'hôpital et rencontrer certain docteur. Tu te souviens, l'homme dont je t'ai parlé ? Eh bien il est docteur.

— Je ne pourrais pas faire semblant d'avoir mal à l'estomac ?

J'étais parfaitement sérieuse, en disant cela, mais elles durent toutes croire que je plaisantais, car elles éclatèrent de rire.

— Nous agissons dans ton intérêt, Sayuri, dit Mameha. Il faut que tu saignes un peu, juste assez pour que le docteur accepte de t'examiner.

La cuisinière avait fini d'affûter sa lame. Elle vint se placer devant moi, comme pour m'aider à appliquer mon maquillage — sauf qu'elle avait un couteau à la main. Kazuko, la vieille servante qui nous avait ouvert, écarta mon col à deux mains. Je commençai à paniquer.

Heureusement, Mameha intervint.

— Nous allons lui faire cette coupure sur la jambe, dit-elle.

— Oh non, pas la jambe, répliqua Kazuko. Le cou, c'est bien plus érotique !

— Sayuri, tourne-toi, s'il te plaît, me dit Mameha. Montre à Kazuko le trou dans ton kimono.

Je fis ce qu'elle me demandait.

— Kazuko-san, dit-elle, comment expliquer qu'il y a une déchirure à cet endroit, si elle a une coupure au cou, et non à la cuisse ?

— En quoi les deux choses sont-elles liées ? dit Kazuko. Elle porte un kimono déchiré, et elle s'est coupé le cou !

— Kazuko commence à m'agacer, dit la cuisinière. Dites-moi où vous voulez que je coupe, Mameha.

J'aurais dû être soulagée. Je ne le fus pas.

Mameha envoya une servante chercher un bâton de pigment rouge, de ceux qu'on utilise pour se peindre les lèvres. Elle le glissa dans le trou de mon kimono et fit une marque sur l'arrière de ma cuisse, sous ma fesse.

— Faites votre entaille à cet endroit-là, déclara Mameha.

J'ouvris la bouche, mais avant que j'aie pu parler, Mameha me dit :

— Allonge-toi et ne bouge plus, Sayuri. Si tu nous retardes encore, je vais être très fâchée.

Je n'avais nulle envie de lui obéir, mais je n'avais pas le choix. Je m'allongeai sur le drap étalé par terre, je fermai les yeux. Mameha me découvrit jusqu'à la hanche.

— Si la coupure n'est pas assez profonde, vous pourrez toujours la refaire, dit Mameha à la cuisinière. Commencez par une entaille légère.

Le couteau me piqua la peau. Je me mordis la lèvre. Je couinai. La cuisinière entailla ma chair. Mameha lui dit :

— Il faut couper plus profond. Vous n'avez fait qu'une estafilade.

— On dirait une bouche, dit Kazuko à la cuisinière. Cette ligne, au milieu de la tache rouge. On dirait deux lèvres. Le docteur va rire !

Mameha l'admit. Elle effaça le rouge à lèvres — la cuisinière lui assura qu'elle saurait retrouver l'endroit. Quelques instants plus tard, je sentis à nouveau le couteau entamer ma peau.

Je n'ai jamais supporté la vue du sang. Le jour où j'ai rencontré M. Tanaka, je me suis évanouie, après m'être coupé la lèvre. Alors imaginez ce que je ressentis en me retournant et en voyant un filet de sang couler sur ma peau ! Mameha épongeait le sang avec une serviette. Je perdis conscience de ce qui se passa ensuite — je ne sais plus si on m'aida à monter dans le rickshaw, je ne me souviens pas du trajet. Quand nous approchâmes de l'hôpital, Mameha poussa doucement ma tête d'un côté, puis de l'autre, pour attirer mon attention.

— Ecoute-moi bien ! On a dû te dire qu'une apprentie ne doit pas se préoccuper des hommes, mais faire impression sur les geishas, car ce sont elles qui l'aideront dans sa carrière. Oublie ça ! Ça va se passer différemment pour toi. Ton avenir dépend de deux hommes. Tu vas rencontrer l'un d'eux d'ici à quelques minutes. Tu dois frapper son imagination. Tu m'écoutes ?

— Oui, madame, marmonnai-je.

— Quand il te demandera comment tu t'es coupé la jambe, tu lui diras : « J'étais aux toilettes, j'ai essayé de soulever mon kimono, et je suis tombée sur quelque chose de tranchant. » Tu ne sais pas ce que c'était, car tu t'es évanouie. Ajoute des détails, autant que tu voudras. Mais fais en sorte de paraître enfantine. Et puis aie l'air apeurée, quand nous rentrerons dans son cabinet. Montre-moi.

J'appuyai ma tête sur le dossier de la banquette et fis rouler mes yeux dans leurs orbites — je ne jouais pas. Mameha ne fut pas satisfaite du résultat.

— Je ne t'ai pas dit de faire la morte, mais la jeune fille effarouchée. Comme ça...

Mameha prit l'air apeuré, comme si elle ne savait où poser les yeux. Elle porta la main à sa joue, sembla sur le point de s'évanouir. Je finis par réussir à reproduire cet air de biche effarouchée. Je fis mon numéro, comme le chauffeur du rickshaw m'escortait jusque dans l'hôpital. Mameha tira sur mon kimono de-ci de-là, pour que je reste élégante.

Nous passâmes les portes battantes en bois, nous demandâmes le directeur de l'hôpital. Mameha dit qu'il nous attendait. Une infirmière nous précéda dans un long couloir, nous ouvrit la porte d'une pièce poussiéreuse. A l'intérieur, une table rectangulaire en bois, un paravent pliant devant les fenêtres. Comme nous attendions, Mameha ôta la serviette de ma cuisse et la jeta dans la poubelle.

— N'oublie pas, Sayuri, souffla-t-elle, d'un ton presque sévère, tu dois paraître innocente, effarouchée. Appuie-toi contre le mur, essaie d'avoir l'air au bord de l'évanouissement.

Je n'eus aucune difficulté à feindre cet état. Quelques instants plus tard, la porte s'ouvrit et le docteur

Crab parut. Il ne s'appelait pas Crab, bien sûr, mais si vous l'aviez vu, cette idée vous serait venue à l'esprit. Il était voûté, ses coudes ressortaient de façon caricaturale. On avait l'impression qu'il s'était longuement entraîné à imiter un crabe. Il avançait, une épaule en avant, tel le crabe qui marche de côté. Il portait la moustache. Il fut ravi de voir Mameha, plus surpris que ravi, d'ailleurs.

Le docteur Crab était un homme méthodique et ordonné. Il tourna la poignée avant de refermer la porte, pour ne pas faire de bruit. Puis il appuya sur la porte, pour s'assurer qu'elle était bien fermée. Il sortit une boîte oblongue de sa veste et l'ouvrit avec précaution, comme s'il risquait de faire tomber quelque chose. Cet étui contenait une paire de lunettes. Quand il les eut chaussées, à la place de celles qu'il avait sur le nez, il remit l'étui dans sa poche, lissa sa veste avec ses mains. Il finit par poser les yeux sur moi. Il eut un bref hochement de tête. Mameha lui dit :

— Je suis navrée de vous déranger, docteur. Mais Sayuri a un si bel avenir devant elle, et voilà qu'elle se coupe la cuisse ! La blessure pourrait mal cicatriser, ou s'infecter. Je me suis dit que vous étiez la seule personne qui pouvait la soigner.

— C'est sûr, dit le docteur Crab. Pourrais-je voir la blessure ?

— Sayuri s'évanouit à la vue du sang, docteur, dit Mameha. Il serait peut-être préférable qu'elle vous laisse examiner la blessure vous-même. C'est sur l'arrière de sa cuisse.

— Je comprends. Peut-être pourriez-vous lui demander de s'allonger sur la table ?

Je ne compris pas pourquoi le docteur Crab ne s'adressait pas directement à moi. Mais je voulus paraître obéissante. Aussi attendis-je que Mameha me demande de m'allonger. Le docteur releva mon kimono jusqu'à ma taille, appliqua un tissu imprégné d'un liquide malodorant sur ma cuisse.

— Sayuri-san, dit-il, veuillez m'expliquer comment vous vous êtes fait cette blessure.

Je pris une grande inspiration, m'efforçant d'avoir l'air au bord de l'évanouissement.

— C'est gênant, dis-je. J'ai bu beaucoup de thé, cet après-midi...

— Sayuri est novice, dit Mameha. Je lui ai fait faire le tour de Gion, pour la présenter. Et, naturellement, tout le monde a voulu lui offrir du thé.

— Oui, j'imagine, dit le docteur.

— Et j'ai soudain senti que je devais... vous voyez..., balbutiai-je.

— Boire trop de thé peut provoquer un besoin urgent de soulager la vessie, dit le docteur.

— Oui, merci. Et en fait... euh.. c'était pire qu'un besoin urgent..

— Dis simplement au docteur ce qui s'est passé, Sayuri-san, dit Mameha.

— Excusez-moi, docteur. J'étais donc très pressée d'aller aux toilettes.. tellement pressée qu'en arrivant au-dessus... j'ai dû perdre l'équilibre en me débattant avec mon kimono. Dans ma chute, ma jambe a heurté quelque chose de tranchant. Je ne sais pas ce que c'était. J'ai dû m'évanouir.

— C'est étonnant que vous n'ayez pas vidé votre vessie quand vous avez perdu connaissance, dit le docteur.

Depuis le début, j'étais étendue sur le ventre, la tête à quelques centimètres de la table, pour préserver mon maquillage. Le docteur ne voyait pas mon visage, quand il me parlait. Après sa dernière remarque, je jetai un coup d'œil à Mameha par-dessus mon épaule. Heureusement, elle réagit vite.

— Sayuri veut dire qu'elle a perdu l'équilibre en se relevant, expliqua-t-elle.

— Je vois, répliqua le docteur. La coupure est due à un objet tranchant. Vous avez dû tomber sur un morceau de verre, ou de métal.

— Ç'a m'a paru très tranchant, dis-je. Comme un couteau !

Le docteur Crab n'ajouta rien. Il désinfecta la plaie longuement, comme s'il voulait voir jusqu'à quel point elle était douloureuse. Il utilisa à nouveau son liquide malodorant pour nettoyer les traces de sang le long de ma jambe. Il me faudrait mettre de la crème sur la plaie et la bander pendant quelques jours, me dit-il. Là-dessus il tira mon kimono sur mes jambes. Il ôta ses lunettes avec d'infinies précautions.

— Je suis navré que vous ayez abîmé un aussi beau kimono, dit-il. Mais je suis ravi de vous avoir rencontrée. Mameha-san sait que j'adore faire de nouvelles connaissances.

— Tout le plaisir est pour moi, docteur, assurai-je.

— Peut-être nous verrons-nous un de ces soirs à l'Ichiriki.

— Sayuri est très sollicitée, docteur, comme vous pouvez l'imaginer. Elle a déjà de nombreux admirateurs. Aussi j'évite de trop la montrer à l'Ichiriki. Peut-être pourrions-nous vous voir à la maison de thé Shirae ?

— Oui, c'est une bonne idée, dit le docteur Crab.

Il procéda à nouveau au rituel des lunettes, afin de pouvoir lire dans un petit carnet qu'il sortit de sa poche.

— J'y serai... disons... après-demain. J'espère vivement vous voir.

Mameha lui assura que nous passerions. Après quoi nous partîmes.

*
* *

Dans le rickshaw qui nous ramena à Gion, Mameha me dit que j'avais été parfaite.

— Je n'ai rien fait du tout, Mameha-san !

— Vraiment ? Alors pourquoi cette sueur, sur le front du docteur ?

— Je n'ai vu que la table.

— Pendant qu'il nettoyait le sang sur ta jambe, le docteur avait le front perlé de sueur, comme en plein été, alors qu'il faisait plutôt frais dans la pièce.

— C'est vrai.

— Tu vois bien !

Je ne voyais pas très bien, en fait. Je ne savais pas

non plus pourquoi elle m'avait emmenée chez ce docteur. Je ne pouvais le lui demander : elle avait refusé de
me parler de son plan. Le rickshaw traversait le pont de
Shijo Avenue pour retourner dans Gion quand Mameha
s'interrompit dans une histoire pour me dire :

— Ce kimono met tes yeux en valeur, Sayuri. Ces
rouges et ces jaunes donnent un éclat argenté à ton
regard. Pourquoi n'y ai-je pas pensé plus tôt ? ! Chauffeur ! lança-t-elle. Nous sommes allés trop loin ! Arrêtez-
vous, je vous prie.

— Vous m'avez dit Gion Tominaga-cho, madame.
Je ne peux poser mes bâtons ici, en plein milieu du
pont !

— Soit vous nous laissez ici, soit vous allez au bout
du pont pour le retraverser dans l'autre sens. Ce qui
serait absurde.

Le chauffeur posa ses bâtons à l'endroit où nous
étions. Mameha et moi descendîmes. Plusieurs cyclistes
klaxonnèrent en nous doublant, furieux. Mameha les
ignora. Elle était si pénétrée de sa propre importance !
Elle ne concevait pas qu'on pût lui en vouloir pour un
motif aussi trivial que de gêner la circulation. Elle prit tout
son temps, paya en sortant une pièce après l'autre de
sa bourse en soie. Nous retraversâmes le pont en sens
inverse.

— Nous allons chez Uchida Kosaburo, annonça-
t-elle. C'est un peintre génial, et il va aimer tes yeux. Il vit
dans un désordre incroyable et il lui arrive d'être un peu
distrait. Alors arrange-toi pour qu'il remarque tes yeux.

Nous prîmes de petites rues. Puis une ruelle en
impasse. Au bout de cette ruelle, un portail de temple
shinto miniature, rouge vif, coincé entre deux maisons.
Nous franchîmes le portail, passâmes devant plusieurs
petits pavillons. Nous arrivâmes au pied d'un escalier de
pierre. Nous gravîmes ces marches, sous des frondaisons
aux couleurs éclatantes — c'était l'automne. Sous ce tun-
nel de feuillages, l'air était frais comme de l'eau de
source. J'eus l'impression de pénétrer dans un autre univers. J'entendis un bruit mouillé, qui me rappela celui
des vagues léchant le sable : un homme nettoyait la der-

nière marche avec de l'eau et un balai aux poils de couleur du chocolat.

— Uchida-san ! s'exclama Mameha. Vous n'avez pas de servante pour faire le ménage !

L'homme avait le soleil dans la figure. Il baissa les yeux vers nous, mais il ne dut voir que des formes colorées sous les arbres. Moi, en revanche, je le voyais très bien. Je lui trouvai une drôle d'allure. Dans un coin de sa bouche, un énorme grain de beauté. Et puis ses sourcils étaient si broussailleux ! On aurait cru deux chenilles sorties de ses cheveux pour s'arrêter au-dessus de ses yeux. Tout, chez lui, était en bataille. Ses cheveux gris, son kimono — on avait l'impression qu'il avait dormi dedans.

— Qui est-ce ? dit-il.

— Uchida-san ! Vous ne reconnaissez toujours pas ma voix, après tant d'années !

— Si vous essayez de me mettre en colère, qui que vous soyez, vous allez le regretter. Je ne suis pas d'humeur à être dérangé ! Je vais vous balancer ce balai, si vous ne me dites pas qui vous êtes !

Uchida-san avait l'air si furieux que je n'aurais pas été étonnée de le voir croquer son grain de beauté et nous le cracher à la figure. Mameha continua de gravir les degrés de pierre. Je la suivis, en m'efforçant de rester derrière elle — qu'elle reçoive le ballet, pas moi !

— C'est comme ça que vous accueillez les visiteurs, Uchida-san ? dit Mameha, en s'avançant dans la lumière.

Uchida la regarda en plissant les yeux.

— Oh, c'est vous. Pourquoi ne vous annoncez-vous pas, comme tout le monde ? Tenez, prenez ce balai et nettoyez les marches. Personne ne rentre chez moi avant que j'aie allumé de l'encens. Il y a encore une souris qui est morte. La maison a une odeur de cimetière !

Cela sembla amuser Mameha. Elle attendit qu'Uchida eût disparu pour poser le balai contre un arbre.

— Tu as déjà eu un abcès ? me souffla-t-elle. Quand Uchida n'arrive pas à peindre, il est d'humeur massacrante. Il faut le faire exploser, comme un abcès qu'on perce, pour qu'il se calme. Si tu ne lui donnes pas une raison de piquer une colère, il se met à boire, et les choses ne font qu'empirer.

— Il élève des souris ? soufflai-je. Il a dit qu'il y avait encore une souris qui était morte.

— Grand dieu non ! Il laisse traîner ses bâtons d'encre. Les souris les mangent et meurent empoisonnées. Je lui ai offert une boîte pour ranger ses bâtons d'encre, mais il ne s'en sert pas.

La porte d'Uchida s'ouvrit en partie — il la tira à moitié, avant de redisparaître dans son atelier. Mameha et moi ôtâmes nos chaussures. L'atelier était composé d'une pièce unique, très vaste, comme la salle à manger d'une ferme. De l'encens brûlait dans un coin, à l'autre bout de la pièce, mais n'avait pas encore purifié l'air. L'odeur de souris crevée me prit à la gorge. Il régnait un désordre encore plus grand que chez Hatsumomo.

Partout traînaient des brosses, certaines cassées, d'autres mordillées. Il y avait de grands panneaux de bois avec des dessins inachevés en noir et blanc. Au milieu de ce bazar, un futon défait, aux draps tachés d'encre noire. Sans doute Uchida était-il lui aussi couvert de taches d'encre. Je me retournai pour vérifier.

— Qu'est-ce que vous regardez ? aboya-t-il.

— Uchida-san, je vous présente ma petite sœur, Sayuri, dit Mameha. Elle a fait tout le chemin depuis Gion uniquement pour vous rencontrer.

Gion n'était pas si loin que ça ! Je m'agenouillai sur les tatamis et sacrifiai à mon rituel : je m'inclinai vers Uchida, requis son indulgence, bien qu'à mon avis il n'eût pas entendu ce que Mameha lui avait dit.

— La journée a été parfaite jusqu'au déjeuner, dit Uchida. Puis regardez ce qui est arrivé !

Uchida traversa la pièce et brandit un panneau de bois. Fixée dessus, avec des pinces à dessins, l'esquisse d'une femme vue de dos. Elle tenait une ombrelle, elle avait la tête tournée sur le côté. Hélas, un chat était passé dessus, après avoir marché dans l'encre de Chine, laissant des empreintes bien nettes. Il dormait paisiblement, roulé en boule sur un tas de linge sale.

— Je l'ai adopté pour qu'il tue les souris et voyez le résultat ! poursuivit Uchida. J'ai bien envie de le chasser !

— Oh, mais ces empreintes de pattes sont adorables, dit Mameha. Je trouve qu'elles donnent un charme fou à ce dessin. Qu'en penses-tu, Sayuri ?

Je n'avais nulle envie de me prononcer : Uchida ne semblait pas apprécier la remarque de Mameha. Puis je compris qu'elle essayait de percer l'abcès. Aussi déclarai-je, enthousiaste :

— C'est vraiment joli, ces empreintes de pattes ! Ce chat doit être une espèce d'artiste.

— Je sais pourquoi vous ne l'aimez pas, dit Mameha. Vous lui enviez son talent.

— Moi, jaloux ? dit Uchida. Ce chat n'est pas un artiste, mais un démon !

— Pardonnez-moi, Uchida-san, dit Mameha. Vous avez sans doute raison. Mais dites-moi, envisagez-vous de jeter ce dessin ? Parce que si telle est votre intention, j'aimerais l'avoir. Il irait très bien chez moi, n'est-ce pas, Sayuri ?

En entendant cela, Uchida arracha le dessin de son support et lança :

— Il vous plaît, hein ? Dans ce cas, vous en aurez deux !

Il déchira son œuvre en deux morceaux, qu'il donna à Mameha.

— Voilà le premier ! Et le deuxième ! Maintenant sortez !

— Quel gâchis ! dit Mameha. C'était votre plus belle œuvre !

— Sortez !

— Oh, Uchida-san, je ne peux pas ! Je ne serais pas une amie, si je ne mettais pas un peu d'ordre dans votre atelier avant de partir.

Là-dessus Uchida sortit de la maison comme une furie, laissant la porte ouverte derrière lui. Il donna un coup de pied dans le balai que Mameha avait calé contre un arbre, s'engagea dans l'escalier, glissa et faillit tomber. Nous passâmes une demi-heure à ranger l'atelier. Puis Uchida revint, de bien meilleure humeur — sans être vraiment réjoui. Il ne cessait de mâchonner ce gros grain de beauté, au coin de sa bouche, ce qui lui donnait l'air préoccupé. Il devait regretter son comportement, car il n'osait pas nous regarder franchement. Si ça continuait, il n'allait pas voir mes yeux. Aussi Mameha lui dit :

— Vous ne trouvez pas que Sayuri est jolie ? L'avez-vous seulement regardée ?

Dernière tentative de sa part pour attirer l'attention d'Uchida. Il ne m'accorda qu'un bref regard, comme s'il chassait une miette de la table. Mameha parut très déçue. La lumière de l'après-midi commençait à faiblir. Nous nous levâmes pour partir. Mameha salua brièvement Uchida. Lorsque nous sortîmes, je m'arrêtai pour contempler le coucher du soleil, dans des tons de rose et d'orangé, tel le plus beau des kimonos. Plus beau en fait. Un kimono, si sublime soit-il, ne projette jamais sur vos mains une lueur orange. Or mes mains étaient iridescentes, dans le soleil couchant. Je les levai devant mes yeux, les contemplai un long moment.

— Regardez, Mameha-san, lui dis-je.

Elle crut que je parlais du coucher du soleil, qu'elle regarda avec indifférence. Uchida se tenait immobile sur le seuil de son atelier, l'air concentré. Il se passait une main dans ses cheveux gris. Mais ce n'était pas le coucher du soleil qu'il regardait, c'était moi.

Connaissez-vous ce dessin à l'encre d'une jeune femme en kimono, l'air extasié, l'œil brillant ? Uchida a prétendu que je lui ai inspiré cette œuvre. Je ne l'ai jamais cru. Comment une fille, regardant bêtement ses mains au coucher du soleil, pourrait-elle être à l'origine d'un aussi beau dessin ?

# 19

En l'espace d'un mois, j'avais rencontré Nobu, le docteur Crab, et Uchida Kosaburo. Tel le criquet en cage, j'avais le sentiment d'avoir enfin réussi à m'échapper. Pour la première fois depuis des années, je me couchais le soir sans me dire : dans l'histoire de Gion, tu ne seras qu'une goutte de thé tombée sur un tatami. Je ne devinais toujours pas la stratégie de Mameha. Je ne voyais pas comment ses manœuvres feraient de moi une geisha recherchée, ni en quoi le succès me remettrait en contact avec le président. Mais, chaque soir, je m'endormais avec son mouchoir pressé contre ma joue, revivant encore et encore ma rencontre avec lui. J'étais comme la cloche d'un temple dont le son résonne longtemps après qu'on l'eut frappée.

Plusieurs semaines s'écoulèrent sans nouvelles d'aucun de ces hommes. Mameha et moi commencions à nous interroger. Puis un matin, une secrétaire d'Iwamura Electric téléphona pour m'inviter à une réception le soir même. Cette nouvelle ravit Mameha : elle pensait que l'invitation venait de Nobu. J'étais ravie pour une autre raison : je souhaitai ardemment que l'invitation vînt du président. Plus tard ce jour-là, en présence d'Hatsumomo, je dis à Tatie que j'allais passer la soirée avec Nobu. Je lui demandai de m'aider à choisir un kimono. A mon grand étonnement, Hatsumomo vint choisir le kimono avec nous. Un étranger aurait pu nous prendre pour les membres d'une famille unie. Pas un instant, Hatsumomo n'eut une attitude méprisante ni ne fit de commentaires sarcastiques. Elle se révéla être de bon conseil. Tatie fut aussi surprise que moi. Nous arrêtâmes notre choix sur un kimono d'un vert poudreux, avec un motif de feuilles vermillon et argentées, et un obi gris, veiné de fils dorés. Hatsumomo promit de passer nous saluer, Nobu et moi.

Ce soir-là, je m'agenouillai devant la porte de ce salon, à l'Ichiriki, en me disant : le destin a œuvré à m'amener ici, en cet instant. J'entendais des rires assourdis, je me demandai si le président était parmi ces gens. J'ouvris la porte et je le vis, en bout de table. Nobu me tournait le dos. Le président souriait. Un si beau sourire ! Je dus me retenir pour ne pas lui sourire à mon tour. Je saluai Mameha, les autres geishas, et enfin les six hommes présents. Je me relevai et j'allai m'asseoir à côté de Nobu. Je dus m'installer trop près de lui, car il frappa sa tasse de saké sur la table, agacé, et s'éloigna de moi. Je m'excusai. Il m'ignora. Mameha fronça les sourcils. Je fus mal à l'aise toute la soirée. Après coup, Mameha me dit :

— Nobu s'irrite facilement. Fais plus attention à l'avenir. Evite de l'agacer.

— Pardonnez-moi, madame. Apparemment, je ne lui plais pas autant que vous le pensiez...

— Oh, tu lui plais ! S'il n'appréciait pas ta compagnie, tu aurais quitté cette soirée en pleurs. Il a parfois l'air aussi aimable qu'une porte de prison, mais c'est un homme gentil, à sa façon. Tu auras l'occasion de t'en apercevoir.

*
* *

Iwamura Electric m'invita à nouveau à l'Ichiriki cette semaine-là. Puis de nombreuses fois dans les semaines qui suivirent — et pas toujours avec Mameha. Elle me dit de ne pas m'attarder, de ne pas lasser. Aussi saluai-je et me retirai-je au bout d'une heure, comme si on m'attendait dans une autre fête. Souvent, quand je me préparais pour ces soirées, Hatsumomo laissait entendre qu'elle pourrait passer, mais elle ne se montrait jamais. Puis un après-midi, alors que je n'y songeais plus, elle m'informa qu'elle avait du temps libre ce soir-là, et qu'elle allait venir.

Cela me rendit un peu nerveuse, vous l'imaginez. Mais la situation fut encore plus pénible quand j'arrivai à l'Ichiriki pour m'apercevoir que Nobu était absent. Je n'avais jamais assisté à une fête avec si peu d'invités — deux geishas et quatre hommes. Et si Hatsumomo survenait et me trouvait parlant au président en l'absence de Nobu ? J'hésitais toujours sur l'attitude à adopter, quand la porte s'ouvrit. Hatsumomo était agenouillée à l'entrée.

Ma seule parade, pensai-je, était de feindre l'ennui. Cela m'aurait peut-être sauvée, ce soir-là, mais par chance, Nobu surgit quelques minutes plus tard. Le sourire d'Hatsumomo se fit plus franc quand Nobu entra dans la pièce. Ses lèvres évoquèrent pour moi deux grosses gouttes de sang se gonflant à l'orée d'une blessure. Nobu s'installa à table. Aussitôt Hatsumomo suggéra, sur un ton presque maternel, que je lui serve du saké. J'allai m'installer près de lui, m'efforçai de paraître enchantée. Chaque fois qu'il riait, par exemple, je tournais la tête vers lui, comme si je ne pouvais m'en empêcher. Hatsumomo jubilait. Elle n'avait même plus conscience de tous ces regards d'hommes fixés sur elle. Sans doute avait-elle trop l'habitude d'être admirée. Elle était d'une beauté envoûtante ce soir-là, comme toujours. Le jeune homme, au bout de la table, ne faisait que fumer des cigarettes et la regarder. Même le président lui jetait un coup d'œil de temps à autre. Je finis par m'interroger. La beauté aveuglait-elle les hommes au point qu'ils puissent se sentir bénis par le sort de partager la vie d'un démon, pourvu que ce fût un beau démon ? J'imaginai le président arrivant dans notre okiya, un soir, très tard, pour retrouver Hatsumomo. Il aurait un feutre à la main et il me sourirait, comme je déboutonnerais son manteau. Je ne pouvais croire qu'il serait fasciné par la beauté d'Hatsumomo au point d'en oublier sa cruauté.

Mais une chose était sûre : si Hatsumomo devinait mes sentiments pour lui, elle pourrait tenter de le séduire, uniquement pour me faire souffrir.

Il me parut soudain urgent qu'Hatsumomo quitte cette soirée. Je savais qu'elle était venue pour observer « l'évolution de la situation », comme elle disait. Aussi décidai-je de lui donner satisfaction. J'effleurai mon cou, mes cheveux, comme si je m'inquiétais de mon apparence. Mes doigts passèrent sur l'un de mes ornements par inadvertance. Cela me donna une idée. J'attendis qu'on fasse une plaisanterie. Je ris, j'arrangeai mes cheveux. Ce faisant, je me penchai vers Nobu. Arranger mes cheveux pouvait paraître curieux, vu qu'ils étaient collés par la cire. Toutefois, j'avais un plan : déloger l'un de mes ornements — des fleurs en soie jaune et orange — et le laisser tomber sur les genoux de Nobu. Le support en bois de l'ornement était fiché plus profondément que je ne pensais dans mon chignon. Je finis par l'en extirper. Les fleurs en soie rebondirent contre la poitrine de Nobu, elles tombèrent sur le tatami, entre ses jambes. Les invités s'en aperçurent. Personne ne sut quoi faire. J'avais pensé ramasser mon ornement, telle une petite fille rougissante, mais je ne pus me résoudre à plonger la main entre les cuisses de Nobu.

Il ramassa l'ornement, le fit lentement tourner sur lui-même, en le tenant par son support en bois.

— Trouvez la servante qui m'a accompagné ici, me déclara-t-il. Dites-lui que je veux le paquet que j'ai apporté.

Je fis ce que Nobu me demandait. A mon retour, ils étaient tous dans l'expectative. Nobu avait toujours ma barrette à la main, les fleurs en soie pendaient au-dessus de la table. Je lui tendis le paquet. Il ne le prit pas.

— Je voulais vous le donner plus tard, au moment où vous partiriez, dit-il. Mais il semble que je doive vous le donner maintenant.

Il désigna le paquet d'un hochement de tête, me signifiant de l'ouvrir.

C'était très gênant — tout le monde me regardait. Je défis le papier. A l'intérieur, une petite boîte en bois, dans laquelle je trouvai un joli peigne, sur un lit de satin. Cet ornement en demi-lune était rouge vif, avec des fleurs peintes de plusieurs couleurs.

— C'est un peigne ancien, dit Nobu. Je l'ai acheté avant-hier.

Le président regardait, mélancolique, le peigne posé sur la table, dans sa boîte. Il finit par s'éclaircir la voix et par dire, d'un ton étrangement triste :

— Je ne vous savais pas si sentimental, Nobu-san.

Hatsumomo se leva de table. Je me crus enfin débarrassée d'elle, mais à ma grande surprise, elle vint s'agenouiller à côté de moi. Je ne savais trop que penser de cette attitude, jusqu'à ce qu'elle retire le peigne de la boîte et le pique dans ma coiffure, à la base de mon gros chignon bilobé. Elle tendit la main. Nobu lui donna l'ornement avec les fleurs de soie, qu'elle remit dans ma coiffure, telle une mère s'occupant de son bébé.

Je la remerciai d'une légère inclination de la tête.

— N'est-elle pas adorable ? dit-elle, s'adressant à Nobu.

Elle eut un soupir théâtral, comme si nous vivions là des moments d'un romantisme exacerbé. Puis elle quitta la réception, comme je l'espérais.

*
* *

Il va sans dire que les hommes peuvent être aussi différents les uns des autres que les buissons qui fleurissent à diverses époques de l'année. Si Nobu et le président semblèrent s'intéresser à moi dans les semaines qui suivirent le tournoi de sumo, le docteur Crab et Uchida ne donnèrent aucune nouvelle pendant plusieurs mois. Mameha ne transigea pas : nous attendrions qu'ils nous sollicitent. Pas question de trouver un prétexte pour les revoir. Mais à terme, Mameha elle-même ne put supporter ce suspens : un après-midi, elle alla s'enquérir d'Uchida.

Peu après notre visite, le chat d'Uchida s'était fait mordre par un blaireau. Il était mort d'une infection quelques jours plus tard. Uchida avait à nouveau sombré dans l'alcool. Mameha lui rendit visite plusieurs jours de suite pour lui remonter le moral. Dès qu'il retrouva une part de son entrain, ma grande sœur me vêtit d'un kimono bleu glacier, avec des rubans multicolores brodés dans le bas. Elle me fit un maquillage léger, de style occidental, pour « accentuer le relief du visage », dit-elle. Puis elle m'envoya chez lui avec un chaton blanc. Cet adorable petit chat lui avait coûté une fortune. Je trouvai ce petit chat adorable, mais Uchida n'en fit pas grand cas. Il resta assis à me regarder, à plisser les yeux, à pencher la tête d'un côté, puis de l'autre. Quelques jours plus tard, il émit le désir que je pose pour lui, dans son atelier. Mameha me mit en garde : je ne devais pas lui parler. Elle m'envoya chez Uchida avec sa bonne, Tatsumi, qui passa l'après-midi à somnoler dans un coin plein de courants d'air. Uchida me disait de me placer à tel endroit, mélangeait frénétiquement ses encres, peignait deux minutes, puis me faisait changer de place.

Peut-être irez-vous au Japon et verrez-vous les œuvres d'Uchida dans la période où je posai pour lui, notamment l'une des rares peintures à l'huile qui nous reste de cet artiste — elle se trouve dans la salle de conférences de la Sumitomo Bank, à Osaka. Sans doute penserez-vous que ce fut une expérience exaltante d'être son modèle. En réalité, il n'y avait rien de plus ennuyeux. La plupart du temps, je restais assise dans une position inconfortable une heure durant. J'avais soif. Uchida ne m'offrait jamais rien à boire. Lorsque j'apportais mon thé dans un pot scellé, le peintre le mettait dans un coin de l'atelier, pour ne pas l'avoir dans son champ de vision. Je respectais les instructions de Mameha : je m'efforçais de me taire.

Ce fameux après-midi de la mi-février, j'aurais sans doute mieux fait de m'exprimer. Uchida, assis devant moi, me fixait tout en mâchonnant son grain de beauté. Il avait plusieurs bâtons d'encre à côté de lui, et une pierre à encrer avec un fond d'eau, dont la surface ne cessait de geler. Il tournait ses bâtons dans l'eau, pour obtenir le gris bleuté qu'il désirait, sans jamais y arriver. Il sortait jeter l'encre sur la neige. Cela dura tout l'après-midi. Sa colère grandit, il finit par me chasser. Je n'eus aucune nouvelle de lui pendant deux semaines. Puis j'appris qu'il avait à nouveau sombré dans l'alcool. Mameha me le reprocha.

*
* *

Quant au docteur Crab, il avait promis de nous voir à la maison de thé Shirae, Mameha et moi. Six semaines plus tard, il ne s'était toujours pas montré. Mameha commença à s'inquiéter. Je ne savais toujours rien de sa stratégie pour nous débarrasser d'Hatsumomo, sauf qu'elle reposait sur deux hommes : Nobu et le docteur Crab. J'ignorais ce qu'elle attendait d'Uchida, mais le peintre n'était qu'une pièce secondaire dans son jeu.

Fin février, Mameha tomba sur le docteur Crab à l'Ichiriki. Il avait été retenu à Osaka : un nouvel hôpital venait d'ouvrir. Le plus gros du travail étant derrière lui, il souhaitait me voir à la maison de thé Shirae dès la semaine suivante. Mameha avait choisi cette petite maison de thé pour nous prémunir d'une visite inopinée de mon ennemie. En me préparant pour ce rendez-vous avec le docteur, je craignis malgré tout qu'Hatsumomo ne nous trouve. Je fus soulagée en voyant le Shirae : c'était le genre d'endroit où ma rivale ne pénétrait pas. Cette maison ressemblait à un bourgeon rabougri sur un arbre en pleine floraison. Si Gion avait débordé d'activité durant la Dépression, le Shirae, qui n'avait jamais eu beaucoup de clients, se vit déserté d'autant. Etrange qu'un homme comme Crab fréquentât cet endroit, direz-vous. Cependant, il n'avait pas toujours été aussi fortuné. A une époque de sa vie, le Shirae était probablement ce qu'il pouvait s'offrir de mieux. Il finit par fréquenter l'Ichiriki. Toutefois, cela n'impliquait pas l'abandon de toute relation avec le Shirae. Lorsqu'un homme prend une maîtresse, il ne quitte pas sa femme pour autant.

Ce soir-là, au Shirae, je servis du saké, Mameha

raconta une histoire. Le docteur Crab resta assis, les
coudes pointés vers l'extérieur. Il nous piquait avec de
temps à autre, par inadvertance, et s'excusait aussitôt.
C'était un homme placide. Il passa la soirée à fixer la
table à travers ses petites lunettes rondes. De temps à
autre, il glissait des morceaux de sashimi sous sa moustache. Il me faisait penser à un adolescent cachant
quelque chose sous un tapis. En rentrant à l'okiya, ce
soir-là, je crus que nous avions échoué. Un homme qui
ne s'est pas amusé ne revient pas à Gion. Mais nous
eûmes des nouvelles du docteur la semaine suivante,
puis chaque semaine, durant les mois qui suivirent.

*
* *

Tout se passa bien, avec Crab, jusqu'au jour où je fis
une chose idiote, qui faillit rendre caducs tous les efforts
de Mameha. Maintes jeunes filles ont dû gâcher leur avenir en refusant de faire ce qu'on attendait d'elles, ou en
vexant un homme important. Quant à moi, je me rendis
coupable d'une peccadille, et sans même en avoir
conscience.

Cet incident eut lieu à l'okiya, par un jour assez frais,
après déjeuner. J'étais assise sur la galerie, je jouais du
shamisen. Hatsumomo passa devant moi pour aller aux
toilettes. Si j'avais eu des chaussures aux pieds, j'aurais
sauté sur le chemin en terre pour lui laisser le passage.
En l'occurrence, je me relevai tant bien que mal, les
jambes et les bras engourdis par le froid. Si j'avais été
plus rapide, Hatsumomo n'aurait sans doute pas pris la
peine de me parler. Mais elle me dit, comme je me
relevais :

— L'ambassadeur d'Allemagne est en ville et Pumpkin ne peut le divertir, car elle n'est pas libre. Demande
à Mameha de s'arranger pour que tu prennes la place de
Pumpkin.

Là-dessus elle éclata de rire, comme s'il était aussi
fou de m'imaginer avec l'ambassadeur que de servir une
assiette de glands à l'empereur.

A cette époque, l'ambasseur d'Allemagne faisait grand bruit, à Gion. Nous étions en 1935, un nouveau gouvernement venait de se constituer en Allemagne. Je n'ai jamais été férue de politique, mais je savais que le Japon prenait ses distances vis-à-vis des États-Unis et voulait faire impression sur l'ambassadeur allemand. A Gion, tout le monde se demandait qui aurait l'honneur de le divertir lors de sa prochaine visite.

Quand Hatsumomo me fit cette proposition, j'aurais dû baisser la tête, me lamenter haut et fort sur mon triste sort, comparé à celui de Pumpkin. Mais je songeai à mon avenir radieux : nous avions réussi à tenir Hatsumomo dans l'ignorance de nos projets, Mameha et moi. J'eus envie de sourire quand Hatsumomo me parla, mais je restai imperturbable — fière de ne rien laisser paraître. Hatsumomo me lança un drôle de regard. J'aurais dû réaliser qu'elle se doutait de quelque chose. Je m'écartai de son chemin, elle passa. Et l'incident fut clos. Du moins pour moi.

Quelques jours plus tard, j'allai rendre visite à Crab à la maison de thé Shirae, avec Mameha. En ouvrant la porte, je vis Pumpkin glisser ses pieds dans ses zoris. Je fus sidérée de la trouver là. Puis Hatsumomo parut, et je sus qu'elle nous avait doublées.

— Bonsoir, Mameha-san, dit Hatsumomo. Et regardez qui est avec elle ! Une apprentie que le docteur a bien aimée !

Mameha dut être aussi choquée que moi, mais elle ne le montra pas.

— Hatsumomo-san, s'exclama-t-elle. Je vous ai à peine reconnue ! Cela dit vous vieillissez bien !

Hatsumomo n'était pas vieille. Elle avait vingt-huit ou vingt-neuf ans. Mameha voulait seulement la blesser, à mon avis.

— Vous venez pour le docteur, j'imagine, dit Hatsumomo. Quel homme intéressant ! J'espère seulement qu'il sera content de vous voir !

Hatsumomo s'en fut, toute joyeuse. Pumpkin avait l'air triste.

Mameha et moi ôtâmes nos chaussures sans prononcer un mot. Nous ne savions pas quoi dire, ni l'une ni l'autre. Ce soir-là, l'atmosphère du Shirae était particulièrement glauque. Ça sentait le maquillage rance. Le plâtre humide se détachait dans les coins. J'aurais donné n'importe quoi pour repartir sur-le-champ.

Nous ouvrîmes la porte du salon. La maîtresse du Shirae tenait compagnie au docteur. Elle restait généralement quelques minutes après notre arrivée, sans doute pour facturer ce temps au docteur. Ce soir, toutefois, elle s'excusa dès qu'elle nous vit. En sortant, elle évita notre regard. Le docteur Crab nous tournait le dos. Nous allâmes le rejoindre à table.

— Vous avez l'air fatigué, docteur, dit Mameha. Comment allez-vous, ce soir ?

Crab ne répondit pas. Il tournait son verre de bière sur la table, pour passer le temps — bien qu'il ne fût pas homme à perdre son temps.

— Oui, je suis fatigué, finit-il par dire. Je n'ai pas très envie de parler.

Là-dessus il but le reste de sa bière et se leva pour partir. Mameha et moi échangeâmes un coup d'œil rapide. Avant de sortir du salon, le docteur Crab se retourna et nous dit :

— Je ne supporte pas la trahison.

Et il sortit sans refermer la porte derrière lui.

Mameha et moi restâmes bouche bée. Mameha finit tout de même par aller fermer la porte. Elle reprit place à table, lissa son kimono sur ses genoux et me dit :

— Qu'as-tu fait à Hatsumomo, Sayuri ?

— Après tous ces efforts ! Je vous ai promis de ne jamais rien faire qui puisse compromettre mon avenir !

— Le docteur t'a rejetée. Il a forcément une raison. Laquelle ? Mystère. Pour comprendre, il faudrait que nous sachions ce qu'Hatsumomo lui a raconté.

— C'est impossible !

— Pumpkin était présente. Tu vas le lui demander.

Je n'étais pas certaine que Pumpkin me parlerait, mais je promis d'essayer. Mameha sembla satisfaite. Elle se leva pour partir, je restai à ma place. Elle finit par se retourner.

— Qu'y a-t-il ? dit-elle.

— J'ai une question à vous poser, Mameha-san. Hatsumomo sait que j'ai passé du temps avec le docteur, et sans doute a-t-elle deviné pourquoi. Le docteur Crab sait pourquoi. Vous aussi. Et peut-être même Pumpkin. Il n'y a que moi qui ne le sache pas. Auriez-vous la bonté de m'expliquer ce que vous attendez de moi ?

Mameha parut navrée que j'aie posé cette question. Elle poussa un soupir et reprit sa place à table pour me dire ce que je voulais savoir.

*
* *

— Uchida-san te voit avec les yeux d'un artiste, dit-elle. Mais le docteur s'intéresse à autre chose, de même que Nobu. Sais-tu ce qu'on entend par « anguille solitaire » ?

Je n'en avais pas la moindre idée. Je le lui dis.

— Les hommes ont un genre de... enfin, d'anguille, dit-elle. Les femmes n'en ont pas. Cette chose se trouve...

— Je crois que je vois, dis-je, mais je ne savais pas qu'on appelait ça une anguille.

— Ce n'est pas une anguille à proprement parler, répliqua Mameha. Mais dire qu'il s'agit d'une anguille rend les explications plus faciles. Donc cette anguille passe sa vie à se chercher un nid. Or les femmes ont une caverne, où les anguilles aiment se nicher. Le sang coule de cette caverne, tous les mois, quand « les nuages passent devant la lune », comme on dit.

J'avais l'âge de comprendre ce que Mameha entendait par « les nuages passent devant la lune », car j'expérimentais le phénomène depuis plusieurs années. La première fois, cela me paniqua — comme si je m'étais mouchée pour trouver des morceaux de cervelle dans mon mouchoir. Je me crus en danger de mort, jusqu'au jour où Tatie me vit laver un chiffon ensanglanté, et m'expliqua que ces saignements était l'une des manifestations de la féminité.

— Peut-être ne le sais-tu pas, poursuivit Mameha,

mais les anguilles sont assez jalouses de leur territoire. Quand elles ont trouvé une caverne qu'elles aiment, elles frétillent à l'intérieur pendant un moment pour s'assurer que... c'est une caverne agréable, sans doute. Quand elles s'en sont persuadées, elles marquent leur territoire en crachant. Tu comprends ?

Si Mameha m'avait exposé les choses crûment, cela m'eût sans doute fait un choc. Mais au moins, je ne me serais pas creusé les méninges à essayer de comprendre. Des années plus tard, je découvris que la grande sœur de Mameha lui avait donné exactement la même explication.

— Nous arrivons à la partie de l'affaire qui va te sembler étrange, dit-elle, comme si elle ne m'avait rien dit que de banal jusque-là. Les hommes « aiment » ça. Ils adorent ça. Il y a même des hommes qui ne font pas grand-chose d'autre, dans leur vie, que de chercher différentes cavernes où loger leur anguille. La caverne d'une femme est d'autant plus précieuse à un homme qu'aucune autre anguille n'y a jamais pénétré. Tu comprends ? On appelle ça le « mizuage ».

— Qu'est-ce qu'on appelle le « mizuage » ?

— La première fois que la caverne d'une femme est explorée par un homme.

« Mizu » signifie eau, « age » soulever, ou poser. Dans « mizuage », il y avait donc l'idée de faire monter de l'eau, ou de poser quelque chose sur l'eau. Interrogez trois geishas. Chacune aura son idée sur l'étymologie de « mizuage ». Mameha avait terminé son explication, et j'étais d'autant plus perplexe, même si je feignais d'avoir compris.

— Tu devines pourquoi le docteur vient à Gion, j'imagine, dit Mameha. Il gagne très bien sa vie à l'hôpital. Hormis l'entretien de sa famille, il dépense tout son argent en « mizuage ». Sache, Sayuri-san, que tu es exactement le genre de fille qu'il aime. Je suis bien placée pour le savoir.

Un an avant que j'arrive à Gion, le docteur Crab avait payé le « mizuage » de Mameha un prix exorbitant — entre sept et huit mille yen. Cela peut paraître ridicule, aujourd'hui, mais à l'époque, c'était une somme énorme — même pour une femme comme Mère — qui ne pensait qu'à l'argent et consacrait toute son énergie à s'enrichir. Pourquoi le « mizuage » de Mameha avait-il atteint un tel prix ? D'une part, Mameha était célèbre. Et puis deux hommes avaient surenchéri pour avoir son « mizuage » : le docteur Crab et un certain Fujikado, homme d'affaires. Habituellement, les hommes n'entraient pas ainsi en compétition, à Gion. Ils se connaissaient tous, et préféraient les arrangements à l'amiable. Mais Fujikado vivait à la campagne. Il venait rarement à Kyoto. Cela l'indifférait d'offenser Crab. Lequel se vantait d'avoir du sang bleu et détestait les nouveaux riches, comme Fujikado — bien qu'il fût lui-même un parvenu.

Lors du tournoi de sumo, Mameha avait vu que je plaisais à Nobu, un homme qui avait réussi en partant de rien, comme Fujikado. Elle décida d'engager un combat entre Crab et Nobu, persuadée que le docteur allait détester ce dernier. Hatsumomo me poursuivant de ses intentions malignes, mon « mizuage » n'atteindrait pas des sommes folles. Mais si ces deux hommes me trouvaient suffisamment attirante, ils pouvaient surenchérir pour avoir mon « mizuage ». Ce qui me permettrait de rembourser mes dettes, comme si j'avais été une apprentie renommée. Ce qui déstabiliserait Hatsumomo, disait Mameha. La geisha, ravie que Nobu me trouve séduisante, n'avait pas réalisé que cet engouement ferait monter le prix de mon « mizuage ».

Il nous fallait regagner les bonnes grâces de Crab, à l'évidence. Sans le docteur, Nobu pourrait offrir ce qu'il voulait de mon « mizuage » — si toutefois la chose l'intéressait. Je n'en aurais pas juré, mais Mameha m'assura qu'un homme n'entretient pas une relation avec une apprentie geisha de quinze ans s'il ne pense pas à son « mizuage ».

— Tu peux être sûre que ce n'est pas ta conversation qui l'intéresse, me dit-elle.

Cette remarque me blessa, mais je m'évertuai à le cacher.

# 20

Avec le recul, je réalise que cette conversation avec Mameha fut pour moi l'occasion d'une prise de conscience. J'ignorais ce qu'était un « mizuage ». J'étais restée naïve. Par la suite, je compris pourquoi un homme comme Crab passait d'aussi longs moments à Gion et y dépensait autant d'argent. Une fois qu'on sait ce genre de choses, on ne peut plus les oublier. Je n'avais plus la même image de Crab.

Ce soir-là, j'attendis dans ma chambre qu'Hatsumomo et Pumpkin rentrent à l'okiya. Vers une heure du matin, je les entendis monter l'escalier. Je savais que Pumpkin était fatiguée : ses mains claquaient lourdement sur les marches — il lui arrivait de monter l'escalier à quatre pattes, comme un chien. Avant de refermer la porte de leur chambre, Hatsumomo appela une bonne et demanda une bière.

— Non, attends, dit-elle. Amènes-en deux. Je veux que Pumpkin boive avec moi.

— Oh, Hatsumomo, je vous en prie ! dit Pumpkin. Je n'en ai pas envie.

— Tu me feras la lecture pendant que je boirai ma bière, alors autant que tu en aies une. Je déteste les gens trop sobres. C'est exaspérant.

Là-dessus la bonne descendit l'escalier. Quand elle

remonta, quelques minutes plus tard, j'entendis des verres s'entrechoquer sur son plateau.

Pendant plus d'un quart d'heure, je gardai l'oreille collée à la porte de ma chambre, écoutant Pumpkin lire un article sur un nouvel acteur de kabuki. Finalement Hatsumomo sortit sur le palier. Elle marcha d'un pas lourd, puis ouvrit la porte des toilettes.

— Pumpkin ! lança-t-elle. Tu n'as pas envie d'un bol de nouilles ?

— Non, madame.

— Va voir si tu trouves le marchand de nouilles. Et prends-en pour toi. Comme ça je ne mangerai pas toute seule.

Pumpkin poussa un soupir et descendit l'escalier. Je dus attendre qu'Hatsumomo regagne sa chambre avant de descendre à mon tour, sur la pointe des pieds. Si Pumpkin n'avait pas été aussi fatiguée, j'aurais pu ne pas la retrouver. Elle progressait à la vitesse d'un escargot. Je la rejoignis. Elle parut alarmée à ma vue. Elle me demanda pourquoi j'étais là.

— J'ai besoin de ton aide, répliquai-je.

— Oh, Chiyo-chan, murmura-t-elle — elle était la seule personne à m'appeler encore ainsi — je n'ai pas le temps ! J'essaie de trouver des nouilles pour Hatsu-momo, et elle veut aussi que j'en mange. J'ai bien peur de lui vomir dessus.

— Pauvre Pumpkin. Tu ressembles à un glaçon qui commence à fondre.

Son visage s'affaissait, sous l'effet de la fatigue. Le poids de ses vêtements semblait la tirer vers le sol. Je lui dis de s'asseoir — j'irais acheter les nouilles à sa place. Elle était si épuisée qu'elle ne protesta pas. Elle me tendit l'argent et s'assit sur un banc, près de la rivière Shi-rakawa.

Il me fallut un certain temps pour trouver un mar-chand de nouilles. Finalement je revins avec deux bols fumants. Pumpkin dormait profondément, la tête renver-sée en arrière, la bouche ouverte, comme si elle voulait recueillir des gouttes de pluie. Il était environ deux heures du matin, il y avait encore quelques passants. Un groupe d'hommes s'arrêta pour la regarder, hilares. C'était un spectacle étonnant que cette jeune fille en train de ronfler, sur un banc, en pleine nuit, vêtue de toute la panoplie de l'apprentie geisha.

Je posai les bols à côté d'elle. Je la réveillai le plus doucement possible. Puis je lui dis :

— Pumpkin, j'ai une faveur à te demander, mais je crains que tu n'aies pas envie de m'aider.

— De toute façon, je n'ai plus envie de rien.

— En début de soirée, tu étais à la maison de thé Shirae, avec Hatsumomo. Tu as entendu sa conversation avec le docteur. Ce qu'elle lui a dit pourrait compromettre mon avenir. Hatsumomo a dû raconter des choses fausses sur mon compte au docteur, parce qu'il ne veut plus me parler.

J'avais beau haïr Hatsumomo, et vouloir apprendre ce qu'elle avait raconté au docteur, je regrettai d'avoir soulevé la question avec Pumpkin. La pauvre petite semblait si malheureuse ! Je lui donnai un petit coup de coude pour la décider. Elle éclata en sanglots.

— Je ne savais pas, Chiyo-chan ! dit-elle, cherchant un mouchoir dans son obi. Je n'avais pas idée !

— Pas idée de ce qu'Hatsumomo avait l'intention de dire ? Qui aurait pu le savoir !

— Ce n'est pas ça. Je ne savais pas qu'un être humain pouvait être aussi méchant ! Elle fait des choses uniquement pour blesser les gens. Pire : elle croit que je l'admire et que je rêve de lui ressembler. Mais je la hais ! Je n'ai jamais autant haï quelqu'un !

Le mouchoir jaune de Pumpkin était maculé de crème blanche. Le glaçon sur le point de fondre n'était plus qu'une petite flaque.

— Pumpkin, écoute-moi, dis-je. Je ne te poserai pas la question si j'avais le choix. Mais je n'ai pas envie de redevenir servante, et c'est ce qui va m'arriver, si Hatsumomo a les coudées franches. Elle s'arrêtera seulement quand elle m'aura à sa merci, comme un cafard sous sa semelle. Elle va m'écraser comme un insecte, si tu ne m'aides pas à lui échapper !

Pumpkin trouva cette comparaison amusante. Elle

partit d'un grand éclat de rire. Comme elle était entre le rire et les larmes, je pris son mouchoir et tentai de répartir un peu plus harmonieusement la crème blanche sur son visage. Cela me toucha tellement de retrouver mon ancienne amie que mes yeux s'embuèrent. Nous nous étreignîmes.

— Oh, Pumpkin, ton maquillage n'est pas beau, lui dis-je, ensuite.

— Ça ne fait rien. Je dirai à Hatsumomo qu'un ivrogne m'a passé un mouchoir sur la figure, dans la rue, et que je ne pouvais rien faire parce que j'avais un bol de soupe dans chaque main.

Je crus qu'elle allait se taire, mais elle poussa un grand soupir et déclara :

— Je voudrais t'aider, Chiyo, mais Hatsumomo va venir me chercher, si je tarde trop. Si elle nous trouve ensemble...

— Je n'ai que deux ou trois questions à te poser, Pumpkin. Raconte-moi comment Hatsumomo a découvert que je passais du temps avec le docteur Crab à la maison de thé Shirae.

— Oh, ça, s'exclama Pumpkin. Elle a voulu te taquiner, il y a quelques jours, à propos de l'ambassadeur d'Allemagne, mais tu es restée de marbre ! Elle a pensé que Mameha et toi mijotiez quelque chose. Elle est allée voir Awajiumi, au Bureau d'Enregistrement. Elle lui a demandé dans quelles maisons de thé tu avais travaillé, ces derniers temps. Quand elle a su que tu t'étais rendue au Shirae, elle a eu un méchant sourire. Le soir même nous allions là-bas, dans l'espoir de voir le docteur. Nous y sommes allées deux fois avant de le trouver.

Il y avait peu d'hommes riches qui fréquentaient le Shirae. Aussi Hatsumomo avait-elle aussitôt pensé à Crab. Vu qu'il était connu dans Gion comme amateur de « mizuage », Hatsumomo avait dû deviner ce que manigançait Mameha.

— Que lui a-t-elle raconté, ce soir ? Le docteur a refusé de nous l'expliquer.

— Ils ont discuté un moment, dit Pumpkin, puis Hatsumomo a feint de se souvenir d'une histoire. Et elle l'a racontée. « Il y a une jeune apprentie, nommée Sayuri, dans mon okiya... » Quand le docteur a entendu ton nom, il s'est redressé d'un coup, comme si une guêpe l'avait piqué. Il a dit : « Vous la connaissez ? » Alors Hatsumomo a répondu : « Bien entendu que je la connais, docteur. Elle vit dans mon okiya ! » Après quoi elle a dit autre chose, que j'ai oublié. Puis elle a déclaré : « Je ne devrais pas parler de Sayuri. Je lui ai promis de ne pas divulguer son secret. »

Je frissonnai en entendant cela. Hatsumomo avait dû inventer une histoire affreuse.

— Quel était ce secret, Pumpkin ?

— Hatsumomo lui a dit qu'un jeune homme habitait en face de l'okiya, et que Mère avait des principes très stricts, concernant les petits amis. Hatsumomo a précisé que ce garçon et toi vous vous aimiez, et que ça ne la dérangeait pas de vous couvrir, car elle trouvait Mère trop sévère. Elle a ajouté qu'elle vous prêtait même sa chambre, de temps à autre, quand Mère était sortie. Puis elle s'est écriée : « Oh, docteur, je n'aurais pas dû vous le dire ! Imaginez que ça revienne aux oreilles de Mère, après tout le mal que je me suis donné pour garder le secret de Sayuri ! » Le docteur l'a assurée de sa reconnaissance, et lui a promis de ne pas ébruiter l'affaire.

Hatsumomo devait avoir joui de sa perfidie. Avait-elle dit autre chose ?

Pumpkin m'assura que non.

Je la remerciai chaudement de m'avoir aidée, et la plaignis d'être l'esclave d'Hatsumomo depuis plusieurs années.

— Cela a du bon, dit Pumpkin. Il y a quelques jours, Mère a décidé de m'adopter. Moi qui ai toujours rêvé d'un endroit où passer ma vie. Il se pourrait que mon rêve se réalise.

Cette nouvelle me rendit malade, mais je n'en montrai rien. Ne vous méprenez pas. J'avais beau me réjouir pour Pumpkin, je pensais à Mameha, qui avait tout mis en œuvre pour que Mère m'adopte, moi.

*
* *

Le lendemain, je racontai tout à Mameha. L'histoire du petit ami la dégoûta. J'avais compris la manœuvre. Mais Mameha jugea bon de m'expliquer le stratagème d'Hatsumomo : elle avait suggéré à Crab que l'anguille d'un autre homme avait visité ma « caverne ».

Mameha fut consternée d'apprendre la nouvelle de l'adoption.

— A mon avis, dit-elle, nous avons plusieurs mois devant nous avant que la chose ne se fasse. C'est donc le bon moment pour ton « mizuage », que tu sois prête ou non.

*
* *

Cette semaine-là, Mameha alla chez un pâtissier et commanda pour moi un gâteau de riz ou « ekubo » — mot qui signifie « fossette », en japonais. Nous appelons ces gâteaux « ekubo », car ils présentent un petit creux sur le dessus, avec un minuscule cercle rouge au centre. Certaines personnes trouvent ces « ekubo » très suggestifs. Quant à moi, ils m'ont toujours fait penser à de petits oreillers légèrement cabossés, comme si une femme avait dormi dessus et laissé une trace de rouge à lèvres au milieu.

Lorsqu'une apprentie geisha est prête pour son « mizuage », elle offre des boîtes d'« ekubo » à ses clients. La plupart des apprenties en distribuent au moins une douzaine, souvent plus. Quant à moi, je n'en donnerais que deux : une à Nobu et une au docteur — en espérant que ce dernier allait revenir à de meilleurs sentiments. Je commençai par regretter de n'en pas offrir au président. Mais la chose semblait si dégoûtante ! Ce fut un soulagement de le laisser en dehors de tout ça.

Je n'eus aucune difficulté à offrir un « ekubo » à Nobu : la maîtresse de l'Ichiriki s'arrangea pour qu'il vienne un peu plus tôt, un soir. Mameha et moi le retrouvâmes dans une petite pièce qui donnait sur la cour, au premier étage. Je le remerciai de sa considération à mon égard : il s'était montré particulièrement gentil avec moi, ces derniers six mois. Non seulement il m'invitait souvent à des fêtes, mais il m'avait fait de nombreux cadeaux, outre le peigne ancien. Après l'avoir remercié de ses bienfaits, je lui tendis la boîte contenant l'« ekubo », enveloppée dans un papier écru, fermée avec de la ficelle. Nobu la prit. Mameha et moi le remerciâmes à nouveau pour sa gentillesse avec force courbettes, si bien que la tête me tourna. La cérémonie fut brève. Nobu emporta la boîte. Plus tard dans la soirée, j'étais invitée à une fête qu'il donnait. Il ne fit aucune allusion à l'« ekubo ». Je crois que cette offre l'avait mis mal à l'aise.

Avec le docteur Crab, en revanche, les choses ne furent pas simples. Mameha demanda aux maîtresses des grandes maisons de thé de l'avertir si le docteur se montrait. Nous attendîmes plusieurs jours. Un soir, Mameha apprit que le docteur était au Yashino. Je me précipitai chez ma grande sœur pour me changer. Nous partîmes ensuite pour le Yashino, la boîte d'« ekubo » enveloppée dans un carré de soie.

Le Yashino était une maison de thé relativement récente, à l'architecture occidentale. Les pièces étaient belles, avec des poutres en bois sombre. On m'introduisit dans un étrange salon : au lieu des tatamis et des tables entourées de coussins, il y avait un parquet en noyer, couvert d'un tapis persan, une table basse, des fauteuils capitonnés. Pas un instant je n'envisageai de m'asseoir dans l'un de ces fauteuils. Je m'agenouillai sur le tapis en attendant Mameha, bien que le sol fût très dur sous mes genoux. Quand elle entra, une demi-heure plus tard, j'étais toujours dans cette position.

— Qu'est-ce que tu fais ? me dit-elle. Ce n'est pas un salon de style japonais ! Assieds-toi dans l'un de ces fauteuils et arrange-toi pour avoir l'air à ton aise.

J'obtempérai. Mameha s'installa en face de moi, et ne sembla pas très à l'aise non plus.

Le docteur assistait à une réception dans un autre salon. Mameha le divertissait depuis un certain temps.

— Je lui ai servi des litres de bière, qu'il soit obligé d'aller aux toilettes, me dit-elle. Quand il sortira, je l'alpaguerai dans le couloir et je lui demanderai de venir un instant dans cette pièce. Tu lui donneras l'« ekubo ». Je ne sais pas comment il va réagir, mais ce sera notre seule chance de réparer les dégâts, suite aux médisances d'Hatsumomo.

Mameha sortit de la pièce. J'attendis presque une heure, assise dans un fauteuil. J'avais chaud, j'étais énervée. Je craignis que ma transpiration ne gâchât mon maquillage. Pourvu que je n'aie pas l'air chiffonné, comme un futon dans lequel on a passé la nuit ! Je cherchai un moyen de m'occuper. Je ne trouvai rien. Aussi me regardais-je dans la glace de temps à autre.

Je finis par entendre des gens parler, puis un coup frappé à la porte. Que Mameha ouvrit à la volée.

— Juste une seconde, docteur, je vous en prie, dit-elle.

Le docteur se tenait dans le couloir mal éclairé. Il avait l'air sévère. Il me scrutait derrière ses lunettes. Je ne savais trop quoi faire. Si j'avais été sur un tatami, je l'aurais salué. Aussi m'agenouillai-je sur le tapis et m'inclinai-je — bien que Mameha me l'eût interdit. Je ne pense pas que le docteur m'accorda un seul regard.

— Je préfère retourner dans cette fête, dit-il à Mameha. Veuillez m'excuser.

— Sayuri a apporté quelque chose pour vous, docteur, insista Mameha. Veuillez patienter un instant.

Elle lui fit signe d'entrer dans la pièce, et veilla à ce qu'il s'installe dans un fauteuil. Après quoi, elle oublia les recommandations qu'elle m'avait faites, car nous nous agenouillâmes toutes les deux sur le tapis, devant le docteur Crab. Il dut se sentir important, d'avoir à ses pieds deux femmes superbement parées.

— Je regrette de ne pas vous avoir vu ces derniers jours, dis-je au docteur. Il commence déjà à faire chaud. J'ai l'impression qu'il s'est écoulé une saison entière !

Le docteur ne répondit pas. Il se contenta de me regarder.

— Veuillez accepter cet « ekubo », docteur, lui dis-je.

Je le saluai, puis je plaçai le paquet sur un guéridon, à sa portée. Le docteur mit ses mains sur ses genoux, comme pour dire qu'il n'avait nullement l'intention de le prendre.

— Pourquoi me donnez-vous cela ?

Mameha intervint.

— Je suis navrée, docteur. J'ai laissé penser à Sayuri que vous apprécieriez qu'elle vous donne un « ekubo ». Je ne me suis pas trompée, j'espère ?

— Si, vous vous êtes trompée. Peut-être ne connaissez-vous pas cette jeune fille aussi bien que vous le croyez. Je vous ai en haute estime, Mameha-san, mais ce n'est pas à votre honneur de me recommander Sayuri.

— Pardonnez-moi, docteur, dit-elle. J'ignorais que vous étiez dans cet état d'esprit. Je croyais que Sayuri vous plaisait.

— C'est parfait. Maintenant que les choses sont claires, je vais retourner dans cette fête.

— Sayuri vous aurait-elle offensé, docteur ? La situation a si vite changé !

— Elle m'a offensé, oui. Je vous l'ai dit, je déteste qu'on se moque de moi.

— Sayuri-san, tu as menti au docteur ! C'est très vilain ! s'écria Mameha. Que lui as-tu dit ?

— Je ne sais pas ! m'exclamai-je, le plus innocemment possible. Ah si ! Je lui ai dit que le temps se réchauffait, la semaine dernière, alors qu'il ne faisait pas beaucoup plus chaud...

Mameha me lança un regard désapprobateur. Je m'enlisais.

— Docteur, avant de partir, dites-moi : y aurait-il eu un malentendu ? Sayuri est une fille honnête. Elle n'est pas du genre à raconter des histoires à un homme qui a été si gentil avec elle.

— Je vous suggère d'interroger certain jeune homme, dans votre quartier, dit le docteur.

Je fus soulagée qu'il évoque le sujet. Le docteur était si réservé !

— Oh, c'est donc ça le problème, dit Mameha. Vous devez avoir parlé avec Hatsumomo.

— Je ne vois pas en quoi cela vous regarde, dit-il.

— Elle raconte cette histoire dans tout Gion. Or c'est absolument faux ! Depuis que Sayuri a décroché un rôle important dans les « Danses de l'Ancienne Capitale », Hatsumomo s'évertue à la disgracier.

« Les Danses de l'Ancienne Capitale » étaient l'événement théâtral annuel de Gion. La première aurait lieu dans six semaines, début avril. Les rôles avaient été attribués quelques mois plus tôt. J'aurais été ravie qu'on m'en donne un — l'un de mes professeurs avait suggéré que c'était possible. Hélas, je devrais me contenter de jouer dans l'orchestre, pour ne pas provoquer Hatsumomo.

Le docteur me regarda. Je m'efforçai d'avoir l'air d'une fille à qui l'on a confié un rôle important dans un ballet.

— Je suis navrée de le dire, docteur, mais Hatsumomo est une menteuse. Tout le monde le sait, poursuivit Mameha. Mieux vaut se méfier de ce qu'elle raconte.

— J'ignore si Hatsumomo est une menteuse. En tout cas, c'est la première fois qu'on me dit ça.

— Personne n'oserait vous dire une chose pareille, lui souffla Mameha, comme si elle avait réellement peur qu'on l'entende. Il y a tellement de geishas qui n'ont pas la conscience tranquille. Jamais elles n'iraient accuser Hatsumomo. Elles auraient trop peur que ça se retourne contre elles ! Cela dit, soit je suis en train de vous mentir, soit Hatsumomo a inventé cette histoire. A vous de voir en qui vous avez le plus confiance, docteur.

— Je ne vois pas pourquoi Hatsumomo inventerait une histoire, simplement parce que Sayuri a obtenu un rôle dans un ballet !

— Sans doute connaissez-vous Pumpkin, la petite sœur d'Hatsumomo. Hatsumomo espérait lui obtenir l'un des premiers rôles, mais c'est Sayuri qui l'a eu. Quant à moi, on m'a donné le rôle que voulait Hatsumomo ! Mais tout cela est sans importance, docteur. Si vous doutez de l'intégrité de Sayuri, je comprends que vous ne vouliez pas accepter l'« ekubo » qu'elle vous a proposé.

Le docteur me regarda plus d'une minute, sans rien dire. Finalement il déclara :

— Je vais demander à l'un des médecins de l'hôpital de l'examiner.

— J'aimerais me montrer coopérative, dit Mameha, mais je ne puis imposer cela à Sayuri. Vous n'avez pas encore manifesté un réel intérêt pour son « mizuage ». Si son intégrité est en doute... Elle va offrir des « ekubo » à beaucoup d'hommes, et je suis certaine que les histoires d'Hatsumomo laisseront la plupart d'entre eux indifférents.

Cette tirade dut avoir l'effet escompté. Le docteur Crab ne bougea pas de son siège. Il finit par dire :

— Je ne sais pas quoi faire. C'est la première fois que je me trouve dans une telle situation.

— Acceptez l'« ekubo » de Sayuri, je vous en prie, docteur, et oublions les sornettes d'Hatsumomo.

— Nombre de filles malhonnêtes arrangent un « mizuage » à un moment du mois où un homme peut facilement se faire berner. Je suis médecin. Vous aurez du mal à me duper.

— Mais nous n'essayons pas de vous duper !

Crab resta assis encore quelques minutes, puis il se leva, les épaules voûtées, les coudes pointant vers l'extérieur. Je me penchai en avant pour le saluer, et ne pus voir s'il avait pris l'« ekubo ». Mais une fois que Mameha et lui furent partis, je vis que la boîte n'était plus sur la table.

*
* *

Un rôle dans les danses de printemps ! Mameha avait inventé cette histoire pour expliquer l'attitude d'Hatsumomo, pensais-je. Alors vous imaginez ma surprise en apprenant que c'était vrai ! Enfin, Mameha avait bon espoir de m'obtenir le rôle avant la fin de la semaine.

A l'époque, dans les années trente, il y avait huit cents geishas à Gion. Or les « Danses de l'Ancienne Capitale », chaque printemps, n'offraient qu'une soixantaine de rôles. La compétition sauvage qui en résultait détruisit plus d'une amitié. Cette année-là, Mameha avait obtenu le rôle convoité par Hatsumomo. Ma grande sœur était l'une des rares geishas de Gion qui, chaque année, décrochât l'un des rôles principaux. Hatsumomo rêvait de voir Pumpkin sur scène. Ce qui était curieux. Pumpkin avait eu beau gagner la palme des apprenties geishas et recevoir d'autres honneurs, elle n'avait jamais excellé dans l'art de la danse.

Quelques jours avant que je ne présente l'« ekubo » au docteur, une apprentie de dix-sept ans, qui devait danser en solo, était tombée dans un escalier et s'était blessée à la jambe. Cet accident fit la joie de toutes les apprenties geishas, désormais candidates possibles. Ce fut moi qui héritai du rôle. A quinze ans, je n'avais jamais dansé sur scène. Cela dit, je m'en sentais capable. J'avais passé tant de soirées à danser à l'okiya, comme Tatie jouait du shamisen ! J'avais un excellent niveau. Si Mameha n'avait pas été si déterminée à me cacher — cela à cause d'Hatsumomo —, j'aurais probablement dansé sur scène l'année d'avant.

On me confia ce rôle à la mi-mars. Il me restait un mois pour répéter. La femme qui m'enseignait la danse fut très obligeante. Souvent, elle me faisait répéter l'après-midi, en privé. Mère apprit la nouvelle quelques jours avant le spectacle, lors d'une partie de mah-jong — Hatsumomo s'étant bien gardée de l'en informer. Elle rentra à l'okiya, me demanda si l'on m'avait réellement donné le rôle. Je le lui confirmai. Elle repartit, éberluée, comme si elle venait de voir son chien Taku ajouter des chiffres dans son livre de comptes.

Hatsumomo était furieuse, mais Mameha n'en avait cure. Le moment était venu pour nous de pousser Hatsumomo hors du ring, me dit-elle.

# 21

Huit jours plus tard, Mameha passa me voir pendant la répétition, tout excitée. Le Baron donnait une fête, le week-end suivant, pour un créateur de kimonos — un certain Arashino. Le Baron possédait l'une des plus belles collections de kimonos du Japon. La plupart de ces costumes étaient anciens, mais il lui arrivait d'en acheter à des créateurs contemporains. Ayant acheté un kimono à Arashino, il invitait des amis pour fêter l'événement.

— Au début, je n'ai pas pu le situer, puis je m'en suis souvenue : Arashino est l'un des meilleurs amis de Nobu ! me dit Mameha. Tu vois ce que ça implique ? ! Je vais persuader le Baron d'inviter le docteur et Nobu. Ils vont se détester. Et faire monter les enchères, quand ils sauront qu'ils se battent l'un contre l'autre pour ton « mizuage » !

J'étais épuisée. Néanmoins je battis des mains, et félicitai Mameha d'avoir eu une si bonne idée. Elle réussirait à persuader le Baron d'inviter les deux hommes, m'assura-t-elle. Qui accepteraient l'invitation. Nobu, parce que le Baron avait des actions d'Iwamura Electric, Crab parce qu'il se considérait comme un aristocrate — même s'il ne comptait qu'un seul noble parmi ses ancêtres. Crab estimait de son devoir de répondre à toute invitation du Baron. De là à savoir si le Baron inviterait aucun de ces hommes... Il n'aimait pas Nobu — peu d'hommes l'aimaient. Quant au docteur, le Baron ne l'avait jamais rencontré. Autant inviter un inconnu croisé dans la rue.

Cela dit, Mameha avait une force de persuasion hors du commun. La réception s'organisa. Ma grande sœur convainquit ma maîtresse de danse de me libérer le samedi, que je puisse y aller. La fête commencerait l'après-midi, et continuerait jusqu'après dîner. Mameha et moi arriverions au cours des festivités. A trois heures, nous prîmes un rickshaw qui nous conduisit chez le Baron. Sa propriété se trouvait au nord-est de la ville, au pied des collines. C'était la première fois que je visitais un lieu aussi somptueux. Ce que je vis m'éblouit. Pensez au souci du détail, chez le créateur de kimonos. Eh bien on avait apporté ce même soin à l'architecture inté-rieure, à la décoration, à l'agencement du parc. Le princi-pal corps de bâtiment avait été construit par le grand-père du Baron. Les jardins, telle une immense pièce de brocart dans un camaïeu de verts, étaient l'œuvre de son père. La maison et les jardins formaient un ensemble harmonieux depuis que le frère aîné du Baron — un an avant son assassinat — avait asséché l'étang pour en créer un nouveau, un peu plus loin. Il avait également fait un jardin de mousses, avec des dalles. Le jardin se situait entre la maison et le pavillon où l'on contemplait la lune. Des cygnes noirs glissaient sur la mare, l'air altier. Je me sentis soudain bien gauche, moi la jeune fille en kimono !

Nous commencerions par préparer la cérémonie du thé. Les hommes nous rejoindraient quand ils seraient prêts. Au lieu de nous installer dans un pavillon de thé classique, nous montâmes dans un bateau, amarré au bord de l'étang. Cette embarcation, de forme rectangu-laire, était une espèce de salon flottant. Il y avait des bancs en bois de chaque côté. A une extrémité, un pavil-lon miniature, avec des tatamis. Ce pavillon avait un toit, de vrais murs, des stores en papier ouverts, pour laisser entrer l'air. Au centre, une cavité carrée remplie de sable, qui servait de brasero. Mameha y alluma des morceaux de charbon de bois, pour chauffer l'eau dans une jolie bouilloire en acier. Je tentai de me rendre utile en préparant les divers ustensiles nécessaires à la cérémonie. J'étais déjà très nerveuse, quand Mameha mit la bouilloire sur le feu et déclara :

— Tu es une fille intelligente, Sayuri. Je n'ai donc pas besoin de te dire quel serait ton avenir si le docteur Crab ou Nobu cessaient de s'intéresser à toi. Mais un rien de jalousie ne nuirait pas. Je suis certaine que tu peux arranger ça.

Je n'en aurais pas juré, mais j'allais essayer. Je n'avais pas le choix.

Il s'écoula une demi-heure avant que le Baron et ses dix invités sortent de la maison et se dirigent vers le bateau, s'arrêtant en chemin pour admirer les collines. Ils embarquèrent. Le Baron nous amena au milieu de l'étang, manœuvrant le pavillon flottant avec une perche. Mameha fit du thé. J'en apportai un bol à chaque invité.

Après quoi nous nous promenâmes dans le jardin avec les messieurs. Pour nous arrêter devant un vaste ponton. Plusieurs servantes disposaient des coussins sur le sol, et des flacons de saké chaud sur des plateaux. Je m'assis à côté du docteur Crab. Je cherchai quoi lui dire. Il parla le premier.

— La coupure sur votre cuisse a bien cicatrisé ? me dit-il, se tournant vers moi.

Ma coupure datait du mois de novembre. Nous étions en mars. Dans l'intervalle, j'avais vu le docteur Crab des dizaines de fois. Pourquoi s'enquit-il de ma blessure seulement à ce moment-là, et devant tant d'invités ? Je n'en ai pas la moindre idée. Heureusement, personne ne l'entendit. Aussi lui répondis-je, à voix basse :

— Merci de vous en inquiéter, docteur. Mais grâce à vous, ça a vite guéri.

— J'espère que la cicatrice n'est pas trop vilaine, dit-il.

— Oh non ! Ça fait juste une petite bosse.

J'aurais pu clore le débat en lui servant une tasse de saké, ou en parlant d'autre chose. Mais il se caressait un pouce. Le docteur était de ces hommes qui économisent leurs gestes. S'il se caressait le pouce en pensant à ma cuisse, pourquoi changer de sujet ?

— Ce n'est pas réellement une cicatrice, dis-je. Parfois, quand je suis dans le bain, je passe mon doigt dessus et... ça fait une petite protubérance. Un peu comme ça, expliquai-je, en frottant la jointure de mon index.

Je tendis cet index au docteur, pour qu'il sente lui-même la grosseur. Il avança la main vers moi, hésita. L'espace d'un instant, ses yeux cherchèrent les miens, puis il toucha la jointure de son propre doigt.

— Une coupure de ce genre aurait dû cicatriser sans laisser de bourrelet, murmura-t-il.

— Peut-être n'est-ce pas aussi gros que je le dis. J'ai la peau de la jambe très sensible. La moindre petite goutte de pluie suffit à me faire frissonner !

Tout cela était ridicule, j'en avais bien conscience. Une petite bosse sur la cuisse ne pouvait me paraître plus grosse parce que j'avais la peau sensible ! Et depuis combien de temps n'avais-je pas reçu une goutte de pluie sur la jambe ? Cependant le docteur Crab me dévorait des yeux. Cela me dégoûtait et me fascinait à la fois d'imaginer ce qu'il pensait. Crab s'éclaircit la voix, se tourna vers moi.

— Et... vous vous êtes entraînée ?

— Entraînée ?

— Vous avez perdu l'équilibre pendant que vous... euh, vous voyez ce que je veux dire. Il ne faudrait pas que ça se reproduise. Aussi j'espère que vous avez fait quelques exercices. Vous pouvez me les décrire ?

Il se redressa, ferma les yeux. Il n'allait pas se contenter d'une réponse laconique.

— Vous allez me trouver bête, mais tous les soirs..., commençai-je.

Je calai. Le silence se prolongea. Le docteur gardait les yeux fermés. Il me fit penser à un oisillon attendant la béquée.

— Tous les soirs, repris-je, juste avant d'entrer dans le bain, je m'entraîne à garder l'équilibre dans plusieurs positions. Il arrive que l'air froid sur ma peau nue me fasse frissonner. Mais je garde ces positions pendant cinq à dix minutes.

Le docteur s'éclaircit la voix — un bon signe, selon moi.

— J'essaie de rester en équilibre sur un pied. Puis sur l'autre. Mais le problème, c'est que...

La Baron devisait avec ses invités, de l'autre côté du ponton. Il dut finir son histoire, car il se tut au moment où je déclarai, à haute et intelligible voix :

— ... quand je n'ai plus aucun vêtement sur moi...

Je mis ma main sur ma bouche, mais avant que j'aie pu trouver une parade acceptable, le Baron prit la parole :

— Juste ciel ! s'exclama-t-il. Je ne sais pas de quoi vous parlez, tous les deux, mais ça m'a l'air drôlement intéressant !

Les hommes éclatèrent de rire. Le docteur vola à mon secours.

— Sayuri-san est venue me voir l'année dernière pour soigner une blessure à la jambe, expliqua-t-il. Elle se l'était faite en tombant. Je lui ai suggéré de s'entraîner à garder l'équilibre.

— Elle s'y est employée, ajouta Mameha. Il faut s'habituer à porter le kimono. Ce n'est pas évident.

— Dans ce cas retirez-le ! dit l'un des hommes.

Il plaisantait. Tout le monde rit.

— Oui, je suis d'accord, déclara le Baron. Je n'ai jamais compris pourquoi les femmes s'évertuent à porter le kimono. Rien n'est plus beau qu'une femme nue.

— Hormis une femme dans un kimono d'Arashino, dit Nobu.

— Même un kimono d'Arashino ne saurait être aussi beau qu'un corps de femme, rétorqua le Baron.

Il tenta de poser sa tasse de saké sur l'estrade, mais il la renversa. Je n'aurais jamais cru qu'il pouvait boire autant.

— N'interprétez pas mal ce que je dis, poursuivit-il. Arashino a beaucoup de talent. J'adore ses kimonos. Autrement, il ne serait pas là, assis à côté de moi. Mais si vous me demandiez de choisir entre une femme nue et un kimono, je n'hésiterais pas !

— Personne ne vous le demande, dit Nobu. Mais j'aimerais beaucoup qu'Arashino nous parle de ses dernières créations.

Le couturier n'eut pas le loisir de s'exprimer, car le Baron, qui avalait une dernière gorgée de saké, faillit s'étouffer dans sa hâte de l'interrompre.

— Mmm, attendez une minute, dit-il. Tous les hommes aiment voir une femme nue. Pas vous, Nobu ?

— Certes, déclara Nobu. Cela dit, ça m'intéresserait qu'Arashino nous parle de ses dernières créations.

— Oh, ça m'intéresse aussi, rétorqua le Baron. Mais il y a une chose qui me fascine. Prenez deux hommes très différents, vous verrez qu'au fond ils se ressemblent. Vous ne pouvez pas prétendre que vous êtes au-dessus de ça, Nobu-san. Nous savons ce qu'il en est, non ? Il n'y a pas un homme, dans cette assemblée, qui ne paierait une petite fortune pour voir Sayuri prendre un bain. C'est là l'un de mes fantasmes, je l'avoue. Mais n'allez pas me dire que vous n'avez pas le même !

— La pauvre Sayuri n'est qu'une apprentie, dit Mameha. Peut-être pourrions-nous lui épargner cette conversation.

— Sûrement pas ! répondit le Baron. Plus tôt elle verra le monde tel qu'il est, mieux ce sera. Les hommes feignent de s'intéresser à autre chose, mais croyez-moi, Sayuri, ils ne pensent qu'à ça ! Cet après-midi, tous les hommes de cette assemblée ont rêvé de vous voir nue. Que dites-vous de ça ?

J'étais assise, les mains sur les genoux. Je regardais les planches du ponton, m'efforçant d'avoir l'air réservé. J'allais devoir répondre au Baron — a fortiori quand tout le monde se taisait. Nobu m'épargna cette peine. Il posa sa tasse de saké, se leva et dit :

— Pardonnez-moi, Baron, mais je ne sais pas où sont les toilettes.

C'était une façon de me demander de l'accompagner.

Je ne savais pas non plus où se trouvaient les toilettes. Mais je n'allais pas rater l'occasion de m'extraire de l'assemblée. Je me levai. Une servante proposa de me montrer le chemin. Nous contournâmes l'étang, Nobu derrière nous.

Une fois dans la maison, nous prîmes un long couloir, tout de lambris clairs. Sur un côté, des fenêtres. De l'autre, des vitrines en verre, éclaboussées de soleil. J'allais conduire Nobu jusqu'au bout du couloir, quand il s'arrêta devant une vitrine où étaient exposés des sabres anciens. Loin de contempler ces objets, il tambourinait sur la paroi de verre, respirait comme un soufflet. Il était furieux. Et moi embarrassée. Je ne savais comment le remercier d'avoir volé à mon secours. Devant la vitrine suivante — des figurines « netsuke » sculptées dans l'ivoire — je lui demandai s'il aimait les antiquités.

— Les antiquités comme le Baron ? Sûrement pas !

Le Baron n'était pas si vieux. Nobu le dépassait largement en âge, mais il le voyait comme une relique d'une époque féodale.

— Excusez-moi, dis-je. Je voulais parler des pièces anciennes qui sont dans la vitrine.

— Quand je regarde ces sabres, ils me font penser au Baron. Quand je regarde ces « netsuke », ils me font penser au Baron. Cet homme nous a tirés d'un marasme financier, j'ai une grande dette envers lui. Mais je ne tiens pas à ce qu'il occupe mes pensées. Est-ce que cela répond à votre question ?

Je m'inclinai devant Nobu. Il s'éloigna à grands pas vers les toilettes. Si vite, que je ne pus arriver à la porte avant lui.

Nous revînmes au bord de l'eau. La réception se terminait, à mon grand soulagement. Trois hommes restaient dîner. Mameha et moi nous hâtâmes de reconduire les autres à la grille. Leurs chauffeurs les attendaient dans une ruelle adjacente. Nous saluâmes le dernier invité. L'une des servantes du Baron nous attendait. Elle nous escorta jusque dans la maison.

*
* *

Mameha et moi passâmes l'heure suivante dans le quartier des servantes. Nous dînâmes de mets délicieux — notamment de « tai no usugiri » : de fines tranches de dorades, servies sur des assiettes en forme de feuilles. Le poisson était accompagné d'une sauce « ponzu ». J'aurais passé un bon moment, si Mameha n'avait pas été si sombre. Elle grignota deux ou trois morceaux de poisson, puis elle se perdit dans la contemplation du jour finissant. Sans doute aurait-elle aimé retourner au bord de l'étang, me dis-je. Et laisser libre cours à sa colère.

Nous rejoignîmes le Baron et ses invités. Ils étaient toujours à table, dans une salle que le Baron appelait « la petite pièce des banquets ». Cette petite pièce aurait pu accueillir vingt-cinq convives. Restaient M. Arashino, Nobu et Crab. Ils mangeaient dans un silence complet. Le Baron était tellement ivre que ses yeux semblaient dégouliner de leurs orbites.

Mameha engagea la conversation. Le docteur Crab passa une serviette sur sa moustache avec soin, puis s'excusa. Il désirait aller aux toilettes. Je l'escortai dans le couloir que j'avais pris avec Nobu. Il faisait nuit. Les plafonniers éclaboussaient les vitrines de lumière — je voyais à peine les objets. Crab s'arrêta devant la vitrine des sabres. Il pencha la tête sous divers angles, pour mieux les voir.

— Vous connaissez bien la maison, dit-il.

— Oh non, monsieur. Je suis perdue dans cette immense demeure. J'ai accompagné Nobu aux toilettes, tout à l'heure. Alors je connais le chemin.

— Il a dû foncer droit devant lui. Un homme comme Nobu ne saurait apprécier des objets aussi raffinés.

Je ne savais quoi répondre à cela, mais le docteur me regardait avec insistance.

— Vous n'avez pas une grande expérience du monde, déclara-t-il, mais avec le temps vous apprendrez à vous méfier de quiconque a l'arrogance d'accepter une invitation d'un homme comme le Baron, puis de l'insulter sous son propre toit. Comme l'a fait Nobu cet après-midi.

Je m'inclinai. Lorsque je fus certaine que Crab

n'avait rien à ajouter, je poursuivis ma route, le précédant jusqu'aux toilettes.

Nous revînmes dans la salle des banquets. Les hommes étaient en grande conversation. Et cela grâce à Mameha, à la fois discrète et efficace. Assise en retrait de la table, elle servait du saké. Le rôle d'une geisha consiste à tourner la soupe, disait-elle souvent. Un ou deux coup de baguette suffisent à dissiper un nuage de miso dans un bol.

La conversation bifurqua sur les kimonos. Nous descendîmes au sous-sol, dans le musée du Baron. Lequel se posa sur un tabouret au milieu de la salle, piqua ses coudes sur ses genoux, et laissa Mameha procéder à la visite — il avait toujours l'œil chassieux. Le kimono dont le motif figurait la ville de Kobe fit l'unanimité — Kobe est située à flanc de colline, elle descend vers la mer. Le motif s'ébauchait sur les épaules, avec un ciel bleu et des nuages. La pente de la colline mourait sous les genoux. Après quoi le kimono formait une traîne bleu-vert, comme la mer. On voyait des vagues dorées, de minuscules bateaux.

— Mameha, dit le Baron, vous devriez porter ce kimono pour la fête de printemps que je donne à Hakone la semaine prochaine. Ce serait quelque chose, non ?

— J'aimerais beaucoup, Baron, dit Mameha, mais je crains de ne pouvoir assister à la fête cette année. Il me semble vous l'avoir dit l'autre jour.

Le Baron n'était pas content. Ses sourcils se resserrèrent, tels deux soldats prêts à affronter l'ennemi.

— Comment ça ? Quel est ce rendez-vous que vous ne puissiez annuler pour moi ?

— J'aimerais venir, Baron. Mais ce ne sera pas possible, cette année. J'ai rendez-vous chez le médecin.

— Chez le médecin ? Et alors ? Ce docteur peut vous voir un autre jour ! Appelez-le demain pour annuler. Et soyez présente à ma réception, comme tous les ans.

— Je vous prie de m'excuser, Baron, dit Mameha, mais j'ai pris ce rendez-vous il y a plusieurs semaines. Et cela avec votre assentiment. Je suis obligée d'y aller.

— Je n'ai pas souvenir d'avoir donné mon assentiment ! Après tout, ce n'est pas comme s'il vous fallait avorter...

Suivit un silence gêné. Mameha remit ses manches en place. On n'entendait plus que la respiration sifflante d'Arashino. Nobu, qui n'avait pas prêté attention à ce dialogue, se retourna pour voir la réaction du Baron.

— Bien, dit le Baron, j'ai dû oublier, mais maintenant que vous en parlez... nous ne pouvons pas avoir des petits barons qui courent partout, n'est-ce pas ? Cela dit, Mameha, vous auriez dû me le rappeler en privé...

— Je suis navrée, Baron.

— Vous ne pouvez venir à Hakone, parfait, on ne va pas épiloguer. Mais vous autres, qu'en dites-vous ? Venez ! Je donne une fête chaque année, quand les cerisiers sont en fleurs.

Le docteur et Arashino n'étaient pas libres. Nobu ne répondit pas. Comme le Baron le pressait de donner son accord, il déclara :

— Vous pensez vraiment que j'irais jusqu'à Hakone pour voir des cerisiers en fleurs ?

— Oh, les cerisiers ne sont qu'un prétexte pour donner une fête, dit le Baron. Mais ce n'est pas grave. Votre président sera là. Il vient chaque année.

Cela me troubla d'entendre parler du président. J'avais souvent pensé à lui, cet après-midi. J'eus l'impression de voir mon secret exposé au grand jour.

— Cela m'ennuie qu'aucun d'entre vous ne puisse venir, dit le Baron. Nous passions une si bonne soirée, avant que Mameha ne dise des choses qu'elle aurait mieux fait de taire. Voilà votre punition, Mameha : vous n'êtes plus invitée à ma réception, cette année. Et vous enverrez Sayuri à votre place.

Je crus que le Baron plaisantait. Puis je songeai combien ce serait merveilleux de se promener avec le président sur les pelouses d'une grande propriété, sans Nobu, sans Crab — sans Mameha.

— C'est une bonne idée, Baron, dit Mameha. Malheureusement, Sayuri ne pourra venir : elle a des répétitions.

— Comment ça ? dit le Baron. Elle viendra ! Pourquoi faut-il toujours que vous refusiez ce que je vous demande ?

Il paraissait très mécontent. Il était ivre, de la salive dégoulinait de sa bouche. Il tenta de s'essuyer du revers de la main, mais il étala son crachat dans les poils de sa barbe noire.

— Je ne puis donc rien vous demander ? poursuivit-il. Je veux que Sayuri vienne à Hakone. Il suffit que vous disiez : « Oui, Baron », et ce sera réglé.

— Oui, Baron.

— Bien, dit le Baron.

Il se redressa sur son tabouret, prit un mouchoir dans sa poche, s'essuya le visage.

J'étais triste pour Mameha. Mais si excitée à l'idée d'assister à la réception du Baron ! Chaque fois que j'y pensai, dans le rickshaw qui nous ramena à Gion, les larmes me montèrent aux yeux. J'avais très peur que Mameha ne le remarque, mais elle regardait fixement la route. Elle ne parla pas de tout le trajet. Une fois à Gion, elle se tourna vers moi et me dit :

— Sayuri, promets-moi de faire très attention, à Hakone.

— Oui, madame.

— Une apprentie qui approche du jour de son « mizuage » est comme un plat qu'on vient de servir à table. Aucun homme n'aura envie d'y toucher s'il soupçonne un autre homme d'y avoir goûté.

Je ne pus la regarder dans les yeux après qu'elle m'eut dit cela. Je savais qu'elle parlait du Baron.

# 22

A cette époque, j'ignorais où se trouvait Hakone —
à l'est du Japon, assez loin de Kyoto. Toute la semaine,
je me sentis délicieusement importante — j'étais invitée
par un Baron ! Quand enfin je m'installai dans ce
compartiment de deuxième classe, j'eus du mal à cacher
mon excitation. M. Itchoda, l'habilleur de Mameha, s'assit côté couloir, pour décourager tout intrus. Je feignis de
lire une revue, mais je ne faisais que tourner les pages :
du coin de l'œil, je voyais les gens passer dans le couloir
— ils ralentissaient pour me regarder. J'appréciai ces
marques d'intérêt. Nous arrivâmes à Shizuoka à midi. En
attendant la correspondance pour Hakone, j'éprouvai
une impression de malaise. L'image que je refoulais
depuis le matin s'imposa à moi : je me revis sur un autre
quai avec M. Bekku, le jour où l'on nous avait arrachées
à notre foyer, ma sœur et moi. Depuis des années, je
m'évertuais à chasser Satsu, mon père, ma mère et notre
maison ivre de mes pensées. J'avais vécu avec des œil-
lères. Jour après jour j'avais vu Gion, rien d'autre. J'en
étais arrivée à croire que Gion était le centre du monde.
Me retrouvant loin de Kyoto, je réalisais que la plupart
des gens ne savaient rien de ce quartier. Je ne pus
m'empêcher de penser à ma vie d'autrefois. La douleur
est une chose étrange. Nous ne pouvons rien contre elle.
Pour moi, elle évoque une fenêtre qui s'ouvre à son gré.

La pièce se refroidit, on ne peut que frissonner. Mais la fenêtre s'ouvre un peu moins chaque fois. Et un jour, la douleur s'est envolée.

Le lendemain, en fin de matinée, une voiture vint me chercher à l'auberge — ma chambre donnait sur le mont Fuji. On me conduisit à la maison d'été du Baron. Cette propriété se trouvait dans les bois, au bord d'un lac. La voiture remonta l'allée circulaire. Je sortis devant la maison. Je portais la panoplie complète de l'apprentie geisha de Kyoto. Les invités me regardèrent. Il y avait une dizaine de femmes parmi eux — certaines en kimono, d'autres en robe, à la mode occidentale. La plupart de ces femmes étaient des geishas de Tokyo — nous étions à deux heures de la capitale, en train. Le Baron parut au détour d'un chemin forestier. Il était accompagné de plusieurs invités.

— Voilà ce que nous attendions ! s'exclama-t-il. Regardez cette petite merveille ! C'est Sayuri de Gion. Un jour elle sera « la grande Sayuri de Gion ». Elle a des yeux magnifiques. Et attendez de voir sa démarche ! Je vous ai invitée, Sayuri, pour que mes hôtes puissent vous regarder. Aussi vous avez une grave responsabilité. Vous devrez vous promener partout — dans la maison, au bord du lac, dans les bois, partout ! Maintenant allez-y, au travail !

J'entrepris de faire le tour de la propriété, comme le Baron me le demandait. Je passai près des cerisiers en fleurs. Je m'inclinais çà et là devant des invités, je cherchais discrètement le président. Je progressais lentement. Tous les trois pas un homme m'arrêtait et s'écriait : « Une apprentie geisha de Kyoto ! Juste ciel ! » Il sortait son appareil et demandait à quelqu'un de nous photographier ensemble. Ou bien il marchait avec moi jusqu'au pavillon où l'on contemple la lune, au bord du lac, que ses amis puissent me regarder — comme il l'eût fait avec une créature préhistorique, pêchée dans un filet. Mameha m'avait prévenue : les invités seraient fascinés par mon costume. Rien ne ressemble à une apprentie geisha de Gion. Les geishas de Tokyo étaient assez émancipées — d'où les femmes en robe, à l'occidentale.

Cette fête semblait ne jamais devoir finir. Vers le milieu de l'après-midi, j'avais pratiquement abandonné tout espoir de voir le président. J'entrai dans la maison, à la recherche d'un endroit où me reposer, quand tout à coup je me sentis défaillir. Il était là ! Il sortait d'un salon. Il dit au revoir à un homme, sur le seuil, puis il se tourna vers moi.

— Sayuri ! dit-il. Comment le Baron a-t-il fait pour vous attirer jusqu'ici ? Je ne savais même pas que vous vous connaissiez !

J'eus un mal fou à détacher mes yeux de son visage. Quand enfin j'y parvins, je m'inclinai et dis au président :

— Mameha-san m'a envoyée ici à sa place. Je suis ravie de revoir le président.

— Je suis ravi de vous voir, moi aussi. Je vais vous montrer le cadeau que j'ai apporté pour le Baron. Vous allez me donner votre avis. Je suis assez tenté de repartir sans le lui offrir.

Je suivis le président dans un salon avec des tatamis, tel un cerf volant au bout d'une ficelle. J'étais à Hakone, loin de mon univers familier, avec l'homme auquel je pensais plusieurs fois par jour depuis des années ! Il marchait devant moi, j'admirais sa démarche aisée, dans son beau costume de laine. Je devinais le muscle de son mollet, le creux de son échine, comme le clivage entre deux racines d'un arbre. Il prit un objet sur la table, me le tendit. La chose ressemblait à un morceau d'or sculpté. C'était un coffret à maquillage, une œuvre d'Arata Gonruku, datant de l'ère Edo. Il était en laque dorée, avec des grues noires, des lièvres bondissants. Il avait la forme d'un petit oreiller. Le président me le tendit. Il était si beau ! Je retins mon souffle en le contemplant.

— Vous croyez que ça va lui plaire ? dit le président. Je l'ai trouvé la semaine dernière. J'ai aussitôt pensé au Baron, mais...

— Président, comment pouvez-vous imaginer que cet objet pourrait ne pas plaire au Baron ?

— Oh, cet homme possède une foule d'objets précieux ! Il va probablement considérer cela comme une œuvre de troisième choix.

J'assurai au président qu'il se trompait. Je lui rendis la boîte. Il l'enveloppa d'un carré de soie, me fit signe de le suivre. Dans l'entrée, je l'aidai à remettre ses chaussures. Je guidai son pied dans le soulier du bout des doigts. J'imaginai que nous avions passé l'après-midi ensemble et que nous avions encore une longue soirée devant nous. Cette pensée me plongea dans une telle béatitude ! J'en oubliai le reste. Le président ne montra aucun signe d'impatience. En revanche, j'eus parfaitement conscience de mettre un temps fou à enfiler mes « okobos ».

Le président et moi descendîmes un sentier qui menait au lac. Nous trouvâmes le Baron assis sous un cerisier, en compagnie de trois geishas de Tokyo. Elles se levèrent. Le Baron eut quelque difficulté à se remettre debout. Il avait des taches rouges sur le visage pour avoir trop bu.

— Président ! s'écria le Baron. Je suis ravi que vous soyez là ! Votre entreprise est de plus en plus florissante, semble-t-il. Sayuri vous a-t-elle dit que Nobu était venu à ma réception, la semaine dernière ?

— Nobu m'en a parlé. Il vous a régalé de sa conversation, j'imagine.

— Absolument, dit le Baron. C'est un drôle de petit bonhomme, non ?

Je ne voyais pas ce que le Baron entendait par là — il était lui-même plus petit que Nobu. Le président sembla ne pas apprécier la remarque, il plissa les yeux.

— Je veux dire, commença le Baron, mais le président le coupa.

— Je suis venu vous remercier et vous dire au revoir, déclara-t-il. Mais d'abord, je voudrais vous offrir quelque chose.

Il tendit le coffret au Baron. Trop ivre pour dénouer le carré de soie qui l'enveloppait, l'homme demanda à une geisha de s'en charger.

— Comme c'est joli ! s'exclama le Baron. N'est-ce pas, mesdames ? Regardez ! Cette boîte serait-elle encore plus belle que la jeune fille qui vous accompagne ? Connaissez-vous Sayuri, président ? Je vais vous la présenter.

— Oh, nous nous connaissons, dit le Président.

— Ah oui ? Suffisamment pour que je vous envie ?

Le Baron fut le seul à rire de sa plaisanterie.

— Enfin, ce magnifique coffret me rappelle que j'ai un cadeau pour vous, Sayuri. Mais je vous le donnerai quand ces geishas seront parties. Sinon, elles vont vouloir la même chose.

— Le Baron est trop bon, dis-je. Je ne voudrais pas l'importuner.

— Je vois que Mameha vous a appris à dire non à tout ! Retrouvez-moi dans l'entrée, après le départ des invités. Persuadez-la de rester, président.

Si le Baron n'avait pas été si éméché, sans doute eût-il raccompagné le président lui-même. Les deux hommes se saluèrent, j'escortai le président jusqu'à sa voiture. Comme son chauffeur lui ouvrait la portière, je m'inclinai et remerciai le président de sa gentillesse. Au moment de monter dans sa voiture, il se figea.

— Sayuri, dit-il.

Il sembla ne pas savoir comment continuer.

— Mameha vous a-t-elle parlé du Baron ?

— Très peu, monsieur, mais je ne vois pas ce que vous voulez dire.

— Mameha est-elle une grande sœur avisée ? Vous dit-elle les choses qu'il faut que vous sachiez ?

— Oh oui, président ! Mameha m'a toujours donné des conseils utiles.

— Eh bien si j'étais vous je me méfierais, quand un homme comme le Baron dit qu'il a quelque chose pour moi.

Je ne voyais pas quoi répondre à cela. Aussi dis-je que le Baron avait été bien bon de penser à moi.

— Oui, très bon, je n'en doute pas. Mais faites attention à vous, répliqua le président.

Il me couva d'un regard intense, avant de monter dans sa voiture.

Je passai l'heure suivante à me promener parmi les

rares invités encore présents, me remémorant tout ce que le président m'avait dit dans l'après-midi. Au lieu de m'inquiéter de sa mise en garde, je jubilais : le président m'avait parlé pendant des heures ! J'étais trop euphorique pour songer à mon rendez-vous avec le Baron. J'y pensai quand je me retrouvai seule dans l'entrée, au crépuscule. Je pris la liberté de m'asseoir dans un salon, sur un tatami. Je contemplai les pelouses par la baie vitrée.

Une dizaine de minutes s'écoulèrent. Finalement, le Baron parut dans le vestibule. L'inquiétude me prit dès que je le vis : il était en peignoir. Il séchait les longs poils noirs qu'il avait sur le visage — sa « barbe » — avec une serviette. Il sortait de son bain, à l'évidence. Je me levai et m'inclinai devant lui.

— Je ne suis pas raisonnable, Sayuri ! me dit-il. J'ai trop bu.

Il avait effectivement abusé du saké.

— J'ai oublié que vous m'attendiez ! J'espère que vous me pardonnerez quand vous verrez la surprise que je vous réserve.

Le Baron s'éloigna dans le couloir, s'attendant à ce que je le suive dans la maison. Je ne bougeai pas, pensant à ce que Mameha m'avait dit : une apprentie qui approche du jour de son « mizuage » est comme un plat qu'on vient de servir à table. Aucun homme n'aura envie d'y toucher, s'il soupçonne un autre homme d'y avoir goûté.

Le Baron s'arrêta.

— Venez ! me dit-il.

— Je ne peux pas, Baron. Permettez-moi de vous attendre ici, je vous en prie.

— J'ai quelque chose pour vous. Revenez avec moi dans la maison. Ne soyez pas bête !

— Pardonnez-moi, Baron, si je suis bête.

— Demain, vous serez à nouveau sous la surveillance de Mameha. Mais ici personne ne vous surveille.

Si j'avais eu un grain de bon sens, j'aurais remercié le Baron de m'avoir invitée. Puis je lui aurais dit : « Pardonnez-moi d'abuser de votre gentillesse, mais j'ai besoin de votre voiture pour retourner à mon auberge. »

Mais j'avais une impression d'irréalité, j'étais comme paralysée.

— Venez avec moi. Je vais m'habiller, déclara le Baron. Vous avez bu beaucoup de saké, cet après-midi ?

Un long silence. J'affichai un visage sans expression.

— Non, monsieur, finis-je par dire.

— Cela ne m'étonne pas. Je vais vous en donner autant que vous voudrez. Venez.

— Baron, je vous en prie, on m'attend à l'auberge.

— On vous attend ? Qui vous attend ?

Je ne répondis pas.

— Je vous ai demandé qui vous attendait ! Je ne vois pas pourquoi vous vous conduisez de cette façon. J'ai un cadeau pour vous. Préférez-vous que j'aille vous le chercher ?

— Je suis navrée.

Le Baron me regarda fixement.

— Attendez-moi ici, dit-il.

Il repartit dans le couloir. Deux minutes plus tard, il revint avec un paquet plat, enveloppé dans du papier de soie. Un kimono.

— Voilà, dit-il. Puisque vous vous conduisez comme une idiote, je suis allé vous chercher votre cadeau. Est-ce que ça vous rassure ?

Je répétai au Baron que j'étais navrée.

— J'ai vu à quel point ce kimono vous a plu, l'autre jour. Je vous l'offre, dit-il.

Le Baron posa le paquet sur la table et défit les ficelles qui l'entouraient. Je pensai qu'il s'agissait du kimono avec le motif représentant la ville de Kobe. Je l'espérais et le craignais à la fois. Que ferais-je d'un si beau kimono ? Et comment avouer à Mameha que le Baron me l'avait offert ? Il ouvrit le paquet.

Apparut un superbe tissu bleu nuit, avec des fils laqués et des broderies argentées. Il déplia le kimono et le tint devant moi. Ce kimono aurait dû se trouver dans un musée. Confectionné spécialement pour la nièce du dernier shogun, Tokugawa Yoshinobu, en 1860, il avait un motif argenté, représentant des oiseaux sur un ciel de nuit. Dans le bas, un paysage mystérieux, fait d'arbres et de rochers.

— Vous allez venir avec moi l'essayer, dit le Baron. Ne soyez pas bête ! Je sais renouer un obi. Je vous rhabillerai. Personne ne saura rien !

J'aurais volontiers donné le kimono que m'offrait le Baron en échange d'un moyen de me sortir de cette situation. Mais cet homme avait une telle autorité ! Même Mameha devait se soumettre à ses désirs. Comment aurais-je pu résister ? Je sentais qu'il perdait patience. Il avait été très bon avec moi, depuis mes débuts. Il me laissait parfois assister à l'un de ses repas, il m'avait invitée à cette réception, dans sa propriété de Kyoto. Et voilà qu'il se montrait à nouveau généreux, m'offrant un magnifique kimono.

J'en vins à la conclusion que je n'avais pas le choix : je devais lui obéir et en subir les conséquences, quelles qu'elles soient. Je baissai les yeux vers les tatamis, rougissante. Puis, toujours dans cet état second, je vis le Baron prendre ma main et m'entraîner dans de longs couloirs menant au fond de sa maison. Une servante apparut dans le couloir, sortant d'une pièce. Elle s'inclina et recula dès qu'elle nous vit. Le Baron ne prononça pas un mot. Il me conduisit dans un grand salon avec des tatamis. Des miroirs couvraient un mur entier. C'était son dressing. Sur le mur d'en face, des penderies, toutes fermées.

J'avais peur, mes mains tremblaient. Si le Baron s'en aperçut, il n'en montra rien. Il me plaça devant les miroirs, porta ma main à ses lèvres. Je crus qu'il allait la baiser, mais il passa le dos de ma main contre les poils tout fins de son collier. Puis il fit une chose que je trouvai bizarre : il remonta ma manche, découvrit mon poignet, en huma l'intérieur. Sa barbe picotait mon bras, mais je ne la sentais pas vraiment : j'étais comme anesthésiée, troublée, terrifiée. Le Baron me sortit de cet engourdissement : il se mit derrière moi et passa ses bras sous ma poitrine, pour défaire mon « obijime » — le cordonnet qui maintenait mon obi en place.

J'eus un moment de panique quand je saisis l'intention du Baron : me déshabiller. Je tentai de protester, mais aucun son ne sortit de ma bouche. Le Baron fit des petits bruits pour me calmer. J'essayai de l'arrêter avec mes mains. Il les repoussa. Il réussit à enlever mon « obijime ». Après quoi il recula et s'acharna un certain temps sur le nœud de mon obi, entre mes omoplates.

Je le suppliai de ne pas le défaire, d'une voix faible, la gorge sèche. Plusieurs fois, je tentai de parler, mais ne pus émettre aucun son. Le Baron entreprit de dérouler le long obi, approchant, puis écartant ses bras de ma taille. Le mouchoir du président tomba sur le tatami. L'obi forma un tas sur le sol. Le Baron défit le « datejime », une bande de tissu serrée autour de ma taille, sous l'obi. Je sentis mon kimono flotter autour de moi — sensation terrifiante. Je le resserrai contre moi avec mes bras. Le Baron les écarta. Je ne supportais plus de me regarder dans le miroir. Je fermai les yeux au moment où l'on soulevait mon kimono de mes épaules dans un bruissement de soie.

Le Baron semblait avoir atteint le but qu'il s'était fixé. Du moins s'interrompit-il dans son déshabillage. Je sentais ses mains sur ma taille. Il caressait le tissu de ma combinaison. Je rouvris les yeux. Il était derrière moi, humant mes cheveux et mon cou. Il regardait fixement la bande de tissu qui fermait ma combinaison. Chaque fois que je sentais ses mains bouger, je tentais de les arrêter par la force de ma pensée. Les doigts du Baron se promenèrent partout sur mon ventre, telles des araignées. Ils se glissèrent dans ma ceinture, tirèrent. J'essayai d'empêcher le Baron de poursuivre son exploration, mais il repoussa mes mains, comme tout à l'heure. Finalement la bande de tissu céda. Le Baron la laissa tomber sur le sol. J'avais les jambes flageolantes. La pièce se fondit dans une espèce de brouillard, comme il défaisait les cordonnets qui fermaient ma combinaison. Je ne pus m'empêcher d'attraper à nouveau ses mains.

— Ne vous inquiétez pas, Sayuri ! me souffla le Baron. Je ne vais rien vous faire. Je veux juste jeter un coup d'œil, vous comprenez ? Il n'y a aucun mal à ça. N'importe quel homme ferait la même chose.

Quelques poils de barbe piquèrent mon oreille. Je détournai la tête. Le Baron dut interpréter cela comme un assentiment : ses mains se firent plus pressantes. Il ouvrit mon kimono. Je sentis ses doigts sur mes côtes, comme il s'évertuait à dénouer les derniers cordons de ma combinaison. Il y réussit quelques secondes plus tard. Je frémis à l'idée de ce qu'il allait voir. Aussi suivis-je ses mouvements dans le miroir, tout en gardant la tête tournée sur le côté. Ma combinaison était ouverte sur mon décolleté.

Les mains du Baron s'affairaient sur mes hanches, s'attaquaient à mon « koshimaki ». Ce matin-là, j'avais noué mon « koshimaki » plus serré que d'habitude. Le Baron avait des difficultés à le défaire. Il tira deux ou trois fois sur le tissu, qui céda. Le Baron arracha mon « koshimaki » d'un seul geste, sous ma combinaison. Comme la soie glissait sur ma peau, j'émis un sanglot. Je tendis les mains vers le « koshimaki ». Le Baron le mit hors de ma portée, avant de le laisser tomber sur le plancher. Puis, aussi doucement qu'on soulève la couverture d'un enfant endormi, il écarta ma combinaison, retenant sa respiration, comme s'il découvrait quelque chose de magnifique. Je sentis ma gorge me brûler, j'étais sur le point de pleurer. L'idée que le Baron puisse me voir à la fois nue et en pleurs m'était insupportable. Je retins mes larmes. Je fixai le miroir. J'eus l'impression que le temps s'était arrêté. Je ne m'étais encore jamais vue nue. J'avais toujours mes tabis, mais je me sentais plus exhibée ainsi, ma combinaison grande ouverte, que nue, aux bains. Le regard du Baron s'attarda ici et là sur mon reflet. Il ouvrit davantage ma combinaison pour voir ma taille. Il baissa les yeux vers la zone sombre qui était apparue sur mon pubis depuis quelques années. Le regard du Baron resta fixé un long moment sur cette toison. Puis ses yeux remontèrent lentement sur mon ventre, sur mes côtes, sur les deux aréoles de couleur prune — d'abord d'un côté, puis de l'autre. Le Baron lâcha ma combinaison d'un côté, qui à nouveau couvrit mon sein droit. Sa main disparut dans mon dos. Son peignoir glissa d'une de ses épaules. Je ne savais pas ce qu'il faisait — aujourd'hui j'ai compris, mais je préfère ne pas l'imaginer. Son souffle chauffa ma nuque sur un tempo accentué. Après quoi je ne vis plus rien. Le miroir devint un brouillard argenté : je pleurais.

La respiration du Baron s'apaisa. J'avais peur. Ma peau était brûlante, perlée de sueur. Il lâcha le deuxième pan de ma combinaison. Je ressentis comme un courant d'air froid. Je me retrouvai bientôt seule dans la pièce. Le Baron était sorti sans que je m'en aperçoive. Je me rhabillai avec fébrilité. Accroupie sur le sol, rassemblant mes vêtements, j'étais comme un enfant affamé s'emparant des restes d'un repas.

Mes mains tremblaient. Je me rhabillai du mieux que je pus. Après avoir enfilé ma combinaison et attaché la bande de tissu qui la maintenait, je ne pus continuer de m'habiller seule. J'attendis devant le grand miroir. Mon maquillage était à refaire, ce qui m'inquiéta. J'aurais attendu une heure dans cette pièce, s'il avait fallu. Le Baron reparut après quelques minutes, la ceinture de son peignoir nouée sur son ventre rond. Il m'aida à enfiler mon kimono, sans un mot. Puis il attacha le « datejime » avec la même aisance que M. Itchoda. Comme il tenait mon obi entre ses mains, l'ayant replié plusieurs fois, je ressentis une impression pénible. La raison de ce malaise s'imposa à moi, comme l'eau imprègne peu à peu un tissu : j'avais fait quelque chose de mal. Je ne voulais pas pleurer devant le Baron, mais je ne pus retenir mes larmes. Cependant, le Baron ne m'avait plus regardée depuis qu'il était revenu dans la pièce. Pour me rendre la chose supportable, je me dis : je suis une maison qui se dresse bravement sous la pluie, de l'eau dégouline sur ma façade. Le Baron dut me voir pleurer : il sortit de la pièce pour bientôt reparaître avec un mouchoir brodé à ses initiales. Il me dit de le garder, mais quand je l'eus utilisé, je l'abandonnai sur une table.

Le Baron me raccompagna dans le vestibule. Il s'éloigna sans dire un mot.

Un domestique arriva, me tendit le kimono enveloppé dans un papier de soie. Il me le remit en s'inclinant, puis il m'escorta jusqu'à la voiture du Baron. Je pleurai doucement sur le siège arrière, comme nous roulions vers l'auberge, mais le chauffeur feignit de ne rien remarquer. Je ne pleurais plus à cause de ma mésaventure. J'avais peur. Je me demandais comment réagirait M. Itchoda quand il verrait mon maquillage dans cet état. Puis il m'aiderait à me déshabiller et verrait mon obi, maladroitement noué. Il ouvrirait le paquet et découvrirait le cadeau somptueux du Baron à une apprentie geisha. Avant de sortir de la voiture, je m'essuyai le visage avec le mouchoir du président, mais cela n'arrangea pas les choses. M. Itchoda me jeta un coup d'œil, se gratta le menton, comme s'il devinait ce qui s'était passé. Il défit mon obi, dans une chambre, à l'étage.

— La Baron vous a déshabillée ? dit-il.

— J'en suis navrée.

— Il vous a déshabillée, puis il vous a regardée dans la glace. Mais il n'a pas profité de vous, il ne vous a pas touchée, il ne s'est pas couché sur vous, n'est-ce pas ?

— Non, monsieur.

— Dans ce cas ça va, dit M. Itchoda, en regardant fixement devant lui.

Nous n'échangeâmes plus un seul mot.

# 23

Je n'étais pas tout à fait remise de mes émotions, quand le train entra en gare de Kyoto, le lendemain matin. La surface de l'eau continue à frémir après que la pierre est tombée au fond de l'étang. M. Itchoda et moi prîmes l'escalier qui conduisait dans la gare. Tout à coup je m'arrêtai, bouche bée.

J'avais devant moi l'affiche des « Danses de l'Ancienne Capitale », protégée par un sous-verre. Ils avaient dû distribuer cette affiche la veille, pendant que je me promenais dans la propriété du Baron, rêvant de voir le président. Nous dansons chaque année sur un thème différent — « Les Quatre Saisons, à Kyoto », « Lieux Fameux dans les Contes du Heike ». Cette année-là, c'était : « Lumière Scintillante de l'Aube ». L'affiche d'Uchida Kosaburo — il dessinait les affiches des danses de printemps depuis 1919 — représentait une apprentie geisha dans un kimono orange et vert, debout sur un pont de bois. J'étais épuisée, après ce long voyage — j'avais mal dormi dans le train. Je restai plantée devant cette affiche un long moment, dans un état second.

J'admirai les verts, et les tons or du fond. Puis je vis la fille en kimono. Elle fixait le soleil de ses yeux gris-bleu. Je dus aggripper la rampe pour ne pas tomber. La jeune fille qu'avait dessinée Uchida, c'était moi !

Sur le trajet entre la gare et l'okiya, M. Itchoda me désigna toutes les affiches placardées en ville. Il demanda au chauffeur du rickshaw de faire un détour, pour me montrer un mur entièrement couvert d'affiches, sur le vieil immeuble des magasins Daimaru. Voir mon image dans toute la ville ne fut pas aussi excitant que j'aurais pu l'imaginer. Je ne cessai de penser à la pauvre fille du poster, debout devant un miroir, pendant qu'un homme plus âgé défaisait son obi. Je m'attendis toutefois à recevoir des compliments les jours suivants. Je ne tardai pas à comprendre que ce genre d'honneur se paie. Depuis que Mameha m'avait obtenu ce rôle, j'avais entendu maints commentaires déplaisants à mon sujet. Après l'épisode du poster, les choses ne firent qu'empirer. Le lendemain matin, par exemple, une jeune apprentie, encore très aimable avec moi la semaine d'avant, détourna les yeux quand je la saluai.

Quant à Mameha, j'allai la voir chez elle, où elle reprenait des forces. Ma grande sœur fut si fière ! On aurait pu croire que c'était elle, la jeune fille du poster ! Elle n'avait pas apprécié que j'aille à Hakone, mais mon succès sembla lui importer autant qu'avant — voire plus, étrangement. Pendant un temps, je craignis qu'elle ne considère mon affreux commerce avec le Baron comme une trahison. Je soupçonnais M. Itchoda de lui avoir dit la vérité.

Mameha n'évoqua jamais le sujet. Quant à moi, je me gardai bien d'en parler.

*
* *

Deux semaines plus tard commença la saison des ballets. Le premier jour, dans les loges du théâtre Kaburenjo, je ne me sentis plus de joie : Mameha m'avait dit que le président et Nobu seraient dans le public ! Comme je me maquillais, je glissai le mouchoir du président dans ma combinaison, sur ma peau. Mes cheveux étaient plaqués sur mon crâne par un bandeau de soie, car j'allais porter différentes perruques. Lorsque je me vis dans la glace, les cheveux tirés, je ne reconnus pas mon visage, je trouvai mes pommettes plus marquées. Etonnée par mon propre visage, je compris que rien n'est aussi simple qu'on le croit, dans la vie.

Une heure plus tard, j'étais derrière le rideau avec les autres apprenties, prête à danser le ballet d'ouverture. Nous portions toutes un kimono jaune et rouge, avec un obi orange et or — pour évoquer la lumière du soleil dans toutes ses nuances. La musique commença — premier coup frappé sur les tambours, première note aigrelette de shamisen. Nous entrâmes en scène, telle une rangée de perles, nos bras tendus devant nous, nos éventails ouverts dans nos mains. Je n'avais encore jamais eu cette impression : faire partie d'un ensemble.

Après le premier tableau, je me précipitai à l'étage pour changer de kimono. J'allais paraître en solo dans « La lumière de l'Aube sur les Vagues ». C'est l'histoire d'une jeune fille qui prend un bain matinal dans l'océan et tombe amoureuse d'un dauphin. Je portais un kimono rose, avec un motif de vagues grises. J'avais des rubans de soie bleue à la main pour figurer les ondulations de l'eau. Une geisha du nom d'Umiyo incarnait le prince dauphin. D'autres geishas jouaient le vent, la lumière du soleil, les éclaboussures des vagues. Plusieurs apprenties jouaient les dauphins, en kimonos gris et bleu : elles appelaient leur prince pour qu'il leur revienne.

Le changement de costume s'effectua rapidement. Il me resta quelques minutes pour jeter un coup d'œil dans la salle. Je me repérai au son des tambours et me retrouvai dans l'un des passages mal éclairés qui couraient le long des deux fosses à orchestre, de chaque côté de la scène. Des apprenties et autres geishas regardaient déjà dans les fentes ouvragées des portes coulissantes. Je les imitai. Je réussis à repérer Nobu et le président, assis côte à côte. Le président avait laissé la meilleure place à Nobu. Qui fixait la scène d'un regard intense. Le président, à ma grande surprise, semblait assoupi. La musique commença. C'était le ballet de Mameha. Je courus à l'autre bout du passage, où l'on apercevait la scène à travers les jours de la porte.

Ces quelques minutes où je vis danser Mameha ont laissé en moi un souvenir impérissable. La plupart des danses de l'école Inoué racontent une histoire. Ce ballet-là, s'inspirant d'un poème chinois, racontait l'histoire d'un courtisan qui a une longue liaison avec une dame de la cour. Un soir, la femme du courtisan se cache aux abords du palais pour savoir où son mari passe ses nuits. A l'aube, tapie dans les buissons, elle voit son mari quitter sa maîtresse. Cependant elle a pris froid, et meurt peu après.

Pour nos ballets de printemps, on transposa l'action au Japon, sans changer l'histoire. Mameha jouait l'épouse qui meurt de froid, le cœur brisé. La geisha Kanako incarnait le courtisan, son mari. J'arrivai au moment où le courtisan dit au revoir à sa maîtresse. Le décor était magnifique, cette douce lumière de l'aube, le shamisen égrenant des notes sur un rythme lent, tels de lointains battements de cœur. Le courtisan effectua une danse, pour remercier sa maîtresse de la nuit qu'ils avaient passée ensemble. Puis il s'avança vers le soleil levant, s'imprégnant de sa chaleur pour en faire profiter sa dame. Mameha entama son ballet de tristesse sans fin — à une extrémité de la scène, cachée à la vue des amants. Etait-ce le talent de Mameha ou l'histoire, je ne saurais le dire. Mais je me sentis si triste, en la regardant, qu'il me sembla être moi-même la victime de cette affreuse trahison. A la fin du ballet, la lumière du soleil inonda la scène. Mameha se dirigea vers un bosquet pour mimer sa fin. Je ne saurais vous dire ce qui se passa ensuite. J'étais trop émue pour en supporter davantage. Et puis j'allais devoir faire mon entrée.

Comme j'attendais dans les coulisses, j'eus l'impression, bizarre, que tout l'édifice pesait sur moi. La tristesse m'a toujours donné un sentiment de lourdeur. Les bonnes danseuses portent souvent leurs chaussettes blanches une taille en dessous, pour sentir les rainures du plancher sous leurs pieds. Debout à l'orée de la scène, m'efforçant de trouver en moi la force de danser, je sentais non seulement les rainures du plancher, mais les fibres de mes chaussettes. Finalement j'entendis les tambours, le shamisen, le bruissement des kimonos : les danseuses passaient à côté de moi pour entrer en scène. Après quoi je ne me souviens plus de rien. Je dus lever les bras, fléchir les genoux, position dans laquelle je faisais mon entrée. Je me rappelle seulement d'avoir regardé mes bras, ébahie : ils bougeaient avec assurance, avec grâce, comme mus par une volonté propre. J'avais répété cette danse des dizaines de fois : cela dut être suffisant. Je dansai sans difficulté, sans trac.

A chaque représentation, je me replongeai dans l'état où m'avait mise la danse de Mameha. Je repensai au courtisan qui rentre chez sa femme, jusqu'au moment où je sentais la tristesse m'envahir. Nous avons une grande capacité d'autosuggestion, nous les humains. Lorsque je me représentais Mameha, dans la danse de l'épouse trahie, je ne pouvais m'empêcher d'éprouver une immense tristesse — tout comme vous sentez l'odeur de la pomme qu'on vient de couper devant vous.

*
* *

Un après-midi, après l'avant-dernière représentation, Mameha et moi discutâmes longuement avec une geisha. Nous ne pensions pas trouver qui que ce soit en sortant du théâtre. Et, d'ailleurs, l'esplanade était déserte. Toutefois, comme nous arrivions dans la rue, un chauffeur en livrée sortit d'une voiture à l'arrêt. Il ouvrit la portière arrière. Mameha et moi allions dépasser cette voiture, quand Nobu émergea de la nuit.

— Nobu-san ! s'écria Mameha. Je commençais à croire que vous n'appréciiez plus la compagnie de Sayuri ! Nous espérions de vos nouvelles depuis le début du mois...

— Vous osez vous plaindre d'avoir attendu ? Moi ça fait une heure que je suis dehors, devant le théâtre !

— Vous venez de revoir le spectacle ? s'enquit Mameha. Sayuri va devenir une célébrité.

— Je ne « viens » pas de revoir le spectacle, dit Nobu. Je suis sorti depuis une heure. J'ai eu le temps de passer un coup de téléphone et d'envoyer mon chauffeur chercher quelque chose en ville.

Nobu frappa à la vitre de la voiture. Il fit sursauter le pauvre chauffeur, qui perdit sa casquette. Le chauffeur baissa la vitre et rendit à Nobu un sac portant le nom d'un magasin de Kyoto. C'était un petit sac en papier argenté, de ceux qu'on donne aux clients, dans les boutiques, en Occident. Nobu se tourna vers moi. Je lui fis une grande révérence, et lui dis combien j'étais heureuse de le revoir.

— Vous êtes une très bonne danseuse, Sayuri. Je ne fais pas de cadeaux sans raison, dit-il — je n'en crus pas un mot. C'est sans doute pourquoi Mameha et d'autres geishas de Gion ne m'apprécient pas autant que certains de leurs clients.

— Nobu-san ! se récria Mameha. Qui vous a dit une chose pareille ?

— Je sais très bien ce que vous aimez, vous, les geishas. Tant qu'un homme vous fait des cadeaux, vous êtes prête à supporter toutes ses idioties.

Nobu me tendit le petit paquet.

— Nobu-san, dis-je, de quelles idioties dois-je m'accommoder ?

Je plaisantais, mais Nobu prit ma question au pied de la lettre.

— Je viens de vous dire que je n'étais pas comme les autres ! grommela-t-il. Pourquoi les geishas ne croient-elles jamais ce qu'on leur dit ? Si vous voulez ce paquet, vous feriez mieux de le prendre avant que je ne change d'avis.

Je remerciai Nobu et pris le paquet. Il cogna de nouveau à la vitre de la voiture. Le chauffeur jaillit de son siège et s'empressa de lui ouvrir la portière.

Nous nous inclinâmes et restâmes dans cette position jusqu'à ce que la voiture eût disparu au coin de la rue. Mameha m'emmena dans les jardins du théâtre Kaburenjo. Nous nous assîmes sur un banc de pierre, devant la mare aux carpes. Nous regardâmes dans le sac. Il contenait une boîte minuscule, enveloppée d'un papier doré, frappé du sigle d'un grand bijoutier de la ville. Un ruban rouge était noué autour du paquet. Je l'ouvris. A l'intérieur, je trouvai un rubis gros comme un noyau de pêche. Il scintillait dans le soleil, telle une grosse goutte de sang. Je le tournai entre mes doigts. Le miroitement se propagea d'une facette à l'autre. Ce spectacle me ravit.

— Réjouis-toi, mais garde ton sang-froid, dit Mameha. On t'offrira d'autres bijoux dans ta vie, Sayuri — beaucoup de bijoux, à mon avis. Mais jamais une occasion comme celle-là ne se représentera : rentre chez toi, et donne ce rubis à Mère.

Cette pierre magnifique et la lumière qu'elle exhalait teintaient ma main de rose. La donner à Mère, à cette femme aux yeux jaunes, aux paupières rouge sang ! Cela reviendrait à flatter une hyène. Mais je n'avais pas le choix : je devais obéir à Mameha.

— Quand tu le lui donneras, poursuivit-elle, sois particulièrement gentille, et dis-lui : « Mère, ce joyau est trop beau pour moi. Je serais honorée que vous l'acceptiez. Je vous ai causé tellement d'ennuis, dans le passé. » Ne dis rien de plus, sinon, elle va se méfier.

Une heure plus tard, dans ma chambre, je tournais un bâton d'encre sur une pierre à encrer, pour écrire un mot de remerciement à Nobu. J'étais de très mauvaise humeur. Autant j'aurais volontiers donné ce rubis à Mameha, autant l'idée de l'offrir à Mère me révoltait. J'aimais beaucoup Nobu. Je trouvais navrant qu'un si beau présent finisse dans les mains d'une telle femme. Si ce rubis avait été un cadeau du président, je n'aurais jamais pu m'en séparer. Quoi qu'il en soit, je finis mon mot de remerciement et j'allai voir Mère dans sa chambre. Elle était assise dans la pénombre. Elle fumait, en caressant son chien.

— Qu'est-ce que tu veux ? me dit-elle. J'allais demander du thé.

— Pardonnez-moi de vous déranger, Mère. Cet après-midi, quand nous sommes sorties du théâtre, Mameha et moi, M. Nobu Toshikazu m'attendait...

— Tu veux dire qu'il attendait Mameha-san.

— Je ne sais pas, Mère. Mais il m'a fait un cadeau. Un très beau cadeau. Trop beau pour moi.

J'allais dire à Mère que je serais honorée de le lui offrir, mais elle ne m'écoutait pas. Elle posa sa pipe sur la table et me prit la boîte des mains. Je tentai à nouveau de lui parler, mais elle retourna la boîte et fit tomber le rubis dans sa main disgracieuse.

— Qu'est-ce que c'est que ça ? dit-elle.

— C'est le cadeau que m'a fait M. Nobu. Nobu Toshikazu, d'Iwamura Electric.

— Tu crois que je ne sais pas qui est Nobu Toshikazu ?

Mère se redressa, alla à la fenêtre. Elle remonta le store en papier, leva la pierre dans la lumière. Elle fit la même chose que moi, un peu plus tôt : elle tourna le rubis entre ses doigts, regarda la lumière ricocher d'une facette à l'autre. Elle referma le store, revint s'asseoir.

— Tu dois avoir mal compris. Nobu t'a-t-il demandé de donner ce bijou à Mameha ?

— Mameha était avec moi quand il me l'a donné.

Mère ne savait plus que penser. Son cerveau s'engorgeait, tel un carrefour asphyxié par la circulation. Elle posa le rubis sur la table, se mit à tirer sur sa pipe, chaque petit nuage blanc telle une pensée confuse qui s'envolait en fumée. Elle finit par me dire :

— Ainsi Nobu Toshikazu s'intéresse à toi ?

— J'ai l'honneur de jouir de ses égards depuis un certain temps, oui.

Mère posa sa pipe sur la table, comme pour dire que la conversation allait prendre un tour plus sérieux.

— Je ne t'ai pas assez surveillée, déclara-t-elle. Si tu as eu des petits amis, c'est le moment de me le dire.

— Je n'ai jamais eu de petits amis, Mère.

J'ignore si elle me crut, mais elle me congédia. Elle ne m'avait pas laissé l'occasion de lui offrir le rubis. Comment faire ? Je jetai un bref coup d'œil à la pierre, sur la table. Mère dut croire que j'allais lui demander de me la rendre : sa main l'engloutit.

*
* *

Quelques jours plus tard, un après-midi, Mameha vint à l'okiya et me dit que les enchères pour mon « mizuage » avaient débuté. La maîtresse de l'Ichiriki lui avait envoyé un message le matin même.

— Ça ne pouvait pas plus mal tomber, dit Mameha. Je pars pour Tokyo cet après-midi. Mais tu n'auras pas besoin de moi. Si les enchères montent, tu le sauras : il commencera à se passer des choses.

— Quelles choses ? dis-je.

— Toutes sortes de choses, répliqua Mameha.

Puis elle partit, sans même prendre une tasse de thé.

Elle resta trois jours à Tokyo. Au début, mon cœur s'accélérait chaque fois qu'une servante venait dans ma direction. Mais deux jours passèrent sans aucune nouvelle d'elle. Le troisième jour, dans l'entrée, Tatie m'annonça que Mère voulait me voir. Elle m'attendait chez elle, au premier.

Je posais le pied sur la première marche, quand j'entendis une porte s'ouvrir et Pumpkin se précipiter dans l'escalier. Elle descendit comme l'eau déborde d'un seau, ses pieds volaient sur les marches. A mi-chemin, elle se tordit un doigt sur la rampe. Cela dut lui faire mal : elle s'arrêta en bas de l'escalier pour presser deux doigts sur la zone douloureuse.

— Où est Hatsumomo ? s'écria-t-elle, l'air malheureux. Il faut que je lui parle !

— Tu t'es fait assez de mal comme ça, me semblet-il, dit Tatie. Est-ce vraiment utile d'aller voir Hatsumomo pour qu'elle te blesse encore davantage ?

Pumpkin avait l'air de souffrir, et pas seulement à cause de son doigt. Je lui demandai ce qui n'allait pas. Elle ne répondit pas. Elle fonça vers la porte et sortit.

Quand j'entrai dans la pièce, Mère était assise à sa table. Elle entreprit de bourrer sa pipe, changea d'avis, la reposa. Sur l'étagère où elle rangeait ses livres de comptes se trouvait une pendule de style occidental, dans un boîtier de verre. Mère regarda plusieurs fois la pendule, sans me parler. Je finis par lui dire :

— Je suis navrée de vous déranger, Mère, mais on m'a dit que vous vouliez me voir.

— Le docteur est en retard, rétorqua-t-elle. Nous allons l'attendre.

Je pensai qu'elle parlait du docteur Crab. Sans doute viendrait-il à l'okiya, discuter des détails pratiques concernant mon « mizuage ». Je ne m'attendais pas à ça, je ressentis comme un poids sur l'estomac. Mère s'occupa en caressant Taku. Le chien se lassa rapidement de ses marques d'affection et grogna.

Finalement, j'entendis les servantes accueillir quelqu'un dans l'entrée. Mère descendit. Elle revint avec un homme. Ce n'était pas le docteur Crab, mais un médecin bien plus jeune, avec des cheveux gris. L'homme avait une sacoche en cuir à la main.

— Voilà la fille, lui annonça Mère.

Je m'inclinai vers le jeune médecin, qui s'inclina à son tour vers moi.

— Madame, dit-il à Mère. Où allons-nous... ?

Mère déclara que la pièce dans laquelle nous étions ferait l'affaire. La façon dont elle ferma la porte n'augura rien de bon. Elle dénoua mon obi, puis elle le plia sur la table. Elle fit descendre mon kimono sur mes bras, me l'enleva. Elle l'accrocha à un portemanteau, dans un coin de la pièce. Je me retrouvai debout au milieu de la chambre, dans ma combinaison jaune. Je m'efforçai de rester calme. Mère défit la bande qui retenait ma combinaison. Je tentai de l'en empêcher en gênant ses mouvements, mais elle repoussa mes bras, comme le Baron. J'eus un mauvais pressentiment. Quand elle eut retiré la ceinture en tissu, elle glissa ses mains sous ma combinaison et s'attaqua à mon « koshimaki » — comme le Baron à Hakone, encore une fois. Cela m'affola. Mais au lieu d'ouvrir ma combinaison, elle la referma et me dit de m'allonger sur les tatamis.

Le docteur s'agenouilla à côté de moi. Après s'être excusé, il écarta les pans de ma combinaison pour exposer mes jambes. Mameha m'avait un peu parlé des rituels liés au « mizuage », mais j'allais en apprendre davantage, semblait-il. Les enchères étaient-elles arrivées à leur terme ? Ce jeune docteur en était-il sorti vainqueur ? Et Crab ? Et Nobu ? Mère n'allait-elle pas saboter les projets de Mameha à mon endroit ? Le jeune docteur écarta mes jambes, glissa une main entre mes cuisses — une main longue et douce comme celle du président. Je me sentis si humiliée, ainsi exhibée ! Je mis mes mains sur mon visage. J'aurais voulu refermer les cuisses, mais je m'en abstins. En effet, je risquais de prolonger ce contact en rendant la tâche difficile au docteur. Aussi restai-je allongée les yeux fermés, retenant ma respiration. Je ressentis ce que dut éprouver Taku, le jour où il s'étouffa avec une épingle — Tatie tint ses mâchoires écartées, Mère glissa ses doigts dans sa gorge. A un moment donné, le docteur mit ses deux mains entre mes jambes. Il finit par les retirer, referma ma combinaison. Quand j'ouvris les yeux, il s'essuyait les mains sur une serviette.

— La fille est intacte, déclara-t-il.

— Parfait ! dit Mère. Il y aura beaucoup de sang ?

— Elle ne devrait pas saigner du tout. J'ai pratiqué un examen visuel.

— Pendant le « mizuage », je veux dire.

— Je n'en sais rien. Sans doute la quantité habituelle.

Quand le jeune docteur aux cheveux gris fut parti, Mère m'aida à me rhabiller. Elle m'ordonna de m'asseoir à table. Après quoi elle saisit le lobe de mon oreille et le tira si fort que je criai. Elle garda ma tête tout près de la sienne, et me dit :

— Tu es une belle pièce, petite fille. Je t'ai sous-estimée. Je suis contente qu'il ne soit rien arrivé. Mais je vais te surveiller de plus près, à l'avenir. Les hommes paieront le prix en ce qui te concerne. Tu me suis ?

— Oui, madame.

J'aurais dit oui à n'importe quoi, elle me tirait si fort l'oreille !

— Si tu donnes gratuitement à un homme ce pour quoi il devrait payer, tu voleras cette okiya. Tu me devras alors de l'argent, que je te prendrai. Et je ne parle pas seulement de ça !

Mère fit un bruit horrible avec sa main libre, en frottant ses doigts contre sa paume.

— Les hommes paieront pour ça, poursuivit-elle. Mais ils paieront aussi pour bavarder avec toi. Si tu sors de l'okiya, ne serait-ce que pour parler avec un homme...

Elle conclut en me tirant très fort l'oreille, avant de me lâcher.

Il me fallut une bonne minute pour retrouver mon souffle. Quand je me sentis à nouveau capable de parler, je m'écriai :

— Mère... je n'ai rien fait pour vous mettre en colère !

— Pas encore, non. Et tu continueras à bien te conduire, si tu es une fille intelligente.

Je voulus me retirer. Mère me dit de rester. Elle tapota sa pipe dans le cendrier, bien qu'elle fût vide. Quand elle l'eut remplie, et allumée, elle déclara :

— J'ai pris une décision. Ton statut va changer, à l'okiya.

Cette nouvelle m'alarma. J'allais parler. Mère m'arrêta.

— Toi et moi allons procéder à une petite cérémonie, la semaine prochaine. Après quoi tu seras ma fille, comme si je t'avais mise au monde. J'ai pris la décision de t'adopter. Un jour, cette okiya sera à toi.

Je ne trouvai rien à dire. Je garde un souvenir flou des minutes qui suivirent. Mère continua de parler. En tant que fille de l'okiya, dit-elle, je m'installerais dans la grande chambre d'Hatsumomo et de Pumpkin, qui elles-mêmes partageraient la petite chambre que j'occupais actuellement. Je l'écoutai d'une oreille, puis je réalisai une chose énorme : devenue fille de l'okiya, je n'aurais plus à subir la tyrannie d'Hatsumomo ! C'était l'objectif de Mameha, depuis le début, mais je n'avais jamais cru que ça arriverait. Mère continua de m'assener ses exigences de moralité. Je fixai sa lèvre pendante, ses yeux jaunes. C'était peut-être une femme détestable, mais en tant que fille de cette femme détestable, je me retrouverais sur un piédestal, hors de portée d'Hatsumomo.

Là-dessus la porte s'ouvrit : Hatsumomo parut.

— Qu'est-ce que tu veux ? dit Mère. Je suis occupée.

— Sors d'ici ! me cracha Hatsumomo. Je veux parler à Mère.

— Si tu désires me parler, dit Mère, demande d'abord à Sayuri si elle aurait l'amabilité de sortir.

— « Peux-tu avoir l'amabilité de sortir ? » me dit Hatsumomo, d'un ton sarcastique.

Pour la première fois de ma vie, j'osai lui répondre sans crainte des représailles.

— Je sortirai si Mère l'exige, lui déclarai-je.

— Mère, auriez-vous l'amabilité de dire à la Petite Sotte de nous laisser seules ?

— Cesse de te rendre insupportable ! s'écria Mère. Entre et dis-moi ce que tu veux.

Cela déplut à Hatsumomo, mais elle entra et s'assit à table, entre Mère et moi. Elle était suffisamment près pour que je sente son parfum.

— La pauvre Pumpkin est venue me voir, toute retournée, commença-t-elle. Je lui ai promis de vous parler. Elle prétend que vous avez changé d'avis. Ce qui m'a paru peu probable.

— Je ne vois pas à quoi elle faisait allusion. Je ne suis revenue sur aucune de mes décisions, ces derniers temps.

— C'est ce que je lui ai dit. Vous ne reviendriez pas sur votre parole ! Mais ça la rassurerait que vous le lui disiez vous-même, à mon avis.

— Que je lui dise quoi ?

— Que vous avez toujours l'intention de l'adopter.

— Comment a-t-elle pu se mettre une pareille idée en tête ? Jamais je n'ai eu l'intention de l'adopter !

Cela me fit de la peine. Je revis Pumpkin se précipiter dans l'escalier, l'air désespéré. Ce qui n'avait rien d'étonnant. Hatsumomo cessa de sourire. Les mots de Mère la frappèrent comme des pierres. Elle me lança un regard de haine.

— Ainsi c'est donc vrai ! Vous avez l'intention de l'adopter, « elle » ! Vous aviez dit que vous vouliez adopter Pumpkin ! Vous n'avez tout de même pas oublié, Mère ? C'est vous qui m'avez dit de lui annoncer la nouvelle !

— Ce que tu as raconté à Pumpkin ne me regarde pas. En outre, tu ne t'es pas occupée d'elle aussi bien que je l'espérais. Elle s'en est bien sortie, pendant un moment, mais ces derniers temps...

— Vous avez promis, Mère, dit Hatsumomo, sur un ton qui m'effraya.

— Ne sois pas ridicule ! Je suis les progrès de Sayuri depuis des années, tu le sais bien. Pourquoi ferais-je volte-face et adopterais-je Pumpkin ?

Mère mentait, je le savais. Elle eut même le culot de me dire :

— Sayuri-san, quand ai-je soulevé la question de ton adoption pour la première fois ? Il y a un an, je crois ?

Avez-vous jamais vu une chatte apprendre à chasser à son petit : attraper une pauvre souris et l'écorcher ? Cette comparaison me vint à l'esprit quand Mère m'offrit de suivre ses traces. Je n'avais qu'à mentir et dire : « Oh oui, Mère, vous m'en avez souvent parlé ! » Je m'exposerais alors à devenir une vieille femme aux yeux jaunes, enfermée dans une pièce glauque avec ses livres de comptes. Je ne pouvais prendre ni le parti de Mère, ni celui d'Hatsumomo. Je gardai les yeux baissés sur le tatami, pour ne les voir ni l'une ni l'autre. Je dis que je ne m'en souvenais pas.

Hatsumomo était rouge de colère. Elle se leva, se dirigea vers la porte. Mère l'arrêta.

— Sayuri sera ma fille dans une semaine, déclara-t-elle. Dans l'intervalle, tu dois apprendre à la traiter avec respect. En descendant, demande à une servante d'apporter du thé pour Sayuri et moi.

Hatsumomo fit une révérence et sortit de la chambre.

— Mère, murmurai-je, je suis navrée pour tout ça. Hatsumomo se trompe, quand elle dit que vous aviez l'intention d'adopter Pumpkin, je n'en doute pas, mais

puis-je vous demander... Serait-il possible de nous adopter toutes les deux, Pumpkin et moi ?

— Parce que tu as le sens des affaires, maintenant ?
dit-elle. Tu voudrais m'apprendre à diriger l'okiya ?

Quelques minutes plus tard, une bonne arriva avec
un plateau, une théière et une tasse — une seule tasse.
Mère parut ne pas s'en soucier. Je lui servis du thé. Elle
le but en dardant sur moi ses yeux jaunes.

# 24

Mameha revint en ville le lendemain. Je lui dis que Mère avait décidé de m'adopter. Elle se contenta de hocher la tête, satisfaite. Je m'attendais à plus de joie. Je lui demandai si tout s'était passé comme elle l'espérait.

— Les enchères se sont conclues sur un prix faramineux. Dès que je l'ai appris, j'ai su que Mme Nitta allait t'adopter. Je ne pouvais espérer mieux !

C'est du moins ce qu'elle dit. Mais la vérité, que j'allais découvrir au fil des années, était tout autre. D'une part, les enchères n'avaient pas eu lieu entre Crab et Nobu, mais entre Nobu et le Baron. Mameha dut encaisser le choc. Cela explique sans doute sa froideur à mon égard dans les semaines qui suivirent et le fait qu'elle eût gardé la vérité pour elle.

Nobu participa un certain temps aux enchères. Les premiers jours, il enchérit même avec une certaine agressivité pour mon « mizuage ». Il renonça quand les enchères atteignirent huit mille yen. Et sans doute pas à cause du prix. Nobu pouvait enchérir contre n'importe qui, s'il le voulait. Le problème, c'était l'intérêt limité qu'il portait à mon « mizuage ». Certains Japonais, fous de « mizuage », consacrent leur temps et leur argent à cette passion. Nobu n'était pas de ces hommes-là. Mameha m'avait dit : un homme ne cultiverait pas une relation avec une fille de quinze ans s'il ne visait pas son « mizuage ».

Ce n'était pas ma conversation qui le retenait, d'après elle. Peut-être. Mais ce n'était pas non plus mon « mizuage » qui l'attirait.

Quant à Crab, sans doute eût-il préféré se faire « seppuku » plutôt que de laisser un homme comme Nobu avoir mon « mizuage ». Après quelques jours, et à son insu, il enchérit contre un autre que Nobu. La maîtresse de l'Ichiriki s'était bien gardée de le lui dire : elle voulait faire monter les enchères. Aussi lui disait-elle, au téléphone : « J'ai eu des nouvelles d'Osaka, docteur. On vient de faire une offre de cinq mille yen. » Sans doute avait-elle eu des nouvelles d'Osaka, mais pas de l'enchérisseur — la maîtresse de l'Ichiriki n'aimait pas mentir. Crab pensait aussitôt à Nobu, même s'il s'agissait du Baron.

Quant au Baron, il n'ignorait pas l'identité de son adversaire. Mais cela lui importait peu. Il voulait ce « mizuage ». Quand il réalisa qu'il risquait de ne pas l'emporter, il bouda, comme un petit garçon. Quelques semaines plus tard, une geisha me rapporta une conversation qu'elle avait eue avec lui, à ce moment-là. « Vous savez ce qui m'arrive ? lui avait-il dit. J'essaie d'avoir un "mizuage", mais certain docteur me met des bâtons dans les roues. Un homme, un seul, peut explorer cette région intouchée : moi ! Mais comment y arriver ? On dirait que ce docteur ne voit pas que c'est du vrai argent qui est en jeu ! »

Les enchères montèrent. le Baron laissa entendre qu'il allait se retirer. Le chiffre n'était pas loin de pulvériser le record historique. La maîtresse de l'Ichiriki décida de tirer parti de la situation en dupant le Baron, comme elle avait dupé le docteur. Au téléphone, elle lui dit que « l'autre monsieur » avait fait une offre très élevée. Puis elle ajouta : « Ce n'est pas le genre d'homme à aller au-delà. » D'aucuns pouvaient penser cela, mais pas la maîtresse de l'Ichiriki. Elle savait qu'après l'offre du Baron, si importante fût-elle, le docteur surenchérirait.

Crab paya mon « mizuage » onze mille cinq yen. Record battu à Gion. Et probablement dans tous les autres quartiers de geishas du Japon. A cette époque, une heure du temps d'une geisha coûtait en moyenne quatre yen. Le plus cher des kimonos se vendait mille cinq cents yen. Une telle somme dépassait largement les revenus annuels d'un paysan.

J'avoue ne pas savoir grand-chose de la valeur de l'argent. La plupart des geishas s'enorgueillissent de n'avoir jamais de liquide sur elles et de faire des notes partout. Je vis ainsi, à New York. Je fais mes courses dans des magasins où l'on me connaît. Les vendeuses sont assez aimables pour noter ce que j'achète. On m'envoie les factures à la fin du mois. Mon assistante passe les régler. Je ne pourrais vous dire combien je dépense, ni le prix d'un flacon de parfum. Je ne suis pas très bien placée pour parler d'argent. Cela dit, je vais vous rapporter les propos d'un ami — il sait de quoi il parle : il fut ministre des Finances dans les années soixante, au Japon. L'argent, dit-il, perd souvent de sa valeur d'une année sur l'autre. Aussi le « mizuage » de Mameha, en 1929, coûta-t-il plus cher que le mien, en 1935, même si on paya mon « mizuage » onze mille cinq cents yen, et le sien sept ou huit mille.

Toutefois, personne ne se préoccupa de ces nuances quand mon « mizuage » atteignit ce prix. Pour tout le monde, j'avais battu un nouveau record. Dont je restai détentrice jusqu'en 1951, année du « mizuage » de Katsumiyo — l'une des plus grandes geishas du siècle. Cependant, pour mon ami le ministre des Finances, ce fut Mameha qui détint le record, et ce jusque dans les années soixante. Quelle que fût la vraie détentrice de ce record — Mameha, Katsumiyo, Mamemitsu, en 1890, ou moi —, Mère ne se tint plus de joie quand elle apprit le montant de la somme.

C'est la raison pour laquelle elle m'adopta, cela va sans dire. L'argent gagné avec mon « mizuage » fut plus que suffisant pour rembourser mes dettes. Si Mère ne m'avait pas adoptée, une part de cet argent me serait revenue — perspective inenvisageable pour Mère. Quand je devins la fille de l'okiya, ma dette s'annula. En revanche, tous mes profits, présents et à venir, devenaient propriété de l'okiya.

L'adoption eut lieu la semaine suivante. J'avais déjà changé de prénom. Maintenant je changeais de nom. La petite Sakamoto Chiyo, qui vivait dans une maison ivre, sur la falaise, s'appelait désormais Nitta Sayuri.

*
\* \*

Le « mizuage » compte parmi les moments clefs de la vie d'une geisha. Le mien eut lieu en 1935, début juillet. J'avais quinze ans. La chose commença dans l'après-midi. Le docteur Crab et moi bûmes du saké ensemble, lors d'une cérémonie. Pourquoi une cérémonie ? Parce que Crab resterait un homme important, dans ma vie : celui qui avait procédé à mon « mizuage » — bien que cela ne lui conférât aucun privilège, entendons-nous. La cérémonie eut lieu à la maison de thé Ichiriki, en présence de Mère, Mameha et Tatie. La maîtresse de l'Ichiriki y assista aussi. Et M. Bekku, mon habilleur — l'habilleur participe toujours aux cérémonies ayant trait aux intérêts de la geisha. J'étais vêtue de la parure classique des apprenties : un kimono noir aux armes de l'okiya, une combinaison rouge, la couleur des débuts en tout genre. Mameha me dit d'avoir l'air sévère, ce qui ne fut pas très difficile. J'étais si angoissée, en remontant l'allée de l'Ichiriki !

Après la cérémonie, nous allâmes dîner tous ensemble dans un restaurant, le Kitcho. C'était là aussi un événement solennel. Je parlai peu, et mangeai encore moins. Le docteur Crab devait déjà penser à la suite des événements. Cependant, j'avais rarement vu un homme s'ennuyer autant. Je gardai les yeux baissés durant tout le dîner, pour avoir l'air innocent, mais chaque fois que je lançai un regard à Crab, je voyais qu'il fixait la table à travers ses lunettes, tel un homme en réunion d'affaires.

Le dîner achevé, je pris un rickshaw avec M. Bekku, jusqu'à une très belle auberge, dans le parc du temple Nanzen-ji. M. Bekku était déjà venu, le matin, préparer mes affaires dans une chambre adjacente. Il m'aida à ôter mon kimono et m'en mit un plus simple. Le nœud de l'obi ne nécessitait aucun rembourrage — un rembourrage eût déconcerté le docteur. M. Bekku noua l'obi de façon qu'on puisse le dénouer sans effort. Une fois prête, je tremblai de peur. M. Bekku dut me raccompagner jusque dans ma chambre. Il me dit de m'agenouiller devant la porte, à l'intérieur, où j'attendrais le docteur. Puis il partit. Je fus épouvantée, comme si j'allais subir l'ablation d'un organe vital.

Le docteur Crab ne tarda pas à arriver. Il me demanda de lui commander du saké. Puis il m'annonça son intention de prendre un bain — il y avait une salle de bains dans la chambre. Il dut s'attendre à ce que je l'aide à se déshabiller, car il me lança un drôle de regard. Mais j'avais les mains si froides, je me sentais si maladroite, que j'en aurais sans doute été incapable. Il revint quelques minutes plus tard, vêtu d'un peignoir. Il ouvrit les portes coulissantes qui donnaient sur le jardin. Nous nous assîmes sur notre petit balcon en bois. Nous sirotâmes du saké, écoutâmes les stridulations des criquets, et le ruisseau gargouiller, en contrebas. Je renversai du saké sur mon kimono, mais le docteur ne le remarqua pas. Il ne sembla pas remarquer grand-chose, hormis ce poisson, qui bondit au-dessus de l'étang, et qu'il me montra du doigt, comme s'il n'avait jamais rien vu de tel.

Pendant que nous étions sur le balcon, une servante vint disposer nos futons sur le sol, côte à côte.

Le docteur retourna dans la chambre, me laissant sur le balcon. Je m'assis de façon à pouvoir l'espionner du coin de l'œil. Il sortit deux serviettes blanches de sa valise, les posa sur la table. Il les poussa d'un côté, puis de l'autre, jusqu'à ce qu'elles soient parfaitement alignées. Il répéta l'opération avec les oreillers, sur l'un des futons. Après quoi il se planta devant la fenêtre. Il attendait que je me lève, et que je le suive.

Il défit mon obi. Il me dit de m'allonger confortablement sur l'un des futons. J'éprouvai un tel effroi, un tel sentiment d'étrangeté ! Comment aurais-je pu me sentir confortablement installée ? Je m'allongeai sur le dos, glissai un oreiller sous mon cou. Le docteur ouvrit mon kimono. Il prit tout son temps pour défaire les multiples cordonnets des autres vêtements que je portais. Ce faisant il passait ses mains sur mes jambes — pour m'aider à me détendre, sans doute. Ce rituel dura un certain temps. Il finit par prendre les deux serviettes qu'il avait posées sur la table. Il me dit de soulever le bassin. Il les plaça sous mes fesses.

— Ça va absorber le sang, me dit-il.

Il y a toujours du sang, lors d'un « mizuage », mais personne ne m'avait expliqué pourquoi. Sans doute aurais-je dû rester tranquille, voire remercier le docteur d'avoir pensé à apporter des serviettes, mais je m'écriai, d'une voix un peu grinçante, car j'avais la gorge sèche : « Quel sang ? » Le docteur Crab me dit que l'hymen — je n'avais aucune idée de ce que ça pouvait être — saignait au moment où il se déchirait. Il me donna quelques autres explications. Tout cela dut m'inquiéter : je me redressai légèrement sur mon futon. Crab appuya doucement sur mon épaule pour me remettre en position allongée.

Une conversation de ce genre devrait suffire à tuer le désir d'un homme. Mais Crab n'en fut pas affecté. Il finit son explication, puis il me dit :

— C'est la deuxième fois que je vais recueillir ton sang. Tu veux que je te montre ?

Le docteur était arrivé avec un sac de voyage en cuir et une petite mallette en bois. Il se dirigea vers la penderie, plongea la main dans la poche de son pantalon, rangé dans la penderie. Il en sortit un anneau, avec une clé. Il tourna cette clé dans la serrure de la mallette. Il posa la mallette sur le futon, et l'ouvrit, tel un démarcheur présentant ses produits. A l'intérieur, de chaque côté, de petites étagères avec des fioles en verre. Ces flacons étaient fermés par des bouchons en liège et fixés avec des lanières. Sur l'étagère du bas, de petits instruments : ciseaux et pinces fines. Ces fioles — il y en avait une cinquantaine — contenaient toutes quelque chose. Je n'aurais su dire quoi. Sur l'étagère du haut, à droite, deux flacons vides. Le docteur alla chercher la lampe, sur la table. Les fioles portaient des étiquettes. Sur chaque étiquette figurait le nom d'une geisha. Je vis le nom de Mameha, et celui de la grande Mamekichi. D'autres noms m'étaient familiers — parmi eux, celui de Korin, l'amie d'Hatsumomo.

— Celle-là est pour toi, dit le docteur, en enlevant l'une des fioles.

Il avait mal calligraphié mon nom — il n'avait pas utilisé le caractère correct pour le « ri » de Sayuri. A l'intérieur de l'éprouvette, une chose toute ratatinée, telle une prune salée, de couleur marron. Le docteur ôta le bouchon et utilisa une pince pour la retirer.

— C'est un morceau de coton imprégné de ton sang, dit-il. Ça date du jour où tu t'es coupé la cuisse. Habituellement, je ne garde pas le sang de mes patients, mais tu m'as... tu m'as beaucoup plu. Après avoir recueilli ce sang, j'ai décidé d'avoir ton « mizuage ». Tu seras pour moi un spécimen rare, dont j'aurai recueilli le sang une première fois, suite à une blessure, puis une seconde fois, lors de ton « mizuage ».

Je cachai mon dégoût, comme le docteur me montrait plusieurs autres fioles, dont celle de Mameha. Elle contenait un morceau de tissu blanc rigidifié, maculé d'une tache rouille. Le docteur Crab semblait trouver tous ces échantillons fascinants, quant à moi... Je les observais par politesse, mais dès que le docteur ne regardait pas, je détournais les yeux.

Crab referma sa mallette, l'éloigna du futon. Il enleva ses lunettes, plia les branches, posa les lunettes sur la table. Je craignis que le moment ne fût venu. Crab écarta mes cuisses, s'agenouilla entre elles. Mon cœur battait à une vitesse folle. Le docteur dénoua la ceinture de son peignoir. Je fermai les yeux. Je faillis me mettre une main sur la bouche, mais je me ravisai, craignant de faire mauvaise impression. Je reposai doucement ma main près de ma tête.

Les mains de Crab s'insinuèrent en moi. Ce fut aussi déplaisant qu'avec le jeune docteur à cheveux gris, quelques semaines plus tôt. Crab se pencha sur moi. Je m'efforçai de créer une barrière mentale entre nous, mais cela ne m'empêcha pas de sentir son « anguille » buter contre ma cuisse. La lampe était restée allumée.

Je fixai les ombres, au plafond, cherchai une forme évocatrice qui me permît de m'évader en pensée. Le docteur poussa si fort ! Ma tête recula sur l'oreiller ! Ne sachant quoi faire de mes mains, je saisis l'oreiller et serrai les paupières. Je sentis qu'on s'agitait au-dessus de moi, et en moi. Je dus beaucoup saigner : il y avait une odeur de fer dans l'air. Le docteur avait payé très cher ce privilège, me rappelai-je. J'espérai qu'il appréciait la chose davantage que moi. J'avais l'impression qu'on avait frotté une lime sur l'entrée de ma caverne jusqu'à ce que je saigne.

L'anguille solitaire dut finalement marquer son territoire : le docteur retomba sur moi, en sueur. Cette promiscuité me déplut. Je feignis d'avoir du mal à respirer, dans l'espoir qu'il se dégagerait. Il resta un long moment sur moi. Puis il se releva, s'agenouilla, et fut à nouveau d'une efficacité remarquable. Il s'essuya avec une serviette. Il noua la ceinture de son peignoir, mit ses lunettes, sans remarquer une petite tache de sang, sur l'un des verres. Il épongea l'intérieur de mes cuisses avec une serviette et des morceaux de coton, comme à l'hôpital. Pour moi, le pire était passé. J'étais allongée là, les jambes écartées. Malgré tout, j'éprouvai une espèce de fascination à regarder le docteur ouvrir sa mallette et sortir ses ciseaux. Il coupa un morceau de serviette tachée de sang, sous mes cuisses, le fourra dans la fiole portant mon nom, avec un morceau de coton encore humide et rouge. Puis il s'inclina vers moi et dit : « Merci beaucoup. » Je pouvais difficilement lui rendre son salut, allongée sur le futon. Mais cela importa peu : le docteur se leva d'un bond et fonça dans la salle de bains.

L'anxiété avait accéléré mon rythme cardiaque. C'était fini, je respirais à nouveau normalement. Je devais ressembler à une malade qu'on vient d'opérer, mais j'éprouvais un tel soulagement ! Je souris. Cette entreprise avait quelque chose de ridicule. Plus j'y pensais, plus je trouvais ça drôle. Je ris — en sourdine —, le docteur étant dans la pièce d'à côté. Penser qu'un avenir différent s'ouvrait à moi, uniquement à cause de ça ! J'imaginai la maîtresse de l'Ichiriki téléphonant à Nobu, au Baron, comme les enchères montaient, je pensai à l'argent dépensé, au mal qu'on s'était donné. Avec Nobu, la chose m'eût paru étrange : je commençais à le considérer comme un ami. Je ne voulais même pas imaginer comment ça aurait pu se passer avec le Baron.

Pendant que le docteur était dans son bain, je frappai à la porte de M. Bekku. Une servante vint changer les draps. M. Bekku m'aida à mettre une chemise de nuit. Plus tard, quand Crab se fut endormi, je me levai et pris un bain, en catimini. Mameha m'avait dit de rester éveillée toute la nuit, au cas où le docteur se réveillerait et aurait besoin de quelque chose. Je m'efforçai de ne pas m'endormir, mais je ne pus m'empêcher de m'assoupir de temps à autre. Je réussis à me réveiller tôt et à avoir l'air présentable avant que le docteur ne me voie.

Après le petit déjeuner, j'accompagnai Crab à la porte de l'auberge, je l'aidai à mettre ses chaussures. Juste avant de sortir, il me remercia pour cette soirée et me donna un petit paquet. Etait-ce un joyau, ou un morceau de la serviette sanglante ? Je retournai dans la chambre, rassemblai tout mon courage pour l'ouvrir. C'était un paquet de plantes médicinales chinoises. Je n'en vis pas l'utilité. J'en parlai à M. Bekku. Il me dit de préparer une tisane avec, tous les jours, pour éviter d'être enceinte. « Fais attention de ne pas gâcher ces plantes, dit-il, elles coûtent très cher. Mais ne fais pas trop attention. Elles coûtent tout de même moins cher qu'un avortement. »

*
* *

C'est étrange, et difficile à expliquer, mais je ne vis plus les choses de la même façon, après mon « mizuage ». Pumpkin, qui n'était pas encore passée par là, me parut soudain inexpérimentée, infantile, bien qu'elle fût plus âgée que moi. Mère, Tatie, Hatsumomo et Mameha, avaient toutes connu la chose. J'eus soudain une conscience très vive d'avoir cela en commun avec elles. Après le « mizuage », une apprentie est coiffée différemment. Elle porte un ruban rouge à la base de son chignon bilobé, et non plus un tissu imprimé entre les deux lobes. Pendant plusieurs semaines, une chose m'obséda : la couleur des rubans, dans les cheveux des apprenties. Je ne m'intéressais plus qu'à ça — j'observais les filles dans la rue, dans les couloirs de l'école. J'éprouvai un respect tout neuf pour celles qui avaient connu l'expérience du « mizuage ». Je me sentis affranchie, par rapport aux apprenties toujours vierges.

Toutes les apprenties se sentent différentes, après leur « mizuage », j'en suis certaine. Pour moi, les choses allèrent au-delà. Ma vie quotidienne changea. En effet, Mère me vit avec d'autres yeux. Elle était de ces gens qui ne s'intéressent aux choses qu'en fonction de leur prix. Dans la rue, son esprit devait se transformer en boulier : « Voilà la petite Yukiyo ! Ses sottises ont coûté cent yen à sa grande sœur, l'année dernière ! Et voilà Ichimitsu. Elle doit être contente, son "danna" la paie des sommes folles. » Si Mère marchait au bord de la rivière Shirakawa par une belle journée de printemps, remarquait-elle les branches des arbres effleurant la surface de l'eau ? Non. A moins qu'elle n'ait l'intention de vendre du bois de cerisier !

Avant mon « mizuage », Mère ne se souciait pas qu'Hatsumomo gênât mes progrès de geisha. Voyant que je pouvais désormais lui rapporter beaucoup d'argent, elle mit un terme aux intrigues d'Hatsumomo sans que j'aie besoin d'intervenir. J'ignore comment elle procéda. Sans doute lui dit-elle :

« Hatsumomo, si tes agissements mettent Sayuri dans l'embarras, ou se soldent par un manque à gagner pour l'okiya, c'est toi qui paieras ! » Depuis que ma mère était tombée malade, ma vie avait été difficile. Mais à présent, et pour un temps, les choses s'arrangèrent. J'étais souvent fatiguée, j'éprouvais des déceptions. En fait, j'étais presque constamment fatiguée. Les femmes qui gagnent leur vie à Gion ont rarement l'occasion de se détendre. Cependant, quel soulagement de ne plus avoir à craindre Hatsumomo ! A l'okiya, la vie était presque plaisante. En tant que fille adoptive, je mangeais

quand je voulais. Je choisissais mon kimono la première
— je n'attendais plus que Pumpkin ait choisi le sien. Dès
que j'avais décidé du kimono que l'allais porter, Tatie
le cousait à la bonne largeur, puis faufilait le col sur la
combinaison — et cela avant de s'occuper d'Hatsumomo. Les regards de haine et de ressentiment que me
lançait mon ennemie m'indifféraient. Mais chaque fois
que Pumpkin semblait préoccupée, ou détournait les
yeux en me croisant, dans l'okiya, cela me blessait.
J'avais toujours pensé que dans d'autres circonstances
notre amitié se fût soudée. Je ne le pensais plus.

*
*  *

Après mon « mizuage », le docteur Crab sortit quasiment de ma vie. Je dis quasiment, car il m'arrivait de
tomber sur lui dans une fête, même si nous ne fréquen-
tions plus le Shirae, Mameha et moi. En revanche, je ne
revis jamais le Baron. Je ne savais toujours pas le rôle
exact qu'il avait joué dans l'affaire de mon « mizuage »,
mais je comprenais pourquoi Mameha préférait ne pas
nous remettre en présence. Ma gêne à l'égard du Baron
n'aurait sans doute d'égale que celle de Mameha à mon
endroit. Ni Crab, ni le Baron ne me manquèrent.
    Cela dit, il y avait un homme que j'avais très envie
de revoir — le président, vous l'avez deviné. Il était resté
en dehors des visées de Mameha. Il n'y avait donc
aucune raison pour que ma relation avec lui ne change,
ou ne s'achève après mon « mizuage ». Je fus tout de
même soulagée d'apprendre, trois semaines plus tard,
qu'Iwamura Electric avait téléphoné et requis ma présence lors d'une soirée. En arrivant, ce soir-là, je trouvai
le président et Nobu. Dans le passé, je me serais sans
doute assise à côté de Nobu. Mais puisque Mère m'avait
adoptée, je n'étais plus obligée de considérer cet
homme comme mon sauveur. Il se trouva qu'il y avait
une place de libre à côté du président. Je m'y assis, le
cœur battant. Le président se montra très cordial. Je lui
servis du saké. Avant de boire, il leva sa tasse pour me

remercier. Cependant, il ne m'accorda pas un seul regard de la soirée. Nobu, en revanche, me toisait d'un air mauvais chaque fois que je tournais la tête vers lui. Je connaissais cette sensation de manque. Aussi allai-je bientôt m'asseoir à côté de lui. Je veillai à ne plus l'ignorer par la suite.

Un mois plus tard, je dis à Nobu, dans une réception, que j'allais faire une apparition dans un festival, à Hiroshima, cela grâce à Mameha. Je n'étais pas certaine qu'il m'eût écoutée, mais le lendemain, en rentrant de l'école, je trouvai dans ma chambre une nouvelle malle de voyage en bois — cadeau de Nobu. Cette malle était bien plus belle que celle que j'avais empruntée à Tatie pour aller à la réception du Baron, à Hakone. Et j'avais pensé évincer Nobu parce qu'il ne jouait plus aucun rôle dans la stratégie de Mameha ! Je me sentis honteuse, et lui écrivis une lettre de remerciement. J'étais impatiente de lui dire ma gratitude, lui assurai-je, ce que je ferai dès la semaine suivante, lors de la réception organisée par Iwamura Electric.

Mais il se passa une chose des plus étranges. Quelques heures avant la fête, je reçus le message suivant : on n'aurait pas besoin de moi, finalement. Yoko, qui répondait au téléphone, dans notre okiya, pensa que la fête avait été annulée. Quoi qu'il en soit, je devais aller à l'Ichiriki, ce soir-là, ma présence ayant été requise lors d'une autre réception. Juste au moment où je m'agenouillais devant la porte, la porte d'un salon s'ouvrit, un peu plus loin. Parut une jeune geisha nommée Katsue. Avant qu'elle ne referme la porte, il me sembla entendre le rire du président. Cela me déconcerta. Je me relevai et rattrapai Katsue avant qu'elle ne quitte la maison de thé.

— Excusez-moi de vous importuner, dis-je, mais ne sortez-vous pas de la fête donnée par Iwamura Electric ?

— Oui, et on s'amuse bien ! Il y a au moins vingt-cinq geishas et près de cinquante hommes...

— Le... président Iwamura et Nobu-san sont là ? m'enquis-je.

— Pas Nobu, non. Il est malade depuis ce matin. Il

va regretter de n'avoir pu venir. Mais pourquoi me demandez-vous ça ?

Je trouvai une réponse — je ne sais plus quoi. Katsue s'en fut.

Jusqu'à présent, j'avais cru que le président appréciait ma compagnie autant que Nobu. Subitement je me demandai si tout cela n'avait été qu'une illusion. Et si Nobu était le seul qui s'intéressât à moi ?

# 25

Mameha avait gagné son pari. Je n'en restais pas moins un investissement pour elle. Aussi, durant les années qui suivirent, me fit-elle connaître ses meilleurs clients, ainsi que les geishas de Gion. Nous sortions à peine de la Dépression, à l'époque. Les banquets étaient trop rares, au goût de Mameha. Cela dit, nous étions très occupées — fêtes dans les maisons de thé, sorties à la campagne, lors desquelles on se baignait, promenades touristiques, pièces de Kabuki. C'était l'été, nous étions détendus. Dans les fêtes, tout le monde s'amusait — même les geishas, censées travailler. Il nous arrivait de descendre la rivière Kamo en bateau, avec un groupe de clients. Ils buvaient du saké, ils se trempaient les pieds dans l'eau. J'étais trop jeune pour participer aux réjouissances. Le plus souvent, je cassais la glace pour les granités, mais c'était tout de même agréable.

Certains soirs, de riches hommes d'affaires ou aristocrates organisaient des fêtes avec des geishas en petit comité. Ils passaient la soirée à danser, à chanter, à boire avec les geishas, souvent tard dans la nuit. Je me souviens d'une réception, en particulier. A la fin de la soirée, la femme de notre hôte nous remit à chacune une enveloppe, avec un généreux pourboire. Elle en donna deux à Mameha, et lui demanda d'en remettre une à Tomizuru, une geisha rentrée tôt « parce qu'elle avait mal à la tête », dit la dame. Or Tomizuru, qui était la maîtresse de son mari, passait la nuit avec lui dans une autre aile de la maison. La dame le savait, comme nous toutes.

Dans les fêtes brillantes, à Gion, on rencontrait des artistes célèbres : peintres, écrivains, acteurs de Kabuki. Il nous arrivait de vivre de grands moments. Cela dit, la plupart des réceptions se traînaient en longueur. L'hôte était souvent le dirigeant d'une petite société, l'invité d'honneur un employé fraîchement promu, ou un fournisseur. Il arrivait qu'une geisha bien intentionnée me fasse la leçon. Mon rôle d'apprentie, disait-elle, consistait non seulement à plaire, mais à écouter les conversations en silence, dans l'espoir de devenir moi-même éloquente. Cependant, je n'avais pas le sentiment d'assister à des échanges très brillants. Exemple : un homme se tournait vers une geisha, à sa gauche, et disait : « Il fait très chaud pour la saison, vous ne trouvez pas ? » Et la geisha répondait : « Oh oui, il fait vraiment chaud ! » Après quoi elle jouait avec lui à qui boira le plus, ou elle faisait chanter les invités en chœur. L'homme ne tardait pas à être trop éméché pour s'apercevoir qu'il ne s'amusait pas autant qu'il l'avait espéré. Pour ma part, j'ai toujours considéré cela comme une perte de temps. Si un homme vient à Gion passer un bon moment, et joue à pierre, papier, ciseaux, il aurait mieux fait de rester chez lui, à mon avis, et de jouer avec ses enfants, ou ses petits-enfants — qui sont probablement plus intelligents que ces geishas insipides à côté desquelles il a eu la malchance d'échouer.

Il m'arrivait tout de même de passer des soirées avec des geishas intelligentes — Mameha, par exemple. J'ai appris beaucoup de choses à son contact. Lorsqu'un homme lui disait : « Il fait chaud, vous ne trouvez pas ? », elle avait douze réponses possibles. Si le monsieur était vieux et lubrique, elle répondait : « Chaud ? Peut-être est-ce le fait d'avoir autant de jolies femmes autour de vous ! » Si c'était un homme d'affaires jeune et arrogant, elle le remettait à sa place en lui disant : « Vous êtes là, avec six geishas, parmi les plus brillantes de Gion, et vous ne trouvez rien de mieux que de parler du temps ! »

Un jour, comme je la regardais, Mameha s'agenouilla à côté d'un jeune homme qui ne devait pas avoir plus de vingt ans. Il assistait à cette réception parce que son père était l'hôte. Il ne savait pas quoi dire, ni comment se comporter avec des geishas. Sans doute était-il intimidé. Toutefois, il se tourna vers Mameha et lui dit, bravement : « Il fait chaud, n'est-ce pas ? » Elle lui répondit, en baissant la voix : « Vous avez raison, il fait très chaud. Vous auriez dû me voir quand je suis sortie de mon bain, ce matin ! Généralement, ça me rafraîchit, de me mettre toute nue. Mais ce matin, j'avais la peau moite. Sur les cuisses, sur le ventre, partout ! »

Ce pauvre garçon reposa sa tasse de saké sur la table d'une main tremblante. Il n'a jamais dû oublier cette soirée !

Pourquoi ces fêtes étaient-elles si ennuyeuses ? Je vois deux raisons à cela. Ce n'est pas parce qu'une petite fille a été vendue par sa famille à une okiya, et qu'elle a suivi une formation de geisha depuis son tout jeune âge qu'elle va se révéler intelligente ou qu'elle a des choses intéressantes à dire. Cette vérité s'applique également aux hommes. Ce n'est pas parce qu'un homme a gagné suffisamment d'argent pour venir le dépenser à Gion comme bon lui semble, qu'il est drôle ou intéressant. La plupart des hommes ont l'habitude d'être traités avec respect. Ils vont s'asseoir, les mains sur les genoux, froncer les sourcils et penser que ça suffit. Un jour, Mameha passa une heure à raconter des histoires à un homme qui ne lui accorda pas un seul regard. Il observait les autres invités, pendant qu'elle parlait. Curieusement, cela le satisfaisait. Chaque fois qu'il venait à Gion, il demandait Mameha.

*<br>* *

Outre ces fêtes et ces sorties, je continuai mes cours, je dansai sur scène le plus souvent possible. Au bout de deux ans, je cessai d'être apprentie pour devenir geisha. C'était durant l'été 1938. J'avais dix-huit ans.

Devenir geisha, c'est « changer de col » : une apprentie porte un col rouge, une geisha en porte un blanc. Cela dit, si vous voyiez une apprentie et une geisha côte à côte, la couleur de leur col est la dernière chose que vous remarqueriez. L'apprentie, avec son kimono à longues manches et son obi en traîne, ressemble à une poupée japonaise. La geisha, dans sa tenue plus simple, a davantage l'air d'une femme.

Le jour où je changeai de col fut l'un des plus heureux dans la vie de Mère. Sur le moment, je ne compris pas pourquoi. Je sais à présent à quoi elle pensait. Une geisha, contrairement à une apprentie, peut faire autre chose que servir du thé, s'il s'établit un accord dans des conditions acceptables. Vu mes accointances avec Mameha, et ma popularité à Gion, Mère avait toutes les raisons de jubiler — le fait de jubiler, dans son cas, étant toujours lié à l'argent.

Depuis que je vis à New York, j'ai compris ce que les Occidentaux entendent par geisha. De temps à autre, dans des réceptions chic, on me présente une jeune femme vêtue avec élégance et portant des bijoux. Quand elle apprend que j'ai été geisha à Kyoto, elle m'adresse un sourire contraint. Elle ne sait plus quoi dire ! La personne qui nous a présentées prend le relais — après toutes ces années, je parle toujours très mal anglais. A ce stade, hélas, il est absurde d'essayer de communiquer, car la femme pense : « Mon Dieu, je parle à une prostituée ! » Quelques minutes plus tard arrive son cavalier, un homme riche, de trente ou quarante ans son aîné. Souvent je m'interroge : comment peut-elle ainsi se voiler la face ? C'est une femme entretenue. Comme moi, dans le passé.

Sans doute y a-t-il beaucoup de choses que j'ignore, sur ces jeunes femmes élégamment vêtues. Cela dit, j'ai souvent l'impression que, sans leurs riches amants ou maris, nombre d'entre elles devraient se battre pour survivre et n'auraient pas une aussi fière opinion d'elles-mêmes. Le raisonnement s'applique à une geisha de grande classe. C'est bien d'aller de fête en fête et de plaire aux hommes. Mais si elle veut devenir une star de la danse, la geisha dépend totalement de son « danna ». Même Mameha, devenue célèbre après cette campagne publicitaire, eût rétrogradé dans la hiérarchie des geishas si le Baron n'avait pas couvert les dépenses liées à sa carrière.

Trois semaines après que j'eus changé de col, je prenais un déjeuner rapide, au salon, quand Mère vint s'asseoir en face de moi. Elle resta là un certain temps, à tirer sur sa pipe. Je lisais en mangeant, mais j'interrompis ma lecture, par politesse — bien que Mère ne semblât pas avoir de choses importantes à me dire. Après quelques minutes, elle posa sa pipe et déclara : « Tu ne devrais pas manger ces radis marinés, ça va gâter tes dents. Regarde dans quel état sont les miennes. »

Ainsi, Mère pensait devoir ses dents tachées aux légumes marinés ! Lorsqu'elle eut fini de me montrer l'intérieur de sa bouche, elle reprit sa pipe et tira une bouffée.

— Tatie adore le radis mariné, madame, et ses dents sont en bon état.

— Quelle importance, qu'elle ait de bonnes dents ou pas ? Le fait d'avoir une jolie petite bouche ne lui a jamais rien rapporté. Dis à la cuisinière de ne plus te donner de radis marinés. Enfin, je ne suis pas venue te faire un exposé sur les légumes au vinaigre, mais te dire que le mois prochain, à cette date, tu auras un « danna ».

— Un « danna » ? Mère, je n'ai que dix-huit ans...

— Hatsumomo n'a eu un « danna » qu'à vingt ans. Et bien entendu, ça n'a pas duré. Tu devrais être contente.

— Oh, je suis contente. Mais ça va me prendre du temps, de m'occuper d'un « danna ». Mameha pense que je devrais d'abord me faire connaître, pendant deux ou trois ans.

— Mameha ! Parce qu'elle est douée pour les affaires, peut-être ! Quand je voudrai savoir à quel moment il faut rire dans une fête, j'irai le lui demander.

Aujourd'hui, les jeunes filles se lèvent de table et crient après leur mère, même au Japon, mais à mon époque, nous nous inclinions et nous disions : « Oui, madame. » Puis nous nous excusions. Ce que je fis.

— Laisse-moi m'occuper de tes affaires, dit Mère. Il faudrait être stupide pour décliner une offre comme celle de Nobu Toshikazu.

Mon cœur faillit s'arrêter. Cela dit, il était évident que Nobu allait un jour se proposer d'être mon « danna ». Après tout, il avait fait une offre pour mon « mizuage », quelques années plus tôt. Et depuis, aucun homme n'avait aussi souvent requis ma compagnie. J'avais envisagé cette possibilité, sans réellement y croire. Le jour où j'avais rencontré Nobu, mon almanach disait : « Un mélange de bonnes et de mauvaises influences peuvent infléchir le cours de votre destinée. » Depuis lors, j'y avais pensé presque chaque jour. De bonnes et de mauvaises influences... C'était Mameha et Hatsumomo ; mon adoption et mon « mizuage ». Le président et Nobu. Je ne dis pas que je n'aimais pas Nobu. Je l'aimais beaucoup. Mais le fait de devenir sa maîtresse me privait définitivement du président.

Mère dut voir que cette nouvelle m'avait causé un choc — quoi qu'il en fût, ma réaction lui déplut. Mais avant qu'elle pût parler, nous entendîmes un bruit étouffé dans le couloir. Hatsumomo parut, un bol de riz à la main, ce qui était très impoli — elle aurait dû finir son riz à table. Elle avala sa bouchée, puis elle éclata de rire.

— Mère ! dit-elle. Vous voulez que je m'étouffe ?

Apparemment, elle avait écouté notre conversation.

— Ainsi la grande Sayuri va avoir Nobu comme « danna », poursuivit-elle. N'est-ce pas mignon ? !

— Si tu as quelque chose d'important à dire, vas-y, s'écria Mère.

— Oui, j'ai quelque chose d'important à dire, déclara Hatsumomo, d'un ton solennel.

Elle vint s'asseoir à table.

— Sayuri-san, dit-elle, tu n'en as peut-être pas conscience, mais quand une geisha a un « danna », elle peut tomber enceinte. Or un « danna » n'apprécie pas que sa maîtresse donne naissance à un enfant qui n'est pas de lui. Tu devras faire doublement attention avec Nobu. Il saura tout de suite si c'est son enfant ou pas. Il suffirait que le bébé ait deux bras, comme tout le monde !

Hatsumomo rit de sa petite plaisanterie.

— Tu devrais te faire amputer d'un bras, Hatsumomo, dit Mère, si ça pouvait te permettre de réussir aussi bien que Nobu Toshikazu.

— Sans doute que ça m'aiderait aussi d'avoir un visage comme ça ! s'exclama Hatsumomo, en levant son bol, que nous puissions voir ce qu'il y avait dedans.

Elle mangeait du riz mélangé à des azukis, et l'ensemble ressemblait à une peau couverte de cloques.

*
* *

Dans l'après-midi, je fus prise de vertiges. J'allai chez Mameha. Assise à sa table, je sirotai ma tisane d'orge glacée — nous étions en été — et m'efforçai de lui cacher mon état d'âme. Depuis des années, je n'avais qu'un seul but : faire du président mon « danna ». Si ma vie devait se résumer à Nobu, à des spectacles de danse, et à une succession de soirées à Gion, à quoi bon avoir fait tous ces efforts ?

Je n'avais toujours pas exposé le motif de ma visite à Mameha. Je reposai mon verre sur la table. Je n'osai pas parler, de peur que ma voix ne se brise. Je pris quelques secondes de plus pour me calmer, je déglutis, puis je déclarai :

— Mère m'a dit que j'aurais un « danna » le mois prochain.

— Oui, je sais. Ce sera Nobu Toshikazu.

A nouveau je craignis d'éclater en sanglots.

— Nobu-san est un homme d'une grande bonté. Il t'aime beaucoup, dit Mameha.

— Oui, mais Mameha-san... comment dire ça... ce n'est pas ce que je voulais !

— Enfin, Sayuri, Nobu-san t'a toujours traitée gentiment !

— Ce n'est pas de la gentillesse que je veux, Mameha-san !

— Ah bon. Pourtant tout le monde a envie de gentillesse. Peut-être veux-tu autre chose que de la gentillesse. Ce qu'une geisha n'est pas en droit d'attendre.

Elle avait raison. J'éclatai en sanglots. Je posai ma tête sur la table et pleurai tout mon soûl. Mameha attendit que je retrouve mon calme pour parler.

— Qu'espérais-tu, Sayuri ? demanda-t-elle.

— Autre chose !

— Nobu n'est peut-être pas très beau à regarder, mais...

— Mameha-san, ce n'est pas cela. Nobu-san est un homme adorable. C'est juste que...

— Tu voudrais avoir le même destin que Shizue, n'est-ce pas ?

Shizue était considérée comme la plus heureuse des femmes, à Gion, bien qu'elle ne fût pas une geisha très demandée. Depuis trente ans, elle était la maîtresse d'un pharmacien. Il n'était pas riche, elle n'était pas belle, mais il n'y avait pas deux êtres aussi heureux ensemble dans tout Kyoto. Mameha m'avait devinée, comme toujours.

— Tu as dix-huit ans, Sayuri. Ni toi, ni moi ne pouvons savoir quelle sera ta destinée. Il n'y a pas que des destins exceptionnels. La vie n'est parfois qu'un long combat quotidien.

— Mais, Mameha-san, c'est trop cruel !

— Oui, c'est cruel, dit-elle. Mais personne n'échappe à son destin.

— Oh, je ne veux pas échapper à mon destin. Nobu est un homme gentil. Je devrais éprouver de la gratitude à son égard, mais.... il y a tellement de choses dont j'ai rêvé !

— Et tu crains qu'elles ne se réalisent plus, une fois que Nobu t'aura touchée ? Qu'attendais-tu de la vie de geisha, Sayuri ? Nous ne devenons pas geishas pour jouir de la vie, mais parce que nous n'avons pas le choix.

— Oh, Mameha-san... ai-je vraiment été stupide d'espérer qu'un jour, peut-être...

— Les jeunes filles imaginent des choses insensées ! Les espérances, c'est comme les ornements qu'on porte dans les cheveux. Les filles en ont trop. Une fois vieilles, il suffit qu'elles en mettent pour se rendre ridicules.

J'allais maîtriser mes émotions, cette fois. Je réussis à retenir mes larmes — sauf celles qui perlèrent au coin de mes paupières, comme la résine, sur un arbre.

— Mameha-san, dis-je. Eprouvez-vous des sentiments profonds pour le Baron ?

— Le Baron a été un très bon « danna ».

— Certes, mais éprouvez-vous des sentiments pour lui, en tant qu'homme ? Certaines geishas ont des sentiments pour leur « danna », n'est-ce pas ?

— La relation que j'entretiens avec le Baron lui convient et m'est profitable. S'il y avait de la passion entre nous... Qui dit passion dit jalousie. Ce genre d'amour peut se transformer en haine. Je ne puis me mettre un homme puissant à dos. Je me suis battue des années pour me faire une place à Gion, mais si un homme puissant décide de me détruire, il le fera ! Si tu veux réussir, Sayuri, assure-toi que les sentiments des hommes restent sous « ton » contrôle. Le Baron est parfois dur à supporter, mais il a beaucoup d'argent, et il n'hésite pas à le dépenser. Et puis il ne veut pas d'enfants, grâce au ciel. Nobu sera un défi, pour toi. Je ne serais pas surprise qu'il attende beaucoup de toi. Le Baron n'a jamais eu ces exigences avec moi.

— Mais Mameha-san, et vos sentiments à vous ? Il n'y a jamais eu un homme qui...

Je me demandais si elle avait jamais connu l'amour fou. Son agacement était visible. Elle se redressa, les mains sur les genoux. Elle allait me réprimander, pensai-je. Je m'excusai de mon indiscrétion. Elle se détendit.

— Nobu et toi avez un « en », Sayuri, et tu ne peux y échapper, dit-elle.

Elle avait raison. Un « en » est un lien karmique qui dure toute la vie. Aujourd'hui, les gens croient au libre arbitre. A mon époque, nous nous considérions comme des morceaux d'argile qui gardent les empreintes de tous ceux qui les ont touchés. Les empreintes de Nobu s'étaient imprimées plus profondément en moi que bien d'autres. Mon destin s'accomplirait-il en lui ? Impossible à dire, mais j'avais toujours senti ce lien karmique entre nous. Nobu ferait toujours partie de ma vie. A dix-huit ans, j'avais compris beaucoup de choses, mais la pire leçon était-elle à venir ? Devrais-je renoncer à mes rêves ?

— Retourne dans ton okiya, Sayuri, me dit Mameha. Prépare-toi pour ce soir. Il n'y a rien de tel que le travail pour surmonter une déception.

Je levai les yeux vers elle, prête à formuler une dernière requête. Je vis son expression et je me ravisai. Je n'aurais su dire à quoi elle pensait. Elle semblait fixer le vide. Le bel ovale de son visage était crispé, sous l'effet de la tension intérieure. Mameha poussa un grand soupir, et baissa les yeux vers sa tasse de thé, l'air amer.

*
* *

Une femme qui habite une belle maison s'enorgueillit de ses jolies possessions. Mais dès que le feu se déclare, elle s'empare des deux ou trois choses qu'elle veut sauver. Dans les jours qui suivirent ma conversation avec Mameha, j'eus l'impression que ma vie partait en fumée. Plus rien n'aurait d'importance, me semblait-il, après que Nobu serait devenu mon « danna ». Un soir de tristesse, à l'Ichiriki, j'eus la vision d'un enfant perdu dans les bois, sous la neige. Je regardai les hommes à cheveux blancs que j'étais censée distraire : des arbres couverts de neige ! La panique me prit. Pendant quelques instants, j'eus le sentiment d'être la dernière créature vivante sur terre.

Les soirées avec des militaires étaient les seules qui redonnaient un peu de sens à ma vie. Déjà, en 1938, nous écoutions des communiqués quotidiens sur la guerre en Mandchourie. Chaque jour, de petites choses nous rappelaient que nos troupes combattaient de l'autre côté de la mer : le déjeuner du Soleil Levant, par exemple — un plat de riz avec une prune salée en son milieu, qui évoque le drapeau japonais. Depuis plusieurs générations, des officiers de la marine et de l'armée de terre venaient à Gion pour se distraire. Aujourd'hui, ces soirées à Gion leur redonnaient courage, disaient-ils. Sans doute les soldats ont-ils toujours dit ça aux femmes qui les écoutent. Et je contribuais à l'effort de guerre, moi, petite fille du bord de mer ! Ces fêtes ne chassaient pas ma tristesse, mais elles me permettaient de prendre cette tristesse pour ce qu'elle était : un spleen égoïste.

*<br>* *

Quelques semaines passèrent. Un soir, dans l'entrée de l'Ichiriki, Mameha me dit qu'elle allait réclamer le fruit de son pari. Mère et Mameha avaient parié sur le fait que j'aurais, ou n'aurais pas, remboursé mes dettes avant mes vingt ans — j'avais épongé ma dette à dix-huit ans. « Tu as changé de col, me dit Mameha. Je ne vois aucune raison d'attendre plus longtemps. »

La vérité était plus compliquée, à mon avis. Mameha savait que Mère détestait régler ses dettes, et qu'elle y serait d'autant moins disposée que l'enjeu grandirait. Mes gains allaient augmenter après que j'aurais un « danna ». Mère deviendrait d'autant plus jalouse de ce revenu. Mameha dut juger préférable de récupérer son argent le plus tôt possible. Elle pourrait ensuite se préoccuper de mes gains futurs.

Deux jours plus tard, on me demanda de descendre au salon de notre okiya, où je trouvai Mère et Mameha assises à table, face à face. C'était l'été. Elles parlaient de la chaleur. A côté de Mameha, une dame à cheveux gris, Mme Okada. Je la connaissais. Elle dirigeait l'okiya où avait grandi Mameha et tenait les comptes de cette dernière, en échange d'un petit pourcentage sur ses revenus. Je ne lui avais jamais vu cet air sérieux. Elle fixait la table, comme si la conversation ne l'intéressait pas.

— Te voilà ! lança Mère. Ta grande sœur a la gentillesse de nous rendre visite. Elle a amené Mme Okada avec elle. La politesse exige que tu te joignes à nous.

Mme Okada prit la parole, les yeux toujours fixés sur la nappe.

— Je ne sais si Mameha vous l'a dit au téléphone, madame Nitta, mais il s'agit davantage d'un rendez-vous d'affaires que d'une visite de courtoisie. Sayuri n'est pas obligée de se joindre à nous. Elle a des occupations, j'imagine.

— Je ne voudrais pas qu'elle soit impolie, répliqua Mère. Elle va s'asseoir avec nous pendant ces quelques minutes où vous nous honorez de votre présence.

Je pris place à côté de Mère. La servante arriva, servit le thé. Après quoi Mameha déclara :

— Vous devez être fière de la réussite de votre fille, madame Nitta. Une réussite qui va au-delà de toutes nos attentes ! Ne trouvez-vous pas ?

— Que sais-je de « vos » attentes, Mameha-san ? dit Mère.

Là-dessus elle serra les dents, et eut l'un de ses rires grasseyants. Elle nous regarda l'une après l'autre, pour s'assurer que nous goûtions la finesse de sa remarque. Personne ne rit. Mme Okada mit ses lunettes et s'éclaircit la voix. Mère ajouta :

— Pour ce qui est de mes attentes, Sayuri est loin de les avoir comblées.

— Lorsque nous avons parlé de son avenir, il y a quelques années, dit Mameha, j'ai eu l'impression que vous aviez une piètre opinion d'elle. Vous étiez même réticente à l'idée que je m'occupe de sa carrière.

— Je n'étais pas certaine qu'il fût sage de remettre l'avenir de Sayuri entre les mains d'une personne extérieure à l'okiya. J'espère que vous voudrez bien me pardonner, dit Mère. Nous avons notre Hatsumomo, vous savez.

— Oh, de grâce, madame Nitta ! s'exclama Mameha,

dans un rire. Hatsumomo aurait étranglé la pauvre fille, au lieu de lui apprendre le métier !

— J'admets qu'Hatsumomo peut être difficile. Mais avec une fille exceptionnelle comme Sayuri, il faut prendre les bonnes décisions au bon moment — comme cet arrangement dont nous sommes convenues, Mameha-san. Vous êtes ici pour mettre nos comptes à jour, j'imagine ?

— Mme Okada a eu la bonté de porter les chiffres sur le papier, répondit Mameha. Je vous serais reconnaissante de les examiner.

Mme Okada remonta ses lunettes, prit un livre de comptes dans son sac. Mameha et moi restâmes silencieuses, comme elle ouvrait le livre sur la table et expliquait à Mère à quoi correspondaient les colonnes de chiffres.

— C'est le total des gains de Sayuri l'année passée ? s'exclama Mère. Ils seraient supérieurs aux revenus de notre okiya ? ! Impossible !

— Oui, ces chiffres sont impressionnants, dit Mme Okada, mais je pense qu'ils sont exacts. Ce sont ceux que m'a transmis le Bureau d'Enregistrement de Gion.

Mère serra les dents et rit — sans doute pour masquer son embarras.

— Peut-être aurais-je dû surveiller davantage les comptes, dit Mère.

Après une dizaine de minutes, les deux femmes s'accordèrent sur la somme que j'avais gagnée depuis mes débuts. Mme Okada sortit un petit abaque de son sac, et fit quelques calculs, inscrivant des chiffres sur une page vierge du livre de comptes. Elle finit par écrire le chiffre final, qu'elle souligna.

— Voilà la somme que Mameha-san est en droit de toucher.

— Vu ses bontés à l'égard de notre Sayuri, dit Mère, Mameha-san mérite plus que ça. Hélas, selon notre accord, elle s'est engagée à réduire ses gains de moitié jusqu'à ce que Sayuri ait remboursé ses dettes. Les dettes étant remboursées, Mameha va toucher l'autre moitié. Pour solde de tout compte.

— J'ai cru comprendre que Mameha prendrait la moitié de son tarif habituel, mais serait finalement payée le double, dit Mme Okada. C'est pour ça qu'elle a accepté de prendre un tel risque. Si Sayuri n'avait pas remboursé ses dettes, Mameha n'aurait été en droit de toucher que la moitié de la somme. Mais Sayuri a réussi. Mameha touchera donc le double.

— Enfin, madame Okada, vous me voyez accepter un tel arrangement? dit Mère. Tout le monde, à Gion, sait à quel point je fais attention à l'argent. Mameha a été très utile à Sayuri. Je ne puis payer le double, mais je veux bien ajouter dix pour cent. Une offre généreuse, à mon sens, car notre okiya ne peut se permettre de jeter l'argent par les fenêtres.

Jamais on n'aurait mis en doute la parole d'une maîtresse d'okiya — d'aucune maîtresse d'okiya sauf Mère. Qui avait décidé de mentir. Un silence s'installa. Finalement, Mme Okada déclara :

— Vous me mettez dans une position délicate, madame Nitta. Je me souviens très bien de ce que m'a dit Mameha.

— C'est normal, dit Mère. Mameha se souvient d'une chose, et moi d'une autre. Il nous faut une troisième personne, pour trancher. Heureusement nous en avons une. Sayuri n'était qu'une enfant, à l'époque, mais elle a la mémoire des chiffres.

— Je n'en doute pas, dit Mme Okada. Mais Sayuri a des intérêts dans l'affaire. Après tout, elle est la fille de l'okiya.

— Oui, dit Mameha, qui n'avait pas parlé depuis un certain temps. Mais c'est une fille honnête. Pour moi, sa parole fera foi, si Mme Nitta se range à son avis.

— Bien sûr que je me rangerai à son avis, dit Mère, en posant sa pipe sur la table. Alors, Sayuri, qu'en est-il ?

Si j'avais pu à nouveau glisser du toit et me casser le bras plutôt que de répondre à leur question, j'aurais opté pour la première solution sans hésiter. De toutes les femmes de Gion, Mère et Mameha étaient celles qui influaient le plus sur ma vie, et j'allais en mécontenter une. Je me souvenais parfaitement de l'accord qu'elles avaient passé, mais d'un autre côté, il me fallait continuer à vivre à l'okiya, avec Mère. Cela dit, Mameha m'avait éduquée, soutenue, aidée. Je pouvais difficilement prendre le parti de Mère contre elle.

— Eh bien ? me dit Mère.

— Je me souviens que Mameha a accepté de toucher seulement la moitié des gains qui lui revenaient. Mais vous-même avez accepté de lui payer le double, au bout du compte. Je suis navrée, Mère, mais c'est ce dont je me souviens.

Il y eut un silence, puis Mère déclara :

— Je ne suis plus toute jeune ! Ce n'est pas la première fois que ma mémoire me joue un tour.

— Nous avons toutes ce genre de problème de temps à autre, répondit Mme Okada. Mais n'avez-vous pas offert dix pour cent de plus à Mameha ? C'était dix pour cent sur le double de la somme que vous aviez accepté de payer à l'origine, je suppose.

— Si seulement j'étais en position de faire une telle chose, soupira Mère.

— Mais vous le lui avez proposé il y a cinq minutes. Vous n'avez pas déjà changé d'avis ?

Mme Okada avait cessé de regarder la nappe pour fixer Mère. Elle lui dit :

— Restons-en là pour aujourd'hui. Nous nous verrons un autre jour pour fixer le chiffre définitif.

Mère avait une expression sinistre, mais elle acquiesça d'un petit hochement de tête, et remercia nos deux visiteuses d'être venues.

— Vous devez être contente que Sayuri ait bientôt un « danna », dit Mme Okada, en rangeant son abaque dans son sac. Elle n'a que dix-huit ans ! C'est jeune, pour franchir un tel pas.

— D'après moi, Mameha en aurait été capable, au même âge, rétorqua Mère.

— Dix-huit ans, c'est jeune pour la plupart des filles, dit Mameha. Cela dit, je suis certaine que Mme Nitta a pris la bonne décision en ce qui concerne Sayuri.

Mère tira un moment sur sa pipe, en regardant Mameha, assise de l'autre côté de la table.

— J'ai un conseil à vous donner, Mameha, dit-elle. Contentez-vous d'apprendre à Sayuri à rouler des yeux, comme elle sait si bien le faire. Quant aux décisions d'affaires, laissez-les-moi.

— Je n'aurai jamais la présomption de discuter affaires avec vous, madame Nitta. Vous avez fait un choix avisé, j'en suis persuadée. Mais puis-je vous demander ? Est-ce vrai que Nobu Toshikazu a fait l'offre la plus généreuse ?

— C'est la seule offre que nous ayons eue. Aussi est-ce la plus généreuse.

— La seule offre ? Dommage... Les prix montent, quand plusieurs hommes entrent en compétition. Vous ne savez pas ?

— Laissez-moi gérer les affaires de Sayuri, Mameha-san. J'ai une stratégie pour obtenir un meilleur prix de Nobu Toshikazu.

— J'aimerais savoir laquelle, si cela ne vous ennuie pas, dit Mameha.

Mère posa sa pipe sur la table. Je crus qu'elle allait réprimander Mameha, mais elle déclara :

— Oui, je vais vous la dire, puisqu'on aborde le sujet. Peut-être allez-vous pouvoir m'aider. J'ai pensé que Nobu Toshikazu serait plus généreux s'il apprenait qu'Iwamura Electric a fabriqué le radiateur qui a tué notre Granny. Qu'en pensez-vous ?

— Oh, je m'y connais très peu en affaires, madame Nitta.

— Vous pourriez glisser cela dans la conversation la prochaine fois que vous le verrez. Vous, ou Sayuri. Qu'il sache quel coup ç'a été pour nous. Il voudra nous dédommager, j'en suis certaine.

— Oui, c'est sans doute une bonne idée, dit Mameha. Mais enfin, j'avais l'impression qu'un autre homme avait du goût pour Sayuri.

— Cent yen, c'est cent yen, que ça vienne d'un homme ou d'un autre.

— C'est vrai dans la plupart des cas, dit Mameha.

Mais l'homme auquel je pense est le général Tottori Jun-
nosuke...

A partir de là, je perdis le fil de la conversation.
Mameha essayait de me trouver un autre « danna » ! Je
ne m'étais pas attendue à cela. Avait-elle changé d'avis
et décidé de m'aider, ou bien me remerciait-elle d'avoir
pris son parti ? Il se pouvait aussi qu'elle ait sa propre
stratégie me concernant. Je retournais ces pensées dans
ma tête, quand Mère me donna une petite tape sur le
bras avec le tuyau de sa pipe.

— Eh bien ?

— Madame ?

— Je t'ai demandé si tu connaissais le général !

— Je l'ai rencontré deux ou trois fois, Mère, dis-je.
Il vient souvent à Gion.

Je ne sais pourquoi je lui répondis cela. En vérité,
j'avais souvent vu le général. Il venait à Gion toutes les
semaines, invité par divers hôtes. Il était de petite taille
— plus petit que moi, en fait. Mais ce n'était pas le genre
d'homme qu'on oublie — on n'oublie pas le canon d'un
fusil braqué sur soi. Il avait des gestes nerveux. Il fumait
cigarette sur cigarette, je ne l'avais jamais vu qu'à travers
un nuage de fumée. Un soir où il avait trop bu, le général
m'avait longuement parlé des différents grades, dans l'armée. Je n'arrivais pas à les retenir, ce qui le fit beaucoup
rire. Le grade de Tottori était « sho-jo », ce qui signifie
« petit général », ou général avec une étoile. Et moi,
jeune idiote, j'avais l'impression que ce n'était pas grand-
chose. Il avait sans doute minimisé l'importance de son
grade par modestie.

Mameha dit à Mère qu'on venait de donner une responsabilité nouvelle au général : il était désormais
chargé du ravitaillement de l'armée, occupation assez
proche de celle de la ménagère, quand elle va au
marché, précisa Mameha. Si l'armée manquait de pierres
à encrer, par exemple, le général devait lui en procurer
à un prix intéressant.

— Un nouveau travail qui va permettre au général
d'entretenir une maîtresse pour la première fois de sa
vie. Or je suis presque sûre qu'il s'intéresse à Sayuri.

— Et alors ? dit Mère. Un militaire ne s'occupe pas aussi bien d'une geisha qu'un aristocrate, ou un homme d'affaires.

— C'est peut-être vrai, madame Nitta. Mais le général pourrait être utile à votre okiya.

— C'est absurde ! Je n'ai pas besoin d'aide pour gérer cette okiya. Ce qu'il me faut, c'est un revenu important, et régulier, ce qu'un militaire ne peut m'offrir.

— Nous sommes privilégiés, ici, à Gion, murmura Mameha. Mais si la guerre continue, nous allons souffrir des restrictions.

— Si la guerre continue, oui, dit Mère. Mais ce sera fini dans six mois !

— Et quand la guerre se terminera, les militaires auront d'autant plus de pouvoir. N'oubliez pas, madame Nitta, que le général Tottori est l'homme qui s'occupe du ravitaillement de l'armée. Personne, au Japon, ne saurait aussi bien que lui vous procurer ce dont vous pourriez avoir besoin, que la guerre dure ou non. C'est lui qui décide de la circulation des marchandises.

Mameha avait un peu enjolivé les choses, je l'appris par la suite. Tottori était seulement chargé de cinq circonscriptions administratives. Cela dit, son grade étant plus élevé que celui des autres superviseurs, il avait le pouvoir d'un responsable général.

L'attitude de Mère, quand Mameha lui eut parlé du général ! On la vit réfléchir, supputer, calculer en pensée ce que l'aide de Tottori pourrait lui apporter ! Elle jeta un coup d'œil à la théière, se disant, j'imagine : « Je trouve facilement du thé — pour le moment — bien que le prix ait grimpé... » Après quoi elle glissa une main dans son obi, tâta sa tabatière en soie. Sans doute pour voir combien il lui restait de tabac.

*
* *

La semaine suivante, Mère fit le tour de Gion et passa des coups de téléphone pour obtenir le plus d'informations possible sur le général Tottori. Cette tâche l'occupait entièrement. Elle m'entendait à peine, quand je lui parlais. Les pensées se bousculaient dans sa tête. Elle m'évoquait un train qui a trop de wagons à tirer.

Durant cette période, je continuai à voir Nobu, chaque fois qu'il venait à Gion. Je faisais de mon mieux pour qu'il croie que rien n'avait changé. Sans doute avait-il envisagé que nous serions amants dès la mi-juillet. Juillet se termina. Il n'était toujours pas mon « danna ». Dans les semaines qui suivirent, je le surpris, à plusieurs reprises, en train de me fixer avec perplexité. Un soir, il salua la maîtresse de l'Ichiriki de façon presque insultante : d'un simple hochement de tête, en passant devant elle à grands pas. Cette dame avait toujours considéré Nobu comme un bon client. Elle me lança un regard à la fois inquiet et surpris. Quand j'entrai dans la salle où Nobu donnait sa réception, je remarquai des signes de fureur chez lui — la mâchoire contractée, le saké bu d'un trait. Je ne pouvais lui reprocher d'éprouver de tels sentiments. Il devait me trouver sans cœur de l'ignorer, après toutes ses bontés. Une tristesse insigne s'abattit sur moi, puis le bruit d'une tasse de saké posée sèchement sur la table me fit sursauter. Je levai les yeux. Nobu me regardait. Autour de nous, les invités riaient et s'amusaient. Nobu me fixait, perdu dans ses pensées — tout comme moi. Nous étions comme deux charbons mouillés dans un brasier.

# 26

En septembre 1938, le général Tottori et moi bûmes
du saké ensemble lors d'une cérémonie à l'Ichiriki.
J'avais dix-huit ans. J'avais déjà participé à deux cérémonies de ce genre : une fois avec Mameha, quand elle
était devenue ma grande sœur ; une fois avec Crab,
avant mon « mizuage ». Dans les semaines qui suivirent,
tout le monde félicita Mère d'avoir consacré une alliance
aussi favorable.

Le soir, après la cérémonie, je me rendis dans une
petite auberge du nord-est de Kyoto, sur les instructions
du général. Cette auberge, la « Suruya », n'avait que
trois chambres. Je fus toute déconcertée de me retrouver dans un endroit aussi minable. J'étais tellement
habituée au luxe ! La chambre sentait le moisi. Les tatamis étaient si humides qu'ils chuintaient quand je marchais dessus. Dans un coin, sur le sol, un petit tas de
plâtre effrité. J'entendais un vieil homme lire un article
de journal à haute voix, dans une chambre voisine. Je
m'agenouillai sur le sol, près de la porte. J'étais mal à
l'aise. Aussi éprouvai-je un réel soulagement quand le
général arriva. Je le saluai. Il alluma la radio, s'assit pour
boire une bière.

Au bout d'un moment, il descendit au rez-de-chaussée prendre un bain. Puis il revint, ôta son peignoir, et se
promena dans la chambre complètement nu. Il se frottait

les cheveux avec une serviette. Il avait un petit ventre
rond, une grosse touffe de poils noirs en dessous. Je
n'avais jamais vu un homme nu. Son derrière flasque me
parut presque comique. Quand il se retourna, mes yeux
se posèrent à l'endroit où son « anguille » aurait dû se
trouver. Une chose pendouillait là, qui se manifesta
quand le général s'allongea sur le dos et me dit de me
déshabiller. C'était un tout petit bout d'homme, nullement décontenancé, toutefois, quand il s'agissait de me
donner des ordres. Je m'étais inquiétée en venant : saurais-je trouver un moyen de le satisfaire ? Mais je n'eus
qu'à suivre ses instructions. Il s'était écoulé trois ans,
depuis mon « mizuage ». J'avais oublié la peur que
j'avais éprouvée, quand le docteur s'était finalement
couché sur moi. Je m'en souvenais, à présent, mais je
me sentis plus gênée qu'angoissée. Le général laissa la
radio allumée — et toutes les lumières, comme s'il voulait s'assurer que je visse bien cette chambre sordide, les
taches d'humidité au plafond.

Les mois passèrent, mon malaise s'envola. Mes rencontres avec le général se muèrent en une routine
déplaisante : un rendez-vous deux fois par semaine. Parfois, je me demandais comment ce serait avec le président. Peut-être serait-ce déplaisant, me disais-je, comme
avec le docteur et le général. Survint un événement qui
me fit changer d'avis. Un homme du nom de Yasuda
Akira commença à venir régulièrement à Gion. On avait
parlé de lui dans les journaux : il avait inventé un nouveau
système d'éclairage pour bicyclettes. Il ne fréquentait pas
l'Ichiriki — sans doute n'en aurait-il pas eu les moyens
— mais une petite maison de thé, le Tatematsu, dans le
quartier de Tominaga-cho, non loin de notre okiya. Je fis
sa connaissance lors d'un banquet, au printemps 1939 —
j'avais dix-neuf ans. Il était tellement plus jeune que les
autres clients ! Sans doute n'avait-il pas plus de trente ans.
Je le remarquai dès qu'il entra dans la pièce. Il avait la
même dignité que le président. Je le trouvai très attirant,
assis sur ce coussin, ses manches de chemise roulées au-
dessus de ses coudes, sa veste posée derrière lui sur le
tatami. Pendant quelques instants, j'observai un vieil

homme, à côté de lui. Le vieillard prenait un morceau
de tofu braisé avec ses baguettes, le portait à sa bouche,
déjà grande ouverte. Cela me fit penser à une porte
qu'on ouvre pour laisser passer une tortue. En revanche,
je défaillis presque en voyant Yasuda-san glisser un morceau de bœuf entre ses lèvres sensuelles. Le geste était
élégant, le bras musclé.

Je fis le tour des invités, j'arrivai près de lui, je me
présentai.

— J'espère que vous me pardonnerez, dit-il.

— Vous pardonner ? Qu'avez-vous fait ? m'enquis-je.

— J'ai été très impoli. Je n'ai pas cessé de vous
regarder.

Je glissai ma main dans mon obi, cherchai mon
porte-cartes en brocart. Je sortis une carte, la lui remis
discrètement. Les geishas ont toujours des cartes sur
elles, comme les hommes d'affaires. Les miennes
étaient deux fois plus petites que les cartes habituelles.
Elles étaient en papier de riz épais, avec mon nom
« Sayuri », et « Gion », calligraphiés dessus. Nous étions
au printemps, aussi mes cartes étaient-elles ornées d'un
motif de fleurs de prunier. Yasuda admira ma carte
quelques instants, avant de la glisser dans la poche de
sa chemise. A mon sens, aucune conversation n'eût été
plus éloquente que cet échange muet. Je m'inclinai vers
lui et allai m'asseoir devant son voisin.

A partir de ce jour, Yasuda-san me demanda
chaque semaine, au Tatematsu. Je ne pus m'y rendre
aussi souvent qu'il le souhaitait. Trois mois après notre
rencontre, un après-midi, il m'offrit un kimono. Je fus
très flattée, bien que ce ne fût pas un kimono de
grande qualité. La soie était quelconque, le motif :
des fleurs et des papillons, assez commun. Yasuda-san
voulait que je le porte un soir où j'aurais rendez vous
avec lui. Je le lui promis. Je rentrai à l'okiya avec le
kimono, ce soir-là. Mère me vit monter l'escalier avec
le paquet. Elle me le prit, le défit. Mon cadeau lui
inspira une moue méprisante. Elle dit qu'elle ne voulait
pas me voir dans un kimono aussi laid. Le lendemain,
elle l'avait vendu.

Quand je découvris ce qu'elle avait fait, je lui dis, avec une certaine audace, que ce kimono m'avait été offert à « moi », pas à l'okiya. Et qu'elle n'avait pas le droit de le vendre.

— C'était ton kimono, dit-elle, d'accord, mais tu es la fille de l'okiya. Ce qui appartient à l'okiya t'appartient, et vice versa.

J'étais si furieuse que je n'arrivais même plus à regarder Mère. Quant à Yasuda-san, qui avait désiré me voir dans ce kimono, je le rassurai du mieux que je pus. Le kimono ayant un motif de fleurs et de papillons, je ne pourrais le porter qu'au printemps, lui dis-je. Nous étions en été. Il lui faudrait donc attendre presque un an avant de me voir dedans. Yasuda-san ne sembla pas s'en offusquer.

— Qu'est-ce qu'une année ? dit-il, en me fixant de ses yeux pénétrants. J'attendrais bien plus longtemps. Tout dépend pourquoi on attend.

Nous étions seuls dans la pièce. Yasuda-san posa son verre de bière sur la table d'une façon qui me fit rougir. Il prit ma main. Pour la garder dans les siennes un long moment, pensai-je. A ma grande surprise, il la porta à ses lèvres, embrassa l'intérieur de mon poignet avec passion. J'en eus des frissons dans tout le corps. J'étais une fille docile : jusque-là, j'avais toujours obéi à Mère et à Mameha — et à Hatsumomo, quand je n'avais pas eu le choix. Mais je ressentais un tel désir pour Yasuda-san et une telle colère envers Mère ! Faisant fi de ses interdits, je donnai rendez-vous à Yasuda au Tate-matsu à minuit. Puis je partis.

J'arrivai à la maison de thé juste avant minuit. J'allai voir l'une des jeunes servantes. Je lui promis une somme d'argent indécente, si elle veillait à ce qu'on ne nous dérange pas, Yasuda et moi — nous occuperions l'un des salons une demi-heure. J'y étais déjà, assise dans le noir, quand la servante ouvrit la porte et introduisit Yasuda. Il laissa tomber son chapeau sur les tatamis, et me mit debout, avant même que la porte ne fût refermée. J'éprouvai un tel plaisir à presser mon corps contre le sien ! Comme si je mangeais après avoir eu longtemps faim. Il me serra plus fort contre lui. Je fis de même. Je ne fus pas choquée de voir ses mains se glisser dans les fentes de mes vêtements, chercher ma peau. Il y eut des moments étranges, comme avec le général, mais je n'eus pas les mêmes sensations. Mes rencontres avec le général me rappelaient l'enfant qui atteint le sommet de l'arbre et arrache certaine feuille convoitée après des efforts insensés. Il me fallait user de gestes précis, supporter le malaise, pour finalement atteindre mon but. Avec Yasuda, j'avais l'impression d'être un enfant qui dévale une colline en courant. Un quart d'heure plus tard, comme nous étions allongés côte à côte sur les tatamis, essoufflés, il écarta un pan de sa chemise et posa ma main sur son ventre, que je sente sa respiration. Je n'avais jamais été aussi proche d'un être humain, bien que nous n'ayons pas échangé un seul mot.

C'est alors qu'une vérité s'imposa à moi : être étendue sur le futon, immobile, pour le bon plaisir du docteur ou du général était une chose. Il en serait tout autrement avec le président.

\*
\* \*

Maintes geishas voient leur vie changer tragiquement après avoir pris un « danna ». Je ne vis presque pas la différence. Je continuai à sortir le soir dans Gion. L'après-midi, il m'arrivait de partir en excursion. Certaines de ces sorties étaient étranges : j'accompagnai un homme à l'hôpital, qui rendait visite à son frère. Les changements que j'avais espérés n'eurent pas lieu : spectacles de danse financés par mon « danna », cadeaux somptueux, week-ends de détente. Mère avait raison : un militaire ne s'occupe pas aussi bien d'une geisha qu'un homme d'affaires ou un aristocrate.

Si le général apportait peu de changements dans ma vie, l'okiya bénéficiait de ses bienfaits. Il couvrait mes frais, comme le font les « danna » —, mes cours, ma taxe d'enregistrement annuelle, mes frais médicaux, et... je ne sais même quoi d'autre — mes chaussettes, sans doute. Cela dit, son poste de directeur du ravitaillement lui donnait un réel pouvoir, comme l'avait dit Mameha. Il pouvait faire pour nous ce qu'aucun autre « danna » n'eût été en mesure d'accomplir. Tatie tomba malade en mars 1939. Nous craignîmes pour sa vie. Les médecins ne nous furent d'aucune aide. Le général passa un coup de téléphone : le lendemain, un grand médecin de l'hôpital militaire de Kamigyo venait nous voir et donnait à Tatie un remède qui la guérit. Je n'avais pas dansé sur les scènes de Tokyo, le général ne m'avait pas offert de joyaux. Cependant, notre okiya ne manquait de rien. Tottori nous faisait régulièrement porter du sucre, du thé, du chocolat — denrées devenues rares, même à Gion. Mère s'était trompée, en estimant que la guerre allait durer six mois. Si on nous l'avait dit, nous ne l'aurions pas cru, à l'époque, mais le pire restait à venir.

*
* *

Durant l'automne où le général devint mon « danna », Nobu cessa de m'inviter à des soirées. Je ne tardai pas à réaliser qu'il ne fréquentait plus l'Ichiriki. Je ne voyais qu'une raison à cela : m'éviter. La maîtresse de l'Ichiriki pensait la même chose. Au nouvel an, j'envoyai une carte à Nobu, comme à tous mes clients. Il ne répondit pas. A présent, je puis vous dire avec désinvolture combien de mois je restai sans nouvelles de lui. Mais, à l'époque, je vécus dans l'angoisse. J'avais le sentiment d'avoir trahi un homme qui m'avait traitée avec bonté — un homme que j'en étais venue à considérer comme un ami. Pis, sans l'appui de Nobu, je n'étais plus invitée aux fêtes d'Iwamura Electric. Je n'avais donc plus la moindre chance de revoir le président.

Lequel fréquentait toujours l'Ichiriki, bien que Nobu n'y vînt plus. Un soir, dans le couloir, je le vis réprimander un jeune collaborateur avec force gestes. Je n'osai pas l'interrompre. Un autre soir, une jeune apprentie à l'air inquiet, une certaine Naotsu, l'accompagnait aux toilettes quand il me vit. Il abandonna Naotsu pour venir me parler. Nous échangeâmes les formules de politesse habituelles. Je crus voir, dans son sourire, cette fierté contenue qu'ont souvent les hommes à l'égard de leurs enfants. Avant qu'il ne s'éclipse je lui dis :

— Président, si jamais, un soir, vous aviez besoin d'une geisha de plus..

C'était là une façon très directe de m'adresser à lui. A mon grand soulagement, il ne s'en offusqua pas.

— C'est une bonne idée, Sayuri, je demanderai que vous soyez présente.

Plusieurs semaines s'écoulèrent. Il ne m'invita pas.

Un soir de mars, assez tard, je passai dans une fête très animée que donnait le gouverneur de la préfecture de Kyoto à la maison de thé Shunju. Le président était là. Il jouait à qui boira le plus. Il perdait. Il avait l'air épuisé, en bras de chemise, sa cravate desserrée. Le gouverneur avait perdu la plupart des manches, mais il tenait mieux l'alcool que le président.

— Je suis ravi que vous soyez là, Sayuri, me dit-il. Il faut que vous m'aidiez. Je suis en mauvaise posture.

En voyant son beau visage un peu rouge, ses manches de chemise roulées au-dessus de ses coudes, je pensai à Yasuda-san, ce fameux soir, au Tatematsu. L'espace d'un instant, j'eus l'impression qu'il n'y avait plus que le président et moi dans la pièce. Vu son état de légère ébriété, je pourrais me pencher vers lui, il me prendrait dans ses bras, je presserais mes lèvres contre les siennes. Je paniquai : et s'il avait lu dans mes pensés ? S'il comprit, il n'en montra rien. Afin de l'aider dans ce jeu où il s'était engagé, je conspirai avec une autre geisha pour ralentir la cadence. Le président sembla m'en être reconnaissant. Le jeu s'acheva. Le président vint s'asseoir à côté de moi. Il me parla longuement, tout en buvant de l'eau pour atténuer les effets de l'alcool. Il sortit un mouchoir de sa poche, le même que celui que je glissais dans mon obi. Il se tamponna le front avec, lissa ses cheveux du plat de la main et me dit :

— Vous avez vu votre vieil ami Nobu ?

— Je n'ai plus de nouvelles de lui, président. Je crois qu'il est fâché.

Le président regarda son mouchoir, tout en le repliant.

— L'amitié est une chose précieuse, Sayuri. Il ne faut jamais gâcher une amitié.

Je repensai à cette conversation dans les semaines qui suivirent. Puis un jour, fin avril, j'étais au théâtre, je me maquillais pour les « Danses de l'Ancienne Capitale », quand une apprentie que je connaissais à peine vint me trouver. Je reposai ma brosse, m'attendant à ce qu'elle me demande une faveur — notre okiya continuait à disposer de denrées dont les autres avaient appris à se passer. Mais elle me dit :

— Je suis navrée de vous déranger, Sayuri-san. Je m'appelle Takazuru. Je me demandais si vous pourriez m'aider. Je sais que vous avez été très liée avec Nobu-san.

Cela faisait des mois que je m'interrogeais sur lui, des mois que je me sentais coupable envers lui. Et j'entendais prononcer son nom au moment où je m'y attendais le moins ! Cela me fit l'effet d'un volet qu'on ouvre après l'orage, et qui laisse entrer la première bouffée d'air.

— Nous devons nous entraider chaque fois que nous le pouvons, Takazuru, dis-je. S'il s'agit d'un problème avec Nobu, je suis d'autant plus disposée à vous venir en aide. J'espère qu'il va bien.

— Oh oui, il va bien, madame. Enfin, je pense. Il vient à la maison de thé Awazumi, à l'est de Gion. Vous connaissez cette maison ?

— Oui, je la connais. Mais j'ignorais que Nobu-san y allait.

— Il y vient assez souvent, me dit Takazuru. Mais, puis-je vous demander, Sayuri-san ? Vous le connaissez depuis longtemps et... enfin, Nobu-san est un homme gentil, non ?

— Pourquoi me le demandez-vous, Takazuru ? Si

vous avez passé du temps avec lui, vous devez savoir s'il est gentil ou pas !

— Je dois vous paraître idiote. Mais je suis tellement perturbée ! Nobu-san demande que je m'occupe de lui chaque fois qu'il vient à Gion. Ma grande sœur me dit que c'est le meilleur des clients. Mais elle est furieuse après moi parce que j'ai pleuré devant lui plusieurs fois. Je sais que je ne devrais pas, mais je ne peux lui promettre de ne pas recommencer !

— Il est cruel avec vous, n'est-ce pas ?

En guise de réponse, la pauvre Takazuru serra ses lèvres tremblantes l'une contre l'autre. Ses yeux se remplirent de larmes. J'eus bientôt l'impression qu'elle me regardait à travers deux flaques d'eau.

— Parfois Nobu-san ne réalise pas qu'il a des propos blessants, dis-je. Mais il doit bien vous aimer, Takazuru. Sinon, pourquoi requerrait-il votre présence ?

— Il me demande parce qu'il a besoin de quelqu'un sur qui passer sa rage, à mon avis. Un jour, il m'a dit que mes cheveux sentaient bon. Puis il a ajouté : « Pour une fois ! »

— C'est curieux que vous le voyiez si souvent. Cela fait des mois que j'espère tomber sur lui.

— Oh n'allez pas le voir, Sayuri-san ! Je vous en prie ! Il ne cesse de me répéter que je ne suis pas aussi bien que vous. Et cela à tout propos. S'il vous revoit, il va me trouver encore moins à son goût. Je sais que je ne devrais pas vous ennuyer avec mes problèmes, madame, mais... je pensais que vous pourriez m'expliquer comment lui plaire. Il aime les conversations passionnantes, mais je ne sais jamais de quoi parler. Je ne suis pas très intelligente, paraît-il.

A Kyoto, on dit ce genre de choses par courtoisie, mais j'eus le sentiment que cette pauvre fille ne mentait pas. Cela ne m'eût pas surprise que Nobu se servît d'elle comme le tigre se sert de l'arbre pour se faire les griffes. Je ne voyais pas quel conseil donner à Takazuru. Aussi lui suggérai-je de lire à Nobu un ouvrage historique. Qu'elle en lise un extrait chaque fois, lui dis-je. J'avais moi-même fait cela de temps à autre — certains hommes n'aiment rien tant que s'asseoir, les yeux mi-clos, écouter une voix de femme leur conter une histoire. J'ignorais comment réagirait Nobu, mais Takazuru me remercia de lui avoir suggéré cette idée.

*
* *

Maintenant que je savais où trouver Nobu, j'étais décidée à aller le voir. Je regrettais de l'avoir fâché. Pis : je pouvais ne jamais revoir le président, si je cessais définitivement de fréquenter Nobu. Je pensais qu'en le revoyant j'avais une chance de renouer cette amitié. Hélas, je ne pouvais me présenter à l'Awazumi sans être invitée — je n'entretenais pas de relations régulières avec cette maison. Je finis par trouver une solution : je passerai devant l'Awazumi le plus souvent possible, le soir — dans l'espoir de tomber sur Nobu. Je connaissais suffisamment ses habitudes pour évaluer l'heure à laquelle il arrivait.

Pendant plus de deux mois, je m'imposai cette discipline. Un soir, je le vis sortir d'une limousine noire, dans la ruelle. Je savais que c'était lui : avec sa manche épinglée à l'épaule, il avait une silhouette reconnaissable entre toutes. Je marchai dans sa direction. Son chauffeur lui tendit sa serviette. Je m'arrêtai dans la lumière d'un réverbère et poussai un cri de joie. Nobu regarda dans ma direction, comme je l'avais espéré.

— Ah ! s'écria-t-il. J'avais oublié à quel point une geisha peut être belle.

Il avait parlé avec une telle désinvolture ! Je me demandai s'il m'avait reconnue.

— Monsieur, dis-je, vous avez la voix de mon vieil ami Nobu-san. Mais sans doute est-ce une coïncidence, car on ne le voit plus à Gion.

Le chauffeur referma la portière. Nous restâmes debout sans rien dire, jusqu'à ce que la voiture se fût éloignée.

— Quel soulagement de revoir Nobu-san ! m'exclamai-je. Mais j'ai de la chance qu'il ne soit pas dans la lumière !

— Parfois je me demande ce que vous racontez, Sayuri. Ce doit être Mameha, qui vous a appris ce procédé. Ou peut-être dit-on à toutes les geishas de se comporter de cette façon-là.

— Nobu-san est dans l'ombre. Ainsi je ne vois pas son expression fâchée.

— Ah, dit-il. Vous pensez que je suis fâché.

— Que penser d'autre, quand un vieil ami disparaît pendant des mois ? Vous allez sans doute me dire que vous étiez trop occupé pour venir à l'Ichiriki.

— Parce que ça ne peut pas être vrai ?

— Vous venez souvent à Gion. Ne me demandez comment je le sais. Je vous le dirai si vous acceptez de marcher un peu avec moi.

— D'accord, dit Nobu. Puisque c'est une belle soirée...

— Oh, Nobu-san, ne dites pas ça ! Je préférerais que vous disiez : « Je ne vous ai pas vue depuis si longtemps ! Je serai ravi de faire quelques pas avec vous ! »

— Je vais faire quelques pas avec vous, dit-il. De là à savoir pourquoi je le fais, pensez ce que vous voulez.

J'acquiesçai d'un petit hochement de tête. Nous descendîmes la ruelle en direction du parc de Maruyama.

— Si Nobu-san ne veut pas que je le croie fâché, dis-je, pourquoi se conduit-il comme une panthère qui n'a rien mangé depuis des mois ? Pas étonnant que vous terrorisiez la pauvre Takazuru...

— Ainsi elle est venue vous voir, dit Nobu. Elle est agaçante...

— Si vous ne l'aimez pas, pourquoi la demandez-vous chaque fois que vous venez à Gion ?

— Je n'ai jamais demandé à la voir ! Pas une fois ! C'est sa grande sœur qui m'impose sa présence. Elle me fait penser à vous, ce qui est déjà déplaisant. Mais en plus vous allez profiter de ce que vous êtes tombée sur moi pour me reprocher de ne pas l'aimer !

— En fait, Nobu-san, je ne suis pas « tombée » sur

vous. Cela fait des semaines que je passe devant la maison de thé, dans l'espoir de vous voir.

Cela fit réfléchir Nobu. Nous marchâmes en silence pendant plusieurs minutes. Finalement il me dit :

— Cela n'a rien d'étonnant. Vous êtes une intrigante.

— Que pouvais-je faire d'autre, Nobu-san ? Je pensais que vous aviez disparu. J'aurais pu ne jamais vous retrouver, si Takazuru n'était pas venue me voir en pleurs, pour me dire que vous la traitiez mal.

— J'ai sans doute été dur avec elle. Mais elle n'est pas aussi intelligente que vous — ni aussi jolie. Et puis c'est vrai, je vous en veux.

— Qu'ai-je fait, pour qu'un vieil ami m'en veuille à ce point ?

Nobu s'arrêta et se tourna vers moi, l'air affreusement triste. J'eus soudain une immense tendresse pour lui — peu d'hommes, dans ma vie, m'ont inspiré ce sentiment. Il m'avait beaucoup manqué, je l'avais trahi. Cela dit, ma tendresse était teintée de pitié.

— Après maintes recherches dit-il, j'ai fini par découvrir l'identité de votre « danna ».

— Si Nobu-san me l'avait demandé, je le lui aurais dit.

— Je ne vous crois pas ! Vous, les geishas, vous ne parlez pas. J'ai demandé à des dizaines de geishas, dans Gion, qui était votre « danna ». Elles ont toutes prétendu ne pas savoir. Si je n'avais pas demandé à Michizono de s'occuper de moi, un soir, je ne l'aurais jamais su.

Michizono avait environ cinquante ans, à l'époque. Cette femme était une légende, dans Gion. Elle n'était pas jolie, mais elle arrivait à faire rire Nobu rien qu'en fronçant le nez.

— Nous avons joué à qui boira le plus, poursuivit Nobu. J'ai gagné. A la fin, la pauvre Michizono était complètement soûle. J'aurais pu lui poser n'importe quelle question, elle m'aurait répondu.

— Que d'efforts !

— Oh non ! Elle est de compagnie agréable. Mais

vous voulez que je vous dise ? J'ai perdu tout respect pour vous depuis que je sais que votre « danna » est un petit homme en uniforme que personne n'estime.

— Nobu-san semble croire que j'ai la possibilité de choisir mon « danna ». La seule chose que je puisse choisir, c'est mon kimono. Et encore...

— Vous savez pourquoi cet homme a un poste dans l'administration ? Parce qu'il est incapable d'assumer un rôle plus important. Je connais très bien l'armée, Sayuri. Ses supérieurs ne savent pas où le caser. Vous auriez aussi bien pu vous lier avec un mendiant ! Je vous ai beaucoup aimée, Sayuri, mais...

— Nobu-san ne m'aime donc plus ?

— Je n'ai aucune tendresse pour les sottes.

— C'est horrible, ce que vous me dites ! Vous voulez me faire pleurer ? Nobu-san ! Suis-je sotte parce que vous ne pouvez admirer mon « danna » ?

— Vous, les geishas ! Je ne connais pas de femmes plus irritantes ! Vous passez votre temps à consulter vos almanachs. « Oh, je ne puis marcher vers l'est, aujourd'hui, ça me porterait malheur ! » Mais quand il s'agit de choses essentielles, qui affectent le cours de votre vie, vous faites n'importe quoi !

— Nous ne faisons pas n'importe quoi. Nous acceptons ce que nous ne pouvons changer.

— Vraiment ? J'ai appris plusieurs choses, ce fameux soir, quand j'ai fait boire Michizono. Vous êtes la fille de l'okiya, Sayuri ! N'allez pas me dire que vous n'avez aucun libre arbitre. C'est votre devoir d'user de votre pouvoir, à moins que vous ne vouliez dériver dans la vie le ventre en l'air, tel un poisson mort dans une rivière.

— J'aimerais croire que la vie est autre chose qu'une rivière qui nous entraîne où elle veut, le ventre en l'air.

— Si la vie est une rivière, vous restez libre de barboter ici ou là. La rivière va se diviser, encore et encore. Vous allez vous cogner à divers obstacles, mais si vous vous démenez, si vous vous battez, si vous tirez parti des atouts qui sont les vôtres...

— Encore faut-il disposer de certains avantages.

— Il suffit de regarder autour de vous ! Moi, par exemple, je ne jette rien, même un vieux noyau de pêche. Quand le moment est venu de le jeter, je m'assure de le balancer sur quelqu'un que je déteste !

— Nobu-san, me conseillez-vous de jeter des noyaux de pêche ? !

— Ne riez pas. Vous savez parfaitement de quoi je veux parler. Nous nous ressemblons beaucoup, Sayuri. Je sais qu'elles m'appellent « M. Lézard », et voilà que surgit une adorable créature : vous. La première fois que je vous ai vue, à ce tournoi de sumo, quel âge aviez-vous ? Quatorze ans ? J'ai tout de suite su que vous étiez une fille pleine de ressources.

— J'ai toujours pensé que Nobu-san me surestimait.

— Vous avez peut-être raison. Je pensais que vous étiez différente des autres, Sayuri. Mais vous tournez le dos à votre destin. Lier votre sort à celui du général ! Je me serais très bien occupé de vous, vous savez. Ça me rend fou, rien que d'y penser ! Ce général sortira de votre vie sans vous laisser un seul souvenir marquant. Est-ce ainsi que vous voulez gâcher votre jeunesse ? Une femme qui agit comme une idiote est une idiote, non ?

A force d'usure, un tissu finit par laisser sa trame apparaître. Les propos de Nobu m'avaient tellement affectée ! Je ne parvins plus à sauver la face. J'étais dans l'ombre, heureusement. Nobu m'aurait méprisée encore davantage, s'il avait vu la peine que j'éprouvais. Mon silence dut me trahir. Il posa sa main sur mon épaule, me fit pivoter de quelques degrés vers la lumière. Il me regarda dans les yeux et poussa un profond soupir.

— Pourquoi ai-je toujours l'impression que vous êtes plus âgée, Sayuri ? dit-il, au bout d'un moment. Parfois j'oublie que vous êtes encore une jeune fille. Vous allez me dire que j'ai été trop dur avec vous.

— Nobu-san est comme il est.

— Je supporte mal la déception, Sayuri. Vous devriez le savoir. Que vous m'ayez trahi parce que vous êtes trop jeune ou parce que vous n'êtes pas la femme que je croyais... vous m'avez trahi, non ?

— Nobu-san, je vous en prie. Cela m'effraie de vous entendre dire des choses pareilles. Serai-je jamais capable de vivre en adéquation avec l'image que vous avez de moi ?

— Quelle image ? Je veux que vous traversiez la vie les yeux ouverts ! Montrez-vous à la hauteur de votre destin ! Profitez de chaque instant de votre vie pour l'accomplir. On ne peut demander à une fille comme Takazuru d'agir avec un tel courage et une telle lucidité, mais...

— Nobu-san ne m'a-t-il pas traitée de sotte toute la soirée ?

— Il ne faut pas croire ce que je dis quand je suis en colère, vous le savez bien.

— Alors Nobu-san n'est plus fâché contre moi ? Il viendra me voir à l'Ichiriki ? Ou bien il m'invitera à ses soirées ? J'ai un peu de temps, ce soir. Je pourrais suivre Nobu-san, s'il me le demandait.

Nous avions fait le tour du pâté de maisons. Nous nous trouvions devant l'entrée de la maison de thé.

— Je ne vous le demande pas, dit-il.

Il ouvrit la porte.

Je ne pus m'empêcher de pousser un grand soupir. Un grand soupir, dis-je, car il contenait tant de petits soupirs — frustration, tristesse, déception. Et d'autres sentiments que je ne pouvais identifier.

— J'ai parfois tellement de mal à vous comprendre, Nobu-san !

— Je suis pourtant facile à comprendre, Sayuri. J'ai horreur qu'on m'agite sous le nez des choses que je ne peux avoir.

Avant que j'aie pu lui répondre, il entra dans la maison de thé et referma la porte derrière lui.

# 27

Durant l'été 1939, je travaillai comme une forcenée — réceptions, spectacles de danse, rendez-vous avec le général. Le matin, j'avais du mal à me lever, j'avais l'impression d'être un seau rempli de clous. Cela dit, j'arrivais à oublier ma fatigue vers le milieu de l'après-midi. Je me demandais souvent combien me rapportaient tous ces efforts, tout en pensant qu'on ne me le dirait pas. Puis un après-midi, Mère me fit venir dans sa chambre. Elle m'annonça que j'avais gagné plus qu'Hatsumomo et Pumpkin réunies, ces derniers six mois. J'en restai bouche bée.

— Le moment est venu d'échanger vos chambres, déclara-t-elle.

Cette nouvelle ne me réjouit pas autant que vous pourriez l'imaginer. Ces dernières années, Hatsumomo et moi avions cohabité en nous évitant. Cependant, je m'attendais à voir le tigre se réveiller à tout moment. Hatsumomo ne penserait pas qu'elle échangeait sa chambre contre la mienne, mais qu'on lui prenait sa chambre.

Je vis Mameha ce soir-là. Je lui fis part de la décision de Mère. Et de mes craintes : Hatsumomo n'allait-elle pas s'attaquer à nouveau à moi ?

— Ce serait bien, dit Mameha. Il faut que ça saigne,

pour que cette femme s'avoue vaincue. Donnons-lui l'occasion de s'infliger une dernière blessure.

Le lendemain matin, très tôt, Tatie vint à l'étage exposer les modalités du déménagement. Elle m'emmena dans la chambre d'Hatsumomo et me dit que le coin, au fond, à gauche, serait désormais le mien. Puis elle fit venir Pumpkin et Hatsumomo dans ma petite chambre et leur montra quel espace occuper. Nous nous installerions dans nos nouvelles chambres quand nous aurions déménagé toutes nos affaires.

Je m'attelai à la tâche dès le début de l'après-midi, transportant mes affaires dans le couloir, d'une chambre à l'autre. J'aimerais pouvoir dire que j'avais amassé une collection d'objets d'art, comme Mameha à mon âge. Hélas, les temps étaient durs. Le gouvernement militaire avait interdit la vente des cosmétiques, les jugeant superflus. Mais nous disposions toujours de produits de luxe, à Gion — étant les jouets délicats d'hommes puissants. Cependant, les cadeaux somptueux n'étaient pas d'actualité. Aussi n'avais-je récolté, au fil des années, que quelques rouleaux, des pierres à encrer, des bols en céramique, une collection de clichés stéréoscopiques de vues célèbres, et un joli stéréoscope en argent, que m'avait donnés l'acteur de Kabuki Onoe Yoegoro XVII. Je déménageai toutes ces choses — avec mon maquillage, mes sous-vêtements, mes livres et mes magazines — dans le coin qui m'était imparti. Le lendemain soir, Hatsumomo et Pumpkin n'avaient toujours pas commencé à déménager leurs affaires. Le troisième jour, en rentrant de mes cours, je décidai de demander l'aide de Tatie si les onguents et autres flacons appartenant à Hatsumomo encombraient toujours la table de maquillage.

Quand j'arrivai en haut de l'escalier, je fus surprise de voir la porte de nos deux chambres — la mienne et celle d'Hatsumomo — grandes ouvertes. Sur le plancher du couloir, un pot de crème blanche, cassé. Quelque chose clochait. Je vis quoi en entrant dans ma chambre. Hatsumomo était assise à ma petite table, en train de lire un cahier dans lequel je notais mes pensées.

Les geishas font un vœu de discrétion tacite — elles ne parlent jamais des hommes qu'elles fréquentent. Aussi serez-vous surpris si je vous dis qu'un après-midi, à l'époque où j'étais encore apprentie, j'entrai dans une boutique et m'achetai un joli cahier pour commencer mon journal. Je ne consignai pas ces choses qu'une geisha n'est pas censée révéler. Je notai seulement mes sentiments et mes pensées. Lorsque je parlais d'un homme, je lui donnais un nom de code. Nobu s'appelait « M. Tsu », dans mon journal : il lui arrivait d'exprimer son mépris en faisant « tsu ». Quant au président, je l'avais baptisé « M. Haa ». Un jour, il avait poussé un soupir d'aise et fait « haa ». J'avais imaginé qu'il se réveillait dans mes bras et disait « haa ». Aussi cette exclamation fit-elle grande impression sur moi. Cela dit, je n'avais jamais pensé qu'on lirait ce que j'avais écrit.

— Sayuri, je suis bien contente de te voir ! lança Hatsumomo. J'étais impatiente de te dire à quel point j'appréciais ton journal. Certains passages sont « très » intéressants. Tu as un style touchant. Ta calligraphie est assez médiocre, mais...

— Avez-vous lu ce que j'ai écrit sur la première page ?

— Je ne crois pas. Voyons... « Confidentiel ». Tiens, voilà un exemple qui illustre bien ce que je disais à propos de ta calligraphie.

— Hatsumomo, veuillez reposer ce cahier sur la table et sortir de ma chambre, s'il vous plaît.

— Enfin, Sayuri ! Je voulais seulement t'aider ! Pourquoi appeler Nobu Toshikazu « M. Tsu », par exemple ? Ça ne lui va pas du tout ! Tu aurais dû l'appeler « M. Cloques », ou « M. Manchot ». Tu peux changer, si tu veux, sans préciser que c'est moi qui ai eu l'idée.

— Je ne vois pas ce que vous voulez dire, Hatsumomo. Je n'ai rien écrit sur Nobu.

Hatsumomo poussa un soupir, comme pour dire que j'étais une piètre menteuse. Elle se mit à feuilleter mon journal.

— Si tu ne parlais pas de Nobu, alors dis-moi à qui tu faisais allusion, déclara-t-elle. Voyons... Ah, voilà :

« Lorsqu'une geisha le dévisage, M. Tsu rougit de colère. Moi, je peux le regarder aussi longtemps que je veux : il adore ça. Son aspect physique, et le fait qu'il soit manchot ne me rebutent pas. » Tu connais un sosie de Nobu, sans doute. Tu devrais les présenter ! Pense à tout ce qu'ils auraient à se dire !

J'étais écœurée. C'est une chose de voir ses secrets dévoilés, mais de voir sa propre sottise ainsi révélée... Si je maudissais quelqu'un, c'était moi, pour avoir gardé ce journal, et pour l'avoir rangé dans un endroit où Hatsumomo pourrait le trouver ! Un commerçant qui laisse ses marchandises dehors peut difficilement en vouloir à l'orage de les avoir abîmées.

J'allai jusqu'à la table, pour prendre mon journal des mains d'Hatsumomo, mais elle le serra contre sa poitrine et se leva. De l'autre main, elle prit le verre qu'elle buvait. Étant près d'elle, je reconnus l'odeur du saké. Elle était ivre.

— Tu veux récupérer ton journal, et je vais te le rendre, Sayuri, dit-elle, en se dirigeant vers la porte. Le problème, c'est que je n'ai pas fini de le lire. Aussi vais-je l'emporter dans ma chambre. A moins que tu ne préfères que je le donne à Mère. Je suis certaine qu'elle appréciera les passages qui lui sont consacrés !

J'ai dit qu'un pot de crème gisait sur le plancher en mille morceaux. Quand Hatsumomo cassait quelque chose, elle ne prenait même pas la peine d'appeler les servantes. Cela dit, en sortant de ma chambre, elle eut ce qu'elle méritait. Sans doute avait-elle oublié le pot cassé — elle était très éméchée. Elle marcha sur le verre brisé, poussa un cri. Elle regarda son pied, émit un bruit haletant, mais continua son chemin.

Je paniquai, lorsqu'elle rentra dans sa chambre. J'envisageai d'aller lui arracher le journal des mains. Puis je me souvins de cette prise de conscience de Mameha, pendant le tournoi de sumo. Se précipiter sur son adversaire était la chose la moins subtile à faire. Mieux valait attendre qu'Hatsumomo se détende. Qu'elle pense avoir gagné. Je lui prendrais alors le journal au moment où elle s'y attendrait le moins. Cela me sembla être une bonne idée. Puis je me dis qu'elle pouvait le cacher.

J'allai derrière sa porte et chuchotai :

— Hatsumomo-san, excusez-moi de m'être emportée. Puis-je entrer ?

— Non.

J'ouvris néanmoins la porte. La pièce était dans un désordre inouï. Hatsumomo avait posé des choses partout, dans l'idée de déménager. Le journal était sur la table. Hatsumomo pressait une serviette sur son pied. Comment allais-je détourner son attention ? Je n'en avais pas la moindre idée, mais je n'allais certainement pas sortir de cette pièce sans mon journal.

Hatsumomo se conduisait comme un rat, mais elle n'était pas sotte. Si elle n'avait pas bu, je n'aurais même pas essayé de la jouer. Mais vu son état d'ébriété avancé... Je parcourus le plancher du regard : des piles de vêtements voisinaient avec des flacons de parfum et d'autres choses éparpillées par terre. La porte du placard était ouverte. A l'intérieur, le coffret où elle rangeait ses bijoux. Lesquels gisaient sur le tatami, comme si elle les avait essayés, puis abandonnés là. Un objet attira mon attention aussi clairement qu'une étoile solitaire dans un ciel noir.

C'était une broche pour obi en émeraude, celle qu'Hatsumomo m'avait accusée d'avoir volée le soir où je l'avais surprise avec son amant, des années plus tôt. Je n'avais jamais pensé la retrouver. J'allai jusqu'au placard, je me baissai, je ramassai le bijou.

— Quelle bonne idée ! Vole-moi donc un bijou ! s'exclama Hatsumomo. Tu me le rembourseras en liquide. Ça m'arrange, en fait.

— Je suis ravie que vous n'y voyiez pas d'inconvénient ! lui dis-je. Mais combien devrais-je payer ce bijou-là ?

Je m'approchai d'elle et lui mis la broche sous le nez. Son sourire radieux s'envola. Elle était sous le choc. Je tendis la main et récupérai mon journal, sur la table.

Je ne savais pas comment Hatsumomo allait réagir. Je sortis, refermai la porte derrière moi. Je pensai montrer à Mère ce que j'avais trouvé, mais je ne pouvais aller la voir avec ce journal. J'ouvris la porte du placard où l'on rangeait les kimonos de la saison. Je glissai le journal entre deux habits enveloppés de papier de soie. La chose avait duré trois secondes, mais à tout instant, je m'étais attendue à ce qu'Hatsumomo ouvre la porte de sa chambre et me voie. Après avoir refermé la porte du placard, je me précipitai dans ma chambre. J'ouvris et fermai les tiroirs de ma table de maquillage à grand bruit, qu'Hatsumomo croie que j'avais caché le journal dans le meuble.

Je ressortis dans le couloir. Elle se tenait dans l'embrasure de sa porte. Un sourire dansait sur ses lèvres, comme si elle s'amusait de la situation.

Je m'efforçai d'avoir l'air préoccccupé — ce qui n'était pas très difficile. J'allai dans la chambre de Mère, posai la broche devant elle, sur la table. Elle poussa le magazine qu'elle était en train de lire, leva la broche dans la lumière, l'admira.

— C'est une belle pièce, dit-elle. Mais on n'en tirera pas grand-chose au marché noir. Ce genre de bijou ne se vend pas très cher.

— Je suis sûre qu'Hatsumomo va le payer un bon prix, Mère, déclarai-je. Vous vous souvenez de cette broche que je suis censée lui avoir volée, il y a des années ? Celle qu'on a ajoutée à ma dette ? Eh bien c'est celle-là. Je viens de la trouver par terre, dans le placard d'Hatsumomo, à côté de son coffret à bijoux.

— Vous savez, Mère, dit Hatsumomo, qui m'avait rejointe dans la chambre et se tenait derrière moi, je crois que Sayuri a raison. C'est la broche que j'ai perdue ! Ou du moins, ça y ressemble. Je ne pensais pas la revoir !

— Oui, c'est très difficile de retrouver ses affaires quand on est soûle du matin au soir, dis-je. Vous devriez mieux regarder dans votre coffret à bijoux.

Mère posa la broche sur la table et continua de toiser Hatsumomo d'un air sévère.

— Je l'ai trouvée dans sa chambre, Mère, dit mon ennemie. Elle l'avait cachée dans le tiroir de sa table de maquillage.

— Pourquoi fouillais-tu dans son tiroir ? s'enquit Mère.

— Je ne voulais pas vous le dire, Mère, mais Sayuri avait laissé traîner un cahier sur sa table, et j'essayais de le cacher, pour lui rendre service. J'aurais dû vous l'apporter tout de suite, je sais, mais... Elle tient un journal, vous savez. Elle me l'a montré l'année dernière. Elle a écrit des choses incriminantes sur plusieurs hommes. Et puis il y a des passages sur vous, Mère.

Je pensai nier la chose, mais tout cela n'avait plus d'importance. Hatsumomo était en mauvaise posture, et quoi qu'elle pût dire n'y changerait rien. Dix ans plus tôt, quand c'était elle qui rapportait le plus d'argent à l'okiya, elle aurait sans doute pu m'accuser de n'importe quoi — d'avoir mangé les tatamis de sa chambre, par exemple. Mère eût ajouté à ma dette le coût de tatamis neufs. Heureusement, les choses avaient changé : la brillante carrière d'Hatsumomo touchait à sa fin ; la mienne ne faisait que commencer. J'étais la fille de l'okiya et sa principale geisha. A mon avis, Mère ne se souciait même pas de savoir qui disait la vérité.

— Ce journal n'existe pas, Mère, dis-je. Hatsumomo a tout inventé.

— Ah oui ? rétorqua Hatsumomo. Je vais aller le chercher, alors, et pendant que Mère le lira, tu pourras toujours dire que j'ai tout inventé !

Hatsumomo se dirigea vers ma chambre, Mère sur ses talons. Le plancher du couloir était dans un triste état. Non seulement Hatsumomo avait cassé un pot de crème et marché dessus, mais elle avait laissé des traînées de crème et de sang dans le couloir, à l'étage — et sur les tatamis de sa chambre, de la chambre de Mère et de la mienne. Elle était agenouillée devant ma table de maquillage, quand j'entrai. Elle refermait lentement les tiroirs, l'air déconfit.

— Qu'est-ce que c'est que ce journal dont elle parle ? me demanda Mère.

— Si ce journal existe, Hatsumomo va le trouver, dis-je.

Mon ennemie posa ses mains sur ses genoux et eut

un petit rire, comme si tout cela n'avait été qu'un jeu, et qu'elle avait trouvé son maître.

— Hatsumomo, lui dit Mère, tu rembourseras à Sayuri la broche que tu l'as accusée d'avoir volée. Et puis je ne veux pas voir de tatamis ensanglantés dans cette okiya. Nous les remplacerons, à tes frais. Cette journée t'aura coûté cher, et il est à peine midi. Dois-je attendre avant de faire le total, au cas où tu n'aurais pas fini ?

Je ne sais pas si Hatsumomo entendit Mère. Elle était trop occupée à me fixer d'un regard méchant. D'une méchanceté inusitée.

*
* *

Si on m'avait demandé, à l'époque, à quel moment le rapport de force s'inversa, dans mes relations avec Hatsumomo, j'aurais répondu : après mon « mizuage ». Cette étape dans ma vie me mit hors de portée de mon ennemie. Cela dit, nous aurions très bien pu cohabiter jusqu'à un âge avancé, s'il ne s'était produit aucun autre événement notable. Voilà pourquoi la chute d'Hatsumomo — je l'ai compris par la suite — date du jour où elle a lu mon journal et où j'ai retrouvé la broche d'émeraude qu'elle m'avait accusée d'avoir volée.

Pour illustrer mon propos, voici une anecdote que l'amiral Yamamoto Isoroku nous conta un soir, à l'Ichiriki. Je ne dirai pas que j'étais une intime de l'amiral Yamamoto — considéré comme le père de la marine impériale japonaise — mas j'ai eu le privilège de me trouver à plusieurs reprises dans la même fête que lui. C'était un petit homme, mais pensez à la taille d'un bâton de dynamite... Les fêtes s'animaient toujours, après son arrivée. Ce soir-là, il jouait à qui boira le plus avec un autre homme. Le jeu touchait à sa fin. Le gage du perdant : acheter un préservatif à la pharmacie la plus proche, parce que c'est embarrassant. L'amiral gagna. L'assemblée le congratula avec force cris et applaudissements.

— Heureusement que vous avez gagné, amiral, dit l'un de ses subordonnés. Pensez au pauvre pharmacien qui se retrouverait avec l'amiral Yamamoto en face de lui !

Les invités trouvèrent cela très drôle. L'amiral déclara qu'il n'avait jamais douté gagner.

— Oh, allons ! dit l'une des geishas. Tout le monde perd, de temps à autre ! Même vous, amiral !

— C'est sans doute vrai pour les autres, mais pas pour moi, dit l'amiral.

Certaines personnes durent le trouver arrogant. Moi pas. L'amiral était de ces hommes habitués à gagner. Une geisha lui demanda quel était son secret.

— Je ne cherche jamais à vaincre mon adversaire, mais à saper sa confiance, dit-il. Un esprit envahi par le doute ne peut se concentrer sur le meilleur moyen de gagner. Deux hommes sont égaux tant qu'ils ont la même confiance en eux-mêmes.

A l'époque, je n'eus pas une claire conscience de la chose, mais après qu'Hatsumomo et moi nous fûmes querellées à propos de mon journal, son esprit — comme l'aurait dit l'amiral — fut envahi par le doute. Elle comprit que Mère ne prendrait plus jamais son parti contre moi. Tel un kimono oublié dehors, elle n'allait pas résister aux intempéries.

Si j'avais dit cela à Mameha, sans doute se serait-elle érigée contre ce point de vue. Sa vision d'Hatsumomo différait de la mienne. Selon elle, Hatsumomo était une femme autodestructrice. Il nous suffirait de la manipuler pour l'amener à sa perte. Peut-être Mameha avait-elle raison. Je ne sais pas. Toutefois, durant les années qui suivirent mon « mizuage », Hatsumomo devint de plus en plus caractérielle. Elle se mit à boire, elle ne maîtrisa plus ses pulsions cruelles. Jusqu'à ce que sa vie commence à se déliter, elle avait toujours usé de cruauté dans un but précis, tel le samouraï tire son épée — non pour donner des coups au hasard, mais pour frapper ses ennemis. A ce stade de sa vie, Hatsumomo sembla ne plus savoir qui étaient ses ennemis. Il lui arrivait de blesser Pumpkin, de faire des remarques insultantes sur les hommes qu'elle divertissait, dans des soirées. Autre chose : elle n'était plus aussi belle qu'avant. Sa peau avait un aspect cireux, son visage devenait bouffi. Ou peut-être la voyais-je ainsi. Lorsqu'un bel arbre est infesté par des insectes, son tronc perd de sa magnificence.

*<br>* *

Le tigre blessé est un animal dangereux. Aussi Mameha prit-elle une décision : nous allions suivre Hatsumomo le soir, pendant plusieurs semaines. Ma grande sœur voulait garder l'œil sur elle : Hatsumomo pouvait aller voir Nobu, lui faire part de mes remarques à son sujet et de mes sentiments cachés pour « M. Haa » — Nobu saurait immédiatement qu'il s'agissait du président. Cela dit, Mameha voulait aussi rendre la vie impossible à mon ennemie.

— Quand on veut casser une planche, dit Mameha, la faire craquer en son milieu ne suffit pas. Il faut sauter dessus jusqu'à ce qu'elle cède et se casse en deux.

Aussi Mameha venait-elle à notre okiya au crépuscule — sauf lorsqu'elle avait un engagement impératif — et attendait-elle qu'Hatsumomo sorte pour la suivre. Mameha et moi ne pouvions toujours effectuer cette filature ensemble, mais l'une d'entre nous au moins s'arrangeait pour suivre Hatsumomo de fête en fête, pendant une partie de la soirée. Le premier soir, Hatsumomo feignit de s'en amuser. A la fin de la quatrième soirée, elle nous lançait des regards mauvais, elle avait des difficultés à se montrer enjouée avec les hommes qu'elle était censée distraire. Le deuxième soir de la semaine suivante, elle fit volte-face dans une ruelle et marcha droit sur nous.

— Voyons un peu, dit-elle. Les chiens suivent leurs maîtres. Et vous me suivez partout, toutes les deux. Vous voulez sans doute que je vous traite comme des chiennes ? Je vais vous montrer ce que je fais avec les chiennes que je n'aime pas !

Sa main partit en arrière. Elle allait frapper Mameha sur la tempe. Je poussai un hurlement, ce qui dut dégriser Hatsumomo. Elle me fixa un moment, les yeux brillants de colère. Puis sa colère retomba, elle tourna les talons et s'éloigna. Tout les passants, dans la ruelle, avaient vu ce qui s'était passé.

Quelques personnes s'approchèrent, s'enquirent de l'état de Mameha. Elle leur assura qu'elle n'avait rien et leur dit, d'une voix triste :

— Pauvre Hatsumomo ! Le médecin a raison. Je crois qu'elle perd la tête.

Aucun médecin n'avait dit cela, mais la remarque de Mameha eut l'effet escompté. Bientôt le bruit courut dans Gion qu'un docteur avait jugé Hatsumomo déséquilibrée.

*
* *

Pendant des années, Hatsumomo avait été très proche du célèbre acteur de Kabuki, Bando Shojiro VI. Shojiro était un « onna-gata » : il ne jouait que des rôles de femme. Un jour, dans une interview, il déclara qu'Hatsumomo était une beauté rare. J'imite ses gestes sur scène, dit-il. Chaque fois que Shojiro était en ville, Hatsumomo lui rendait visite.

Un lundi, j'appris que Shojiro donnerait une fête en fin de soirée, dans une maison de thé de Pontocho, de l'autre côté de la rivière Shirakawa. J'avais su cette nouvelle en préparant une cérémonie du thé pour des officiers de la marine en permission. Après la cérémonie, je me précipitai à l'okiya, mais Hatsumomo était déjà partie. Elle faisait ce que j'avais fait moi-même, des années auparavant : elle partait tôt, pour qu'on ne puisse la suivre. Impatiente d'informer Mameha de cette nouvelle, j'allai directement chez elle. Sa servante me dit qu'elle était partie depuis une demi-heure, pour « faire ses dévotions ». Je savais ce que ça signifiait : Mameha était allée au petit temple, à l'est de Gion, prier devant les trois « jizo » qu'elle avait fait ériger là.

Un « jizo » protège l'âme d'un enfant disparu. Ces statues symbolisaient les trois enfants dont Mameha avait avorté à la demande du Baron. Dans d'autres circonstances, je serais sans doute allée la retrouver, mais je ne pouvais l'importuner en pareil moment. Autre chose : peut-être ne voulait-elle pas que je sache qu'elle était allée là-bas. Aussi l'attendis-je dans son salon. Tatsumi me servit une tasse de thé. Mameha finit par rentrer, l'air abattu. Ne voulant aborder d'emblée le sujet qui m'occupait, nous parlâmes du « Festival des Siècles » — Mameha devait jouer le rôle de Lady Murasaki Shikibu, auteur du « Dit de Genji ». Finalement Mameha leva les yeux de sa tasse de thé. Je lui dis ce que j'avais appris dans le courant de l'après-midi.

— C'est parfait ! s'exclama Mameha. Hatsumomo va se détendre, penser qu'elle n'a pas à s'inquiéter de nous. Vu l'attention que va lui accorder Shojiro, elle va se sentir renaître. Là-dessus nous allons arriver, telle une mauvaise odeur venant de la ruelle, et gâcher sa soirée.

Hatsumomo m'avait traitée avec une infinie cruauté depuis des années, je la haïssais. Aussi aurais-je dû me réjouir à cette perspective. Mais, curieusement, le fait de conspirer pour la blesser ne me procurait aucune joie. Je me souvins d'un matin où je nageais dans la mare, enfant. Soudain, j'éprouvai une violente douleur à l'épaule : une guêpe m'avait piquée et tentait de sortir son dard de ma chair. Je hurlai. L'un des garçons arracha la guêpe de mon épaule. Il la tint par les ailes au-dessus d'un rocher, comme nous cherchions le meilleur moyen de la tuer. Cette piqûre me brûlait affreusement. La guêpe ne m'inspirait aucune sympathie. J'eus cependant une sensation de vide dans la poitrine, à l'idée que cette créature était vouée à une mort imminente. J'éprouvai cette même pitié pour Hatsumomo. Durant ces soirées où nous la suivîmes dans Gion — jusqu'à ce qu'elle rentre à l'okiya, vaincue — j'eus presque l'impression que nous la torturions.

Ce soir-là, vers neuf heures, nous traversâmes la rivière pour nous rendre à Pontocho. Contrairement à Gion, qui s'étend sur plusieurs pâtés de maisons, ce quartier n'est qu'une longue allée au bord de la rivière. C'était l'automne, il faisait frais. Toutefois, Shojiro donnait sa réception en plein air, sur un vaste ponton attenant à la maison de thé. Personne ne prêta grande attention à notre arrivée. Des lanternes en papier illuminaient la véranda. Les lumières d'un restaurant, sur la rive opposée, projetaient des reflets dorés sur l'eau. Tous les invités écoutaient Shojiro : il racontait une histoire, de sa voix chantante. L'air déconfit d'Hatsumomo quand elle nous vit ! Elle me fit penser à une poire pourrie : au milieu de ces visages réjouis, son expression sinistre faisait tache.

Mameha s'assit sur un tatami, à côté d'Hatsumomo, ce que je trouvai très hardi. Je pris place à l'autre extrémité du ponton, à la droite d'un vieil homme à l'air doux, qui se révéla être Tachibana Zensaku, un musicien célèbre. Il jouait du « koto ». J'ai toujours ses disques, de vieux microsillons rayés. Je découvris ce soir-là que Tachibana était aveugle. J'aurais volontiers renoncé à ma vengeance pour discuter avec cet homme fascinant — et attachant. Nous avions à peine commencé à parler, que tout le monde éclata de rire.

Shojiro était un mime exceptionnel. De grande taille, fin comme une branche de saule, il avait un visage tout en longueur, capable de prendre les expressions les plus insensées. Il aurait fait croire à une bande de singes qu'il était l'un des leurs. Présentement, il imitait la femme assise à côté de lui, une geisha d'une cinquantaine d'années. Avec ses gestes efféminés, sa moue, sa façon de rouler des yeux, il donnait d'elle une image parfaite. J'étais ébahie. J'avais envie de rire. Je trouvai Shojiro encore plus drôle qu'au théâtre. Tachibana se pencha vers moi et me souffla :

— Que fait-il ?

— Il imite une geisha âgée, assise à côté de lui.

— Ah, dit Tachibana. Ce doit être Ichiwari.

Il me donna une petite tape du dos de la main, pour s'assurer qu'il avait toute mon attention.

— Le directeur du théâtre Minamiza, dit-il, en levant

son petit doigt — sous la table, pour que personne ne le voie.

Au Japon, un petit doigt levé signifie amant, ou maîtresse. Tachibana me disait que la geisha âgée était la maîtresse du directeur du théâtre. Le directeur, également présent, riait plus fort que les autres.

Shojiro se mit un doigt dans le nez. L'assemblée explosa de rire. Le ponton craqua. Je l'ignorais, à ce moment-là, mais Ichiwari avait pour manie de se curer le nez en public. Elle rougit comme une pivoine, cacha son visage derrière sa manche. Shojiro, qui avait bu une bonne quantité de saké, l'imita. Les gens rirent poliment. Seule Hatsumomo sembla trouver la chose vraiment drôle. Shojiro commençait à dépasser les bornes, à devenir cruel. Le directeur du théâtre lui dit :

— Allons, Shojiro-san, gardez un peu d'énergie pour votre spectacle, demain ! Et ne voyez-vous pas que vous êtes assis à côté de l'une des plus grandes danseuses de Gion ? Nous pourrions lui demander de danser.

Le directeur parlait de Mameha.

— Oh non ! dit Shojiro. Je n'ai pas envie de voir une femme danser.

L'acteur préférait avoir la vedette.

— Et puis je m'amuse bien, ajouta-t-il.

— La grande Mameha est là. Elle peut danser pour nous. Nous n'allons pas laisser passer cette occasion, Shojiro-san, déclara le directeur du théâtre, sans le moindre humour, cette fois.

Plusieurs geishas renchérirent. Shojiro se laissa convaincre : il demanda à Mameha de danser, sur un ton boudeur, comme un petit garçon. Hatsumomo était furieuse. Elle servit du saké à Shojiro, qui lui en servit à son tour. Ils échangèrent un regard, comme pour dire qu'on leur gâchait leur soirée.

On envoya une servante chercher un shamisen. Une geisha l'accorda, se prépara à jouer. Tout cela prit quelques minutes. Mameha se plaça devant la toile de fond. Elle exécuta plusieurs petites pièces dansées. De l'avis général, Mameha était une jolie femme. Toutefois sa beauté n'égalait pas celle d'Hatsumomo. Aussi ne saurais-je dire ce qui fascina Shojiro. Fut-ce le saké, ou le fait que Mameha dansât si bien ? — Shojiro était lui-même un bon danseur.

Mameha revint parmi nous. Shojiro ne la quittait plus des yeux. Il lui demanda de s'asseoir à côté de lui. Ce qu'elle fit. Il lui servit une tasse de saké, et tourna le dos à Hatsumomo, comme s'il s'agissait d'une adoratrice quelconque. Hatsumomo serra les lèvres, ses yeux réduisirent de moitié. Quant à Mameha, je ne l'avais jamais vu flirter avec quiconque de cette façon : elle dévorait Shojiro du regard, tout en se frottant la base du cou, comme si elle était gênée de la rougeur apparue en cet endroit. Elle fit cela de façon si convaincante ! On aurait pu croire qu'elle avait réellement rougi ! Une geisha demanda à Shojiro s'il avait des nouvelles de Bajiru-san.

— Bajiru-san m'a abandonné ! déclara Shojiro, sur un ton dramatique.

Je ne comprenais pas à quoi Shojiro faisait allusion. Tachibana m'expliqua, dans un murmure, que « Bajiru-san » était l'acteur anglais Basil Rathbone — à l'époque, je ne connaissais pas cet acteur. Quelques années plus tôt, Shojiro avait monté une pièce de Kabuki à Londres. Basil Rathbone avait adoré ce spectacle. Avec l'aide d'un interprète, les deux acteurs s'étaient liés d'amitié. Shojiro pouvait admirer des femmes comme Hatsumomo ou Mameha, il n'en était pas moins homosexuel. Depuis son retour d'Angleterre, il clamait que son cœur était brisé à jamais, Bajuri n'ayant pas de goût pour les hommes. Ce faisant, il se moquait de lui-même.

— Cela m'attriste, dit une geisha, d'assister à la fin d'un amour.

Tout le monde rit, excepté Hatsumomo. Elle continuait à fixer Shojiro d'un air mauvais.

— Je vais vous montrer la différence qu'il y a entre Bajiru-san et moi, dit-il.

Il se leva, demanda à Mameha de le suivre. Il l'emmena à l'autre extrémité du ponton, afin qu'ils aient de l'espace.

— Ça, c'est moi quand je joue, dit Shojiro.

Il évolua d'un côté de la pièce à l'autre, d'un pas

léger, tout en agitant son éventail plié d'un mouvement souple du poignet.

— Maintenant je vais imiter Bajiru-san.

Il attrapa Mameha, la bascula vers le sol dans une parodie d'étreinte passionnée. L'air éberlué de Mameha, quand il lui couvrit le visage de baisers ! Tous les invités se réjouirent et battirent des mains. Sauf Hatsumomo.

— Que fait-il ? me demanda Tashibana, tout bas.

Je ne pensais pas que quelqu'un d'autre ait entendu, mais avant que j'aie pu répondre, Hatsumomo s'écria :

— Il se rend ridicule !

— Oh, Hatsumomo-san, dit Shojiro, vous êtes jalouse, n'est-ce pas ?

— Evidemment qu'elle est jalouse ! dit Mameha. Vous devez vous réconcilier. Devant nous. Allez-y, Shojiro. Ne soyez pas timide ! Embrassez-la, comme moi ! Ce n'est que justice.

Après plusieurs tentatives infructueuses, Shojiro réussit à relever Hatsumomo. Il la prit dans ses bras et la renversa. Puis il redressa la tête en hurlant, la main sur la bouche : Hatsumomo l'avait mordu. Pas assez fort pour le faire saigner, mais suffisamment pour lui causer un choc. Elle se tenait face à lui, l'œil étréci, les lèvres retroussées. Sa main partit en arrière. Elle le gifla. Elle dut manquer sa cible, car sa main atterrit sur la tempe de l'acteur. Sans doute avait-elle trop bu.

— Qu'est-ce qui s'est passé ? me demanda Tachibana.

Dans le silence ambiant, on entendit sa phrase aussi clairement qu'un coup de sonnette. Je ne répondis pas. Toutefois, Tachibana entendit les gémissements de Shojiro et le souffle haletant d'Hatsumomo. Il dut deviner ce qui s'était produit.

— Hatsumomo-san, je vous en prie, dit Mameha, d'une voix si calme qu'elle détonnait dans cette ambiance. Essayez de vous calmer !

Je ne sais si les propos de Mameha eurent l'effet escompté, ou si Hatsumomo avait déjà perdu la raison, mais elle se jeta sur Shojiro et le rua de coups. Sans doute était-elle en plein délire — toute la scène parut déconnectée de la réalité. Le directeur du théâtre se précipita sur Hatsumomo pour l'immobiliser. Mameha s'éclipsa. Elle revint une minute plus tard avec la maîtresse de la maison de thé. Le directeur du théâtre tenait Hatsumomo par-derrière. Je crus que la crise était passée, mais Shojiro cria si fort après Hatsumomo, que ses propos se répercutèrent de l'autre côté de la rivière.

— Espèce de monstre ! cria-t-il. Vous m'avez mordu !

Je ne sais pas comment nous aurions mis un terme à cet épisode traumatisant sans l'intervention de la maîtresse de l'okiya. Elle parla à Shojiro d'une voix apaisante, tout en faisant signe au directeur du théâtre d'éloigner Hatsumomo. J'appris par la suite qu'il ne l'avait pas seulement emmenée dans la maison de thé. Il l'avait jetée dehors.

*
* *

Hatsumomo ne revint pas à l'okiya cette nuit-là. Quand elle reparut, le lendemain, elle sentait le vomi, ses cheveux étaient en désordre. On l'envoya aussitôt dans la chambre de Mère, où elle passa un long moment.

Quelques jours plus tard, Hatsumomo quitta l'okiya, dans un simple kimono de coton que Mère lui avait donné. Ses cheveux tombaient sur ses épaules. C'était la première fois que je la voyais sans chignon. Elle avait un sac à la main, contenant ses affaires et ses bijoux. Elle sortit, sans nous saluer. Elle ne partait pas de son plein gré. Mère l'avait mise dehors. Selon Mameha, Mère cherchait à se débarrasser d'Hatsumomo depuis des années. Que ce fût ou non le cas, Mère dut apprécier le fait d'avoir une bouche de moins à nourrir. Hatsumomo ne gagnait plus autant d'argent qu'avant. En outre, les restrictions n'avaient jamais été aussi sévères.

Si Hatsumomo n'avait pas été connue pour sa méchanceté, une autre okiya aurait pu la prendre, même après qu'elle eut blessé Shojiro. Hélas, elle était toujours prête à sortir ses griffes. Tout le monde, à Gion, savait cela.

Je ne sais pas de façon certaine ce qu'il advint d'Hatsumomo. Trois ans après la guerre, on me dit qu'elle gagnait sa vie en tant que prostituée dans le quartier de Miyagawa-cho. Le soir où j'appris cette nouvelle, dans une fête, un homme déclara que, si elle était prostituée, il la retrouverait et lui donnerait du travail. Il entreprit de la chercher. Il ne la retrouva pas. L'alcool dut finir par la tuer, destin commun à bien des geishas.

Nous nous étions habituées à cohabiter avec Hatsumomo, comme on finit par s'accommoder d'une jambe raide. Il fallut qu'elle disparaisse pour que nous comprenions à quel point sa présence nous avait affectées. Il s'écoula un certain temps avant que nos traumatismes ne guérissent. Même endormie, Hatsumomo représentait une menace : les servantes savaient qu'elle les martyriserait d'une façon ou d'une autre dans le courant de la journée. Elles vivaient dans un état de tension permanent, comme si elles marchaient sur un lac gelé dont la glace pouvait se briser à tout moment. Quant à Pumpkin, elle était devenue dépendante de sa grande sœur et se sentit étrangement perdue sans elle.

Je faisais vivre l'okiya depuis plusieurs années, déjà. Malgré cela, il me fallut des mois pour me débarrasser de réflexes négatifs qu'Hatsumomo avait induits chez moi. Chaque fois qu'un homme me regardait bizarrement, je me demandais si elle lui avait dit des choses affreuses à mon sujet — et cela bien après qu'elle fut partie. Chaque fois que je montais l'escalier de l'okiya, je gardais les yeux baissés, de peur qu'Hatsumomo ne soit sur le palier, attendant de maltraiter quelqu'un. Combien de fois ai-je posé le pied sur cette dernière marche, levé les yeux, et constaté, soulagée, qu'Hatsumomo n'était plus là ! Elle était partie, je le savais. Cependant, le couloir vide semblait hanté par sa présence. Des dizaines d'années ont passé, mais il m'arrive encore de penser, en soulevant le brocart qui recouvre mon miroir, que je vais la voir là, en train de me sourire d'un air narquois.

# 28

Au Japon, la « vallée des ténèbres » ou « kurotani »
désigne une période qui va de la crise de 1929 jusqu'à la
fin de la Seconde Guerre mondiale. Une époque où la
population vécut dans l'angoisse, tels des enfants recou-
verts par la vague. Nous, geishas de Gion, n'avons pas
enduré les mêmes privations. Si la plupart des Japonais
vécurent les années trente dans la vallée des ténèbres, à
Gion nous avions encore un peu de soleil. Sans doute
est-ce inutile de préciser pourquoi. Les femmes qui sont
les maîtresses de directeurs de cabinet et d'officiers de
la marine bénéficient d'avantages considérables — dont
elles font profiter les autres. On pouvait comparer Gion
à un lac de haute montagne, alimenté par la fonte des
neiges. L'eau se renouvelait plus vite en certains points,
mais le lac était toujours plein.

Grâce au général Tottori, notre okiya était l'un de
ces points toujours alimentés en eau fraîche. Les choses
empiraient d'année en année. Cela dit, nous eûmes du
linge, du thé, des produits alimentaires jusque vers le
milieu de la guerre. On nous procurait même des produits de luxe : cosmétiques, chocolat. Nous aurions pu
garder ces choses et vivre derrière des portes closes,
mais un esprit d'entraide régnait à Gion. Mère donnait
une grande part de ce que nous recevions, et de bonne
grâce. Non pas qu'elle fût généreuse, mais nous étions

des araignées prises dans la même toile. De temps à autre, des gens nous demandaient notre aide. Nous les aidions chaque fois que nous le pouvions. A l'automne 1941, par exemple, la milice arrêta une servante avec une boîte contenant dix fois plus de tickets de rationnement que son okiya n'était en droit de posséder. Sa maîtresse nous l'adressa. Nous l'hébergeâmes jusqu'au moment où son okiya put l'envoyer à la campagne. Toutes les okiyas de Gion stockaient les cartes de rationnement — plus l'okiya était riche, plus elle en avait. Ces femmes nous envoyèrent leur servante, car le général Tottori avait donné ordre à la milice de nous laisser en paix. Dans ce lac de haute montagne qu'était Gion, nous étions les poissons évoluant dans les eaux les moins froides.

*
*  *

Les ténèbres continuèrent à s'étendre sur le Japon. Arriva le moment où ce petit rien de lumière dans lequel nous avions réussi à nous maintenir nous fut retiré. La chose se produisit un jour de décembre 1942, en tout début d'après-midi. Je prenais mon petit déjeuner — enfin, mon premier repas de la journée, car j'avais aidé les servantes à faire le ménage en prévision du jour de l'an — quand une voix d'homme se fit entendre dans l'entrée. Pensant qu'il s'agissait d'un livreur, je continuai mon repas. Après quelques secondes arriva une servante. Un milicien voulait voir Mère.

— Un milicien ? répliquai-je. Dis-lui que Mère n'est pas là.

— C'est ce que j'ai fait, madame. Il affirme que dans ce cas il veut vous parler.

Quand je parvins dans le vestibule, le policier retirait ses bottes. N'importe quelle Japonaise, à ma place, eût été soulagée de voir le pistolet du monsieur dans son holster. Mais nous avions vécu en privilégiées — un policier aurait dû se montrer plus courtois que les autres visiteurs, pour ne pas nous alarmer. Alors le voir retirer ses bottes... C'était une façon de dire qu'il pénétrerait dans cette maison, que nous le voulions ou non.

Je m'inclinai, lui dis bonjour. Il se contenta de me fixer, comme pour me signifier qu'il m'interrogerait plus tard. Il remonta ses chaussettes, baissa sa casquette, et demanda où se trouvait notre potager. Tout de go, sans s'excuser de nous déranger. A cette époque, tous les habitants de Kyoto, et probablement tous les Japonais, avaient transformé leurs jardins d'agrément en potagers. Tout le monde, sauf certaines personnes, comme nous. Le général Tottori nous procurait assez de légumes pour que nous n'ayons pas à défoncer notre jardin. Nous jouissions de nos jolies mousses, de nos fleurs, de notre bonzaï — un érable miniature. C'était l'hiver. Voyant des plaques de terre gelées, le milicien penserait peut-être que nous avions planté des courges et des patates douces parmi les plantes décoratives. Je le conduisis dans le jardin sans dire un mot. Il s'agenouilla, prit de la terre entre ses doigts. Sans doute voulait-il voir si ce sol avait été retourné, puis semé.

Cherchant désespérément quelque chose à dire, je lâchai la première chose qui me vint à l'esprit.

— Cette fine couche de neige, sur le sol, ne vous rappelle-t-elle pas l'écume de l'océan ?

Il ne répondit pas. Il se releva, me demanda quels légumes nous cultivions.

— Monsieur, dis-je. Nous n'avons pas eu l'occasion de planter quoi que ce soit. Et maintenant le sol est si dur, si froid...

— L'association de voisinage ne s'est pas trompée à votre sujet ! déclara-t-il.

Il ôta sa casquette, sortit une feuille de papier de sa poche, et se mit à lire la liste des méfaits qu'avait commis notre okiya. Je ne me souviens pas de tous ces délits — stocker du linge, ne pas remettre à l'armée les objets en métal et en caoutchouc pour l'effort de guerre, user des tickets de rationnement avec excès. Nous étions effectivement coupables de toutes ces actions — comme toutes les okiyas de Gion. Notre crime, je suppose, fut d'avoir eu plus de chance que la plupart des gens, d'avoir survécu plus longtemps, et d'être restées en meilleure santé.

Heureusement pour moi, Mère rentra à ce moment-là. Elle ne parut pas surprise de trouver un milicien à l'okiya. Elle le traita avec beaucoup d'égards. Jamais je ne l'avais vue se conduire de façon aussi courtoise avec quiconque. Elle l'emmena au salon, lui servit une tasse de notre thé de privilégiées. Mère ferma la porte, mais je les entendis parler longtemps. A un moment donné, elle sortit du salon, me prit à l'écart et me souffla :

— Le général Tottori a été mis en garde à vue ce matin. Va vite cacher les choses auxquelles on tient. Autrement ils vont nous les prendre, dès demain.

*
* *

A Yoroido, je nageais dès le début du printemps. Il faisait frais. Après mon bain, j'allais m'allonger sur les rochers et séchais au soleil. Quand il se cachait derrière un nuage, l'air froid semblait se refermer sur moi comme un linceul. A l'instant où j'appris l'infortune du général, j'eus cette sensation de froid soudain. Ce fut comme si le soleil avait disparu, peut-être pour de bon, comme si j'étais condamnée à rester debout, trempée, dans l'air glacé. Dans la semaine qui suivit la visite du milicien, notre okiya se vit dépouillée de ces choses confisquées à d'autres familles depuis des années : stocks de nourriture, sous-vêtements. Nous donnions du thé à Mameha, qu'elle utilisait pour obtenir certaines faveurs. Ses stocks étant à présent plus importants que les nôtres, elle put à son tour nous dépanner. A la fin du mois, l'association de voisinage confisqua la plupart de nos céramiques et autres rouleaux, pour les vendre au « marché gris », différent du marché noir. Au marché noir, on trouvait de l'essence, des vivres, des objets en métal — essentiellement des produits rationnés, ou interdits à la vente. Le marché gris avait un côté plus innocent. On voyait surtout des ménagères brader leurs possessions les plus chères pour se faire de l'argent. Nos biens, en revanche, furent vendus par mesure de rétorsion. Le produit de la vente alla à d'autres personnes. La directrice de l'association de voisinage, maîtresse d'une okiya voisine, vint chercher nos affaires, navrée. La milice avait donné des ordres. Tout le monde devait s'y conformer.

Si les premières années de la guerre avaient été excitantes, comme un voyage en mer, nous réalisâmes, en 1943, que les vagues étaient trop hautes pour nos frêles embarcations. Nous pensâmes couler. Et nombre d'entre nous sombrèrent. La vie était devenue très difficile. Et puis, sans vouloir l'admettre, nous commencions à nous interroger sur l'issue de la guerre. Plus personne ne s'amusait. La plupart des gens se refusaient à prendre du bon temps, jugeant cela peu patriotique. Durant cette période, je n'entendis qu'une boutade. Lancée par la geisha Raiha, un soir. Depuis des mois courait le bruit que le gouvernement militaire allait fermer les maisons de thé du Japon. Nous commencions à réaliser que ça n'allait pas tarder. Qu'allions-nous devenir ? La conversation prenait ce tour peu réjouissant quand Raiha s'exclama :

— Il ne faut pas penser à des choses pareilles ! Rien n'est plus noir que l'avenir, sauf le passé, peut-être !

Peut-être ne trouvez-vous pas ça drôle. Nous, ça nous fit rire aux larmes. Gion allait bientôt cesser toute activité. On nous enverrait dans des usines. Pour vous donner une idée de ce qu'était la vie dans ces usines, je vais vous conter l'histoire de Korin, l'amie d'Hatsumomo.

L'hiver précédent, Korin avait subi le sort que nous redoutions toutes. Une servante de son okiya avait brûlé des journaux pour chauffer l'eau d'un bain et mis le feu à la maison. L'okiya brûla entièrement. L'incendie engloutit la collection de kimonos. Korin finit dans une usine, au sud de Kyoto. Elle posait des lentilles sur du matériel de précision utilisé dans les bombardiers. Elle nous rendait visite, de temps à autre. Nous fûmes horrifiées de voir à quel point elle avait changé. Non seulement elle était de plus en plus malheureuse — cependant nous avions toutes connu cet état à Gion, nous étions prêtes à l'assumer — mais encore elle avait une mauvaise toux, et la peau tachée comme si elle avait mariné dans un bain d'encre. Le charbon utilisé dans les usines était de qualité médiocre : en brûlant, il laissait un film de suie sur les choses et les gens. On obligeait la pauvre Korin à travailler deux fois plus que les autres. On la nourrissait mal. Elle mangeait une fois par jour, un méchant bouillon dans lequel nageaient quelques nouilles, ou un gruau de riz allongé d'eau et parfumé à la peau de pommes de terre.

Aussi vous imaginez comme l'idée d'aller travailler en usine nous terrifiait ! Chaque jour, à notre réveil, constatant que Gion était toujours en activité, nous remerciions le ciel.

Puis un matin de janvier, l'année suivante, je faisais la queue sous la neige, pour acheter du riz, quand le marchand d'à côté passa la tête dehors et déclara :

— C'est fini !

Nous nous regardâmes, perplexes. J'étais trop engourdie par le froid pour m'inquiéter de ce qu'il avait dit. Je ne portais qu'un gros châle, sur mes vêtements de paysanne. Plus personne ne mettait de kimono pendant la journée. Une geisha, devant moi, chassa la neige de ses sourcils et demanda à l'homme ce qu'il entendait par là.

— La guerre est finie ? dit-elle.

— Le gouvernement a annoncé la fermeture des maisons de thé expliqua-t-il. Vous devez toutes vous présenter au Bureau d'Enregistrement demain matin.

Le son de sa radio filtrait dehors. Nous écoutâmes les nouvelles. Puis il ferma sa porte, et on n'entendit plus que le chuintement de la neige qui tombe. Le visage désespéré des geishas, autour de moi ! Nous nous posions toutes la même question : quels hommes, parmi nos clients, pourraient nous épargner la vie en usine ?

Le général Tottori était encore mon « danna » l'année précédente, mais il fréquentait d'autres geishas. Je devais le joindre la première. Bien que je ne fusse pas habillée pour le froid, je remis mes tickets de rationnement dans la poche de mon pantalon de paysanne et partis à pied, vers le nord-ouest de Kyoto. Le bruit courait que le général vivait à l'auberge Suruya — celle où je l'avais retrouvé, deux fois par semaine, pendant des années.

J'y arrivai une heure plus tard, transie et couverte de neige. La maîtresse de l'auberge me regarda longuement. Elle s'inclina, et me dit, confuse, qu'elle ne me reconnaissait pas.

— C'est moi, Sayuri ! Je suis venue voir le général.

— Sayuri-san... mon dieu ! Je n'aurais jamais pensé que vous pouviez ressembler à une paysanne !

Elle me fit entrer, mais refusa de m'introduire chez le général avant de m'avoir emmenée à l'étage et prêté l'un de ses kimonos. Elle me maquilla même un peu, par égard pour le général — elle avait stocké des produits de maquillage.

Lorsque j'entrai dans sa chambre, le général Tottori était assis à table. Il écoutait une dramatique à la radio. Son peignoir en coton bâillait, dévoilant une poitrine osseuse et de fins poils gris. Sans doute avait-il traversé de dures épreuves, depuis un an. On l'avait accusé de crimes affreux : négligences, incompétence, abus de pouvoir. D'aucuns pensaient qu'il avait de la chance d'avoir échappé à la prison. Un article de journal lui avait même reproché la défaite de la marine impériale dans le Pacifique sud : Tottori n'aurait pas vérifié si les marins emportaient suffisamment de vivres. Cela dit, certains hommes supportent mieux l'adversité que d'autres. Cette dernière année avait éprouvé le général. Même son visage avait l'air de guingois. Il avait toujours senti le légume mariné. Il avait à présent une odeur franchement aigre.

— Vous avez l'air en forme, général, dis-je, bien que ce fût un mensonge. Je suis contente de vous revoir !

Le général éteignit la radio.

— Vous n'êtes pas la première à passer, dit-il. Je ne peux rien pour vous, Sayuri.

— Mais je suis venue si vite ! Je ne puis croire que quiconque soit arrivé avant moi !

— Depuis une semaine, toutes les geishas que je connais sont venues me trouver, mais je n'ai plus d'amis haut placés. Je ne vois d'ailleurs pas pourquoi une geisha de votre classe vient me demander de l'aide. Il y a tant d'hommes puissants qui vous aiment !

— Etre aimée et avoir de vrais amis sur qui on peut compter sont deux choses différentes.

— C'est vrai. Mais quel genre d'aide attendez-vous de moi ?

— Toute aide sera la bienvenue, général. Nous craignons toutes de nous retrouver en usine. L'enfer, semble-t-il.

— Les plus chanceux d'entre nous connaîtront l'enfer. Les autres ne vivront pas assez longtemps pour voir la fin de la guerre.

— Je ne comprends pas.

— Nous allons nous faire bombarder, dit le général. Les usines seront les premières visées. Si vous voulez survivre à cette guerre, trouvez-vous un endroit sûr. Je ne puis vous aider. J'ai déjà utilisé mes relations.

Le général s'enquit de la santé de Mère, de Tatie, et ne tarda pas à me congédier. Je compris des mois plus tard pourquoi il ne pouvait plus obtenir la moindre faveur. La propriétaire de la Suruya avait une fille. Le général avait usé de ses appuis pour l'envoyer dans le nord du Japon.

Je rentrai à l'okiya. Il me fallait agir, mais j'étais incapable de me concentrer. J'avais déjà du mal à ne pas m'affoler ! Je passai à l'appartement où Mameha vivait désormais — le Baron ayant mis un terme à leur relation quelques mois plus tôt, elle s'était installée dans un logement beaucoup plus petit. J'espérais une suggestion de sa part, mais elle aussi paniquait.

— Le Baron ne fera rien pour moi, dit-elle, pâle et inquiète. Quant aux hommes à qui je pensais demander de l'aide, je n'ai pas réussi à les joindre. Déniche-toi un protecteur, Sayuri, le plus tôt possible.

Je n'avais plus de nouvelles de Nobu depuis quatre ans. Le solliciter était exclu. Quant au président... j'aurais trouvé n'importe quel prétexte pour lui parler, mais je n'aurais jamais pu lui demander une faveur. Il avait beau s'être montré chaleureux avec moi dans les couloirs des maisons de thé, il ne m'invitait pas à ses fêtes — il conviait des geishas de moindre classe que moi. Cela me blessait, mais qu'y faire ? Et quand bien même le président eût été disposé à m'aider, ses différends avec le gouvernement militaire l'accaparaient. Il avait lui-même trop de problèmes.

Aussi passai-je la fin de l'après-midi à visiter les maisons de thé dans un froid mordant. Je pris des nouvelles d'hommes que je n'avais pas vus depuis des semaines, voire des mois. Personne ne sut me dire où les trouver.

Ce soir-là, on donnait des fêtes d'adieux à l'Ichiriki. C'était fascinant de voir comment réagissaient les geishas. Certaines semblaient prostrées. D'autres rappelaient des statues de Bouddha — calmes, adorables, empreintes d'une légère mélancolie. Je ne sais à quoi je ressemblais moi-même, mais j'avais un abaque à la place du cerveau. J'étais si occupée à faire des calculs, à fomenter des stratégies — réfléchissant à l'homme qu'il convenait d'approcher, et comment — que j'entendis à peine la servante : on me demandait dans un autre salon, dit-elle. Je pensai qu'un groupe d'hommes avait requis ma compagnie. Nous montâmes deux étages, longeâmes un couloir, jusqu'au fond de la maison. La servante ouvrit la porte d'un petit salon avec tatamis dont j'ignorais l'existence. Et là, à table, seul avec sa bouteille de bière : Nobu.

Avant que j'aie pu m'incliner ou lui dire un seul mot, il lança :

— Sayuri-san, vous m'avez déçu !

— Juste ciel, Nobu-san ! Je n'ai pas eu l'honneur de vous voir depuis quatre ans, et en un instant je vous déçois. Qu'ai-je pu faire de mal en si peu de temps ?

— Je pensais que vous alliez rester bouche bée à ma vue.

— Je suis clouée sur place !

— Entrez, et laissez la servante refermer la porte. Mais d'abord, dites-lui d'apporter un autre verre, et une autre bière. Il faut que nous trinquions, vous et moi.

Je fis ce qu'il me demandait, puis je m'assis en bout de table, à la gauche de Nobu. Il me fixait. Je sentais ses yeux sur moi, comme s'il me touchait. Je rougis comme on peut rougir sous le soleil. J'avais oublié combien il est flatteur d'être admiré.

— L'ossature de votre visage est plus marquée, remarqua-t-il. Ne me dites pas que vous avez faim, vous aussi. Je ne me serais jamais attendu à une telle chose de votre part.

— Nobu-san a l'air un peu amaigri, lui aussi.

— J'ai de quoi me nourrir, mais je n'ai pas le temps de manger.

— Je suis heureuse que vous soyez occupé.

— Ah oui ? Si un homme avait dû passer entre les balles pour rester en vie, vous vous réjouiriez qu'il ait eu de quoi s'occuper ?

— Nobu-san sent-il réellement sa vie menacée...

— Personne ne m'attend au coin de la rue pour me tuer, si c'est cela qui vous inquiète. Mais si Iwamura Electric est ma vie, je crains effectivement de la perdre. Maintenant dites-moi : qu'est-il advenu de votre « danna » ?

— Le général ne va ni mieux ni plus mal que la plupart d'entre nous, j'imagine. C'est aimable à vous de me le demander.

— Je ne cherchais pas à être aimable.

— Rares sont les gens qui lui veulent du bien. Mais pour changer de sujet, Nobu-san, êtes-vous venu à l'Ichiriki tous les soirs, et êtes-vous resté dans cette pièce étrange pour que je ne vous voie pas ?

— C'est un drôle d'endroit, n'est-ce pas ? Ce doit être la seule pièce de la maison de thé qui donne sur la rue.

— Nobu-san connaît bien ce salon.

— Pas vraiment. C'est la première fois que je l'utilise.

Je lui fis une grimace, incrédule.

— Pensez ce que vous voulez, Sayuri, mais je n'avais encore jamais mis les pieds dans ce salon. La maîtresse de l'Ichiriki doit le proposer comme chambre à ses clients, lorsqu'ils veulent passer la nuit. Quand je lui ai dit pourquoi j'étais là, elle a eu la gentillesse de le mettre à ma disposition.

— Tout cela est bien mystérieux. Vous aviez donc une idée en tête. Puis-je savoir laquelle ?

— J'entends la servante revenir, dit Nobu. Je vous le dirai quand elle sera repartie.

La porte s'ouvrit, la servante posa la bière sur la table. Cette boisson était un luxe, à l'époque. Quel plaisir de voir le liquide doré monter dans le verre ! La servante sortit. Nous levâmes nos verres. Nobu déclara :

— Je porte un toast à votre « danna » !

Je posai mon verre.

— Rares sont les raisons de se réjouir en ce moment, Nobu-san. Mais vous voir boire à la santé de mon « danna » me laisse sans voix.

— J'aurais dû être plus précis. Je bois à la bêtise de votre « danna » ! Il y a quatre ans, je vous ai dit que cet homme était un incapable. Ça s'est avéré vrai, non ?

— En réalité, il n'est plus mon « danna ».

— C'est bien ce que je disais ! Et même s'il l'était, il ne pourrait rien faire pour vous, n'est-ce pas ? Je sais que Gion va fermer. Tout le monde panique. Une geisha, que je ne nommerai pas, m'a téléphoné à mon bureau. Vous imaginez ? Elle m'a demandé si je pouvais lui trouver un travail à Iwamura Electric !

— Si je puis me permettre, que lui avez-vous dit ?

— Je n'ai pas de travail pour qui que ce soit, c'est tout juste si j'en ai pour moi. Même le président va perdre son emploi, et se retrouver en prison, s'il ne se plie pas aux directives du gouvernement. Il les a persuadés que nous n'avions pas les machines pour faire des balles et des baïonnettes, mais maintenant ils veulent que nous leur fabriquions des bombardiers ! Nous vendons des dispositifs électriques ! Qu'est-ce que ces gens vont s'imaginer ?

— Nobu-san devrait parler moins fort.

— Qui pourrait m'entendre ? Votre général ?

— A propos du général, je suis allée lui demander de l'aide, aujourd'hui.

— Vous avez de la chance qu'il ait été encore en vie !

— Il a été malade ?

— Non, mais il va finir par se tuer, un de ces jours, s'il en a le courage.

— Je vous en prie, Nobu-san.

— Il ne vous a pas aidée, n'est-ce pas ?

— Il a dit qu'il avait usé de tout le pouvoir qu'il avait.

— Ce qui doit se résumer à peu de chose, dit Nobu. Mais pourquoi n'a-t-il pas usé de ce pouvoir en votre faveur ?

— Ça faisait plus d'un an que je ne l'avais pas vu...

— Moi, ça fait plus de quatre ans que vous ne m'avez pas vu, et pourtant, j'ai usé de tout mon pouvoir, pour vous. Pourquoi n'êtes-vous pas venue me trouver ?

— Je pensais que vous étiez fâché après moi. Regardez la tête que vous faites, Nobu-san ! Comment aurais-je pu solliciter votre aide ?

— Comment avez-vous pu ne pas solliciter mon aide ! Je peux vous éviter l'usine. Je dispose d'un petit paradis. Et je vous l'ai réservé, Sayuri. Mais je ne vous y enverrai que si vous vous inclinez bien bas devant moi et reconnaissez vos torts. Vous avez pris une décision idiote, il y a quatre ans. Bien sûr que je vous en veux ! Nous allons peut-être mourir et ne jamais nous revoir. Il se pourrait que je n'aie plus l'occasion de m'occuper de vous. Et, non contente de me rejeter, vous avez gâché vos meilleures années avec un imbécile, un homme qui ne paiera pas la dette qu'il a envers son pays, a fortiori celle qu'il a envers vous. Il continue sa petite vie, comme s'il n'avait rien fait de mal !

Vous imaginez dans quel état cette tirade m'avait laissée ! Nobu était de ces hommes qui balancent leurs reproches comme des pierres. Moi qui étais déterminée à ne pas pleurer, quoi qu'il me dise, je finis par comprendre qu'il voulait que je pleure. Ce fut si facile, comme laisser une feuille de papier glisser entre mes doigts. Je pleurai pour de nombreuses raisons. J'avais de quoi m'attrister ! Je pleurai sur moi-même, je pleurai pour Nobu, pour nous tous, à l'avenir si incertain, pour le général Tottori, pour Korin, devenue triste et grise dans cette usine. Puis je fis ce que Nobu m'avait demandé. Je m'éloignai de la table pour avoir de la place, et je m'inclinai bien bas sur le sol.

— Pardonnez-moi d'avoir été si bête.

— Oh, relevez-vous. Dites-moi que vous ne referez pas cette erreur, ça suffira.

— Je ne recommencerai pas.

— Tout le temps que vous avez passé avec cet homme était du temps perdu ! Je vous l'avais dit ! Peut-être cela vous servira-t-il de leçon, et laisserez-vous votre destin s'accomplir, à l'avenir.

— Je me soumettrai à mon destin, Nobu-san.

— J'en suis ravi. Et quelle direction prend-il, ce destin ?

— Il me conduit tout droit dans les bras de l'homme qui dirige Iwamura Electric.

Je pensais au président.

— Mais oui, dit Nobu. Buvons, maintenant.

Je mouillai mes lèvres dans mon verre de bière — j'étais bien trop nerveuse pour avoir soif. Nobu me parla du refuge qu'il m'avait trouvé : la maison de son ami Arashino Isamu, l'homme qui faisait des kimonos. Vous vous souvenez de lui ? Il était l'invité d'honneur du Baron, lors de cette réception avec Crab et Nobu. La maison et l'atelier de M. Arashino se trouvaient sur une rive du fleuve Kamo, à cinq kilomètres en amont de Gion. M. Arashino faisait de très beaux kimonos, dans le style Yuzen. Il travaillait avec sa femme et sa fille. Cependant les fabricants de kimonos avaient été réquisitionnés par le gouvernement pour confectionner des parachutes — ils avaient l'habitude de manier la soie. Un travail que j'apprendrais vite, me dit Nobu. Et puis la famille Arashino serait ravie de m'avoir comme aide. Nobu prendrait les dispositions nécessaires avec les autorités. Il nota l'adresse de M. Arashino sur un morceau de papier, me le donna.

J'exprimai ma gratitude à Nobu à plusieurs reprises. Il sembla chaque fois un peu plus content de lui. J'allais lui proposer de faire quelques pas dehors, quand il regarda sa montre et vida son verre de bière.

— Sayuri, me dit-il, je ne sais pas quand nous allons

nous revoir, ni dans quel état sera le monde quand nous nous reverrons. Nous aurons peut-être vu des horreurs. Mais chaque fois que j'aurais besoin de me rappeler qu'il y a de la beauté et de la gentillesse en ce monde, je penserai à vous.

— Nobu-san ! Vous auriez dû être poète !

— Je n'ai rien d'un poète, vous le savez bien.

— Vous partez ? J'espérais que nous pourrions marcher un peu.

— Il fait bien trop froid ! Accompagnez-moi à la porte. Nous nous dirons au revoir en bas.

Je descendis l'escalier derrière Nobu. Je m'accroupis dans l'entrée de la maison de thé pour l'aider à mettre ses chaussures. Je glissai mes pieds dans mes « geta » — je portais ces chaussures en bois à cause de la neige. J'accompagnai Nobu jusque dans la rue. Avant la guerre, une voiture l'attendait. A présent, seuls les hauts fonctionnaires disposaient d'un véhicule — il était presque impossible de trouver de l'essence. Je proposai à Nobu de marcher avec lui jusqu'au tramway.

— Je préfère être seul, me dit-il. J'ai rendez-vous avec l'homme qui distribue nos produits à Kyoto. J'ai trop de choses en tête.

— Je préférais vos premières paroles d'adieu, Nobu-san. Celles que vous m'avez dites là-haut.

— Dans ce cas restez là-haut la prochaine fois.

Je m'inclinai et saluai Nobu. La plupart des hommes se seraient sans doute retournés. Nobu progressa lentement dans la neige, tourna dans Shijo Avenue, et disparut. Dans ma main, je serrais le morceau de papier où il avait écrit l'adresse de M. Arashino. Pourquoi étais-je si nerveuse, pourquoi avais-je si peur ? Je regardai la neige tomber autour de moi, je suivis des yeux les empreintes de Nobu, jusqu'au coin de la rue. Je compris alors ce qui m'angoissait. Quand allais-je revoir Nobu ? Et le président ? Ou même Gion ? Une fois déjà, on m'avait arrachée à mon foyer. Sans doute était-ce le souvenir de ces sombres années qui générait chez moi ce sentiment de solitude.

# 29

Vous pourriez penser que maints admirateurs m'eussent tendu la main, outre Nobu — j'étais une jeune geisha en vue. Mais une geisha dans le besoin n'a rien du joyau tombé dans la rue, que chacun se ferait un plaisir de ramasser. Dans ces dernières semaines, chaque geisha de Gion — nous étions des centaines — se démena pour trouver un lieu sûr. Rares furent celles qui purent se réfugier loin des bombes. Aussi, chaque jour que je passais chez les Arashino, me sentais-je un peu plus en dette vis-à-vis de Nobu.

Je réalisai la chance que j'avais le printemps suivant, en apprenant que Raiha avait été tuée dans le bombardement de Tokyo. « Rien n'est plus noir que l'avenir, sauf le passé, peut-être », avait-elle dit. Elle et sa mère avaient été des geishas de grande classe, son père appartenait à une riche famille de commerçants. Si une geisha de Gion devait survivre à la guerre, c'était Raiha. A l'heure de sa mort, elle lisait une histoire à l'un de ses neveux, dans la propriété de son père, à Denenchofu, un quartier de Tokyo. Sans doute se croyait-elle protégée, comme à Kyoto. Le même raid aérien avait tué Miyagiyama, le grand sumo. Raiha et lui avaient pourtant vécu en privilégiés.

Quant à Pumpkin, qui m'avait semblé perdue, elle survécut à la guerre, bien que l'usine d'équipements militaires où elle travaillait, dans les faubourgs d'Osaka, eût été bombardée cinq ou six fois. Je compris cette année-là que le destin est imprévisible. Mameha survécut. Elle travailla dans un petit hôpital de Fukui comme fille de salle. Sa servante, Tatsumi, fut tuée par l'horrible bombe qui tomba sur Nagasaki. Son habilleur, M. Itchoda, mourut d'une crise cardiaque pendant une alerte. M. Bekku travailla dans une base navale d'Osaka, et sortit vivant de la guerre. Ainsi que le général Tottori, qui vécut à l'auberge Suruya jusqu'à sa mort, au milieu des années cinquante. Au début de l'occupation alliée, le Baron se suicida — il se noya dans son bel étang, après qu'on lui eut confisqué ses biens et retiré son titre. Il dut préférer la mort à une existence sans privilèges.

Quant à Mère, je n'avais pas douté un instant qu'elle allait survivre. Vu son talent inné pour tirer profit de la souffrance des autres, elle spécula au marché gris, comme si elle avait fait cela toute sa vie. Elle sortit de la guerre enrichie, pour avoir acheté et revendu les biens de famille de ses concitoyens. Chaque fois que M. Arashino vendait un kimono de sa collection, pour avoir un peu d'argent, il me demandait de contacter Mère, afin qu'elle le rachète pour lui. Maints kimonos vendus à Kyoto passaient entre ses mains. M. Ararashino espérait sans doute que Mère mettrait son intérêt de côté et garderait ses kimonos quelques années, jusqu'à ce qu'il puisse les racheter. Hélas, elle semblait ne jamais savoir qui les avait achetés — ou du moins le prétendit-elle.

*
* *

Les Arashino me traitèrent avec bonté, durant ces années de guerre. Dans la journée, nous confectionnions des parachutes. La nuit, je dormais avec leur fille et leur petit-fils, dans l'atelier. Nous avions si peu de charbon que nous brûlions des feuilles, des journaux, tout ce que nous trouvions pour nous chauffer. La nourriture se faisait rare. Nous mangions des choses invraisemblables :

les résidus de graines de soja, qu'on donnait habituellement au bétail ; un plat horrible, le « nukapan » : du son
de riz frit dans de la farine de blé. Cela ressemblait à du
vieux cuir séché, quoique le cuir dût avoir meilleur goût,
à mon avis. En de rares occasions, nous mangions des
pommes de terre, ou des patates douces. Et de la viande
de baleine séchée, des saucisses de phoque, des sar-
dines — qui jusqu'ici servaient d'engrais. Je maigris de
façon catastrophique. Personne, à Gion, ne m'aurait
reconnue. Il arrivait que le petit-fils des Arashino, Juntaro,
pleure parce qu'il avait faim. M. Arashino vendait alors
un kimono de sa collection. Au Japon, nous appelions ça
« la vie d'oignon » : enlever une couche à la fois, et pleurer de devoir le faire.

Un soir du printemps 1944 — j'étais chez les
Arashino depuis trois ou quatre mois —, nous assistâmes
à notre premier raid aérien. Le ciel était clair, les étoiles
brillaient. Nous vîmes les silhouettes des bombardiers
passer en bourdonnant au-dessus de nos têtes, et les
« étoiles filantes » jaillir de la terre, puis exploser près
d'eux. Nous craignions d'entendre l'horrible bruit sifflant
et de voir Kyoto s'embraser. Dans ce cas, nous aurions
été condamnés à brève échéance, même si nous avions
survécu au bombardement. Kyoto étant aussi fragile
qu'une aile de papillon, elle eût été détruite, sans espoir
de reconstruction — contrairement à Osaka, Tokyo, et
beaucoup d'autres villes. Les bombardiers passèrent
dans le ciel et continuèrent leur route — pas seulement
ce soir-là, tous les soirs. Souvent, nous voyions le ciel
s'embraser au-dessus d'Osaka. Parfois des cendres flottaient dans l'air, telles des feuilles mortes, bien que nous
fussions à cinquante kilomètres de là. Je me demandais
ce qu'il adviendrait de Satsu, où qu'elle fût. Et je compris
une chose : depuis qu'elle avait fui, j'avais inconsciem-
ment pensé que nos chemins finiraient à nouveau par se
croiser. Je croyais qu'elle m'écrirait, à l'okiya Nitta, ou
qu'elle reviendrait me chercher à Kyoto. Un après-midi,
je me promenai au bord du fleuve avec le petit Juntaro.
Nous ramassions des cailloux, que nous jetions dans
l'eau. Satsu ne reviendra jamais ! me dis-je, soudain.

Vivant moi-même dans des conditions précaires, je savais qu'il était impossible de se rendre dans une ville éloignée. Et si Satsu venait à Kyoto, et qu'on se croisât dans la rue, on ne se reconnaîtrait pas. Quant à recevoir une lettre... Je me trouvai bien naïve, encore une fois. Pourquoi n'avais-je pas compris plus tôt que Satsu ignorait que j'habitais l'okiya Nitta ? Elle ne pouvait m'écrire, à moins de contacter M. Tanaka, ce qu'elle ne ferait pas. Comme le petit Juntaro lançait des pierres dans le fleuve, je m'accroupis et me passai de l'eau sur le visage, tout en lui souriant. Je feignis de me rafraîchir. Juntaro ne s'aperçut de rien.

L'adversité, tel un vent furieux, nous empêche d'aller où nous voulons, nous dépouille et nous laisse face à nous-mêmes — tel que nous sommes, et non tel que nous pensions être. Après avoir perdu son mari, la fille de M. Arashino, par exemple, se concentra exclusivement sur son fils et sur la confection de parachutes. Ce faisant, elle maigrit terriblement. A la fin de la guerre, elle se raccrocha à cet enfant comme à une bouée.

Ayant déjà connu l'adversité, certaines vérités me furent à nouveau assenées : sous ces parures élégantes, et malgré mon talent de danseuse, de conteuse, ma vie était d'une banalité consternante. Mon seul but, depuis dix ans, avait été de m'attacher le président. Jour après jour, je regardais couler le fleuve Kamo, depuis les fenêtres de l'atelier. Je lançais parfois un pétale ou un brin de paille sur l'eau, sachant qu'ils iraient jusqu'à Osaka, avant de se perdre dans la mer. J'espérais que le président les verrait passer sous ses fenêtres, assis à son bureau. Puis il me vint une triste pensée. Peut-être le président verrait-il ce pétale. Peut-être ce pétale le rendrait-il songeur. Mais songerait-il à moi pour autant ? Il m'avait témoigné de la bonté, mais c'était un homme bon et généreux. Avait-il fait le rapprochement entre l'adolescente qu'il avait secourue et Sayuri la geisha ? Si oui, il n'en avait jamais rien laissé paraître.

J'avais compris que je ne reverrais sans doute jamais ma sœur. Un matin, je pris conscience d'une chose bien pire, à laquelle j'avais pensé toute la nuit. Et si j'arrivais à la fin de ma vie sans que le président se soit jamais intéressé à moi ? Le lendemain, j'étudiais soigneusement mon almanach, dans l'espoir d'y trouver l'indice d'un événement majeur. J'étais si abattue ! Même M. Arashino parut s'en apercevoir : il m'envoya acheter des aiguilles à la mercerie, à trois kilomètres. Sur le chemin du retour, au coucher du soleil, je faillis me faire renverser par un camion de l'armée. C'est la seule fois de ma vie où j'ai frôlé la mort. Je m'aperçus le lendemain que mon almanach me déconseillait de voyager dans la direction du rat — celle de la mercerie. J'avais seulement cherché des signes concernant le président. Je n'avais pas noté cet avertissement. Ce jour-là, je compris qu'il est dangereux de se focaliser sur ce qui n'est pas. Et si je passais ma vie à attendre un homme qui n'allait jamais venir, pour me dire, à la fin, que je n'avais profité de rien ! Tout cela pour avoir songé au président, même dans les pires moments ? Mais si je m'arrachais à sa pensée, comment survivrais-je ? J'aurais l'impression d'être une danseuse qui répétait un ballet depuis toujours, pour ne jamais se produire en public.

*
* *

Pour nous, la guerre se termina en août 1945. Toute personne ayant vécu au Japon à cette époque vous le dira : ce fut le moment le plus lugubre d'une longue traversée des ténèbres. Notre pays n'avait pas seulement perdu la guerre, il était anéanti. Et pas seulement par les bombes, si horribles furent-elles. Quand votre pays perd une guerre et qu'une armée ennemie l'envahit, vous avez le sentiment qu'on vous emmène au poteau d'exécution, les mains dans le dos, vous avez l'impression d'attendre, à genoux, que le sabre vous tranche la tête. Pendant un an, je n'entendis pas un seul rire — hormis ceux du petit Juntaro. Et quand il riait, son grand-père le réprimandait. J'ai remarqué une chose : les enfants de la guerre ont souvent un côté sérieux — ils ont grandi à une époque sinistre.

Au printemps 1946, nous avions tous compris que nous allions devoir vivre avec cette défaite. Certains pensaient que le Japon finirait par renaître de ses cendres. Toutes nos phobies — les Américains envahisseurs, qui allaient nous violer, et nous tuer — se révélèrent non fondées. Ces Américains étaient charmants, pour la plupart. Un jour, un de leurs bataillons passa près de chez nous en camion. Je les regardai passer, avec les femmes du voisinage. A Gion, je me considérais comme différente des autres femmes. Etrangère à leur univers, je m'étais peu interrogée sur leur mode de vie. Et à présent j'étais là, habillée comme une paysanne, les cheveux lâchés. Je n'avais pas pris de bain depuis plusieurs jours — nous n'avions pas de mazout pour chauffer l'eau plus de quelques minutes par semaine. Pour ces soldats américains, j'étais une Japonaise comme les autres. Et d'ailleurs, en quoi étais-je différente de ces femmes-là ? Un végétal qui a perdu ses feuilles, son écorce et ses racines, est-il toujours un arbre ? « Je suis une paysanne, me disais-je, plus une geisha. » Ces cals, sur mes mains, m'effrayaient. Pour ne pas y penser, je regardai à nouveau les camions. N'étaient-ce pas ces soldats américains qu'on nous avait appris à haïr, qui avaient bombardé nos villes avec des armes horrifiantes ? Maintenant ils passaient devant chez nous en camion, et lançaient des bonbons aux enfants.

*
* *

Un an après la reddition du pays, on demanda à M. Arashino de faire à nouveau des kimonos. Je savais porter ces costumes, mais pas les confectionner. Aussi me dit-on de surveiller les cuves de teintures, qui bouillaient dans le sous-sol de l'annexe de notre atelier. J'y passai mes journées. Ce travail était pénible. N'ayant pas les moyens d'acheter du mazout, nous utilisions du « tadon », de la poussière de charbon agglomérée avec du goudron. En brûlant, ce combustible dégageait une odeur immonde.

La femme de M. Arashino m'apprit quelles feuilles, quelles tiges, quelles écorces ramasser pour faire les teintures moi-même, ce qui pouvait ressembler à une promotion. Et c'eût été le cas, si l'un des ces végétaux — je ne découvris jamais lequel — ne m'avait abîmé la peau. Mes mains de danseuse, si délicates, que j'avais massées avec les meilleures crèmes, pelaient et se teintaient de violet. Durant cette période — et sans doute parce que j'étais seule — j'eus une courte liaison avec un fabricant de tatamis, du nom d'Inoue. Je le trouvais beau, il avait des yeux sombres et doux, une jolie peau, des lèvres pulpeuses. Plusieurs nuits par semaine, un mois durant, nous nous rencontrâmes dans l'annexe. Un soir où les flammes étaient plus vives, sous les cuves, je réalisai combien mes mains étaient abîmées. Quand Inoue les eut vues, il refusa que je continue à le toucher !

Pour laisser ma peau se reconstituer, M. Arashino me confia une nouvelle tâche, durant l'été : cueillir des fleurs de millepertuis. Avec le jus des fleurs de millepertuis, on peint les soies avant de les amidonner, puis de les teindre. Ces fleurs poussent au bord des étangs et des lacs, pendant la saison des pluies. Je croyai que cette cueillette serait agréable. Aussi, un matin de juillet, partis-je avec mon sac à dos, prête à profiter de cette belle journée. Je ne tardai pas à découvrir que les millepertuis sont des fleurs cruellement intelligentes. Elles semblaient s'être assuré la collaboration de tous les insectes du Japon. Chaque fois que j'arrachais une poignée de fleurs, j'étais assaillie par des bataillons de tiques, et autres moustiques. Un jour, je marchai sur un gros crapaud ! Après avoir passé une affreuse semaine à cueillir ces millepertuis, je m'attelai à une autre tâche — bien plus agréable, pensai-je : presser les fleurs pour en extraire le jus. Mais si vous connaissez l'odeur du jus de millepertuis... Je fus ravie de retourner à mes cuves de teintures !

Je travaillai très dur ces années-là. Chaque soir, avant de m'endormir, je songeais à Gion. Toutes les maisons de thé du Japon avaient rouvert quelques mois après la reddition. Cela dit, je ne pourrais retourner à Gion que si Mère me le demandait. Elle gagnait bien sa vie en vendant des kimonos, des objets d'art et des sabres aux soldats américains. Elle ne quitta donc pas la petite ferme, à l'ouest de Kyoto, où elle avait établi ses quartiers avec Tatie.

Quant à moi, je continuai à vivre et à travailler avec la famille Arashino.

Gion n'étant qu'à quelques kilomètres, on aurait pu penser que j'allais souvent voir Mère et Tatie. Or je ne leur rendis visite qu'une fois en cinq ans — un après-midi de printemps, environ un an après la fin de la guerre. Je revenais de l'hôpital de la préfecture de Kamigyo — j'étais allée chercher des médicaments pour le petit Juntaro. Je longeai Kawaramachi Avenue jusqu'à Shijo, puis je traversai le pont qui menait à Gion. Quel choc de voir ces familles pauvres campant sur la rive !

A Gion, je reconnus quelques geishas, qui bien sûr ne me reconnurent pas. Je ne les saluai pas : je voulais voir ce quartier avec les yeux d'une étrangère. Cela dit, je ne vis pas Gion, j'errai dans mes souvenirs. En longeant la rivière Shirakawa, je pensai à ces après-midi où je m'étais promenée avec Mameha. Je retrouvai le banc où Pumpkin et moi nous étions assises, avec deux bols de nouilles, le soir où je lui avais demandé son aide. Non loin de ce banc, la ruelle où Nobu m'avait reproché d'avoir pris le général pour « danna ». De là, j'allai au coin de Shijo Avenue, où un jeune livreur, troublé, avait renversé des boîtes à cause de moi. En ces divers endroits, j'eus l'impression d'être sur scène, longtemps après la fin du spectacle. Je marchai jusqu'à notre okiya, fixai tristement le gros cadenas, sur la porte. J'avais été enfermée là, j'avais voulu sortir ! Puis ma vie avait changé. Exilée, je voulais revenir. Pourtant j'étais une adulte — libre, si je le désirais, de quitter Gion à tout jamais.

*
* *

Par un froid après-midi de novembre, trois ans après la fin de la guerre, je me réchauffais les mains au-dessus des cuves de teintures, quand Mme Arashino vint me dire que j'avais une visite. Je compris, à son expression qu'il ne s'agissait pas d'une des femmes du village. Vous imaginez ma surprise quand j'arrivai en haut des escaliers et trouvai Nobu ! Il était assis dans l'atelier avec M. Arashino, une tasse de thé vide à la main, comme s'il était là depuis un moment, à bavarder. M. Arashino se leva quand il me vit.

— Je retourne travailler, Nobu-san, dit-il. Vous pouvez parler un peu, tous les deux. Je suis ravi que vous soyez venu nous voir.

— Ne vous méprenez pas, Arashino, dit Nobu. C'est Sayuri que je suis venu voir.

Je trouvai cela insultant, mais M. Arashino rit. Il sortit, referma la porte de l'atelier derrière lui.

— Je pensais que rien n'était plus pareil, dis-je. Mais j'ai dû me tromper. Nobu-san est resté le même.

— Je ne changerai jamais, déclara-t-il. Mais je ne suis pas venu ici pour bavarder. Je veux savoir ce qui ne va pas.

— Tout va bien. Nobu-san n'a-t-il pas reçu mes lettres ?

— Vos lettres ! On dirait des poèmes ! Vous parlez du « son cristallin de l'eau », et autres absurdités de ce genre.

— Nobu-san, je ne vous écrirai plus jamais !

— Eh bien tant mieux ! Parce que si c'est pour m'envoyer des lettres comme ça ! Pourquoi ne me dites-vous pas les choses qu'il m'importe de savoir : si vous revenez bientôt à Gion, par exemple. Tous les mois, je téléphone à l'Ichiriki pour avoir de vos nouvelles, et la maîtresse trouve une excuse pour justifier votre absence. J'ai craint de vous trouver malade. Vous êtes maigre, certes, mais vous paraissez en bonne santé. Qu'est-ce qui vous empêche de revenir ?

— Il ne se passe pas une journée sans que je pense à Gion.

— Votre amie Mameha est revenue il y a plus d'un an. Même Michizono, si vieille soit-elle, était là le jour de la réouverture. Mais personne n'a pu me dire pourquoi Sayuri ne revient pas.

— Ce n'est pas à moi d'en décider, mais à Mère. J'attends qu'elle rouvre l'okiya. J'ai très envie de revenir à Gion.

— Alors appelez votre Mère et dites-lui que le moment est venu de reparaître. Ça fait six mois que j'attends ! Vous n'avez donc pas compris ce que je vous disais dans mes lettres ?

— Que vous vouliez me voir.

— Quand je dis que je veux vous voir, je m'attends à ce que vous fassiez vos bagages et reveniez sur-le-champ ! Je ne vois pas pourquoi il vous faut attendre le bon vouloir de votre Mère ! Elle est sotte, si elle n'a pas compris qu'il fallait revenir !

— Elle a de nombreux défauts, mais je puis vous assurer qu'elle n'est pas sotte. Nobu-san pourrait même l'admirer, s'il la connaissait. Elle fait d'excellentes affaires en vendant des souvenirs aux soldats américains.

— Ces soldats ne vont pas rester là éternellement. Dites-lui que votre ami Nobu veut que vous reveniez à Gion.

Là-dessus il me lança un petit paquet, sur le tatami. Il n'ajouta rien. Il sirota son thé, tout en me regardant.

— Qu'est-ce que vous me lancez, Nobu-san ?

— Un cadeau. Ouvrez-le.

— Laissez-moi d'abord vous donner le cadeau que j'ai pour vous.

J'allai prendre un éventail dans le coffre où je rangeais mes affaires. Je voulais le donner à Nobu depuis longtemps. Offrir un éventail à l'homme qui vous a épargné l'usine peut paraître ingrat. Toutefois, les éventails d'une danseuse sont des objets sacrés. Mon professeur m'avait donné celui-ci quand j'avais atteint le niveau « shisho », dans les danses de l'école Inoue. Il avait donc une valeur particulière. Je ne connaissais pas de geisha qui se fût séparée d'un tel objet — raison pour laquelle j'avais décidé de l'offrir à Nobu.

J'enveloppai l'éventail dans un carré de coton et le lui tendis. Il l'ouvrit, parut perplexe. Je m'y attendais. Je lui expliquai de mon mieux pourquoi je le lui offrais.

— C'est gentil à vous, dit-il, mais je ne mérite pas

un tel présent. Offrez cet éventail à quelqu'un qui apprécie la danse davantage que moi.

— Je ne pourrais l'offrir à personne d'autre. Cet objet est une part de moi-même, que j'ai donnée à Nobu-san.

— Alors j'en suis très fier, et je chérirai cet objet. Maintenant ouvrez le paquet que je vous ai apporté.

Ce que je fis. Dans le paquet, enveloppée de plusieurs épaisseurs de papier journal, une pierre, de la grosseur d'un poing. Je restai perplexe — comme Nobu, devant mon éventail. En y regardant de plus près, je vis qu'il s'agissait d'un morceau de béton.

— J'ai récupéré cela dans les gravats de notre usine d'Osaka, me dit Nobu. Deux de nos fabriques ont été détruites. Il se peut que notre société périclite. Vous m'avez donné une part de vous-même. Je vous rends la pareille !

— Si c'est là une part de Nobu-san, je la chérirai.

— Je ne vous l'ai pas donnée pour que vous la chérissiez. C'est un morceau de béton ! Je veux que vous m'aidiez à en faire un gros joyau. Que je vous offrirai.

— Si Nobu-san peut réaliser ce genre de miracle, qu'il m'explique comment procéder, que nous soyons tous riches !

— Vous allez faire un travail pour moi, à Gion. Si les choses se passent comme je le souhaite, notre compagnie sera à nouveau sur pied dans un an. Quand vous me rendrez ce morceau de béton, vous aurez un joyau à la place et le moment sera venu pour moi d'être votre « danna ».

Cette idée me glaça. Je n'en montrai rien.

— Vous êtes bien mystérieux, Nobu-san. Je pourrais accomplir un travail qui sauverait votre société ?

— C'est une tâche horrible, autant que vous le sachiez. Les deux dernières années avant la fermeture des maisons de thé, un certain Sato venait à Gion, aux fêtes du gouverneur. Je veux que vous passiez des soirées avec cet homme, que vous le divertissiez.

Je ris.

— Pourquoi serait-ce horrible ? Nobu-san a beau détester ce M., je suis sûre d'avoir connu pire !

— Si vous vous souveniez de lui, vous sauriez pourquoi c'est horrible. Il est irritant, il se conduit comme un porc. Il s'asseyait toujours en face de vous pour vous regarder, m'a-t-il dit. Il ne parle que de vous — quand il parle. Le plus souvent, il se contente de rester assis. Peut-être avez-vous lu des articles sur lui dans les journaux, le mois dernier. Il vient d'être nommé secrétaire du ministre des Finances.

— Juste ciel ! Il doit être intelligent !

— Oh, ils sont une quinzaine à avoir ce titre. A part boire du saké, je me demande à quoi il est bon ! C'est une tragédie, que l'avenir de notre société dépende d'un homme comme lui ! C'est dur de vivre à une époque pareille, Sayuri.

— Nobu-san ! Vous ne devriez pas dire ça.

— Pourquoi pas ? Personne ne m'entend.

— Là n'est pas la question. C'est votre état d'esprit. Essayez de voir les choses de façon plus optimiste.

— Pourquoi ? Notre société n'a jamais été en si mauvaise posture ! Pendant toute la durée de la guerre, le président a refusé de céder aux instances du gouvernement. Quand il a accepté de coopérer, le guerre était presque terminée. De toutes les choses que nous avons fabriquées pour eux, pas une — vous m'entendez, pas « une » — n'a servi au combat ! Mais ça n'a pas empêché les Américains de taxer Iwamura Electric de « zaibatsu », au même titre de Mitsubishi. C'est absurde ! Nous comparer à eux, c'est comparer un moineau à un lion. Pis : si nous n'arrivons pas à les convaincre de notre bonne foi, ils vont saisir Iwamura Electric, dont les biens et l'actif serviront à la reconstruction du pays ! Il y a quinze jours, nous en étions là, puis ils ont désigné ce Sato comme médiateur. Les Américains ont cru plus malin de nommer un Japonais. J'aurais préféré un chien !

Nobu s'interrompit dans sa tirade.

— Qu'est-il arrivé à vos mains ? dit-il.

Depuis le début de notre entretien, je cachais mes

mains du mieux que je pouvais. Nobu avait dû finir par les voir.

— M. Arashino a eu la bonté de me demander de m'occuper des teintures.

— Espérons qu'il saura faire disparaître ces taches, dit Nobu. Vous ne pouvez pas retourner à Gion avec des mains dans cet état.

— Oh, mes mains ce n'est qu'un détail. Je ne suis pas du tout sûre de pouvoir revenir à Gion, Nobu-san. Je ferai de mon mieux pour convaincre Mère, mais cette décision lui appartient. De toute façon, il y a d'autres geishas...

— Il n'y a pas d'autres geishas ! Ecoutez-moi. L'autre jour, j'ai emmené le secrétaire d'État Sato dans une maison de thé, avec six autres personnes. Il n'a pas ouvert la bouche pendant plus d'une heure. Puis il s'est éclairci la voix et il a dit : « Ce n'est pas l'Ichiriki ! » A quoi j'ai rétorqué : « Non, ce n'est pas l'Ichiriki. » Il a grogné, comme un porc, et il a ajouté : « Sayuri travaille à l'Ichiriki. » Alors j'ai dit : « Non, M. le ministre. Si elle était à Gion, elle viendrait s'occuper de nous ici. Mais je vous ai dit qu'elle n'était pas à Gion ! » Il a pris sa tasse de saké...

— J'espère que vous avez été plus poli que ça avec lui !

— Certainement pas ! Je le supporte environ une demi-heure. Après, je ne réponds plus de rien. Voilà pourquoi je veux que vous veniez ! Et ne me dites plus que la décision ne vous appartient pas. Vous me devez bien ça, et vous le savez. En fait, j'aimerais vous voir...

— Moi aussi j'aimerais voir Nobu-san.

— Venez, mais ne vous faites aucune illusion.

— Cette guerre m'a fait perdre toutes mes illusions. Si Nobu-san pense à quelque chose de précis.

— N'espérez pas que je vais devenir votre « danna » en un mois, c'est tout. Tant que je n'aurai pas redressé la situation chez Iwamura Electric, je ne serai pas en position de faire une telle offre. Je m'inquiète pour l'avenir de ma société. Cela dit, le fait de vous avoir revue me redonne espoir.

— Nobu-san ! C'est vraiment gentil !

— Ne soyez pas ridicule, je n'essaie pas de vous flatter. Votre destinée et la mienne sont liées. Mais je ne serai jamais votre « danna » si Iwamura Electric ne se relève pas. Peut-être est-il écrit que ma société sortira du marasme, de même qu'il était écrit que nous devions nous rencontrer.

Durant les deux dernières années de la guerre, j'avais cessé de me demander si certaines choses devaient arriver ou pas. J'avais souvent dit aux femmes du voisinage que je n'étais pas certaine de retourner à Gion — mais à vrai dire, j'avais toujours su que j'y retournerais. Mon destin s'accomplirait là-bas, je le sentais. Durant ces années d'exil, j'avais gelé toute l'eau de ma personnalité. Ce fut pour moi le seul moyen de supporter cette réalité. Le fait que Nobu parlât de ma destinée fit fondre la glace et raviva mes désirs !

— Nobu-san, dis-je, s'il faut faire impression sur le secrétaire d'État, peut-être serait-il bon d'inviter le président à ces soirées.

— Le président est un homme très occupé.

— Mais si le secrétaire doit jouer un rôle déterminant dans l'avenir de la société...

— Inquiétez-vous de venir. Je m'inquiète du reste. Je serais très déçu si vous n'êtes pas revenue à Gion à la fin du mois au plus tard.

Nobu se leva pour partir. Il devait être de retour à Osaka avant la nuit. Je l'accompagnai à la porte, l'aidai à enfiler ses chaussures et son manteau. Je lui mis son chapeau. Après quoi il me regarda un long moment. Je crus qu'il allait me dire que j'étais belle — c'était le genre de réflexion qu'il pouvait faire après m'avoir longuement dévisagée.

— Juste ciel ! Vous avez l'air d'une paysanne, Sayuri !

Il fronça les sourcils, puis tourna les talons.

# 30

Ce soir-là, pendant que les Arashino dormaient, j'écrivis à Mère, à la lumière du « tadon » qui brûlait sous les cuves de teintures. Ma lettre eut-elle l'effet désiré, ou Mère avait-elle déjà décidé de rouvrir l'okiya ? Je l'ignore, mais une semaine plus tard, une vieille femme frappa à la porte des Arashino. J'ouvris. Tatie était sur le seuil. Elle avait les joues creuses, il lui manquait des dents. Son teint grisâtre me rappela un sashimi qui serait resté sur une assiette toute la nuit. Mais je vis qu'elle était vaillante. Elle avait un sac de charbon dans une main, de la nourriture dans l'autre — qu'elle offrit aux Arashino pour les remercier de leur gentillesse à mon égard.

Le lendemain, je versai des larmes en faisant mes adieux. Je retournai à Gion, où Mère, Tatie et moi entreprîmes de remettre l'okiya en état. Comme j'allais dans les différentes pièces, je me fis la réflexion suivante : l'okiya nous punissait pour l'avoir abandonnée plusieurs années. Nous passâmes cinq ou six jours à seulement dégrossir le travail : ôter la poussière, qui formait une couche épaisse sur les lambris ; repêcher les restes de rats morts dans le puits ; nettoyer la chambre de Mère, à l'étage : les oiseaux avaient arraché la paille des tatamis pour se faire des nids dans l'alcôve. A ma grande surprise, Mère se démena autant que nous — peut-être parce que nous étions moins nombreuses. Nous pouvions seulement nous offrir les services d'une cuisinière et d'une servante. Cela dit, nous avions maintenant une jeune fille à l'okiya, Etsuko. C'était la fille du fermier chez qui Mère et Tatie avaient vécu. Etsuko avait neuf ans — comme moi, quand j'étais arrivée à Kyoto. Elle me craignait, comme j'avais craint Hatsumomo — bien que je lui sourie chaque fois que je la croisais. Elle était grande et maigre, elle avait de longs cheveux noirs, qui voletaient dans son dos quand elle courait. Son visage avait l'étroitesse d'un grain de riz. Un jour, on la jetterait dans le bouillon et elle s'épanouirait, tendre, délicieuse — consommable.

*
*   *

Lorsque l'okiya redevint un lieu habitable, j'allai présenter mes respects dans Gion. Je passai voir Mameha, qui vivait dans une pièce au-dessus d'une pharmacie, près du temple de Gion. Depuis son retour, l'année précédente, elle n'avait pas eu de « danna », et n'avait pu s'offrir de logement plus spacieux. Elle eut un choc en me voyant — j'avais les joues creuses, dit-elle. Je fus moi-même frappée de stupeur à sa vue. Son visage avait toujours ce bel ovale, mais les tendons ressortaient sur son cou. Plus impressionnant : elle avançait les lèvres, comme une vieille femme. Ses dents avaient commencé à se déchausser pendant la guerre, et la faisaient toujours souffrir.

Nous parlâmes un long moment. Donnerait-on les « Danses de l'Ancienne Capitale », ce printemps ? Ce spectacle n'avait pas eu lieu depuis des années.

— Pourquoi pas ? dit Mameha. Le thème pourrait être « la Danse du Torrent ! »

Etes-vous déjà allé dans une station thermale, vous plonger dans les sources chaudes ? Des prostituées se font passer pour des geishas et vous divertissent, d'où la plaisanterie de Mameha. « La Danse du Torrent » est un strip-tease. La danseuse feint de s'enfoncer dans une eau de plus en plus profonde, soulève son kimono pour ne pas mouiller l'ourlet. Quand les hommes voient ce qu'ils voulaient voir, ils se poussent du coude, trinquent et boivent du saké.

— Gion est infesté de soldats américains, dit Mameha. Il te serait plus utile de parler anglais que de savoir danser. De toute façon, le théâtre Kaburenjo a été transformé en « kyabarei ».

C'était la première fois que j'entendais ce mot, issu de l'anglais « cabaret ». J'appris bientôt sa signification. Depuis ma retraite, chez les Arashino, j'avais eu vent des fêtes très animées données par les soldats américains. Mais je fus choquée, cet après-midi-là, en arrivant dans une maison de thé. Au lieu d'une rangée de chaussures bien alignées, un fouillis de bottes militaires, aussi grandes que Taku, le chien de Mère. Dans l'entrée, un Américain en sous-vêtements, réfugié sous une alcôve. Deux geishas essayaient de le tirer de là ! Que de poils noirs sur sa poitrine, sur ses bras, sur son dos ! Cet homme avait tout d'une bête. Visiblement, il avait perdu ses vêtements en jouant à qui boira le plus. Il finit par se laisser guider par les deux femmes. Ils descendirent le couloir, entrèrent dans un salon. J'entendis siffler et rire quand il passa la porte.

Une semaine après mon retour, la geisha en moi fut enfin prête à reparaître. Je passai une journée à m'affairer. J'allai chez le coiffeur, chez l'astrologue. Je trempai mes mains dans l'eau pour dissoudre les dernières traces de teinture. Je courus dans Gion pour trouver divers produits de maquillage.

J'aurais bientôt trente ans. Je n'allais donc plus porter de blanc qu'en de rares occasions. Je passai une demi-heure devant mon miroir, j'essayai différentes teintes de poudre pour masquer la maigreur de mon visage. M. Bekku vint m'habiller. La jeune Etsuko assista à mes préparatifs, comme je l'avais fait dans le passé avec Hatsumomo. L'étonnement que je lus dans ses yeux me conforta dans l'idée que je ressemblais à nouveau à une geisha.

Ce soir-là, Gion était recouvert d'une jolie couche de neige, si légère que le moindre coup de vent nettoyait les toits. Je portais un châle, j'avais un parapluie laqué, j'étais aussi peu reconnaissable que le jour où j'étais venue à Gion en vêtements de paysanne. Je reconnus une geisha sur deux. Celles qui habitaient Gion avant guerre s'inclinaient à mon passage. Les autres se contentaient d'un bref hochement de tête.

Je vis beaucoup de soldats dans les rues. J'arrivai à l'Ichiriki avec une certaine appréhension. Dans l'entrée, un alignement de chaussures noires cirées — celles des officiers. Curieusement, la maison de thé semblait plus calme qu'avant-guerre. Nobu n'était pas arrivé — du moins n'y avait-il aucun indice de sa présence. On m'introduisit dans un grand salon du rez-de-chaussée. On me dit que Nobu n'allait pas tarder à me rejoindre.

Théoriquement, j'aurais dû attendre dans le quartier des servantes : je me serais réchauffé les mains, j'aurais bu une tasse de thé. Aucune geisha n'aime qu'un homme la trouve désœuvrée. Mais j'attendis Nobu de bonne grâce — c'était un privilège, pour moi, de passer quelques minutes seule dans un aussi beau salon. J'avais été sevrée de toute beauté pendant cinq ans. Quelle pièce magnifique ! Cette soie jaune pâle, sur les murs ! Je me sentis réchauffée, rassurée.

J'avais espéré voir Nobu seul, mais j'entendis les pas d'un autre homme, dans le couloir : Nobu avait amené le secrétaire d'État Sato. Cela m'indifférait que Nobu me trouve en train d'attendre. Mais je ne voulais pas que le secrétaire d'État me croie délaissée. Aussi me glissai-je dans une pièce contiguë, et inoccupée. Cela me donna l'occasion d'écouter Nobu jouer à l'hôte parfait.

— N'est-ce pas un salon magnifique, M. le ministre ? dit-il.

Un grognement.

— J'ai demandé ce salon spécialement pour vous, poursuivit Nobu. Vous avez vu cette peinture d'esprit zen ? C'est vraiment quelque chose, non ?

Un long silence. Puis à nouveau Nobu.

— Oui, c'est une très belle soirée. Avez-vous déjà goûté au saké de l'Ichiriki ? Ils ont une marque spéciale.

Les choses continuèrent ainsi, Nobu aussi à l'aise qu'un éléphant essayant d'imiter un papillon. Je ressortis dans le couloir, j'ouvris la porte de leur salon. Nobu parut soulagé de me voir.

Je regardai le ministre après m'être présentée et m'être assise à table. Je ne le reconnus pas, bien qu'il eût prétendu avoir passé des heures à me dévisager. Or comment aurais-je pu l'oublier ? Il avait le menton collé à la poitrine, la mâchoire inférieure protubérante. Il hocha la tête à mon adresse, me dit son nom. Ensuite il ne fit plus qu'émettre des grognements : sa façon de répondre à toute question, semblait-il.

Je m'efforçai d'engager la conversation, jusqu'au moment où une servante nous sauva en apportant du saké. Je remplis la tasse du ministre, qui la vida dans sa lèvre en saillie comme dans un caniveau. Il ferma la bouche un instant. Je ne le vis pas déglutir, ni avaler. Deux secondes plus tard il me tendait à nouveau sa tasse.

Le ministre but pendant un quart d'heure sur un rythme soutenu. Je racontai des histoires, je plaisantai, je lui posai des questions, j'essayai de l'amener à se détendre — chose dont il semblait incapable. Il ne répondait à mes questions que par monosyllabes. Je lui proposai de jouer à qui boira le plus. Je demandai s'il aimait chanter. Notre plus long échange eut lieu lorsqu'il me demanda si je dansais.

— Oui, je danse, dis-je. Le ministre aimerait-il que je danse pour lui ?

— Non.

Ce fut tout.

Le ministre n'aimait pas établir un contact visuel avec les gens. En revanche, il examina sa nourriture avec soin, quand une servante eut apporté son dîner et celui de Nobu. Le ministre prenait un morceau de nourriture entre ses baguettes, le portait devant ses yeux, l'observait sous tous les angles. S'il ne reconnaissait pas la chose, il me demandait ce que c'était. « Un morceau de patate douce bouilli dans le sucre et la sauce de soja », lui disais-je, lorsqu'il me montrait un petit cube orange entre ses baguettes. Ç'aurait très bien pu être du foie de baleine ! La seule chose qui importait au ministre était d'avoir une réponse précise. Lorsqu'il me montra une lamelle de bœuf mariné, je décidai de le taquiner un peu.

— C'est un morceau de cuir mariné, lui dis-je. Une spécialité de la maison. Ils font cela avec de la peau d'éléphant. Peut-être aurais-je dû dire de la couenne d'éléphant marinée.

— De la couenne d'éléphant ?

— Allons, M. le ministre, vous voyez bien que je plaisante ! C'est un morceau de bœuf. Pourquoi regarder votre nourriture avec une telle méfiance ? Pensez-vous qu'on vous donnerait du chien, ou ce genre de mets ?

— J'ai mangé du chien, vous savez.

— C'est intéressant. Mais nous ne servons pas de chien, ce soir. Alors cessez de regarder votre assiette d'un air suspicieux !

Après quoi nous jouâmes à qui boira le plus. Nobu détestait cela. Il commença par protester. Je fronçai les sourcils. Il céda. Nous dûmes laisser le ministre perdre un peu trop souvent : ses yeux se mirent à rouler dans leurs orbites, telles des bouées sur la mer. Il se leva et se dirigea vers un coin de la pièce.

— Où avez-vous l'intention d'aller, M. le ministre ? dit Nobu.

Le ministre rota — réponse éloquente, car il me parut sur le point de vomir.

Nobu et moi nous précipitâmes pour l'aider, mais il avait déjà mis une main sur la bouche. Nous ouvrîmes les portes-fenêtres du jardin et le laissâmes vomir sur la neige. Il peut sembler dégoûtant qu'un homme vomisse dans ces jardins d'agrément, mais le ministre n'était pas le premier. Nous, geishas, emmenons les hommes vomir aux toilettes, mais parfois nous recourons à un moyen plus rapide. Quand nous disons aux servantes qu'un homme vient d'aller au jardin, elles savent ce que ça veut dire. Elles accourent pour nettoyer.

Nobu et moi fîmes de notre mieux pour retenir le ministre, comme il vomissait dans la neige, à genoux sur le seuil du jardin. Malgré cela, il partit la tête la première. Je le poussai vivement sur le côté, qu'il ne tombe pas dans son vomi. Il s'écroula sur le flanc, tel un quartier de bœuf.

Nobu et moi nous regardâmes, consternés : le ministre gisait dans la neige, telle une branche cassée.

— Nobu-san, dis-je, je n'aurais pas cru que votre invité serait si drôle.

— Nous l'avons tué, à mon avis. Et il le mérite. Quel homme irritant !

— Est-ce ainsi que vous vous conduisez avec vos hôtes honorés ? Allez faire un petit tour avec lui dehors. Le froid va le ranimer.

— Il gît dans la neige. N'est-ce pas assez froid ?

— Nobu-san ! m'exclamai-je.

Cela dut suffire. Nobu poussa un soupir, puis descendit dans le jardin en chaussettes, pour tenter de ranimer le ministre. Je courus chercher une servante : je ne voyais pas comment Nobu pourrait relever le ministre avec un seul bras. Je demandai des chaussettes pour les deux hommes. Je dis à la servante qu'il lui faudrait nettoyer le jardin après notre départ.

Je revins dans la pièce. Nobu et le ministre étaient à nouveau assis à table. Vous imaginez dans quel état était le ministre, et l'odeur qu'il dégageait ! Je dus lui enlever ses chaussettes mouillées. Ce faisant, je m'écartai le plus possible de lui. Dès que j'eus fini, il retomba sur les tatamis, et sombra à nouveau dans l'inconscience.

— Vous croyez qu'il nous entend ? soufflai-je à Nobu.

— Il ne nous entend même pas quand il est conscient, dit Nobu. Quel crétin !

— Ne parlez pas si fort ! soufflai-je. Vous croyez qu'il s'est amusé ? Vous pensiez passer une soirée comme ça ?

— La question n'est pas là. L'important, c'est l'idée que s'était faite le ministre de cette soirée.

— Nous avons donc des chances de recommencer la semaine prochaine.

— Si le ministre a passé une bonne soirée, je suis prêt à recommencer.

— Et à vous remettre dans un état pareil ? Regardez-vous, Nobu-san, vous avez l'air exaspéré ! Quant au ministre, il suffit de le regarder pour voir qu'il n'a pas passé une bonne soirée !

— Avec le ministre, on ne peut jurer de rien...

— Il s'amuserait davantage dans une atmosphère plus festive, ne croyez-vous pas ?

— Amenez quelques geishas la prochaine fois, si vous pensez que ça peut aider, dit Nobu. Nous reviendrons le week-end prochain. Invitez donc votre grande sœur.

— Mameha est une femme pleine de ressources, dis-je, mais le ministre est si fatigant ! Il nous faut une geisha tonitruante, qui distraie tout le monde ! Vous savez, maintenant que j'y pense... je me dis qu'il nous faudrait également un autre invité.

— Je ne vois pas pourquoi.

— Si le ministre ne fait que boire, me dévisager, et vous agacer, nous n'allons pas nous amuser. Peut-être devriez-vous inviter le président, la prochaine fois.

Vous vous demandez si j'avais cette idée en tête depuis le début de la soirée. La réponse est non. Cela dit, en revenant à Gion, je n'espérais qu'une chose : revoir le président. Mais ce n'était pas tant le désir de m'asseoir à ses côtés, de me pencher vers lui, de lui murmurer des mots à l'oreille, de humer sa peau. Si ces moments-là devaient être les seuls plaisirs que me réservait la vie, autant le savoir très vite, me fermer à cette source de lumière, m'habituer aux ténèbres. Peut-être devrais-je me contenter de Nobu. Je n'étais pas sotte au point de croire que je pourrais échapper à mon destin. Mais je n'allais pas non plus abandonner tout espoir.

— J'ai pensé à amener le président, répondit Nobu. Il impressionne beaucoup le ministre. Mais je ne sais pas, Sayuri. Il est très occupé, je vous l'ai dit.

Le ministre, toujours allongé sur son tatami, fit un mouvement brusque comme si on venait de le piquer. Il réussit à se redresser et à se rasseoir à table. Nobu fut si dégoûté à la vue de son plastron taché ! Il me dit d'aller chercher une servante, qu'elle revienne avec une serviette mouillée. Quand elle eut nettoyé la veste du ministre et fut ressortie, Nobu s'exclama :

— Quelle bonne soirée nous avons passée, M. le ministre ! La prochaine fois, nous allons encore plus nous amuser, car au lieu de vomir seulement sur moi, vous pourrez vomir sur le président, et sur deux ou trois autres geishas !

J'étais ravie que Nobu ait mentionné le président, mais je n'en laissai rien paraître.

— J'aime cette geisha, dit le ministre. Je n'en veux pas d'autres.

— Appelez-la par son nom : Sayuri, sinon elle ne reviendra pas. Maintenant levez-vous, M. le ministre. Il est temps qu'on vous raccompagne chez vous.

Je les escortai jusqu'à l'entrée, les aidai à mettre leurs chaussures et leurs manteaux. Je les regardai sortir dans la neige. Le ministre avait beaucoup de mal à avancer. Il serait rentré dans le portail, si Nobu ne l'avait pris par le coude pour le conduire à un rickshaw.

*
*  *

Plus tard ce soir-là, je passai dans une fête d'officiers américains avec Mameha. Quand nous arrivâmes, leur interprète, ivre, ne leur servait plus à rien. Tous les officiers reconnurent Mameha. Je fus surprise de les voir fredonner et agiter les bras, pour lui demander de danser. Je pensai que nous allions nous asseoir et la regarder, mais dès qu'elle dansa, plusieurs Américains se levèrent et caracolèrent autour d'elle. Si j'avais su cela d'avance, sans doute eus-je éprouvé une certaine appréhension. Mais le fait d'assister à la scène me fit éclater de rire. Il y avait longtemps que je ne m'étais pas autant amusée. Quand Mameha eut fini, nous jouâmes du shamisen à tour de rôle, elle et moi, pendant que les officiers américains dansaient autour de la table. Chaque fois que nous arrêtions de jouer, ils devaient se précipiter à leur place. Le dernier à s'asseoir avait un gage : il buvait une tasse de saké.

Il était curieux de s'amuser autant entre gens qui ne parlaient pas la même langue, dis-je à Mameha — j'avais passé le début de la soirée avec Nobu et le ministre, tous deux japonais, et nous nous étions ennuyés ; Mameha me demanda des détails.

— Trois personnes, ça ne suffit pas, dit-elle, après que je lui eus raconté notre soirée. Surtout si l'une de ces personnes est un Nobu d'humeur maussade.

— Je lui ai suggéré d'amener le président, la prochaine fois. Et il nous faudrait une autre geisha, ne croyez-vous pas ? Une femme capable de faire le clown.

— Oui, dit Mameha. Peut-être que je passerai...

Je restai perplexe : Mameha n'était pas du genre à faire le clown ! J'allai préciser ma pensée, quand elle sembla me deviner et déclara :

— Oui, ça m'intéresserait d'être là... mais si tu veux quelqu'un de drôle, tu devrais inviter Pumpkin, ta vieille copine.

Depuis mon retour à Gion me revenaient des souvenirs liés à Pumpkin. J'avais songé à elle dès l'instant où j'avais pénétré dans l'okiya. Je la revoyais encore me saluer, le jour où Gion avait fermé. Debout dans l'entrée, elle m'avait gratifiée d'un bref hochement de tête — le genre de politesse qu'on doit à la fille de l'okiya. Je n'avais pas cessé de penser à elle, durant ce grand nettoyage. Un jour où nous briquions les lambris, je m'étais souvenue d'elle jouant du shamisen sur la galerie. L'espace vide où elle avait l'habitude de jouer me sembla empreint d'une tristesse infinie. Tant d'années avaient passé depuis notre enfance ! Il eût été facile de gommer tous ces souvenirs, mais je n'avais jamais pu me résigner à l'idée que notre amitié eût tourné court. Cette rivalité artificielle qu'Hatsumomo avait créée entre nous en était la cause, selon moi. Mon adoption fut le dernier coup porté à ce lien. Toutefois, je me jugeais en partie responsable de l'inimitié de Pumpkin. Elle ne m'avait jamais montré que de la bonté. J'aurais dû trouver un moyen de l'en remercier.

Curieusement, je n'avais jamais envisagé retrouver Pumpkin avant que Mameha me le suggère. Nos retrouvailles seraient bizarres. Je réfléchis à la question toute la soirée. J'arrivai à la conclusion que Pumpkin pourrait apprécier de se voir introduite dans un cercle un peu plus raffiné que celui des Américains. J'avais une autre raison : après tant d'années, pourquoi ne pas espérer renouer notre amitié ?

\*
\* \*

J'ignorais tout de la vie de Pumpkin. Je savais seulement qu'elle était rentrée à Gion. Aussi m'adressai-je à Tatie, qui avait reçu une lettre d'elle quelques années plus tôt. Dans la lettre, Pumpkin suppliait Tatie de la reprendre, quand l'okiya rouvrirait. Elle pensait ne jamais trouver de place ailleurs. Tatie se serait peut-être laissé fléchir. Mère refusa : Pumpkin était un mauvais investissement.

— Elle vit dans une petite okiya, dans le quartier d'Hanami-cho, me dit Tatie. Un endroit triste. Mais ne la prends pas en pitié, et ne l'amène pas ici en visite. Mère ne veut pas la voir. Cela dit, ce n'est pas très malin de ta part de renouer avec elle.

— Je me suis toujours sentie coupable de ce qui s'est passé entre Pumpkin et moi...

— Il ne s'est rien passé entre vous ! Pumpkin a échoué, tu as réussi. De toute façon, elle s'en sort très bien, en ce moment. J'ai entendu dire que les Américains l'adorent. Elle est vulgaire. Ils aiment ça.

Cet après-midi-là, je traversai Shijo Avenue, pénétrai dans le quartier d'Hanami-cho, et trouvai la petite okiya dont m'avait parlé Tatie. L'okiya de Korin avait brûlé pendant la guerre. Le feu avait endommagé l'okiya d'à côté, où vivait Pumpkin. La façade était noire. On avait bouché les trous du toit avec des planches. Une telle maison eût été la seule intacte, dans certains quartiers de Tokyo ou d'Osaka. A Kyoto, elle faisait tache.

Une jeune servante m'escorta dans un salon de

réception qui sentait la cendre mouillée. Elle revint peu après me servir une tasse de thé. Il s'écoula un quart d'heure, avant que Pumpkin n'ouvre la porte coulissante. La pénombre du couloir m'empêchait de discerner ses traits, mais le fait de la savoir là me réchauffa le cœur. Je me levai, allai vers elle pour l'embrasser. Elle fit quelques pas dans ma direction, puis elle s'assit sur ses talons et me fit une révérence austère, comme si elle saluait Mère. Cela me saisit. Je m'arrêtai net.

— Enfin, Pumpkin, ce n'est que moi ! dis-je.

Elle garda les yeux baissés, telle une servante attendant mes ordres. Je fus très déçue et retournai à ma place, à table.

Pendant la guerre, Pumpkin avait encore son visage poupin — avec une expression triste. Elle avait beaucoup changé en trois ans. Après la fermeture des usines d'équipements militaires, elle avait travaillé deux ans à Osaka comme prostituée — ce que j'ignorais alors. Sa bouche semblait avoir rétréci — peut-être parce qu'elle serrait les lèvres. Elle avait gardé cette figure ronde, mais perdu ses joues. Cette maigreur lui conférait une espèce d'élégance, qui me surprit. Pumpkin n'était pas devenue une beauté à l'égal d'Hatsumomo, mais elle avait désormais un visage de femme.

— Tu as dû vivre des moments difficiles, Pumpkin, dis-je. Mais je te trouve très belle.

Elle ne répondit pas. Elle inclina légèrement la tête pour me signifier qu'elle m'avait entendue. Je la félicitai de son succès auprès des Américains. Je lui posai des questions sur sa vie, depuis la fin de la guerre. Elle resta de marbre. Je commençai à regretter d'être venue.

Finalement, après un étrange silence, elle me dit :

— Si tu es venue bavarder, Sayuri, sache que je n'ai rien d'intéressant à raconter.

— J'ai vu Nobu Toshikazu, récemment. Il va venir à Gion avec un ami, de temps à autre. J'avais pensé que tu pourrais nous aider à divertir ce M..

— Mais maintenant que tu m'as vue tu as changé d'avis.

— Pas du tout ! m'exclamai-je. Je ne vois pas pour-

quoi tu dis ça. Nobu Toshikazu et le président — Iwamura Ken, je veux dire... le président Iwamura —
apprécieraient ta compagnie. C'est aussi simple que
cela.

Pumpkin resta assise en silence, les yeux fixés sur
les tatamis.

— Je sais que rien, dans la vie, n'est aussi simple
que cela, finit-elle par dire. Je sais que tu me trouves
bête...

— Pumpkin !

— ... mais je pense que tu as une autre raison, que
tu ne me diras pas.

Pumpkin eut un petit hochement de tête, que je ne
sus interpréter. S'excusait-elle de ce qu'elle venait de
dire ? Allait-elle se retirer ?

— J'ai une autre raison, murmurai-je. J'espérais
qu'après toutes ces années nous pourrions redevenir
amies, toi et moi. Nous avons survécu à des choses très
dures, toutes les deux... dont Hatsumomo ! Cela me
paraît naturel que nous nous revoyions.

Pumpkin ne fit aucun commentaire.

— Le président Iwamura et Nobu recevront le
ministre samedi prochain, à l'Ichiriki, lui dis-je. Je serai
heureuse que tu viennes.

Je lui avais apporté un paquet de thé. Je le sortis de
son carré de soie et le posai sur la table. Je me relevai.
Je m'efforçai de trouver quelque chose de gentil à lui
dire avant de partir. Elle paraissait si perplexe ! Je sortis
sans rien ajouter.

# 31

Je n'avais pas vu le président depuis cinq ans, mais j'avais parfois lu des articles sur lui. Il avait eu des différends — avec le gouvernement militaire, pendant les dernières années de la guerre, et depuis avec les autorités d'occupation, qui voulaient saisir sa compagnie. Peut-être portait-il les stigmates de ces épreuves. Sur une photo du *Yomiuri* — un quotidien — il avait l'air tendu, soucieux. Il plissait les yeux, comme le voisin de M. Arashino, qui levait si souvent la tête vers le ciel, pour guetter les bombardiers. Le week-end approchant, je me souvins que Nobu n'était pas certain d'amener le président. Je ne pouvais qu'espérer.

Le samedi matin, je me réveillai tôt. Je levai le store en papier, sur ma fenêtre. Une pluie glaciale battait les carreaux. Dans la ruelle, en contrebas, une jeune servante se relevait après avoir glissé sur les pavés gelés. C'était une journée sinistre, j'osai à peine ouvrir mon almanach. A midi, la température avait encore baissé. Mon souffle formait de la vapeur, comme je déjeunai. La pluie glacée fouettait toujours la croisée.

Le soir, nombre de fêtes furent annulées, à cause du verglas. Tatie téléphona à l'Ichiriki à la tombée de la nuit : la soirée d'Iwamura Electric avait-elle toujours lieu ? La maîtresse ne put lui dire si Nobu viendrait ce soir : le téléphone ne fonctionnait pas entre Kyoto et

Osaka. Je pris un bain, je m'habillai, et je partis pour l'Ichiriki au bras de M. Bekku — il avait emprunté des caoutchoucs à son frère cadet, habilleur dans le quartier de Pontocho.

L'Ichiriki était sens dessus dessous quand j'arrivai. Une canalisation avait explosé dans le quartier des servantes, qui s'affairaient pour réparer les dégâts. Aussi remontai-je le couloir sans escorte, jusqu'au salon où j'avais passé la soirée avec Nobu et le ministre, la semaine précédente. Je ne m'attendais pas à y trouver qui que ce soit — le président et Nobu avaient un long trajet depuis Osaka ; Mameha, qui s'était absentée de Kyoto, aurait sans doute des difficultés à revenir, vu le mauvais temps. Avant d'ouvrir la porte, je restai un moment agenouillée, une main sur le cœur, pour me calmer. Le couloir était bien trop silencieux ! Pas même un murmure ne filtrait par la porte fermée. Il n'y avait sans doute personne dans la pièce. Quelle déception ! J'allais me lever et partir, quand je décidai d'ouvrir — juste au cas où. Et là, assis à table, un magazine ouvert entre les mains, le président ! Il me regardait par-dessus ses lunettes. Je m'attendais si peu à le voir que je fus incapable de parler. Après une minute, je réussis à dire :

— Juste ciel, président ! Qui vous a laissé là tout seul ? La maîtresse de l'Ichiriki va être très fâchée.

— C'est elle qui m'a abandonné.

Il ferma son magazine.

— Je me demande ce qui lui est arrivé, ajouta-t-il.

— Vous n'avez rien à boire. Je vais vous apporter du saké.

— C'est ce que m'a dit la maîtresse avant de disparaître. Vous n'allez pas revenir non plus, et je vais lire ce magazine toute la soirée. Je préfère vous avoir auprès de moi.

Il ôta ses lunettes, les glissa dans sa poche, me regarda.

Je me levai pour le rejoindre. Le grand salon aux murs tendus de soie me parut soudain minuscule, vu l'ampleur de mes sentiments. Revoir le président après tant d'années raviva une douleur en moi. J'avais pensé me réjouir, je fus prise d'une immense tristesse. A certains moments, j'avais craint que la guerre n'ait vieilli le président, comme elle avait vieilli Tatie. Dès que j'entrai dans la pièce, je vis qu'il était bien plus ridé que dans mon souvenir, surtout au coin des yeux. Autour de sa bouche, la peau commençait à plisser, ce qui donnait une espèce de dignité à sa mâchoire carrée. En m'asseyant à table, je lui jetai un coup d'œil à la dérobée : il me fixait toujours d'un regard sans expression. J'allais entamer la conversation, mais il parla le premier.

— Vous êtes restée belle, Sayuri.

— Oh, président, je ne croirai plus jamais un mot de ce que vous dites ! J'ai passé une demi-heure devant ma glace, à redonner un peu de volume à mes joues !

— Il a dû vous arriver des choses pires que de maigrir, ces dernières années. Comme à moi.

— Président, si vous me permettez d'aborder le sujet... Nobu-san m'a parlé des difficultés que rencontre votre société...

— Ne parlons pas de ça. On peut surmonter l'adversité. Il suffit parfois d'imaginer ce que serait la vie si nos rêves se réalisaient.

Il me fit un sourire triste, un si beau sourire ! Ses lèvres formaient un arc parfait.

— Voilà une occasion d'user de votre charme et de changer de sujet, dit-il.

Je n'eus pas le loisir de répondre. La porte s'ouvrit. Mameha entra, suivie de Pumpkin — je n'avais pas cru qu'elle viendrait. Mameha arrivait directement de Nagoya, à l'évidence. Elle avait dû se précipiter à l'Ichiriki, pensant qu'elle était en retard. Elle salua le président, le remercia pour un service rendu, la semaine précédente. Puis elle s'enquit du ministre et de Nobu.

— Quelle étrange journée, dit-elle, comme si elle se parlait à elle-même. Nous sommes restés bloqués une heure dans le train, juste avant d'entrer en gare de Kyoto. Deux jeunes hommes ont fini par casser une vitre et sauter par la fenêtre. Je crois que l'un d'eux s'est blessé. Puis j'arrive à l'Ichiriki, et tout est désert. La pauvre

Pumpkin errait toute seule dans les couloirs ! Vous connaissez Pumpkin, n'est-ce pas, président ?

Pumpkin portait un kimono magnifique, gris cendre, piqué de points dorés, sous la taille : des lucioles brodées, sur un arrière-plan de montagnes et de torrents éclairés par la lune. Ce kimono était plus beau que le mien et que celui de Mameha. Le président parut ébloui par cet habit : il demanda à Pumpkin de tourner sur elle-même, pour l'admirer. Elle se leva, et tourna une fois sur elle-même, timidement.

— Je me suis dit qu'on ne me laisserait pas entrer à l'Ichiriki avec les kimonos que je porte habituellement, dit-elle. Ceux de mon okiya ne sont pas très beaux, bien qu'ils semblent plaire aux Américains.

— Si vous n'aviez pas été aussi franche, Pumpkin, nous aurions pu croire que vous ne portiez que des kimonos comme celui-là, dit Mameha.

— Vous plaisantez ? Je n'ai jamais porté un aussi beau kimono ! Je l'ai emprunté à une okiya, au coin de la rue. Vous ne me croirez pas, si je vous dis combien ils en demandent pour la soirée ! De toute façon, je n'ai pas de quoi payer, alors quelle importance ?

Je vis que le président trouvait cela drôle — une geisha ne parle jamais devant un homme de choses aussi triviales que le prix d'un kimono. Mameha allait intervenir. Pumpkin ne lui en laissa pas le temps :

— Je croyais qu'on attendait une grosse huile ?

— Vous voulez peut-être parler du M. ici présent, dit Mameha. Le président n'est pas une grosse huile, d'après vous ?

— A lui de le savoir. Ce n'est pas à moi de lui dire.

Le président regarda Mameha, haussa les sourcils, l'air faussement surpris.

— Sayuri m'a parlé d'un autre type, poursuivit Pumpkin.

— Sato Noritaka, Pumpkin, dit le président. C'est le nouveau secrétaire du ministre des Finances.

— Oh, je le connais. Il ressemble à un gros cochon.

Tout le monde rit.

— Vraiment, Pumpkin, dit Mameha. Vous sortez de ces choses !

Là-dessus la porte s'ouvrit et Nobu entra, accompagné du ministre. Ils avaient tous deux le visage rouge, à cause du froid. Une servante les suivait, avec un plateau de saké et d'amuse-gueule. Nobu serrait son bras autour de lui. Il tapa du pied pour se réchauffer. Le ministre le contourna d'un pas pesant. Arrivé devant la table, il grogna à l'adresse de Pumpkin. D'un grand mouvement de tête, il lui fit signe de se pousser, qu'il puisse s'asseoir à côté de moi. On fit les présentations, puis Pumpkin déclara :

— Je parie que vous m'avez oubliée, M. le ministre, mais je sais beaucoup de choses sur vous.

Le ministre renversa une tasse de saké dans sa bouche — je venais de la lui servir — et regarda Pumpkin avec une expression proche de la désapprobation.

— Que savez-vous ? demanda Mameha. Racontez-nous quelque chose.

— Le ministre a une sœur cadette, qui a épousé le maire de Tokyo, répondit Pumpkin. Le ministre s'est cassé la main en faisant du karaté.

Le ministre eut l'air surpris. J'en déduisis que Pumpkin disait vrai.

— Je connais aussi une fille que le ministre a fréquentée, continua-t-elle. Nao Itsuko. Nous avons travaillé ensemble dans une usine, près d'Osaka. Itsuko m'a dit que vous avez fait « vous savez quoi » ensemble plusieurs fois.

Je craignis que le ministre ne s'offusque, mais ses traits s'adoucirent, je vis ses yeux briller de fierté.

— C'était une jolie fille, Itsuko, dit-il, en regardant Nobu avec un sourire réservé.

— J'ignorais que vous plaisiez autant, M. le ministre !

Bien que sa remarque sonnât comme un compliment, Nobu eut du mal à masquer son dégoût. Le président me regarda. Il semblait trouver tout cela très amusant.

Quelques instants plus tard, la porte s'ouvrit. Trois

servantes entrèrent avec le dîner des messieurs. J'avais faim. Je dus détourner les yeux de cette crème renversée aux noix de gingko biloba, servie dans de très belles coupelles en porcelaine. Les servantes revinrent avec des assiettes de poisson grillé, servi sur un lit d'épines de pin. Nobu dut voir à quel point j'avais faim : il insista pour que je goûte son plat. Après quoi le président offrit un morceau de poisson à Mameha, puis à Pumpkin, qui refusa.

— Je ne toucherais à ce poisson pour rien au monde, dit cette dernière. Je ne veux même pas le regarder !

— Pourquoi ? demanda Mameha.

— Si je vous le dis, vous allez vous moquer de moi.

— Dites-le-nous, Pumpkin, insista Nobu.

— Pourquoi devrais-je vous le dire ? C'est une longue histoire, et personne ne va y croire, de toute façon.

— Menteuse ! lançai-je.

Je n'accusais pas Pumpkin de mentir. Avant la fermeture de Gion, nous jouions à un jeu que nous appelions « menteuse » : chacun racontait deux histoires, dont une seule était vraie. Les autres joueurs essayaient de deviner laquelle. Ceux qui se trompaient avaient un gage : ils buvaient une tasse de saké.

— Je ne joue pas à ça, dit Pumpkin.

— Racontez-nous l'histoire du poisson, intervint Mameha. Ça suffira.

Pumpkin ne parut pas très enthousiaste à cette idée. Mameha et moi la toisâmes d'un air sévère. Elle finit par s'exécuter.

— Bon, voilà mon histoire. Je suis née à Sapporo. Un jour, un pêcheur a ramené un poisson qui parlait.

Mameha et moi nous regardâmes et éclatâmes de rire.

— Riez si vous voulez, dit Pumpkin, mais c'est vrai.

— Continuez, Pumpkin, nous vous écoutons, dit le président.

— Le pêcheur a étendu le poisson sur la table pour le vider. Le poisson a émis des bruits qui ressemblaient au langage humain. Comme le pêcheur ne le comprenait pas, il a appelé ses amis, qui n'ont pas compris non plus. Bientôt le poisson a agonisé — il était hors de l'eau depuis trop longtemps. Les pêcheurs ont décidé de l'achever. Mais alors un vieil homme s'est frayé un passage dans la foule. Il a déclaré avoir compris ce que le poisson avait dit parce qu'il parlait russe.

Nous éclatâmes de rire. Le ministre émit quelques grognements. Quand nous nous fûmes calmées, Pumpkin déclara :

— Je savais que vous ne me croiriez pas, mais c'est vrai !

— Je veux savoir ce que disait le poisson, déclara le président.

— Il était presque mort, il parlait dans un murmure. Le vieil homme s'est penché et a mis son oreille contre les lèvres du poisson.

— Les poissons n'ont pas de lèvres ! m'exclamai-je.

— Très bien, contre les... euh... contre la bouche du poisson, poursuivit Pumpkin. Et le poisson a murmuré : « Dites-leur de me vider. Je n'ai plus de raison de vivre. Le poisson, là-bas, qui est mort il y a quelques minutes, c'était ma femme. »

— Ainsi les poissons se marient ! dit Mameha. Ils ont des maris et des femmes !

— C'était avant-guerre, expliquai-je. Aujourd'hui ils ne peuvent plus se le permettre. Ils sillonnent les mers à la recherche d'un emploi.

— C'est arrivé bien avant la guerre, dit Pumpkin. Avant la naissance de ma mère.

— Alors comment savez-vous si c'est vrai ? interrompit Nobu. Le poisson ne vous a pas dit à vous que sa femme était morte !

— Le poisson est mort sur cette table ! Comment aurait-il pu me le dire à moi ? De toute façon je ne parle pas russe.

— Très bien, Pumpkin, m'exclamai-je. Donc tu crois que le poisson du président est aussi un poisson qui parle.

— Je n'ai pas dit cela. Mais il ressemble comme deux gouttes d'eau au poisson russe.

— Si vous n'étiez pas née, répliqua le président, si

votre mère n'était pas née, comment pouvez-vous savoir à quoi ressemblait le poisson ?

— Vous connaissez la tête du Premier ministre ? dit-elle. Et pourtant vous ne l'avez jamais rencontré ! Enfin si, vous avez dû le rencontrer. Je vais trouver un meilleur exemple. Vous connaissez la tête de l'empereur, mais vous n'avez jamais eu l'honneur de le rencontrer !

— Le président a eu cet honneur, Pumpkin, dit Nobu.

— Vous comprenez ce que je veux dire. Tout le monde connaît la tête de l'empereur.

— Il y a des photos de l'empereur, intervint Nobu, mais vous n'avez pu voir des photos du poisson !

— Ce poisson est célèbre, dans mon village. Ma mère me l'a décrit, et je vous dis qu'il « ressemble à cette chose, là, sur la table ! »

— Heureusement qu'il y a des gens comme vous, Pumpkin, dit le président. Sinon on s'ennuierait.

— C'était ça, mon histoire, dit Pumpkin. Je n'en raconterai pas d'autre. Si vous voulez jouer à « menteuse », allez-y.

— Je commence, dit Mameha. Un jour, j'avais six ans, je me lève pour aller tirer l'eau au puits, dans notre okiya. Et j'entends un homme tousser. Le bruit venait du puits. Je réveille la maîtresse de l'okiya. Elle sort. Elle aussi elle entend l'homme tousser. Nous brandissons une lanterne au-dessus du puits, mais nous ne voyons personne. Pourtant, nous avons entendu cet homme jusque tard dans la nuit. Puis le bruit s'est arrêté, pour ne jamais recommencer.

— L'histoire vraie, c'est celle que vous n'avez pas encore racontée, dit Nobu.

— Vous devez tout de même l'écouter, continua Mameha. Un jour, je vais à une fête chez Akita Masaichi à Osaka, avec plusieurs geishas.

Akita était un homme d'affaires connu, qui avait gagné des fortunes avant la guerre.

— Nous avons chanté et bu pendant des heures. Puis Akita-san s'est endormi sur les tatamis. L'une des geishas nous a fait entrer dans la pièce d'à côté. Elle a

462 Geisha

ouvert un coffre rempli d'œuvres pornographiques. Il y avait des lithographies, dont certaines d'Hiroshige...

— Hiroshige n'a jamais fait de lithos porno, dit Pumpkin.

— Si, Pumpkin, dit le président. J'ai plusieurs lithographies érotiques d'Hiroshige.

— Il avait aussi des photos d'Européens, ajouta Mameha. Des hommes et des femmes très gras. Et des bobines de films.

— Je connaissais bien Akita Masaichi, dit le président. Il n'aurait jamais collectionné d'œuvres pornographiques. L'autre histoire est vraie.

— Allons, président, dit Nobu. Vous n'allez pas croire qu'on puisse entendre un homme tousser dans un puits ?

— Je n'ai pas à le croire. Il suffit que Mameha dise que c'est vrai.

Pumpkin et le président optèrent pour l'homme dans le puits. Le ministre et Nobu pour la pornographie. Quant à moi, j'avais déjà entendu ces deux histoires. Je savais que la voix dans le puits était la vraie. Le ministre but son verre de saké pour avoir perdu. Nobu rechigna. Aussi nous lui demandâmes de prendre son tour.

— Je ne vais pas jouer à ce jeu, dit-il.

— Si, vous allez jouer, dit Mameha. Autrement vous allez boire un verre de saké chaque fois !

— Vous voulez deux histoires ? Très bien. Voilà la première : j'avais un petit chien blanc, nommé Kubo. Un soir, en rentrant à la maison, je vis que les poils de Kubo étaient devenus bleus.

— Je vous crois, dit Pumpkin. Il avait dû se faire kidnapper par un démon.

Nobu regarda Pumpkin, incrédule.

— Le phénomène se reproduisit le lendemain, poursuivit-il, hésitant. Seulement cette fois les poils de Kubo étaient rouges.

— Ce sont des démons, sans nul doute, s'écria Pumpkin. Les démons adorent le rouge. C'est la couleur du sang.

Nobu parut agacé.

— Voilà ma seconde histoire. Un matin de la

semaine dernière, je suis arrivé si tôt au bureau que ma secrétaire n'était pas encore là. Alors, laquelle des deux histoires est vraie ?

Personne ne choisit l'histoire du chien, excepté Pumpkin, qui dut boire un verre de saké — je dis bien un verre, pas une tasse. Le ministre le lui versa, lentement, jusqu'à ras bord. Pumpkin se pencha pour aspirer du saké ; avant de prendre le verre. Je la regardai, inquiète : elle supportait mal l'alcool.

— Je ne peux croire que l'histoire du chien ne soit pas la vraie, dit-elle, quand elle eut fini le verre.

Elle avait du mal à articuler, semblait-il.

— Comment avez-vous pu inventer une histoire pareille ? poursuivit-elle.

— Comment j'ai pu inventer cette histoire ? La question c'est : comment avez-vous pu me croire ? Les chiens ne deviennent pas bleus. Ni rouges. Et puis les démons n'existent pas !

C'était mon tour.

— Voilà ma première histoire, dis-je. Un soir, il y a quelques années, l'acteur de Kabuki Yoegoro s'enivra et m'avoua qu'il m'avait toujours trouvée belle.

— Cette histoire n'est pas vraie, dit Pumpkin. Je connais Yoegoro.

— Je n'en doute pas. Mais quoi qu'il en soit, il m'a affirmé qu'il me trouvait belle, et depuis ce soir-là, il m'écrit, de temps à autre. Dans le coin de chaque lettre, il colle une petite mèche noire et bouclée.

Le président rit, mais Nobu se redressa sur son tatami, furieux.

— Vraiment, ces acteurs de Kabuki ! Quels gens irritants !

— Je ne comprends pas, dit Pumpkin. Comment ça, une petite mèche « bouclée » ?

Elle avait pourtant l'air de comprendre.

Tout le monde se tut, attendant ma seconde histoire. J'y pensais depuis le début, mais j'étais nerveuse à l'idée de la raconter, et pas du tout certaine que ce fût une bonne idée.

— Un jour où j'étais très triste, je devais avoir une douzaine d'années, je suis allée au bord de la rivière Shirakawa. Je me suis mise à pleurer..

Ce fut un peu comme si je tendais la main au président. On ne verrait rien de suspect dans mon histoire, mais le président comprendrait qu'elle lui était destinée — du moins l'espérais-je. J'eus l'impression de partager un secret avec lui. J'eus de plus en plus chaud. Je lançai un coup d'œil au président, pensant qu'il aurait les yeux rivés sur moi. Il ne me regardait même pas ! Je me sentis ridicule, telle une gamine qui prend des poses avantageuses et s'aperçoit que la rue est déserte.

Mes auditeurs commencèrent à s'impatienter, Mameha me dit :

— Eh bien ? Continue !

Pumpkin marmonna quelque chose d'inintelligible.

— Je vais vous raconter une autre histoire, repris-je. Vous vous souvenez de la geisha Okaichi ? Elle est morte accidentellement, pendant la guerre. Un jour, des années auparavant, elle m'avait dit avoir toujours craint qu'une grosse boîte ne lui tombe sur la tête et ne la tue. Et c'est comme ça qu'elle est morte : une caisse de ferraille est tombée d'une étagère et l'a tuée.

J'étais si troublée ! Je réalisai seulement à cet instant que mes deux histoires étaient partiellement inventées. Cela dit, je n'en conçus aucune honte : la plupart des gens trichaient, à ce jeu. Le président choisit l'histoire de Yoegoro. Je lui dis que c'était la bonne. Pumpkin et le ministre burent chacun un verre de saké.

C'était maintenant au tour du président.

— Je ne suis pas très bon à ce genre de jeux, déclarat-il. Je n'ai pas l'habitude de mentir, comme les geishas.

— Président ! s'exclama Mameha.

Mais elle le grondait gentiment.

— Je suis inquiet pour Pumpkin, aussi vais-je faire en sorte qu'elle ne puisse pas se tromper. Je crains qu'elle ne s'écroule, si elle boit un autre verre de saké.

Pumpkin avait effectivement du mal à garder les yeux ouverts. Je ne pense pas qu'elle ait même entendu le président, avant qu'il ne dît son nom.

— Ecoutez bien, Pumpkin. Voilà ma première histoire. Ce soir, je suis venu voir mes amis à l'Ichiriki. Voilà la deuxième : il y a trois jours, un poisson est entré dans mon bureau en marchant — non, oubliez cela, vous seriez capable de croire qu'un poisson peut marcher. J'ai une autre histoire : il y a trois jours, j'ai ouvert le tiroir de mon bureau et un petit homme a bondi sur mes genoux. Il portait un uniforme. Il s'est mis à chanter, et à danser. Alors, laquelle de ces deux histoires est vraie ?

— Vous ne pensez tout de même pas que je vais croire qu'un homme est sorti de votre tiroir ! dit Pumpkin.

— Choisissez une histoire. Laquelle est vraie ?

— L'autre. Je ne sais plus ce que c'était.

— Vous devriez boire un verre de saké pour ça, président, dit Mameha.

En entendant ces mots, Pumpkin dut croire qu'elle n'avait pas donné la bonne réponse : elle avala la moitié d'un verre de saké. Après quoi elle me sembla au bord de l'évanouissement. Le président fut le premier à s'en apercevoir. Il lui prit le verre des mains.

— Vous n'êtes pas un dégorgeoir, Pumpkin, dit-il.

Elle lui jeta un regard abruti. Il lui demanda si elle l'avait entendu.

— Elle doit vous entendre, dit Nobu. Mais à mon avis elle ne vous voit pas.

— Venez, Pumpkin, dit le président. Je vais vous raccompagner chez vous. Ou vous traîner, s'il le faut.

Mameha proposa de l'aider. Ils sortirent de la pièce en soutenant Pumpkin. Je restai seule avec Nobu et le ministre.

— Alors, monsieur le ministre, dit Nobu. Vous avez passé une bonne soirée ?

A mon avis, le ministre était aussi ivre que Pumpkin. Il marmotta qu'il avait passé une bonne soirée.

— Très bonne soirée, ajouta-t-il, en hochant la tête plusieurs fois.

Après quoi il me tendit sa tasse de saké pour que je la remplisse. Nobu la lui arracha des mains.

## 32

Durant cet hiver et ce printemps-là, Nobu amena le ministre à Gion une ou deux fois par semaine. Vu le temps qu'ils passaient ensemble, on pouvait penser que le ministre aurait compris quels sentiments lui portait Nobu : ceux d'un pic à glace pour un gros glaçon. Mais s'il s'en aperçut, il n'en montra rien. Le ministre ne remarquait pas grand-chose, d'ailleurs. Son attention s'éveillait seulement quand j'étais assise à côté de lui, et qu'on remplissait sa tasse de saké. Cette dévotion me rendait parfois la vie difficile. Si je m'occupais un peu trop du ministre, Nobu s'irritait — un côté de son visage, moins brûlé que l'autre, rougissait sous l'effet de la colère. Aussi la présence de Mameha, du président et de Pumpkin m'était-elle indispensable : ils arrondissaient les angles.

La fréquentation d'Iwamura Ken me régénérait. Je ne l'avais jamais autant vu. Cela dit, l'image de lui que j'avais choyée, le soir, sur mon futon, ne correspondait pas tout à fait à la réalité. Ses cils étaient plus fournis que je ne pensais, telles deux petites brosses. Et puis sa bouche était plus expressive que dans mon souvenir — si expressive qu'il avait souvent du mal à masquer ses sentiments. Si quelque chose l'amusait, mais qu'il ne voulût pas le montrer, il pinçait les lèvres. S'il était perdu dans ses pensées, il tournait inlassablement une tasse de saké dans sa main et deux rides profondes apparaissaient aux coins de sa bouche. Je profitais des moments où il réfléchissait pour le contempler tout mon soûl. Cet air sombre, ces rides marquées, me plaisaient. Je voyais là une preuve de son sérieux. Un soir, Mameha raconta une longue histoire. Je me laissai aller à mon penchant : regarder le président. Puis je me ressaisis, je réalisai que ce regard pouvait éveiller les soupçons de n'importe qui. Par chance, le ministre était trop ivre pour remarquer quoi que ce soit. Quant à Nobu, il picotait la nourriture dans son assiette, avec ses baguettes. Il ne regardait ni Mameha, ni moi. Pumpkin, en revanche, semblait m'avoir observée tout le temps de ma transe. Quand je levai les yeux vers elle, elle souriait, sourire que je ne pus interpréter.

*

*  *

Un soir, vers la fin du mois de février, Pumpkin attrapa la grippe et ne put se joindre à nous à l'Ichiriki. Le président était en retard ce soir-là. Mameha et moi divertîmes le ministre et Nobu toutes seules pendant une heure. Nous décidâmes de danser, davantage pour nous occuper que pour leur plaisir. Nobu ne se passionnait pas pour la danse, et le ministre n'avait d'intérêt pour rien.

Mameha exécuta plusieurs petites pièces dansées. Je l'accompagnai au shamisen. Puis nous inversâmes les rôles. A l'instant où je me mettais en place pour ma première danse — penchée en avant, mon éventail frôlant le sol, un bras tendu sur le côté — la porte s'ouvrit et le président entra. Nous le saluâmes et attendîmes qu'il s'assît. Quelle joie de le voir arriver ! Il m'avait déjà vue sur scène, mais c'était la première fois que je danserais devant lui dans un lieu aussi intime. J'allais interpréter « Feuilles Frémissantes », mais je me ravisai. Je danserais « Pluie Cruelle ». Dans « Pluie Cruelle » une jeune femme s'émeut que son amant retire sa veste de kimono pour la protéger de la pluie : l'homme appartient à un monde surnaturel, son corps fondra au contact de l'eau. On m'avait souvent dit que j'exprimais avec force la douleur de l'amoureuse. Je tombais lentement à genoux, sans laisser mes jambes trembler. Dans l'école de danse Inoué, l'expression du visage compte autant que les mouvements des bras et des jambes. Aussi dus-je surveiller mon regard, attiré par le président comme par un aimant. Pour donner une intensité dramatique à ma danse, j'imaginai que Nobu devenait mon « danna ». Je me noyai dans cette sensation, tout s'alourdit autour de moi — comme s'il tombait des perles de verre des avant-toits, comme si les tatamis se changeaient en plomb. Dans l'histoire que j'interprétais, une jeune femme souffrait d'avoir perdu son amant surnaturel. Or, c'était ma douleur que j'exprimais. J'étais privée de l'homme auquel je tenais le plus au monde ; je songeai aussi à ma sœur, à l'amertume de cette séparation définitive. A la fin de cette danse, j'étais anéantie par le chagrin. Mais je ne m'attendais pas à voir le président dans cet état.

Il était assis à un coin de la table. Personne ne le voyait, sauf moi. Il eut une expression étonnée, puis sa bouche trembla. Il avait les yeux brillants de larmes. Il fixa la porte, feignit de se gratter l'aile du nez, se passa un doigt sur le coin de l'œil. Il se tapota les paupières, comme si elles étaient la source de son mal. Sa douleur me bouleversa ! J'en fus toute désorientée. Je retournai à table. Mameha se mit à parler avec Nobu. Après quelques minutes, le président les interrompit.

— Où est Pumpkin ce soir ? demanda-t-il.

— Elle est malade, président, répliqua Mameha.

— Comment ça ? Vous voulez dire qu'elle ne viendra pas ?

— Non, elle ne viendra pas, expliqua Mameha. Et c'est une bonne chose, vu qu'elle a une grippe intestinale.

Mameha reprit sa conversation. Le président regarda sa montre. Puis il déclara, d'une voix mal assurée :

— Vous allez devoir m'excuser, Mameha. Je ne me sens pas très bien non plus, ce soir.

A l'instant où le président refermait la porte, Nobu fit

une remarque spirituelle. Mameha rit. Quant à moi, je venais d'avoir une pensée qui m'affolait : dans ma danse, j'avais tenté d'exprimer la douleur de l'absence.

Sans doute m'étais-je rendue malheureuse en le faisant, mais j'avais également bouleversé le président. Etait-ce concevable qu'il ait pensé à Pumpkin — qui était absente ? L'idée de sa maladie l'aurait fait pleurer ? Non ! J'avais dû raviver une douleur enfouie, des sentiments complexes. Il n'en restait pas moins que le président s'était enquis de Pumpkin aussitôt ma danse achevée. Sachant qu'elle ne viendrait pas, il était parti. Que le président se fût épris de Mameha ne m'eût pas surprise. Mais de Pumpkin ? Comment pouvait-il se languir d'une fille aussi... peu raffinée ?

Une femme sensée eût sans doute abandonné tout espoir, à ce stade. Pendant un temps, j'allai voir l'astrologue tous les jours, je cherchai dans mon almanach le signe qui m'eût incitée à renoncer. Nous, Japonais, traversions une décennie bizarre, nous voyions nos espoirs brisés. Aussi n'eûs-je pas été surprise que tout espoir me quitte — le phénomène était courant. Cela dit, nombre de mes compatriotes pensaient que le pays finirait par se relever, chose qui ne se produirait pas si nous continuions à vivre dans la déception, les décombres, le passé. Chaque fois que je lisais un article encourageant dans le journal — par exemple l'histoire d'un fabricant de pièces détachées de bicyclette qui, la guerre passée, relançait son affaire — je me sentais rassérénée. Si notre nation réussissait à émerger de sa vallée de ténèbres, pourquoi ne sortirais-je pas de mon propre marasme ?

\*
\* \*

Au mois de mars, et durant tout le printemps, Mameha et moi fûmes très occupées : on donnait les « Danses de l'Ancienne Capitale » pour la première fois depuis la guerre. Nobu et le président furent également très pris ces mois-là. Ils n'amenèrent le ministre à Gion que deux fois. Puis un jour de la première semaine de juin, ma présence fut requise à l'Ichiriki par Iwamura Electric, en début de soirée. J'avais un engagement depuis des semaines dont je ne pouvais me défaire. Aussi arrivai-je à l'Ichiriki avec une demi-heure de retard. A ma grande surprise, je ne trouvai que le ministre et Nobu.

Nobu était furieux. Je crus qu'il m'en voulait de l'avoir laissé aussi longtemps seul avec Sato. Nobu tambourinait sur la table, l'air agacé. Le ministre, debout devant la fenêtre, regardait le jardin.

— Ça suffit, M. le ministre ! lança Nobu, quand je m'assis à table. Vous avez assez regardé les buissons pousser ! Allons-nous rester assis toute la soirée, à attendre que vous daigniez nous rejoindre ?

Le ministre, interloqué, eut un petit hochement de tête pour s'excuser. Il vint s'asseoir à côté de nous sur un coussin. J'avais souvent du mal à trouver quoi lui dire. Ce soir c'était facile : je ne l'avais pas vu depuis des semaines !

— Monsieur le ministre, dis-je. Vous ne m'aimez plus !

— Eh ? dit le ministre, en s'arrangeant pour avoir l'air surpris.

— Cela fait plus d'un mois que vous ne m'avez pas vue ! Est-ce parce que Nobu-san a été méchant et ne vous a pas amené à Gion aussi souvent qu'il aurait dû ?

— Nobu-san n'est pas méchant, dit le ministre.

Il souffla plusieurs fois par le nez avant d'ajouter :

— Je lui en ai déjà trop demandé.

— Vous priver de Gion pendant un mois ? Si, c'est méchant, ça. Il y a tant de choses que nous n'avons pas eu l'occasion de faire !

— Boire du saké, par exemple, dit Nobu.

— Mais Nobu est grognon ce soir ! Il a été comme ça toute la soirée ? Et puis où sont le président, Mameha et Pumpkin ? Ne vont-ils pas se joindre à nous ?

— Le président n'est pas libre ce soir, dit Nobu. Je ne sais pas où sont les autres. C'est votre problème.

Quelques minutes plus tard, deux servantes apportèrent le dîner des deux hommes. Je m'efforçai de leur tenir compagnie pendant qu'ils mangèrent. J'essayai de faire parler Nobu, mais il n'était pas d'humeur bavarde.

Je tentai d'engager la conversation avec le ministre, mais il eût été plus simple de tirer un mot aux petits poissons grillés, sur son assiette. Aussi finis-je par renoncer, et monologuai-je — jusqu'au moment où j'eus l'impression de radoter. Ce faisant, je leur servis du saké. Nobu buvait peu, mais le ministre me tendait sa tasse avec avidité. L'homme commençait à avoir l'œil vitreux.

Nobu posa sa tasse sur la table, l'air déterminé. Il s'essuya la bouche avec sa serviette et déclara :

— Ça suffit pour ce soir, M. le ministre. Il est temps de rentrer chez vous.

— Nobu-san ! dis-je. J'ai l'impression que notre invité commence tout juste à s'amuser !

— Il s'est assez amusé. Renvoyons-le chez lui de bonne heure, pour une fois. Allons, M. le ministre ! Votre femme va être contente.

— Je ne suis pas marié, dit le ministre.

Mais déjà, il enfilait ses chaussettes, se préparant à partir.

Je reconduisis Nobu et le ministre jusqu'à la sortie, j'aidai ce dernier à mettre ses chaussures. Les taxis étaient rares, à cause du rationnement de l'essence. La servante fit signe à un rickshaw. J'aidai le ministre à monter dedans. Je savais qu'il était bizarre, mais cette fois il ne dit même pas au revoir. Nobu resta dans l'entrée. Il fixait la nuit d'un air sombre, comme s'il voyait des nuages s'amonceler dans ce ciel dégagé. Quand son invité fut parti, je lui dis :

— Qu'est-ce qui se passe avec le ministre, Nobu-san ?

Il me lança un regard écœuré, retourna dans la maison de thé. Je le retrouvai dans le salon. Il frappait sa tasse sur la table. Je crus qu'il voulait boire. Je tentai de lui servir du saké. Il m'ignora — le flacon était vide, de toute façon. J'attendis un long moment, pensant qu'il avait quelque chose à me dire. Finalement ce fut moi qui parlai.

— Nobu-san, vous avez une grosse ride entre les deux yeux !

Il se détendit un peu, la ride sembla disparaitre.

— Je ne suis plus tout jeune, vous savez.

— Que voulez-vous dire ?

— Certaines rides deviennent définitives. Elles ne vont pas partir parce que vous le demandez.

— Il y a de bonnes rides, et de mauvaises, Nobu-san. N'oubliez jamais ça.

— Vous non plus, vous n'êtes plus toute jeune, vous savez.

— Et maintenant vous m'insultez ! Vous êtes encore de plus mauvaise humeur que je ne croyais. Pourquoi n'y a-t-il plus d'alcool ? Vous avez besoin d'un verre.

— Je ne vous insulte pas. Je constate un fait.

— Il est de bonnes et de mauvaises rides, des faits intéressants et des faits insultants. Laissons les faits insultants.

Je trouvai une servante. Je lui demandai d'apporter un plateau avec du scotch et de l'eau, ainsi que du poulpe séché à grignoter — Nobu avait à peine touché à son dîner. Le plateau arriva, je servis du scotch à Nobu, ajoutai de l'eau, posai le verre devant lui.

— Voilà. Dites-vous que c'est un médicament, et buvez.

Il prit une gorgée, une toute petite gorgée.

— Tout le verre, insistai-je.

— Je boirai à mon rythme !

— Quand un médecin prescrit un médicament à un malade, le patient le prend. Maintenant buvez !

Nobu vida son verre sans me regarder. Je le resservis et lui dis à nouveau de boire.

— Vous n'êtes pas médecin ! gronda-t-il. Je boirai à mon rythme.

— Allons, Nobu-san. Chaque fois que vous ouvrez la bouche, vous aggravez votre cas. Plus le patient est malade, plus on augmente la dose.

— Je ne boirai pas. J'ai horreur de boire seul.

— Très bien, je vais boire avec vous.

Je jetai des glaçons dans un verre et le tendis à Nobu, qu'il me le remplisse. Il prit mon verre avec un sourire narquois et versa dedans deux fois plus de scotch que je n'en avais mis dans le sien. Il ajouta une giclée d'eau. Je saisis son verre, le vidai dans le saladier, au milieu de la table, et le remplis de la même quantité de scotch qu'il avait versée dans le mien, plus une petite giclée supplémentaire, pour le punir.

Comme nous buvions, je fis la grimace. J'aurais aussi bien pu boire l'eau d'un caniveau. Nobu se réjouit de mes grimaces.

— Je ne vois toujours pas ce qui a pu vous mettre dans un tel état, vous et le ministre, dis-je.

— Ne me parlez plus de cet homme ! Je commençais à l'oublier, et voilà que vous me le rappelez ! Vous savez ce qu'il m'a dit, tout à l'heure ?

— Nobu-san ! Je suis là pour vous remonter le moral. Je vous ferai boire, que vous le vouliez ou non. Ça fait des mois que vous regardez le ministre se soûler. À votre tour de vous enivrer.

Nobu me lança un regard mauvais. Il saisit son verre, tel le condamné qui entame sa marche vers le peloton d'exécution. Il contempla le liquide ambré avant de l'avaler. Il reposa son verre vide sur la table, se frotta les yeux, comme pour voir plus clair.

— Sayuri, commença-t-il, j'ai quelque chose à vous dire. Vous allez finir par l'apprendre, de toute façon. La semaine dernière, le ministre et moi avons eu une petite conversation avec la propriétaire de l'Ichiriki. Nous lui avons demandé si le ministre pourrait devenir votre « danna ».

— Le ministre ? Je ne comprends pas, Nobu-san. C'est cela que vous souhaitez ?

— Absolument pas ! Mais le ministre nous a énormément aidés. Je n'avais pas le choix. Les autorités d'occupation allaient rendre un jugement définitif contre Iwamura Electric. La compagnie aurait été saisie. Le président et moi aurions fini maçons ! Jamais nous n'aurions pu réintégrer le monde des affaires. Cependant, le ministre leur a dit de rouvrir notre dossier. Il les a persuadés qu'ils nous avaient traités injustement. Ce qui est la vérité.

— Et malgré tout Nobu-san insulte le ministre ! Il me semble que...

— Il mérite qu'on l'insulte ! Je n'aime pas cet homme, Sayuri. Le fait qu'il m'ait aidé n'y change rien.

— Je vois. Ainsi on allait me donner au ministre parce que...

— On ne vous aurait pas donnée au ministre ! Il n'aurait pas eu les moyens d'être votre « danna », de toute façon. Je lui ai simplement fait croire qu'Iwamura Electric paierait — ce que nous n'aurions pas fait, bien sûr. Dès le départ, je savais qu'il n'avait aucune chance. Le ministre a été très déçu, vous savez. Pendant une fraction de seconde, il m'a fait pitié.

Ce que Nobu venait de me raconter n'était pas drôle. Pourtant, je ne pus m'empêcher de rire. J'avais eu la vision du ministre se penchant sur moi, avec sa mâchoire protubérante.

— Ainsi vous trouvez ça drôle ? dit Nobu.

— Oh, Nobu-san, pardonnez-moi ! Mais imaginer le ministre...

— Je ne veux pas imaginer le ministre ! Ç'a été suffisamment pénible de parlementer avec la maîtresse de l'Ichiriki en sa présence.

Je préparai un autre scotch à Nobu. Il m'en prépara un. C'était la dernière chose dont j'avais envie. Déjà, le contour des objets s'émoussait. Nobu leva son verre, je dus boire avec lui. Ensuite, il s'essuya la bouche avec sa serviette et murmura :

— C'est dur de vivre à notre époque, Sayuri.

— Je croyais que nous buvions pour nous remonter le moral, Nobu-san.

— Ça fait un bout de temps qu'on se connaît, vous et moi. Quinze ans, c'est ça ? dit-il. Non, ne répondez pas. J'ai quelque chose à vous confier. Vous allez rester assise et m'écouter. Il y a longtemps que je voulais vous le dire. A présent c'est le moment. Ecoutez-moi, parce que je ne le répéterai pas. Voilà : je n'aime pas beaucoup les geishas. Mais je vous ai toujours trouvée au-dessus du lot.

J'attendis que Nobu poursuive. Il n'ajouta rien.

— C'était ça que voulait me dire Nobu-san ? m'enquis-je.

— Vous ne comprenez pas. J'aurais dû faire mille choses pour vous ! Vous acheter des bijoux !

— Vous m'avez offert un bijou. Vous avez toujours été gentil avec moi. Or vous n'êtes pas gentil avec tout le monde.

— J'aurais dû vous couvrir de cadeaux ! Mais j'avais autre chose à vous dire. J'ai du mal à m'expliquer. Ecoutez, je me suis conduit avec vous comme un idiot. Vous avez ri à l'idée d'avoir le ministre comme « danna ». Mais regardez-moi : je ne suis qu'un manchot, avec une peau de — comment m'appellent-ils, déjà, M. lézard ?

— Nobu-san, ne dites pas ça...

— Il faut que je le dise ! J'ai attendu des années ! J'ai dû patienter tout le temps qu'a duré cet arrangement absurde avec le général. Chaque fois que je vous imaginais avec lui... oh, je ne veux même pas y penser. Et ce ministre imbécile voulait devenir votre « danna » ! Vous savez ce qu'il m'a dit, ce soir ? C'est pire que tout ! Après avoir appris qu'il ne serait pas votre « danna », il est resté assis une demi-heure, comme un tas d'ordures, puis il m'a dit : « Vous m'aviez promis que je serais le "danna" de Sayuri. » Je ne lui avais jamais rien promis ! « Nous avons fait le maximum, monsieur le ministre, lui ai-je répondu. Mais ça n'a pas marché. » Alors il m'a demandé une chose affreuse. « Ne pourriez-vous pas m'arranger ça juste une fois ? » « Que j'arrange quoi ? ai-je grondé. Vous voudriez être le "danna" de Sayuri juste une fois ? Vous voulez dire : un soir ? » Et il a acquiescé d'un hochement de tête ! « Ecoutez-moi bien, monsieur le ministre, lui ai-je dit, ç'a déjà été suffisamment pénible d'aller voir la maîtresse de l'Ichiriki, et de lui proposer qu'un homme comme vous devienne le "danna" de Sayuri. Une femme de cette classe ! J'ai accepté uniquement parce que je savais que ça ne se ferait pas. Mais si vous croyez que... »

— Vous n'avez pas dit ça !

— Bien sûr que si ! « Mais si vous croyez que je pourrais m'arranger pour que vous restiez ne serait-ce qu'un quart de seconde avec elle... De toute façon, elle ne m'appartient pas, je ne puis vous la donner. Mais penser que j'irais lui demander une chose pareille ! »

— J'espère que le ministre n'a pas pris ça trop mal, Nobu-san, vu tout ce qu'il a fait pour Iwamura Electric.

— Attendez. N'allez pas penser que je suis ingrat. Le ministre nous a aidés, parce que ça fait partie de son travail d'aider les gens. Je l'ai bien traité ces derniers mois, et je vais continuer. De là à renoncer à ce que j'attends depuis plus de dix ans, et à son profit ! Imaginez que je sois venu vous présenter sa requête ? M'auriez-vous répondu : « D'accord, Nobu-san, je vais faire ça pour vous » ?

— Je vous en prie... Comment pourrais-je répondre à une telle question ?

— Très facilement. Dites-moi juste que vous n'auriez jamais fait une chose pareille.

— Je vous dois tant, Nobu-san ! Si vous me demandiez une faveur, je pourrais difficilement refuser.

— Eh bien c'est nouveau, ça ! Avez-vous changé à ce point, Sayuri, ou est-ce que je vous connais mal ?

— J'ai souvent pensé que Nobu-san a de moi une opinion trop élevée.

— Je ne méjuge pas les gens. Si vous n'êtes pas la femme que je crois, alors le monde qui m'entoure n'est pas non plus celui que je croyais. Pourriez-vous réellement envisager de vous donner à un homme comme le ministre ? Ne voyez-vous pas qu'il y a des choses qui se font et d'autres qui ne se font pas ? Ou bien avez-vous passé trop de temps à Gion ?

— Oh, Nobu-san... il y a des années que je ne vous ai vu dans une telle rage...

Ce n'était sans doute pas la chose à dire : Nobu devint rouge de colère. Il cogna son verre sur la table. Si fort qu'il le cassa. Des glaçons roulèrent sur la nappe. Nobu retourna sa main. Un filet de sang coulait sur sa paume.

— Oh, Nobu-san !

— Répondez-moi !

— Je ne puis penser à cela pour le moment. Je vais chercher de quoi nettoyer votre main.

— Vous donneriez-vous au ministre, même si c'était moi qui vous le demandais ? Si vous êtes capable de faire une chose pareille, je veux que vous quittiez cette pièce sur-le-champ, et que vous ne m'adressiez plus jamais la parole !

Comment en étions-nous arrivés là ? Quoi qu'il en fût, je ne pouvais faire qu'une seule réponse. Je voulais m'occuper de la main de Nobu — son sang gouttait sur la table. L'homme me fixait d'un regard si intense ! Je n'osais pas bouger.

— Je ne ferais jamais une chose pareille, dis-je.

Je pensai que ça allait le calmer. Erreur : il continuait à me regarder d'un air méchant. Finalement il déclara :

— La prochaine fois, répondez-moi sans que j'aie besoin de me couper la main pour ça !

Je courus chercher la maîtresse de la maison de thé. Elle arriva avec plusieurs servantes, un saladier rempli d'eau, des serviettes. Nobu refusa qu'elle appelle un docteur — la coupure n'était pas aussi profonde que je l'avais cru. Après que la maîtresse fut partie, Nobu resta étonnamment silencieux. Je tentai d'engager la conversation, sans succès.

— D'abord je n'ai pas réussi à vous calmer. Et maintenant je ne parviens pas à vous faire parler. Dois-je vous faire boire davantage ou bien est-ce l'alcool le problème ?

— Nous avons assez bu, Sayuri. Il est temps que vous alliez me chercher cette pierre.

— Quelle pierre ?

— Celle que je vous ai donnée l'automne dernier. Allez la chercher !

Cette nouvelle me glaça. Nobu allait vouloir devenir mon « danna ».

— J'ai tellement bu ! Je ne sais pas si j'arriverai à marcher ! dis-je. Peut-être Nobu-san voudra-t-il bien attendre la prochaine fois ?

— Vous irez la chercher ce soir ! Pourquoi croyez-vous que je sois resté après le départ du ministre ? Allez me chercher cette pierre ! Je vous attends ici.

Je pensai envoyer une servante chercher ce mor-

ceau de ciment à ma place. Cependant, je n'aurais pu
lui expliquer où je l'avais rangé. Aussi redescendis-je le
couloir, glissai-je mes pieds dans mes chaussures, et me
traînai-je — du moins en eus-je l'impression, vu mon état
d'ébriété avancé — dans les rues de Gion.

J'arrivai à l'okiya, je montai dans ma chambre. Je
pris le morceau de ciment sur une étagère de mon placard. Il était enveloppé dans un carré de soie. Je laissai
tomber la soie et ne la ramassai pas, sans bien savoir
pourquoi. Je sortis de ma chambre. Tatie, qui devait
m'avoir entendue, m'attendait sur le palier. Elle me
demanda pourquoi j'avais une pierre à la main.

— Je vais la donner à Nobu-san, Tatie. Empêchez-
moi d'y aller, je vous en prie !

— Tu es ivre, Sayuri. Qu'est-ce qui t'arrive ?

— Je dois lui rendre cette pierre. Et... oh, ça signera
mon arrêt de mort. Retenez-moi, je vous en prie...

— Ivre et pleurnicheuse. Pire qu'Hatsumomo ! Tu
ne peux pas ressortir dans cet état.

— Alors appelez l'Ichiriki. Qu'ils disent à Nobu-san
que je ne pourrai pas venir. Vous voulez bien ?

— Pourquoi Nobu-san attend-il que tu lui rapportes
une pierre ?

— Je ne peux pas vous le dire. Je ne peux pas...

— Ça ne fait rien. Mais s'il t'attend, il faut que tu y
retournes.

Tatie me prit par le bras et me reconduisit dans ma
chambre. Elle sécha mes larmes avec une serviette, refit
mon maquillage à la lumière d'une lanterne électrique.
J'étais toute molle. Elle saisit mon menton, pour empêcher ma tête de retomber sur le côté. Puis elle prit ma
tête entre ses mains, pour me faire comprendre que je
ne devais plus bouger.

— J'espère ne jamais te revoir dans cet état, Sayuri,
dit-elle. Dieu seul sait ce qui t'a pris.

— Je suis une idiote, Tatie.

— Tu t'es conduite comme une idiote, oui. J'espère
que tu n'as pas gâché l'attachement que Nobu a pour
toi. Mère serait très fâchée.

— Pas encore, non. Mais si vous avez une idée de ce qui pourrait le détacher de moi...

— Ce n'est pas bien de dire des choses comme ça, déclara Tatie.

Elle finit de me maquiller sans ajouter un mot.

Je retournai à l'Ichiriki, tenant ce morceau de ciment des deux mains. Je ne sais s'il était vraiment lourd, ou si l'alcool alourdissait mes bras, mais j'arrivai dans le salon où m'attendait Nobu, vidée de toute énergie. Saurais-je me contenir, s'il faisait la moindre allusion au fait que j'allais devenir sa maîtresse ?

Je posai le morceau de ciment sur la table. Nobu le prit dans sa main bandée.

— J'espère ne pas vous avoir promis un joyau aussi gros que ça, murmura-t-il. Je ne suis pas assez riche. Cela dit, certaines choses impossibles hier sont envisageables aujourd'hui.

Je m'inclinai et tentai de ne pas avoir l'air catastrophé. Nobu n'eut pas besoin de préciser sa pensée.

# 33

Ce soir-là, allongée sur mon futon, la pièce tanguant autour de moi, je décidai d'être aussi persévérante qu'un pêcheur — il attrape des poissons dans son filet, inlassablement. Chaque fois que des pensées ayant trait au président me traverseraient l'esprit je les écumerais, les unes après les autres, jusqu'à ce qu'il n'y en ait plus. C'était une méthode parfaite — en théorie. Dans la pratique, elle ne me fut d'aucun secours. Quand une pensée se rapportant au président germait dans mon esprit, je n'arrivais jamais à l'éradiquer. Elle prenait de l'ampleur à une vitesse folle, et m'entraînait précisément là où je n'avais pas envie d'aller. Maintes fois je me dis : ne pense pas au président, mais à Nobu. Je m'imaginais retrouvant Nobu quelque part dans Kyoto. Très vite les choses dégénéraient : je nous voyais dans un endroit où j'avais rêvé de rencontrer le président. La pensée de l'homme aimé m'aspirait à nouveau.

Pendant des semaines, j'essayai de l'oublier. Parfois, je réussissais à ne pas penser à lui plusieurs heures. J'avais alors l'impression qu'un trou sans fond s'ouvrait en moi. Je n'avais plus d'appétit. Je ne pouvais plus rien avaler — même le bouillon que m'apportait la petite Etsuko, tard le soir. Les rares fois où je parvins à focaliser mes pensées sur Nobu, je me sentis si engourdie ! Comme si j'avais perdu toutes sensations. Quand je me

maquillais, mon visage retombait, tel un kimono suspendu sur un bâton. « Tu ressembles à un spectre », me
disait Tatie. Je me rendais à des fêtes, à des banquets,
mais je restais assise, en silence, les mains sur les
genoux.

Nobu allait vouloir devenir mon « danna », je le
savais. Chaque jour, je m'attendais à recevoir cette nouvelle, mais les semaines s'écoulaient, et Nobu ne se
manifestait pas. Par un chaud après-midi de juin, environ
un mois après que j'eus rendu la pierre à Nobu, Mère
entra au salon pendant que je mangeais. Elle me montra
un article de journal intitulé : « Iwamura Electric obtient
un prêt de la banque Mitsubishi. » Je pensai apprendre
des choses sur Nobu et le président. Je ne trouvai dans
ce papier que des informations compliquées. Iwamura
Electric revenait sur le marché — sous l'égide des autorités d'occupation. La société pouvait à nouveau passer
des contrats, emprunter de l'argent. Suivaient plusieurs
paragraphes sur le crédit et les taux d'intérêt. On parlait
ensuite d'un prêt important, consenti à Iwamura Electric
par la banque Mitsubishi, la veille. C'était un article ardu,
truffé de chiffres, de termes issus du jargon financier.
Quand j'eus fini de le lire, je regardai Mère, assise en
face de moi.

— La chance a tourné, pour Iwamura Electric,
déclara-t-elle. Pourquoi ne m'as-tu rien dit ?

— Mère, j'ai à peine compris ce que je viens de lire !

— Pas étonnant que Nobu Toshikazu se soit autant
manifesté ces derniers jours ! Il propose de devenir ton
« danna ». Je pensais l'éconduire. Qui veut d'un « danna » à l'avenir incertain ? Je comprends pourquoi tu es
distraite, depuis un mois ! Rassure-toi. Cette fois ça y est.
Il va être ton « danna » !

Je gardai les yeux baissés sur la nappe, telle une fille
bien élevée. Je dus manquer d'enthousiasme, car Mère
me dit :

— Ne sois pas si amorphe, quand on te parle de
mettre un homme comme Nobu dans ton lit ! Tu es peut-
être malade. Je t'enverrai voir le médecin dès que tu ren-
treras d'Amani.

Le seul Amani dont j'eusse entendu parler était une petite île non loin d'Okinawa. Je ne pouvais croire que c'était l'endroit dont parlait Mère. Toutefois, il s'avéra que la maîtresse de l'Ichiriki avait reçu un coup de téléphone d'Iwamura Electric le matin même. Mameha, Pumpkin et moi, ainsi qu'une autre geisha dont Mère avait oublié le nom, étions invitées à passer le prochain week-end à Amani. Nous partirions le vendredi après-midi.

— Mère... c'est absurde, dis-je. Un week-end à Amani ? Rien que le trajet en bateau va prendre la journée !

— Mais non. Iwamura Electric affrète un avion.

J'eus un mouvement de recul, comme si une guêpe m'avait piquée. J'en oubliai tous mes soucis.

— Mère ! dis-je. Je ne pourrai jamais prendre l'avion !

— Si tu te retrouves assise dans un avion et qu'il décolle, tu seras bien obligée de voler !

Elle dut se trouver drôle, car elle eut l'un de ses rires grasseyants.

*
* *

L'essence était si rare ! Nous ne pouvions décemment prendre l'avion. Aussi décidai-je de ne plus m'inquiéter. Cela marcha jusqu'au lendemain. Puis je parlai à la maîtresse de l'Ichiriki. Des officiers américains, basés sur l'île d'Okinawa, prenaient l'avion pour Osaka plusieurs fois par semaine, me dit-elle. L'avion rentrait à vide, puis revenait chercher les officiers quelques jours plus tard. Nous profiterions de cet avion vide repartant sur Okinawa. Ce serait l'occasion de connaître Amani. Autrement, nous aurions passé le week-end dans une station thermale, sans craindre pour nos vies. La dernière chose que me dit la maîtresse de l'Ichiriki : « Je suis bien contente que ce soit vous qui montiez dans cette chose et pas moi ! »

Le vendredi matin, nous prîmes le train pour Osaka. Outre M. Bekku, qui resterait avec nous jusqu'à l'aéroport et s'occuperait de nos malles, notre petit groupe comptait quatre geishas : Mameha, Pumpkin, une geisha plus âgée du nom de Shizue, et moi. Shizue venait du quartier de Pontocho, elle avait de grosses lunettes et des cheveux gris, qui la vieillissaient. Pis : son menton présentait une fente en son milieu, formant comme deux seins. Shizue passa l'essentiel du voyage à regarder par la vitre. De temps à autre, elle ouvrait le fermoir de son sac orange et rouge, en sortait un bonbon, et nous toisait d'un air méprisant.

Nous allâmes de la gare d'Osaka à l'aéroport dans un minibus très sale, qui utilisait le charbon comme carburant. Ce voyage dura une heure. On nous déposa devant un avion argenté, avec une hélice sur chacune de ses ailes. La roue minuscule sur laquelle reposait la queue de l'appareil m'inquiéta au plus haut point. Nous montâmes à bord. L'aile pencha sur le côté de façon alarmante. Je crus que l'avion était cassé.

Nous trouvâmes les hommes installés à l'arrière de l'appareil. Ils parlaient affaires. Outre le président et Nobu, un monsieur âgé : le directeur régional de la banque Mitsubishi, je l'appris plus tard. Assis à côté de lui, un garçon d'une trentaine d'années, avec un menton comme celui de Shizue et des lunettes aussi épaisses que les siennes. Shizue était la maîtresse du directeur de la banque depuis toujours, cet homme était leur fils.

Nous nous assîmes à l'avant de l'appareil, abandonnant les hommes à leur conversation ennuyeuse. L'avion toussa, trembla... je regardai par le hublot : la grosse hélice s'ébranlait. Bientôt ses pales tournèrent à toute vitesse, à deux doigts de mon visage. Ces sabres d'argent sciaient l'air avec un affreux bourdonnement. Allaient-ils trancher le flanc de l'appareil, me couper en deux ? Mameha m'avait placée près du hublot, pensant que la vue me calmerait, une fois en vol. Lorsqu'elle vit cette hélice lancée à toute vitesse, elle refusa de changer de place avec moi. Les moteurs grondèrent, l'avion avança en cahotant, tourna ici et là. Les moteurs vrombirent, l'aile s'inclina vers l'arrière. Nous entendîmes un bruit sourd, nous commençâmes à nous élever dans les airs. Quand la terre fut très loin en contrebas, on m'annonça

que nous avions sept cents kilomètres à parcourir et que
le vol durerait quatre heures ! En entendant cela, les
larmes me montèrent aux yeux. Mes compagnons de
voyage éclatèrent de rire.

Je tirai les rideaux et tentai de me calmer en lisant
un magazine. Une demi-heure plus tard, après que
Mameha se fut endormie à côté de moi, Nobu s'approcha dans la travée.

— Ça va, Sayuri ? souffla-t-il, à voix basse, pour ne
pas réveiller Mameha.

— Nobu-san ne s'est jamais inquiété de moi de
cette façon, dis-je. Il doit être de très bonne humeur.

— L'avenir n'a jamais été aussi radieux.

Mameha remua sur son siège. Nobu se tut. Il
remonta le couloir jusqu'aux toilettes. Avant d'ouvrir la
porte, il jeta un regard aux hommes assis au fond de
l'avion. Pendant un instant, il m'apparut de trois quart,
puis son regard se posa sur moi. Et s'il me voyait inquiète ? C'était peu probable. Il me devinait si mal ! Cependant, comment aurait-il pu me comprendre ? En sa
présence, je n'avais jamais été moi-même. Un seul de
mes clients m'avait connue petite fille, sous le nom de
Chiyo : le président. C'était la première fois que je réalisai
cela. Comment Nobu eût-il réagi, s'il m'avait vue pleurer
sur ce mur, ce fameux après-midi ? Sans doute aurait-il
passé son chemin. Et c'eût été plus simple pour moi ! Je
n'aurais pas langui du président toutes les nuits. Je ne
me serais pas arrêtée dans les boutiques de cosmétiques
pour humer le talc, qui me rappelait l'odeur de sa peau.
Je n'aurait pas fantasmé, nous imaginant ensemble dans
divers lieux. Si vous me demandiez pourquoi je désirais
cet homme, je vous répondrais : pourquoi le kaki mûr
est-il si délicieux ? Pourquoi le bois sent-il la fumée
quand il brûle ?

Pourquoi ne pouvais-je cesser de penser au président ?

Ma douleur devait se voir sur ma figure. La porte des
toilettes s'ouvrit, la lumière s'éteignit. Que Nobu ne
devine pas mon état d'âme ! J'appuyai ma tête contre le
hublot et feignis de dormir. Je rouvris les yeux quand il

fut passé. Ma tête avait écarté les rideaux. Je regardai dehors, pour la première fois depuis le décollage. En contrebas l'océan, bleu marine, veiné d'émeraude, comme un ornement que portait parfois Mameha. Je n'aurais jamais cru qu'il y eût des taches vertes dans la mer. Du haut des falaises, à Yoroïdo, l'océan était toujours gris ardoise. Ici, il était borné par une ligne droite, tel un fil de laine le séparant du ciel. Cette vue me ravit. Même le disque nébuleux de l'hélice était beau. L'aile argentée avait une espèce de magnificence ! Je vis ces symboles peints sur les bombardiers américains. Etrange que nous fussions dans cet avion, si l'on pensait à l'état du monde, cinq ans auparavant. Nous avions été des ennemis, dans une guerre cruelle. Et à présent ? Nous avions renoncé à notre passé. Chose que je comprenais fort bien — je l'avais moi-même fait. Si seulement je pouvais aussi renoncer à mon avenir...

Une image effrayante me vint à l'esprit : je me vis couper le lien karmique qui m'attachait à Nobu, et regarder l'homme tomber jusque dans l'océan, en contrebas.

Ce n'était pas une idée en l'air, ni une rêverie éveillée. Je venais de comprendre comment procéder. Je n'allais pas réellement jeter Nobu dans l'océan, mais je voyais quoi faire pour mettre un terme à ma relation avec lui. Je ne voulais pas gâcher cette amitié, mais dans mes efforts pour conquérir le cœur du président, Nobu était un obstacle incontournable — à cette faille près : je pouvais le mettre hors de lui. Comme le soir, à l'Ichiriki, où il s'était coupé la main. Si j'étais capable de me donner à un homme comme le ministre, avait-il dit, il ne m'adresserait plus jamais la parole.

En réalisant cela, je me sentis fiévreuse, mon corps se couvrit de sueur. Heureusement que Mameha dormait à côté de moi. Je suis certaine qu'elle se serait demandé ce qui se passait, à me voir essoufflée, le front trempé. Mais serais-je capable de faire une telle chose ? Je ne parle pas de séduire le ministre. Cela je m'en sentais parfaitement capable : ce serait comme aller chez le médecin pour un vaccin. Je tournerais la tête le temps que ça durerait. Ce serait très vite fini. Mais pouvais-je faire un tel affront à Nobu ? Quelle façon affreuse de lui revaloir ses bienfaits ! Comparé aux clients habituels, Nobu était un « danna » enviable. Mais pourrais-je vivre une existence qui verrait tous mes espoirs défaits ? Et cela pour toujours ? Depuis des semaines, je tentais de me convaincre que j'y parviendrais. Mais y parviendrais-je ? J'en arrivai à comprendre la cruauté d'Hatsumomo, la méchanceté de Granny. Même Pumpkin, qui avait à peine trente ans, allait dans la vie, l'air déçu. Mon espoir, lui seul, m'avait épargné cela. Allais-je commettre un acte affreux pour continuer à espérer ? Je ne parle pas de séduire le ministre, mais de trahir Nobu.

Durant le reste du vol, je retournai ces pensées dans ma tête. Je n'aurais jamais cru que je pourrais ainsi comploter, calculer. Comme dans une partie de go, je prévoyais plusieurs coups à l'avance : je prendrais le ministre à part, à l'auberge — non, pas à l'auberge, ailleurs — et je m'arrangerais pour que Nobu nous surprenne. Mais peut-être suffirait-il que quelqu'un le lui dise. Imaginez comme j'étais épuisée à la fin du voyage ! Je devais avoir l'air inquiet en sortant de l'avion, car Mameha ne cessa de me rassurer. Le vol était terminé, me dit-elle, tout allait bien.

Nous arrivâmes à l'auberge une heure avant le coucher du soleil. Les autres admirèrent la pièce dans laquelle nous allions séjourner. Je feignis de m'extasier — j'étais si agitée ! Cette pièce, aussi spacieuse que le plus grand salon de l'Ichiriki, était meublée dans le style japonais. Il y avait des tatamis, des lambris. Une cloison entièrement en verre, dotée de portes coulissante, donnait sur un jardin tropical — certaines feuilles étaient aussi grandes que moi ! Un passage couvert traversait le jardin. Il menait à une rivière.

Nous défîmes nos bagages. Nous étions prêtes à prendre un bain. L'auberge nous avait donné des paravents pliants. Nous nous déshabillâmes derrière, nous enfilâmes des peignoirs en coton. Nous prîmes toute une série de passages couverts à travers la végétation luxuriante, pour arriver au bord d'un grand bassin d'eau chaude, à l'autre extrémité de l'auberge. L'entrée des hommes était séparée de celle des femmes par une cloison. De même que les douches carrelées. Mais une fois immergés dans les eaux sombres de la source, au-delà de la cloison de séparation, les hommes et les femmes se retrouvaient ensemble. Le directeur de la banque ne cessait de nous taquiner, Mameha et moi. Il nous demandait d'attraper un caillou, ou une brindille, au bord du bassin — il voulait nous voir nues. Ce faisant, son fils était en grande conversation avec Pumpkin. Pas étonnant : le derrière de Pumpkin, assez gros, apparaissait à la surface de l'eau pendant qu'elle bavardait avec insouciance.

Peut-être vous paraît-il étrange que nous nous baignions tous ensemble, et que nous prévoyions de dormir dans la même pièce. Cependant, les geishas font ce genre de choses avec leurs meilleurs clients — du moins en était-il ainsi à mon époque. Une geisha qui tient à sa réputation veillera à ne jamais se faire surprendre avec un homme qui n'est pas son « danna ». Mais nous baigner en groupe, innocemment, dans une source chaude dont les eaux troubles cachaient nos corps, c'était différent. Quant à dormir en groupe, nous appelons ça « zakone » en japonais, « dormir comme des poissons » — imaginez des maquereaux dans un panier.

Il était innocent de se baigner en groupe, je l'ai dit. Toutefois, cela n'empêchait pas une main de s'égarer de temps à autre. J'y pensai, en trempant dans cette eau tiède. Si Nobu avait été homme à faire ça, il se serait laissé dériver jusqu'à moi, nous aurions bavardé un peu, puis il aurait saisi ma hanche, ou n'importe quelle partie de mon corps. J'aurais poussé un cri, Nobu aurait ri, et ç'aurait été fini. Mais Nobu n'était pas provocateur. Il avait passé un quart d'heure dans le bassin, à discuter avec le président. A présent il était assis sur un rocher, les jambes dans l'eau, une petite serviette humide nouée autour des hanches. Il grattouillait son moignon, plongé dans ses pensées. Le soleil avait disparu derrière l'horizon, la lumière baissait. Je voyais cet homme nu pour la première fois. La cicatrice qu'il avait sur le côté du visage descendait jusque sur son épaule — son autre épaule était belle, lisse comme un œuf. Dire que j'envisageais de le trahir ! Il penserait que c'était à cause de son physique, il ne devinerait jamais la vraie raison. Je ne supportais pas l'idée de blesser Nobu, ou de perdre son amitié. Je n'étais pas certaine de pouvoir passer à l'acte.

*
* *

Le lendemain matin, après le petit déjeuner, nous nous promenâmes dans la forêt tropicale, jusqu'aux falaises. Nous arrivâmes à l'endroit où la rivière se jetait dans la mer, formant une charmante petite chute d'eau. Nous restâmes un long moment sur la falaise, admirant la vue. Au moment de partir, le président eut du mal à s'arracher à ce lieu enchanteur. Au retour, je marchai à côté de Nobu. Je ne l'avais jamais vu aussi heureux. En fin de matinée, nous fîmes le tour de l'île dans un camion militaire — il y avait des bancs à l'arrière. Nous vîmes des bananiers, des ananas poussant sur des plantes basses, des oiseaux exotiques. Vu des montagnes, l'océan ressemblait à une couverture froissée, de couleur turquoise, avec des taches bleu foncé.

L'après-midi, nous nous promenâmes dans les rues en terre battue du village. Nous découvrîmes un vieux bâtiment en bois, avec un toit de chaume pentu. Nous en fîmes le tour. Nobu monta l'escalier de pierre, ouvrit la porte. Le soleil frappa une scène poussiéreuse. Je visitai ce bâtiment sans pensées particulières. C'est en ressortant que l'idée me vint. J'eus à nouveau l'impression d'avoir la fièvre. Je venais de m'imaginer allongée sur ce plancher avec le ministre. La porte s'ouvrait : un rayon de soleil nous frappait, nous ne pouvions nous cacher nulle part, Nobu nous voyait. Sans doute était-ce l'endroit rêvé pour exécuter mon projet. Les pensées affluaient dans ma tête, tels des grains de riz tombant d'un sac déchiré.

Comme nous remontions la colline pour retourner à notre auberge, je restai en arrière pour prendre un mouchoir dans ma manche. Il faisait très chaud, sur cette route, le soleil de l'après-midi frappait nos visages de plein fouet. Je n'étais pas la seule à transpirer. Nobu revint sur ses pas, me rejoignit. Il me demanda si j'allais bien. Je ne pus lui répondre. J'espérai qu'il mettrait cela sur le compte de la fatigue.

— Vous avez eu l'air fatigué tout le week-end, Sayuri. Vous auriez peut-être dû rester à Kyoto.

— Mais je n'aurais pas vu cette île sublime.

— Sans doute n'êtes-vous jamais allée aussi loin de chez vous. Okinawa est aussi loin de Kyoto qu'Okaïdo.

Les autres avaient disparu derrière une courbe du chemin. J'apercevais les avant-toits de l'auberge, au-dessus des plantes luxuriantes. Je voulus répondre à Nobu, mais une pensée m'arrêta : cet homme ne me comprenait pas. Kyoto n'était pas « chez moi ». Pas dans le sens où il l'entendait : un endroit où j'aurais grandi, dont je ne serais jamais partie. En cet instant précis, je décidai de passer à l'acte. Je trahirais Nobu, bien qu'il me couvât d'un regard aimant. Je remis mon mouchoir dans ma manche, les mains tremblantes. Nous reprîmes la route en silence.

Quand nous arrivâmes dans le grand salon, le président et Mameha avaient déjà pris place à table et entamé une partie de go contre le directeur de la banque. Shizue et son fils les regardaient jouer. Les portes en verre étaient ouvertes. Le ministre était allongé sur le ventre, face au jardin. Appuyé sur ses coudes, il pelait un morceau de canne à sucre qu'il avait rapporté de sa promenade. Je craignis que Nobu n'engage la conversation avec moi, mais il alla s'asseoir à côté de Mameha. Comment allais-je réussir à attirer le ministre à l'intérieur du théâtre ? Puis m'arranger pour que Nobu nous surprenne ? Et si je demandais à Pumpkin d'aller se promener avec Nobu ? Ma vieille amie n'était pas collet monté. Elle accepterait sans doute de m'aider. Je devrais lui expliquer clairement d'amener Nobu au vieux théâtre, et d'entrer.

Je m'assis et contemplai les feuilles éclaboussées de soleil. Comme j'aurais aimé pouvoir jouir de ce spectacle ! N'étais-je pas folle d'envisager un acte pareil ? Cela dit, mes craintes ne m'empêcheraient pas d'exécuter mon projet. Il me fallait éloigner le ministre de l'auberge — avec discrétion. Ayant demandé un en-cas à une servante, il se servait un verre de bière, tout en picorant avec ses baguettes des morceaux de poisson salé — plus précisément des entrailles de calamar séchées. Cela peut paraître écœurant, mais on trouve des entrailles de calamars séchées dans nombre de bars et restaurants du Japon. C'était l'un des mets préférés de mon père. Moi, je n'ai jamais réussi à les digérer. Je ne pouvais même pas regarder le ministre manger.

— Monsieur le ministre, lui soufflai-je, voudriez-vous que je vous trouve quelque chose de plus appétissant ?

— Non, dit-il. Je n'ai pas faim.

Pourquoi mangeait-il, alors ? Mameha et Nobu étaient sortis par la porte de derrière, en grande conversation. Les autres, dont Pumpkin, étaient autour de la table de go. Le président dut pousser le mauvais pion : tout le monde éclata de rire. C'était le moment.

— Si vous n'avez pas faim, monsieur le ministre, dis-je, nous pourrions visiter l'auberge ensemble. J'en ai très envie depuis notre arrivée, mais je n'en ai pas encore eu l'occasion.

Je n'attendis pas sa réponse. Je me levai et sortis de la pièce. Je fus soulagée de voir qu'il me suivait. Je fis quelques pas sur le passage couvert. Voyant que personne ne venait, je m'arrêtai.

— Excusez-moi, monsieur le ministre, dis-je, mais ne voudriez-vous pas que nous retournions au village ensemble ?

Cette proposition le troubla.

— Il nous reste une heure avant le dîner, poursuivis-je, et il y a un endroit que j'aimerais revoir.

Après un long silence, le ministre déclara :

— Il faudrait d'abord que j'aille aux toilettes.

— Parfait, dis-je. Allez aux toilettes, puis attendez-moi ici. Nous irons nous promener. Ne bougez pas jusqu'à ce que je revienne.

Cette perspective sembla convenir au ministre, qui se dirigea vers les toilettes. Je retournai au salon. J'étais dans un état second. En ouvrant la porte, je sentis à peine la paroi sous mes doigts.

Pumpkin n'était plus à table. Elle cherchait quelque chose dans sa malle. Je tentai de parler. Aucun son ne sortit de ma bouche. Je dus m'éclaircir la voix et recommencer.

— Excuse-moi, Pumpkin, dis-je. Aurais-tu une minute à m'accorder ?

Elle ne semblait pas pressée d'abandonner sa malle pour me répondre. Elle finit tout de même par se lever et par me rejoindre sur le passage. Je fis quelques pas avec elle, puis je lui dis :

— J'ai besoin d'un service, Pumpkin.

J'attendis qu'elle me dise qu'elle serait ravie de m'aider. Elle se contenta de me fixer.

— J'espère que ça ne t'ennuie pas que je te demande ça...

— Je t'écoute.

— Le ministre et moi allons faire une petite promenade. Je vais l'emmener au vieux théâtre et...

— Pourquoi ?

— Pour que nous puissions être seuls.

— Le ministre ? s'exclama Pumpkin, incrédule.

— Je t'expliquerai une autre fois, mais je voudrais que tu amènes Nobu là-bas et que... ça va te paraître bizarre, Pumpkin, mais je veux que vous nous découvriez.

— Comment ça, qu'on vous découvre ?

— Je voudrais que tu trouves un prétexte pour emmener Nobu là-bas. Tu ouvriras la porte, et vous nous surprendrez.

Pumpkin avait vu que le ministre attendait sur un autre passage couvert, au milieu de la végétation. Elle me regarda.

— Qu'est-ce que tu complotes, Sayuri ?

— Je n'ai pas le temps de t'expliquer, mais c'est très important. Mon avenir en dépend. Surtout, fais bien attention que ce soit Nobu — pas le président ou quelqu'un d'autre. Je te revaudrai cela.

Pumpkin me dévisagea, puis déclara :

— Ainsi le moment est venu de demander une autre faveur à Pumpkin, n'est-ce pas ?

Je n'étais pas certaine d'avoir compris, mais au lieu de préciser sa pensée, Pumpkin tourna les talons et s'en fut.

*
* *

Je ne savais pas si Pumpkin allait m'aider ou non. Mais à ce stade, je ne pouvais plus que mettre mon plan à exécution, en espérant qu'elle et Nobu allaient se montrer. Je rejoignis le ministre dans le jardin. Nous prîmes la route du village.

Comme nous arrivions au détour du chemin, je pensai à ce jour où Mameha m'avait coupé la cuisse et emmenée chez le docteur Crab. Je m'étais sentie en danger, cet après-midi-là, un danger indéfinissable. Je ressentais la même chose à présent. J'avais le visage brûlant sous le soleil, comme si je m'étais assise trop près de l'« hibachi ». Je levai les yeux vers le ministre. De la sueur coulait de sa tempe jusque dans son cou. Si tout se passait comme prévu, il presserait bientôt ce cou contre le mien. A cette idée, je sortis mon éventail de mon obi et l'agitai jusqu'à ce que mon bras me fasse mal, m'efforçant de nous rafraîchir, le ministre et moi. Je lui parlai tout le long du chemin. Nous parvînmes devant le vieux théâtre au toit de chaume. L'homme semblait perplexe. Il s'éclaircit la voix, regarda le ciel.

— Et si nous allions à l'intérieur, monsieur le ministre ? dis-je.

Il sembla ne pas savoir comment interpréter cela. Je longeai le bâtiment. Le ministre me suivit. Je montai les marches, ouvris la porte. Il n'hésita qu'un instant avant d'entrer. S'il avait fréquenté Gion toute sa vie, le ministre aurait compris ce que j'avais en tête — une geisha qui entraîne un homme dans un lieu isolé risque sa réputation, et une geisha de grande classe ne fera pas une telle chose sans raison. Cependant, le ministre demeura planté au milieu du théâtre, dans la flaque de lumière, tel un homme qui attend l'autobus. Je refermai mon éventail et le glissai dans mon obi. Mes mains tremblaient. Je m'interrogeai : saurais-je réaliser mon projet ? Le simple fait de refermer la porte me vida de mon énergie. Nous nous retrouvâmes dans la pénombre. Une faible lumière filtrait sous les avant-toits. Le ministre resta debout, inerte, les yeux fixés sur une pile de tatamis, dans un coin de la scène.

— Monsieur le ministre..., dis-je.

Ma voix résonna dans le théâtre. Je poursuivis un ton plus bas.

— J'ai cru comprendre que vous aviez eu un entretien avec la maîtresse de l'Ichiriki. Je me trompe ?

Le ministre prit une grande inspiration, mais ne dit rien.

— Je vais vous raconter l'histoire d'une geisha nommée Kazuyo, monsieur le ministre. Elle n'est plus à Gion, mais je l'ai bien connue, à une époque. Un homme puissant — comme vous, monsieur le ministre — fit la connaissance de Kazuyo et apprécia tellement sa compagnie qu'il revint à Gion tous les soirs. Après quelques mois, il voulut devenir son « danna », mais la maîtresse de la maison de thé lui dit que c'était impossible. L'homme fut très déçu. Un après-midi, Kazuyo l'emmena dans un endroit désert, afin qu'ils puissent être seuls. Un endroit comme ce théâtre vide. Elle lui dit que... bien qu'il ne puisse devenir son « danna »...

Le visage du ministre s'éclaira, comme une vallée que le soleil inonde. Il fit un pas vers moi, maladroit. Je sentis mon sang battre dans mes oreilles. Je ne pus m'empêcher de détourner la tête et de fermer les yeux. Quand je les rouvris, le ministre était tout près de moi. Je sentis sa peau grasse et humide contre ma joue. Il pressa son corps contre le mien. Il me prit les bras, sans doute pour me coucher sur les planches. Je l'arrêtai.

— La scène est trop poussiéreuse. Allez chercher un tatami.

— Allons là-bas, proposa le ministre.

Si nous nous allongions sur les tatamis, Nobu ne nous verrait pas. Jusqu'ici, je m'étais dit qu'un événement fortuit nous empêcherait de mener à bien cette entreprise. A présent j'étais confrontée à l'odieuse réalité. Le temps parut ralentir. Mes pieds me semblèrent appartenir à quelqu'un d'autre, quand je les sortis de mes zoris laqués et fis un pas sur le tatami.

Le ministre ôta ses chaussures à la hâte et m'enlaça. Ses mains tirèrent sur le nœud de mon obi. Je ne sais pas ce qu'il s'imaginait. Je n'allais certainement pas enlever mon kimono ! Je posai mes mains sur les siennes. En m'habillant, ce matin, j'avais mis une combinaison grise que je n'aimais pas beaucoup, afin d'être parée à toute éventualité. J'avais choisi un kimono bleu et gris en gaze de soie, un obi peu fragile, de couleur argent. J'avais raccourci mon « koshimachi » en le remontant au niveau de ma taille. Ainsi le ministre n'aurait-il aucun mal à se frayer un chemin jusqu'à moi si je décidais finalement de le séduire.

Je me dégageai de son étreinte. Il me lança un regard perplexe. Il dut croire que je l'empêchais de me toucher. Il fut soulagé quand je m'allongeai sur le tatami. Ce n'était pas un vrai tatami, mais une natte en paille. Je sentais la dureté du sol, en dessous. D'une main, je remontai mon kimono et ma combinaison, exposant ma jambe jusqu'au genou. Le ministre se coucha sur moi, encore tout habillé. Le nœud de mon obi me rentra dans le dos. Je me renversai sur une hanche. Je tournai la tête, pour préserver mon chignon.

Nous étions mal installés, mais mon inconfort n'était rien, comparé au malaise et à l'anxiété que je ressentais. Je me demandai si j'avais vraiment toute ma tête, pour m'être mise dans une situation pareille. Le ministre se haussa sur un coude, passa la main sous mon kimono, me griffa les cuisses avec ses ongles. Instinctivement, je mis mes mains sur ses épaules pour le repousser... Puis j'imaginai ma vie avec Nobu comme « danna », une vie sans joie. Je remis mes mains sur le tatami. Les doigts du ministre, telles des araignées, montaient de plus en plus haut sur l'intérieur de ma cuisse. J'essayai de m'évader en pensée. Je fixai la porte. Peut-être allait-elle s'ouvrir avant que le ministre ne poursuive. Hélas, j'entendis le cliquetis de sa ceinture, la fermeture Éclair de sa braguette. Une seconde plus tard, il forçait le passage et s'insinuait en moi. J'eus l'impression d'avoir à nouveau quinze ans, d'être avec le docteur Crab. Je m'entendis gémir. Le ministre prenait appui sur ses avant-bras, son visage au-dessus du mien. Du coin de l'œil, je voyais sa mâchoire proéminante. Il me fit penser à un animal. Cette lèvre qui avançait formait un réceptacle, qui se remplit de salive. Une salive grisâtre. Etait-ce dû aux entrailles de calamar ? Je l'ignore, mais ce liquide me rappela le résidu gluant qu'on voit sur les tables où l'on vide les poissons.

En m'habillant, ce matin, j'avais glissé plusieurs feuilles de papier absorbant dans mon obi. Je n'avais pas pensé en avoir l'usage avant que le ministre ne s'essuie — si toutefois je décidai de passer à l'action. Je me dis que j'allais en avoir besoin pour m'essuyer le visage, quand sa salive me coulerait dessus. Le ministre me clouait au sol — je ne réussis pas à glisser ma main dans mon dos pour attraper le papier. Je laissai échapper de petits halètements. Le ministre dut croire à des manifes-tations d'excitation : il se fit plus enthousiaste. La mare de salive oscillait dangereusement au bord de sa lèvre. C'était étonnant qu'elle n'ait pas encore débordé. J'avais l'impression d'être au fond d'un bateau secoué par les vagues, j'avais mal au cœur. Le ministre émit un grogne-ment, s'immobilisa, lâcha sa salive dans mon cou.

Je voulus prendre le papier de riz dans mon obi, mais le ministre était écroulé sur moi, respirant fort, comme s'il venait de courir un marathon. J'allais le repousser, quand j'entendis un grattement, dehors. Mon dégoût immense avait tué en moi toute autre perception. Me ressouvenant de Nobu, je sentis mon cœur s'embal-ler. Un autre grattement. Quelqu'un gravissait les marches de pierre. Le ministre semblait n'avoir aucune idée de ce qui allait lui arriver. Il leva la tête, la tourna vers la porte, comme s'il s'attendait à voir un oiseau.

La porte s'ouvrit. Un flot de soleil inonda les planches. Je plissai les yeux, éblouie. Je discernai deux silhouettes. Pumpkin. Un homme. Mais pas Nobu. Pour-quoi avait-elle fait cela ? Pumpkin avait amené le pré-sident.

# 34

Après que la porte se fut ouverte je restai grelottante, engourdie sous le choc. Le ministre se dégagea, ou peut-être le repoussai-je. Je me rappelle avoir pleuré, lui avoir demandé si, comme moi, il avait vu le président. Celui-ci se trouvait à contre-jour, je n'avais pu voir son expression. Pourtant, quand la porte s'était refermée, il m'avait paru choqué. Mais ce n'était qu'une impression. Lorsque nous sommes tristes, même les arbres en fleurs nous semblent souffrir. Après cette apparition à la porte du théâtre, ma douleur se refléta sur tout ce qui m'entourait.

Ayant amené le ministre en ce lieu pour me mettre en danger, j'avais éprouvé une certaine excitation, outre l'angoisse, la peur, le dégoût. Au moment où la porte s'était ouverte, j'avais éprouvé de l'exaltation, comme avant un plongeon. Je n'avais encore jamais pris de décision aussi courageuse pour changer le cours de ma vie. J'étais comme l'enfant au bord de la falaise, qui ne croyait pas qu'une vague monterait jusque-là pour le frapper, et l'emporter.

Lorsque ce chaos d'émotions s'apaisa, je revins à moi. J'étais allongée par terre, Mameha penchée au-dessus de moi. Je n'étais plus dans le vieux théâtre, mais à l'auberge, dans une pièce sombre, sur un tatami. Je ne me souvenais pas d'avoir quitté le théâtre. J'avais dû rentrer dans un état second. J'étais allée voir le patron de l'auberge, me dit Mameha. Je lui avais demandé où je pouvais me reposer. Voyant que j'étais mal, il avait couru prévenir Mameha.

Heureusement, Mameha semblait disposée à croire que j'étais réellement malade. Une heure plus tard, je regagnai la chambre commune. Pumpkin arrivait dans le passage couvert. Elle me vit. Elle s'arrêta. Mais au lieu de venir s'excuser, comme je m'y attendais, elle tourna lentement la tête vers moi, tel un serpent qui vient de repérer une souris.

— Pumpkin, dis-je. Je t'avais demandé d'amener Nobu, pas le président. Je ne comprends pas.

— Oui, tu dois être surprise, quand tout ne se passe pas exactement comme tu le désires !

— Comme je le désire ? Il n'aurait rien pu arriver de pire ! As-tu mal compris ce que je t'avais demandé ?

— Tu me prends vraiment pour une idiote.

J'étais sidérée. Je restai plantée là une minute, sans rien dire.

— Je pensais que tu étais mon amie, finis-je par dire.

— Moi aussi j'ai cru que tu étais mon amie, à une époque de ma vie.

— Tu as l'air de m'en vouloir, Pumpkin, comme si je t'avais fait du mal.

— Oh non, tu ne ferais jamais une chose pareille ! Pas toi, pas la parfaite miss Nitta Sayuri ! Tu t'es imposée comme fille de l'okiya à ma place, mais ça ne compte pas, ça ! Tu as oublié, Sayuri ? Après que j'ai couru un risque énorme, dans cette histoire avec le docteur. Tu as tiré la couverture à toi. Tu m'as pris ce qui me revenait de droit ! Depuis le début, je me demande pourquoi tu veux que je participe à ces soirées avec le ministre. Je suis navrée que tu aies dû attendre, cette fois, pour te servir de moi.

— Mais enfin, Pumpkin, l'interrompis-je, tu pouvais refuser de m'aider ! Pourquoi avoir amené le président ?

Elle se redressa, bomba le torse.

— Je sais que tu l'aimes, cracha-t-elle. Quand personne ne regarde, tu le dévores des yeux !

Dans sa fureur, elle s'était mordu la lèvre. Je vis du rouge sur ses dents. Elle avait voulu me blesser, de la façon la plus cruelle qui soit.

— Tu m'as privée d'un bel avenir, Sayuri. A mon tour. Tu vois ce que ça fait ?

Ses narines étaient dilatées, son visage déformé par la haine, comme si l'esprit d'Hatsumomo, tapi en elle depuis toutes ces années, se dévoilait enfin.

*
* *

Je passai une affreuse soirée. Mes compagnons buvaient, riaient. Je feignais de m'amuser. Je devais être rouge, car Mameha touchait mon cou, de temps à autre, pour voir si j'avais de la fièvre. Je m'étais assise loin du président. J'évitais son regard. Avant de me coucher, je le croisai dans le passage — il regagnait la chambre. J'aurais dû m'écarter de son chemin. Mais j'avais tellement honte ! J'accélérai le pas, hochai brièvement la tête à son endroit, sans faire aucun effort pour cacher mon désarroi.

Lorsqu'ils furent tous endormis, je sortis de l'auberge, dans un état comateux. Je me retrouvai au bord des falaises, à fixer les ténèbres. J'entendais les vagues, en contrebas. Ce ressac violent m'apparut comme une lamentation amère. Je voyais de la cruauté en tout — comme si les arbres, le vent, les rochers sur lesquels je me tenais, s'alliaient avec ma vieille ennemie, Hatsumomo. Le hululement du vent, les feuilles qui bruissaient, semblaient se moquer de moi. Mon destin avait-il pris un tour irrémédiable ? Je sortis le mouchoir du président de ma manche. Je tendis le bras au-dessus du vide. J'allais lâcher le mouchoir dans les ténèbres, quand je pensai aux tablettes mortuaires que m'avait envoyées M. Tanaka, il y avait des années de ça. Il faut toujours garder un souvenir de nos chers disparus. Les tablettes mortuaires, à l'okiya, étaient tout ce qui restait de mon enfance. Le mouchoir du président serait tout ce qui resterait de ma vie de femme.

*
* *

De retour à Kyoto, je surnageai quelques jours, prise dans un tourbillon d'activités. Je me maquillais, je m'habillais, je passais mes soirées dans les maisons de thé, comme avant. Rien de tel que le travail pour surmonter une déception, m'avait dit Mameha. Hélas, le travail n'améliorait en rien mon état. Chaque fois que j'étais à l'Ichiriki, je pensais à Nobu : il allait me convoquer d'un jour à l'autre, m'annoncer qu'il allait devenir mon « danna ». Cela dit, il avait été très occupé, ces derniers mois. Je ne pensais pas avoir de ses nouvelles avant une semaine ou deux. Hélas, le mercredi matin, trois jours après notre retour d'Amani, j'appris qu'Iwamura Electric avait appelé l'Ichiriki et requis ma présence le soir même.

Je m'habillai le plus tard possible, en début de soirée. Je mis un kimono en gaze de soie jaune, une combinaison verte et un obi bleu marine, veiné de fils dorés. Jolie, dit Tatie. Abattue, pensai-je. Il m'arrivait de quitter l'okiya, peu satisfaite de mon apparence. Mais, généralement, un rien me réconfortait. Telle combinaison kaki faisait ressortir le bleu de mes yeux — plutôt que le gris. Ce soir-là mon visage me parut spectral — bien que j'eusse utilisé du maquillage occidental, comme souvent. Même mon chignon me sembla bancal. Je demandai à M. Bekku de renouer mon obi plus serré, pour rehausser l'ensemble.

Mon premier engagement : un banquet donné par un colonel américain en l'honneur du nouveau gouverneur de la préfecture de Kyoto. Ce banquet avait lieu dans l'ancienne propriété de la famille Sumitomo, devenue le quartier général de la septième division de l'armée américaine. Je passai la grille et notai des changements, sidérée : les vieilles dalles du jardin peintes en blanc ; des panonceaux en anglais — je ne lisais pas l'anglais — cloués aux arbres. Quand la fête fut finie, j'allai à l'Ichiriki. Une servante me conduisit dans ce salon où Nobu m'attendait, le jour où Gion avait fermé. Ce soir-là, il m'avait annoncé qu'il me sauvait des horreurs de la guerre. Sans doute était-ce naturel que nous nous retrouvions en ce lieu pour célébrer le fait qu'il devenait mon « danna » — même si je ne voyais pas là matière à célébration. Je choisis une place à table qui permît à Nobu de me servir du saké avec son bras droit. Car il me servirait une tasse de saké après m'avoir dit qu'il devenait mon « danna ». Ce serait une belle soirée — pour lui. J'allais m'efforcer de ne pas la gâcher.

La lumière tamisée, la lueur rouge foncé des murs couleur thé créaient une atmosphère agréable. J'avais oublié l'odeur particulière de cette pièce : mélange de poussière et d'huile de térébenthine — utilisée pour cirer les lambris. Ces odeurs ravivèrent mes souvenirs. Je me revis avec Nobu dans ce salon, des années plus tôt. Des détails de cette soirée me revinrent. Nobu avait des trous dans ses chaussettes. Un orteil long et fin, à l'ongle bien taillé, dépassait de l'un de ces trous. Il y avait seulement cinq ans de ça. Pourtant, il me semblait qu'une génération entière avait disparu. Je comptais tant de morts, parmi mes anciennes connaissances. Etais-je revenue à Gion pour mener cette existence-là ? Mameha avait raison. On ne devient pas geisha par goût, mais parce qu'on n'a pas le choix. Si ma mère avait vécu, je serais moi-même devenue épouse et mère, dans ce village de pêcheurs. Kyoto serait restée pour moi une ville lointaine, une ville où nos poissons arrivaient par le train. Ma vie eût-elle été plus difficile ? Nobu m'avait dit un jour : « Je suis facile à comprendre, Sayuri. Je n'aime pas qu'on m'agite sous le nez des choses que je ne peux avoir. » Peut-être lui ressemblais-je. Depuis quinze ans, je rêvais du président, et maintenant je réalisais que je ne l'aurais jamais.

Après avoir attendu Nobu un quart d'heure, je me demandai s'il allait venir. Je posai ma tête sur la table pour me détendre. J'avais très peu dormi depuis trois jours. Au lieu de m'assoupir, je m'appesantis sur ma douleur. Puis il me sembla faire un rêve étonnant. Je crus entendre le bruit de tambours, au loin, puis le sifflement d'une chasse d'eau. Je crus sentir la main du président sur mon épaule. Je levai la tête pour voir qui m'avait touchée et je vis le président, penché au-dessus de moi ! Les percussions, c'était le bruit de ses pas, le sifflement, la porte coulissant dans son rail. Une servante se tenait derrière lui. Je le saluai et m'excusai de m'être endormie. Je fus si troublée ! Je me demandai si j'étais vraiment réveillée.

Je ne rêvais pas ! Le président s'assit sur un coussin. La servante posa du saké sur la table. J'eus cette affreuse pensée : et si le président était venu me dire que Nobu avait eu un accident ? J'allais poser la question au président, quand la maîtresse de l'Ichiriki passa la tête dans la pièce.

— Président ! dit-elle. Cela fait des mois qu'on ne vous voit pas !

La maîtresse de l'Ichiriki était toujours aimable avec les clients. Cela dit, je lui trouvai l'air préoccupé. Sans doute s'inquiétait-elle de Nobu, tout comme moi. Je servis du saké au président. Elle s'assit à table. Le président porta sa tasse à ses lèvres. La maîtresse de l'Ichiriki arrêta sa main, l'empêchant de boire. Elle se pencha vers lui pour humer les vapeurs d'alcool.

— Je ne comprends pas pourquoi vous préférez ce saké aux autres, président, dit-elle. Nous en avons reçu du très bon, cet après-midi. Nobu-san va l'apprécier, quand il va arriver.

— Je n'en doute pas, dit le président. Nobu apprécie les bonnes choses. Mais il ne viendra pas ce soir.

Cette nouvelle m'alarma, mais je gardai les yeux baissés. La maîtresse dut être surprise, elle aussi, car elle changea de sujet.

— Vous ne trouvez pas notre Sayuri adorable, ce soir, président ?

— Sayuri est toujours adorable, dit le président. Mais cela me rappelle que... Je vais vous montrer quelque chose.

Le président posa un petit paquet sur la table, enveloppé dans de la soie bleue. Il l'ouvrit. Apparut un rouleau large et court, qu'il commença à dérouler. C'était un rouleau ancien, craquelé, représentant divers tableaux à

la cour impériale — des scènes en miniature, vivement
colorées. Ces rouleaux font plusieurs mètres de long. Ils
donnent un panoramique complet de la résidence impériale — des grilles au palais. Le président passa assez vite
sur des scènes de réunions alcoolisées, sur des aristocrates en train de jouer à la balle au pied, leur kimono
remonté entre les jambes. Il s'arrêta sur une jeune
femme, exquise dans son kimono doré. Elle était agenouillée sur le plancher, à l'entrée des appartements de
l'empereur.

— Que dites-vous de ça ? s'exclama le président.

— C'est un très beau rouleau, dit la maîtresse. Où
le président l'a-t-il trouvé ?

— Oh, je l'ai depuis des années. Mais regardez cette
femme. C'est à cause d'elle que je l'ai acheté. Vous ne
remarquez rien de particulier ?

La maîtresse examina le rouleau. Le président le
tourna ensuite vers moi. En dessinant cette jeune femme
— guère plus grande qu'une pièce de monnaie — le
peintre n'avait omis aucun détail. Je vis que ses yeux
étaient pâles. Gris-bleu. Cela me rappela les tableaux
qu'Uchida avait peints en m'utilisant comme modèle. Je
rougis et dis que ce dessin était très beau. La maîtresse
l'admira quelques instants et déclara :

— Je vais vous laisser. Je fais monter de ce saké
dont je vous ai parlé, ou je le garde pour Nobu, la prochaine fois qu'il viendra ?

— Ne prenez pas cette peine, dit le président. Nous
nous contenterons du saké qui est sur la table.

— Nobu-san est... il va bien, n'est-ce pas ?

— Oh, oui, dit le président. Il va très bien.

Cela me soulagea et m'inquiéta à la fois. Si le président n'était pas venu me donner des nouvelles de Nobu,
il avait une autre raison — me reprocher mon incartade
à Amani, sans doute. Depuis mon retour, je préférais ne
pas penser à ce qu'il avait pu voir : le ministre avec son
pantalon baissé, mes jambes nues, mon kimono
remonté...

Lorsque la maîtresse quitta la pièce, le bruit de la

porte évoqua pour moi celui d'un sabre tiré de son fourreau.

— Je voudrais vous dire, président, commençai-je, d'une voix mal assurée, que mon comportement à Amani...

— Je sais ce que vous pensez, Sayuri. Mais je ne suis pas venu vous demander des excuses. Restez tranquillement assise. Je veux vous parler d'une chose qui s'est produite il y a des années.

— Président, je me suis tellement gênée, réussis-je à articuler. Pardonnez- moi, mais...

— Ecoutez-moi. Vous n'allez pas tarder à comprendre pourquoi je vous raconte cette histoire. Vous vous souvenez d'un restaurant, le Tsumiyo ? Il a fermé au début des années trente, mais... enfin, peu importe. Vous étiez très jeune, à l'époque. Un jour, il y a de nombreuses années — dix-huit ans, très exactement — je suis allé déjeuner dans ce restaurant avec mes associés. Une geisha du nom d'Izuko nous accompagnait. Elle habitait Pontocho.

Izuko ! Je n'avais pas oublié ce nom.

— Cette geisha était très en vue, à l'époque, dit le président. Nous avons fini de déjeuner assez tôt. J'ai proposé que nous marchions au bord de la rivière Shirakawa, avant d'aller au théâtre.

Je sortis le mouchoir du président de mon obi. Je le posai sur la table et le lissai, que le monogramme fût bien visible. Au fil des années, le mouchoir avait jauni. Il y avait une tache dans un coin. Le président le reconnut. Il le prit.

— Où avez-vous eu cela ?

— Président, dis-je, je me suis toujours demandé si vous saviez que j'étais cette petite fille, que vous aviez consolée. Vous m'avez donné votre mouchoir, cet après-midi-là, en allant voir une pièce intitulée « Shibaraku ». Vous m'avez aussi donné une pièce...

— Ainsi vous avez toujours su que j'étais l'homme qui vous avait offert un granité ?

— J'ai reconnu le président dès l'instant où je l'ai

revu, à ce tournoi de sumo. A vrai dire, je suis surprise que le président se souvienne de moi.

— Vous devriez vous regarder plus souvent dans un miroir, Sayuri. Surtout quand vos yeux sont brillants de larmes, parce qu'alors ils deviennent... c'est inexplicable. Je passe des heures avec des hommes d'affaires qui ne me disent jamais la vérité. Et voilà une fille que je n'ai jamais vue, et qui se livre à moi !

Le président marqua un temps d'arrêt.

— Vous ne vous êtes jamais demandé pourquoi Mameha est devenue votre grande sœur ? me dit-il.

— Mameha ? Je ne comprends pas. Qu'est-ce que Mameha a à voir dans tout ça ?

— Vous ne savez vraiment pas, n'est-ce pas ?

— Que serais-je censée savoir, président ?

— J'ai demandé à Mameha de vous prendre sous son aile, Sayuri. Je lui ai assuré que j'avais rencontré une très belle jeune fille, avec des yeux d'un gris étonnant. Je lui ai demandé de s'occuper de vous, si jamais elle vous croisait dans Gion. Je lui ai assuré que je couvrirais ses frais, s'il le fallait. Et elle vous a croisé, quelques mois plus tard. D'après ce qu'elle m'a dit, vous ne seriez jamais devenue geisha sans son aide.

Il est impossible de décrire ce que je ressentis à ce moment-là. J'avais toujours pensé que Mameha m'avait choisie dans un but précis : se débarrasser d'Hatsu-momo. Or elle m'avait prise sous tutelle sur la demande du président. J'aurais voulu me remémorer tous les commentaires qu'elle m'avait faits, au fil des années, leur trouver une signification nouvelle. Ce n'était pas seulement l'image de Mameha qui changeait, mais la mienne. J'avais l'impression d'être une nouvelle femme. Je baissai les yeux sur mes mains — des mains que le président avait faites, me dis-je. J'étais euphorique, effrayée, reconnaissante. Je m'écartai de la table pour le saluer et lui exprimer ma gratitude. Mais avant de le faire, je ne pus m'empêcher de lui déclarer :

— Pardonnez-moi, président, mais j'aurais tant aimé que vous me disiez cela il y a des années ! Je ne puis vous dire à quel point c'eût été important pour moi.

— J'ai une raison de ne pas l'avoir fait, Sayuri, et d'avoir insisté pour que Mameha ne dise rien non plus. Cette raison, c'est Nobu.

Je blêmis. Je crus comprendre où le président voulait en venir.

— Président, dis-je, je n'ai pas été digne de votre bonté. Le week-end dernier...

— J'ai beaucoup pensé à ce qui s'est passé à Amani, Sayuri.

Je sentis que le président me regardait. Je ne pus poser les yeux sur lui.

— Il y a quelque chose dont je voudrais vous parler, poursuivit-il. Je m'interroge depuis ce matin sur la façon d'aborder le sujet. Je ne cesse de penser à une chose qui s'est produite il y a de nombreuses années. Je devrais m'expliquer autrement mais... J'espère que vous comprendrez ce que j'essaie de vous dire.

« A l'époque où j'ai créé Iwamura Electric, j'ai rencontré un homme, Ikeda, qui travaillait pour l'un de nos fournisseurs, à l'autre bout de la ville. Il n'avait pas son pareil pour résoudre un problème dans une installation électrique. Il nous arrivait de faire appel à lui, de louer ses services pour une journée. Puis un après-midi, en rentrant chez moi, je tombe sur lui chez le pharmacien. Il me paraît très heureux. "J'ai démissionné !" me dit-il. Je lui demande pourquoi. Il me répond : "Le moment était venu de démissionner. Alors j'ai démissionné !" Je l'ai engagé sur-le-champ. Quelques semaines plus tard, je lui ai nouveau posé la question. Pourquoi avait-il donné sa démission ? "Monsieur Iwamura, me dit-il, pendant des années j'ai rêvé de travailler pour vous, mais vous ne me l'avez jamais demandé. Vous m'appeliez quand vous aviez un problème, ça s'arrêtait là. Puis un jour j'ai compris que vous ne pouviez débaucher l'employé d'un fournisseur sans compromettre vos relations d'affaires. Il fallait que je quitte mon emploi, pour que vous puissiez m'engager. Alors j'ai démissionné."

Je savais que le président attendait un commentaire de ma part. Je n'osai rien dire.

— Votre aparté avec le ministre m'a rappelé Ikeda

démissionnant, poursuivit-il. Je vais pour dire pourquoi j'ai fait le rapprochement. A cause d'une remarque de Pumpkin, quand nous revenions à l'auberge. J'étais furieux après elle, j'ai exigé qu'elle me dise pourquoi elle avait fait cela. Elle m'a raconté que vous vouliez qu'elle amène Nobu. Sur le moment je n'ai pas compris. Mais en réfléchissant, tout s'est éclairé.

— Président, je vous en prie, murmurai-je, hésitante. J'ai commis une grave erreur...

— Avant que vous n'ajoutiez quoi que ce soit, je voudrais savoir pourquoi vous avez fait cela. Peut-être pensiez-vous rendre un « service » à Iwamura Electric. A moins que vous n'ayez eu envers le ministre une dette dont je ne sais rien.

Je dus secouer la tête — le président se tut.

— J'ai honte, président, finis-je par dire, mais j'avais des raisons personnelles de faire ça.

Un long silence. Puis le président soupira et me tendit sa tasse de saké. Je le servis, avec une impression d'irréalité. Il but la tasse d'un coup, garda l'alcool dans sa bouche avant de l'avaler.

— Très bien, Sayuri, déclara-t-il. Je vais vous dire pourquoi je vous pose la question. Vous ne comprendrez pas pourquoi je suis venu ici, ce soir, ni pourquoi je vous ai traitée comme je l'ai fait toutes ces années, si vous n'avez pas une claire conscience de ma relation avec Nobu. Je sais qu'il est difficile. Mais c'est un génie. Il m'est à la fois très cher, et très utile.

Je ne savais ni quoi faire, ni quoi dire. Aussi pris-je le flacon de saké pour resservir le président. Il ne leva pas sa tasse, ce que j'interprétai comme un mauvais présage.

— Un jour, dans une fête — je vous connaissais depuis peu —, Nobu vous a offert un peigne ancien devant tout le monde. A ce moment-là j'ai réalisé qu'il vous aimait. Il y a sans doute eu d'autres indices de son attachement, mais j'avais dû les occulter. Quand j'ai compris son sentiment, quand j'ai vu la façon dont il vous regardait... j'ai su que je ne pouvais lui prendre la femme qu'il désirait. Cela étant, je me suis toujours préoccupé de vous. Et j'ai eu de plus en plus de mal, au fil des années, à écouter Nobu d'un air détaché quand il parlait de vous.

Le président marqua une pause et dit :

— Vous m'écoutez, Sayuri ?

— Bien sûr, président.

— Je ne suis pas obligé de vous dire ça, mais j'ai une dette immense envers Nobu. C'est moi qui ai créé cette société, je suis son patron. Mais, dans les débuts, Iwamura Electric a eu un grave problème de trésorerie, nous avons été au bord de la faillite. Je voulais garder la majorité des parts, et j'ai refusé d'écouter Nobu, quand il a insisté pour faire appel à des investisseurs. Il a fini par me convaincre, mais cela a créé un fossé entre nous. Pendant des mois. Il a même proposé de démissionner. J'ai failli accepter. Mais c'était lui qui avait raison. Sans lui, j'aurais perdu ma société. Comment s'acquitter d'une dette pareille ? Voilà pourquoi j'ai caché à Nobu mes sentiments pour vous, quand j'ai vu qu'il vous aimait. Le destin a été cruel avec lui, Sayuri.

J'étais geisha depuis douze ans. Je n'avais jamais pu me convaincre que le président éprouvait de l'amour pour moi. Alors apprendre qu'il avait masqué ses sentiments à mon égard pour que Nobu puisse m'avoir...

— Je ne jouais pas les indifférents de gaieté de cœur, poursuivit-il. Si j'avais laissé transparaître mes sentiments, il aurait renoncé à vous sur-le-champ.

Depuis dix-huit ans, je rêvais que le président me déclare sa flamme, sans réellement croire que ça arriverait. Et voilà qu'il me disait ce que j'espérais entendre — et ajoutait que Nobu m'était destiné. Ce vers quoi j'avais toujours tendu allait sans doute m'échapper. Du moins pouvais-je dire au président que je l'aimais.

— Pardonnez-moi de vous parler franchement, dis-je.

J'essayai de continuer, puis je déglutis — sans doute refoulais-je un nœud d'émotions dans les profondeurs de mon être.

— J'ai beaucoup d'affection pour Nobu, mais ce que j'ai fait à Amani...

Je dus attendre que la brûlure s'apaise, dans ma gorge, avant de continuer.

— Ce sont mes sentiments pour vous qui m'ont dicté ma conduite à Amani, président. Depuis ce fameux jour, au bord de la rivière, je n'ai eu qu'un seul désir : me rapprocher de vous.

J'eus l'impression que toute la chaleur de mon corps me montait au visage. Je crus que j'allais m'élever dans l'air, comme de la cendre crachée par un feu. Je tentai de me raccrocher à un détail matériel — une tache sur la nappe — mais tout se brouillait devant mes yeux.

— Regarde-moi, Sayuri.

J'aurais voulu lui obéir, mais je n'y parvins pas.

— C'est curieux, poursuivit-il, comme pour lui-même. Je me souviens d'une petite fille, qui m'a regardé dans les yeux. Et maintenant qu'elle est femme elle n'en est plus capable ?

Sans doute était-ce facile de regarder le président, mais je n'aurais pas été plus intimidée, seule sur une scène, face à tous les habitants de Kyoto. Nous étions assis à ce coin de table, si près l'un de l'autre ! Si près que je vis le cercle noir entourant ses iris, quand finalement je séchai mes larmes et le regardai. Devais-je lui faire une révérence, lui servir une tasse de saké ? Aucun geste n'eût suffi à gommer la tension entre nous. Le président poussa le flacon de saké et la tasse sur le côté. Il tendit la main vers moi, saisit mon col, m'attira vers lui. Son visage fut soudain si près du mien ! Je sentis la chaleur de sa peau. Je ne comprenais pas ce qui m'arrivait — que faire ? que dire ? Le président m'embrassa.

Cela vous surprendra sans doute, mais personne ne m'avait jamais embrassée — réellement embrassée. Le général Tottori avait parfois pressé ses lèvres contre les miennes, à l'époque où il était mon « danna ». Mais il faisait cela sans passion. Même Yasuda Akira — l'homme qui m'avait offert un kimono et que j'avais débauché, un soir, à la maison de thé Tatematsu — m'avait embrassée une douzaine de fois le visage et le cou, mais jamais les lèvres. Aussi ce baiser, le premier de ma vie, me donna-t-il une impression d'extrême intimité. Le président me donnait quelque chose qu'aucun homme ne m'avait donné. Sa langue avait un goût étonnant, un goût fruité, je sentis mes épaules mollir, mon ventre frémir. Curieusement, ce baiser évoqua pour moi plusieurs scènes : la vapeur qui s'élevait de l'autocuiseur quand la cuisinière soulevait le couvercle, dans notre okiya ; cette petite ruelle de Pontocho remplie de fans, le soir où Kichisaburo donna son dernier spectacle de Kabuki. Sans doute aurais-je pu voir d'autres images : une digue avait sauté dans mon esprit, libérant des souvenirs enfouis. Le président s'écarta légèrement de moi, laissant une main sur mon cou. Il était si près ! Je voyais de la salive briller sur sa lèvre, je sentais l'odeur de notre baiser.

— Pourquoi, président ? dis-je.

— Que voulez-vous savoir ?

— Pourquoi m'avez-vous embrassée ? Vous disiez laisser l'avantage à Nobu.

— Nobu a renoncé à vous, Sayuri. Je ne lui ai rien pris.

J'étais émue. Je ne comprenais plus.

— Quand je vous ai surprise avec le ministre, vous aviez ce même regard que vingt ans auparavant, au bord de la rivière Shirakawa, me dit-il. Vous aviez l'air désespéré, vous paraissiez sur le point de vous noyer. Pumpkin m'a dit que vous aviez organisé ce petit aparté à l'intention de mon associé. J'ai alors décidé de tout raconter à Nobu. Il a eu une réaction tellement violente ! Je me suis dit que cet homme ne vous méritait pas, s'il n'était pas capable de vous pardonner.

*
* *

Quand j'avais cinq ou six ans, à Yoroido, un gamin nommé Gisuke grimpa dans un arbre, au bord de la mare — avec l'idée de sauter dans l'eau. Il grimpa trop haut. Nous lui dîmes de ne pas sauter, mais il eut peur de redescendre — il y avait des rochers, sous l'arbre. Je courus au village chercher son père, M. Yamashita. Il me suivit. Il monta la colline très lentement — je me demandai s'il réalisait le danger que courait son fils. Il arriva sous l'arbre au moment où le petit garçon — qui ignorait que son père était là — lâcha prise et tomba. M. Yamashita le rattrapa aisément, comme si on lui avait lancé un ballon léger. Il remit Gisuke sur ses pieds. Nous avions tous crié de joie. Gisuke cligna les yeux. De petites larmes d'étonnement perlèrent sur ses cils.

Je comprenais à présent ce que Gisuke avait dû ressentir. J'allais m'écraser sur les rochers. Le président avait tendu les bras et m'avait rattrapée. Quel soulagement ! Je vis le président se pencher vers moi, à travers mes larmes. Il me serra dans ses bras. Il posa ses lèvres sur le petit triangle de chair, au creux de mon décolleté. Je sentis son souffle sur mon cou, l'impatience de son désir. Je me souvins d'une scène, à l'okiya, des années plus tôt. J'étais entrée dans la cuisine et j'avais surpris une servante, penchée sur l'évier : elle tentait de dissimuler la poire qu'elle portait à sa bouche et dont le jus coulait dans son cou. Une envie irrésistible, m'avait-elle expliqué. Puis elle m'avait suppliée de n'en rien dire à Mère.

# 35

Aujourd'hui, quarante ans plus tard, cette soirée avec le président m'apparaît comme le moment de ma vie où toutes les voix douloureuses en moi se sont tues. Depuis que j'avais quitté Yoroïdo, je m'étais inquiétée de l'avenir, comme si chaque tour de roue du destin allait mettre un nouvel obstacle devant moi. Cependant, c'était ce combat quotidien, ces soucis, qui avaient donné une telle consistance à ma vie. Lorsque nous remontons la rivière à contre-courant, chaque pas prend une intensité particulière.

Mon existence changea après que le président fut devenu mon « danna ». Un peu comme si j'étais un arbre dont les racines s'implantaient enfin dans un sol fertile. Pour la première fois de ma vie je me sentais privilégiée par le sort. Après plusieurs mois d'une vie heureuse et comblée, je pus me tourner vers le passé et admettre combien j'avais souffert. C'est la raison pour laquelle j'ai pu raconter mon histoire. On parle bien de la souffrance seulement quand on l'a dépassée.

L'après-midi où le président et moi bûmes du saké à l'Ichiriki pour célébrer notre union, il se passa une chose étrange. Comme je buvais une gorgée de la plus petite des trois tasses que nous devions partager, une goutte de saké tomba de ma bouche et glissa sur le côté de mon menton. Je portais un kimono noir aux armes de l'okiya, avec un dragon brodé rouge et or. La queue du dragon partait de l'ourlet et s'enroulait autour du kimono, jusqu'au niveau de mes cuisses. Je me souviens d'avoir regardé cette goutte tomber sous mon bras, rouler sur la soie noire couvrant ma cuisse, s'arrêter contre les dents du dragon, brodées en gros fils d'argent. Maintes geishas auraient vu là un mauvais présage. Mais pour moi, cette gouttelette de saké, tombée de mon visage comme une larme, illustrait l'histoire de ma vie. Elle tombait dans le vide, sans pouvoir maîtriser sa destinée. Elle roulait sur un chemin de soie, pour s'arrêter sur les dents d'un dragon. Je pensai aux pétales de fleurs que j'avais jetés dans le fleuve Kamo, près de l'atelier de M. Arashino, espérant qu'ils passeraient sous les fenêtres du président. Peut-être lui étaient-ils parvenus.

*
* *

Dans mes rêves de jeune fille, je devenais la maîtresse du président et ma vie était merveilleuse. C'était là une pensée infantile — que j'avais toujours à l'âge adulte. J'aurais dû être plus réaliste. On ne se débarrasse pas d'un hameçon sans saigner. J'en avais assez fait l'expérience. En chassant Nobu de ma vie, je n'avais pas seulement perdu un ami, je m'étais bannie moi-même de Gion.

La raison en est évidente, j'aurais dû savoir d'avance ce qui allait se passer. Un homme qui a gagné un prix convoité par son ami se trouve confronté à un choix difficile : soit il cache ce prix à son ami — s'il en a la possibilité — soit il voit cette amitié détruite. Ç'avait été le problème entre Pumpkin et moi : mon adoption avait porté un coup fatal à notre amitié. Le président dut négocier des mois avec Mère pour devenir mon « danna ». Elle finit par accepter que je cesse de travailler comme geisha. Je n'étais pas la première geisha à quitter Gion. Certaines s'enfuyaient, certaines se mariaient. D'autres se retiraient pour fonder une okiya ou une maison de thé. Quant à moi, j'étais dans une position bâtarde : le président voulait me faire quitter Gion, pour m'épargner le ressentiment de Nobu. Cela dit, il n'allait pas m'épouser — il était déjà marié. La meilleure solution, celle que proposa le président, eût été de m'établir dans ma propre maison de thé — un lieu que Nobu n'aurait pas fréquenté. Cependant, Mère ne voulait pas que je quitte l'okiya. Ma relation avec le président ne lui eût rien rapporté si j'avais cessé d'appartenir à la famille Nitta. A la fin, le président accepta de verser chaque mois une somme d'argent considérable à l'okiya, pour que Mère me laisse mettre un terme à ma carrière. Je continuai à vivre à l'okiya, mais je n'allais plus à l'école, je ne fréquentais plus les maisons de thé.

J'avais voulu devenir geisha pour conquérir le cœur du président. Aussi n'aurais-je dû éprouver aucune tristesse à quitter Gion. Cependant, j'avais noué des amitiés, au fil des années. Pas seulement avec des geishas — avec des clients. J'aurais pu continuer à fréquenter des femmes. Hélas, celles qui travaillent à Gion n'ont pas le temps d'avoir une vie sociale. Chaque fois que je voyais deux geishas se hâter vers une fête, je les enviais. Je ne leur enviais pas leur existence précaire, mais cette excitation anticipée que je n'avais pas oubliée : l'idée que la soirée me réservait peut-être une bonne surprise.

Je rendais souvent visite à Mameha. Nous prenions le thé ensemble plusieurs fois par semaine. Vu tout ce qu'elle avait fait pour moi depuis mon enfance, et le rôle qu'elle avait joué dans ma vie à l'instigation du président, j'avais à son égard une dette immense. Un jour, dans une boutique, je vis une peinture sur soie du XVIIIe siècle, représentant une femme enseignant la calligraphie à une petite fille. La femme avait un visage exquis, d'un ovale parfait. Elle se penchait sur l'élève avec une telle bienveillance ! Je pensai aussitôt à Mameha. J'achetai cette peinture pour la lui offrir. Il pleuvait, l'après-midi où elle l'accrocha au mur de son appartement — un endroit sombre. Je me surpris à écouter le bruit de la circulation sur Higashi-oji Avenue. Je me souvins alors, avec un pincement au cœur, de son bel appartement au bord de la rivière Shirakawa, de la cascade qu'on entendait chanter par la fenêtre ouverte. A cette époque, Gion me faisait l'effet d'un tissu ancien au motif exquis. Mais tant de choses avaient changé ! Mameha vivait à présent dans une seule pièce. Ses tatamis avaient la couleur du thé trop infusé, ils sentaient les herbes médicinales — une légère odeur de médicament s'échappait même parfois du kimono de Mameha.

Après qu'elle eut accroché la peinture sur soie au mur, et qu'elle l'eut admirée, elle revint à table. Elle s'assit, les mains autour de sa tasse fumante. Elle regarda le liquide jaune pâle, comme si elle espérait y trouver les mots qu'elle cherchait. Je fus surprise de voir les tendons apparaître sur ses mains : elle vieillissait. Finalement elle dit, mélancolique :

— C'est étrange de voir ce que l'avenir nous réserve. Sois réaliste, Sayuri. N'attends pas trop de la vie.

Elle avait raison. Les choses eussent été plus simples, pour moi, si je n'avais pas espéré le pardon de Nobu. A la fin, je ne posai même plus la question à Mameha : chaque fois que je lui demandais si Nobu avait parlé de moi, elle poussait un profond soupir, et me lançait un regard triste, qui me peinait. Ne comprends-tu pas qu'il ne te pardonnera jamais ? semblait-elle me dire.

\*
\*  \*

Un an après que je fus devenue sa maîtresse, au printemps, le président acheta une maison magnifique au nord de Kyoto. Il la baptisa « Eishin-an » « la retraite de la Vérité Bénéfique ». Il l'avait acquise pour loger les personnes invitées par sa société, mais ce fut surtout lui qui en profita. Nous passions nos soirées dans cette maison, trois ou quatre fois par semaine, parfois plus. A la fin d'une journée où il avait beaucoup travaillé, le président prenait un bain. Je lui faisais la conversation. Après quoi il s'endormait. Mais, le plus souvent, il arrivait au coucher du soleil. Nous dînions, tout en bavardant et en regardant les servantes allumer les lanternes dans le jardin.

Lorsqu'il rentrait à Eishin-an, le président me parlait de sa journée au bureau. J'étais ravie de m'asseoir et de l'écouter. Cela dit, je savais qu'il me racontait ces choses pour se vider l'esprit, comme on vide des eaux d'écoulement d'un seau. Aussi écoutais-je attentivement le son de sa voix, qui s'apaisait au fil de son récit. Je changeais de sujet au moment opportun. Nous parlions alors non plus de ses affaires, mais de ce qui lui était arrivé le matin, en allant au bureau, d'un film que nous avions vu ici, quelques jours plus tôt. Parfois je lui disais une histoire amusante que m'avait racontée Mameha — elle venait passer la soirée avec nous de temps à autre. Mon procédé : vider l'esprit du président puis le distraire avec une conversation légère, avait le même effet sur lui que l'eau sur une serviette devenue raide pour être restée trop longtemps au soleil. Lorsqu'il arrivait, je lui lavais les mains avec une serviette chaude — ses doigts étaient rigides comme des bâtons. Après que nous avions parlé un moment, ses doigts se détendaient, comme s'ils s'endormaient.

Ainsi s'écoulerait ma vie, pensais-je : tenir compagnie au président le soir, m'occuper à mon gré dans la journée. Mais, à l'automne 1952, le président fit un voyage aux États-Unis. Je l'accompagnai. Son premier séjour en Amérique, l'hiver précédent, l'avait enthousiasmé. Il avait vu ce qu'était la prospérité, me dit-il. A cette époque, la plupart des Japonais n'avaient d'électricité que deux ou trois heures par jour, quand les lumières brillaient vingt-quatre heures sur vingt-quatre dans les villes américaines. Nous étions fiers des nouveaux quais en béton de la gare de Kyoto — auparavant ils étaient en bois. Les gares américaines avaient des quais en marbre, me dit le président. Dans les petites villes, on trouvait des cinémas de la taille de notre Théâtre National. Les toilettes publiques étaient d'une propreté immaculée. Chaque famille possédait un réfrigérateur, dont le prix équivalait à un mois de salaire d'un petit employé. Au Japon, ces appareils coûtaient quinze fois plus cher. Rares étaient les familles qui pouvaient s'en offrir un.

J'accompagnai donc le président lors de son deuxième voyage en Amérique. J'allai en train jusqu'à Tokyo. De là nous prîmes l'avion pour Hawaii, où nous passâmes trois jours merveilleux. Le président m'acheta un maillot de bain — le premier de ma vie. Je m'assis sur la plage, en maillot, mes cheveux pendant sur mes épaules, comme les autres femmes. Hawaii me rappela Amani. Je craignis que le président n'y songeât aussi, mais s'il y pensa, il n'en montra rien. D'Hawaii, nous prîmes l'avion pour New York, via Los Angeles. J'avais vu des films américains, mais je ne croyais pas vraiment à l'existence de ces gratte-ciel. Quand finalement je m'installai dans ma chambre, au Waldorf Astoria, et contemplai ces tours gigantesques autour de moi, quand je vis ces rues bien propres, en contrebas, j'eus l'impression de découvrir un monde dans lequel tout était possible — j'avais craint, je l'avoue, de me sentir comme un bébé qu'on arrache à sa mère. N'ayant jamais quitté le Japon, j'étais persuadée qu'un endroit comme New York me ferait peur. Peut-être fut-ce l'enthousiasme du président qui me permit d'appréhender ce voyage avec une telle ouverture d'esprit. Il avait loué une chambre supplémentaire, qu'il utilisait essentiellement pour ses rendez-vous d'affaires. Chaque soir il venait dormir avec moi dans la suite. Souvent, je me réveillais dans ce drôle de lit et je le voyais assis dans un fauteuil, près de la fenêtre. Il avait écarté le rideau et contemplait Park Avenue, en contrebas. Une nuit, à deux heures du matin, il me prit par la main, me tira jusqu'à la fenêtre et me montra un jeune couple en tenue de soirée, en train de s'embrasser sous un réverbère, au coin de la rue.

Durant les trois ans qui suivirent, j'accompagnai le président aux États-Unis à deux reprises. Pendant qu'il travaillait, dans la journée, nous allions dans les restaurants et les musées, ma bonne et moi. Nous assistâmes à un spectacle de ballets qui m'époustoufla. Curieusement, l'un des rares restaurants japonais de New York appartenait à un chef que j'avais connu à Gion avant-guerre. Un après-midi, après le déjeuner, je passai dans la pièce du fond et discutai avec des hommes que je n'avais pas vus depuis des années — le vice-président de « Nippon Telephone & Telegraph », le nouveau consul général, ancien maire de Kobe, un professeur de sciences politiques de l'université de Kyoto. J'eus l'impression d'être revenue à Gion.

\* \*

Durant l'été 1956, le président, qui avait deux filles, mais pas de fils, arrangea pour sa fille aînée un mariage avec un homme du nom de Nishioka Minoru. Le président voulait que M. Nishioka prenne son nom et devienne son héritier. Au dernier moment, toutefois, M. Nishioka se ravisa. Il annonça au président qu'il n'épouserait pas sa fille. Nishioka Minoru était un jeune homme brillant, mais caractériel. Pendant une semaine, le président fut très contrarié — il s'agaçait d'un rien. Je ne l'avais jamais vu dans un tel état.

Personne ne me dit pourquoi Nishioka Minoru changea d'avis sur ce mariage, mais je savais la raison de ce revirement. Durant l'été précédent, l'un des fondateurs de la plus grande compagnie d'assurances du Japon avait renvoyé le président de la société — son propre fils — et nommé à sa place un très jeune homme, le fils illégitime qu'il avait d'une geisha de Tokyo. L'histoire fit scandale, à l'époque. De telles pratiques étaient courantes, au Japon, mais pas à un tel niveau — le plus souvent, il s'agissait du fils d'un confiseur ou d'un marchand de kimonos. Le directeur de la compagnie d'assurances décrivit dans la presse son premier-né comme « un garçon honnête dont les talents ne pouvaient malheureusement être comparés à ceux de... » Là il cita son fils illégitime, sans donner le moindre indice sur leur lien de parenté. Cela dit, tout le monde connaissait la vérité.

Imaginez que Nishioka Minoru, qui avait accepté de devenir l'héritier du président, ait appris que celui-ci avait un fils illégitime depuis peu. En ce cas, son refus de se marier eût été compréhensible. Le président, quoique très attaché à ses deux filles, se lamentait de ne pas avoir de fils — ce regret était de notoriété publique. On pouvait penser qu'il éprouverait de l'attachement pour un fils illégitime — au point de lui léguer sa société, à sa mort. Quant à savoir si j'avais — ou non — donné un fils au président... Si oui, je ne parlerais pas de lui, de peur qu'on apprenne son existence. Ce qui ne serait dans l'intérêt de personne. Le mieux est que je me taise sur le sujet. Je suis certaine que vous comprendrez.

*
* *

Une semaine après que Nishioka Minoru ne change d'avis quant à ce mariage, je décidai d'aborder un sujet délicat avec le président. Nous étions assis sur la véranda, qui surplombait le jardin de mousses d'« Eishin-an ». Le président ruminait de sombres pensées. Il n'avait pas dit un mot depuis le début de la soirée.

— Vous ai-je dit que j'étais dans un état bizarre depuis quelque temps, Danna-sama ?

Je lui jetai un coup d'œil. Rien n'indiquait qu'il m'écoutât.

— Je ne cesse de penser à la maison de thé Ichiriki, poursuivis-je. J'ai la nostalgie de ces fêtes.

Le président prit un morceau de sa glace, reposa sa cuiller.

— Il n'est pas question que je retourne travailler à Gion, mais je me disais, Danna-sama... qu'une petite maison de thé à New York...

— C'est une idée saugrenue, dit-il. Tu n'as aucune raison de vouloir quitter le Japon.

— Il y a de plus en plus d'hommes d'affaires et de politiciens japonais à New York. Des hommes que je connais depuis des années, pour la plupart. Vivre aux États-Unis serait pour moi un changement radical. Mais vu que Danna-sama va passer de plus en plus de temps en Amérique...

C'était vrai. Il m'avait déjà parlé d'ouvrir une succursale d'Iwamura Electric dans ce pays.

— Je n'ai pas envie de parler de ça maintenant, Sayuri.

Sans doute allait-il dire autre chose, mais je feignis de ne pas l'avoir entendu.

— Les enfants élevés entre deux pays ont souvent des problèmes d'identité, dis-je. Aussi une mère qui émigre avec son enfant aux États-Unis ne prend-elle pas cette décision à la légère.

— Sayuri...

— Elle ne reviendra jamais dans son pays.

Le président dut comprendre que je lui permettrais ainsi de faire de Nishioka Minoru son héritier. Il fut d'abord très surpris. Puis il dut réaliser que j'allais le quitter : une larme apparut au coin de son œil, qu'il chassa aussitôt.

En août de cette année-là, je m'installai à New York et montai ma maison de thé — un petit établissement — pour les hommes d'affaires et les politiciens japonais en voyage aux États-Unis. Mère voulut considérer ma maison comme une annexe de l'okiya Nitta. Le président refusa d'en entendre parler. Mère avait un pouvoir sur moi tant que je restais à Gion. En partant, je coupai tout lien avec elle. Le président envoya deux de ses comptables à l'okiya pour s'assurer que Mère me donnerait tout ce qui me revenait, jusqu'au dernier yen.

*
* *

J'ai éprouvé une vague angoisse, le jour où la porte de mon appartement des tours Waldorf s'est refermée derrière moi pour la première fois. Mais New York est une ville si excitante ! Très vite, je m'y suis sentie chez moi — peut-être même plus qu'à Gion. Avec le recul, je réalise que ces moments passés à New York avec le président furent les plus intenses de ma vie. Ma petite maison de thé, au deuxième étage d'un club privé, sur la Cinquième Avenue, a eu un honnête succès dès le début. Plusieurs geishas de Gion ont émigré pour travailler avec moi. Il arrive que Mameha vienne me voir.

Aujourd'hui, je passe moins de temps dans ma maison de thé. J'y viens quand des amis proches ou de vieilles connaissances sont à New York. J'ai d'autres occupations. Le matin, je me joins à un groupe d'artistes et d'écrivains du quartier pour étudier divers sujets : la poésie, la musique, l'histoire de New York. La plupart du temps, je déjeune avec un ami. L'après-midi, je m'assois devant ma table de maquillage et je me prépare pour sortir — il m'arrive aussi de recevoir chez moi. Quand je soulève le tissu de brocart, sur mon miroir, je ne peux m'empêcher de penser à cette crème blanche à l'odeur de lait, que je me mettais sur le visage, à Gion. J'aimerais tant retourner là-bas en visite ! Mais Gion a tellement changé ! Je crains que ça ne me perturbe. Des amis me montrent des photos du Kyoto d'aujourd'hui. Je trouve que Gion a rétréci, comme un jardin mal entretenu où s'égaillent les mauvaises herbes. Après la mort de Mère, il y a quelques années, l'okiya Nitta a été démolie. On a construit un petit immeuble en béton à la place. Une librairie occupe le rez-de-chaussée. Il y a des appartements au premier et au deuxième étages.

Il y avait huit cents geishas à Gion, au début des années trente. Aujourd'hui, on en compte à peine soixante — ainsi qu'une demi-douzaine d'apprenties. Et leur nombre diminue chaque jour. Les temps changent, on n'y peut rien. La dernière fois que le président est venu à New York, nous nous sommes promenés dans Central Park. Nous avons parlé du passé. Le président s'est arrêté à l'orée d'un chemin, au milieu des pins — il m'avait souvent parlé de la maison de son enfance, à Osaka, dans une rue bordée de pins. Je l'ai regardé. Il appuyait ses deux mains sur sa canne, les yeux fermés. Je savais qu'il y pensait : il retrouvait l'odeur du passé.

— Parfois, soupira-t-il, les choses me paraissent plus vraies dans mon souvenir que dans la réalité.

Plus jeune, je croyais que la passion s'éteignait avec l'âge, telle une tasse de thé qu'on laisse dans une pièce, et dont le contenu s'évapore peu à peu. En rentrant à l'appartement, le président et moi nous sommes jetés l'un sur l'autre comme de jeunes amants ! Après, je me suis sentie à la fois épuisée et régénérée. J'ai sombré dans un profond sommeil et rêvé que j'étais à un banquet, à Gion. Un vieil homme m'expliquait que sa femme, qu'il avait beaucoup aimée, n'était pas réellement morte : les moments de bonheur et de plaisir qu'ils avaient partagés restaient vivants en lui. Comme il me parlait, je buvais une soupe délicieuse. C'était l'extase à chaque gorgée. Et je pensai que les hommes et les femmes de ma vie, qu'ils fussent morts ou qu'ils m'eussent quittée, n'avaient pas disparu pour toujours : ils continuaient à vivre en moi. J'eus l'impression de tous les boire — ma sœur, Satsu, qui avait fui et m'avait abandonnée quand j'étais petite ; mon père et ma mère ; M. Tanaka, avec sa vision tordue de la bonté ; Nobu, qui ne pourrait jamais me pardonner ; et aussi le président. Ce bol était plein de tous ceux que j'avais aimés dans ma vie. Et comme je buvais son contenu, les paroles de cet homme m'allaient droit au cœur. Je me réveillai, le visage baigné de larmes, je pris la main du président, affolée : comment pourrais-je continuer à vivre après sa mort ? Il était si frêle, dans son sommeil ! Je ne pus m'empêcher de penser à ma mère, à Yoroïdo. Et pourtant, à sa mort, quelques mois plus tard, je compris qu'il me quittait comme les feuilles tombent de l'arbre, en automne : sa longue vie arrivait naturellement à son terme.

Je ne puis vous dire ce qui nous guide, dans cette vie. Mais j'ai été entraînée immuablement vers le président. Je me suis coupé la lèvre, j'ai rencontré M. Tanaka, ma mère est morte, on m'a vendue à une okiya. Une succession d'événements, tels les méandres d'un fleuve, avant qu'il se jette dans l'océan. Le président est mort, mais il continue à vivre dans mes souvenirs. J'ai revécu ma vie en vous la racontant.

En traversant Park Avenue, je suis souvent frappée par le côté exotique de mon environnement : ces taxis jaunes qui me passent sous le nez à toute allure, en klaxonnant, ces femmes avec une mallette à la main, si perplexes de voir une vieille Japonaise en kimono, au coin de la rue. Cela dit, Yoroïdo me paraîtrait-il moins exotique, si j'y retournais aujourd'hui ? Dans mon adolescence, je pensais que ma vie eût été plus facile si M. Tanaka ne m'avait pas arrachée à ma petite maison ivre. Aujourd'hui je sais que notre univers n'est pas plus réel que la vague qui se dresse, à la surface de la mer. Pour retomber, à l'image de nos combats, de nos triomphes, dans l'invisible. Dans l'infini.

*Remerciements*

Le personnage de Sayuri et son histoire sont inventés, mais les détails de la vie quotidienne d'une geisha dans les années trente et quarante sont fondés sur des faits réels. Mineko Iwasaki, l'une des geishas les plus célèbres de Gion dans les années soixante et soixante-dix, m'a beaucoup aidé dans mes recherches. Elle m'a reçu chez elle, à Kyoto, en mai 1992. Elle a gommé tous mes a priori sur la vie de geisha. Les personnes de ma connaissance, vivant ou ayant vécu à Kyoto, m'avaient pourtant laissé entendre qu'on ne me dirait rien. J'avais une inquiétude, dans l'avion, en relisant diverses formules et tournures de phrases japonaises. Et si Mineko allait me parler de la pluie et du beau temps ? Elle m'a fait découvrir Gion derrière la façade. Avec son mari, Jin, et ses sœurs, Yaetchiyo et feu Kuniko, elle a répondu à mes questions sur la vie de geisha dans les moindres détails. Elle est devenue — et restée — une amie chère. Elle nous a rendu visite à Boston, avec sa famille. Je garde un souvenir ému de son séjour. Je nous revois, ma femme et moi, en train de regarder un match de tennis à la télé avec cette Japonaise de quarante ans, ancienne geisha — l'une des dernières à avoir été éduquée selon la tradition. Quel grand moment !

Merci pour tout, Mineko.

Mineko et moi nous sommes rencontrés grâce à Mme Nagura, une femme redoutablement intelligente et une amie de longue date. Mme Nagura est une dame de la génération de ma mère. Elle parle couramment le japonais, l'anglais et l'allemand. Etudiante, à Barnard, elle a écrit une nouvelle en anglais qui lui a valu un prix. Et cela seulement quelques années après son arrivée aux États-Unis. Venue faire des études en Amérique, elle s'est liée d'amitié avec ma grand-mère — amitié qui dura toute leur vie. Sa famille et la mienne sont amies depuis quatre générations. Elle m'accueille chez elle chaque fois que je viens à Tokyo. J'ai envers elle une dette immense. Outre sa gentillesse, qui s'est exprimée de bien des manières, elle a relu mon manuscrit à plusieurs stades de sa rédaction, et fait des suggestions fort utiles.

Pendant les années où j'ai travaillé sur ce roman, ma femme, Trudy, m'a assuré de son soutien. Patiente, généreuse, elle laissait tout tomber pour lire un passage chaque fois que je le lui demandais. Elle me donnait son avis avec franchise.

Robin Desser, chez Knopf, est le genre d'éditeur dont rêve tout écrivain : passionné, fin, sérieux, toujours prêt à vous aider — et drôle, en plus.

J'ai beaucoup de chance d'avoir Leigh Feldman pour agent : elle est chaleureuse, directe, compétente, charmante.

Helen Bartlett, Denise Stewart, vous m'avez soutenu dès le départ. Merci à vous deux.

Sara Laschever est une amie très chère. Elle a lu le manuscrit avec attention, elle m'a consacré du temps, elle a fait des remarques intelligentes.

Teruko Craig a passé des heures à me parler de sa vie d'écolière à Kyoto pendant la guerre. Merci, Teruko. Merci également à Liza Dalby, la seule Américaine qui soit devenue geisha. Son livre *Geisha*, a été pour moi une source d'informations inestimable — elle raconte sa vie à Pontocho. Son ouvrage est aussi une étude anthropologique de ce groupe social : les geishas. Elle m'a gentiment prêté des livres de sa collection, en anglais et en japonais.

Merci également, Kiharu Nakamura, qui a écrit sur sa vie de geisha à Shimbashi — quartier de geishas, à Tokyo. Elle a répondu à mes questions pendant toute une soirée — à l'époque, je faisais des recherches pour mon roman.

Merci à mon frère, Stephen, pour son souci affectueux de la progression de mes travaux. Son sens psychologique m'a été fort utile.

Grâce à Robert Singer, responsable de l'art japonais au « Los Angeles County Museum of Art », j'ai pu voir comment vivaient les aristocrates à Kyoto, dans le passé.

J'ai rencontré Bowen Dees dans un avion. Il m'a laissé lire son manuscrit non publié : l'histoire de sa vie au Japon pendant l'occupation alliée.

Merci à Allan Palmer, qui sait tout de la cérémonie du thé et des superstitions des Japonais.

John Rosenfield a été pour moi le meilleur des professeurs d'histoire de l'art japonais. Il a fait d'Harvard, cette université immense, un petit collège. Ses conseils m'ont servi à tous les stades de mon travail.

Barry Minsky m'a soutenu sans relâche pendant l'écriture de ce roman.

Et puis, pour toutes leurs bontés, merci à : David Kuhn, Merry White, Kazumi Aoki, Yasu Ikuma, Megumi Nakatani, David Sand, Yoshio Imakita, Mameve Medwed, feu Celia Millward, Camilla Trinchieri, Barbara Shapiro, Steve Weisman, Yoshikata Tsukamoto, Carol Janeway chez Knopf, Lynn Pleshette, Denise Rusoff, David Schwab, Alison Tolman, Lidia Yagoda et Len Rosen.

*Impression réalisée sur CAMERON*
*par BRODARD ET TAUPIN*
*La Flèche*
*en janvier 1999*

*Imprimé en France*
Dépôt légal : janvier 1999
N° d'édition : 99052 – N° d'impression : 6175V